Reader's Digest Auswahlbücher

Reader's Digest
Auswahlbücher

Verlag DAS BESTE
Stuttgart · Zürich · Wien

Die Kurzfassungen in diesem Buch erscheinen
mit Genehmigung der Autoren und Verleger
© 1980 by Verlag DAS BESTE GmbH, Stuttgart
Alle Rechte, insbesondere das der Übersetzung,
Verfilmung und Funkbearbeitung, im In- und
Ausland vorbehalten
380
PRINTED IN GERMANY
ISBN 3 870701528

Inhalt

Brian Lecomber Flug ins Ungewisse 7

Ein strahlendblauer Winterhimmel wird der jungen Ann Moore zum Verhängnis. Er ist wie geschaffen für einen Flug ins Wochenende. Doch plötzlich sitzt Ann allein im Cockpit neben dem besinnungslosen Piloten.

Tschingis Aitmatow
Der Junge und das Meer 151

Signalfeuer brennen am Berghang, angsterfüllt warten die Menschen am Strand: Wo ist das Boot mit den drei Männern und dem kleinen Kirisk, der auf seiner ersten Fahrt zu den Robbeninseln Freundschaft mit dem Meer schließen wollte?

Erich Maria Remarque
Liebe Deinen Nächsten 207

Genehmigungen, Bewilligungen, Verlängerungen . . . 1936 hat auch das Emigrantenelend seine Bürokratie. Die beiden jungen Deutschen Ruth und Ludwig und ihr väterlicher Freund Josef Steiner müssen deshalb ihren ganzen Scharfsinn in die Waagschale werfen, um dem Mahlwerk der Behörden zu entrinnen.

Jessica North **Veronikas Vermächtnis** 373

Eine Verkettung seltsamster Zufälle überschattet die Reise Alison Mallorys ins traumhaft schöne Mexiko. Schon am Flughafen begegnet ihr „zufällig" der Mann, der ihr Schicksal wird, und „zufällig" geschieht dies am Tag einer Heiligen, deren Namen sie nie mehr vergessen kann.

ILLUSTRATIONEN
VON PAT OWEN

Flug ins Ungewisse

EINE KURZFASSUNG
DES BUCHES VON
BRIAN LECOMBER

INS DEUTSCHE ÜBERTRAGEN
VON OTTO BAYER

Plötzlich ist Ann Moore entsetzlich allein am Himmel: Neben ihr in der kleinen Cherokee Arrow liegt der Pilot – bewußtlos...

Achtzig Kilometer entfernt hört Tony Paynton, der gerade Flugstunden gibt, über Funk Anns Schreie. Aber sein Treibstoff wird knapp; er kann ihr nicht viel helfen...

Keith Kerr, Fliegeras und Fluglehrer, übernimmt die Suche. Wenn er die Cherokee Arrow finden kann, gelingt es ihm vielleicht, Ann „herunterzusprechen"...

Während Anns Flugzeug bei zunehmender Dunkelheit seine Bahn nach Süden zieht, treten in ganz England die Katastrophenschutzdienste in Aktion...

1

AN SO einem strahlenden Januartag um zwanzig vor eins war der kälteste Ort der Welt die offene Kanzel eines Doppeldeckers Stampe SV 4 B.

In zweitausend Fuß Höhe drang der brüllende Luftschraubenstrahl mit geballter Kraft, wie Millionen Eismesser, ins Cockpit ein. Keith Kerr spürte, wie seine Nase, Wangen und der nicht geschützte Teil der Stirn zwischen Schutzbrille und Lederhelm allmählich taub wurden in der beißenden Kälte.

Kalt war es auch vorhin schon unten auf der Erde gewesen. Der Atem war wie Rauch in der kristallklaren Luft davongeweht, und seine schweren Stiefel hatten auf der gefrorenen Erde geknarrt, als er den rot-gelben Vorkriegsdoppeldecker aus dem Hangar gezogen hatte. Aber das war nur ein milder Vorgeschmack von dem gewesen, was kommen sollte.

Unter den Leinentragflächen lag der Osten Yorkshires wie ein riesengroßer Flickenteppich aus Feldern, die im funkelnden Licht der Wintersonne hell und neu wirkten. Hier und da zogen noch vereinzelte Streifen des Morgennebels übers Land, und manchmal blitzte ein Sonnenstrahl von einem Fenster in einem der verstreuten Dörfer zurück. Der Himmel, der sich darüber spannte, war strahlend und tiefblau; es war einer jener Wintertage, an denen die Welt sich dem Flieger, der in niedriger Höhe fliegt, in reinem Glanze zeigt; die Sicht ist klar und unbegrenzt. An so einem Tag mag ein junger Mann in einem alten Doppeldecker glauben, sein Blick reiche in die Unendlichkeit.

Die Stampe stieg donnernd der blauen Kuppel entgegen, und Kerr spürte das vertraute, glücklich-flaue Flattern im Magen.

Zweitausendzweihundert Fuß.

Er senkte die lange Flugzeugnase bis knapp unter den Horizont und nahm das Gas zurück. Das hohle Gefühl in seinem Magen verstärkte sich, während er alle sieben Anschnallgurte nacheinander anzog und sich so fest an seinen Sitz fesselte, daß er kaum noch tief

Luft holen konnte. Dann schob er den roten Gemischhebel auf MAGER und AUS. Augenblicklich starb der Motor ab, wirbelte noch ein paar Sekunden im Luftstrom herum und nahm dann sein stetes Brüllen wieder auf, als Kerr mit tauben Fingern den blauen Griff mit der Aufschrift UMKEHRSYSTEM vorschob.

Jetzt war er bereit. Er legte den Doppeldecker in eine steile Linkskurve und suchte den Himmel in allen Richtungen nach anderen Flugzeugen ab. Der Himmel war leer.

Kerr richtete sich aus der Kurve wieder auf und beugte sich weit über die Seitenwand des Cockpits, um die Start- und Landebahnen des Flugplatzes Sherburn in Elmet zu sehen, die unter ihm weg auf die Kante der linken unteren Tragfläche zu glitten. Er spürte, daß seine ganze Aufmerksamkeit sich immer mehr einengte, wie immer am Anfang. Die Nacht, Maggie, der Brief von der Fluggesellschaft in seiner Tasche, das Alltagsgetriebe, sogar die Kälte – alles war vergessen. Sein markantes Gesicht mit den blaßblauen Augen hinter der Schutzbrille war starr, völlig konzentriert. Seine Arme waren die Tragflächen, seine Fingerspitzen die Quer- und Höhenruder.

Das ferne Ende des Flugplatzes verschwand unter dem Flügel. Er öffnete die Drosselklappe voll und drückte die Nase scharf hinunter, fast lotrecht.

Das vereinte Brüllen von Motor und Luftstrom im Sturzflug schwoll mächtig an, wurde zum Donnern. Kerrs blaue Augen wanderten unablässig zwischen Boden und Instrumenten hin und her, während sein Gehirn im Sog von Wind und Lärm gelassen registrierte: 1200 Fuß, 140 Knoten.

Er zog sanft den Steuerknüppel zurück, verweilte kurz im Horizontalflug und zog wieder hoch.

Die Stampe richtete sich steil auf. Die lange, scharlachrote Motorverkleidung durchstieß den Horizont und richtete sich hoch hinauf ins Blau. Kerr wandte den Kopf nach rechts und beobachtete den Winkel zwischen Flügelspitze und Horizont. Als der Flügel senkrecht stand, stabilisierte er die Maschine in dieser Lage und ließ sie geradewegs in den endlosen Himmel emporschießen.

Dann stieß er den Knüppel nach rechts.

Die Stampe drehte sich lotrecht stehend um die Längsachse. Die Schatten der Streben und Drähte huschten über sein Gesicht, als die Tragflächen rings über den Horizont wanderten. Das Geheul des Luft-

FLUG INS UNGEWISSE

stroms wurde schwächer, der Motor arbeitete schwer ... Unter der rechten Flügelspitze glitt ein ferner Wald hervor. Kerr nahm den Knüppel mit einem Ruck in die Mitte zurück, um die Rolle zu beenden, hielt den Doppeldecker noch zwei weitere Herzschläge lang in der Lotrechten, dann trat er das rechte Seitenruderpedal voll durch.

Im ersten Augenblick geschah gar nichts. Die Stampe schien reglos am Himmel zu hängen, gehalten vom tiefen Grollen ihres Motors. Dann drehten sich die rot-gelben Flügel langsam in einer vollendeten Kippkehre der Erde entgegen.

Senkrecht hing das Flugzeug nach unten. Als Kerr das Brüllen des Windes erneut im Sturzflug anschwellen hörte, grinste er vor sich hin. Das Flattern in seinem Magen hatte sich gelegt, und er spürte nur noch einen Kloß im Hals von der übermäßigen Konzentration. Es war ein schöner Tag ...

KERR lenkte die Stampe langsam von der Rollbahn und hielt vor dem Hangar an. Eine Zündkerze war ausgefallen. Er drehte sich im engen Cockpit herum, setzte den Helm ab und kletterte langsam über den Einstiegstritt an der rechten unteren Tragfläche aus dem Flugzeug.

Das Betonvorfeld von Sherburn war still und momentan leer; alle waren entweder im Clubhaus oder oben in der Luft. Mit von der Kälte steif gewordenen Fingern streifte Kerr die Handschuhe ab, ging ans Ende der Stampe, drehte sie herum und schob sie in den Hangar zurück. Hinter ihr im Schatten wirkten die wie üblich kreuz und quer durcheinanderstehenden Cherokees und Cessnas schäbig und uninteressant; Limousinen für die Luft, bei denen man die Romantik des Fliegens langweiliger Zweckmäßigkeit geopfert hatte.

Er grinste. Solche Flugzeuge waren sein Lebensunterhalt – zur Zeit jedenfalls –, aber an so einem herrlichen Tag wie heute konnten sie ihm gestohlen bleiben: seelenlose Blechkisten, eine Beleidigung für die Flugkünste eines Piloten. An einem Tag wie heute war Glück gleichbedeutend mit einem freien Vormittag und einem Vorkriegsdoppeldecker. Auch wenn an diesem Doppeldecker soeben eine Zündkerze in der linken Zylinderreihe ausgebrannt war.

Kerr zwängte sich am Schwanzende der Stampe vorbei, um zu der Spindreihe längs der Hangarwand zu kommen. Er wühlte vier neue Zündkerzen in ihren Kunststoffhüllen hervor, griff sich eine Werkzeugtasche und kehrte zurück zum Bug des Doppeldeckers. Als er die Aluminiumverkleidung des Motors öffnete, dachte er plötzlich: So hat einmal alles angefangen.

Er hauchte eine Zeitlang in die Hände, um sie zu wärmen, und dachte fünfzehn Jahre zurück. Damals hatte er, der junge, ehrgeizige Keith Kerr, auf so einem kleinen Flugplatz wie diesem gearbeitet. Flugzeuge betankt, Tragflächen poliert – und Zündkerzen gewechselt –, als Gegenleistung für kostbare, sorgsam zusammengetragene Flugminuten. Und dann der Tag, als sein Fluglehrer der klapprigen Tiger Moth den Rücken gekehrt und denselben jungen Mann der freudigen Erregung vor dem ersten Alleinflug überlassen hatte ... Dieser Tag in der Tiger Moth schien jetzt lange zurückzuliegen. Sehr lange und sehr weit.

Seine erste Vollzeitbeschäftigung als Pilot war die eines Fluglehrers gewesen, wie es bei mittellosen jungen Männern, die sich mit der Fliegerei ihren Lebensunterhalt verdienen wollen, nicht unüblich ist. Große Fluggesellschaften sind meist wenig geneigt, ihre Maschinen frisch gebackenen, ungehobelten Piloten anzuvertrauen, während Flugschulen in aller Welt dafür bekannt sind, daß sie jeden Bewerber nehmen, der bereit ist, viele Stunden für wenig Geld zu fliegen. Kerr hatte ein Jahr lang bei einer Flugschule in Sussex gearbeitet, dann war ihm ein Posten als Fluglehrer in Kenia angeboten worden.

Er konnte sich noch gut an diese Zeit erinnern. Morgens früh um fünf hinaus ins Dämmerlicht, bevor die Tageshitze einsetzte. Dann in der erstickenden Schwüle die vierstündige Mittagspause mit Piet van den Hoyt, dem unglaublich dicken Besitzer und Ausbildungsleiter der Flugschule, der, während ihm der Gin aus allen Poren drang, immer wieder Kerr beschwor, er solle die Ausbilderei an den Nagel hängen und zu einer Fluggesellschaft gehen.

Hoch oben zeichnete ein Düsenflugzeug einen scharf abgegrenzten weißen Kondensstreifen an den eisblauen Himmel. Sein Fliegerinstinkt ließ Kerr aufblicken, und er trat einen Schritt näher an die offene Hangarfront heran, um besser sehen zu können. Eingepackt in mehrere Pullover unter der Jacke, glich er einem kleinen, dicken Teddybären. Tiefe Krähenfüße zeigten sich in seinen Augenwinkeln, während er in den Himmel hinaufsah, und kräuselten die kurze, gezackte Narbe neben seinem linken Auge.

Vielleicht hätte ich auf Piet hören sollen, dachte er. Dann säße vielleicht jetzt ich da oben in diesem Cockpit ...

Aber damals, vor zehn Jahren, hatte er nicht den Wunsch gehabt, im Cockpit einer Düsenmaschine zu sitzen. Mit zweiundzwanzig Jahren hat ein kräftiger junger Mann mit einer gehörigen Portion Selbstvertrauen und einer glücklichen Hand für Flugzeuge ja noch soviel Zeit: Jahre, in denen er noch etwas von der Welt sehen kann. Jeder wußte doch, daß ein Verkehrspilot im Grunde nur ein besserer Busfahrer war – vielleicht der richtige Job, wenn man in die Jahre kam ...

Kerr befühlte unbewußt seine Narbe und beugte das linke Bein, dann wandte er sich wieder dem Motor zu.

Die Jahre waren an manchen Orten schnell, anderswo weniger schnell vergangen, sie wurden gezählt nach gefüllten Logbüchern und geflogenen Flugzeugtypen. Flugunterricht und Feldersprühen in Australien: zusammen 3000 Stunden. Charterflüge und Flugunterricht in Kanada: Stundenzahl auf 4000 erhöht, Zahl der Notlandungen auf fünf. Feldersprühen und Flugunterricht in Florida; und irgendwo um die 5000-Stunden-Marke herum eine kurze, aber katastrophale Ehe, danach ein Fluglehrerposten in Puerto Rico.

Und dann St. Lucia, das karibische Inselparadies. Morgens früh um vier hinaus in die samtene Dunkelheit, erfüllt von Vogelzwitschern, die Sprühtanks des Flugzeugs voll, und dann warten, bis es in der milden Hitze des frühen Morgens hinausging zum Bananensprühen. Und schließlich dieser Morgen, von dem er nur noch wußte, daß gerade in dem Augenblick, als er am Ende einer Sprühstrecke aus einem Tal hochziehen wollte, der Motor aussetzte.

Kerr schraubte die letzte der vier Zündkerzen heraus. Die Narbe neben seinem Auge juckte, wie immer, wenn wieder einer dieser winzigen Plexiglassplitter abgestoßen werden sollte. Aber immerhin hatte ihm in diesem Winter sein Bein keinen Ärger gemacht. Nachdem er vor dreizehn Monaten erstmals wieder englischen Boden betreten hatte, war ihm jedesmal, wenn es Regenwetter gab, das linke Knie steif geworden.

An England hatte er sich erst langsam wieder gewöhnen müssen. Nicht nur wegen des steifen Beins. Seine früheren Freunde aus der Fliegerei waren allesamt verheiratet. Einige waren zu Fluggesellschaften gegangen. Ein paar hatten die Berufsfliegerei ganz aufgegeben, und die meisten schienen sich jedenfalls mehr für Kinder und Hypotheken zu interessieren als für Loopinggeschwindigkeiten und Abreißwinkel. Wenn er sie zu Hause besuchte, fühlte er sich immer als

Fremdkörper, ein ungehobelter Fremder mit undefinierbarem Akzent, das Gesicht gegerbt in fernen Winden.

Die Fluggesellschaften hatten Vorbehalte gegen ihn gehabt. Für die Bürokraten in den Chefetagen war er ein Anachronismus, ein vagabundierender Albatros, ein guter Flieger vielleicht, aber ein gefährlicher Individualist. Fuhr ein schnelles Motorrad statt eines Ford. Hatte mehr Stunden in einmotorigen Maschinen aufzuweisen als in mehrmotorigen ... Keine Linienerfahrung ... keine Düsenflugstunden im Logbuch; für einen guten Linienpiloten sind das schlechte Voraussetzungen.

Nach sechs Wochen Nichtstun hatte er wieder einen Job als Fluglehrer angenommen, weil nichts anderes da war. Der Aeroclub Leeds hatte ihn natürlich mit Kußhand als Ausbildungsleiter genommen: Einen Piloten mit 6000 Flugstunden, der noch bereit ist, Fluglehrer zu spielen, findet man nicht alle Tage. Und Kerr war ein ausgezeichneter Fluglehrer und leitete den Ausbildungsbetrieb mit einer übertriebenen Selbstsicherheit. Wenn einige seiner Fluglehrerkollegen seine Gabe, auch aussichtslosen Fällen noch etwas beizubringen, auf eine tief in ihm wurzelnde Sensibilität zurückführten, so sagten sie das vorsichtshalber nie in seiner Gegenwart.

Ihm selbst gefiel die Arbeit – abgesehen von seiner gründlichen Abneigung gegen Edward Tomms, den derzeitigen Besitzer der Flugschule, dem es zum Glück nur selten einfiel, sich dort sehen zu lassen. Doch im Laufe der Monate wurde ihm zunehmend klar, daß er hier keine Zukunft hatte. Zum Ausgleich wandte er sich wieder einer alten Liebe zu, dem Kunstflug. An seinen Arbeitstagen flog er langweilige Cessnas und Cherokees, und wenn er frei hatte, fuhr er mit seinem Motorrad zu dem fünfzig Kilometer entfernten kleinen Flugplatz Sherburn und übte in der Stampe Pirouetten und Rückentrudeln. Aber auch Flugkunststücke können nicht alle Lücken im Leben füllen, und so mußte er sich widerwillig eingestehen, daß es ihn heimlich nach jenen Wurzeln verlangte, die er einst verachtet hatte: ein eigenes Heim, eine Frau, ein Beruf statt eines Jobs ...

Und nun sollte das plötzlich wahr werden! Als Kerr die letzte Zündkerze einschraubte, hörte er den Brief in seiner Tasche rascheln. Er kannte ihn auswendig: *Die British Island Airways freuen sich, Ihnen diese Stellung anbieten zu können ... Bitte melden Sie sich am Montag, dem 16. Februar, auf dem Flughafen Gatwick zum Beginn der Umschulung ...*

Ein wunderschönes Gefühl. Er pfiff laut vor sich hin, während er das Werkzeug einsammelte und die Tasche zum Spind zurücktrug.

Und dann noch das andere. Der gestrige Abend war für sie beide eine Überraschung gewesen. Der Brief war gestern morgen gekommen, und dann hatte er sie abends zu einem Drink eingeladen, weil er einfach jemandem davon erzählen mußte – und dann war es sozusagen von allein weitergegangen. Dabei kannte er Maggie nun schon fünf Monate, und nie die leiseste Ahnung ...

Er lächelte in den kalten Sonnenschein, und über seinem Gesicht breitete sich statt des gewohnten boshaften Grinsens ein ungewohnt zärtlicher Ausdruck aus. Eine leise, mahnende Stimme warnte ihn, daß dieser gestrige Abend vielleicht nur eine Episode gewesen war, etwas, das man genoß und wieder vergaß. Aber dieses Gefühl hatte er nicht gehabt. Es war solch eine ... Wärme zwischen ihnen gewesen. Als ob sie beide aus der Kälte gekommen wären und Geborgenheit, Glück und ungetrübte Freude gefunden hätten.

Es war wie ... eine Heimkehr, dachte er. Wie wenn man nach Hause kam, ohne gewußt zu haben, daß man ein Zuhause besaß.

Nach einer kleinen Weile drehte er der Sonne den Rücken zu und ging zur Stampe zurück, um den Ölstand zu prüfen und die Motorverkleidung zu schließen, bevor er sich auf sein Motorrad schwang und für einen langen Unterrichtstag zum Flughafen Leeds-Bradford fuhr.

Achtzig Kilometer nördlich von Sherburn in Elmet, in einem der Gebäude des Cleveland Flying Club am Flugplatz Tees-side, pustete Tony Paynton sich den Kreidestaub von den Fingern und drehte sich zu seinem Schüler um, den Rücken zur Tafel. „Soviel über die beim Trudeln wirkenden Kräfte, Jules", sagte er. „Gleich werden wir uns damit praktisch befassen. Zuerst aber: Haben Sie noch Fragen?"

Jules Martin schluckte. Nächste Woche wurde er einundvierzig, und daß er jetzt noch fliegen lernte, war ein Versuch, kurz vor Torschluß die Jugend nachzuholen, die er in Wirklichkeit nie gehabt hatte; aber in manchen Augenblicken glaubte er selbst im Innersten nicht mehr daran, daß aus ihm noch ein Pilot werden könnte. Die bevorstehenden Trudelübungen ließen ihn schon den ganzen letzten Monat nicht mehr schlafen, aber eine längere Schlechtwetterperiode hatte ihm die Tortur bisher erspart.

16   FLUG INS UNGEWISSE

Heute war das Wetter wunderschön. Die Januarsonne schien durchs
Fenster herein, und der Himmel über Tees-side war klar und blau.
Martin betrachtete die spinnwebartigen Flugdiagramme auf der Tafel
und fühlte eine leichte Übelkeit aufsteigen.

„Keine Fragen", sagte er. „Es ist alles klar."

„Schön. Die Chipmunk ist ein feines Flugzeug, aber sie kommt
manchmal etwas zögernd aus dem Trudeln heraus, darum müssen wir
auf jeden Fall darauf achten, daß wir das Abfangmanöver rechtzeitig
einleiten, dann gibt es keine Probleme. Das heißt, erst mal Gas weg.
Dann volles Gegenruder, Pause und Steuersäule vor. Ist das alles völlig
klar?"

Martin schluckte noch einmal und sagte: „Ja."

„Gut. Dann versuchen wir es jetzt mal. Machen Sie schon alles
flugklar. Ich komme nach, wenn ich den Propeller laufen sehe. Klar?"

Martin nickte und schob seinen Stuhl zurück. Paynton sah ihm
nach, wie er in den kalten Sonnenschein hinausging.

NACHMITTAGS um zehn vor zwei, genau in derselben Sekunde, als
Tony Paynton und Jules Martin in Tees-side, sechzig Kilometer weiter
südlich, von der Startbahn abhoben und Keith Kerr in Sherburn in
Elmet die Hangartüren schloß, trafen Roy Bazzard und Ann Moore im
Tyne Flying Club ein. Das Clubhaus war eine schäbige, zwischen zwei
Hangars gequetschte Holzbaracke, etwa vierhundert Meter vom Ab-
fertigungsgebäude des Flughafens Newcastle-Woolsington entfernt.

Ann, die noch nie in einem Fliegerclub gewesen war, fand das Ganze
ein wenig beklemmend. Drinnen in der Hütte war alles verstaubt und
abgenutzt. In einer Ecke befand sich ein kleiner Schaltertisch, hinter
dem der Flugbetriebsleiter, zugleich Empfangschef des Clubs, resi-
dierte: König aller Buchungen, Flugpläne und des übrigen Papier-
krams, der in einer Flugschule mit sechs Flugzeugen so anfällt. Neben
dem Schaltertisch hing ein großes Schwarzes Brett mit lauter kleinen,
maschinegeschriebenen und vom Ausbildungsleiter unterschriebenen
Mitteilungen und Anweisungen, und die übrigen Wände zierten Plan-
zeichnungen von Flugzeugen und elektrischen Systemen. Das ganze
Gebäude hatte ein regelrecht verwohntes Aussehen, wie es oft dort
entsteht, wo viele Menschen durchgehen, aber nie stehenbleiben.

Ann setzte sich auf die Kante eines abgewetzten Ledersessels, während Roy zum Schalter ging und mit einem Anmeldeformular für Pas-

sagiere wiederkam, das sie unterschreiben mußte. Der Text füllte ein halbes DIN-A3-Blatt und enthielt unter anderem den Satz: *Für Unfälle, an denen clubeigene Flugzeuge oder Clubmitglieder beteiligt sind, wird keine Haftung übernommen.* Sie las das Formular zweimal durch, dann füllte sie es aus und unterschrieb.

„So." Ihr Bemühen, sich die Nervosität nicht anmerken zu lassen, ließ ihre Stimme übertrieben gleichmütig klingen. „Soeben habe ich mich aller Rechte begeben."

„Prima." Bazzard lächelte gewinnend. „Und den Scheck, der drunterlag, hast du nicht mal bemerkt."

Ann lächelte zurück, dankbar für den Scherz. „Doch. Ich habe ihn mit ‚R. Bazzard' unterschrieben und eingesteckt. Den Rest fülle ich später aus."

Die nächsten zehn Minuten blätterte sie in einer alten Sportfliegerzeitschrift, während sich Roy mit Karten, Listen und seinem kleinen Navigationscomputer beschäftigte. Als Krankenschwester in einem großen Krankenhaus war Ann mit dem Formalitätenkram, der mit der Benutzung hochentwickelter Apparaturen verbunden ist, bestens vertraut, aber die Vorbereitungen für einen Flug kamen ihr denn doch unglaublich kompliziert vor, und irgendwie erhöhte das noch ihre Nervosität. Nach einer Weile stand sie auf und ging in die Damentoilette, wo sie unnötigerweise ihr Make-up erneuerte.

Sie betrachtete ihr Gesicht im Spiegel und ertappte sich dabei, wie sie nach den Spuren von Überarbeitung suchte, die sich dort in letzter Zeit bemerkbar gemacht hatten. Sie hatte ein hübsches Gesicht, blaue Augen und volles, schulterlanges blondes Haar – aber auch einige verräterische Zeichen waren da. Zum Beispiel die Falten in den Mundwinkeln; und die Lippen: fest zusammengekniffen, unnahbar und tadelnd; Ann erkannte diesen unbestimmbaren Anflug von Härte, den sie schon bei Kolleginnen beobachtet hatte. Vielleicht die zu vielen langen Stunden in der Notaufnahme, die zu kurzen Ruhepausen dazwischen. Zuviel Tüchtigkeit...

Sie lächelte zaghaft und beobachtete die Wirkung. Es war wie eine kleine Verwandlung; die Augen wurden größer, der Mund warm und freundlich, und ihre leicht aufwärts gebogene Nase bekam etwas Kekkes. Alle Strenge und Anspannung waren wie weggeblasen – wie es sich für eine fünfundzwanzigjährige Frau am Beginn eines freien, langen Wochenendes gehört, dachte sie.

Sie beendete ihr Make-up und nahm sich vor, an den nächsten drei Tagen etwas öfter zu lächeln. Das Krankenhaus und alle Arbeitsüberlastung zu vergessen, die Angst vor dem Fliegen abzulegen, besonders aber aufzuhören, sich über Roy den Kopf zu zerbrechen. Es war doch lächerlich, sich das Gehirn darüber zu zermartern, ob man nun in jemanden verliebt war, den man gerade drei Wochen kannte. Rundweg lachhaft. Daß sie heute mit ihm hinunter nach Buckinghamshire flog, um das Wochenende bei seinen Eltern zu verbringen, bedeutete rein gar nichts; nur daß sie eben gern zusammen waren. Und sollte es im Bett enden, bevor sie über alles nachgedacht und sich selbst über ihre Gefühle klargeworden war – nun, vielleicht brauchte sie genau das, bevor sie eine Nuance zu ausgeglichen, zu sehr die überorganisierte Oberschwester war.

Sie sah sich erröten, verlegen ob der plötzlichen Heftigkeit ihrer Gefühle. Sie wartete, bis ihre Gesichtsfarbe wieder normal war, dann lächelte sie noch einmal ihrem Spiegelbild zu und ging zurück in den Clubraum.

Roy Bazzard saß über eine Landkarte gebeugt. Die Strecke, die er von Newcastle zum Flugplatz Denham im Westen Londons fliegen mußte, führte fast genau nach Süden. Unwirsch knetete er seine Nakkenmuskeln. Trotz der Vorfreude über das bevorstehende lange Wochenende mit Ann fühlte er sich ausgelaugt und verdrießlich. Er war heute morgen mit allen Symptomen eines Katers aufgewacht, obwohl er den ganzen Abend zuvor nichts getrunken hatte, und sein Nacken war ebenso ohne jeden erkennbaren Grund verkrampft und steif. Er hatte sein Unwohlsein auf Überarbeitung geschoben – mit seinen sechsunddreißig Jahren mußte er als Juniorpartner in einer alteingesessenen Newcastler Wirtschaftsprüferfirma hart arbeiten, um in dieser Stellung festen Fuß zu fassen –, und so sagte er sich, daß es im Laufe des Morgens sicher besser würde. Aber bei aller gespielten Fröhlichkeit fühlte er sich müde und verbraucht.

Er wischte sich mit dem Handrücken über die Augen und überlegte einen Augenblick, ob er wirklich fliegen sollte. Im Grunde war er ein vorsichtiger Mann, der sich nach zweiundneunzig Flugstunden noch immer nicht ganz in der Luft zu Hause fühlte und genau wußte, daß sein gerade ein Jahr alter Privatpilotenschein ihn nicht davor schützte, Fehler zu machen. Aber nun hatte er Ann bei sich. Er hatte ihr gesagt, daß sie bei gutem Wetter nach Denham fliegen statt mit dem Auto fahren würden, worauf sie sich zu freuen schien. Und das Wetter war unbestreitbar gut...

Er zuckte mit den Schultern, dann senkte er seinen Filzstift auf die Windstärkenskala und rechnete seinen Kurs aus.

Ein paar Sekunden später kam Ann in den Clubraum zurück, und er sah lächelnd zu ihr auf.

UM VIERTEL nach zwei gingen sie mit ihrem Wochenendgepäck zum Flugzeug. Draußen schien die Sonne kalt und schwach, und im Schatten der Hangars war das Vorfeld noch stellenweise von Eis überzogen. Die in Reihe aufgestellten Flugzeuge wirkten alle schick und modern, abgesehen von einem kleinen, plump aussehenden Doppeldecker, der auffallend schokoladenbraun und gelb bemalt war. Ann warf im Vorbeigehen einen amüsierten Blick darauf.

„Ist das eines von euern Schulflugzeugen, Roy?"

Bazzard sah sich um. „O nein. Das ist eine Pitts Special. Eine Spezialanfertigung für Kunstflug. Wahrscheinlich hat Barry Turner sie aus dem Schuppen geholt, um ein bißchen zu trainieren. Er ist hier der Ausbildungsleiter." Er sah zum strahlendblauen Himmel hinauf, an dem hoch oben ein paar Federwolken hingen. „Ist sogar ein schöner Tag dafür, wenn's einem Spaß macht, auf dem Rücken zu fliegen."

Sie fragte: „Kannst du das auch, Roy? Flugkunststücke und so was?"

Bazzard grinste. „Einen Looping kriege ich gerade noch hin, aber nach allem andern sehe ich immer ein bißchen grün im Gesicht aus." Er zeigte auf eine solide wirkende blau-weiße Cherokee Arrow neben dem Doppeldecker. „Das ist mehr mein Geschmack. Eine bequeme amerikanische Luftlimousine, leicht zu fliegen, mit Navigationshilfen wie ein mittleres Verkehrsflugzeug, und neben mir Platz genug für die hübscheste Krankenschwester von Newcastle!"

Aus der Nähe war das Flugzeug größer, als Ann erwartet hatte. Die weißen Tragflächen waren breit und dick, und über den Rumpf konnte sie nicht einmal hinwegsehen. Trotz ihrer dicken Strickjacke und Jeans fror sie im Januarwind, während Roy um die Maschine herumging, die Steuerflächen bewegte und sich hinkniete, um sie von unten zu kontrollieren.

Als er seine Inspektion beendet hatte, kletterte er auf den Einstiegstritt am Ansatzpunkt der Steuerbord-Tragfläche und öffnete die Cockpittür. Ann reichte das Gepäck hinauf, und er beugte sich hinein und verstaute es hinter den Sitzen.

Da durchzuckte ihn der Schmerz. Er kam ganz plötzlich, wie ein rotglühender Spieß hinter den Augen. Alles verschwamm vor ihm. Ein paar Sekunden lang hatte er das Gefühl, daß sein Kopf gleich platzen werde. Er wollte aufschreien, konnte aber nicht...

Und dann war es wieder vorbei.

Bazzard kniff verwundert die Augen zu. Im ersten Moment war er sich nicht einmal sicher, ob er den Schmerz wirklich gespürt hatte. Er bewegte sich ein wenig und fühlte erneut dieses Ziehen in den steifen Nacken- und Schultermuskeln. Aha – das war's also gewesen: Er mußte sich beim Verstauen des zweiten Koffers einen Nerv eingeklemmt haben. Einen steifen Nacken mit sechsunddreißig, mein Gott! Er sollte etwas mehr Sport treiben.

Er zwängte sich ins Cockpit, drehte sich um und rief Ann zu, sie solle heraufkommen. Dann rutschte er, als ihre Beine in der Tür erschienen, auf den linken Sitz.

„Entschuldige, daß ich dir nicht helfen konnte. Aber ich mußte zuerst einsteigen, weil sie in diese Kisten nur eine Tür eingebaut haben. Ritterlichkeit scheint bei der Piper Aircraft Corporation ein Fremdwort zu sein."

Ann lächelte ein wenig unsicher und ließ sich auf dem rechten Sitz neben ihm nieder. Bazzard griff über sie hinweg und klappte die Tür zu, dann faßte er nach oben und drehte die Verriegelung über ihrem Kopf auf zu. Als er den Arm sinken ließ, legte er ihn leicht um ihre Schultern, lehnte sich zu ihr hinüber und küßte sie rasch auf die Wange.

„Nicht, Roy – die Leute im Clubhaus können uns zusehen."

Bazzard lächelte und zog seinen Arm zurück. „Dann warte ich lieber, bis wir in der Luft sind", meinte er.

„O nein, das läßt du gefälligst bleiben. Du wirst dich ums Fliegen kümmern, sonst beschweren sich die Passagiere."

„Haha!" Bazzard winkte gutgelaunt ab und achtete nicht auf das Stechen in der Schulter. „Davon verstehst du nichts – das Fliegen besorgt dieses kleine Vögelchen ganz allein. Einmal auf Flughöhe, schaltet der ritterliche Flugzeugführer auf Autopilot und hat beide Hände frei, um junge Mädchen durchs Cockpit zu scheuchen."

Ann mußte laut lachen. „Hat das Ding etwa wirklich einen Auto-piloten, Roy?"

„Na klar – Zweiachsregler für Querneigung und Richtung, falls es dich interessiert. Was ist daran so komisch?"

„Na ja..." Ann kicherte jetzt vor sich hin. „Weißt du, meine Zim-mergenossin hat nämlich heute morgen, bevor du kamst, noch von Autopiloten gesprochen und gemeint, dein Flugzeug hat sicher einen, und ich werde den ganzen Weg bis Denham meine Ehre verteidigen müssen."

Lachend half Bazzard Ann beim Anschnallen. Dann wandte er seine ganze Aufmerksamkeit den vielen Dingen zu, die vor dem Anlassen eines Flugzeugmotors zu tun sind. Während seine Hände über die Schalter und Hebel glitten, sah Ann sich zum erstenmal in der Kabine um. Sie war von der gediegenen und schönen Innenausstattung über-rascht; aus irgendeinem Grunde hatte sie die Vorstellung gehabt, im Cockpit eines Kleinflugzeuges müsse alles so kalt und funktionell sein wie in den Jagdflugzeugen, die sie schon im Film gesehen hatte. Die Cherokee Arrow war innen ganz in Blau und Weiß ausgestattet, dem Äußeren entsprechend; der Boden war mit Teppichboden ausgelegt, die Sitze waren mit Leder und Wollstoff bezogen. Insgesamt hatte man den Eindruck, in einem teuren, wenn auch etwas aseptisch wirkenden Auto zu sitzen; sogar die beiden halbkreisförmigen Handräder an den Steuersäulen, eines vor Roy und das andere vor ihrem eigenen Sitz, er-innerten an Autolenkräder.

Noch weiter vorn aber endete die Ähnlichkeit. Die geschwungene blaue Flugzeugnase war so hoch, daß Ann sich den Hals ausrenken mußte, um darüber hinwegsehen zu können, und das Armaturenbrett enthielt Hunderte von Skalen, Schaltern und Hebeln.

Ann starrte dieses Sammelsurium verständnislos an. „Wie kannst du nur wissen, wofür die einzelnen Dinger eigentlich da sind, Roy?"

Die Frage kennt jeder Pilot.

„Das ist gar nicht so schlimm, wie es aussieht. Erstens brauchst du nie alles gleichzeitig. Die meiste Zeit achtest du nur auf Geschwindig-keit, Höhe und Richtung – und ab und zu wirfst du mal einen Blick auf die Motorinstrumente, um zu sehen, ob die Uhr noch richtig tickt. Al-les übrige sind hauptsächlich Funknavigationshilfen, die man nur be-nutzt, wenn man sie braucht. Man muß das Ganze nur im Geiste in Gruppen unterteilen, dann ist es nicht mehr schwer."

Ann schüttelte den Kopf. „Für mich schon. In puncto Technik bin ich ein hoffnungsloser Fall." Sie überlegte, was sie denn nur Gescheites sagen könnte, und meinte dann: „Wie schnell werden wir fliegen?"

„Wenn wir erst oben sind, fliegen wir mit rund 250 Stundenkilometern. Damit sind wir in eineinhalb Stunden in Denham."

Ann fragte beeindruckt: „Ist das schnell für ein kleines Flugzeug?"

„Ja – jedenfalls für ein einmotoriges. Das hier ist eine Piper Cherokee Arrow. 200-PS-Motor mit Benzineinspritzung, automatischer Verstellpropeller und einziehbares Fahrwerk."

„Einziehbares Fahrwerk? Du meinst, daß die Räder hochgehen? Wenn die nun zum Landen nicht wieder rauskommen?"

„Darüber zerbrich dir mal nicht den Kopf. Erstens kommen sie immer wieder raus, und zweitens ist dieser Vogel eigens so gebaut, daß er eine Bauchlandung ohne größeren Schaden übersteht."

Bazzard hatte die Kontrollen beendet. „Ich werfe jetzt den Motor an. Klar?"

Ann nickte. Bazzard drehte den Schlüssel um. Der Propeller drehte sich blechern mit dem Anlasser, dann verschwand er plötzlich, als der Motor lärmend zum Leben erwachte. Die Arrow nickte auf dem Bugrad, dann legte sich das Gebrüll zu einem stetigen Brummen, als Bazzard den Gashebel zurücknahm. Ann sah, wie seine Hände und Augen durch das ganze Cockpit wanderten und geheimnisvolle Meßgeräte und Schalter prüften. Sie fühlte sich aus ihrem Element gerissen und kam sich ein wenig dumm vor, da sie so gar nicht wußte, was er da machte. In ihrem Magen meldete sich ein hohles Gefühl, und einen Augenblick lang ertappte sie sich dabei, daß sie aberwitzigerweise hoffte, er werde einen kleinen Fehler entdecken; gerade groß genug, um wieder auszusteigen und mit dem Auto zu fahren...

Irgendwo im Cockpit bellte plötzlich eine Stimme los: „Caledonian eins-sieben-vier, frei zur Startbahn zwo-fünf..." Ann fuhr zusammen, und Bazzard hob die Hand zum Funkgerät, um die Lautstärke zu drosseln.

„Entschuldige, Kleines. Ob das Ding zu laut eingestellt ist, merkt man erst, wenn einer redet. Mit Kopfhörern ist das leichter festzustellen, aber unsere sind heute alle in den Schulflugzeugen, da müssen wir uns mit Handmikrofon und Kabinenlautsprecher begnügen."

Ann nickte, ohne ein Wort zu verstehen. „Das war das Sprechfunkgerät, nicht wahr? Womit du zu den Leuten am Boden sprichst?"

„Bitte? Ah – ja." Bazzard warf ihr einen Blick zu und wunderte sich über ihr blasses Gesicht; sie war doch sonst so ruhig und gefaßt. „Hier spricht man hinein", sagte er mit ermutigendem Lächeln. Er brachte das Mikrofon vor den Mund und drückte auf den Sprechknopf.

„Newcastle, guten Morgen. Hier Golf Alpha Yankee Whisky Tango. Erbitte Rollfreigabe."

Der Lautsprecher über ihren Köpfen antwortete unverzüglich. Er redete schnell, und für Ann war es völlig unverständliches Geschwätz. Sie sah Roy an und wunderte sich, wie überhaupt jemand diese schnell sprechende metallische Stimme verstehen konnte, aber er machte sich in aller Ruhe auf seinem Block Notizen. Nach einer Weile nahm er das Mikrofon und antwortete: „Whisky Tango ebenfalls auf fünf, Startbahn zwo-fünf, QNH eins-null-eins-vier." Aus dem Lautsprecher erklang zur Antwort zweimal ein Klicken.

Bazzard wandte den Kopf. „Klingt unmöglich, wenn man's zum erstenmal hört, nicht? Jeder denkt am Anfang, das verstehe ich nie, und plötzlich hat man's kapiert." Dann fügte er hinzu: „Ich rolle jetzt los."

Ann lächelte nervös. Das Donnern des Motors verursachte ein Vibrieren in ihrem Magen.

Bazzard griff nach unten, um die Standbremse zu lösen, gab etwas mehr Gas, und die Arrow setzte sich in Bewegung. Er drehte den Kopf nach hinten, um sich zu vergewissern, daß die Rollbahn frei war, und bei dieser Bewegung fuhr ein Schmerzkeil durch seinen Nacken.

„Sag mal, Ann, kennst du ein Mittel gegen Nackenschmerzen?"

„Wieso, hast du welche?"

„Ja, ein bißchen." Bazzard schwenkte die Arrow im Rollen sanft nach rechts und links, um die Bewegungen der Kurvennadel und der Kompasse zu kontrollieren. „Fühlt sich an, als wenn die Muskeln verkrampft wären."

Ann hatte sofort Mitleid. In der fremden Welt dieser kleinen Flugzeugkanzel waren Nackenschmerzen etwas, worauf sie sich verstand.

„Ist es schlimm? Wie lange hast du sie denn schon?"

„Seit heute morgen beim Aufwachen. Anscheinend werde ich alt."

„Schrecklich, wie?"

„Kann man wohl sagen." Er sah sie an. „Aber noch nicht so alt, um mir nicht gern von dir den Nacken massieren zu lassen. Das heißt, alles zu seiner Zeit."

Ann lächelte beruhigt.

Am Ende der Rollbahn drehte Bazzard die Arrow in den Wind, ließ den Motor warmlaufen und kontrollierte Propeller und Magnetzündung. Nachdem der Motor durchgeprüft war, nahm er das Gas wieder zurück und machte die letzten Startkontrollen. Als letztes prüfte er die Steuerung, indem er das Handrad an der Steuersäule hin und her und vorwärts und rückwärts bewegte und aus dem Fenster blickte, um zu sehen, ob Quer- und Höhenruder frei beweglich waren und voll ausschlugen. Ann beobachtete, wie die zweite Steuersäule vor ihr diese Bewegungen alle mitmachte.

„Ist das eine Doppelsteuerung, Roy?"

Bazzard nickte. „Ganz genau. Alles, was ich hier habe, hast du auf deiner Seite auch. Wenn wir oben sind, darfst du mal selbst ein bißchen fliegen, wenn du magst."

„N-nein danke. Das überlasse ich lieber dir. Diesmal."

Bazzard grinste. „Mir und dem Autopiloten, mein Kind – ich hab was Besseres zu tun, wenn wir erst unterwegs sind."

Die Arrow rollte auf die Startbahn, und um 14.23 Uhr mittlere Greenwichzeit erhob sie sich grollend in die Lüfte.

2

TONY PAYNTON saß halb erfroren hinter Jules Martin. Er zog den Pelzkragen seiner Fliegermontur fester, um sich vor dem Luftzug zu schützen, der am unteren Rand des Kabinendachs hereinpfiff, aber es nützte nichts, also gab er es wieder auf und starrte verdrießlich nach vorn.

Der Blick war alles andere als anregend, wie noch so einiges andere in dieser kleinen Welt hier oben. Zum einen war der Motor der De Havilland Chipmunk nicht schallgedämpft, und sein eintöniges Gebrüll ging einem durch Mark und Bein. Zum andern waren die Sitze hintereinander angeordnet; eigentlich waren es zwei völlig separate Einzelsitzkabinen mit je einer kompletten Steuerung, nur unter einem gemeinsamen, langgestreckten Dach. So sah Paynton in diesem Augenblick, während die Chipmunk G-BCYL auf 6500 Fuß stieg, vorn nur Martins Hinterkopf vor einem weiten, strahlendblauen Himmel und einer verschwommenen braunen Linie über den Flügeln, den fernen Horizont.

Er beobachtete den Höhenmesser, während das Flugzeug plump aus

dem Steigflug herauskam, und wartete, bis Martin in den Horizontalflug übergegangen war. Dann hob er die linke Hand und rückte das
Kopfhörermikrofon näher vor die Lippen.

„Jules." Seine Stimme mit dem Midlands-Akzent klang ruhig und
fest. „Jules, das letztemal war's jetzt besser, nur daß Sie den Knüppel
noch immer nicht weit genug vorgeschoben haben. Wir machen dasselbe noch einmal, diesmal linksherum, und dann halten wir etwas
länger durch. Alles klar?"

Vor ihm hoben sich die Schultern unter dem Kopf leicht an, als
wollte ihr Besitzer sich noch tiefer in seinen Sitz drücken. Jules hatte
Angst und fühlte sich ein bißchen luftkrank; er schluckte kräftig und
versuchte das Flattern in seinem Magen zu beruhigen, indem er den
Blick fest auf die Instrumente im Cockpit heftete. Viel half das nicht.
Der alles durchdringende Lärm des Motors schien seinen ganzen Körper durchzuschütteln, daß seine Knochen zu Pudding wurden und
seine Sinne sich vernebelten. Er wußte sehr genau, daß er hier in zweitausend Meter Höhe nur auf ein paar dünnen Aluminiumblechen saß.

„Ja, alles klar", murmelte er.

„Gut, alter Freund, dann kann's ja losgehen…" Die Stimme in
Martins Ohren ging plötzlich in rasselndes Knistern auf und verwandelte sich in eine andere, die langsam in nordenglischem Tonfall
redete.

„…Charlie India, voraussichtliche Ankunft Tees-side in – äh – rund
fünf Minuten", sagte die Stimme. „Erbitte Landebahn und… oder…
Quebec Fox Echo. Äh, ah… bitte kommen."

Paynton schwieg und wartete, daß die Anflugkontrolle Tees-side
dem Piloten von Charlie India die gewünschten Auskünfte gab und
das Funkgespräch beendete. Es war ärgerlich, daß der Funkverkehr
zum Boden und die Bordgespräche durch ein und denselben Kasten
liefen; zum hundertsten Mal wünschte er sich, den Außenfunkverkehr
einfach abschalten zu können, solange er über die Bordsprechanlage
sprach.

In den Kopfhörern tönte es von fern: „Maschine im Anflug auf
Tees-side, nennen Sie noch einmal Ihr volles Rufzeichen."

„Eh… äh…" Die nordenglische Stimme zögerte. „Wie bitte?"

Paynton verdrehte seine Augen. „Schalten Sie mal ein paar Frequenzen weiter, Jules. Dieser Trottel quasselt sonst noch den ganzen
Tag in unserm Bereich herum."

FLUG INS UNGEWISSE

„Aha. Ja – verstanden." Martin beugte sich vor, um an das Funkgerät heranzukommen, und drehte den Frequenzwähler von 118,85 MHz auf 116,85 MHz. Er wußte nicht, daß es 116,85 war, und es war ihm auch gleichgültig. Die Störung beseitigen hieß, daß er jetzt wieder trudeln mußte, und das wollte er doch nicht. Andrerseits – je eher er es hinter sich brachte, desto früher konnte er aus dieser schwindelnden Höhe wieder hinunter und landen. Er lehnte sich zurück, seine Hände waren heiß und kribbelig, und seine Füße auf dem Ruder zitterten.

„Na, dann los, Jules. Erst noch eine Sicherheitsrunde, und dann ab..." Paynton begann mit den Anweisungen, seine Stimme klang blechern über die Bordsprechanlage. Martin saß stumm da und bekam überhaupt nichts mit. In seinem Kopf drehte sich alles, er fühlte sich krank. Sein einziger Gedanke war, so bald wie möglich wieder auf die Erde zu kommen.

GENAU in diesem Augenblick durchstieß die Cherokee Arrow G-AYWT achtzig Kilometer weiter nördlich die 1000-Fuß-Grenze. Fahrwerk und Klappen waren eingezogen. Bazzard nahm den Drosselhebel auf Reisesteigflug zurück und sah zum erstenmal seit dem Start wieder zu seiner Begleiterin hinüber. Ihr Gesicht war blaß; sorgenvoll betrachtete er sie ein paar Sekunden.

„Geht's noch? Wenn es dir keinen Spaß macht, sag's ehrlich. Wir können immer noch umkehren und mit dem Auto fahren."

„Nein, nein, es geht schon." Ann schluckte. „Es ist nur ein bißchen... ungewohnt am Anfang. So anders als in einem großen Flugzeug, nicht wahr?"

Bazzard nickte, und sein Blick wanderte zurück zu den Instrumenten. „Stimmt", sagte er. „Das ist nämlich das richtige Fliegen. In diesen großen Vögeln sitzt man wie in der U-Bahn." Er sah wieder zu Ann hinüber und deutete mit der Hand zum linken Seitenfenster hinaus. „Wir haben einen schönen Tag erwischt. Von hier aus kannst du ganz Newcastle sehen. Schau mal."

Ann drehte den Kopf zur Seite. Tief unten lag die Stadt ausgebreitet wie ein riesiger Kasten mit Bauklötzen in der kalten Wintersonne. Draußen vor dem Fenster wanderte die Flügelspitze langsam über diese Miniaturlandschaft zurück, als das Flugzeug sich in eine Kurve legte. Ann hatte das Gefühl, in der Luft stillzustehen, irgendwo in luftiger Höhe an einem Punkt zu hängen und sich überhaupt nicht zu

FLUG INS UNGEWISSE 27

bewegen. Sie mußte wieder schlucken und sich zwingen, weiter hinauszusehen.

„Du hast heute richtig Glück", meinte Bazzard. „Um diese Jahreszeit sieht man sonst nur eine einzige Nebeldecke."

Ann fuhr sich mit der Zunge über die Lippen und meinte: „Woher kommt das?"

„Vom Rauch und Dampf der vielen Fabriken." Bazzard richtete die Arrow aus der Kurve auf und setzte den Steigflug fort. „Der ganze Dreck geht in die Luft und bildet eine große Dunstglocke über der Gegend. Was Luftverschmutzung ist, weiß man erst, wenn man sie von oben sieht."

Ann nickte und wandte wieder den Kopf. Sie beschattete die Augen gegen die Sonne. Es war erstaunlich, daß das Flugzeug sich gar nicht zu bewegen schien, sie mußte starr nach unten sehen, um sich zu vergewissern, daß die Erde überhaupt unter ihnen zurückglitt.

„Wie schnell fliegen wir jetzt, Roy?"

„Im Moment hundertsechzig. Ich steige noch auf viertausend Fuß, um oberhalb der ganzen Militärbereiche weiter südlich zu fliegen; die heizen einem ganz schön ein, wenn man sich in ihren Luftraum verirrt."

„Hundertsechzig! Und ich habe das Gefühl, als ob wir uns gar nicht bewegen."

Bazzard lächelte. „Dieses Gefühl hat man immer. Das liegt an der Höhe. Die Geschwindigkeit merkt man nur, wenn man sehr niedrig fliegt. Dann saust die Landschaft förmlich an einem vorbei." Er warf einen Blick auf den Höhenmesser und fuhr fort: „Ich nehme die Maschine jetzt aus dem Steigflug. Wenn wir erst geradeaus fliegen, kannst du auch vorn etwas sehen."

Ann klammerte sich an die Armlehnen ihres Sitzes. Bazzard drückte sanft die Flugzeugnase aus der Steigstellung hinunter, dann nahm er ein paar kleine Korrekturen am Trimmrad vor und lauschte auf den veränderten Ton des Motors, als die Eigengeschwindigkeit über zweihundertvierzig stieg. Nachdem er noch das Gas etwas zurückgenommen hatte, regulierte er die Propelleranstellung auf exakte 2400 Umdrehungen pro Minute, dann drückte er die Nase noch ein wenig weiter und beobachtete, wie die Zeiger des Höhenmessers auf genau 4000 Fuß hinuntergingen. Dort fing er den leichten Sinkflug ab und trimmte sorgsam Höhen- und Querruder zum Geradeausflug.

Die Geschwindigkeit pendelte sich auf 250 Stundenkilometer ein.

Mit dem kleinen Triumphgefühl, das jeder Pilot empfindet, wenn er sein Flugzeug mit Erfolg „in den Korridor gestellt" hat, erledigte er dann die vielen kleinen Handgriffe überall im Cockpit, die nach dem Steigen noch gemacht werden müssen, bevor der Autopilot eingeschaltet wird. Sein Nacken schmerzte, als er sich wieder Ann zuwandte.

„Besser jetzt, nachdem wir geradeaus fliegen?"

Ann lächelte ihn an. Sie war noch immer blaß, aber nicht mehr so angespannt wie vorher. „Ich fühle mich ganz wohl. Langsam gewöhne ich mich dran."

Bazzard betrachtete sie ein paar Sekunden. Sie sah aus, als ob sie sich doch noch fangen werde. Plötzlich grinste er und meinte: „Also dann, Miß Moore – Zeit für den Autopiloten!"

Er drückte auf die beiden weißen Knöpfe links unten am Armaturenbrett und ließ mit einer großartigen Gebärde die Steuersäule los. Im Flugverhalten der Arrow verspürte man augenblicklich eine winzige Veränderung, wie bei allen Leichtflugzeugen, wenn sie auf automatische Steuerung umgeschaltet werden; das Flugzeug machte eine kaum merkliche Kurskorrektur und summte dann ruhig weiter. Ann beobachtete für einen Augenblick fasziniert die beiden sich selbst überlassenen Handräder an der Steuersäule. Die winzigen Korrekturbewegungen, die das Flugzeug stabil hielten, waren mit bloßem Auge nicht zu sehen.

„So, Madam", sagte Bazzard. „Ich glaube, jetzt ist der Moment für eine kleine Zerstreuung da!" Er ergriff ihre Hand und drückte sie.

„Aber, Sir! Nicht doch, Sir!"

Beide lachten. Die Arrow schnurrte friedlich dahin, die Sonne schien warm ins Cockpit. Nach einer Weile ließ Bazzard ihre Hand los und nahm das Mikrofon vom Haken.

„Muß Newcastle Lebewohl sagen." Er hob das Mikrofon an die Lippen und drückte auf den Knopf. „Newcastle, hier Whisky Tango; verlasse Ihren Bereich Richtung Süden, Flughöhe vier-null, schalte um auf Anflug Tees-side."

Der Lautsprecher klickte und antwortete: „Verstanden, Whisky Tango, und guten Flug."

Bazzard dankte durch zweimaliges Drücken des Sprechknopfes, dann legte er das Mikrofon auf den Schoß und griff mit der Hand nach oben, um die Funkfrequenz zu ändern. Sie stand auf 126,35, New-castle, und mußte auf 118,85, Tees-side, umgestellt werden. Er drehte zuerst den Dezimalknopf von 35 auf 85 . . .

Dann verlor er die Besinnung.

Es geschah im Bruchteil einer Sekunde, so schnell, daß er selbst es kaum gewahr wurde. Ein kurzer, betäubender Schmerz im Hinter-kopf, dann schwanden ihm die Sinne. Sein Körper sank vornüber ge-gen den diagonalen Schultergurt.

Es dauerte ein paar Sekunden, bis Ann begriff, daß etwas passiert war. Sie hörte Roy ein leises Stöhnen von sich geben und sah ihn an. Er saß mehr oder weniger aufrecht, die Augen geschlossen.

„Gedenkst du, ein Nickerchen zu machen?" fragte sie scherzhaft. Bazzard antwortete nicht.

Ann starrte ihn eine Zeitlang an, und das Lächeln gefror auf ihrem Gesicht. Auch jetzt begriff sie die Katastrophe noch nicht. Sie wußte nur, daß sie sehr enttäuscht war – sie hatte Roy nicht für den Typ ge-halten, der solch gemeine Witze riß. Mit eisiger Stimme sagte sie: „Du Ekel! Das ist gar kein bißchen lustig."

Bazzard regte sich nicht.

Plötzlich wurde Ann von Angst und Wut gepackt. Sie warf sich auf ihrem Sitz herum und verpaßte Bazzard zwei saftige Ohrfeigen. Er blieb aufrecht sitzen, die Augen immer noch geschlossen.

Die Arrow flog weiter. Das Surren des Motors füllte die Kabine.

Langsam dämmerte Ann die Wahrheit. Ihre Augen weiteten sich. Entsetzen löste den Zorn in ihrem Gesicht ab, während sie Roy un-verwandt anstarrte. Nach und nach wurde ihr die Tragweite bewußt, langsam zuerst, dann schlagartig. Nach einer ganzen Weile fuhr sie in Panik herum und starrte über den fernen, leeren Horizont. Angst schnürte ihr die Kehle zu.

Dann riß sie, weil sie es Roy hatte benutzen sehen, das Mikrofon von seinem Schoß und drückte auf den Knopf.

Sie schrie.

JULES MARTIN wischte sich mit der Hand übers Gesicht, fummelte am Lautsprechermikrofon herum und fragte plötzlich: „Haben Sie was dagegen, wenn wir umkehren, Tony?"

Paynton im hinteren Cockpit verstand ihn sofort. Wie die meisten Fluglehrer war auch er schon luftkrank gewesen.

„Selbstverständlich, Jules. Sobald Sie möchten. Sie haben das Steuer. Wenden Sie auf – äh – null-zwo-null, dann sind wir in zehn Minuten zu Hause. Wir sind nicht weit von Tees-side."

Martin nickte. Die Chipmunk machte ein paar unangenehme kleine Schlingerbewegungen, als er die Steuerung übernahm. Das erste, was ein Fluglehrer tut, wenn einem Schüler schlecht wird, ist, ihn die Maschine fliegen zu lassen; dann hat er etwas zu tun und braucht nicht nur dazusitzen und sich krank zu fühlen.

Paynton griff nach vorn unters Kabinendach, drehte den gelben Griff und zog ihn zurück. Das Rauschen der vorbeiströmenden Luft wurde sofort zu einem ohrenbetäubenden Heulen, und in der Kanzel wurde es noch kälter als vorher.

„Besser so, alter Freund?"

„Hm ... äh ... ja." Besser oder nicht, über diese Frage war Martin längst hinaus. Das hohle Gefühl in seinem Bauch war zu einem gräßlichen Wühlen geworden. Eingeschüchtert vom nackten Brüllen des Fahrtwinds und dem Donnern des Motors, wollte er nur noch hinunter. Benebelt fragte er sich, wie weit es wohl bis zum Flugplatz sei.

„Könnten Sie bitte wieder übernehmen, Tony?"

Paynton übernahm die Steuerung. „In Ordnung. Hab schon. Ist Ihnen nicht gut, Jules?" Der Kopf vor ihm wackelte kläglich, dann versank er ganz, als Martin sich vorbeugte und in der Kartentasche nach einer Tüte kramte. Paynton lehnte sich nach links und dann nach rechts, um hinunterzusehen. Unter der linken Tragfläche glitt eine Eisenbahnstrecke vorbei, etwa acht Kilometer vor ihnen lag Darlington, und unmittelbar unter ihnen schlängelte sich das Flüßchen Tees durch die Felder dahin. Das hieß, daß der Flugplatz etwa sechs Kilometer vor ihnen lag.

„Gleich sind wir zu Hause, Jules. Nur noch zwei, drei Minuten. Können Sie mal bitte das Funkgerät wieder auf 118,85 stellen?"

Martin beugte sich vor und tastete nach dem Funkgerät. Seine Hand zitterte, als er den Hauptfrequenzwähler fand und schnell und unbeholfen drehte. Zu weit. Die Zahlen auf der Skala sprangen gleich von 116,85 auf 129,85, und irgendwo dazwischen hörte Martin momentan ein lautes Kreischen in den Kopfhörern. Er zuckte zusammen und drehte schnell wieder zurück.

„So", sagte er erleichtert. „118,85."

Paynton runzelte die Stirn. Dieses kurze Kreischen war ziemlich merkwürdig gewesen, so ganz anders als die üblichen Störungen. Es war jetzt nicht der Augenblick, am Funkgerät herumzuspielen – nicht jetzt, wo Jules gerade dabei war, das Innerste nach außen zu kehren – aber sonderbar hatte es sich schon angehört...

„He, Jules", sagte er plötzlich. „Drehen Sie doch schnell noch mal auf die Frequenz zurück, die Sie vorhin gestreift haben."

Martin stöhnte. Langsam beugte er sich wieder vor und drehte. Bei der bloßen Bewegung verschwamm schon alles vor seinen Augen. Der Frequenzwähler klickte auf 119,85, 120,85 und so weiter.

Auf 126,85 war dieses Geräusch wieder da, schrill und laut. Ein paar Sekunden lang hörte es sich nur an wie eine Rückkopplung – dann aber war es mit einemmal als die Stimme einer Frau zu erkennen, die aus Leibeskräften und kaum verständlich schrie.

„O Gott... bitte ANTWORTE DOCH EINER! Er ist OHNMÄCHTIG! Einer muß doch... BITTE HELFT MIR...!"

In diesem Moment übergab sich Martin. Die Krämpfe schüttelten seinen ganzen Körper, füllten seinen Kopf mit einem ohrenbetäubenden, dumpfen Brüllen und benahmen ihm den Atem. Er sank vornüber.

Paynton bemerkte es nicht einmal. Er saß nur starr vor Schrecken da, während dieses grausige Kreischen in seinen Kopfhörern ohne Unterbrechung weiterging. Das blanke Entsetzen in der Stimme der Frau schien seinen eigenen Verstand zu lähmen. Ganz langsam dämmerte ihm, daß er etwas tun müßte, aber er wußte nicht, was.

„O mein Gott! Antwortet mir denn keiner? Bitte helft mir doch..."

Paynton handelte plötzlich sehr schnell.

Er faßte nach dem gelben Griff und knallte das Schiebedach zu. Dann schob er den Drosselhebel voll auf, zog die Nase in den blauen Himmel hoch und legte die Chipmunk in eine sanfte Steigkurve; das Wichtigste war jetzt, die Funkverbindung nicht abreißen zu lassen, und mehr Höhe bedeutete eine größere Reichweite.

Die Chipmunk arbeitete sich in einer langsamen Spirale empor. Paynton korrigierte die Steigflugtrimmung und überlegte, was als nächstes zu tun war.

Das Problem war ebenso schrecklich wie einfach. Aus den verzerrten Worten, die er zwischen den Schreien und Schluchzern heraushörte, ging klar hervor, was geschehen war, aber auf den ersten Blick gab es dagegen gar nichts zu tun. Im Augenblick konnte er der Frau noch nicht einmal antworten. Flugsprechfunkgeräte sind so gebaut, daß sie nicht gleichzeitig senden und empfangen können; jeder Druck auf den Sprechknopf schaltet automatisch den Empfang aus. Bevor sie also nicht zu schreien aufhörte und den Sprechknopf nicht losließ, konnte Paynton nicht zu ihr durchkommen, und wenn er sich die Lunge aus dem Hals brüllte.

Aber das konnte auch nichts mehr ändern, dachte er. Denn was immer geschehen war, die Frau würde in den nächsten Minuten sterben.

Das hatte einen einfachen Grund, nämlich, daß kein Flugzeug ohne Steuerung lange geradeaus fliegen kann. Wenn der Pilot Hände und Füße von den Steuerhebeln nimmt, neigt sich das Flugzeug bald zur Seite, und diese Neigung leitet eine Kurve ein. Die Kurve ihrerseits verstärkt dann wieder die Querneigung – ein Prozeß, der sich selbst in Gang hält, bis das Flugzeug zuletzt eine steil nach unten führende Spirale beschreibt. Dieses Phänomen ist für einen erfahrenen Piloten kein Problem, denn das Balancehalten im Flug geht so automatisch wie das Geradeauslenken eines Autos – aber die Chance, daß jemand, der vom Fliegen nicht die leiseste Ahnung hatte, zufällig das Richtige tun würde, um das Flugzeug abzufangen, bevor es am Boden zerschellte, war so gering, daß man sie gleich vergessen konnte.

Und daß diese Frau keine Ahnung vom Fliegen hatte, war im Moment das einzige, was eindeutig feststand.

Also konnte er nur warten, bis sie starb, und währenddessen flehte ihre Stimme weiter, gingen ihre Worte in ein wildes Schluchzen über. Dazwischen übergab Jules sich schon wieder und warf in seiner Hilflosigkeit den Kopf hin und her.

Paynton schwitzte in dem eiskalten Cockpit. Dem Schreien dieser Frau zuzuhören war irgendwie ungehörig; niemand hatte das Recht, einen Mitmenschen in der Panik seiner letzten Lebenssekunden zu belauschen. Er wollte Jules zurufen, er solle die Frequenz wieder ändern, um die letzten, schrecklichen Schreie und die qualvolle Stille danach nicht mit anhören zu müssen.

Aber er blieb stumm. Aus irgendeinem Grunde erschien es ihm auch wieder nicht richtig, die Frau allein sterben zu lassen. Also wartete er weiter und versuchte verzweifelt, sich etwas einfallen zu lassen, wie er helfen könnte.

Vielleicht flog sie mit Autopilot.

Der Einfall kam ihm so plötzlich, daß seine herumwirbelnden Gedanken abrupt zur Ruhe kamen. Er schalt sich, daß er darauf nicht eher gestoßen war, und überdachte die Möglichkeit genauer. Ja, es konnte durchaus sein; er hörte sie ja jetzt schon seit etwa vier Minuten, und sie war noch immer da, noch immer in der Luft. Und man konnte vernünftigerweise davon ausgehen, daß ein Pilot, der eine Ohnmacht nahen fühlte, den Autopiloten einschalten würde, sofern er einen hatte.

Er atmete tief ein und merkte, wie er vor Spannung zitterte. Es war also möglich, daß sie mit einem Autopiloten flog. Und das änderte alles. In diesem Falle war sogar vielleicht etwas zu machen. Er würde wieder auf Tees-side zurückschalten und einen Notruf aussenden müssen...

Das Schreien in seinen Kopfhörern brach plötzlich ab.

Entsetzen, blankes, lähmendes Entsetzen, ist eine starke physikalische Kraft. Wenn es nicht in Handeln umgesetzt werden kann, findet es immer wieder neue Nahrung in sich selbst. Und für Ann Moore, die plötzlich allein in diesem dröhnenden Cockpit mit all den unbekannten Schaltern und Hebeln saß, war das Mikrofon das einzige Ventil für ihre Angst; als niemand antwortete, wuchs ihre Panik schnell wie ein Buschfeuer. Sie wußte nicht, wie lange sie geschrien und geschluchzt hatte. Es waren in Wirklichkeit fünf Minuten gewesen, aber für sie hätten es ebensogut Sekunden oder Stunden sein können. Sie wand sich in ihren Gurten und schrie halb zu Roy, halb ins Mikrofon; sie flehte ihn an aufzuwachen.

Bazzard saß da und reagierte nicht; er hatte die Augen geschlossen und den Kopf steif aufgerichtet. Die Arrow summte gleichmäßig dahin, und der Autopilot hielt sie am ruhigen Winterhimmel unerschütterlich auf Kurs.

Schließlich brach Ann zusammen. Hemmungslos weinend preßte sie das Gesicht auf die geballten Fäuste, um nichts mehr von dem Cockpit und dieser entsetzlichen Leere ringsherum zu sehen. Niemand hörte sie, niemand würde irgend etwas für sie tun.

Sie ließ das Mikrofon los, und es fiel mit einem leisen Plumps auf den Teppichboden. Im selben Augenblick knisterte es im Kabinenlautsprecher, und eine Stimme meldete sich langsam und deutlich.

„Flugzeug in Not. Tun Sie nichts, und versuchen Sie auch jetzt noch nicht, mir zu antworten. Ich wiederhole, versuchen Sie noch nicht, mir zu antworten!"

Ann zuckte zusammen, der Schreck ließ sie in neuer Angst aufschreien. Dann schrie und lachte sie gleichzeitig und konnte gar nicht mehr aufhören. Sie preßte die Hände auf die Ohren, um ihr eigenes hysterisches Gekreisch nicht mehr zu hören; dann legte sich das Schreien allmählich. Du mußt dich jetzt zusammenreißen, dachte sie verzweifelt. Du bist Krankenschwester, man erwartet von dir Ruhe, Überlegenheit und Vernunft...

Die Stimme im Lautsprecher meldete sich wieder.

,,Flugzeug in Not, ich wiederhole noch einmal." Die Worte wurden deutlich formuliert und klangen ruhig und sachlich. ,,Versuchen Sie nicht, mir zu antworten, bevor ich es Ihnen sage. Bisher haben Sie die ganze Zeit den Sprechknopf am Mikrofon gedrückt. Wenn Sie das tun, können Sie mich nicht hören. In wenigen Augenblicken werde ich Sie nun bitten, wieder zu mir zu sprechen, aber diesmal drücken Sie bitte nur auf den Knopf, sagen ,Ja' und lassen den Knopf wieder los, damit ich weiter zu Ihnen sprechen kann. Wenn Sie das verstanden haben, sagen Sie jetzt ,Ja'; wenn Sie es nicht verstanden haben, sagen Sie gar nichts, und ich erkläre es Ihnen noch einmal."

Um Gottes willen, wo war das Mikrofon?

Verzweifelt und schwer atmend sah Ann sich im Cockpit um. Die Unmengen von Instrumenten, Schaltern und Hebeln schienen sich über ihre Hilflosigkeit lustig machen zu wollen, indem sie den schwarzen, streichholzschachtelgroßen Würfel zwischen sich versteckten. Wenn sie ihn nicht fand, würde diese Stimme wieder verstummen. Sie hatte das Mikrofon doch eben noch gehabt; es hatte sich an einem Haken unter dem Vorsprung mit den bunten Hebeln...

Da sah sie das spiralförmige schwarze Kabel, an dem es hing. Sie packte es, und eine Sekunde später hatte sie das Mikrofon in der Hand. Sie riß es an die Lippen und drückte mit aller Kraft auf den Knopf.

,,Ja. Ja!" Es kam wie ein gedämpftes, verängstigtes Krächzen aus ihr heraus.

Es dauerte ein paar Sekunden, bis sie daran dachte, den Knopf wieder loszulassen.

,,...sagen Sie mir ganz ruhig und deutlich, was passiert ist, ohne zu lange zu sprechen, und denken Sie daran, den Knopf wieder loszulassen, wenn Sie aufhören. Sprechen Sie jetzt."

Ann holte tief Luft. Sie fühlte, daß ihr ganzer Körper bebte. Wie verrückt, wie unglaublich es auch war, hier zu einer körperlosen Stimme zu sprechen, die sich im Cockpit aus dem blanken Nichts gemeldet hatte, sie mußte sich jetzt beruhigen, mußte antworten.

„Ich... sitze in einem Flugzeug. Roy – der Pilot – ist ohnmächtig geworden." Ihre Worte klangen hohl und fremd, so fern, als ob jemand anders sie spräche, jemand, der weit weg war. „Er hat ganz plötzlich die Besinnung verloren, und ich bekomme ihn nicht wieder wach. Ich... ich weiß nicht..."

Es dauerte wieder etliche Sekunden, bis sie den Daumen vom Sprechknopf nahm; diesmal schien der Mann auf sie gewartet zu haben.

„Ich habe verstanden, Miß. Bleiben Sie nur ganz ruhig, dann kriegen wir schon Ordnung in die Geschichte. Jetzt als erstes: Wissen Sie zufällig, ob das Flugzeug auf Autopilot geschaltet ist? Ich wiederhole: Fliegen Sie auf Autopilot?"

Zuerst begriff Ann die Frage gar nicht – dann erinnerte sie sich plötzlich. Ja, natürlich. Sie hatten doch noch so ausführlich darüber gesprochen. Roy hatte ihn eingeschaltet, und dann hatten sie sich bei den Händen gehalten.

Sie fühlte erneut Tränen in ihren Augen brennen. Sie mußte jetzt aufhören, sich so dumm anzustellen...

„Nun, was ist, Miß?" Eine Spur von Ungeduld klang diesmal aus seiner Stimme. „Ich muß das jetzt wissen."

Ann hob das Mikrofon und sagte heiser: „Ja." Sie räusperte sich. „Ja, er... er hat ihn eingeschaltet, bevor... bevor es passierte."

„Aha. Gut." Payntons erleichterter Ton ging im Zischen des Funkgeräts der Chipmunk unter. „Dann haben wir sehr viel Zeit. Deshalb bitte ich Sie als erstes, sich jetzt ganz bequem hinzusetzen und sich zu entspannen, damit Sie erst einmal zu sich kommen – und dann hören Sie nur zu."

Die Stimme klang unbeirrt und souverän. Paynton war ein guter Lehrer. Ann zwang sich, die Augen zu schließen, lehnte sich zurück, umklammerte die Armlehnen und versuchte, wieder Kontrolle über ihre zuckenden Muskeln zu bekommen. Tu einfach so, als wär's ein Notfall im Krankenhaus, dachte sie leicht benommen; sei ganz ruhig und denke vernünftig nach. Sie starrte die Funkkonsole unmittelbar vor ihren Augen an und hob das Mikrofon. Es zitterte in ihrer Hand.

„Ich... es geht jetzt."

„Das ist schön." Die langsam sprechende, körperlose Stimme

FLUG INS UNGEWISSE 37

schien die ganze Kabine zu füllen. Ihr sachlicher Ton und der Midlands-Akzent wirkten irgendwie beruhigend. „Also, mein Name ist
Tony Paynton. Ich bin Fluglehrer und befinde mich mit meinem Flugzeug im Augenblick über Tees-side. Ich will Ihnen helfen, und dazu
werde ich Ihnen jetzt gleich ein paar Fragen stellen. Sagen Sie mir am
besten zuerst mal, wie Sie heißen."

Ann drückte auf den Knopf und sagte: „Moore. Ann Moore."

„Sehr schön, Ann. So, und nun wollen wir uns erst mal vergewissern, ob ich alles richtig mitbekommen habe. Sie sitzen in einem Flugzeug, das auf Autopilot fliegt, und der Pilot ist ohnmächtig geworden.
Er ist bewußtlos. Ist das richtig?"

Ann blickte auf Bazzards reglose Gestalt neben sich. Sein Gesicht
war totenblaß und leblos, der Mund ein wenig geöffnet. Sein Brust-
korb machte langsame, unregelmäßige Bewegungen, wenn er atmete.
Sie zwang sich, wieder auf das Funkgerät zu sehen, und fühlte, wie sie
zitterte. Sie durfte nur an die Fragen denken und mußte sie beantworten...

Sie schluckte schwer und drückte auf den Sprechknopf.

„Ja. Ja – das ist richtig."

„Gut. Verstehe." Die Stimme blieb einen Augenblick weg. „Jetzt
als nächstes: Haben Sie schon mit jemand anderem gesprochen – oder
war ich der erste, der Ihnen geantwortet hat?"

„Sie... Sie waren der einzige."

„Aha. Nun – haben Sie überhaupt schon versucht, Ihren Piloten
wiederzubeleben?"

„Ja. Ich habe ihm ins Gesicht geschlagen." Ann fühlte, wie ihr immer mehr Tränen die Wangen hinunterliefen. „Aber er hat nicht reagiert."

„Na schön, Ann." Trotz der atmosphärischen Störungen klang
seine Stimme so tröstlich, so beruhigend. „Lassen wir das fürs erste.
Wir werden darauf zurückkommen, sobald da unten ein Arzt greifbar
ist. Nun habe ich noch ein paar Fragen zu dem Flugzeug, in dem Sie
sitzen, und wo es sich befindet. Verstanden?"

Ann tat einen tiefen, unsicheren Atemzug. „Ja. Fragen Sie."

„Also, erstens: Wissen Sie, was das für ein Flugzeug ist?"

Sie biß sich auf die Unterlippe und versuchte nachzudenken.

„Ich weiß es nicht. Er – Roy – hat es mir gesagt, aber es fällt mir
nicht mehr ein. Es... äh... die Räder kann man einziehen, das weiß ich

noch, falls Ihnen das weiterhilft... ich meine... ich habe noch nie in so einem kleinen Flugzeug gesessen..." Sie brach mutlos ab.

„Tja, den Eindruck hatte ich gleich." Die Stimme klang absichtlich scherzhaft und sorglos. „Aber den Namen des Piloten können Sie mir doch sicher sagen, oder?"

„Bazzard." Ann rieb sich die Augen. „R–Roy Bazzard." Sie buchstabierte.

„Schön. Und würden Sie mir jetzt noch sagen, wo Sie gestartet sind und wohin Sie fliegen wollten?"

„Wir sind vom Flugplatz Woolsington in Newcastle gestartet. Und wir wollten nach – äh – Denham. Bei London."

„Gut. Und wie lange ist es her, daß Sie in Newcastle gestartet sind?"

Ann versuchte, sich zu erinnern. Sie hatte nicht auf die Uhrzeit geachtet, als sie gestartet waren, und wie die meisten Krankenschwestern trug sie keine Armbanduhr. Die Uhr, die sie besaß, war an ihre Tracht geheftet – zu Hause. Sie räusperte sich und sagte ins Mikrofon: „Ich weiß es nicht. Es war nach dem Mittagessen. Ungefähr... vor einer halben Stunde, glaube ich. Aber ich weiß es nicht."

„Nun gut, nur nicht aufregen. So, und können Sie mir jetzt sagen, wo von Ihnen aus die Sonne steht? Es klingt vielleicht komisch, aber daran kann ich feststellen, in welche Richtung Sie fliegen, klar?"

Die Sonne...?

Widerstrebend hob sie den Blick zur Windschutzscheibe. Die unendliche Leere des Himmels und die gewaltige Entfernung des Horizonts jagten ihr aufs neue Angst ein, als strömte kaltes Wasser in ihren Magen.

„Sie steht... rechts. Vorn und ein bißchen rechts."

„Gut. Und schließlich würde es mir auch noch helfen, wenn Sie mir sagen könnten, ob Ihr Flugzeug einen Motor oder zwei hat. Anders ausgedrückt, hat es zwei Propeller oder nur einen, an der Nase, genau vor Ihnen?"

„N–nur einen, an der Nase. Roy hat gesagt, es ist eine einmotorige Maschine."

„Aha, das ist gut. Das haben Sie großartig gemacht, Ann." Die Stimme zögerte, dann sprach sie weiter. „So, und jetzt verlasse ich Sie mal kurz, um mit den Leuten unten am Boden zu sprechen. Ich melde mich in ein, zwei Minuten wieder. Bleiben Sie also nur still sitzen. Und rühren Sie nichts an! Verstanden?"

Ann nickte. Die Vorstellung, irgend etwas in diesem Cockpit anzurühren, hätte sie zu Tode geängstigt.

„Ja, klar", sagte sie dumpf.

„Gut. Also, dann lasse ich Sie jetzt allein. Entspannen Sie sich."

Ann nickte noch einmal. Nachdem die Stimme des Mannes verstummt war, schien das stetige Brummen des Motors ihr näher zu rücken, sich wie ein Druck auf ihre Ohren zu legen. Plötzlich fühlte sie sich schrecklich allein. Sie biß die Zähne fest zusammen, damit sie zu klappern aufhörten, und umklammerte mit der rechten Hand das Mikrofon, als ob es etwas unendlich Kostbares wäre.

Die Arrow dröhnte weiter, gelassen und ruhig.

„JULES!"

Sowie sein Daumen den Sprechknopf losgelassen hatte, sprach Paynton über die Bordanlage zu seinem Schüler auf dem Vordersitz der Chipmunk. Martin reagierte nicht. Er hatte schon lange aufgehört, den Stimmen in seinen Kopfhörern zuzuhören; sie gehörten zur Kulisse eines nicht enden wollenden Alptraums.

„Jules! Aufwachen! Schalten Sie das Funkgerät auf 118,85!"

Martin hustete, dann beugte er sich mühsam vor und drehte am Hauptfrequenzwähler. Er wußte nicht, was Paynton überhaupt machte, und fühlte sich viel zu krank, um sich dafür zu interessieren. Durch seinen Körper gingen abwechselnd heiße und kalte Wellen. Er hatte nur den Wunsch, seine Füße wieder auf die gute alte Erde zu stellen und nie, nie mehr in ein Flugzeug zu steigen.

Paynton dagegen fror nur. Er fror und zerbrach sich den Kopf und versuchte das Wichtigste erst einmal logisch zu ordnen, bevor er mit der Anflugkontrolle Tees-side sprach. Er drehte den Kopf von einer Seite zur anderen und suchte den leeren Himmel ab. Nichts, nirgends etwas zu sehen, wie nicht anders zu erwarten. Ein Flugzeug, das vor einer halben Stunde in Newcastle gestartet war und in südlicher Richtung flog, mußte zwar jetzt irgendwo in dieser Gegend sein – aber dieses „irgendwo" bezeichnete ein ziemlich großes Stück Himmel. Und selbst wenn er die Maschine dank eines dummen Zufalls doch sehen sollte, würde er sie nie einholen können; wenn das Ding nämlich ein einziehbares Fahrwerk und einen Autopiloten hatte, war es mit Sicherheit um einiges schneller als eine Chipmunk.

Hinzu kam ein zweites Problem: Treibstoff. Er hatte die Chipmunk für Martins Trudelübungen möglichst leicht haben wollen und darum vor dem Starten nicht vollgetankt. Jetzt zeigte die linke Tankanzeige nur noch knapp zehn Liter an, und die rechte stand zwischen null und zehn – was nicht einmal genau stimmen mußte, denn die Tankanzeigen einer Chipmunk gaben sich im Steigflug immer etwas optimistisch. Es war eher anzunehmen, daß sich in beiden Tanks zusammen noch etwa zehn Liter befanden, höchstens ein ganz klein wenig mehr. Und eine Chipmunk verbrauchte in der Stunde knapp dreißig Liter Super.

Paynton betrachtete stirnrunzelnd das Armaturenbrett und schob die Lippen vor. Dann drückte er auf den Sendeknopf am Steuerknüppel.

„Mayday, Mayday, Mayday", sagte er ruhig. „Golf Bravo Charlie Yankee Lima ruft Tees-side, hören Sie mich?"

Im Sprechfunkgerät knackte es, blieb eine Weile still, dann meldete sich die Anflugkontrolle Tees-side.

3

ETWA vier Kilometer nördlich des Londoner Flughafens Heathrow, an einer Straße namens Porters Way in West Drayton, steht ein großes Gebäude aus Beton und Glas, gebaut im Stil modernster zweckmäßiger Architektur. Auf den ersten Blick sieht es nicht anders aus als irgendeines von tausend Bürohäusern in und um London; die einzigen augenfälligen Unterschiede sind der Polizeiposten am Eingang und der hohe, mit Radarantennen bestückte Turm daneben. Sonst weist nichts darauf hin, daß von diesem häßlichen Betonklotz aus fast der gesamte englische Luftraum überwacht wird.

Das Gebäude ist bekannt unter der Abkürzung LATCC (für London Air Traffic Control Centre – Londoner Luftverkehrskontrollzentrum) und wird von Eingeweihten liebevoll „Latsie" genannt. Und hier wird unter einem Dach und rund um die Uhr nahezu jeder Zentimeter des britischen Luftverkehrsnetzes ununterbrochen kontrolliert. Die fünfzig bis sechzig Bodenstationen im ganzen Land geben ihre Radarbilder und Funkpeilungen hierher durch, und ständig sind über hundert beamtete Fluglotsen mit der Auswertung beschäftigt. Das heißt, daß ein Pilot, der seine Maschine von Glasgow nach Manchester fliegt, immer mit einem Lotsen in West Drayton spricht. Dieses System hat den Vorteil, daß ein Flugzeug, das mehrere Radarbereiche durchfliegt, von einem Lotsen an den anderen „weitergereicht" wird, die statt ein paar hundert Kilometer nur wenige Meter voneinander entfernt sitzen.

Die Aufgaben des LATCC enden aber nicht mit der Überwachung des normalen Luftverkehrs. Zwei Gänge vom Hauptkontrollzentrum mit seinen rund achtzig Radarschirmen entfernt, befindet sich noch ein anderer, viel kleinerer, schummrig beleuchteter Raum voll hochkomplizierter Geräte, den man in Luftfahrtkreisen unter der schlichten Abkürzung „D & D" kennt. „D & D" steht für „Distress and Diversion" und bedeutet soviel wie „Katastrophen und Umleitungen". Eigentlich heißt diese Abteilung jedoch Luftnotzentrale.

D & D hat, wie der Name sagt, die Aufgabe, bei bedrohlichen Situationen im Luftraum die Hilfsmaßnahmen zu koordinieren. D & D fällt in den Zuständigkeitsbereich der Royal Air Force (im Gegensatz zu fast allen übrigen Einrichtungen von LATCC, die der zivilen Luftfahrtbehörde unterstehen), aber ihre Aufgaben sind keineswegs auf den militärischen Flugverkehr beschränkt. Jedes Flugzeug, das am Himmel über England in eine Notlage gerät, kann von D & D Hilfe bekommen – und zwar wirkungsvolle Hilfe, denn die nur wohnzimmergroße Luftnotzentrale kann jede Einrichtung auf allen militärischen oder zivilen Flughäfen des Landes direkt in Anspruch nehmen.

An diesem Samstagnachmittag schien es, als ob diese Allmacht noch gebraucht würde.

Der Anruf vom Chef der Anflugkontrolle Tees-side wurde von Hauptmann John Peterson, dem diensthabenden Offizier bei D & D, entgegengenommen. Während die Stimme mit unverkennbarem Yorkshire-Akzent aus seinen Kopfhörern drang, machte Peterson seine Eintragungen ins Dienstbuch: Zeit und Art des Zwischenfalls.

Nachdem der Anrufer zu Ende berichtet hatte, saß Peterson für einen Augenblick nur stumm da. Eigentlich war er ein Mann voll Tatendrang, und sein erster Impuls bei Zwischenfällen aller Art war sofortiges Handeln. Aber jahrelange Erfahrung hatte den hochgewachsenen, drahtigen Offizier gelehrt, daß es sich immer lohnte, jeden noch so kurzen Augenblick, der einem bei Luftzwischenfällen zur Verfügung stand, zum Nachdenken zu nutzen. Stirnrunzelnd starrte er fast eine halbe Minute lang auf den etwa dreißig Zentimeter großen runden Radarschirm vor sich auf der Konsole und ließ sich den Fall durch den Kopf gehen. Dann schwenkte er plötzlich auf seinem Stuhl herum.

„Korporal!"

Sein Assistent trat soeben ins Zimmer. „Sir?"

„Hören Sie zu. Ein ziviler Fluglehrer in einer Chipmunk über Tees-side hat einen Hilferuf von einer Frau auf 126,85 aufgefangen. Anscheinend sitzt sie in einem Flugzeug, dessen Pilot ohnmächtig geworden oder vielleicht sogar tot ist. Sie weiß nichts Näheres über den Vogel, nur daß er einmotorig ist, ein einziehbares Fahrwerk hat, auf Autopilot fliegt, mehr oder weniger Kurs nach Süden steuert und vor ungefähr einer halben Stunde in Newcastle mit Flugziel Denham gestartet ist. Der Chipmunk-Pilot spricht jetzt wieder mit ihr und wird in fünf Minuten wieder Tees-side rufen."

Der Korporal sagte nur ruhig: „Mein Gott!"

„Ganz recht. Ich möchte jetzt vor allem wissen, welche Bodenstation auf 126,85 funkt. Versuchen Sie das mal rauszukriegen, aber dalli."

Der Korporal war mit drei Schritten an der gegenüberliegenden Wand, wo die Akten standen.

Peterson kaute auf einem Fingernagel herum. Festzustellen, wer auf 126,85 sendete, war sehr wichtig – bodengebundene Funkanlagen konnten ihre Frequenzen nicht wechseln wie die Bordfunkgeräte der Flugzeuge, und das hieß, daß er nur dann mit dieser Frau direkt sprechen konnte, wenn eine in ihrem Bereich befindliche Bodenstation dieselbe Frequenz hatte – aber noch viel dringender war es, das führerlose Flugzeug zu orten und einen Arzt herbeizuschaffen, der durch Anweisungen von unten den Piloten vielleicht wieder zu sich bringen konnte.

Er beugte sich vor und wählte über das flugsicherungseigene Fernsprechnetz die Anflugkontrolle Newcastle-Woolsington an. Nach fünf Sekunden kam es aus dem Norden knapp zurück: „Newcastle-Woolsington; sprechen Sie."

„Hier D und D Drayton." Peterson sah im Geiste den Mann in Newcastle zusammenfahren. Er schilderte ihm rasch die Situation und buchstabierte Bazzards Namen. „Das ist alles, was wir im Augenblick wissen; ich brauche Flugzeugtyp, Rufzeichen, Namen des Besitzers oder Halters und alles, was Sie mir sonst noch sagen können."

FLUG INS UNGEWISSE **43**

Die Stimme vom anderen Ende klang erschüttert. „Warten Sie, D und D, ich frage nach."

Peterson hörte gedämpfte Geräusche, während der Fluglotse jemandem zurief, er solle im Dienstbuch nachsehen – ein Dienstbuch, in dem alle Einzelheiten über jeden Abflug und jede Landung festgehalten werden, ist auf britischen Flughäfen gesetzlich vorgeschrieben.

Nach einer knappen Minute meldete der Mann sich wieder.

„Drayton, ich hab's. Bazzard fliegt eine Piper Cherokee Arrow, Golf Alpha Yankee Whisky Tango, VFR nach Denham. Gestartet um 14 Uhr 23. Die Arrow gehört dem Tyne Flying Club – er hat die Nummer Newcastle 72876."

„Danke." Peterson schrieb rasch auf seinem Notizblock mit. „Weiter, hat da oben jemand die Frequenz 126,85? Anscheinend sendet diese Frau darauf."

„Nein. Am nächsten dran ist wahrscheinlich Tees-side mit 118,85 für Anflugkontrolle und 128,85 für Radar."

„Aha. Nochmals danke."

Peterson legte auf und sah zur Uhr an der Wand. Es war 14.41 Uhr, und das hieß, daß die Arrow gerade erst achtzehn Minuten in der Luft war. Weniger als die Frau zu Paynton gesagt hatte, aber das war kaum verwunderlich; ihr kamen die Minuten wahrscheinlich wie Jahre vor. Er kaute eine Weile auf dem Ende seines Bleistifts herum und rechnete. Bei einer angenommenen Durchschnittsgeschwindigkeit von 200 km/h . . . rund sechzig Kilometer. Zwischen sechzig und siebzig.

Er griff nach einem Steuergerät auf der Oberkante seiner Radarkonsole. Auf Knopfdruck erschien drei Meter vor ihm auf einer Milchglasscheibe, die eine ganze Wand einnahm, ein Lichtkreuz. Auf dem Milchglas war eine Karte von England mit allen Flugplätzen, Flugsicherungszonen, Städten und Radarstationen. Mit einer Drehung verschob Peterson das Lichtkreuz nach Newcastle und von dort etwa siebzig Kilometer weit nach Süden. Das Kreuz kam knappe dreißig Kilometer nördlich des RAF-Flugplatzes Leeming im Norden Yorkshires zur Ruhe.

Nun, das war immerhin ein Anfang. Wenn der Ausreißer sich irgendwo in dieser Gegend befand, war er vermutlich schon auf den Radarschirmen von Leeming, vielleicht sogar auch schon in Tees-side, zu sehen.

Peterson lehnte sich zurück und überlegte bleistiftkauend, was denn zu tun war, wenn sie Whisky Tango erst gefunden hatten. Falls der Pilot nicht mehr zur Besinnung kam oder gar schon tot war, mußte man irgendwie versuchen, der Frau von fern zu erklären, wie sie das Flugzeug fliegen und landen könne. Und das ergab die nächste Frage: Wie zum Teufel sollte das funktionieren?

Er war selbst Pilot und machte sich über die Chancen, einen Nichtpiloten vom Boden aus herunterzusprechen, keine Illusionen. So etwas ging nur in Comics oder Filmen; in der Wirklichkeit war das undenkbar. Wenn in dem Flugzeug jemand saß, der wenigstens so viel vom Fliegen verstand, daß er über dem Flugplatz kreisen und die Manöver unter Beobachtung vollführen konnte, war es vielleicht eben möglich – aber solange die Frau ein paar hundert Kilometer entfernt auf geradem Kurs flog, bestand nicht die allerkleinste Chance. Wenn man sie anwies, den Steuerknüppel ein wenig zurückzuziehen, konnte das sowohl ein leichtes Steigen als auch einen Looping zur Folge haben, und auf dem Radarschirm war das eine nicht vom andern zu unterscheiden. Somit blieb als einzige Möglichkeit, ein zweites Flugzeug zu ihr hinaufzuschicken, dessen Pilot sie hinuntersprach und den Erfolg seiner Anweisungen ständig beobachten konnte.

Aber zuerst galt es immer noch, die Suche einzuleiten und einen Arzt aufzutreiben, und die Zeit verrann.

Peterson sah erwartungsvoll auf, als der Korporal wieder neben ihm erschien.

,,Ich kann 126,85 nirgends finden, Sir. Scheint eine unbenutzte Frequenz zu sein; oder irgendeine Privatfirma sendet auf ihr."

Peterson stieß leise einen Fluch aus. Dann sah er auf seinen Notizblock. ,,Wissen Sie, was passiert sein könnte?" meinte er langsam. Sein Finger tippte auf das vollgekritzelte Blatt. ,,Vielleicht ist der Pilot genau in dem Moment ohnmächtig geworden, als er von Newcastle nach Tees-side umschaltete. Er war auf 126,35, und wenn er zuerst die Dezimalstellen gedreht hat und dann ohnmächtig wurde, stand das Gerät auf 126,85. Verstehen Sie?"

Der Korporal zog die Luft durch die Zähne ein. ,,Dann wäre das aber ganz schön plötzlich geschehen, Sir."

,,Stimmt." Peterson zuckte mit den Schultern. ,,Aber es hat wenig Sinn, nach dem Warum zu fragen. Wenn wir die Frau nicht dazu bringen können, die Frequenzen zu wechseln, sind wir darauf angewiesen, daß andere Flugzeuge vermitteln, und damit hat sich's. So, und jetzt

FLUG INS UNGEWISSE   45

schaffen Sie mir den Tyne Flying Club Newcastle an den Apparat.
Den Ausbildungsleiter – äußerst wichtig –, und halten Sie ihn am Apparat fest, bis ich mit ihm reden kann. Klar? Dann geben Sie mir den
Tower von Leeds-Bradford."

„Jawohl, Sir." Der Korporal wirkte leicht verwirrt. Er streifte sich
die Kopfhörer über die Ohren und drückte auf die Telefontasten.

Peterson sah hinunter auf die kleine Tastatur an seiner Konsole, die
ihn direkt mit allen Hauptflugplätzen der RAF verbinden konnte. Er
zögerte noch eine Sekunde, dann tippte er schnell auf die Taste mit den
Buchstaben LMG für Leeming.

DER Kontrollturm des RAF-Flugplatzes Leeming, knapp sechzig
Kilometer nördlich von Leeds, war an Samstagnachmittagen ein ruhiger Ort. Da der militärische Flugverkehr an Wochenenden auf ein Minimum beschränkt blieb, behielten die Fluglotsen nur ganz allgemein
den zivilen Verkehr im Auge und genehmigten mitunter Maschinen
das Durchfliegen des militärischen Sektors unter dreitausend Fuß. Die
Hauptleute John Myers und Mark Trowbridge, die vor den Schirmen
saßen, hatten sehr wenig zu tun.

Myers langweilte sich. Er kippelte auf seinem Stuhl, die Beine
hochgezogen, die Füße auf der Kante seines Kontrollpults. Er schaute
nur mit einem Auge auf den Radarschirm und nahm die verschiedenen
Leuchtpunkte darauf fast nur unbewußt wahr. Es war so einiges unterwegs heute nachmittag. Das unerwartet schöne Wetter hatte sämtliche Sonntagsflieger herausgelockt.

Plötzlich klingelte das rote Telefon auf seinem Tisch.

Myers hatte sofort die Füße unten.

Das rote Telefon war eine Direktverbindung zu D & D. Jeder
RAF-Fliegerhorst im Lande hatte so ein rotes Telefon, und wenn es
klingelte, hieß es: Bewegung.

„Leeming Anflugkontrolle", sagte Myers knapp. „Sprechen Sie."
Er sah sich auf seinem Pult um, dann schnippte er ungeduldig mit den
Fingern. Trowbridge reichte ihm einen Kugelschreiber hinüber.

Die Stimme am Telefon begann schnell zu sprechen. „Wir haben ein
ziviles Leichtflugzeug in Ihrem Bereich, dessen Pilot tot oder bewußtlos ist. An Bord ist eine Frau, die nicht fliegen kann. Sie spricht mit
dem Piloten einer Chipmunk über dem Flughafen Tees-side. Diese
Chipmunk wird in etwa drei Minuten an Sie übergeben werden. Der

Pilot verlangt einen Arzt, der ihn von unten beraten kann. Können Sie Ihren Truppenarzt rufen?"

„Warten Sie", bellte Myers, dann gab er die Anweisung an Trowbridge weiter. Trowbridge griff nach dem internen Telefon.

„In Ordnung, Drayton, das wird veranlaßt. Ist dieses Flugzeug in meinem Bereich?"

„Ja. Es ist eine Piper Cherokee Arrow, Golf Alpha Yankee Whisky Tango, Start Newcastle 14.23 nach Denham. Nach Angaben der Frau ist der Autopilot eingeschaltet, und die Maschine fliegt mit 150 bis 160 Knoten ungefähr in südliche Richtung – sie müßte jetzt also zwischen zwanzig und dreißig Kilometer nördlich von Ihnen sein. Die Frau sendet auf 126,85, so daß Sie wohl keine Peilung von ihr bekommen können, es sei denn, der Chipmunk-Pilot bringt es fertig, sie die Frequenz wechseln zu lassen. Wir müssen sie aber irgendwie finden. Versuchen Sie also inzwischen, sie auf dem Radarschirm zu orten. Klar?"

Myers' erste Reaktion war Hoffnungslosigkeit; auch der Mann von D & D mußte wissen, daß der Versuch, ein Lichtpünktchen zwischen den vielen andern zu identifizieren, so gut wie aussichtslos war. Sein Radarschirm erfaßte einen Radius von fünfundvierzig Kilometern, und im Augenblick hatte er acht bis zehn Signale von Zivilflugzeugen darauf, die seinen Bereich durchflogen oder Trainingsflüge darin absolvierten. Nur eines, eine Piper Apache von Norwich nach Carlisle, stand mit ihnen in Funkverbindung. Die übrigen konnten alles mögliche sein.

Die Stimme im Hörer sagte: „Ich weiß, daß es schwierig ist, aber wir müssen es versuchen. Die Flugsicherung wird alle ihr bekannten Objekte in der Umgebung zur Identifizierung an Sie weitergeben, und wir rufen die Sportflugplätze an, sie sollen ihre Piloten anweisen, sich ebenfalls bei Ihnen zu melden. Die meisten müßten Sie jedenfalls aussondern können. Rufen Sie zurück, wenn Sie etwas haben. Auch wenn Sie mit der Chipmunk gesprochen haben. Klar?"

„Verstanden", sagte Myers. Er setzte seine Kopfhörer auf, nahm sich einen Filzstift und begann, die Echos auf seinem Radarschirm zu verfolgen.

WÄHREND Paynton seinen Notruf an Tees-side aussandte, versuchte Ann Moore für Bazzard zu tun, was sie konnte.

Die Einsicht, daß sie ihn bisher praktisch ignoriert hatte, kam ihr plötzlich und durchdrang ihre Angst wie ein kalter Wasserguß. Und das als Krankenschwester.. Sie machte sich sofort an die Arbeit. Sie drehte sich auf ihrem Sitz so weit wie möglich herum, löste seine Krawatte und knöpfte ihm den Hemdkragen auf. Es brachte keinen sichtbaren Erfolg: Er atmete weiter langsam und unregelmäßig, und jeder Atemzug klang wie ein Röcheln aus seinem halb geöffneten Mund. Mit zitternden, unbeholfenen Fingern löste sie seinen Sicherheitsgurt und öffnete ihm den Hosenbund, um den Druck auf den Magen zu verringern. Dann kämpfte sie mit der Schnalle seines Bauchgurts und lockerte ihn, sie zog den kraftlosen Körper nach vorn, bis er im diagonalen Schultergurt hing. Bei Bazzards steifem Hals war das die einzige Möglichkeit, seinen Kopf so weit nach vorn zu neigen, daß er nicht mehr an seiner Zunge ersticken konnte.

Danach lehnte sie sich wieder zurück und überlegte, was sie sonst noch machen könnte. Ihr Kopf schien vollkommen leer zu sein, ihre Gedanken waren ungeordnet. Es mußte doch irgend etwas geben, was sie jetzt tun sollte. Zumindest müßte sie ihn untersuchen.

Sie nahm seine rechte Hand. Es war eine große, kräftige Hand, die jetzt, als sie so schlaff herabhing, beängstigend wirkte. Seine Hand fühlte sich kalt an, als sie den Puls suchte; der Puls ging schwach und unregelmäßig. Nach einer halben Minute legte sie die Hand wieder auf seinen Schoß, dann betrachtete sie sein Gesicht und hob die Augenlider an, erst das eine, dann das andere. Die Augenbälle waren nach oben verdreht, aber der untere Pupillenrand war noch zu sehen. Beide Pupillen waren erweitert.

Das alles zusammen muß doch etwas bedeuten, dachte sie.

Nackenmuskeln verkrampft, Pupillen erweitert, Puls und Atmung unregelmäßig... Die Worte schwirrten in ihrem Kopf herum, wiederholten sich in höhnischem Rhythmus. Sie glaubte, die Worte schon einmal irgendwo vernommen zu haben. Sie versuchte sie festzuhalten, ihnen ihre Bedeutung zu entreißen, aber sie hielten und hielten nicht still.

Plötzlicher Zusammenbruch; Nackenmuskeln verkrampft; Puls und Atmung unregelmäßig...

Es half nichts. Sie kam nicht darauf. Sie war wie betrunken oder nur halb wach. Sie schüttelte den Kopf und flüsterte hoffnungslos: „Komm zu dir, Roy. Bitte komm zu dir..."

Nach einiger Zeit drehte sie sich so weit herum, wie ihr Gurt es ihr erlaubte, und griff nach hinten auf den Rücksitz, wo ihr knielanger Mantel lag. Sie knöpfte ihn auf, legte ihn wie einen Umhang um Roy und stopfte ihn hinter seinem Rücken fest. Viel ändern würde es nicht, aber es würde ihm vielleicht ein wenig helfen. Die Körpertemperatur war so wichtig...

Payntons Stimme meldete sich mit erschreckender Plötzlichkeit im Lautsprecher.

„Hallo, Ann. Sind Sie noch bei uns?"

Sie hielt vor Schreck die Luft an, dann suchte sie auf ihrem Schoß herum und riß das Mikrofon an den Mund.

„Ja." Sie räusperte sich. „Ja."

„Gut. Sprechen Sie immer schön laut und deutlich. Klar?"

„Ja."

„Schön. Dann möchte ich jetzt, daß Sie mir ein wenig von – Roy, nicht wahr? – erzählen. Dann kann ich das gleich einem Arzt weitersagen. Beantworten Sie mir so viele Fragen, wie Sie können. Sind Sie dazu imstande?"

Ann warf einen nervösen Blick auf Bazzard. Seine Reglosigkeit ängstigte sie plötzlich mehr denn je; sie fühlte, wie ihr Magen sank und ihr Gesicht brennend heiß wurde. Sie schluckte mit aller Kraft.

„J-ja", sagte sie dann. „Es kann losgehen."

PAYNTON, der immer noch in einer langsamen Spirale stieg, war jetzt achttausend Fuß hoch und bis ins Mark durchgefroren. Seine Hände und Füße waren praktisch gefühllos, und er zitterte unablässig. Aber er dachte nicht an die Kälte. Auch nicht an Jules, der wie ein Häuflein Elend vor ihm kauerte. Während die Nase der Chipmunk langsam über den Winterhorizont schwenkte, richtete sich seine ganze Konzentration auf die vordringliche Aufgabe, dieser Frau die richtigen Fragen zu stellen... und auf die Tatsache, daß ihre Funksignale schwächer wurden.

Das war das erste, was ihm aufgefallen war, als er sich nach dem Gespräch mit Tees-side wieder bei ihr meldete; ihre Stimme klang deutlich schwächer als vor fünf Minuten. Im Augenblick konnte er nur mit Mühe verstehen, was sie sagte, aber wenn ihre Signale noch schwächer würden, könnte er sie sehr bald überhaupt nicht mehr wahrnehmen. Vielleicht sollte er eine Bodenstation bitten, sie zu übernehmen. Allerdings kannte er keine, die auf 126,85 funkte...

Er drückte von neuem auf den Sprechknopf und sprach langsam und deutlich, ohne sich seine Besorgnis anhören zu lassen.

„Fangen wir mit eventuellen Vorzeichen an, Ann. Sagen Sie mir, ob Roy sich über irgend etwas beklagt hat, bevor er in Ohnmacht fiel."

Die Stimme der Frau antwortete undeutlich und verzerrt: „Er hatte... Muskelschmerzen... heute morgen... ist alles."

Die Entfernung, dachte Paynton. Sie flog von ihm weg, Richtung Süden, der Abstand zwischen ihnen vergrößerte sich. Das Nächstliegende war, das Kreisen über Tees-side aufzugeben und ihr nachzufliegen. Einholen würde er sie sowieso nicht, aber er könnte das Abreißen der Verbindung hinausschieben, den Funkkontakt noch so lange wie möglich aufrechterhalten. Nur kehrte man normalerweise einem Flugplatz nicht den Rücken, wenn man nur noch für fünfzehn bis zwanzig Minuten Treibstoff hatte.

Paynton zögerte unschlüssig. Seine Zähne klapperten, so sehr fror er in dem eiskalten Cockpit. Dann drückte er wieder auf den Sprechknopf.

„Gut, Ann. Das habe ich verstanden. Können Sie mir jetzt noch sagen, wie er ohnmächtig geworden ist? Wie schnell es ging, ob er sich mit den Händen irgendwohin gegriffen hat und dergleichen. Verstanden?"

„...nicht gesehen ... einfach weg ... ein Stöhnen gehört ... dann ... bewußtlos. Es ... plötzlich ... als wenn ... einen Schlag bekom..."

Die Stimme in seinen Kopfhörern war fast unhörbar. Plötzlich hatte Paynton es satt. Er riß unvermittelt den Steuerknüppel nach links und stieß die Drosselklappe weit auf.

„Jules!" schrie er in die Bordsprechanlage. „Wir fliegen ihr nach. Drehen Sie das Funkgerät auf volle Lautstärke, und regulieren Sie die Geräuschsperre nach – los, Mann!"

Nach einer Weile beugte sich der Kopf langsam vor. Ein paar Sekunden später wurde das Zischen der Trägerwelle in Payntons Kopfhörern plötzlich lauter und dann wieder leiser, als Martin die Störungen mit dem Knopf für die Geräuschsperre unterdrückte.

„Danke, Jules. Tut mir leid, das Ganze, aber sehr lange dauert es jetzt nicht mehr."

Paynton nahm den Drosselhebel ein wenig zurück, als die Luftgeschwindigkeit über 110 Knoten ging, dann drückte er wieder auf den

Sprechknopf. „Hallo, Ann. Ich mußte leider mal einen Moment weggehen. Also, habe ich richtig verstanden, daß Roy ganz plötzlich und ohne warnende Vorzeichen in Ohnmacht gefallen ist? Sprechen Sie klar und deutlich."

Diesmal kam die Stimme lauter, allerdings noch verzerrter als vorher. Damit hatte Paynton gerechnet; er hoffte nur, daß seine Kehrtwendung nach Süden ihn noch lange genug mit ihr in Kontakt halten würde, bis er etwas Nützliches erreicht hatte.

„Es ... sehr plötzlich. Er hat gestöhnt ... dann ... bewußtlos."

„Gut, das habe ich verstanden. Sie sagten, daß Sie ihn geohrfeigt haben. Ist es richtig, daß er darauf überhaupt nicht reagiert hat, Ann?"

„Ja. Keine Reaktion."

„Aha. Hm." Paynton überlegte krampfhaft, was er noch fragen könnte. Noch während er darüber nachgrübelte, kreiste ein Teil seiner Gedanken um sein eigenes Schicksal.

Wenn er noch fünf Minuten auf dem Kurs blieb, den er jetzt flog, konnte er sich eine Rückkehr nach Tees-side aus dem Kopf schlagen. Besser, er machte sich schon einmal mit dem Gedanken vertraut, dreißig Kilometer weiter südlich auf dem RAF-Flugplatz Leeming niederzugehen. Die würden sich dort nicht gerade freuen, wenn er sie aus heiterem Himmel überfiel, aber ... Er räusperte sich, dann drückte er wieder auf den Sprechknopf.

„Wie sieht er denn jetzt aus, Ann? Wie atmet er zum Beispiel?"

Zögernd und leise antwortete die Stimme der Frau: „Atmung ... unregelmäßig und flach ... Puls ... unregelmäßig ... Seine Nakken ... keln ... verkrampft ... Pupillen ... erweitert."

Paynton mußte ob ihrer Ausdrucksweise erst einmal schlucken. Aus einem Gefühl heraus fragte er: „Sind Sie – äh – haben Sie etwas mit Medizin zu tun, Ann? Sie scheinen zu wissen, wovon Sie reden."

„Ich ... ster. Krankenschwe..."

„Ah." Paynton zögerte und spielte an der Trimmung herum, während er in die Sonne sah, die auf den Tragflächen funkelte. Dann schloß er einen Moment die Augen und konzentrierte sich. „Atmung und Puls unregelmäßig. Nacken verkrampft. Und der Zusammenbruch kam plötzlich. Gut, das haben wir also. Haben Sie selbst vielleicht eine Ahnung, was es sein könnte, damit ich es weitergeben kann?"

Ein paar Sekunden war es still. Zu spät fiel ihm ein, daß er womöglich etwas Falsches gesagt hatte. Wenn der Pilot nicht wieder zu sich kommen würde, war es vielleicht nicht gut, sie so plötzlich mit der Nase darauf zu stoßen.

Jetzt meldete sich die Frau wieder, noch langsamer und schwächer als zuvor.

„Ich kann nicht ... ruhig nachdenken. Es ist wie ... o mein Gott!" Plötzlich wurde ihre Stimme laut, ein Schreien fast. „O Gott...!"

Paynton schnappte einmal rasch nach Luft, dann drückte er seinerseits wieder auf den Knopf und sagte ruhig und besänftigend: „Na, nun machen Sie sich deswegen mal keine Gedanken mehr, Ann. Ich bin sicher, daß ich jetzt genug weiß, um es einem Arzt weiterzusagen, damit er helfen kann. Ruhen Sie sich jetzt mal ein Weilchen aus, und denken Sie nicht mehr daran. Klar?"

Eine Zeitlang war nichts zu hören als das Bratpfannengebrutzel des Funkgeräts. Dann meldete sich die Stimme wieder, langsam und bebend vor Entsetzen, an den Worten klebend: „Ich glaube ... er hat ... eine Subarachnoidalblutung."

OBERSTABSARZT DR. JOHN OSCOTT, Truppenarzt am RAF-Fliegerhorst Leeming, erschien genau vierzehn Minuten vor drei im Tower. Trowbridges Anruf hatte ihn aus seinem Garten in der Siedlung für verheiratete Offiziere geholt, und er war unverzüglich gekommen. Mit seiner kräftigen Figur, der gesunden Gesichtsfarbe, der alten Tweedjacke und den schmutzigen Gummistiefeln hätte man ihn eher für einen Wildhüter als für den verantwortlichen Arzt einer großen Garnison halten können. Mit einem kalten Windstoß trat er in den schwach erhellten Radarraum, blieb schwer atmend stehen und wartete, daß ihn jemand ansprach.

Trowbridge und Myers waren beide damit beschäftigt, über Funk so viele Radarechos wie möglich zu identifizieren. Die Flugsicherung war offenbar ebenfalls emsig bei der Arbeit. Ein Flugzeug nach dem andern meldete sich in Leeming zur Identifizierung und zur Entgegennahme von Anweisungen. Myers verfolgte die Spuren von zehn Flugzeugen auf seinem Schirm; hin und wieder hakte er eines ab, nachdem er es mit Bestimmtheit identifiziert hatte. Er sprach fast ununterbrochen in sein Mikrofon.

„India Oscar, hier Leeming, ich habe Sie sechs Kilometer östlich von Sutton Bank auf Südwestkurs geortet, bestätigen Sie...?"

„Bestätigung für India Oscar."

„Verstanden. Ende, Ende..."

Er wandte sich einer neuen Lichtspur zu. „Golf Whisky Delta, hier Leeming – wir haben einen Notfall; würden Sie für mich ein Flugzeug zur Identifizierung abfangen?"

„Selbstverständlich."

„Danke, Whisky Delta; dann nehmen Sie Kurs auf zwo-vier-zwo, und warten Sie auf weitere Anweisungen. Ende, Ende ... November vier-null Tango, geben Sie Ihre Richtung..."

Es dauerte weitere zwei Minuten, bis der Funkruf kam, auf den sie gewartet hatten: Tony Paynton in der Chipmunk.

„Mayday, Leeming. Hier Golf Bravo Charlie Yankee Lima."

Aller übrige Funkverkehr verstummte sofort; der Notruf „Mayday" hat Vorrang vor allem andern. Myers drehte auf volle Lautstärke und antwortete: „Yankee Lima, hier Leeming, empfange Sie mit Intensität drei. Bitte melden."

„Verstanden, Leeming." Payntons Stimme klang jetzt etwas lauter. „Ich bin von Tees-side an Sie übergeben worden. Bestätigen Sie, daß Sie meine Daten haben, und haben Sie einen Arzt da unten?"

„Richtig, Yankee Lima", sagte Myers. „Aber warten Sie noch mit dem Arzt. Ich habe eine Information für Sie."

„Sprechen Sie."

„Verstanden. D und D sagt, daß Ihr Zielflugzeug eine Piper Cherokee Arrow ist, Golf Alpha Yankee Whisky Tango. Haben Sie noch Funkkontakt?"

„Äh – ich weiß nicht genau, Leeming. Eben hatte ich noch, aber er wird immer schwächer, und ich weiß nicht, ob ich ihn wieder kriege. Ich fliege mit 110 Knoten Richtung Süden und bin jetzt zwölf Kilometer südlich Tees-side auf vier-fünf. Ich glaube, sie fliegt vor mir her nach Süden, aber schneller als ich."

Myers warf einen raschen Blick auf seinen Radarschirm. Drei der Echos darauf hatten annähernd südlichen Kurs. Eines, eine Cessna 1972, war identifiziert, eine zweite kam soeben vom oberen Bildschirmrand und war vermutlich Yankee Lima. Damit blieb nur noch ein Echo knapp unterhalb von Leeming übrig...

Myers hielt vor Erregung die Luft an. Er sagte rasch: „Danke, Yankee Lima. Könnten Sie erreichen, daß sie die Frequenz wechselt und selbst mit dem Arzt spricht?"

„Nichts zu wollen, Leeming. Sie hat von nichts eine Ahnung, außerdem ist sie ganz schön durcheinander. Wenn sie auch noch anfängt, am Funkgerät herumzuspielen, verlieren wir sie womöglich ganz."

Myers zögerte.

Der Chipmunk-Pilot hatte recht. Die Frau würde es mit mindestens vier verschiedenen Sprechfunkgeräten auf einer Schalttafel zu tun haben. „Verstanden, Yankee Lima; bleiben Sie auf Empfang, um mit dem Arzt zu reden."

„Verstanden." Atmosphärische Störungen verzerrten die Stimme. „Geben Sie ihn mir."

Myers drehte sich zu Oscott um, der immer noch geduldig wartete. Er schob den linken Kopfhörer vom Ohr zurück und beschrieb ihm rasch in Grundzügen die Situation.

„Wir können mit der Frau nicht sprechen, aber ich habe Verbindung zu einem anderen Piloten, der mit ihr gesprochen hat. Können Sie mal mit ihm reden und sehen, was von ärztlicher Seite zu machen ist?"

Oscott nickte, trat vor und stülpte sich ein Paar eingestöpselte Kopfhörer über die Ohren.

„Yankee Lima. Hier Oberstabsarzt Oscott." Seine Stimme war tief und ruhig. „Ich bin der Truppenarzt von Leeming. Was können Sie mir über diesen ohnmächtig gewordenen Mann erzählen?"

In seinem lärmenden Cockpit, noch fünfzehn Kilometer entfernt, versuchte Paynton seine Gedanken zu sammeln, um nichts auszulassen. „Die Frau in der Maschine ist Krankenschwester. Wie sie sagt, hat der Pilot als erstes heute morgen über Nackenschmerzen geklagt. Als er dann das Bewußtsein verlor, ging es sehr plötzlich. Jetzt sagt sie, daß sein Atem unregelmäßig ist; auch sein Puls. Sein Nacken ist ... verkrampft, und seine Pupillen sind erweitert. Sie hat ihm ein paarmal ins Gesicht geschlagen, aber das hat nichts genützt. Sie sagt, sie meint, es ist eine – äh – subarenoide Blutung ... so was Ähnliches jedenfalls."

Oscotts Gesicht wurde plötzlich ganz ausdruckslos. Myers, der ihn beobachtete, fühlte sich an einen andern Arzt erinnert, der ihm vor einem Jahr gesagt hatte, daß seine Mutter soeben gestorben sei. Sein Gesicht hatte auch so ausgesehen.

„Könnte sie ‚Subarachnoidalblutung' gesagt haben?"

Kurze Pause, dann: „Ja, das war's. Subarachnoidal."

„Danke, Yankee Lima; das war eine sehr klare Schilderung. Bleiben Sie jetzt bitte noch einen Augenblick auf Empfang." Oscott ließ den Sprechknopf los, starrte mit leerem Blick auf den Radarschirm und dachte nach. Nach einer halben Minute schien er zu einem Schluß gekommen zu sein. Er drückte wieder auf den Sprechknopf und sagte: „Yankee Lima, ich glaube, wir müssen davon ausgehen, daß die Frau recht hat. Das heißt, wir können nicht damit rechnen, daß der Pilot wieder zu sich kommt und die Maschine runterbringt. Kommen."

Ein paar Sekunden war es still. Dann erklang wieder die Stimme blechern aus dem Lautsprecher: „Es besteht also keine Chance, daß der Pilot auf die Beine kommt, richtig? Die Frau kann nichts tun, um ihn wieder zu sich zu bringen?"

Oscott runzelte die Stirn und sagte dann bestimmt: „Richtig. Nach den Angaben, die Sie mir gemacht haben, ist es sehr wahrscheinlich eine Subarachnoidal-, vielleicht auch eine Gehirnblutung. In beiden Fällen hat der Pilot keine Aussicht, in weniger als zwölf Stunden wieder zu sich zu kommen; wahrscheinlich dauert es länger. Die Frau kann nichts weiter tun als ihn warm halten und dafür sorgen, daß er frei atmen kann. Ende."

„Verstanden. Kann ich jetzt bitte noch mal den Lotsen haben?"

Myers nickte Oscott kurz zu und drückte auf den Sprechknopf.

„Yankee Lima, hier Leeming Anflugkontrolle."

„Verstanden." Es dauerte eine Sekunde, dann meldete sich die Stimme wieder. Trotz der schlechten Übertragung hörte man die Müdigkeit heraus. „Hören Sie, es gibt ja anscheinend nichts mehr, was ich tun kann. Mir wird der Treibstoff knapp, und ich muß bei Ihnen landen. Ich schlage vor, einen anderen Fluglehrer hinaufzuschicken, der versucht, sie runterzusprechen – möglichst bald übrigens, denn als ich mich vorhin von ihr verabschiedete, war sie ziemlich fertig."

„Verstanden", sagte Myers. „Danke, Yankee Lima, danke für alles, was Sie getan haben. Wünschen Sie Landeanweisungen für Leeming?"

„Dafür wäre ich dankbar."

„Gut, bleiben Sie auf Empfang." Myers warf einen Blick zu Trowbridge hinüber, der rasch nickte und das Mikrofon nahm, um die Position durchzugeben.

Myers lehnte sich zurück und sah zu Oscott auf.

„Soll ich das an D und D weitergeben, Sir? Daß dieser Pilot wahrscheinlich nicht wieder zu sich kommt?"

Oscott nahm seine Kopfhörer ab und legte sie auf den Tisch.

„Also, sicher sein kann ich natürlich nicht, ohne den Patienten gesehen zu haben. Aber nach meiner Einschätzung würde ich sagen, ja; ich

FLUG INS UNGEWISSE 55

glaube nicht, daß Sie mit einer Besserung in so kurzer Zeit rechnen können, daß es uns noch etwas nützt. Die geschilderten Symptome treffen für eine Subarachnoidalblutung zu, und eine Krankenschwester würde so etwas ohnehin erkennen."

Myers nickte. „Gut, Sir. Äh – könnten Sie mir erklären, was das überhaupt ist? D und D will es vielleicht wissen."

„Na ja, kurz gesagt, es handelt sich um eine geplatzte Arterie in der subarachnoidalen Höhlung, einem kleinen Hohlraum zwischen Gehirn und Schädeldecke – nicht ungewöhnlich bei Männern zwischen fünfunddreißig und vierzig. Aus dem Leck dringt Blut und verstärkt den Druck aufs Gehirn, wodurch die Blutzufuhr zum Gehirn selbst behindert wird. Die Folgen sind Bewußtlosigkeit und eventuelle Hirnschäden. Die Ursache ist meist ein angeborener Fehler in einer der Arterienwände. Manchmal bekommt der Patient vorher einen steifen Nacken, und wenn die Arterie platzt, ist es aus. Der beste Hinweis, daß hier wirklich so etwas vorliegt, ist die Verkrampfung der Nackenmuskeln, so daß der Nacken steif wie ein Brett ist, obwohl der Mensch vollkommen bewußtlos ist."

„Aha." Myers hatte sich Notizen gemacht und sah jetzt auf. „Das heißt, wenn wir es wirklich mit so was zu tun haben, besteht keine Hoffnung, daß der Mann für ausreichend lange Zeit wieder zu sich kommt, um das Flugzeug zu landen?"

„Keine", antwortete Oscott entschieden. „Die Sache ist übrigens sehr ernst. Wenn der Mann nicht recht bald in eine neurologische Klinik kommt, steht er vielleicht überhaupt nie mehr auf."

Myers griff zum roten Telefon.

WÄHREND Paynton mit Oberstabsarzt Oscott sprach, breitete sich die Nachricht über den Notfall von D & D nach allen Seiten aus, und fieberhaft wurden Hilfsmaßnahmen eingeleitet. Die Fluglotsen auf den Flughäfen Leeds-Bradford und Manchester und die RAF-Radarstation Nord in Lindholme wurden verständigt und angewiesen, so viele nicht identifizierte Echos wie eben möglich auf ihren Radarschirmen zu eliminieren. Auf fünf RAF-Flugplätzen klingelten die Telefone mit dringenden Anfragen nach verfügbaren Flugzeugen. Die Antworten waren an diesem Samstagnachmittag alles andere als hilfreich.

Zur gleichen Zeit wurden insgesamt siebzehn Polizeiposten alarmiert und auf die Möglichkeit eines Flugzeugabsturzes in ihrem Bereich aufmerksam gemacht. Diese wiesen ihrerseits die Feuerwehr und den Rettungsdienst an, sich bereitzuhalten. Fünf Landeplätze wurden angerufen und gebeten, ihre außerhalb des Platzbereichs fliegenden Maschinen zu veranlassen, sich über Sprechfunk in Leeming zu melden; ähnliche Anweisungen wurden von der Flugsicherung an sechs Flugzeuge auf dem Überflug über Yorkshire gegeben. Alles in allem waren kaum fünfzehn Minuten nach Payntons Notruf mehr als dreihundert Menschen direkt oder indirekt mit dem Schicksal von Whisky Tango befaßt.

Im Tyne Flying Club läutete das Telefon vierzehn Minuten vor drei.

Peter Castlefield, der Clubsekretär, nahm den Hörer ab, gerade als Barry Turner hereinkam.

„Barry, Anruf für Sie. Irgendeiner will den Ausbildungsleiter sprechen."

Turner war schon spät dran. Er hatte noch zwei Flugschüler und mußte sich ein bißchen beeilen. „Machen Sie das doch, Pete. Oder sagen Sie ihm, er soll einen Moment warten."

Castlefield sprach wieder ins Telefon. Sein Gesicht bekam plötzlich einen überraschten Ausdruck. „Barry! Das ist D und D. Die sagen, es ist sehr wichtig."

Turner drängte sich durch die Gruppe, die um den Schalter stand, schnappte sich den Hörer und sagte: „Ausbildungsleiter."

Eine unbeteiligt klingende Männerstimme antwortete: „Hier D und D, West Drayton. Bleiben Sie bitte am Apparat."

Dreißig Sekunden später meldete sich am anderen Ende Hauptmann Peterson.

„Hier D und D, Cheflotse." Die Stimme klang gebieterisch. „Spreche ich mit dem Chefausbilder?"

„Ja. Barry Turner."

„Gut, Sir. Hat Ihr Club eine Piper Cherokee, Golf Alpha Yankee Whisky Tango?"

„Ja", sagte Turner und fühlte, wie sein Gesicht erstarrte.

„Stimmt es, daß die Maschine vor rund fünfundzwanzig Minuten nach Denham gestartet ist, Name des Piloten Bazzard?"

„Richtig. Warum? Ist ihm etwas zugestoßen?"

„Ich fürchte, ja, Sir. Der Pilot scheint in der Luft das Bewußtsein verloren zu haben. Ein anderes Flugzeug hat Funkverbindung mit einer Frau an Bord, und wir versuchen soeben, Ihre Maschine mit Radar zu orten."

Peterson wartete, bis Turner diese Nachricht verdaut hatte. Turner starrte, vor Schreck gelähmt, auf das Schwarze Brett des Clubs, ohne etwas zu sehen. Nach einer kleinen Weile fluchte er leise und nachdrücklich.

„Ganz recht", meinte Peterson trocken. „Aber jetzt brauche ich so schnell wie möglich ein paar Daten. Erstens, stimmt es, daß die Maschine Doppelsteuerung und Autopilot hat?"

Turner riß sich zusammen. „Ja. Volle Doppelsteuerung außer Fußbremse. Sie fliegt auf Autopilot, ja?"

„Die Frau sagt ja, und ansonsten wäre das Ding ja auch längst abgestürzt. Als nächstes: Kennen Sie die Frau?"

„Nein. Ich kann Ihnen nur sagen, daß Sie etwa fünfundzwanzig Jahre alt und blond ist. Ich lasse eben ihr Anmeldeformular heraussuchen und sage Ihnen gleich, was ich daraus entnehmen kann." Turner fuhr herum und gab rasch die notwendige Anweisung. Dann sprach er wieder ins Telefon. „Fahren Sie fort."

„Weiter, stimmt es, daß die Reisegeschwindigkeit der Maschine hundertfünfzig Knoten beträgt, und wissen Sie, wieviel Treibstoff sie an Bord hat?"

„Die Reisegeschwindigkeit beträgt eher hundertsechzig, tatsächliche Fluggeschwindigkeit. Warten Sie wegen des Treibstoffs." Turner nahm Ann Moores Anmeldeformular, das Castlefield ihm gab, und sagte zu diesem: „Sehen Sie auf der Tankliste und bei den Flugpapieren von Whisky Tango nach, dalli." Dann wieder in den Hörer: „Ich habe jetzt die Angaben über die Frau."

„Schießen Sie los."

„Name: Ann Moore. Adresse: 19 Wallsend Road, Jesmond, Newcastle. Beruf: Krankenschwester, Königliches Krankenhaus Newcastle."

„Gut, das hab ich. Wissen Sie, ob sie Flugerfahrung hat?"

„Keine Ahnung. Bleiben Sie einen Augenblick dran." Turner unterhielt sich kurz mit Castlefield. „Wir glauben, nein; ihr Anmeldeformular ist außerdem neu, so daß sie wahrscheinlich noch nie hier war ... Moment bitte, ich kriege gerade die Treibstoffdaten." Turner runzelte die Stirn und rechnete ein paar Sekunden. „Die Maschine müßte für mindestens dreieinhalb Stunden Treibstoff an Bord haben. Vielleicht etwas mehr, aber rechnen Sie sicherheitshalber mit dreieinhalb Stunden."

„Verstanden", antwortete Peterson. „Das wär's im Moment, aber ich wäre Ihnen dankbar, wenn Sie am Apparat bleiben könnten, bis wir die Maschine unten haben, für den Fall, daß wir noch etwas brauchen."

Turner fuhr sich durchs rote Haar; seine Gedanken rasten. Nach ein paar Sekunden sagte er: „Klar, wird gemacht. Aber wie wollen Sie die Maschine runterholen? Wollen Sie den Piloten wieder zu sich bringen oder was?"

„Ich weiß es noch nicht, Sir. Bisher haben wir die Maschine noch nicht einmal geortet. Ich habe aber einen Arzt in Leeming sitzen, der zur Zeit mit dem Piloten spricht, der den Funkverkehr vermittelt; wir dürften also bald wissen, wie groß die Chance ist, daß der Pilot zu sich kommt. Wenn das nicht möglich ist, werden wir irgendwie versuchen müssen, sie runterzusprechen."

„Tja, ganz recht. Was haben Sie sich so vorgestellt, falls es dazu kommt? Sie wollen es doch nicht vom Boden aus versuchen, oder?"

Peterson war sehr in Eile, aber er wußte auch, daß er in Turner einen Piloten am Telefon hatte, der wahrscheinlich mehr Flugerfahrung hatte als er selbst und außerdem auf derselben Maschine ausbildete, um die es ging. Er sagte rasch: „Nein, Sir, vom Boden aus halte ich das für unmöglich. Wenn wir das Flugzeug erst geortet haben, will ich jemand hochschicken, der sich dahintersetzt und die Frau von oben herunterzusprechen versucht. Wenn Sie mir da etwas raten können – ich bin ganz Ohr."

Turner sah einen Augenblick starr zum Fenster hinaus in den Wintersonnenschein. Dann sagte er: „Na ja, das ist wohl das einzige, was Sie tun können. Aber Sie sagen, Sie wissen noch gar nicht, wo die Maschine ist?"

„Stimmt. Sie funkt auf einer unbenutzten Frequenz, so daß wir auch keine Funkpeilung vornehmen können. Wir gehen von der Annahme aus, daß sie mehr oder weniger in gerader Linie von Newcastle nach Denham fliegt und sich jetzt zwischen siebzig und achtzig Kilometer von Ihnen entfernt befindet. Wenn das richtig ist, dürften wir sie in Kürze finden."

„Das klingt vernünftig." Turner überlegte ein paar Sekunden. „Wen wollen Sie eigentlich raufschicken, wenn Sie sie geortet haben? Ich würde ja selbst fliegen, aber ich habe hier bestimmt nichts, womit ich eine Arrow mit einer halben Stunde Vorsprung einholen könnte."

„Ich sondiere gerade, was an Militärmaschinen da ist."

Turner zog die Stirn in Falten. „Ich kann mir nicht vorstellen, daß einer von den Vögeln der RAF dazu taugt. Mit einer Bulldog holen Sie eine Arrow nicht ein, also müßte es schon so etwas wie ein Jet Provost sein. Dann hätten Sie aber einen Piloten da oben, der keine Ahnung hat, wie es im Cockpit einer Arrow aussieht, welche Geschwindigkeit sie hat und so weiter. Sie täten besser, einen zivilen Fluglehrer zu schicken, der die Maschine kennt, weil er etwas Ähnliches selbst fliegt."

Peterson schwieg einen kurzen Augenblick. Da hatte dieser Fluglehrer gar nicht so unrecht. Die RAF hatte schnelle Flugzeuge, und sie hatte langsame Flugzeuge – aber sie hatte kein einmotoriges Flugzeug mit einziehbarem Fahrwerk und einer Reisegeschwindigkeit von 160 Knoten. Und sie hatte schon gar keine Piloten, die es gewöhnt waren, solche amerikanischen Leichtflugzeuge zu fliegen.

„Da ist was dran, Sir", sagte er langsam. „Könnten Sie mir so aus dem Handgelenk jemand Bestimmten nennen, der uns da helfen könnte?"

„Nicht ... hm ... nicht so ohne weiteres." Turner erinnerte sich, daß immer mehr Zeit verrann. „Ich denke mal nach und rufe zurück, wenn mir etwas einfällt, ja?"

„Gut, Sir. Die Nummer ist West Drayton 44077. Danke."

„Mein Gott, Mann, ich muß Ihnen danken. Das ist einer von meinen Piloten da oben."

Peterson sagte: „Schon gut, Sir. Wir werden versuchen, ihn runterzukriegen." Damit unterbrach er die Verbindung.

Turner legte den Hörer auf, dann blieb er stehen und starrte ihn an, ohne die Stille zu bemerken, die sich über das Clubhaus gelegt hatte. Die Nachricht von Bazzards Notlage hatte ihn schwer erschüttert. Wie alle guten Chefausbilder fühlte er sich im Innersten für jeden Piloten, ob Anfänger oder alter Hase, verantwortlich, der ein Flugzeug „seiner" Schule flog. Seine erste gefühlsmäßige Reaktion war, ins nächstbeste Flugzeug zu springen, der Arrow nachzujagen und selbst zu versuchen, sie herunterzusprechen... nur daß er sie natürlich nie würde einholen können. Nicht, wenn Bazzard siebzig bis achtzig Kilometer weit weg war und in südlicher Richtung auf Leeds und Bradford zu flog.

Plötzlich stieß er einen lauten Fluch aus und fuhr zum Schalter herum. „Pete! Holen Sie mir den Leeds Aero Club ans Telefon, schnell! Ich will den Chefausbilder haben, wenn er da ist; Keith Kerr heißt er. Und dann geben Sie mir D und D."

Castlefield riß mit der einen Hand den Hörer von der Gabel und mit der anderen das Verzeichnis der Flugsportclubs zu sich her. „Ist das Ihr Freund? Dieser Kunstflieger?"

„Ja. Und außerdem einer der besten Fluglehrer, die's gibt, und er hat da unten eine Arrow stehen. Wenn einer uns diesen Vogel wieder einfängt, dann er."

4

UM 14.46 UHR, als der Anruf von D & D an Barry Turner weitergeleitet wurde, raste Keith Kerr gerade mit hundertsechzig Sachen auf der A 6120 von Sherburn in Elmet nach Leeds-Bradford.

Er drehte das Gas bis zum Anschlag auf, um einen Pulk von Langsamfahrern zu überholen, dann legte er die donnernde Norton in eine langgezogene Rechtskurve. Als die Straße sich wieder geradeaus streckte, richtete er das Motorrad auf und warf einen raschen Blick über die Schulter. Die Kurve hinter ihm war leer. Weit und breit kein Blaulicht.

Kerr gab weiter Vollgas, preßte die Ellbogen an und duckte sich über den Tank. Triumphierend grinste er in den Fahrtwind. Damit dürfte er sie abgehängt haben…

Die Jagd hatte vor etwa zehn Minuten begonnen, als er an einem in einer Gehöftzufahrt stehenden Ford Granada der Polizei vorbeigebraust war. Er hatte gerade hundertzehn draufgehabt und den Wagen nur für einen Sekundenbruchteil erblickt. Aber in diesem Sekundenbruchteil hatte er eben auch die blaue Uniform bemerkt und gesehen, daß sich der Wagen in Bewegung setzte.

Das genügte. Er hatte die Knie an den Tank gepreßt, das Gas noch weiter aufgedreht und war gefahren, so schnell er konnte. Natürlich war nicht gesagt, daß die Bullen ihm folgten, aber wenn, dann müßten sie sich schon Flügel wachsen lassen, um ihn zu kriegen, bevor er auf dem Flugplatzgelände verschwand.

Kerrs Ansichten über Recht und Unrecht im Straßenverkehr waren sehr einfach: Allgemeine Geschwindigkeitsbegrenzungen waren die Ausgeburt irgendwelcher Politikergehirne und nicht weiter ernst zu nehmen. Solange man sich nur nicht erwischen ließ, war alles in Ordnung.

Als Kerr den Flughafen erreichte, war von dem Polizeiwagen noch immer nichts zu sehen. Er stellte das Motorrad auf einen Parkplatz zwischen den flachen, verstreut liegenden Gebäuden, in denen der Aeroclub Leeds untergebracht war, nahm den Sturzhelm ab und ging pfeifend zum Clubhaus.

Es kam ihm nicht in den Sinn, daß die Polizei im Bezirk Leeds eine bestimmte, schwarz-silberne Norton 650 SS inzwischen recht gut kannte...

Im Clubhaus wimmelte es wie gewöhnlich von Fluglehrern und ihren Schülern. Kerr drängte sich durch die Tür mit der Aufschrift NUR FÜR LEHRPERSONAL, legte seine Sachen ab und ging zurück in den Bereich hinter dem Buchungsschalter. Dort saß ein hübsches schwarzhaariges Mädchen in Blue jeans und rotem Pullover. Im Augenblick war sie mit einem runden Dutzend Flugschüler beschäftigt, die alle gleichzeitig ihre nächste Stunde anmelden und bezahlen wollten.

Kerr beobachtete sie ein paar Sekunden, und seine blauen Augen bekamen einen sanften Ausdruck; dann sagte er: ,,Na, wie geht's, Maggie?" Seine Stimme war tief und tragend und hatte einen ganz leichten amerikanischen Akzent.

Maggie drehte sich um und sah ihn erst jetzt. Sie errötete in momentaner Verwirrung, bevor sie sein kurzes, verständnisinniges Lächeln erwiderte.

,,Danke, gut. Sehr sogar." Sie brachte es nicht fertig, einen Ton der Erleichterung aus ihrer Stimme herauszuhalten, als sie zurückfragte: ,,Wie war's beim Training?"

,,Nicht schlecht."

Maggie schien etwas sagen zu wollen – plötzlich aber warf sie einen furchtsamen Blick über seine Schulter und beugte sich rasch wieder über die Rechnung, die sie gerade ausschrieb.

Eine heisere Stimme hinter Kerr sagte im rauhen Yorkshire-Tonfall: ,,Und was glauben Sie vielleicht, wieviel Uhr es ist, he?"

Kerr verging das Lächeln. Er hatte gar nicht bemerkt, daß Edward Tomms ebenfalls hinter dem Schalter saß, und es freute ihn nicht gerade.

Tomms hatte den Aeroclub Leeds vor sieben Monaten von seinem Vorbesitzer gekauft, und er und Kerr hatten sich vom ersten Tag an nicht leiden können. Tomms hatte eine kurze Laufbahn als Bomberpilot im Zweiten Weltkrieg hinter sich, aber die Flugschule hatte er sich nur als Geldanlage zugelegt, und sein einziges Interesse galt dem Gewinn. Er bezahlte schlecht, verlangte von seinem Personal Überstunden und meckerte dauernd über Kerrs „Pingeligkeit", wenn dieser eine Maschine wegen technischer Mängel aus dem Verkehr zog. Die Antipathie zwischen den beiden hatte sich im Laufe der Monate noch vertieft und konnte jetzt jeden Moment in offene Feindschaft umschlagen; bisher hatte Kerr die Kraftprobe mit ganz und gar untypischer Langmut vermieden.

Heute aber lagen die Dinge anders. Der Brief, der in seiner Gesäßtasche knisterte, änderte alles. *Die British Island Airways freuen sich, Ihnen die Stellung anbieten zu können...*

Er machte erst einmal eine Kunstpause und meinte dann: „Ich würde sagen, es ist kurz vor drei, Freundchen. Vorausgesetzt natürlich, daß meine Uhr nicht völlig falsch geht."

Tomms wuchtete sich von seinem Stuhl hoch. Er war neunundfünfzig Jahre alt und untersetzt, und seinen runden Kopf bedeckte dichtes, kurzgeschorenes, eisengraues Haar. Er trug eine dickgeränderte Brille, die seine Augen besonders aggressiv wirken ließ.

„Wie?" Er baute sich einen Meter vor Kerr auf. „Sie hatten aber gefälligst schon vor einer Stunde hier zu sein!"

„Sehr wahr." Kerr grinste seinem Arbeitgeber boshaft ins Gesicht. „Nur daß Sie mir laut Arbeitsvertrag sowieso nicht vorzuschreiben haben, wann ich meine Freistunden nehme, Sportsfreund. Zu Ihrer Information, ich war schon vor dem Mittagessen hier und habe gesehen, daß meine erste Stunde erst für drei Uhr gebucht war. Und da ich heute abend bis acht Uhr Nachtflüge mache, für die ich übrigens nichts extra bezahlt kriege, hab ich mir gedacht, ich nehme mir lieber 'ne halbe Stunde frei, statt hier rumzusitzen und Däumchen zu drehen. Klar?"

Tomms war im ersten Moment wie vor den Kopf geschlagen. Dann aber kochte seine Wut, die nie tief unter der Oberfläche lag, über.

„O nein, hier ist überhaupt nichts klar! Ich bezahle meine Leute nicht dafür, daß sie nachmittags anspaziert kommen, wann sie Lust haben! Und außerdem" – sein Blick glitt zu Kerrs Motorradstiefeln hinunter und wieder aufwärts – „bezahle ich meine Fluglehrer nicht dafür, daß sie hier aufkreuzen wie Rocker. Wenn Sie hier hereinkommen, wünsche ich, daß Sie gefälligst ein Hemd mit Krawatte anhaben, sonst fliegen Sie! Verstanden?"

„Ganz recht, Herr Nachbar", sagte Kerr betont gelassen. „Wenn Sie es so haben wollen, ist heute Ihr Glückstag. Ich kündige nämlich. Heute in einem Monat ist für mich Ultimo. Oder Sie können mich auch gleich rausschmeißen und mir noch einen Monat Gehalt zahlen. Wie Sie wollen, aber jedenfalls will ich Ihnen noch sagen, daß Sie der größte Korinthenkacker sind, für den ich je gearbeitet habe."

Tomms' Augen hinter den dicken Brillengläsern wurden fast schwarz. Zwanzig Jahre in einem harten Gewerbe hatten ihn gelehrt, immer erst bis drei zu zählen, bevor er loslegte, und er zählte jetzt bis drei. Dann holte er tief Luft...

Das Telefon schrillte und zerriß die gespannte Stille. Maggie nahm den Hörer ab. „Keith! Ein gewisser Barry Turner. Ein Notfall, sagt er."

Keith ignorierte sie, desgleichen Tomms. Das Gesicht tiefrot vor Wut, sagte der langsam: „Na schön, junger Mann. Ich kündige verdammt noch mal Ihnen, und Sie arbeiten den Monat gefälligst zu Ende..."

Maggie wartete. „Keith! Ein Flugzeug ist in Not!"

Kerr fuhr herum, machte zwei Schritte durch den Raum und riß den Hörer an sich. Tomms machte einen wütenden Schritt vorwärts, aber der Fluglehrer hatte ihm den Rücken zugewandt und sprach.

„Hier Kerr. Was ist los?"

„Keith – hier Barry Turner. Hör zu, ich muß es kurz machen: Einer von unsern Piloten ist in unserer Arrow nach Denham unterwegs und hat in der Luft die Besinnung verloren. Er hat den Vogel noch vorher auf Autopilot geschaltet, und seine Biene sitzt drin. Sie schreit über Funk um Hilfe."

Kerr erstarrte. Er kannte Barry Turner seit Jahren, und es wäre ihm nicht eingefallen, die Zeit mit unnützen Fragen zu vertun. Wenn nichts zu machen wäre, hätte Barry nicht angerufen. Er brauchte keine zwanzig Sekunden, um zu begreifen, was da los war und was es bedeutete.

„Wo ist die Maschine?"

„Das weiß noch keiner. Unser Mann ist hier um 14 Uhr 23 gestartet; wenn er also Luftlinie nach Denham fliegt, müßte er jetzt etwa zwanzig bis dreißig Kilometer nordöstlich von euch entfernt sein. D und D sucht ihn auf dem Radar. Könntest du für mich aufsteigen und im Falle eines Falles versuchen, das Mädchen runterzusprechen, Keith? Ich habe hier nichts, womit ich die vermaledeite Arrow einholen könnte."

Keith Kerr rechnete ein paar Sekunden und ließ sich die verschiedenen Möglichkeiten durch den Kopf gehen. Dann sagte er fest: „In Ordnung. Die einzige Maschine hier, die schnell genug wäre, ist unsere eigene Arrow, ich muß also gleich los. Bleib du am Apparat, dann besorge ich einen, der zwischen dir und mir die Verbindung hält; wenn ich oben bin, möchte ich gern noch Genaueres wissen."

„Klar, wird gemacht. Danke, Keith."

Keith knallte den Hörer auf die Gabel und fuhr herum, in Gedanken bereits bei all den Problemen, die dieser Fall aufwarf. Eile war zunächst das wichtigste. Als erstes mußte er diese Maschine abfangen. Das mußte möglich sein, aber nur, wenn er in die Luft kam, solange der Ausreißer noch auf ihn zu flog; war dieser einmal über Leeds-Bradford hinweg, würde er ihm nachjagen müssen. Und bei zwei Arrows gleicher Bauart konnte es eine halbe Stunde dauern, bis eine Lücke von nur acht bis zehn Kilometern geschlossen war. Er mußte jetzt starten, unverzüglich...

„He! Hören Sie! Was zum Teufel geht hier vor...?" Tomms' Gesicht war immer noch puterrot vor Wut.

Kerr ging an ihm vorbei und befahl: „Maggie! Ruf D und D an und sag denen, daß ich mit Romeo X-ray aufsteige und versuchen will, diesen Ausreißer aus Newcastle abzufangen. Die wissen Bescheid. Sie sollen sich hier mit der Anflugkontrollstelle in Verbindung setzen – mit der werde ich zuerst sprechen, und dann will ich Informationen haben. Klar?"

Maggie war ganz aufgeregt. „Was ist los, Keith? Was gibt's denn da?"

Keith suchte schon das Schlüsselbrett ab. „Hab jetzt keine Zeit für Erklärungen, Maggie – tu, was ich sage. Sag D und D, sie sollen sich mit Anflugkontrolle Leeds in Verbindung setzen."

Maggie hörte die Dringlichkeit in seinem Ton und griff erschrocken zum Telefon. Kerr fand die Schlüssel der Cherokee Arrow Romeo X-ray und riß sie vom Haken. Dann machte er kehrt und wollte zur Tür. Und sah Edward Tomms breitbeinig im Weg stehen.

„Sie, was fällt Ihnen ein? Sie können hier nicht einfach mit einem meiner Flugzeuge abschwirren, ohne was zu sagen!"

„Gehen Sie mir aus dem Weg, Sie Idiot!" schnauzte Kerr ihn an und machte Anstalten, sich an ihm vorbeizudrängen. Aber Tomms packte ihn, bleich vor Erregung, an der Jacke. Kerr versuchte sich zuerst loszureißen, dann holte er plötzlich aus und versetzte ihm einen Schlag in die Magengrube. Tomms taumelte zurück, schlug gegen die Wand und sank auf die Knie.

Das Ganze hatte drei Sekunden gedauert.

Entsetzen lähmte das ganze Clubhaus. Es war totenstill, nur Tomms rang laut stöhnend nach Luft.

Kerr ging um ihn herum und setzte sich in Trab. Er lief die Rollbahn hinauf, die zum Hangar der Leichtflugzeuge führte, und erreichte keuchend und hustend vor Erschöpfung die Arrow. Er sprang auf den Einstiegstritt, riß die Tür auf und ließ sich auf den rechten Sitz fallen; für Startkontrollen war keine Zeit; er knallte die Tür zu und schob den Sitz vor, alles in einer einzigen Bewegung. Dann flogen seine Hände über die Schalter.

Zehn Sekunden nachdem die Tür zugefallen war, bewegte sich ruckartig der Propeller, die Blätter wirbelten stotternd herum und verschwanden, als der Motor zündete.

Während die Arrow sich in Bewegung setzte, machten Kerrs Hände und Augen automatisch die notwendigen Kontrollen. Sprechfunkgerät und Markierungsfunkfeuer – ein; Öldruck – steigend; Treibstoffdruck – im Grünen; Tankfüllung – zwischen viertel und halb, beidseitig...

Er fluchte laut.

Jeder Tank war nur zu einem Drittel voll. Das bedeutete eine maximale Flugzeit von eineinhalb Stunden, selbst wenn er die ganze Reserve verbrauchte. Ein paar Sekunden lang überlegte er, ob er umkehren und auftanken sollte, aber schlagartig wurde ihm klar, daß auch das nichts ändern würde. Es war schon drei Uhr – in eineinhalb Stunden würde es dunkel sein.

Das Sprechfunkgerät erwärmte sich und fing an zu summen. Kerr zog sich ein Paar Kopfhörer über die Ohren und drückte auf den

Sprechknopf an der Steuersäule, während er die Arrow auf die Rollbahn lenkte und rasch beschleunigte.

„Leeds – Mayday-Verkehr Golf Bravo Charlie Romeo X-ray vom Aero Club. Ich versuche ein Flugzeug abzufangen, das mit bewußtlosem Piloten aus Richtung Norden anfliegt. Erbitte sofortige Rollfreigabe auf Bahn eins-null."

„Verstanden, Mayday Romeo X-ray, frei zum Rollen. Leeds-Anflugkontrollstelle ist in den Fall eingeschaltet. Wollen Sie die Frau notfalls heruntersprechen?"

„Richtig", antwortete Kerr nur knapp.

„Verstanden. Startbahn eins-null freigegeben. QNH eins-null-eins-zwo, QFE neun-acht-neun, Wind zwo-vier-null, zwölf Knoten." Kerr schob den Drosselhebel etwas weiter vor und jagte mit 50 km/h die Rollbahn entlang. Unterwegs kontrollierte er die Magnetzündung. Mit halbem Ohr hörte er mit, wie der Tower eine zur Landung einschwebende Viscount der British Airways anwies, durchzustarten und sofort nach rechts abzudrehen. Die Viscount bestätigte die Anweisung gelassen und ohne die Spur von Ungehaltenheit, in der Luft hat Notverkehr Vorrang vor allem anderen. Kerr grinste kurz, als er sich vorstellte, daß er im Augenblick wichtiger war als jedes andere Flugzeug bis hinauf zur Concorde. Ein Hoch der britischen Flugsicherung!

Mit heiser dröhnendem Motor eilte die Arrow auf ihren drei steifen Beinen über die Rollbahn und passierte das Westtor. Kerr sah den Ford Granada nicht, der soeben von der Straße einbog; er hatte zuviel im Cockpit zu tun.

Punkt eine Minute nach drei bog er auf die Startbahn ein und öffnete die Drosselklappe.

Es IST noch nicht lange her, da waren einmotorige Privatflugzeuge recht primitive Geräte. Sie besaßen die wichtigsten Steuerelemente und vielleicht fünf oder sechs Instrumente auf dem Armaturenbrett – fertig. Heute kann ein moderner einmotoriger Viersitzer wie die Cherokee Arrow praktisch unter allen Bedingungen fliegen. Oft verfügt er über Instrumente und Allwettersysteme wie manches mehrmotorige Verkehrsflugzeug; die Arrow hat fünfzehn Steuerelemente und insgesamt fünfundzwanzig Instrumente, um Flughöhe, Kurs und Motorleistung zu kontrollieren. Bazzard hatte neun verschiedene Steuer-

hebel einregulieren müssen, bevor er auf Autopilot schaltete, und einundzwanzig Anzeigen lieferten jetzt ununterbrochen Informationen
über Fluglage und -verlauf.

Für Ann Moore, die nicht wissen konnte, daß sie und Bazzard in einem weniger komplizierten Flugzeug längst tot wären, existierte nur
dieses tiefe, stetige Dröhnen, das in ihren Kerker hoch am Himmel
drang. Die ungeheure Leere vor den dünnen Scheiben schien wie eine
schwere Last auf sie einzudringen und erzeugte in der kleinen Plastik-
zelle eine Phobie besonderer Art. Ihr Magen schmerzte, als ob eine eiserne Faust ihr Inneres zusammendrückte.

Sie hielt das Mikrofon auf dem Schoß fest und versuchte sich vorzustellen, wie sie die Maschine fliegen würde.

Niemand hatte ihr gesagt, daß sie das würde tun müssen. Aber sie
wußte, daß eine plötzliche Subarachnoidalblutung stets ein tiefes
Koma zur Folge hatte, aus dem der Betroffene selbst auf der Intensiv-
station einer neurochirurgischen Abteilung nach frühestens zwölf
Stunden wieder erwachte.

Es blieb also gar nichts anderes übrig; sie würde die Maschine fliegen müssen.

Daß Roy eine Subarachnoidalblutung erlitten hatte, war eine ebenso
plötzliche wie erschreckende Erkenntnis gewesen; in dem Augenblick, als sie das Wort aussprach, war ihr mit einemmal klargeworden,
daß sie es eigentlich schon länger wußte.

Ihr Körper hatte unkontrollierbar zu zittern angefangen; ihr Magen
hatte sich zusammengekrampft und ihr den sauren Geschmack der
Angst in den Hals hinaufgedrückt. Aus dem Lautsprecher hatte Payntons Stimme auf sie eingeredet, aber verstanden hatte sie von allem nur
das eine: „Jemand anders wird sich demnächst bei Ihnen melden."
Dann war die Stimme verstummt, und sie war wieder allein gewesen.

Lange, sehr lange konnte sie sonst nichts tun als ihre Angst bekämp-
fen. Diese schien in Wellen über sie hinwegzuschwappen, den einen
Augenblick nachzulassen, um gleich darauf wieder ihren ganzen Körper zu ergreifen. Sie biß die Zähne zusammen und spannte jeden Muskel ihres Körpers an, um ihr Zittern unter Kontrolle zu bringen; endlich verebbte die Panik zu einer im Untergrund stetig pulsierenden
Angst. Und in deren Kielwasser kam diese Mattigkeit, die so oft auf
ständigen Schrecken folgt und es dem Gehirn unmöglich macht, sich
länger als ein paar Sekunden auf eine Sache zu konzentrieren. Sie

gähnte und wischte sich mit ihrem Pulloverärmel übers Gesicht. Sie würde irgendwie das Flugzeug steuern müssen.

Widerstrebend versuchte sie sich das vorzustellen. Roy hatte etwas von Doppelsteuerung gesagt. Das mußte dieses halbkreisförmige Ding vor ihr sein. Wahrscheinlich würde man ihr über Funk sagen, was sie damit anfangen sollte: wie und wann sie daran drehen und auf welche Instrumente sie dabei achten müsse. Das hieß, falls man sie nicht aufgab; falls man nicht übereinkam, daß sowieso alles zwecklos war, und man zur Tagesordnung überging. Vielleicht taten sie das jetzt in dieser Sekunde: ein hilfloses Schulterzucken und dann so tun, als ob es sie und Roy nie gegeben hätte.

Der Motor schnurrte unablässig am schweigenden Himmel dahin.

Ann drehte den Kopf und sah nach Bazzard. Er lag reglos da, war blaß und atmete unregelmäßig in seiner Bewußtlosigkeit. Einen Augenblick versuchte sie sich vorzustellen, wie es zwischen ihnen wohl weitergegangen wäre, aber die altgewohnten Fragen waren jetzt irgendwie losgelöst von der Wirklichkeit. Ob man in einen verliebt war, ob man mit ihm ins Bett gehen sollte – es waren Konventionen aus einer anderen, unvorstellbar fernen Welt. Sogar die nicht gestellte Frage, ob Roy am Leben bleiben oder sterben würde, war mit keinerlei Schock verbunden, drang nicht unter die Haut.

Das Flugzeug. Los, denk jetzt an das Flugzeug. Du mußt dich zwingen, daran zu denken.

Sie schüttelte den Kopf und rieb sich mit den Handballen hart übers Gesicht. Als sie damit aufhörte, dauerte es eine ganze Weile, bis sie wieder normal sah. Stirnrunzelnd betrachtete sie das Armaturenbrett. Es sagte ihr nichts. Es war hoffnungslos, unmöglich; dieses Cockpit war ein Dschungel aus lauter Dingen, von denen sie nicht die leiseste Ahnung hatte. Sie merkte, wie sie schon wieder zu schluchzen anfangen wollte, und vergrub ihr Gesicht in den Händen, fühlte das Naß ihrer Tränen zwischen den Fingern. Sie hatte nicht gewußt, daß man solche Angst überhaupt haben konnte; und diese Angst wallte immer wieder von neuem in ihr auf und machte ihr das Denken unmöglich, überhaupt alles. Und gleich würden sie – würde irgendwer – zu ihr sprechen. Dann würde sie sich zusammennehmen und sich der Situation stellen müssen.

Nach einer kleinen Weile holte sie tief Luft, hob den Kopf und sah absichtlich aus dem Fenster.

Zwölfhundert Meter unter ihr lag der Norden von Yorkshire wie ein kalter Flickenteppich in der harten Wintersonne. Die Berge waren abgeplattet, die Felder glichen einem regellosen Mosaik. Über den meisten lag noch ein dünner Hauch vom Frost der letzten Nacht. In eine Falte der Steppdecke kuschelte sich ein winziges, grau-braunes Dorf, dessen Einzelheiten an diesem strahlenden Nachmittag unglaublich klar zu erkennen waren. Rauchwölkchen kräuselten sich von den Spielzeughäusern empor, und Modellautos bildeten kleine Farbtupfen auf den Miniaturstraßen. In so einem Dorf war sie geboren und aufgewachsen, in Northamptonshire. Einen Augenblick lang erinnerte sie sich an den Geruch der Winterlandschaft und das Brausen der Autos, die samstags zu der Wirtschaft gegenüber ihrem Elternhaus einbogen.

Jetzt glitt das Dorf unter den Flügel, und von einem Horizont zum andern waren nach allen Richtungen nur noch Felder zu sehen. Und über dem Horizont der Himmel, endlos und groß und von einem kalten Blau; das nackte, gelbe Funkeln der Wintersonne und die wenigen hohen Wolkenfetzen unterstrichen gleichsam die grenzenlose Weite des Nichts. Das leise summende Cockpit der Arrow wirkte sehr klein und schwächlich vor der unendlichen Gleichgültigkeit des Himmels.

Ann senkte den Blick wieder auf ihre zitternden Hände. Erneut rollten Tränen die Wangen hinunter.

FÜNFZEHN Kilometer weiter südlich schwang sich soeben Keith Kerr in diesen Himmel empor. Als Romeo X-ray die Dreitausendfußgrenze durchstieß, rutschte er auf seinem Sitz in eine möglichst bequeme Haltung und rieb sich sorgenvoll die Narbe neben dem Auge. Unter ihm breitete sich das sonnenbeschienene Wirrwarr von Leeds in alle Richtungen aus; die sonst geltende Lärmschutzverordnung, die das Überfliegen der Stadt verbot, wurde in Notfällen einfach ignoriert.

Kerr bediente die Steuersäule mit knappen Bewegungen des rechten Handgelenks, während er mit der linken Hand eine Zigarette aus der Schachtel auf dem Sitz neben sich zog. Seine hellblauen Augen, die er wegen der grellen Sonne zusammenkneifen mußte, nahmen mechanisch das vertraute Bild des leeren Himmels über ihm und der Erde tief unten wahr. Er lehnte sich zurück, zog den Zigarettenanzünder aus dem Armaturenbrett, als er heraussprang, und blies den Rauch gegen die Windschutzscheibe. Das Debakel mit Tomms war fürs erste vergessen, aus seinem Hirn verdrängt, wie auch die Gedanken an den gestrigen Abend und seine neue Karriere bei den British Island Airways. Dies sind lauter irdische Dinge, die bei einem Flieger an Bedeutung zu verlieren pflegen, sowie er in sein Element zurückkehrt.

In seinen Kopfhörern piepte es kurz, dann rasselte es metallisch in seine Ohren: „Leeds ruft Romeo X-ray; nennen Sie Ihre Steighöhe."

Kerr warf einen Blick auf den Höhenmesser, während sein rechter Daumen auf den Sendeknopf an der Steuersäule drückte.

„Romeo X-ray durchsteigt drei-fünf. Haben Sie unsern Ausreißer schon geortet?"

„Noch nicht sicher, Romeo X-ray. Wir haben ein verdächtiges Echo vierzehn Kilometer nördlich von Ihnen, das sich mit annähernd zweihundertsechzig Stundenkilometern nach Süden bewegt. Wir versuchen es zu identifizieren."

„Mist!" zischte Kerr erregt. Dann drückte er wieder auf den Knopf. „Können Sie mich hinführen?"

„Natürlich, Romeo X-ray. Welchen Kurs fliegen Sie im Moment?"
„Eins-drei-null."

„Verstanden. Drehen Sie auf eins-vier-null."

Kerr wiederholte den neuen Kurs und ging in eine kurze Steigkurve. Dann ließ er den Zigarettenrauch aus den Nasenlöchern entweichen, während er sich ausrechnete, wie groß die Chance war, daß dieses unidentifizierte Radarecho das richtige war. Täglich fliegen massenhaft Flugzeuge über England hin und her, und diese Route hier war als Umgehung der Kontrollzonen über den Industriegebieten weiter westlich sehr beliebt. Konnte das der Ausreißer sein? Wenn die Maschine, die er abfing, sich als die verkehrte entpuppte, hatte er seinen schönen Vorsprung von fünfzehn Kilometern für nichts hergegeben. Aber in diesem Falle war sowieso alles umsonst gewesen; das konnte nämlich nur heißen, daß der Ausreißer irgendwo meilenweit entfernt einen völlig anderen Bereich am Himmel durchquerte oder aber so niedrig flog, daß er gar nicht vom Radar erfaßt wurde. In beiden Fällen war die Chance, ihn überhaupt jemals abzufangen, gleich Null.

Die Arrow dröhnte weiter hinauf ins Blaue und passierte soeben fünftausend Fuß. Kerr warf einen Blick auf die Kraftstoffanzeigen und nahm den Gemischhebel auf MAGER zurück, um den Kraftstoffverbrauch zu drosseln; sein Tankvorrat konnte wichtig werden, so un-

FLUG INS UNGEWISSE 71

wahrscheinlich das im Augenblick auch sein mochte. Die Zylinder-
kopftemperatur kroch langsam höher und blieb kurz unter der roten
Gefahrenlinie bei 260 Grad stehen. Er zog die Stirn kraus und tippte
mit dem Finger auf die Glasscheibe der Temperaturanzeige. Bei Ly-
coming-Motoren wurden die Zylinderkopftemperaturen nie genau
genug angezeigt, um mit optimaler Wirtschaftlichkeit fliegen zu können. Er forderte schon seit Monaten den Einbau einer Abgastempera-
tursonde in die Arrow, aber Tomms hatte ihn immer wieder abgewie-
sen. Eines Tages würde der Motor überhitzt werden und sich ein
Kolben festfressen...

Er trommelte mit den Fingern der linken Hand auf dem Gashebelquadranten und betrachtete die feinen Strähnen hoher Zirruswolken
vor dem unsichtbaren Propeller. Nach einer Weile formten seine Lippen ein O, und er begann tonlos in das Surren des Motors hinein zu
pfeifen.

Sechzig Kilometer nördlich fürchtete Tony Paynton um diese Zeit,
daß sein Motor jeden Augenblick aussetzte. Die Chipmunk glitt in
2000 Fuß Höhe mit hundertzwanzig km/h, ihrer kraftstoffsparendsten
Geschwindigkeit, gleichmütig dahin, während Payntons Blick ständig
zwischen den Kraftstoffanzeigen und dem fernen, sonnenbeschiene-
nen Gewirr der Landebahnen von Leeming hin und her ging.

Bis zum Flugplatz, der halb von der Nase der Chipmunk verdeckt
wurde, waren es noch fünf Kilometer. Die Kraftstoffanzeigen standen
beide auf Null.

Trotz der Kälte fühlte Paynton ein heißes Prickeln im Gesicht, und
seine Hände in den Handschuhen waren feucht! Vor ihm torkelte Martins Kopf kläglich hin und her. Immer wieder warf Paynton
zwischendurch einen Blick auf die Felder unter ihm, wo er eine Landung würde versuchen müssen, wenn ihm der Treibstoff ausging. Sie
sahen alle erschreckend klein aus, und jedes einzelne schien von scharfen, grauen Linien begrenzt zu sein, diesen niedrigen Steinwällen, die
für die Felder im Norden Yorkshires typisch sind. Jedesmal, wenn er
zu ihnen hinuntersah, schnürte es ihm die Kehle zu; wenn man so ein
Ding bei einer Notlandung streifte, konnte man zumindest das Flugzeug abschreiben...

Aus seinen Kopfhörern tönte es: ,,Yankee Lima, hier Leeming; noch
drei Kilometer; kurven Sie ein auf Landebahn drei-null."

Paynton drückte auf den Sendeknopf und bestätigte die Anweisung. Seine Zunge fühlte sich in dem ausgetrockneten Mund groß und schwer an. „Noch eine Minute, Junge", sagte er leise, „bitte bleib noch eine Minute am Laufen."

Die Minute verging. Die Hangars auf der Nordseite des Flugplatzes glitten langsam unter die Vorderkante der Tragfläche. Der Motor lief immer noch...

Um fünf nach drei setzte die Chipmunk ihre Räder auf die Landebahn drei-null von Leeming. Sie machte einen steifbeinigen kleinen Hüpfer, beruhigte sich und rollte an der Abbiegung zur ersten Rollbahn aus. Paynton verließ die Landebahn, hielt die Maschine an, schaltete die Magnetzündung aus und griff nach oben, um das Schiebedach ganz zu öffnen. Die kalte Januarluft duftete unvorstellbar süß, als er vorsichtig ausstieg und festen Boden betrat.

Martin kam hinter ihm aus dem Cockpit getaumelt; halb sank, halb fiel er auf die Rollbahn nieder und legte beide Hände flach auf den kalten Beton, wie um sich zu vergewissern, daß er wirklich auf der Erde war.

„Mein Gott–!" Er hustete und ließ kraftlos den Kopf hängen. „Dem Himmel sei Dank... das ist überstanden..."

Paynton lehnte sich an den Flugzeugrumpf. Ein paar Sekunden lang glaubte er, die Frau vor Augen zu haben, die zu Tode verängstigt immer noch angeschnallt im Cockpit dieser Arrow saß und immer weiter nach Süden flog.

„Nein, es ist nicht überstanden, Jules", sagte er langsam. Seine Zähne klapperten in der Kälte. „Es ist noch gar nichts überstanden. Nicht für diese Frau."

„LEEDS ruft Romeo X-ray."

Kerr schob das Mikrofon näher vor seinen Mund und sagte barsch: „Romeo X-ray. Schießen Sie los."

„Romeo X-ray, setzen Sie die Verfolgung des vermutlichen Ausreißers fort. Wenden Sie nach rechts, Kurs eins-acht-null, und steigen Sie weiter auf Flugfläche sieben-null. Wir haben außerdem Informationen für Sie. D und D hat wegen des kranken Piloten einen Arzt hinzugezogen. Es ist nicht damit zu rechnen, daß er wieder zu sich kommt. Gehen Sie weiter davon aus, daß die Frau die Maschine runterbringen muß. Haben Sie verstanden?"

FLUG INS UNGEWISSE 73

Kerrs linke Hand, die eine Zigarette hielt, stockte auf halbem Wege zum Mund.

Nach einer ganzen Weile drückte er auf den Sendeknopf und sagte langsam: „Verstanden."

„Danke, Romeo X-ray. Bleiben Sie auf Empfang zur weiteren Einweisung."

Kerr sagte noch einmal: „Verstanden." In den Kopfhörern klickte es zweimal zur Bestätigung, dann war es still.

Jetzt war's also wirklich soweit. Mehrere Sekunden lang starrte Kerr nur über die Flugzeugnase hinweg, blind für den leeren Himmel und die immer kleiner werdende Erde darunter. Bis jetzt war seine Rolle in diesem Spiel unklar gewesen. Wenn das Flugzeug gefunden wurde und wenn der Pilot nicht wieder zu sich kam, dann würde er vielleicht irgend etwas versuchen müssen. Er hatte die Möglichkeit durchaus erkannt – aber tief im Innersten, das wurde ihm jetzt klar, hatte er nie damit gerechnet, daß es dazu kommen würde. Es war zu phantastisch – etwas, das vielleicht anderen zustoßen mochte, aber nie einem selbst.

Jetzt aber erwischte es ihn.

Er nahm einen tiefen Zug aus der Zigarette und wandte sich dann ernsthaft der Frage zu, wie er in den neunzig Minuten zwischen zehn nach drei und dem frühen Sonnenuntergang am Winternachmittag jemandem beibringen sollte, ein Flugzeug zu steuern und zu landen.

Oberflächlich betrachtet ist eine Flugzeuglandung ein in sich abgeschlossenes, unkompliziertes Manöver. Man richtet das Flugzeug auf die Landebahn aus, läßt es sinken und zieht im letzten Moment vor der Bodenberührung den Steuerknüppel zurück, um die Sinkgeschwindigkeit zu verringern und weich aufzusetzen.

Besieht man sich die Sache indessen etwas genauer, so zerfällt dieses scheinbar simple Manöver in hundert Einzelelemente, die zur richtigen Ausführung intensives Üben erfordern. Um das Flugzeug überhaupt an die Landebahn heranzuführen, muß man sehr genaue Kurven damit fliegen können, und wie jeder Fluglehrer nur zu gut weiß, braucht ein normaler Flugschüler eine geschlagene Stunde, um allein das Kurvenfliegen einigermaßen hinzukriegen. Und dann der Landeanflug: Selbst bei der primitivsten Landung muß der Pilot sehr feinfühlig den Vortrieb zurücknehmen, vorsichtig die Nase hochziehen, um die richtige Luftgeschwindigkeit zu erreichen, und schließlich noch die Höhenrudertrimmung korrigieren. Diese Manöver müssen mindestens fünf Stunden lang geübt werden.

Und Kerr hatte anderthalb Stunden, bis es dunkel wurde.

Hinzu kamen dann noch all die andern Faktoren. Geradeausfliegen und auf Höhe bleiben; den Flug verlangsamen, damit das Fahrgestell ausgefahren werden konnte; Ladedruckmesser und Gashebel finden, um den Vortrieb verändern zu können; den Autopiloten ausschalten; und das alles entscheidende Aufsetzmanöver selbst...

Eineinhalb Stunden.

Nun, um es kurz zu machen, das war nicht drin; niemand konnte einem anderen in ganzen neunzig Minuten von der Pike auf beibringen, ein Flugzeug zu fliegen und zu landen.

Es gab überhaupt nur eine Möglichkeit: jeden Gedanken an Schulung im üblichen Sinne zu vergessen und statt dessen auf einen blinden Gehorsam zu bauen, so daß er durch die Hände der Frau die Maschine flog. Er mußte die verbleibende Zeit ganz darauf verwenden, ihr beizubringen, wie sie mit möglichst wenig Steuerelementen ein Minimum an notwendigen Manövern ausführen konnte, wobei es das wichtigste war, daß sie unverzüglich jedem Kommando gehorchte, das er ihr gab.

Kerr zog kräftig an seiner Zigarette, atmete langsam aus und blickte durch den wirbelnden Rauch stirnrunzelnd auf die Instrumente. Im Augenblick gab es Dringenderes zu bedenken.

Eines davon war, daß er noch nicht wußte, was für eine Art Autopilot diese andere Arrow hatte. Wahrscheinlich war es der gleiche Typ wie in seinem Flugzeug – aber *wahrscheinlich* genügte nicht: Wenn die Ein- und Ausschaltknöpfe nicht an den gleichen Stellen waren, konnte er einen sehr schweren Fehler machen.

Er blickte mit gerunzelter Stirn in den Himmel, als das Funkgerät ihn aus seinen Überlegungen riß. „Leeds ruft Romeo X-ray, hören Sie mich?"

Kerr drückte auf den Sendeknopf und sagte knapp: „Sprechen Sie."

„Romeo X-ray, drehen Sie nach rechts ab auf eins-neun-null, um die verlängerte Echolinie Ihres Ziels zu schneiden. Sie haben noch rund sechs Kilometer Vorsprung."

„Verstanden, eins-neun-null." Kerr legte die Maschine kurz nach rechts. „Leeds, welche Registriernummer hat das Flugzeug?"

„Äh – G-AYWT, Sir. Golf Alpha Yankee Whisky Tango."

„Danke." Kerr verdrehte den Kopf und drückte das Gesicht gegen das kalte Plexiglas des Seitenfensters, um über die rechte Schulter hinauszusehen und den leeren Himmel unter und hinter sich abzusuchen. Sechs Kilometer waren eine große Entfernung, um ein anderes Leichtflugzeug auszumachen, aber man konnte nie wissen...

Kurz darauf meldete sich wieder die Stimme in seinem Kopfhörer.

„Wir haben weitere Informationen für Sie, Romeo X-ray."

„Schießen Sie los."

„Erstens, das Flugzeug sendet auf 126,85. Ich wiederhole: 126,85. Anscheinend eine unbenutzte Frequenz."

Kerr zog die rechte Braue hoch. „Verstanden, 126,85."

„Zweitens, Treibstofflage: Das Flugzeug ist um 14 Uhr 23 gestartet, mit Treibstoff für dreieinhalb Flugstunden."

Kerr strich im Geiste den Treibstoff von seiner Problemliste; er selbst konnte da in Schwierigkeiten kommen, Whisky Tango aber nicht.

„Wie steht's mit dem Autopiloten?" fragte er.

„Der Flugzeughalter sagt, es ist ein Standard Piper Autocontrol drei. Die Bedienungsknöpfe liegen unter der linken Ecke des Armaturenbretts. Keine Höhenautomatik."

Kerr beugte sich weit zur Seite, um an der linken Steuersäule vorbei seinen eigenen Autopiloten sehen zu können. Er trug in schwarzen Buchstaben die Aufschrift AUTOCONTROL III, also der gleiche Typ wie bei Whisky Tango.

„Verstanden", sagte er. „Standard Autocontrol drei."

„Richtig, Romeo X-ray. Sie nähern sich jetzt der verlängerten Echolinie Ihres Ziels, Entfernung von Ihnen noch knapp fünf Kilometer. Schlage vor, Sie beginnen langsam einen Kreis, erst nach rechts."

„Verstanden." Kerr kippte mit einem leichten Druck der Finger den Horizont um zwanzig Grad und fragte: „Können Sie mir etwas über die Frau sagen?"

„Laut D und D ist sie Krankenschwester. Name: Ann Moore; keinerlei Flugerfahrung. Der Pilot heißt Roy Bazzard. Ein Militärarzt hat bestätigt, daß sein Zustand ernst ist – wahrscheinlich eine Subarachnoidalblutung, eine Blutung im Gehirn. Von dem Piloten des anderen Flugzeugs, der zuerst mit ihr gesprochen hat, wissen wir, daß die Frau seinen Zustand kennt. Haben Sie das alles?"

„Verstanden. Wie weit bin ich jetzt noch vor dem Ziel?"

„Etwa drei Kilometer, Romeo X-ray."

Kerr strengte die Augen an, bis sie schmerzten, versuchte mit aller Willenskraft, dieses winzige Staubkorn zu entdecken, das dort draußen irgendwo herumflog und sich ihm langsam näherte. Seine Augen teilten den kaltblauen Himmel und den Flickenteppich der Erde darunter in Abschnitte ein und suchten sie in senkrechten Streifen ab. Nichts. Der Himmel war kristallklar, die Sicht nahezu vollkommen – und nichts zu sehen.

Die Kabinenverstrebungen und dann die linke Tragfläche warfen ihre Schatten über sein Gesicht, als die Arrow vor der tiefstehenden Nachmittagssonne kreiste. Der Horizont, um achtzig Grad gekippt, zog ein paar Sekunden an der gebogenen roten Motorverkleidung vorbei und schwenkte wieder zurück, als Kerr die Maschine aus der Schräglage zurücknahm. Er schaute wieder nach draußen, diesmal über den leeren linken Sitz und die linke Tragfläche. Noch immer nichts.

„Romeo X-ray, Zielentfernung nur noch fünfzehnhundert Meter."

Die Ruhe des Flugsicherungsbeamten war nervtötend. Kerr schnauzte kurz: „Kein Kontakt", und suchte weiter. Ohne den Blick von der riesigen Weite zu wenden, griff er mit der linken Hand nach dem Drosselhebel und gab mehr Gas.

„Romeo X-ray, Ziel im Bereich von tausend Metern. Richtung von Ihnen aus etwa drei-fünf-null."

Kerr fühlte, wie es an seinen Schläfen prickelte. Seine Augen suchten und suchten. Er mußte das Ding doch aus tausend Meter Entfernung sehen können! Noch ein paar Sekunden, und er würde sich davon entfernen...

„Lücke völlig geschlossen, Romeo X-ray. Nur noch ein Radarecho."

Kerr fluchte laut, sah wieder auf den Kreiselkompaß und stellte die Arrow zu einer erneuten steilen Kurve auf die linke Flügelspitze.

Dann sah er es. Es befand sich fast unmittelbar unter ihm, aber mehrere tausend Fuß tiefer. Ein kleiner Käfer mit geraden weißen Flügeln, der langsam über die braun-grüne Erde dahintrippelte.

„Ich hab's! Werd mal runtergehen und es mir aus der Nähe besehen." Seine eigene Stimme klang gepreßt aus den Kopfhörern an seine Ohren.

Leeds antwortete etwas, aber er hörte nicht hin. Den Blick auf die

FLUG INS UNGEWISSE

weißen Flügel des Käfers geheftet, drehte er die Steuersäule voll bis zum Anschlag nach links und zog den Gashebel ganz zurück. Die glänzendrote Motorverkleidung der Arrow stieß kopfüber in das Landschaftsbild hinein, bis sie direkt auf das andere Flugzeug zeigte, dann rollte sie ein Stückchen nach rechts, als Kerr in eine steile Sturzkurve überging. Mit zusammengekniffenen Augen starrte er über die Flugzeugnase, während der Fahrtwind mit zunehmender Geschwindigkeit immer ohrenbetäubender wurde – 290 km/h ... 300 ... 320 ...

Der weiße Käfer rückte immer näher an ihn heran, glitt rückwärts und wurde zu einem Modellflugzeug, das durch den Raum schwebte. In immer schnellerer Folge wurden Einzelheiten erkennbar: rechteckige Tragflächen und Höhenleitflossen, blaue Nase.

Noch fünfhundert Meter. Kerr hatte jetzt fast dreihundertfünfzig drauf. Er legte die Maschine leicht nach links, um neben das andere Flugzeug zu kommen, dann drückte er auf den Sprechknopf und sagte: „Romeo X-ray nähert sich Ziel. Es ist auf jeden Fall eine Cherokee."

Der Fluglotse von Leeds versteckte seine eigene Erregung hinter betonter Förmlichkeit. „Verstanden, Romeo X-ray, sagen Sie Bescheid, wenn Sie das Flugzeug sicher identifiziert haben."

Zweihundert Meter über der anderen fing Kerr seine Maschine aus dem Sturzflug ab. Das Flugzeug vor ihm schien aus der Tiefe emporzusteigen. Als es über ihm war, zog Kerr die Steuersäule hart zurück und sah sich die Unterseite der anderen Maschine an. Die Räder waren eingezogen. Und das einzige Flugzeug in der Cherokee-Klasse mit rechteckigen Tragflächen und einziehbarem Fahrwerk war die Arrow.

Unter Ausnutzung seiner Sturzgeschwindigkeit zog Kerr seine Maschine hoch, bis sie auf gleicher Höhe mit der andern war und der Abstand zwischen ihnen immer kleiner wurde. Als er noch hundert Meter entfernt war, ging er unvermittelt in den Horizontalflug über und schob den Gashebel vor, um gleichmäßig drei bis vier Flügelspannen links von ihr und ein Stückchen dahinter zu bleiben, dann sah er aus dem rechten Fenster.

Die andere Arrow flog ruhig und unerschütterlich weiter. Jetzt konnte er die Registrierbuchstaben auf ihrem Rumpf erkennen, ohne sich anstrengen zu müssen.

Sie lauteten G-AYWT.

ANN MOORE besah sich den Staub im Cockpit. Auf der Oberkante des Armaturenbretts bildete er eine dicke Schicht, und im leichten Luftstrom des Frontscheibenentneblers tanzten lauter kleine Stäubchen. Es war wie in dem kleinen Stationsbüro im Krankenhaus: Man konnte abstauben, sooft man wollte; kaum schien die Wintersonne herein, war der Staub wieder da.

Sie biß die Zähne fest zusammen und rieb sich mit dem Handrücken über die Augen. Sie mußte sich auf etwas Nützliches konzentrieren. Zum Beispiel noch einmal die Armaturen ansehen. Die Instrumente betrachten und versuchen...

Ohne Vorwarnung wurde der Lautsprecher über ihrem Kopf lebendig.

Ann erschrak heftig. Es war eine andere Stimme, die langsam und deutlich sprach und unvorstellbar nah zu sein schien, fast als säße der Mann neben ihr im Cockpit.

,,Guten Tag, Ann. Mein Name ist Keith Kerr, und ich will Ihnen helfen. Können Sie mich gut verstehen?"

Sie suchte nach dem Mikrofon, fand es auf ihrem Schoß, packte es und sagte: ,,Ja!" Es kam tief und heiser aus ihr heraus. Sie räusperte sich. ,,Ja, ja, ich kann Sie hören."

,,Gut. Das ist ja wunderbar. Also, ich sitze in genau so einem Flugzeug wie dem Ihren, und im Moment fliege ich direkt links neben Ihnen. Wenn Sie mal einen Blick aus dem Fenster werfen, können Sie mich sehen."

Anns Kopf fuhr herum, die Augen vor Schreck geweitet. Tatsächlich. Da stand ein zweites Flugzeug am leeren Himmel links neben ihr, ein Stückchen zurück. Es sah unvorstellbar nah aus, als ob es am Himmel neben ihr parkte. Hören konnte sie es nicht, es war nur da und hob und senkte sich sanft neben der linken Flügelspitze; weiß funkelte sein Rumpf in der Sonne. Sie konnte sogar den Piloten im Cockpit erkennen, so deutlich, daß sie ihn das Gesicht ihr zuwenden sah. Er beobachtete sie, sprach mit ihr...

Sie mußte mit einemmal lachen und zugleich weinen, daß ihr die Tränen übers Gesicht liefen. Es war jemand da! Der Mann in dem anderen Flugzeug konnte vielleicht nichts für sie tun, aber er war da; sie war nicht aufgegeben, war nicht allein.

Die Stimme sagte ruhig: „Können Sie mich sehen, Ann?"

Ohne den Blick von dem andern Flugzeug abzuwenden, brachte sie das Mikrofon vor den Mund. „Ja. J–a–a." Ein Schluchzen erstickte ihre Stimme, und sie ließ den Sprechknopf los.

„Prima." Der Mann sprach mit tiefer Stimme und ohne Hast; er hatte einen leichten amerikanischen Akzent. „So, dann will ich mich zuerst mal mit Ihnen unterhalten. Ich werde die ganze Zeit bei Ihnen bleiben. Sie können also ganz ruhig dasitzen und sich entspannen. In Ordnung?"

Entspannen. Ann saß so verdreht auf ihrem Sitz, daß ihr die Gurte in den Leib schnitten. Langsam und widerstrebend, da sie das andere Flugzeug nicht aus den Augen verlieren wollte, wandte sie das Gesicht wieder nach vorn. Jetzt war der Augenblick da, wo sie sich zusammennehmen und vernünftig sein mußte...

Nach einer kleinen Weile öffnete sie wieder die Augen und hob das Mikrofon. Sie drückte auf den Knopf. „Gut, in Ordnung." Die Ruhe in ihrer Stimme überraschte sie selbst.

„Fein, Ann. Wie es sich anhört, verkraften Sie die Situation ganz gut. Soweit ich weiß, sind Sie Krankenschwester. Stimmt das?"

„Ja." Die Frage war unerwartet gekommen. „Ich bin Krankenschwester."

„Gratuliere. Das könnte ich im Leben nicht machen. Also, wenn ich richtig verstanden habe, wissen Sie ungefähr, was mit Ihrem Piloten los ist. Roy heißt er, ja?"

„Ja." Sie warf einen ängstlichen Blick zu Bazzard. „Ich glaube ... er hat eine Subarachnoidalblutung."

„Ja, und wie ich höre, ist ein Arzt unten am Boden derselben Meinung wie Sie. Für alle Fälle sollten wir also schon einmal überlegen, was wir machen, falls Roy vorerst nicht wieder zu sich kommt. Verstehen Sie, was ich meine?"

Ann holte noch einmal tief Luft, dann sagte sie: „Sie meinen fliegen. Ich soll das Flugzeug fliegen."

„Ja, ganz recht." Die Selbstverständlichkeit, mit der er das sagte, überraschte sie; es war sonderbar beruhigend. „Offenbar haben Sie daran selbst schon gedacht. Ich werde hier in Formation mit Ihnen fliegen, bis Sie wohlbehalten unten sind; am besten nutzen wir also die

Zeit, um Ihnen beizubringen, wie man das Flugzeug steuert, nur für den Fall, daß es nötig wird. Klar?"

„Ja." Nun, da es wirklich eintrat, war sie mit einemmal ganz ruhig, die Nerven zum Zerreißen gespannt, aber ruhig.

„Sehr gut. Nun, habe ich richtig verstanden, daß Sie noch nie im Leben geflogen sind?"

„Stimmt. Ich habe nur einmal in einem großen Passagierflugzeug gesessen."

„Aha." Seine Stimme klang gänzlich unbekümmert. „Aber Sie fahren Auto?"

„Ja." Ann starrte auf die Instrumente und vermied es hinauszusehen.

„Schön. Was wir jetzt tun werden, ist im Grunde leichter als Autofahren. Denn was wir heute machen müssen, nämlich sinken, kurven und landen, ist nicht weiter problematisch. Die einzigen Instrumente, die wir anfassen müssen, sind das Steuerrad vor Ihnen, der Gashebel und noch zwei kleine Dinge, die ich Ihnen später erkläre. Alles übrige können Sie vergessen. Verstehen Sie?"

Ann mußte vor Verwunderung blinzeln. Das hatte sie nicht erwartet. „Sie meinen ... nur dieses Rad, sonst nichts?" Sie hörte den Zweifel in ihrer eigenen Stimme. „Man braucht sonst überhaupt nichts?"

„So ungefähr." Die Stimme aus dem Lautsprecher klang ruhig und zuversichtlich durch das Dröhnen des Motors. „Wie gesagt, wenn ich Ihnen richtig das Fliegen beibringen sollte, würden Sie erst einmal die Instrumente kennenlernen müssen, um Ihre Höhe und Geschwindigkeit kontrollieren zu können und so weiter, aber da ich ja die ganze Zeit bei Ihnen bin, kann ich das selbst tun. Sie brauchen lediglich das Rad und den Gashebel zu bewegen, wenn ich es Ihnen sage, und sonst müssen Sie noch ein paar Sachen nur ein einziges Mal anfassen und dann nie mehr. Können Sie mir folgen?"

Ann schluckte. Zum erstenmal erschien ihr die Vorstellung, das Flugzeug zu steuern, plötzlich real und durchführbar.

Sie hob das Mikrofon und sagte: „Ja, ich verstehe."

„Dann ist es gut. Noch etwas sollte ich erwähnen: Sie wissen, glaube ich, daß Ihre Maschine im Augenblick mit Autopilot fliegt?"

Ann sagte: „Ja", und plötzlich hatte sie wieder dieses hohle Gefühl im Magen. Gleich würde er ihr sagen, sie solle den Autopiloten ausschalten...

FLUG INS UNGEWISSE   81

„Nun gut, den Autopiloten lassen wir fürs erste eingeschaltet. Sie können ihn mit Ihrem Rad übersteuern, aber wenn Sie irgendwann mal loslassen, fliegt die Maschine einfach von allein weiter, genau wie jetzt. Verstehen Sie?"

„Sie meinen, der Autopilot macht dann wieder weiter... ganz von allein?"

„Ganz recht, Sie haben es erfaßt. Also, vergessen Sie das nicht, und nun will ich Ihnen erklären, was wir vorhaben. Fürs erste wollen wir nur die Flugzeugnase ein wenig anheben und senken. Nur das. Wir müssen das tun, denn um zu sinken, müssen wir die Nase leicht nach unten zeigen lassen, und zum Landen müssen wir sie wieder hochnehmen. Ich möchte also, daß Sie imstande sind, die Nase zu heben und zu senken, wenn ich es Ihnen sage, und sie in dieser neuen Stellung auch zu halten. Haben Sie das bisher verstanden?"

„Ja", kam es heiser aus ihr heraus.

„Gut. Dann brauchen wir jetzt als erstes einen Bezugspunkt, an dem wir sehen können, wie weit wir die Nase hochgenommen haben. Dazu nehmen wir den Horizont. Das heißt, Sie setzen sich jetzt so hin, als ob sie im Auto führen, schauen nach vorn über die Oberkante des Armaturenbretts und sagen mir, wie hoch der Horizont über dieser Kante steht."

Ann schluckte, dann hob sie langsam den Blick. Der ferne Horizont war über der kunstledergepolsterten Oberkante des Armaturenbretts gerade zu sehen. Sie legte den Kopf zurück und reckte den Hals, um ihn besser sehen zu können.

„Er ist – er ist knapp über der Nase. Ungefähr fünf Zentimeter."

„Ausgezeichnet. Also, Ann, ich möchte, daß Sie sich ganz genau merken, wo der Horizont sich befindet, und wenn ich Ihnen dann sage, Sie sollen die Nase zwei oder drei Zentimeter hochnehmen, haben Sie einen Bezugspunkt, an dem Sie die Bewegung abschätzen können. Verstehen Sie?"

„J–a."

„Fein. Irgendwann werden wir die Nase dann auch ein Stückchen über den Horizont heben. Wenn wir das tun, brauchen Sie nur darauf zu achten, wo der Horizont die rechte Seitenkante des Armaturenbretts schneidet. Verstehen Sie? Sie müssen dann am Armaturenbrett vorbeischauen, um den Horizont zu sehen."

„Ja. Das verstehe ich."

„Na, das ist ja prima." Kerr verstummte und versuchte sich etwas auszudenken, womit er die Spannung lösen könne. Nach ein paar Sekunden meinte er: „Sie können jetzt eine Zigarette rauchen, wenn Sie möchten."

Ann mußte kurz die Augen zukneifen. „Nein... nein danke. Ich rauche nicht."

„Sehr klug von Ihnen. Haben Sie's aufgesteckt, oder nie angefangen?"

„Äh – nie angefangen."

Ein plötzliches Gefühl der Unwirklichkeit überkam sie. Hier saß sie mitten im Nichts und unterhielt sich mit jemandem in einem anderen Flugzeug übers Rauchen.

„Schade. Ich hatte gehofft, Sie könnten mir nachher sagen, wie man sich das abgewöhnt. Na ja, zurück an die Arbeit. Sehen Sie das Steuerrad vor sich? Das Ding, das aussieht wie ein halbes Autolenkrad?"

„Ja." Ann zwang sich zur Aufmerksamkeit.

„Schön. Also, um die Nase hochzunehmen, ziehen wir dieses Rad zurück; um sie zu senken, drücken wir das Rad nach vorn. Verstanden?"

„Ja – zurückziehen, um die Nase hochzunehmen."

„Gut. Eigentlich ganz logisch, nicht wahr? Das zweite, woran Sie denken müssen, ist, daß Sie nur ganz leicht ziehen oder drücken dürfen, nur ein ganz kleines Stückchen. Klar?"

„Ja."

„Wunderbar." Seine Stimme klang wie sonst, tief und ruhig. „So, dann tun Sie das jetzt mal: Fassen Sie das Rad an, und ziehen Sie es ganz vorsichtig zurück. Sehen Sie dabei die Flugzeugnase an, und heben Sie sie nur etwa einen Daumenbreit zum Horizont hin. Dann halten Sie das Rad so, bis ich etwas anderes sage."

Ann sah das Steuerrad an. Ihr Gesicht brannte, und ihre Muskeln kribbelten – aber die nackte Angst legte sich jetzt und hinterließ so etwas wie Schicksalsergebenheit. Es war fast, als stände sie neben sich und schaute sich selbst bei ihrem Tun zu.

Sie legte das Mikrofon auf den Schoß und holte tief Luft, dann griff sie nach dem Handrad. Den Kopf hochgereckt, um den fernen Horizont zu sehen, zog sie die Steuersäule langsam und fest zurück. Geschmeidig und ohne jede Verzögerung reckte sich die Flugzeugnase dem strahlendblauen Baldachin des Himmels entgegen.

FLUG INS UNGEWISSE 83

KERR beobachtete gespannt, wie sich die Nase der Arrow aufrichtete, und wartete, ob Ann die Steigung beibehalten konnte. Ärgerlich schüttelte er den Kopf, als die Nase sich wieder zu senken begann. In Kürze würde ihm keine Wahl mehr bleiben; da mußte er sie plagen, unter Druck setzen, ihr rigoros diesen Fehler austreiben, den sie soeben beging. Aber jetzt, in diesem frühen Stadium, warnte ihn ein Gefühl, daß die Frau wahrscheinlich mit den Nerven am Zerreißpunkt war. Sosehr die Zeit drängte, im Augenblick kam es vor allem darauf an, daß er sie ein paar Sekunden in Ruhe ließ, damit sie Selbstvertrauen fassen konnte; zuviel Druck jetzt, und dieses Vertrauen würde zerbrechen wie Glas.

Rechts vor ihm kehrte die Arrow langsam wieder in den Horizontalflug zurück. Kerr hängte sich an, ließ sich sogar ein Stückchen tiefer sinken. Er sah auf die Uhr am Armaturenbrett. 15.21 Uhr.

„Ja, das haben Sie gut gemacht, Ann." Er sprach in ganz normalem Tonfall und kam ihr jetzt sogar noch mit dem ältesten Schmus der Welt: „Haben Sie das wirklich noch nie gemacht?"

Es war lange still. Dann ertönte die Stimme der Frau in seinen Ohren. „N–nein, noch nie." Trotz aller Anspannung war ein Unterton der Überraschung, der Erleichterung fast, herauszuhören.

„Na, dann sind Sie ein Naturtalent. Genau das richtige Gefühl; ganz sanft. Wie fanden Sie's denn selbst?"

Wieder eine Pause. Dann: „Es ging schwerer, als ich gedacht hatte."

„Ja, schwer geht's. Mr. Piper baut zwar Flugzeuge, die sehr leicht zu fliegen sind, aber anscheinend meint er, alle Piloten müßten gebaut sein wie russische Gewichtheber." Kerr schwieg eine Weile, dann legte er ein wenig mehr Entschiedenheit in seine Stimme. „So, und nun machen wir dasselbe noch mal, aber diesmal achten wir darauf, daß wir die Nase so *halten,* wenn sie oben ist. Das erstemal ist sie Ihnen wieder etwas heruntergerutscht. Sie dürfen nicht aufhören, am Steuerrad zu ziehen, und der Trick ist, daß Sie die ganze Zeit den Horizont im Auge behalten müssen. Haben Sie das begriffen?"

„J–ja. Ich werd's versuchen."

„Das ist gut. Und solange Sie das jetzt für sich allein üben, rede ich ein bißchen mit den Leuten am Boden. In Ordnung?"

„Ja."

Zunächst passierte überhaupt nichts. Dann hob sich langsam, ganz langsam die Nase der anderen Arrow. Sanft begann sie zu steigen, ein winziger weißer Vogel, der sich mühsam ins weite Blau des Himmels emporschraubte. Kerr wartete eine halbe Minute, dann drückte er auf seinen Sprechknopf.

„Das ist hervorragend, Ann. Halten Sie die Nase jetzt nur so, wie sie ist. Ich melde mich gleich wieder bei Ihnen."

Die Arrow stieg stetig weiter.

Kerr griff zum Funkgerät und schaltete auf die Frequenz von Leeds zurück. Als er sprach, war alle Sanftheit aus seiner Stimme gewichen; seine Worte klangen ungehalten und scharf.

„Mayday Romeo X-ray ruft Leeds!"

Zuerst kam keine Antwort. Dann meldete sich eine andere, ruhige Stimme: „Mayday Romeo X-ray von Dan-Air Boeing 724. Leeds antwortet Ihnen, Sir. Soll ich vermitteln?"

„Äh – ja, sieben-zwo-vier; ich höre Leeds nicht – scheint außer Reichweite zu sein. Ich möchte nur wissen, an wen ich übergeben werde."

„Verstanden. Warten Sie." Pause, dann: „Danke, verstanden. Romeo X-ray, Sie sollen auf Northern Radar schalten, Frequenz 131,05. Viel Glück bei Ihrer Mission."

Kerr bestätigte die Durchsage und dankte mit zweimaligem Drücken des Sprechknopfs einem Wohltäter irgendwo am Himmel, den er nie gesehen hatte. Dann wechselte er die Frequenz auf 131,05.

„Mayday-Flug Golf Bravo Charlie Romeo X-ray ruft Northern Radar."

„Romeo X-ray, hier Northern Radar. Wir hören Sie Stärke fünf, radaridentifiziert, und haben Ihre Daten."

„Verstanden." Kerr sprach schnell. „Wie ist meine jetzige Position? Bitte kommen."

„Sie befinden sich fünfundzwanzig Kilometer nordöstlich vom Flughafen East Midlands, Romeo X-ray. Die große Stadt rechts vor Ihnen ist Nottingham."

Kerr stieß einen lautlosen Pfiff aus; kein Wunder, daß er Leeds nicht hatte hören können. Er blickte nach unten und sah Nottingham etwa acht Kilometer rechts vor sich; dann drückte er wieder auf den Sprechknopf.

„Verstanden, Northern Radar. Ich brauche hier ein bißchen Hilfe; ein paar Sachen müßten erledigt werden. Sind Sie bereit zum Mitschreiben?"

FLUG INS UNGEWISSE 85

„Fangen Sie an, Sir."

„Erstens, Flugplätze. Wir werden die nächsten vierzig Minuten nur geradeaus fliegen, darum brauche ich Angaben über die größten Flugplätze, die von da an bis zum Dunkelwerden erreichbar sind. Ich brauche die längste und breiteste Landebahn, die da ist, mit Begrenzungsfeuern und ohne Hindernisse beidseitig; außerdem Angaben über den größten Grasflugplatz, auf dem wir so ziemlich in jeder Richtung landen können. Wohin wir fliegen werden, entscheide ich erst, wenn ich weiß, was da ist."

„Verstanden, Romeo X-ray, alles klar." Die Stimme zögerte einen kurzen Augenblick. „Äh – Sie sollten wissen, daß Ihr gegenwärtiger Kurs Sie in etwa vierzig Minuten in die Flugsicherungskontrollzone London bringt, Sir."

Kerr runzelte ein paar Augenblicke die Stirn, dann zuckte er die Achseln. Wenn er mitten durch den Anflugbereich von Heathrow fliegen mußte, dann half eben alles nichts. „Verstanden; darüber mache ich mir später Gedanken. Ich werde um Radareinweisung bitten, wenn ich kann – ich habe hier keine Karten bei mir und außerdem gar keine Zeit zum Navigieren." Plötzlich änderte sich sein Ton. „Warten Sie."

Das andere Flugzeug sank; ganz allmählich senkte es sich unter den Horizont, den trübbraunen Tiefen der fernen Landschaft entgegen. Kerr hielt seine Position und blinzelte in die Sonne, während er das andere Flugzeug beobachtete. Die Frau hatte wieder ungefähr dasselbe getan wie vorhin; sie hatte die Nase zurücksinken lassen, anstatt sie oben zu halten. Das war nicht ihre Schuld. Erdgebundene Augen sind es einfach nicht gewöhnt, den unbeweglichen Horizont als variabel anzusehen. Dreidimensionales Sehen ist etwas, das man erst lernen muß.

Kerr drückte auf den Sprechknopf.

„Northern Radar, hier Romeo X-ray; Entschuldigung."

„Schon gut, Romeo X-ray. Wollen Sie ab sofort 7700 funken?"

„Ja." Kerr griff zum Transponder. Als die Zahlen einrasteten, verzog sich sein Gesicht zu einem Grinsen. Der Transponder ist ein elektronischer Radarreflektor, der zur leichteren Identifizierung eines Flugzeugs jede beliebige vierstellige Zahl auf den Radarschirmen der Flugsicherung erscheinen lassen kann. Die meisten Zahlenkombinationen tun genau das und sonst nichts – aber 7700 ist etwas Besonderes: als „Mayday-Squawk" bekannt, hat dieser Transponder-Code international die Bedeutung: „Ich bin in Not." In diesem Augenblick erschien sein Echo auf dem Schirm von Northern Radar nicht mehr als der übliche kurze Strich, sondern in vier Linien untereinander, und gleichzeitig ertönte eine Alarmglocke. Es war unter den gegebenen Umständen das Vernünftigste, was er tun konnte, aber es sprach doch auch ein wenig den Wichtigtuer in ihm an. Wie der Mann, der schon immer einmal Lust hatte, in eine Telefonzelle zu rennen und den Notruf zu wählen, so hatte er sich schon immer heimlich gewünscht, einmal im Leben „Mayday" funken zu dürfen.

Mit gleichmütiger Stimme sagte er: „Romeo X-ray sendet Mayday."

„Verstanden, Romeo X-ray. Wir empfehlen, Ihren Sprechfunkverkehr auf 121,5 abzuwickeln, Sir. Dann brauchen Sie sich um die Weiterleitungen nicht mehr zu kümmern."

Kerr überlegte ein paar Sekunden. Wenn er auf den normalen Frequenzen blieb, würde er jedesmal, wenn er von einem Radarbereich an einen anderen weitergegeben wurde, umschalten müssen, während er, wenn er auf 121,5 funkte, auf dieser allgemeinen Luftnotfrequenz von jedem bedeutenderen Kontrollturm im Lande empfangen werden konnte. „Gute Idee, Sir, danke", sagte er.

„Alles klar, Romeo X-ray. Rufen Sie auf 121,5 zurück, sobald Sie können."

„Verstanden, danke", sagte Kerr, dann schaltete er sein Funkgerät wieder auf Ann Moores Frequenz.

Es war vierundzwanzig Minuten nach drei.

Im Aeroclub Leeds hatte Edward Tomms das Gefühl, sein Magen stünde in Flammen. Alle paar Minuten schwoll der Schmerz zu unsäglicher Qual an, als ob sich ein rotglühender Dolch durch sein Rückgrat bohrte.

Er hing schlaff in einem Sessel, das Gesicht dem Schalter zugewandt, und fühlte sich wahrlich sehr krank. Wie gern wäre er zum Waschraum gegangen, aber er mochte nicht um Hilfe bitten. Also blieb er, wo er war, und überspielte seine Qualen mit einem unverständlichen Monolog über Kerrs Undankbarkeit. Er wußte ganz gut, daß er selbst den Streit vom Zaun gebrochen hatte, aber dieses Wissen war nur dazu angetan, seine Wut und Erbitterung noch zu steigern.

FLUG INS UNGEWISSE 87

Die meisten seiner Angestellten ignorierten ihn geflissentlich. Ian Mackenzie, der stellvertretende Ausbildungsleiter, lehnte am Schalter und füllte einen Lehrbericht aus. Die einzige, die überhaupt von ihm Notiz nahm, war Maggie, die zwischen konfusen Versuchen, den Schülerandrang am Schalter zu bewältigen, immer wieder ängstliche Blicke zu ihm hinüberwarf.

Fünfundzwanzig Minuten nach drei betraten die beiden Polizisten die Szene.

Sie blieben dicht neben der Tür stehen, während es im Zimmer still wurde.

Dann gingen sie zum Schalter. Tomms sah auf.

„He, da bin ich aber froh, daß Sie kommen", sagte er gequält. „Wer hat Sie gerufen?"

Der jüngere der beiden Polizisten antwortete: „Niemand, Sir. Wir suchen den Fahrer einer Norton, die hier draußen steht. Kennzeichen XTM 817."

„He! Das ist ja Kerr! Das ist der Mistkerl, der mich geschlagen hat."

„Sie geschlagen, Sir?" fragte der ältere Polizist.

„Ja, genau!" Tomms war sich bewußt, wie still es um ihn wurde. Er versuchte aufzustehen, krümmte sich vor Schmerz und sank wieder in den Sessel zurück, die Hände auf den Magen gepreßt. Er deutete mit dem Kopf zu der Tür mit der Aufschrift NUR FÜR PERSONAL. „Kommen Sie da durch. Ich erzähl Ihnen alles. Ich bin tätlich angegriffen worden."

Die Fluglehrer und Schüler begannen sich zu verdrücken. Maggie zog sich nervös in eine Ecke zurück, als die blauen Uniformen in den Raum hinter dem Schalter kamen, den sie ganz ausfüllten. Nur Makkenzie tat, als ginge ihn das alles nichts an; er blieb stehen, wo er stand, und kümmerte sich überhaupt nicht um die Polizei.

Der ältere Polizist zog seine schwarzen Lederhandschuhe aus und begann, die Brusttasche seiner Jacke aufzuknöpfen.

„Wollen Sie uns dann mal erzählen, was vorgefallen ist, Sir?"

„Und ob ich will!" Tomms funkelte die Polizisten von unten durch die dicken Brillengläser an. „Mein Chefausbilder, dieses Schwein, hat mich geschlagen. Mit voller Wucht in den Bauch!"

Der ältere Polizist sah zu Maggie und dann wieder zu Tomms. „Sir, hier ist eine Dame anwesend", sagte er steif.

„Aha. Ja." Tomms funkelte Maggie kurz an, dann wandte er sich wieder an den Polizisten, ohne Bedauern in der Stimme. „Also, was tun Sie jetzt?"

Der Polizist musterte ihn ungerührt. Nach einer Weile sagte er: „Nun, Sir, wenn Sie Anzeige erstatten wollen…"

„Und ob ich Anzeige erstatte!" Tomms stieß zornig einen Finger in die Luft, dann hielt er sich schnell wieder den Magen, als ihn ein neuer Schmerz durchzuckte. „In den Bauch hat er mich gehauen… den bring ich… hinter Gitter."

„Sie sagen, Mr. Kerr heißt der Mann, der Sie angegriffen hat, Sir?"

„Ja. Keith Kerr. Mein Chefausbilder, das Schwein!"

„Ist Mr. Kerr jetzt hier, Sir?"

„Nein. Das Aas ist mit einem meiner Flugzeuge weg, ohne meine Erlaubnis."

Die beiden Polizisten horchten auf. Der jüngere fragte scharf: „Ohne Ihre Erlaubnis, Sir?"

„Ja! Hat sich die Schlüssel von einem meiner Flugzeuge geschnappt, und wie ich frage, was das soll, versetzt er mir einen Schlag und haut damit ab. Das ist doch gestohlen, oder?"

Totenstille war eingetreten. Tomms merkte, wie Maggie ihn mit einem Ausdruck ungläubigen Entsetzens anstarrte und Mackenzie sich langsam umdrehte.

Der ältere Polizist sagte: „Stehlen heißt, jemandem etwas wegnehmen, um es sich anzueignen, Sir. Sie behaupten also…"

„Kommen Sie mir nicht damit!" Tomms fuchtelte wieder mit dem Zeigefinger in der Luft herum. „Der Kerl hat das Flugzeug ohne meine Erlaubnis genommen. Das ist ganz eindeutig Diebstahl, verstanden?"

„Quatsch!"

Die Beamten drehten sich mit ungerührtem Gesicht nach Ian Makkenzie um.

„Ich bin stellvertretender Ausbildungsleiter", sagte Mackenzie rasch. „Ich habe mit der Sache nichts zu tun, aber einiges muß ich doch klarstellen. Erstens ist Keith hier der Chefausbilder, das heißt, daß er niemandes Erlaubnis braucht, um zu fliegen – er erteilt Fluggenehmigungen, aber er bekommt keine. Zweitens…"

„Da soll doch der Teufel –!" explodierte Tomms.

„Und zweitens", fuhr Mackenzie laut fort, „ist Keith zu einem Noteinsatz gestartet, und Mr. Tomms hat sich ihm in den Weg gestellt und ihn hindern wollen."

Tomms schrie: „Sie sind auf der Stelle entlassen, und wenn Sie...!"
„Immer mit der Ruhe!" sagte der ältere Polizist energisch. Er sah
Mackenzie an. „Bitte, um was für einen Noteinsatz handelt es sich?"

„Ein Pilot auf dem Wege von Newcastle nach Süden ist in der Luft
ohnmächtig geworden. Er hat eine Frau an Bord, die nicht fliegen
kann. Keith ist aufgestiegen, um sie herunterzusprechen, falls der Pilot
nicht wieder zu sich kommt."

Der Polizist wandte sich mit teilnahmslosem Gesicht an Tomms.

„Steht diese Aussage zu irgend etwas im Widerspruch, was Sie wissen, Sir? Räumen Sie ein, daß Mr. Kerr einen Noteinsatz fliegt?"

Tomms warf den Kopf hin und her wie ein Stier, der ein Angriffsziel
sucht. „Ich weiß, daß der Flug dringend war. Aber darum geht es
nicht. Es geht darum, daß er...."

„Danke, Sir." Die Stimme des Polizisten klang ruhig und gebieterisch. „Ich möchte das nur klargestellt haben. Verstehe ich richtig, daß
die Tätlichkeit sich im Laufe einer Auseinandersetzung zwischen Ihnen und Mr. Kerr ereignet hat, bei der es um Mr. Kerrs Start zu diesem
Noteinsatz ging?"

Tomms fühlte den Schmerz von neuem nahen und preßte die Hand
auf den Magen. „Schon... aber ich hab ja nichts von einem Noteinsatz
gewußt, in dem Moment jedenfalls nicht. Er hat mich eben bloß geschlagen. Einfach so."

Der Polizist betrachtete ihn kühl. Nach einer Weile sagte er in amtli-
chem Ton: „Nun gut, Sir. Wenn Sie wollen, nehme ich Ihre Anzeige
wegen Tätlichkeit auf. Möchten Sie Ihre Aussage sofort machen oder
lieber warten, bis – äh – bis Sie sich etwas beruhigt haben?"

Tomms zögerte, aber in diesem Augenblick krampfte sich sein Magen in einem neuen Anfall von Schmerz zusammen. Er bekam rote
Flecken im Gesicht und schäumte vor Wut.

„Und ob ich meine Aussage jetzt gleich mache – mich angreifen und
mir dann noch das Drecksflugzeug stehlen! Der Hund war schon entlassen, als er das Flugzeug genommen hat; er war gar nicht mehr bei
mir angestellt, also hatte er auch kein Recht, hier was wegzunehmen!
Ich bringe den Kerl ins Kittchen!"

Jetzt sagte Maggie: „N-nein. Es... so war es nicht."

Alle vier Männer drehten sich zu ihr um. Der ältere Polizist sagte:
„Was war nicht wie, Miß?"

„Keith", sagte Maggie. „Daß Keith ... entlassen war." Sie blickte

nervös auf Tomms. „Er... sie... haben sich gestritten, als Keith hereinkam. Keith hat gesagt, daß er kündigt, oder daß Mr. Tomms ihn
gleich entlassen kann, wenn er ihm noch ein Monatsgehalt zahlt. Mr.
Tomms hat gesagt, er ist entlassen, aber den Monat soll er noch arbeiten. D-demnach war Keith also noch angestellt, als er... wegflog."

„Das ist erstunken und erlogen!" Tomms hielt es kaum noch auf
seinem Sessel. „Sie verlogene Kuh, Sie..."

Maggie wich zurück, so weit sie konnte; ihr Gesicht war blaß, aber
entschlossen. „Ich lüge nicht", sagte sie. „Mr. Tomms hat gesagt, daß
Keith den Monat noch arbeiten soll. Ich habe es mit eigenen Ohren gehört."

Tomms zuckte plötzlich in seinem Sessel zusammen. Sein Gesicht
war weiß wie Gips, und er atmete in kurzen, scharfen Stößen.

Erneut durchzuckte ihn der Schmerz; er fiel vornüber.

Die beiden Polizisten erreichten Tomms einen Sekundenbruchteil
zu spät, um zu verhindern, daß er schlaff wie eine Stoffpuppe zu Boden
fiel. Sie knieten sich beide neben die reglose Gestalt hin. Tomms' Augen waren weit geöffnet und starrten glasig ins Leere.

Der ältere Polizist sah zu Mackenzie auf. „Wählen Sie 999", befahl er
barsch. „Besorgen Sie einen Krankenwagen, schnell."

Mackenzie fuhr zu dem Mädchen herum, das mit schreckensweiten
Augen Tomms anstarrte.

„Maggie! Holen Sie Dr. Munro! Er sitzt im Aufenthaltsraum und
wartet auf seine Flugstunde bei mir." Dann nahm er den Hörer und
wählte.

Maggie rannte aus dem Raum und kam bald wieder zurück, hinter
ihr ein hoch aufgeschossener Mann. Munro kniete sofort neben
Tomms nieder und fühlte seinen Puls. Ohne den Blick vom Sekundenzeiger seiner Uhr zu wenden, fragte er: „Was ist passiert?"

Im ersten Augenblick antwortete ihm niemand. Dann sagte Maggie
zögernd: „Keith... hat ihm einen Schlag in den Magen gegeben."

„Das weiß ich. Aber was war danach? Was hat er gesagt?"

„Er hat sich nur den Magen gehalten, als ob es weh täte."

Munro nickte und ließ die Hand los. Mit schnellen Bewegungen
knöpfte er Tomms' Mantel und Jacke auf, löste ihm die Krawatte
und öffnete das Hemd. Er knöpfte die Hose auf, dann packte er die
Hemdzipfel und riß sie auseinander. Mit der einen Hand betastete er
die Arterie unterhalb von Tomms' Magen, mit der anderen seinen

Halsansatz. „Weiß jemand, ob er vor dieser Geschichte an einer Krankheit gelitten hat?"

Mackenzie und Maggie sahen ihn nur an und sagten nichts.

Munro warf dem älteren Polizisten einen raschen Blick zu. „Durchsuchen Sie bitte seine Taschen – ich möchte wissen, ob er irgendwelche Medikamente bei sich hat." Dann sagte er, an Mackenzie gewandt: „Halten Sie mir mal Ihre Uhr vor die Augen. Ich will ihm noch einmal den Puls fühlen."

Es schien ewig lange zu dauern. Im Zimmer war nur Tomms' rasselndes, keuchendes Atmen zu hören. Endlich nickte Munro und nahm die Hände von den beiden Schlagadern. Sein Gesicht verriet nichts.

Der ältere Polizist sagte: „Ah – hier haben wir etwas, Sir", und hielt eine runde kleine Pillendose in die Höhe.

Munro schüttete ein halbes Dutzend gelbe Tabletten auf seine Hand. Seine Miene wurde finster, als er sie betrachtete.

„Was ist das?" fragte Mackenzie.

„Aldomet", sagte Munro abwesend. „Gegen hohen Blutdruck."

Tomms stöhnte auf und schien etwas sagen zu wollen. Maggie kniete neben ihm nieder und faßte nach seiner Stirn. Seine Haut fühlte sich kalt und feucht an, und sie wandte ihr verängstigtes Gesicht Munro zu. „Können Sie denn nichts tun?"

Munro schüttelte den Kopf.

Tomms sah die Geste nicht – und wenn er sie gesehen hätte, wäre ihre Bedeutung ihm nicht klargeworden. Alles schien jetzt zu schwinden, langsamer zu werden wie ein abgenutzter alter Film. Die ganze Welt verengte sich zu einem schmalen, geräuschlosen Kegel, in dem sich ab und zu ein paar graue Schatten bewegten und wieder verschwanden.

Dann wurde ihm mit einemmal schwarz vor Augen.

Sein Atem setzte aus.

Munro erhob sich rasch, packte Maggie am rechten Arm und zog sie mit sich hoch. Das Mädchen wehrte sich einen Augenblick, dann stand es taumelnd auf und schluchzte wie wild.

„Mein Gott... er ist tot! Sie müssen doch etwas tun!"

Munro führte sie zu einem Stuhl und sagte sanft: „Ich fürchte, da kann ich nichts mehr tun."

Beide Polizisten starrten den Toten an, als wollten sie das, was sie mit eigenen Augen gesehen hatten, noch immer nicht akzeptieren. Der ältere sah plötzlich auf und meinte: „Künstliche Beatmung...?"

„Nein", sagte Munro ruhig, aber bestimmt. „Zwecklos. Ein geplatztes Aortenaneurysma – die Hauptschlagader vom Herzen ist gerissen. Da können wir leider überhaupt nichts mehr tun."

Die beiden Polizisten erhoben sich schwerfällig; ein paar Sekunden lang standen beide nur da. Dann meinte der ältere verlegen: „Sind Sie sicher, Sir...?"

Munro sah ihn an. „Ich persönlich, ja. Natürlich muß die Leiche geöffnet werden, aber ich habe keinen Zweifel." Er blickte Mackenzie an. „Haben Sie eine Decke oder so etwas, um ihn zuzudecken?"

Mackenzie riß den Blick von Tomms' totem Körper los und wandte sich einem Stahlschrank zu.

Maggies Weinen wurde etwas leiser, als Munro sie auf den Stuhl drückte und ihr ein Taschentuch gab.

Der ältere Polizist schien sich mit sichtlicher Mühe zusammenzunehmen. Er sah zu Munro. „Ich will Sie nicht bedrängen, Sir. Aber könnten Sie mir ungefähr sagen, was diesen Riß verursacht haben kann? Es ist vielleicht wichtig."

Munro musterte ihn kurze Zeit teilnahmslos, dann zuckte er leicht die Achseln. „Nun, die Aorta ist die große Hauptschlagader, die vom Herzen kommt. Ein Aneurysma ist eine örtliche Erweiterung, sozusagen wie eine dünne Stelle in einem Schlauch. Sie entwickelt sich über Monate oder Jahre und kann schließlich undicht werden oder platzen, wie diese hier. Da Sie sagen, er habe über Magenschmerzen geklagt, bevor er starb, nehme ich an, daß zunächst ein Leck da war, das sich dann plötzlich zu einem großen Riß entwickelt hat."

„Wie können Sie da so sicher sein?"

„Wissen Sie, so ein großes Aneurysma wie seines kann man mit den Fingern fühlen. Die Aorta liegt unmittelbar unter den Muskeln, und die schwache Stelle ist sehr auffällig."

„Aha." Der Polizist schwieg ein paar Sekunden, dann fuhr er in genau dem gleichen Ton fort: „Würden Sie also meinen, daß ein Schlag in die Magengrube unter solchen Umständen Einfluß auf das Platzen der Aorta haben könnte?"

Plötzlich war es sehr still im Raum. Maggies Kopf fuhr herum, ihre Augen waren vor Schreck geweitet, und Mackenzie, der eben eine alte Armeedecke aus dem Stahlschrank holte, hielt mitten in der Bewegung inne. Alle sahen Munro an, der die Hände in die Hosentaschen steckte und finster zu Boden blickte.

„Nun – ja." Er sprach widerstrebend und wählte offenbar sehr sorgfältig seine Worte. „Wenn einer ein sehr ausgeprägtes Aneurysma hat, ist es einigermaßen klar, daß so ein Schlag das Platzen beschleunigen kann. Ebenso fest steht, daß es nicht gerade hilfreich ist, wenn der Betreffende hohen Blutdruck hat und sich längere Zeit in einem Zustand der Erregung befindet." Er sah zu dem Polizeibeamten auf. „Sie verstehen, daß dies nur eine allgemeine Feststellung ist, keine gültige ärztliche Aussage zu diesem konkreten Fall. Ich lege mich hier in keiner Weise fest."

„Das verstehe ich, Sir." Der Polizist wandte sich an Mackenzie. „Sie sagen, Mr. Kerr ist jetzt in der Luft, Sir?"

Mackenzie starrte Munro immer noch an. „Ja. Er versucht, diese Frau herunterzusprechen, wie ich zuletzt gehört habe."

„Kennen Sie die Registriernummer des Flugzeugs, und wissen Sie, wo es landen wird?"

„Die Nummer ist G-BCRX. Wo es landen wird, weiß ich nicht."

„Verstehe." Der Beamte wandte sich an seinen Kollegen. „Geh mal zum Wagen und ruf das Revier an, Chris. Sag, was passiert ist, und sorg dafür, daß die Sache auf dem schnellsten Wege zur Kriminalpolizei geht."

Maggie starrte ihn mit langsam hochsteigendem Entsetzen an, während der jüngere Beamte hinausging. Ihre Stimme zitterte, als sie sprach.

„Sie sind doch nicht... hinter Keith her?"

Der Polizist sah sie ruhig an. „Er wird uns bei unsern Ermittlungen helfen müssen, Miß. Das sehen Sie doch sicher ein."

Mackenzie fragte scharf: „Und was wollen Sie bitte ermitteln?"

Der Polizist warf einen Blick auf Tomms' Leiche und sah dann wieder Mackenzie an.

„Ein Mensch ist nach einer angeblichen Tätlichkeit gestorben, Sir", sagte er förmlich. „Ich kann Ihnen natürlich nicht sagen, ob es ein Verfahren geben wird oder nicht. Aber ich fürchte, wir müssen die Ermittlungen führen wie in einem Mordfall."

Im Cockpit von Whisky Tango zitterte Ann Moore mittlerweile vor Anstrengung, sich zu konzentrieren. Die Flugzeugnase auf und ab zu bewegen war schwieriger, als sie es sich vorgestellt hatte; es gab bei dieser scheinbar leichten Aufgabe offenbar doch sehr vieles zu beobachten. Sie hatte geglaubt, wenn man etwas tue, werde das Flugzeug darauf eben entsprechend reagieren, und damit sei das Manöver ausgeführt und fertig; sie hatte nicht damit gerechnet, daß es so schwierig sein würde, die jeweils veränderte Lage beizubehalten.

Die metallische Stimme ertönte jetzt wieder, ein Scheppern vor dem im Hintergrund eintönig dröhnenden Motor.

,,Dieser letzte Versuch war gar nicht so schlecht, Ann. Sie haben zwar immer noch die Neigung, nach einer Weile die Nase aus den Augen zu verlieren, aber Sie machen sich wirklich ganz gut. Und darum wollen wir sie diesmal wieder senken, etwa acht bis zehn Zentimeter unter den Horizont. Nehmen Sie jetzt die Nase runter, und konzentrieren Sie sich auf das, was ich sage."

Ann biß sich auf die Lippen und schob das Rad nach vorn. Sanft und doch fest. Fußboden und Sitz kippten unter ihr nach unten, und der diesige Horizont glitt die Windschutzscheibe hinauf. Sie zwang sich, ihn so zu halten; das frostglitzernde Schachbrett der Felder tief unten zu ignorieren und nur die Nase in ihrer Stellung zu halten; die von der Anstrengung schmerzenden Arme zu vergessen, die zitternden Hände...

Die Stimme sagte ruhig: ,,Merken Sie sich genau, wo der Horizont an der Mittelstrebe der Windschutzscheibe steht, und halten Sie ihn da fest."

Die Mittelstrebe. Der Horizont ungefähr so weit oben, über der Oberkante des Armaturenbretts. Ihn beobachten; dort halten...

,,Sie lassen die Nase ein bißchen hochkommen, Ann. Behalten Sie den Horizont im Auge. Halten Sie ihn fest, wo er ist... So ist es besser. Jetzt festhalten."

Ann konzentrierte sich mit Macht auf den Horizont, versuchte, die langsam in den Magen sinkende Kälte zu vergessen. Nur die Stellung der Nase beobachten, alles andere ignorieren...

FLUG INS UNGEWISSE 95

„So ist es schön, Ann. Und jetzt wollen wir wieder zum Horizontalflug übergehen. Nehmen Sie etwas von dem Druck auf die Steuersäule
weg, bis die Nase wieder ihre ursprüngliche Stellung hat."
   Druck verringern. Nase hochkommen lassen. Ihre Arme zitterten.
Die Flugzeugnase hob sich. Sie erreichte den Horizont. Darauf kon-
zentrieren, sie dort zu halten, bis in alle Ewigkeit zu halten...
   „Ja, Ann, das war sehr gut. Wir sind jetzt wieder im Horizontalflug.
Fallen Ihnen irgendwelche besonderen Probleme ein, die Sie beim Heben und Senken der Nase hatten?"
   Ann überlegte verdutzt. Dann drückte sie auf den Sprechknopf.
„N-nein. Eigentlich nicht."
   „Fein. Dann können wir ja jetzt weitergehen und uns mal mit dem
Regulieren der Motorleistung befassen." Die blecherne Stimme war
einen Moment still, dann sprach sie weiter. „Dazu müssen wir zuerst
den Drosselhebel finden, denn den müssen Sie bewegen. Er befindet
sich an dem viertelkreisförmigen Vorsprung in der Mitte des Armaturenbretts, genau zwischen den beiden Steuersäulen. Sie sehen dort einen Hebel mit einem schwarzen T-förmigen Griff, etwa wie der
Wählhebel bei einem Auto mit automatischem Getriebe, und zwei etwas kleinere Hebel mit Knöpfen drauf. Einer dieser runden Knöpfe ist
blau, der andere rot. Schauen Sie mal hin."
   Ann sah hin und versuchte, die Instrumente, die sie anstarrten, zu
übersehen. Das Dröhnen des Motors schien ihr bis in die Knochen zu
dringen. Schwarz, blau und rot...
   „Ich glaube, ich hab ihn."
   „Gut. Nun, der Hebel, den wir bewegen müssen, ist der Drosselhebel, der mit dem schwarzen Griff. Um mehr Gas zu geben, schieben
wir ihn vor, um Gas wegzunehmen, ziehen wir ihn zurück. Alles
klar?"
   „Vorwärts, um... mehr Gas zu geben. Zurück, um es wegzunehmen."
   „Gut. Jetzt vergessen wir das für einen Augenblick und kümmern
uns um den Ladedruckmesser. Damit wird im Grunde die Leistung
des Motors gemessen. Wir brauchen ihn, damit ich Ihnen sagen kann,
um wieviel Sie die Leistung zurücknehmen können. Also, der Ladedruckmesser ist eines der beiden Instrumente unten am Armaturenbrett, gleich über Roys Knien. Das eine ist der Drehzahlmesser, da
steht RPM drauf, das andere ist der Ladedruckmesser. So, und nun su-

chen Sie den mal und sagen Sie mir, wenn Sie ihn gefunden haben."

Ann sah zu Roy hinüber. Er hing vorgebeugt in seinem diagonalen Schultergurt; sein steifer Hals hielt seinen Kopf in einer geradezu unheimlich natürlichen Stellung fast aufrecht. Sein Gesicht war aschfahl, sein Atem ging unregelmäßig und flach.

Sie erschauerte und senkte den Blick aufs Armaturenbrett. Da waren die beiden Instrumente. Das linke mit der halbkreisförmigen Skala war wohl das richtige. Sie hob das Mikrofon hoch und sagte: „Ja, ich hab's. Die Nadel zeigt auf – äh – vierundzwanzig."

„Großartig. Also, wenn Sie jetzt mehr Gas geben, wird das Gerät eine höhere Zahl anzeigen, wenn Sie Gas wegnehmen, eine niedrigere. Sie sollen nun, wenn ich es Ihnen sage, das Gas etwas wegnehmen. Ziehen Sie den Hebel zurück, bis der Zeiger etwa auf zwanzig zeigt – und ein wenig später erhöhen Sie dann wieder auf vierundzwanzig. Sind Sie mitgekommen?"

Ann räusperte sich. „Ja. Ja, ich habe verstanden."

„Fein. Dann wäre da noch etwas: Wenn Sie das Gas zurücknehmen, wird die Nase sich etwas senken wollen, aber ich möchte, daß Sie das verhindern und sie hochhalten. Haben Sie verstanden?"

Ann wiederholte mechanisch: „Ich soll die Nase oben halten, wenn ich das Gas zurücknehme."

„Genau. Also, dann tun Sie das jetzt mal. Lassen Sie sich Zeit. Sie brauchen mir dabei nicht mehr zu antworten."

Ann legte das Mikrofon in ihren Schoß und wischte sich die Hände an den Jeans ab. Nach kurzem Zögern faßte sie das Steuer mit der rechten Hand, und mit der linken zog sie den Gashebel einen Fingerbreit zurück.

Das Brummen des Motors wurde sofort ein wenig leiser, und sie ängstigte sich. Sie biß sich auf die Lippen und versuchte, nicht auf das Geräusch zu hören und sich auf das zu konzentrieren, was sie tun sollte. Sie sah auf den Ladedruckmesser. Die Nadel stand auf halbem Wege zwischen zwanzig und vierundzwanzig. Sie zog den Hebel weiter zurück, ganz langsam. Die Nadel wanderte hinunter, bis sie auf die Zwanzig zeigte.

Die Stimme aus dem Lautsprecher sagte gelassen: „Jetzt haben Sie die Nase etwas sinken lassen, Ann."

Sie sah auf, ließ den Gashebel los und riß mit beiden Händen die Steuersäule zurück. Die Nase bockte, der Fußboden drückte einen

Augenblick lang von unten gegen ihre Füße. Am ganzen Körper zitternd versuchte sie, sich mit aller Macht nur auf den Horizont zu konzentrieren.

„Schön, Ann. Das machen Sie prima. Jetzt geben wir wieder mehr Gas, bis die Nadel auf die Vierundzwanzig zeigt."

Gas. Mehr Gas.

Sie griff erneut zum Gashebel und schob ihn langsam vor. Das Motorgeräusch wurde tiefer und lauter, bis es die Tonlage von vorhin wieder erreicht hatte. Eine halbe Minute lang schaute sie nur nach vorn, dann warf sie einen Blick auf das Meßinstrument. Die Nadel stand ein paar Teilstriche über der Vierundzwanzig. Sie zögerte, dann zog sie den Gashebel wieder ein winziges Stückchen zurück. Die Nadel blieb kurz über der Vierundzwanzig stehen.

„Auf die Nase achten, Ann!"

Ihr Kopf fuhr hoch. Der Horizont war verschwunden. Sie drückte fest gegen die Steuersäule. Sie hatte das schreckliche Gefühl zu fallen, dann senkte sich die Nase...

„Festhalten jetzt! Ganz locker und ruhig!"

Sie biß sich fest auf die Lippen und zwang sich, das Steuer ruhig zu halten. Die Nase war unterm Horizont, die Motorabdeckung zeigte auf die fernen Spielzeugfelder. Sie wartete ein paar Sekunden, schnell atmend, dann zog sie das Steuer sanft zurück und hielt es fest.

Die Arrow stabilisierte sich im Horizontalflug und flog ruhig durch den winterlichen Nachmittag dahin.

KERR ließ sich in seinen Sitz zurücksinken und stieß erleichtert einen Seufzer aus.

Sie hatte es geschafft.

Sie hatte seine Anweisungen langsam und schwerfällig befolgt, aber sie hatte sie befolgt. Als das Gas zurückgenommen war, hatte sie zum erstenmal ihr Leben sozusagen selbst in der Hand gehabt, und sie hatte es gemeistert.

Aber sie hatte noch sehr viel mehr zu lernen.

Kerr fuhr sich durchs Haar und legte sich den Kopfhörerbügel um den Hals wie einen Kragen. Was er vorhatte, lief darauf hinaus, mit ihr Landeanflüge und Scheinlandungen in der Luft zu üben, aber bevor er damit anfangen konnte, galt es, die Geschwindigkeit des Flugzeugs zu berücksichtigen. Scheinlandungsübungen bei Reisegeschwindigkeit konnten gefährlich irreführend sein; als erstes galt es also, das führerlose Flugzeug im Horizontalflug so zu verlangsamen, daß seine normale Landeanfluggeschwindigkeit ungefähr erreicht wurde.

Allerdings war die Verlangsamung eines Flugzeugs im Flug ein schwieriges Manöver. Vielleicht in diesem Stadium noch zu schwer für sie.

Kerr biß sich auf die Innenseite der Wange und sah stirnrunzelnd hinaus zu dem Flugzeug, das gleich vor seinem rechten Flügel über die ferne Landschaft dahinkroch. Er hätte gern eine ungefähre Vorstellung von dieser Frau gehabt – ob sie klein oder groß war, hübsch oder häßlich, schüchtern oder selbstsicher. Ohne neben ihr zu sitzen und ihre Reaktionen beobachten zu können, war er der feinen Werkzeuge seines Berufs beraubt und konnte nur in den leeren Himmel hineinbrüllen.

Die Uhr am Armaturenbrett zeigte 15.44 Uhr. Nicht einmal mehr eine Stunde bis Sonnenuntergang. Er schüttelte ärgerlich den Kopf, ärgerlich vor allem über sich selbst und diese Gedanken, die nur Zeit kosteten. Um sechzehn Minuten vor vier führte die Frage, ob sie für eine Tempoverringerung bereit war, wirklich nicht weiter.

Kerr runzelte zweifelnd die Stirn. Dann warf er einen Blick auf seine Kraftstoffanzeigen, zog sich die Kopfhörer wieder über die Ohren und sprach gut gelaunt ins Mikrofon.

WENN ein Mensch nach einer Tätlichkeit stirbt, ist die britische Polizei verpflichtet, die Ermittlungen zu führen wie in einem Mordfall. Das heißt nicht, daß es in jedem Fall zu einem Mordprozeß kommen muß (fast jede Möglichkeit steht offen); es geht nur darum, wie intensiv die Polizei die Untersuchungen führt. Aufgabe des ermittelnden Beamten ist es nicht, die Anklage zu formulieren, sondern dem Staatsanwalt so früh wie möglich alle Fakten auf den Tisch zu legen. Und um das zu erreichen, verlangt die Dienstvorschrift, daß in solchen Fällen verfahren wird, als bestände Mordverdacht.

Kriminalhauptkommissar Neville Lauder vom Revier Leeds-Horsforth war entschlossen, sich buchstabengetreu an die Vorschrift zu halten.

Sieben Minuten nach dem Anruf aus dem Aeroclub wurde Lauder in einem Jaguar XJ 6 mit hohem Tempo durch das samstägliche Verkehrsgewühl von Leeds befördert. Er saß kerzengerade auf dem Bei-

FLUG INS UNGEWISSE

fahrersitz, ein hochgewachsener, schlanker Mann Mitte Vierzig mit hagerem Gesicht und ruhigen, mißtrauischen Augen. Lauder war erst vor sechs Wochen von der Verkehrsabteilung zur Kriminalpolizei versetzt worden. Er wußte, daß er bei den neuen Kollegen als ein pedantischer, humorloser Paragraphenreiter galt. Sein Ruf bestand vollkommen zu Recht. Er hielt sich immer streng an die Vorschriften und würde es immer tun. Darin sah er auch gar keinen Nachteil, besonders in Fällen wie diesem: seine erste Ermittlung in einer Mordsache – da waren die Vorschriften ein beruhigendes Bollwerk gegen peinliche Fehler.

Während die Kirkstall Road an den Fenstern des zum Flughafen rasenden Jaguar XJ 6 vorüberzog, ging er im Geiste noch einmal seine Aufgabe durch. Ermittlung wegen Mordes, getreu nach der Dienstvorschrift, und nichts vergessen. Keine halben Sachen, keinen Platz lassen für peinliche Rückfragen.

Er lehnte sich etwas entspannter zurück, und nach einer Weile fuhr seine linke Hand hoch und prüfte mechanisch den Sitz seiner Krawatte.

ZUR selben Zeit, aber hundertfünfzig Kilometer weiter südlich, starrte Ann Moore benommen in den eisblauen Himmel vor der Nase von Whisky Tango. Ihr Rücken schmerzte, ihre Kehle war ausgedorrt, und ihr war viel zu heiß zum Denken. Das war jammerschade, denn der Mann am Funkgerät erklärte ihr gerade etwas, das wichtig zu sein schien. Sie versuchte zuzuhören, gab sich alle Mühe, aber ihr Gehirn schien jede Fähigkeit zur Konzentration verloren zu haben. Immerzu entwischten ihr die Gedanken und richteten sich auf die dümmsten Nebensächlichkeiten: die Kunststoffverkleidung der Mittelstrebe in der Windschutzscheibe, die sie billig und häßlich fand; den weiten Himmel und die Winzigkeit dieser Plastikkiste, die in diesem endlosen blauen Nichts so fehl am Platz wirkte...

„...unten zwischen den Sitzen. Ann, haben Sie das ganz verstanden, das mit dem Trimmrad?"

Das Trimmrad...

Sie schaute links neben sich. Aus der runden blauen Plastikrinne zwischen den Sitzen ragte der obere Teil eines Rades von etwa fünfzehn Zentimeter Durchmesser heraus, der Griffigkeit wegen an den Seiten geriffelt. Hinter dem Radschlitz stand SCHWANZLASTIG, davor das Wort KOPFLASTIG.

Sie hob das Mikrofon und räusperte sich. „Könnten Sie... Entschuldigung... könnten Sie mir bitte noch einmal sagen, was ich damit tun muß?"

„Natürlich." Wieder drang die scheppernde Stimme an ihr Ohr. „Wenn wir Vortrieb und Geschwindigkeit verringert und die Nase ein wenig gehoben haben, werde ich Ihnen sagen, daß Sie das Rad zurückdrehen sollen. Dadurch verringert sich der Druck auf die Steuersäule; sonst müßten Sie nämlich die ganze Zeit daran ziehen, und dann wäre ein sauberes Fliegen unmöglich. Sind Sie mitgekommen?"

„Ja, jetzt verstehe ich."

„Fein; Sie machen sich wirklich prima. Noch etwas. Könnten Sie bitte mal nach dem kleinen roten Hebel neben dem Gashebel sehen? Damit wird das Gemisch reguliert, und der Hebel muß ganz vorn stehen. Vielleicht steht er da schon. Sehen Sie mal bitte nach, und sagen Sie mir Bescheid."

Ann sah nach dem Hebel. „Ja", sagte sie. „Ja, er steht ganz vorn."

„Wunderbar. Hab ich mir gedacht. Also, wenn Sie bereit sind, können wir mit dem Verlangsamen anfangen."

Sie rieb sich die Augen und hörte ihren rasselnden Atem. Ein kleiner, verängstigter Teil ihres Ichs wollte schreien: *Nein! Ich bin nicht bereit! Ich habe nicht verstanden, was Sie gesagt haben!* – aber das ging doch nicht.

Es war genau wie im Krankenhaus, wenn sie Dinge tun mußte, die sie nicht tun wollte. Man mußte seine Gedanken ausschalten, zur Maschine werden und einfach weitermachen. Zielstrebig und kühl...

Sie sah nach vorn in das weite blaue Nichts vor der Windschutzscheibe. „Ja, ich bin bereit."

Sie richtete sich auf ihrem Sitz gerade auf und packte die Steuersäule. Wenn sie den Hals reckte und den Kopf etwas zurücklegte, konnte sie vor der Windschutzscheibe gerade die Oberseite der Motorverkleidung sehen. Sie griff nach dem Gashebel. Sie tat einen zittrigen, tiefen Atemzug, als das stetige Dröhnen des Motors sich veränderte. Sie zog den Hebel weiter zurück.

„Das ist gut, Ann. Jetzt prüfen Sie rasch mal nach, ob der Ladedruck auf zwanzig steht."

Sie senkte den Blick. Der Zeiger stand auf zwanzig. Sie sah wieder auf – und die Nase zeigte nach unten. Hochziehen, festhalten...

„So ist es richtig; Sie sind großartig in Form, Ann. Machen Sie so weiter. Ich nehme an, Sie haben jetzt den Ladedruck auf zwanzig; wenn nicht, sagen Sie mir Bescheid."

Eine ganze Weile war außer dem gedämpften Grollen des Motors nichts zu hören. Ann starrte geradeaus; ihr Rücken schmerzte vor Anspannung. Nase hochhalten. Konzentrieren. Dann meldete sich die Stimme wieder.

„Jawohl, so lob ich's mir. Und jetzt wollen wir die Nase ein wenig anheben; sagen wir, ungefähr eine Handbreit."

Zurückziehen. Die Nase hochhalten. Es war wie in einem jener Träume, wenn man ein und dasselbe immer wieder und wieder tut, zum Beispiel wegläuft oder fällt, und einfach nichts dagegen machen kann. *Nur immer weiter ziehen, immer weiter die Nase über dem Horizont halten...*

Die Tragflächen der Arrow hatten jetzt einen etwas steileren Anstellwinkel, was sowohl mehr Auftrieb als auch größeren Luftwiderstand bedeutete. Die Steuersäule leistete mehr und mehr Widerstand, und es erforderte immer mehr Kraft, die Nase oben zu halten. Die Nadel des Variometers wackelte unschlüssig und pendelte sich schließlich oberhalb der Null in dem Bereich STEIGT ein.

Nach einer Ewigkeit tönte wieder die Stimme scheppernd aus dem Lautsprecher, laut und nachdrücklich in die entstandene Stille hinein.

„Das war unübertrefflich, Ann. Einfach perfekt. Und jetzt bleiben Sie so, halten Sie die Nase genau so, wie sie ist, und dann hören Sie mir gut zu. Ich möchte, daß Sie gleich mit der linken Hand nach unten zum Trimmrad greifen und daran drehen, und zwar drehen Sie es etwa zehn bis fünfzehn Zentimeter weit nach hinten. Denken Sie daran, daß der Druck auf die Steuersäule sich verändern wird, wenn Sie das Trimmrad bewegen, so daß Sie sich sehr auf die Stellung der Nase konzentrieren müssen."

Ganz langsam nahm Ann die linke Hand von der Steuersäule. Ohne den Blick vom Horizont zu wenden, griff sie nach unten und suchte zwischen den Sitzen. Sie bekam das Rad an der Vorderseite des Schlitzes zu fassen, zögerte einen Augenblick und drehte es mit einer einzigen Bewegung nach hinten – viel zu schnell.

Sofort bäumte die Nase sich auf. Sitz und Fußboden drückten von unten hart gegen sie, und die Erde verschwand. Die Motorverkleidung zeigte plötzlich in ein blaues Nichts mit weißen Wolkenfetzen. Der Motor begann sich zu quälen.

„Drücken Sie die Nase hinunter, Ann! Nach unten, ganz sanft!"

Sie drückte die Steuersäule nach vorn, und das Flugzeug sank unter ihr weg und ließ ihren Magen emporschnellen wie einen Expreß-Fahrstuhl.

„So halten! Einfach halten! Ganz ruhig!"

Sie hielt die Steuersäule verzweifelt mit beiden Händen fest. Das Motorgeräusch wurde im Sinkflug höher und lauter wie bei einem schwerfällig beschleunigenden Auto.

„So ist es gut, Ann." Er sprach schnell und beschwörend. „Jetzt heben Sie die Nase, aber ganz langsam und feinfühlig."

Nase heben . . .

Zitternd, und ohne zu wissen, ob sie an der Steuersäule zog oder nur den Druck darauf verminderte, brachte sie die Nase hoch. Das Panorama vor dem Propeller setzte sich nach unten in Bewegung, und plötzlich war der Horizont da und begab sich nach und nach wieder an seinen Platz über dem Armaturenbrett. Die Steuersäule fühlte sich irgendwie leichter an, als leistete sie nicht mehr soviel Widerstand wie vorher. Ann brauchte nicht mehr so kräftig daran zu ziehen.

„Gut so." Die Stimme des Mannes klang wieder normal. „Nun halten Sie die Maschine so, wie sie ist. Sie hatten vorhin das Trimmrad ein wenig zu schnell bewegt, das war alles. Aber es ist ja nichts passiert. Halten Sie das Flugzeug jetzt nur ganz ruhig, und haben Sie keine Angst."

Ann starrte weiter unverwandt zum Horizont.

„Wir müssen jetzt nur noch eines tun, nämlich feststellen, ob die Trimmung, die Sie vorgenommen haben, so richtig war. Wenn sie richtig war, dann müßte die Nase ungefähr dort bleiben, wo sie jetzt ist, wenn Sie das Steuer loslassen. Und das sollen Sie jetzt tun: Lassen Sie los, aber halten Sie sich bereit, sofort wieder einzugreifen, wenn die Nase rauf- oder runtergeht."

Sie zögerte, dann löste sie langsam die Finger vom Steuer, die zitternden Hände hielt sie dicht darüber. Ganz langsam, fast unmerklich, hob sich die Nase eine Daumenbreite zum Horizont hin. Dann blieb sie so stehen, und die Arrow flog ruhig dahin.

KERR tat von diesem unablässigen Nach-rechts-Sehen schon der Hals weh. Er ließ die stromlinienförmige Arrow, die gelassen neben ihm schwebte, keine Sekunde aus den Augen.

Nach einer halben Minute klickte es leise in seinen Kopfhörern, und die Stimme der Frau meldete sich.

„Ich habe losgelassen. Ich fasse das Steuer nicht an."

Kerr konnte nur staunen. Sie hatte es geschafft! Die Erleichterung durchströmte seinen Körper wie die Wärme nach einem Drink. Sein Gesicht verzog sich zu einem Grinsen, und er atmete vernehmlich aus. Dann drückte er wieder auf seinen Sprechknopf.

„Das ist ja wunderbar, Ann!" Er hörte in den Kopfhörern seine eigene Stimme heller werden. „Jetzt haben Sie also das Flugzeug verlangsamt, und Sie haben es wirklich sehr gut gemacht. Das war das Schwierigste von allem, was Sie überhaupt tun müssen, und schon ist es erledigt. Jetzt können Sie sich bequem hinsetzen und sich ein paar Minuten Ruhe gönnen."

Nach einer Weile antwortete ihre Stimme tonlos: „Ja. Ist gut."

Kerr verging das Grinsen. Er runzelte die Stirn, dann fragte er sanft: „Wie fühlen Sie sich, Ann? Ist alles in Ordnung?"

Wieder dieses Zögern; wieder die tonlose Stimme, als es in seinen Kopfhörern endlich sprach. „Ja, in Ordnung."

„Gut, fein", sagte Kerr in bemüht herzlichem Ton, um sich nicht anmerken zu lassen, daß es ihn kalt überlief.

Die apathischen Antworten der Frau waren ein Alarmsignal. Wenn ein Schüler so sprach, wußte der Ausbilder immer, daß er ihn zu hart herannahm, ihn überforderte – und wenn man diesen Druck dann noch weiter verstärkte, mußte irgendwann etwas brechen. Er hatte sie natürlich zu hart herangenommen. Er hatte sie mit zuviel Gerede überschwemmt, ihr neue Aufgaben gestellt, bevor sie mit den alten richtig fertig wurde – aber er hatte ja keine Wahl. Auf seiner Uhr war es jetzt sieben Minuten vor vier, und damit wurde der Druck eben immer größer. Er merkte jetzt, daß seine Narbe juckte wie verrückt, und rieb sie mit den Fingerknöcheln.

„Also, Ann." Kerr versuchte, die Besorgnis aus seiner Stimme herauszuhalten, und bemühte sich, ganz entspannt zu sprechen. „Solange wir unsere Ruhepause genießen, könnten wir aber schon einmal das Fahrwerk ausfahren. Das heißt nicht, daß wir schon bald landen – Sie haben ja noch jede Menge Treibstoff –, aber wenn wir die Räder schon einmal unten haben, brauchen wir uns später nicht mehr darum zu kümmern. Sie verstehen?"

Wieder eine lange Pause. Dann antwortete die Frau: „Ja."

Kerr mußte plötzlich die Stirn runzeln. Seine eigenen Worte hatten irgend etwas in ihm angeschlagen, ein vergessenes Detail, das nach Aufmerksamkeit schrie. Er war ein viel zu erfahrener Pilot, um solche unterbewußten Warnungen zu ignorieren. Er hielt inne und sah über die Leere hinweg zu der anderen Arrow.

Was hatte er gesagt? Fahrwerk? Treibstoff...? Bei Treibstoff schien die Warnglocke wieder läuten zu wollen, aber das konnte es doch nicht sein. Seine eigene Treibstofflage hatte er ständig im Kopf, und Whisky Tango hatte noch genug für zweieinhalb Stunden oder mehr.

Seine Stirnfalten vertieften sich, und er warf einen Blick auf die Instrumente. Seine geübten Augen huschten rasch von Skala zu Skala. Alles in Ordnung – aber die nagende Angst, etwas vergessen zu haben, blieb. Sein Blick wanderte zur Uhr in einer Ecke des Armaturenbretts. Soeben beendete der Sekundenzeiger eine Runde, und es war fünf vor vier. Egal, was ihn beunruhigte, egal, wie wichtig es war – es blieb keine Zeit dafür.

Er räusperte sich, drückte auf den Sprechknopf und erklärte Ann, wie sie das Fahrgestell ausfahren sollte.

DIREKT über dem Ladedruckmesser, unbemerkt von Ann, fiel ein rechteckiges kleines Anzeigeinstrument irgendwie aus dem Rahmen. Von allen Armaturen in Whisky Tango stand allein seine Nadel ganz weit links, fast auf dem roten Strich der Skala.

Darunter stand in Blockbuchstaben: KRAFTSTOFF LINKER TANK.

7

FÜR eine Luftsicherungseinrichtung wirkten die Radarschirme bei D & D in West Drayton auf den ersten Blick nicht besonders eindrucksvoll. Es sind nur zwei da, einer für jeden Lotsen, und beide sind nicht größer als ein kleiner Fernsehschirm.

Beide haben jedoch etwas an sich, das einmalig ist. Das ist vor allem ihre Vielseitigkeit. Während normale Radarschirme an einen, höchstens zwei Funkmeßsender angeschlossen sind, kann man bei D & D ganz England auf den Radarschirm bringen: Auf Knopfdruck lassen sich die Radarbilder jeder größeren Flugsicherungsstation „hereinholen". Diese Bilder gehen durch den LATCC-Computer, und auf dem

Schirm erscheinen sie dann komplett mit den dazugehörigen Transpondercodes sowie besonderen Symbolen für Luftnot-, Entführungs- oder Funkausfallmeldungen.

Im Augenblick beobachtete der Cheflotse von D & D, Hauptmann Peterson, Kerrs „Mayday"-Ruf, der als pulsierender, orangefarbener Kreis mit einem Kreuz darin und den Buchstaben SOS daneben erschien. Die Leuchtspur bewegte sich nach Süden, auf Denham zu, und würde in Kürze in die kompliziert gegliederte Flugsicherungskontrollzone über London eindringen. Vor zwei Minuten hatte Peterson diesen Flug von der Flugsicherung Bedford direkt übernommen.

Peterson beobachtete den Leuchtpunkt eine volle Minute lang und kaute nachdenklich an seinen Fingernägeln. Dann nahm er einen Filzschreiber und machte damit ein kleines Kreuzchen auf das Echo. Das Kreuzchen war das vorläufig letzte in einer ganzen Reihe, die, in Dreiminutenabständen eingezeichnet, Kerrs Kurs über Grund markierten.

Er konnte sich den Fluglehrer in Romeo X-ray vorstellen, wie er verzweifelt und schwitzend gegen die Zeit kämpfte. In mancherlei Hinsicht war es jetzt Petersons Aufgabe, eine Art zweites Ich für diesen Fluglehrer zu spielen: die Probleme vorauszuahnen, an die zu denken der Mann in der Luft gar keine Zeit hatte, und die Lösungen auf Abruf bereit zu haben. Das erste von diesen Problemen bildeten Position und Flugrichtung der führerlosen Maschine.

Northern Radar hatte gemeldet, Romeo X-ray werde auf Navigationsunterstützung vom Boden angewiesen sein; in diesem Augenblick kannte der Pilot also wahrscheinlich seine derzeitige Position nicht. Peterson war da besser dran. Wenn er im Geiste die Reihe der Kreuzchen auf seinem Schirm verlängerte, konnte er sogar mit einiger Genauigkeit die Position der beiden Flugzeuge in achtzehn Minuten vorausberechnen, sofern sie nicht versuchten, den Kurs zu ändern. In achtzehn Minuten würden sie wohl mitten über dem Londoner Flughafen Heathrow sein.

Luftverkehrstechnisch gesehen war das kein Problem. Entgegen der landläufigen Vorstellung, daß bleiche Fluglotsen beim allerkleinsten Anzeichen einer Luftnot über Heathrow die Düsenriesen durcheinanderscheuchten wie Karpfen im Teich, wurden die tatsächlich notwendigen Eingriffe in den Luftverkehr bereits mit einem Minimum an Aufwand eingeleitet. Die drei Londoner Cheflotsen auf dem Tower von Heathrow bereiteten sich in aller Ruhe darauf vor, in den stetigen Strom der An- und Abflüge „ein Loch zu stricken", so daß ihr Bereich zum richtigen Zeitpunkt vollkommen verkehrsfrei sein würde. Dieses Freimachen einer Durchflugschneise für den Ausreißer würde für etwa 10000 Passagiere und Besatzungsmitglieder eine Verspätung von zehn bis fünfzehn Minuten bedeuten, aber für die Fluglotsen war es kein Problem. Der Luftverkehr war Petersons geringste Sorge.

Er schob den Kopfhörer von einem Ohr zurück und wandte sich an Major Lyle, der auf einem Stuhl links hinter ihm saß.

„Was halten Sie davon, Sir? Ich meine die bebauten Gebiete."

Der Chef von D & D nahm seine Pfeife aus dem Mund und blies eine Rauchwolke aus. Sein ewig spöttisches Gesicht sah aus, als wolle er jeden Moment etwas Ironisches von sich geben.

„Ich glaube", sagte er langsam, „daß wir da sowieso herzlich wenig machen können. Wo wird er denn voraussichtlich durchfliegen?"

„Genau mitten drüber, schätze ich. Ungefähr Uxbridge, West Drayton, Sunbury."

Lyle drehte sich mit seinem Stuhl herum und betrachtete aufmerksam die Englandkarte hinter sich an der Wand. Zu seinen Aufgaben als Chef von D & D gehörte es auf jeden Fall, alles zu tun, um die Möglichkeit auszuschließen, daß ein Flugzeug auf dichtbesiedeltes Gebiet stürzte. Er studierte die Karte und dachte angestrengt nach.

„Wissen Sie, es könnte schlimmer sein. Wenn er ein Stückchen weiter links von seinem jetzigen Kurs flöge, käme er genau über die Londoner City, und ein Stückchen weiter rechts würde er Slough oder Guildford überfliegen. Wenn er hier schon irgendwo runterkommen soll, dann sind es wenigstens nicht die am dichtesten besiedelten Gebiete in der Umgebung."

Peterson drehte sich ebenfalls um und sah seinerseits auf die Karte. „Möglich", meinte er zweifelnd.

Lyle hatte eine Schlußfolgerung gezogen. „Wenn er hier ankommt, John, dann fragen Sie ihn, ob er den Kurs ändern kann, aber machen Sie keine große Geschichte draus. Wenn er ihn nämlich nicht um mindestens neunzig Grad ändern und dann so halten kann, ist es mir lieber, er fliegt in der jetzigen Richtung weiter."

Peterson nickte langsam und wandte sich wieder der Beobachtung seines Radarschirms zu. Im Moment konnte er wirklich nichts tun. Polizei, Feuerwehren und Rettungsdienste auf der voraussichtlichen

FLUG INS UNGEWISSE   107

Flugroute waren bereits alarmiert, die Luftverkehrsregelung war in besten Händen, und er hatte die Daten und Bodenwindverhältnisse aller Flugplätze vor sich liegen, die der Pilot von Romeo X-ray eventuell für einen Landeversuch in Betracht ziehen würde. Jetzt konnte er nur noch warten, bis dieser Fluglehrer etwas von sich gab.

Sie warteten bis zwei Minuten nach vier. Peterson hatte die Frequenz 121,5 sowohl auf dem Lautsprecher als auch auf seinem Kopfhörer eingestellt, so daß die Geisterstimme plötzlich laut in den raucherfüllten Raum dröhnte.

„Mayday Golf Bravo Charlie Romeo X-ray ruft Luftnotlotsen, guten Tag."

Peterson zuckte wie elektrisiert zusammen und sagte schnell: „Romeo X-ray, hier D und D West Drayton, sprechen Sie."

„Danke, D und D. Ich fliege immer noch neben Whisky Tango her und habe sie jetzt die Geschwindigkeit drosseln und das Fahrwerk ausfahren lassen. Haben Sie Informationen über Flugplätze für mich?"

Peterson sagte klar und deutlich: „Jawohl, Romeo X-ray. Aber zuerst möchte ich Sie darauf hinweisen, Sir, daß Ihr jetziger Kurs Sie direkt über Heathrow führen wird. Beabsichtigen Sie, Ihre derzeitige Richtung beizubehalten, oder sehen Sie eine Möglichkeit, den Kurs zu ändern?"

Kerrs metallisch klingende Stimme antwortete unverzüglich. „Nein, D und D. Zur Zeit arbeite ich mit ihr noch an Steigungseinstellung und Gas, und das möchte ich nicht unterbrechen."

Peterson runzelte die Stirn, sagte aber ruhig: „Danke, Romeo X-ray. Habe ich richtig verstanden, daß Sie Ihren gegenwärtigen Kurs bis südlich des Flugsicherungsbereichs London beibehalten wollen? Mit Ihrer derzeitigen Geschwindigkeit werden Sie dafür rund zwanzig Minuten brauchen."

„Wahrscheinlich, D und D." Eine Weile rauschte es im Lautsprecher. „Ich sage Bescheid, wenn ich vorher eine größere Kursänderung beabsichtige. Können Sie mir jetzt Angaben über die Flugplätze machen? Wir landen auf den Rädern. Kein Schaum erforderlich."

„Verstanden, Romeo X-ray. Die längste betonierte Landebahn ist Greenham Common; die Bahn ist eins-eins zwo-neun, dreitausend Meter lang, sechzig breit, keine nennenswerten Hindernisse beiderseits in unmittelbarer Nähe. Bodenwind in Greenham zwo-acht-null, fünfzehn Knoten. Wir können Sie zum Direktanflug auf zwo-neun einweisen, beginnend mit einer Rechtswendung von Ihrem jetzigen Kurs in etwa zwanzig Minuten."

Ein paar Sekunden war es still. Dann sagte die Stimme: „Verstanden, D und D. Wie steht's mit Grasplätzen?"

Peterson blätterte eine Seite auf seinem Notizblock um. „Romeo X-ray, das Beste, was Sie vor Dunkelheit an Grasplätzen erreichen können, ist Lasham. Die haben dort einen Grasplatz nördlich von Landebahn eins-null zwo-acht, eintausendachthundert Meter lang. Ansonsten wäre da noch White Waltham mit zwölfhundert Metern Ost-West. White Waltham grenzt im Osten an ein bebautes Gebiet, und möglicherweise hat der Grasplatz von Lasham Hindernisse auf der Nordseite – das kann ich aber für Sie klären."

„Nein, D und D, Sie brauchen in Lasham nicht nachzufragen, wenn der Platz sowieso nur achtzehnhundert Meter hat – ich hatte gehofft, es wäre was Längeres da. Ich denke, ich nehme Greenham Common. Wissen Sie, ob die dort auf Bruchlandungen eingerichtet sind?"

Peterson sagte: „Ja, Sir. Die US-Air Force hat gerade erst drei komplette Geschwader F 1–11 von Upper Heyford dorthin verlegt."

Die metallisch klingende Stimme sagte trocken: „Das müßte ja reichen. Ich werde also auf Greenham Common landen. Ich rufe zurück, wenn ich die Flugsicherungskontrollzone London nach Süden verlasse – bis dahin schalte ich wieder auf 126,85."

„Danke, Romeo X-ray. Viel Glück, Sir."

Lyle brach als erster die plötzliche Stille. Er nahm die erkaltete Pfeife aus dem Mund und sagte ruhig: „Also gut, John. Sprechen Sie mit Greenham, und ich unterhalte mich mit Latsie über die Flugroute." Er warf Peterson einen Blick zu. „Und dann brechen wir am besten unsere eiserne Gebeteration an; diese Frau braucht jede erdenkliche Hilfe."

DER Anruf aus Leeds kam zwei Minuten später und wurde von Petersons Korporal angenommen.

„Die Polizei von Leeds, Sir. Der Mann sagt, es sei dringend."

Peterson drückte auf einen Knopf, der das Telefongespräch auf seine Kopfhörer umschaltete. „Ja? Hier D und D, Cheflotse."

„Kriminalpolizei Horsforth, Hauptwachtmeister Barnes. Überwachen Sie zur Zeit den Flug einer Maschine mit der Registriernummer G-BCRX, Sir? Es ist eine Piper Cherokee Arrow."

„Ja. Aber die hat Ihren Bereich schon vor Stunden verlassen."

„Das weiß ich, Sir. Ist es richtig, daß der Pilot ein gewisser Mr. Kerr ist? Mr. Keith Kerr?"

Peterson stutzte ob der ungewöhnlichen Frage. Fluglotsen arbeiten mit Rufzeichen, nicht mit Namen. Dann warf er einen Blick auf seine Notizen. „Stimmt", sagte er ins Mikrofon. „Warum wollen Sie das wissen?"

„Wir brauchen Mr. Kerrs Hilfe bei einer Ermittlung, Sir. Darum wäre ich Ihnen dankbar, wenn Sie mir sagen könnten, wo und wann die Maschine voraussichtlich landen wird, sofern das geht."

Peterson warf einen Blick auf seinen Radarschirm und sagte: „Nun, landen wird er, soweit wir wissen, auf Greenham Common bei Newbury, irgendwann vor Einbruch der Dunkelheit. Was sind das für Ermittlungen, für die Sie ihn brauchen?"

Der Mann am anderen Ende zögerte kurz und sagte dann gleichmütig: „Wir wollen ihn im Zusammenhang mit einer Mordsache vernehmen, Sir. Mein Auftrag lautet festzustellen, wo er landen wird, und seine Festnahme zu veranlassen."

„Festnahme!" Peterson traute buchstäblich seinen Ohren nicht. Dann fuhr er plötzlich herum und redete aufgeregt auf Lyle ein, ohne sich darum zu kümmern, daß der Mann am andern Ende der Leitung zuhören konnte. „Da ist ein Kriminalpolizist dran, Sir." Peterson schluckte. „Er sagt, sie wollen den Piloten von Romeo X-ray wegen einer Mordsache haben."

Totenstille trat ein. Der dritte Mann im Raum erstarrte momentan vor Schrecken, dann schien Lyle sich einen Ruck zu geben. Er drückte auf den Knopf, der das Gespräch auf seine Kopfhörer legte, und bellte: „Hier Major Lyle, Leiter von D und D. Jetzt sagen Sie mir mal, was da los ist."

Erneute Pause. Lyles Gesicht bekam einen gespannten Ausdruck, der Schreck hatte allen Spott daraus vertrieben. Nach einer halben Minute sagte er: „Also, ich muß sagen, das reicht mir nicht. Ich möchte den Beamten sprechen, der die Ermittlungen leitet. Wo? Na schön, dann rufen wir ihn da an."

Lyle unterbrach die Verbindung und fuhr zu Peterson herum.

„John! Rufen Sie schnellstens die Polizei von Horsforth an, und stellen Sie fest, ob der Anruf wirklich von dort kam; nicht daß es sich um einen dummen Scherz handelt. Ich setze mich inzwischen mit dem Aeroclub Leeds in Verbindung – der Mann, der den Fall bearbeitet, soll jetzt dort sein."

„Ja, Sir." Peterson streckte die Hand nach dem Knopf auf dem Hauptschaltpult aus, aber dann hielt er zögernd inne und meinte verlegen: „Es ist vielleicht eine dumme Frage, Sir. Aber... meinen Sie, daß uns dies wirklich etwas angeht?"

Lyle fuhr sich durchs Haar.

„Tja", meinte er langsam, „runterholen könnten wir Romeo X-ray in diesem Stadium wohl kaum, selbst wenn wir wollten." Dann fuhr er fort: „Trotzdem, ich möchte gern wissen, ob wir einen mordlüsternen Irren mit einem Noteinsatz mitten über London betraut haben."

Auf dem ewig wachsamen Radarschirm kroch das helle Mayday-Zeichen unaufhaltsam auf London zu.

IM BESPRECHUNGSZIMMER des Aeroclubs Leeds mußte Kriminalwachtmeister Ivor Jones heftig niesen. Er wünschte, die Mobile Kommandozentrale träfe endlich ein: Darin mochte es kalt und eng sein, aber es war wenigstens nicht alles voll Kreidestaub. Als er sprach, klang seine Stimme stark erkältet.

„Wir sollten hier mit Samthandschuhen arbeiten, Sir."

„Ach! Wieso?"

Kriminalhauptkommissar Lauder, der neben ihm an dem arg mitgenommenen Lehrerpult saß, betrachtete ihn mit eisigem Blick.

„Nun..." Jones zuckte mit den Schultern. „Ich meine, dieser Kerr – scheint so was wie ein Held zu sein; ich meine, fliegt da oben rum und versucht, diese Frau runterzusprechen. Anscheinend haben deswegen schon ein paar Sonntagszeitungen angerufen."

Lauder verzog keine Miene. Er sagte kalt: „Ja, das habe ich gehört. Und? Ändert das etwas?"

Jones, plötzlich hellhörig, zögerte. „Nun, das nicht, Sir", sagte er. „Ich meine nur, es ist nicht so der übliche Mordfall. Sehen Sie, wahrscheinlich wird die Mordanklage doch wohl fallengelassen, und es läuft auf Körperverletzung mit Todesfolge hinaus, nicht wahr? Und wie die Dinge liegen, würd's mich nicht überraschen, wenn der Mann Bewährung bekäme oder ganz freigesprochen würde."

Lauder zog eine Augenbraue hoch. „Vielen Dank, Wachtmeister", sagte er abweisend. „Und darum empfehlen Sie Samthandschuhe, oder?"

„Nun ja, wir müssen wohl nicht unbedingt die Kavallerie aufbieten, oder?"

Eine bedrohliche Stille trat ein, während Lauder sich zurücklehnte. „Hören Sie mir mal gut zu, Wachtmeister", sagte er langsam, „ich möchte, daß Sie sich folgendes merken: Ich führe meine Ermittlungen vorschriftsmäßig, und es ist nicht meine Art, Samthandschuhe anzuziehen, nur weil hier ein paar Reporter herumschnüffeln. Ich dulde nicht, daß diese Ermittlungen mit der linken Hand geführt werden, nur weil Sie glauben, schon alles besser zu wissen. Haben Sie mich verstanden?"

Jones fühlte, wie er rot wurde. Einen langen Augenblick später holte er langsam und tief Luft und sagte förmlich: „Jawohl, Sir."

8

ANN zog den Gashebel einen weiteren Zentimeter zurück. Das Grollen des Motors wurde noch leiser und endete in einem Rauschen von Luftschraubenstrahl und Fahrtwind.

Das Flugzeug sank.

Sie fühlte das Sinken wie in einem abwärts fahrenden Lift. Das Unheimliche aber war, daß sonst nichts von einem Höhenverlust erkennbar war: Die frostige Erde fünfzehnhundert Meter unter der Motorverkleidung sah noch genauso aus wie vorher, Ann merkte nicht, daß sie ihr entgegenkam. Irgendwie war das so ähnlich wie in einem Alptraum, den sie öfter hatte, worin sie auf der Balkonbrüstung eines hohen Gebäudes balancierte. Es gab keinen Grund, nicht einen Schritt weiter ins Leere zu treten und zu fallen, zu fallen...

Der Lautsprecher klickte und erwachte wieder zum Leben.

„Wunderbar, Ann. Das ist ein schöner, sanfter, kontrollierter Landeanflug, genau wie bei der richtigen Landung. Wir könnten nur die Nase noch ein Stückchen höher gebrauchen, das ist aber alles."

Ein Teil ihres Bewußtseins schien sich auf sonderbare Weise von ihrem Körper gelöst zu haben; es schien hinter ihr zu sitzen und der Frau am Steuerknüppel zuzusehen, als ob sie eine Fremde wäre. Sie empfand eine distanzierte Verachtung für diese Frau, weil sie so dumm reagierte. Ihr Körper war starr vor Anspannung, wo sie doch ruhig und klar hätte denken müssen. Entspannen sollte sie sich, diese dumme Frau...

„Na, was ist, Ann?" Die Stimme klang klar und gebieterisch. „Wir brauchen die Nase ein bißchen höher. Eine Daumenbreite vielleicht."

Da! Diese dumme Frau am Steuer hatte die Nase sinken lassen, obwohl ihr der Mann doch gesagt hatte, sie müsse wegen der verringerten Motorleistung die Nase hochhalten.

Jetzt zog sie an der Steuersäule, weiß traten die Knöchel hervor. Der Fußboden kippte leicht zurück...

Träge hob sich die Motorverkleidung. Wie weit genau, war schwer zu sagen, denn der Horizont wurde dunstig, bereitete sich mit Nebel auf den frühen Winterabend vor.

„So ist es recht, Ann. Und jetzt wollen wir den Sinkflug noch etwas beschleunigen. Nehmen Sie das Gas noch einen Fingerbreit zurück, und halten Sie die Nase hoch."

Das Gas zurück!

Sie sah die Frau nach dem Hebel mit dem T-förmigen Griff tasten und ihn noch ein Stückchen weiter zurückziehen. Ein leichter rhythmischer Schwingungszyklus setzte ein und pflanzte sich durch Steuersäule und Pilotensitz fort. Das Sinkgefühl wurde stärker.

„Gut. Und jetzt wollen wir so tun, als ob wir ganz tief unten wären und landen wollten. Nehmen wir an, wir wären noch so hoch wie ein zweigeschossiges Haus. Darum heben Sie die Nase ein wenig, und zwar jetzt."

Sie sah die Frau schaudern. Die Nase war schwerer denn je, versuchte sich zu senken...

„Jetzt, Ann! Sie müssen jetzt die Nase heben!"

Die Frau zog das Steuer zurück. Die Motorhaube hob sich über den Horizont, zeigte plötzlich in den blauen Himmel.

„Richtig – jetzt nehmen Sie das Gas vollständig weg. Ziehen Sie den Hebel ganz zurück. Und denken Sie daran, daß jetzt jeden Moment dieses Signal ertönen kann, von dem ich gesprochen habe."

Die Frau griff von neuem zur Gashebelkonsole. Ihre Hand schien sich in Zeitlupe zu bewegen, als sie den Hebel bis zum Anschlag zurückzog.

Der Motor starb sofort zum Leerlauf ab; vor dem Fenster wurde der rotierende Propeller als Scheibe sichtbar. Das Windrauschen wurde immer tiefer und erstarb.

Der von ihr losgelöste Teil des Bewußtseins sah ungerührt zu. Die Phänomene des antriebslosen Gleitflugs und des aerodynamischen Strömungsabrisses waren ihr vollkommen fremd, aber das Verstummen des Windrauschens und die hochnasige Fluglage so hoch über dem Boden kamen ihr einfach falsch vor. Das Flugzeug brauchte den brüllenden Motor, der es am Himmel hielt, und nun war das Brüllen nicht mehr da.

Das Durchsackwarngerät plärrte plötzlich los wie eine defekte Autohupe und gab schließlich einen gleichmäßigen Dauerton.

Die Frau zitterte am ganzen Leib, während sie weiter an der Steuersäule zog. Ein Blutstropfen lief ihr das Kinn hinunter, so fest hatte sie sich auf die Unterlippe gebissen. Das Cockpit balancierte auf einer unsichtbaren Messerschneide im leeren Raum, sank immer schneller...

Die Stimme meldete sich wieder und übertönte das blökende Signal.

„Gut – und jetzt starten wir durch. Wie wenn wir eine schlechte Landung abbrechen und noch eine Runde drehen wollten. Halten Sie die Nase, wie sie ist, und geben Sie Vollgas."

Die Frau hatte die Hand noch immer am Gashebel. Ohne den Blick vom diesigen Horizont zu nehmen, schob sie ihn vor. Die Nase versuchte sich selbsttätig aufzurichten; sie riß die linke Hand wieder ans Steuerrad. Die Maschine wackelte – von Stabilität keine Rede mehr. Unsichtbare Kräfte zerrten an den Steuerelementen, übernahmen das Kommando, versuchten die Nase hochzuziehen...

„Ann! Vollgas! Schieben Sie den Hebel ganz vor!"

Den Hebel weiter vorschieben. Weiter. Plötzlich war der Hebel am vorderen Anschlag. Der Motor brüllte nach der Stille laut auf. Dann wieder die Stimme, die scheppernd in das Getöse hineintönte.

„Ja, Ann. So ist es gut. Jetzt drücken Sie die Nase ein wenig hinunter. Ganz behutsam, bis wir wieder im Horizontalflug sind wie vorher. Gut machen Sie das."

Der Horizont tauchte über dem Armaturenbrett auf. Die Frau hielt ihn fest, benommen dasitzend im Motorgedröhn.

„Großartig. Jetzt halten Sie die Nase so, und dann nehmen Sie das Gas zurück auf zwanzig. Lassen Sie sich Zeit; Sie haben es gepackt."

Gas zurück auf zwanzig...

Ihre Finger krümmten sich, und die Hand zog den Hebel langsam zurück. Die Hand hielt inne, und sie wandte den Kopf und starrte dumpf auf den Ladedruckmesser. Ihre Hand bewegte sich wieder, und das Gebrüll des Motors besänftigte sich zu einem Hintergrunddröhnen. Der Ladedruckmesser stand auf zwanzig. Sie nahm die Hand vom Gashebel.

Wieder die Stimme, ruhig und klar.

FLUG INS UNGEWISSE

„Ann, das war sehr, sehr gut. Sie haben jetzt einen Landeanflug gemacht, sind gelandet, durchgestartet und wieder in den Horizontalflug übergegangen. Jetzt fliegt die Maschine wieder von allein, und Sie können sich eine Ruhepause gönnen. Das war wirklich sehr gut."

Noch fast eine Minute lang saß Ann stocksteif aufrecht und hielt das Steuer. Als dann schließlich die Worte zu ihr durchdrangen, öffnete sie die verkrampften Finger, ließ sich in den Sitz zurückfallen und vergrub das Gesicht in den Händen. Ihr leises, einsames Schluchzen ging unter im monotonen Grollen des Flugzeugs.

KERR merkte, daß seine Füße auf den Seitenruderpedalen zitterten. Jeder Muskel in seinem Körper war verkrampft und schmerzte, angespannt von dem Bemühen, hinüberzugreifen über die Kluft zu dem anderen Flugzeug. Wenn er doch nur seinen Willen und sein Können auf die Frau übertragen könnte, so daß *er* die Maschine flöge, *er* die kleinen Korrekturen an Steuersäule und Ruder vornehmen könnte...

Er wischte sich mit seiner verschwitzten Hand übers Gesicht und zwang sich, ruhig zu sein und seine Muskeln zu entkrampfen. Seine Füße waren heiß und schweißnaß, und nach einer Weile bückte er sich und löste die Senkel seiner Motorradstiefel.

Er atmete tief durch und dachte angestrengt nach. Genaugenommen hatte die Frau ihre Sache so gut gemacht, wie man es angesichts dieses Trommelfeuers von Anweisungen, die sie bekommen hatte, von ihr erwarten konnte. Trotzdem waren die letzten zehn Minuten ein unablässiger Wettlauf gewesen, bei dem er seine eigene Steuerung hatte hin und her schieben müssen, um in Formation zu bleiben; und dabei mußte er die ganze Zeit die Fehler im ewigen Auf und Ab der anderen Arrow zu erkennen versuchen. Die Hauptschwierigkeit war dabei die Langsamkeit ihrer Reaktionen gewesen, vor allem bei dem simulierten Durchstarten; wenn das ein echter Abbruch einer schlechten Landung gewesen wäre, hätte sie schon zehnmal Bruch gemacht.

Kerr überlegte, ob er den Gedanken an ein Durchstarten nicht aufgeben und sich lieber darauf konzentrieren sollte, sie gleich beim ersten Versuch hinunterzubringen, egal wie. Solange der Autopilot die Fluglage hielt, würde selbst eine schwere Bruchlandung vermutlich nicht tödlich für sie ausgehen, anders dagegen ein mißglückter Durchstartversuch, wenn sie dabei in einem Baum landete. Eine der ältesten Grundregeln der Fliegerei lautet, daß es immer noch besser ist, auf dem

Boden zu verunglücken, als in der Luft mit etwas zusammenzustoßen. Nach einer Weile schüttelte er müde den Kopf und verdrängte die Frage aus seinen Gedanken. Im Augenblick war eine Antwort darauf nicht möglich; er würde sich beim tatsächlichen Landeanflug in einem Sekundenbruchteil entscheiden und dann die Folgen tragen müssen.

Er zündete sich seine vorletzte Zigarette an und lehnte sich zurück, um über seine anderen Probleme nachzudenken.

Zeit und Treibstoff wurden immer knapper, das Tageslicht schwand langsam. Das alles war ihm ständig im Bewußtsein gewesen, seit er sein Flugzeug auf den Rücken gedreht hatte und im Sturzflug hinter Whisky Tango hergetaucht war. Der Unterschied war jetzt nur, daß der Bankrott viel unmittelbarer bevorstand. Die Uhr am Armaturenbrett zeigte zwölf nach vier. In einer Viertelstunde würde die Sonne untergegangen sein, und fünfzehn bis zwanzig Minuten später wäre es dunkel. Das hieß, daß der Landeversuch in der nächsten halben Stunde unternommen werden mußte – und das diktierte den Beginn des endgültigen Abstiegs aus ihrer derzeitigen Höhe innerhalb der nächsten Viertelstunde.

Kerr sah zum zwanzigsten Mal seit der letzten halben Stunde auf seine Tankanzeigen und schüttelte den Kopf.

Als er vor dem Start seinen Treibstoffvorrat gesehen hatte, war er der Meinung gewesen, er müsse bis zum Dunkelwerden und noch ein wenig darüber hinaus reichen – und das hätte er unter normalen Umständen auch. Anstatt aber die ganze Zeit gleichmäßig mit sparsamer Reisegeschwindigkeit zu fliegen, hatte er seinen Gashebel ständig hin und her schieben müssen, um bei der führerlosen Maschine zu bleiben. Und diese Flugweise bedeutete höheren Treibstoffverbrauch, genau wie bei einem Auto im dichten Verkehr. Jetzt stand die linke Tankanzeige zwischen VIERTEL und LEER, die rechte zeigte noch etwas weniger an.

Kerr machte einen tiefen Lungenzug, dann streckte er die Hand aus und stellte den Fahrwerkschalter auf EIN. Mit eingezogenem Fahrwerk würde es zwar noch schwieriger werden, mit dem anderen Flugzeug in Formation zu bleiben, aber andererseits bedeutete ein ausgefahrenes Fahrwerk höheren Luftwiderstand und damit höheren Treibstoffverbrauch.

Seine Finger trommelten eine Zeitlang auf dem Gashebelquadranten herum. Dann lehnte er sich nach links durchs Cockpit und stellte die Kraftstoffzufuhr auf den linken Tank um. Damit wollte er fliegen, bis der linke Tank fast auf Null stand, dann auf den rechten Tank umschalten und diesen leerfliegen, und dann würde er wohl noch Treibstoff für etwa zehn Minuten im linken Tank haben. Ein guter Plan war das nicht, aber etwas Besseres fiel ihm nicht ein. Es war jetzt viel zu spät, um sich von jemand anderem hier oben ablösen zu lassen.

Er blickte nach vorn. Aus der Perspektive des Fliegers, der Städte unter seinen Flügeln vorbeiziehen sieht, war für Kerr London immer ein schöner Anblick gewesen. Während so viele jüngere Großstädte auf der Welt sich von oben in eintönigen Schachbrettmustern präsentierten, gab sich die Hauptstadt Englands erfrischend abwechslungsreich. Vor ihm lag in der spätnachmittäglichen Sonne ein ausgedehnter, gewellter Teppich der Zivilisation, ein Teppich mit roten, braunen und grünen Tupfen. Weit hinten war er mit den Zuckergußtürmen und -zinnen der City verziert.

Kerr zog die Stirn kraus, ignorierte die zehn Millionen Menschen, die bald unter seinen Tragflächen vorbeigleiten würden, und konzentrierte sich auf die simple Arithmetik von Zeit und Entfernung.

Er hatte noch etwa zehn bis zwölf Kilometer bis zu den nördlichsten Ausläufern des bebauten Gebiets. Dann würde er die Flugsicherungskontrollzone London durchfliegen und in zehn Minuten die Südgrenze erreicht haben – und bis dahin mußte er der Frau das Kurvenfliegen beibringen, damit sie nach Westen in Richtung Greenham Common abbiegen konnten. Damit mußte er demnach sofort beginnen: Kurvenfliegen zuerst, dann weitere Landeübungen, wenn dafür noch Zeit war.

Ohne den Blick von der anderen Arrow zu wenden, blies er einen dünnen Rauchstrahl gegen die Windschutzscheibe und plante die vor ihm liegenden Schritte. Als erstes mußte er sie die Richtungsautomatik des Autopiloten ausschalten lassen. Wenn diese aus war, konnte sie Kurven durch einfaches Schräglegen des Flugzeugs fliegen, indem sie die Fluglagenautomatik übersteuerte. Das Ergebnis wäre unsauberes Fliegen, aber wenn er sie lehrte, das Seitenruder zu gebrauchen, brachte er ein neues Steuerelement ins Spiel. Das nicht zu tun, hatte allerdings den Nachteil, daß sie keine Steuermöglichkeit mehr haben würde, wenn sie erst auf dem Boden war, aber bei einem Flugplatz von der Größe Greenhams war er bereit, das in Kauf zu nehmen. Wenn sie nach der Landung seitlich von der Bahn abkam, war das noch die ge-

ringste Gefahr, die ihr drohte. Er fuhr sich mit dem linken Handrük-
ken über den Mund und fühlte die recht langen Bartstoppeln am Kinn.
Plötzlich fiel ihm ein, daß er sich noch einmal würde rasieren müssen,
wenn er nach Leeds zurückkam. Er war doch heute abend mit Maggie
verabredet...

Einen Moment lang wurden seine Gesichtszüge weicher, die Zeichen der Anspannung schwanden. Dann schüttelte er kurz den Kopf
und konzentrierte sich auf die neben ihm fliegende Maschine. Er
drückte mit dem Daumen auf den Sendeknopf.

,,Wie geht's Ihnen, Ann?''

Es vergingen zehn bis fünfzehn Sekunden ohne Antwort. Dann ein
metallisches Klicken, und die Stimme der Frau ertönte.

,,Alles in Ordnung. Danke.''

Kerr runzelte die Stirn. Ihr Tonfall machte ihm Sorgen. Er drückte
wieder auf seinen Knopf.

,,Das ist gut, Ann. Als nächstes müssen wir jetzt mal ein oder zwei
kleine Kurven versuchen. Aber bevor Sie das tun, müssen wir den
Knopf am Autopiloten finden, der die Richtung hält, und diese Auto-
matik ausschalten. Wir können dann unsere Kurven fliegen, ohne daß
der kleine Zauberkasten uns immer wieder in die alte Richtung zu ziehen versucht. Sind Sie mitgekommen?''

In seinen Kopfhörern rauschte es eine kleine Weile. Dann sagte die
Frau tonlos: ,,Ja.''

Er überlegte einen Moment, was er sagen könnte, um sie aufzumun-
tern. Aber ihm fiel nichts ein.

,,Nun gut. Also, die Knöpfe für den Autopiloten sitzen an einer
kleinen weißen Platte links unten am Hauptarmaturenbrett. Es sind
zwei Knöpfe, und auf der Platte steht ,Autocontrol drei'. Fassen Sie
noch nichts an, aber suchen Sie die Knöpfe schon mal.''

Nach einer langen Pause antwortete ihre Stimme gleichgültig: ,,Ich
habe sie.''

,,Gut – auf dem rechten Knopf müßten nun die Buchstaben H-D-G
für ,heading', Richtung, stehen. Auf diesen Knopf müssen Sie einmal
kräftig drücken und dann wieder loslassen. Wenn Sie das verstanden
haben, tun Sie es jetzt, und dann sagen Sie mir Bescheid.''

Scheinbar geschah nichts. Der Ausreißer hing unbeweglich im
Raum, wie festgeheftet am blaßblauen Himmel über der gelbfunkeln-
den untergehenden Sonne. Kerr strengte seine Augen an. Das Aus-

schalten der Richtungsautomatik mußte sich natürlich nicht sichtbar auswirken – die natürliche Richtungsstabilität der Arrow würde schon dafür sorgen, daß sie weiter geradeaus flog –, aber andererseits, wenn gerade dieses Flugzeug die Neigung zu einem leicht asymmetrischen Flugbild...

Aus irgendeinem Grunde rastete das Wort asymmetrisch in seinem Gehirn ein und ließ dieselbe Warnglocke erklingen, die er schon zuvor vernommen hatte. Asymmetrisch: aus dem Gleichgewicht. Was konnte aus dem Gleichgewicht sein?

Das Funkgerät riß ihn aus seinen Gedanken.

„Das habe ich jetzt gemacht." Die Stimme der Frau klang angespannter denn je. Kerr preßte die Lippen zusammen und zog sie fest gegen die Zähne zurück. Sein ganzes Ausbildergefühl sagte ihm, daß er sie überforderte, sie unbarmherzig mit immer neuen Aufgaben bedrängte, die sie gar nicht alle erfassen konnte. Zuallermindest müßte er jetzt mit einem kleinen Geplauder dafür sorgen können, daß sie sich so gut wie möglich entspannte.

Aber er hatte doch keine Zeit. Die sonnenbeschienene Dächerlandschaft der Londoner Außenbezirke zog bereits unter seinen Flügeln vorbei, und bis zur Südgrenze der Flugsicherungskontrollzone London waren es nur noch acht oder neun Minuten.

Er legte einen entschiedenen, sachlichen Ton in seine Stimme. „Gut gemacht. Jetzt fliegen wir als erstes eine Linkskurve. Dazu müssen Sie nur das Steuerrad anfassen und ein wenig nach links drehen, wie beim Auto. Es wird etwas schwer gehen, weil Sie die Fluglagenautomatik, die das Flugzeug in seiner geraden Lage hält, übersteuern müssen. Aber wenn Sie schön dagegenhalten, neigt sich das Flugzeug leicht nach links und fliegt dadurch eine Kurve. Wenn wir die Kurve beenden wollen, brauchen Sie das Steuer nur loszulassen, dann richtet der Autopilot die Maschine wieder so auf wie jetzt. Klar?"

„Ja." Es war kaum mehr als ein Flüstern.

Kerr sagte fest: „Schön. Dann versuchen wir also jetzt mal eine Linkskurve. Drehen Sie das Rad ein Stückchen nach links."

Die andere Arrow neigte sich plötzlich ihm entgegen, zeigte ihm die Oberseiten beider Tragflächen vor dem Abendhimmel. Kerr riß sein eigenes Querruder scharf herum, um ihr auf der Innenseite der Kurve zu folgen. Horizont und Himmel blieben ein paar Sekunden in dieser Schräglage – dann richteten sich die Flügel des Ausreißers plötzlich wieder auf. Kerr reagierte entsprechend, trat auf die Seitenruderpedale und regulierte das Gas, um in Position zu bleiben. Er sprach sofort.

„Na ja, im Prinzip war's so richtig, Ann. Sie haben es ein bißchen abrupt gemacht, aber jedenfalls haben Sie gesehen, wie das Ganze funktioniert und wie der Autopilot Sie wieder aus der Kurve holt, wenn Sie es wollen. Nun machen wir dasselbe noch einmal, aber diesmal mit etwas mehr Gefühl, und bleiben Sie in der Kurve, bis ich Ihnen sage, daß Sie loslassen sollen."

Hoch am Himmel über Uxbridge legte sich Whisky Tango zögernd in eine flache Linkskurve. Es war siebzehn Minuten nach vier. Im Westen berührte der untere Rand der Sonne funkelnd gelb den dunstigen Horizont.

Fünf Kilometer nordwestlich von Uxbridge, an der Grenze zwischen Middlesex und Buckinghamshire, liegt der ausgedehnte Grasplatz des Flugplatzes Denham. An seinem südlichen Rand befindet sich die Flugschule Denham, daneben der Abstellplatz für Flugzeuge und ein kleiner öffentlicher Parkplatz.

An diesem Samstag im Januar fiel das Ehepaar in dem gelben Rover 3500 nur dadurch auf, daß es nicht zur gewohnten Altersgruppe derer gehörte, die sich gern in der Nähe von Flugplätzen und Flugzeugen aufhalten. Der Mann war Ende Fünfzig, hatte schütteres braunes Haar und einen sauber gestutzten braunen Schnurrbart. Die Frau neben ihm war ungefähr gleichaltrig, rundlich und hatte ein angenehmes Gesicht und graue Haare. Sie beobachteten interessiert die ununterbrochenen Landungen und hielten vergebens Ausschau nach einer blau-weißen Piper Arrow.

Nach langem Schweigen sagte der Mann plötzlich: „Schrecklich, diese Leute. Die fliegen ihre Flugzeuge, wie sie ihre Autos fahren. Zu meiner Zeit wären wir damit nicht weit gekommen."

Die Frau nahm ihr Strickzeug vom Schoß und beugte sich über die Nadeln. Sie wurde nicht gern an ihres Mannes Fliegerzeit erinnert. Die schlaflosen Nächte, wenn sie in ihren Lancasters über Deutschland waren, das entsetzliche Warten, bis die Tür aufging, wenn die Flugzeuge vom Einsatz zurückgekommen waren...

Ein Polizeiauto bog auf den Parkplatz ein. Es hielt kurz an und schob sich langsam zwischen den beiden Wagenreihen hindurch, um hinter dem Rover anzuhalten. Ein uniformierter Polizist stieg aus und kam an die Fahrertür. Der Mann kurbelte sein Fenster hinunter und zog fragend die Augenbrauen hoch.

Der Polizist bückte sich und machte ein verlegenes Gesicht. „Mr. und Mrs. Bazzard...?"

Zur gleichen Zeit führte Hauptmann Peterson in der Luftnotzentrale D & D in West Drayton eine angeschlagene Teetasse zum Mund und wurde Zeuge, wie seinem Chef der Kragen platzte.

Seit drei Minuten sprach Lyle am Telefon mit einem Kriminalhauptkommissar Lauder im Aeroclub Leeds, und offensichtlich nahm das Gespräch nicht den erwünschten Verlauf. Lyles Gesicht verriet ungewohnten Zorn; man sah, wie seine Kiefer arbeiteten, während er der schnarrenden Stimme in der Hörmuschel zuhörte. Er holte langsam und tief Luft, bevor er antwortete.

„Ich verstehe Ihren Standpunkt voll und ganz, Hauptkommissar", sagte er kühl. „Aber der Mann, den Sie verhaften wollen, fliegt zur Zeit einen Noteinsatz unter meiner Leitung, und wenn ich von jetzt an die richtigen Entscheidungen treffen soll, muß ich wissen, ob zu befürchten ist, daß dieser Pilot sich in einer gefährlichen geistigen Verfassung befindet. Ich muß Sie auch darauf hinweisen, daß ich mich, falls Sie nicht mitarbeiten, unmittelbar an den Kommandeur der Militärpolizei wenden und einen förmlichen Befehl an Ihre Vorgesetzten erwirken muß."

Es schnarrte erneut im Hörer. „Ich versichere Ihnen, daß ich die Befugnis habe", entgegnete Lyle, „und daß ich ohne Zögern davon Gebrauch machen werde. Was ich will, habe ich Ihnen schon gesagt: nichts weiter als den nackten Tatbestand. Ich hoffe, ich habe mich klar ausgedrückt!"

Es war kurz still, dann tönte es ruhiger aus dem Hörer. „Aha." Lyle machte sich eilig Notizen. „Offenbar bestand also keine Tötungsabsicht. Richtig? Ich danke Ihnen. Und soviel Ihnen bekannt ist, weiß Kerr nicht, daß der Mann tot ist und er von der Polizei gesucht wird? Aha ... gut ... dann wünsche ich Ihnen einen wunderschönen Nachmittag, Hauptkommissar."

Er knallte den Hörer auf und drehte sich zu dem wartenden Peterson um. „Anscheinend hat der Mann da oben seinem Chef bei einem Streit über diesen Flug einen Schlag in den Magen versetzt, und dabei ist unglücklicherweise eine vorher bereits angegriffene Arterie geplatzt. Eine halbe Stunde später ist der Kerl gestorben, aber da war unser Mann schon in der Luft. Das läßt wenigstens nicht befürchten, daß dieser Kerr etwas Dummes anstellt. Wir brauchen nicht weiter zu überlegen, ob wir ihn abziehen sollen."

„Ach so. Ja, Sir." Peterson sah automatisch zum Radarschirm, auf dem Kerrs Mayday-Signal soeben von Norden in die Flugsicherungskontrollzone London vorgedrungen war. Er wünschte sich, die Radarerfassung gäbe auch Information über die Flughöhe, nicht nur über die Position: Irgendwie wäre es beruhigend gewesen zu wissen, daß die führerlose Maschine genug Luft unter sich hatte, wenn sie besiedeltes Stadtgebiet überflog. Er kaute an einem Fingernagel und wartete. Die Spur, die nach links zu schwenken begonnen hatte, wurde nach drei, vier Kilometern innerhalb des Bereichs wieder gerade.

Das hieß, daß Kerr angefangen hatte, der Frau das Kurvenfliegen beizubringen.

Eine Minute später wurde der Lautsprecher an der Wand mit erschreckender Plötzlichkeit lebendig.

„Mayday Romeo X-ray! Whisky Tango ist in einen unkontrollierten Sturzflug gegangen, passiert soeben viertausend Fuß. Rechne mit Absturz — sieht nicht so aus, als ob sie's packen könnte."

9

Wenn der Antrieb einer einmotorigen Maschine im Flug aussetzt, fällt das Flugzeug nicht wie ein Stein vom Himmel; normalerweise geht es in einen recht steilen, antriebslosen Sinkflug mit einer Sinkgeschwindigkeit von etwa zweitausend Fuß pro Minute über.

Der Motor von Whisky Tango setzte genau um neunzehn Minuten nach vier in 6000 Fuß Höhe über dem Londoner Stadtteil Ealing aus. Eben noch schnurrte er gemächlich dahin, im nächsten Augenblick stotterte er, dann blieb er ganz stehen; der Propeller wurde langsamer, drehte mit sanftem Schütteln leer, und in die Kabine drang nur noch das bedrohliche Pfeifen des Luftstroms. In der Stille senkte sich gemächlich, aber unaufhaltsam die Nase, und das Flugzeug ging in einen gleitenden Sinkflug von etwa dreißig Grad über.

Ann traute ihren Augen nicht. Dieses gräßliche Sinkgefühl, als die Nase sich nach unten neigte, erschien ihr unwirklich, zu plötzlich, um es zu akzeptieren. Da war doch wohl nichts schiefgegangen! Wenn der Motor wieder lief, würde der Fluglehrer ihr schon sagen, was los war.

Das Funkgerät blieb stumm. Das Heulen des Windes wurde mit zunehmendem Tempo immer lauter. Die Nase der Arrow blieb jetzt in ihrer neuen Stellung – steil zeigte sie nach unten auf das Gewirr winziger Sträßchen und Häuser in der Tiefe.

Endlich begriff sie das Schreckliche. Sie schlug die Hände vors Gesicht und schrie und schrie...

Kerr, der keinen Anlaß hatte, an ein Motorversagen zu denken, reagierte auf den plötzlichen Sturzflug der anderen Arrow zunächst mit nacktem Unglauben. Die Frau konnte doch jetzt nichts Dummes tun, nicht mitten über London! Sie mußte versehentlich die Steuersäule vorgeschoben haben oder so etwas; jeden Moment würde die Nase sich schon wieder heben.

Dann erwachte schlagartig wieder sein Fliegerinstinkt. Er drückte seine Nase ebenfalls hinunter, um Whisky Tango zu folgen, und betätigte verspätet den Sendeknopf.

,,He, Ann! Was ist! Nehmen Sie die Nase hoch!"

Keine Antwort.

Das führerlose Flugzeug schien, während er hinterhertauchte, rückwärts von unten auf ihn zuzukommen. Er sah, daß er zu schnell überholte, und riß seinen Gashebel ganz zurück.

,,Ann! Melden Sie sich! Was ist los?"

Noch keine Antwort. Die andere Arrow glitt nur tanzend vor ihm dahin wie in einer Filmvorführung mit defektem Projektor. Er warf schnell einen Blick auf seine Instrumente. Geschwindigkeit 225 km/h, schneller werdend, Sinkgeschwindigkeit 450 Meter pro Minute, Flughöhe soeben 5000 Fuß. Er schrie wieder ins Funkgerät. Nichts.

Die Angst brannte heiß in seinem Magen. Was war passiert? War sie ohnmächtig geworden? Hatte sie versehentlich das Trimmrad eine Handbreit nach vorn gedreht? Hatte der Mann neben ihr sich gerührt und das Steuer nach vorn gestoßen? War der Motor ausgefallen...? Ein Motordefekt gerade jetzt wäre so unfair, so unwahrscheinlich...

Geschwindigkeit 240 km/h. Höhe noch 4500 Fuß.

Also – die müßige Frage nach Möglichkeiten vergessen – lieber nach der Ursache suchen!

250 km/h; noch 4000 Fuß.

Sie würde abstürzen. Auf London.

Kerr fühlte, wie ihm der Schweiß vom Gesicht den Hals hinunterrann. Er fuhr mit der linken Hand zum Funkgerät, drehte an den Knöpfen, setzte seinen Mayday-Ruf ab und wechselte sofort wieder die Frequenz, um den Kontakt mit der Frau zu suchen.

Noch immer nichts.

Nur das anschwellende Brüllen der Luft und die stürzende Arrow neben ihm.

Auf 3500 Fuß sah er für einen Augenblick nach vorn hinaus, während er wieder auf den Sendeknopf drückte. Über die rote geschwungene Flugzeugnase hinweg sah er auf eine still daliegende Modellstadt mit Straßen, Häusern und Fabriken, die sich langsam ausdehnten und ihm entgegenkamen. Für den Bruchteil einer Sekunde sah er im Geiste schon das Flugzeug, das da neben seiner rechten Flügelspitze flog, in diese Spielzeugstadt hineinpflügen, mitten durch die Häuser und Menschen schießen und in einem Feuerball enden, wenn das restliche Benzin explodierte...

O Gott – BENZIN! *Das war es! Er hatte vergessen, die Frau von dem einen Tank auf den anderen umschalten zu lassen!*

Die plötzliche Erkenntnis traf ihn wie ein Faustschlag. Sekundenlang saß er wie gelähmt in seinem vibrierenden Cockpit.

Er war so sehr mit seinen eigenen Treibstoffproblemen beschäftigt gewesen, daß er den unglaublichen, den unverzeihlichen Fehler begangen hatte, ihr nicht zu sagen, daß sie von einem auf den anderen Tragflächentank umschalten mußte. Er hatte sogar halb daran gedacht – die Worte Treibstoff *und* asymmetrisch *hatten ihm sozusagen einen Rippenstoß gegeben – und er hatte dieses Gefühl, das ihn warnte, ignoriert. Infolgedessen war sie jetzt zwei Stunden lang mit demselben Tank geflogen, mit dem sie in Newcastle gestartet waren, und dieser Tank war nun leer. Der andere war vermutlich randvoll, aber wenn sie nicht den Hahn fand und umschaltete, hätte dieser Treibstoff ebensogut auf dem Mond sein können...*

3000 Fuß. Luftgeschwindigkeit inzwischen 260 km/h.

Sein Daumen wollte vom Sprechknopf abrutschen. „Ann! Hören Sie mir zu! Es ist nichts weiter passiert, als daß wir den einen Tank leergeflogen haben und auf den andern umschalten müssen! Hören Sie mich?"

Die einzige Antwort war das Kreischen des Windes im Sturzflug. Whisky Tango schien in eine riesige braune Schüssel hinabzutauchen, eine Schüssel, deren Ränder sich unablässig nach oben ausdehnten, um

FLUG INS UNGEWISSE 125

sie zu verschlingen, während die Horizontperspektive sich mehr und mehr verschob. Den Blick fest auf das andere Cockpit geheftet, drückte er wieder auf den Sprechknopf und redete weiter, beschwörend und unablässig.

Im Cockpit von Whisky Tango schnarrte die Stimme des Fluglehrers aus dem Lautsprecher und übertönte das Heulen des Windes.

„Schnell, Ann! Greifen Sie hinüber zur Seitenwand hinter Roys linkem Bein und drehen Sie am Benzinhahn. Einfach drehen! In welche Richtung, ist egal."

Die Worte schwappten in ihrem Kopf hin und her, aber sie bedeuteten nichts. Nachdem ihr Schreien nun aufgehört hatte, saß sie wie betäubt da, stumpf in ihr unvermeidliches Schicksal ergeben. Das Flugzeug hatte sich ihrer bemächtigt. Mit unheimlichem Gleichmut dachte sie daran, daß dies die letzten Sekunden ihres Lebens waren.

„Ann! Drehen Sie am Benzinhahn! Hinter Roys linkem Knie. Dann fängt das Flugzeug sich wieder!"

Fängt sich...? Die Worte drangen zögernd in ihr Bewußtsein. *Fängt sich,* tönte es wie ein Gong, der allmählich die Sperrmauer des Schreckens durchbrach. Sie sollte am Benzinhahn drehen... Der Teil ihres Bewußtseins, der sich selbständig gemacht hatte, sah sie entsetzlich langsam reagieren, endlose Sekunden sinnlos verlieren, während die Maschine immer tiefer stürzte.

„Drehen Sie am Benzinhahn, hinter Roys linkem Knie!"

Sie reckte sich nach links, griff hinüber durchs Cockpit über Roys Schoß. An der Seitenwand war etwas, ziemlich tief unten am Boden: etwas Rotes, Rundes mit einem Hebel in der Mitte. Sie zerrte an ihrem Gurt, drückte mühsam mit der einen Hand Roys Knie beiseite, streckte sich noch weiter und versuchte, den Hebel rückwärts zu drehen.

Er rührte sich nicht vom Fleck.

Sie riß wie wild daran, fühlte entfernt den Schmerz in ihren Fingern. Der Hebel rührte sich noch immer nicht. Sie stieß kurze, tierische Angstlaute aus und versuchte es andersherum, vorwärts.

Der Hebel ließ sich mühelos um neunzig Grad drehen, und als er nicht weiterging, wurde der Motor mit Gebrüll lebendig.

Er sprang noch plötzlicher wieder an, als er verstummt war, mit explosionsartigem Donner, der sofort zum lauten Getöse anschwoll.

Und die Nase begann sich zu heben, kippte langsam wieder aufwärts, reagierte ganz normal auf den Vortrieb durch den Motor.

Ann stieß sich von Roys Schoß zurück auf ihren Platz. Durch das Getöse hindurch hörte sie ein dünnes, hohes Kreischen, hart am Rande der Hysterie. Es dauerte ein paar Sekunden, bis sie merkte, daß sie selbst der Urheber war. Sie preßte die Hände auf die Ohren.

Der Höhenmesser sank unter tausend Fuß. Unten waren die Straßen, Häuser und Autos jetzt ganz deutlich zu sehen, kalt und mit langen Schatten in den letzten Minuten der Wintersonne.

Aus dem Lautsprecher schrie es: *„Ann! Zurückziehen! Sie sinken noch immer! Ziehen Sie das Steuer zurück!"*

Sie hörte es nicht. Der Auftrieb, so gering er war, schien sie auf ihren Sitz hinunterzudrücken wie ein schweres Gewicht auf ihren Schultern. Sie war gefangen, machtlos.

In 600 Fuß Höhe, bei einer im Sinkflug immer noch auf nunmehr 290 km/h gestiegenen Geschwindigkeit, gab mit einem plötzlichen Knall, der im Brüllen des Motors und des Luftschraubenstrahls fast unterging, die linke Fahrwerkstür nach. Zwei Sekunden später zeigte der Drehzahlmesser des Motors 2850 Umdrehungen pro Minute an. Die Zahl hatte nichts weiter zu bedeuten – nur daß es bei den herrschenden Luftdruck- und Temperaturwerten gerade die Umdrehungszahl war, bei der die Propellerspitzen die Schallgeschwindigkeit erreichten. Der Propeller ließ ein langgezogenes Bandsägenkreischen ertönen, das man noch meilenweit hörte. Auf den Straßen unten blickten plötzlich Tausende von Menschen zum Himmel empor.

Wimmernd vor Angst, preßte Ann die Handteller fest auf die Ohren und kniff die Augen zu.

Der Autopilot verhinderte, daß Whisky Tango mit über dreihundert Stundenkilometern auf dreihundert Fuß über Grund hinunterging. Er führte die Arrow in einem eleganten Bogen zuerst in die Horizontale und dann in einen sanften Steigflug, bei dem die überhöhte Geschwindigkeit ausgenutzt wurde.

UM 16.21 UHR hätte Hauptmann Peterson schwören mögen, daß die elektrische Uhr in D & D eine Zeitlang stehengeblieben sei.

Zuerst hatte Kerrs Mayday-Ruf fieberhafte Aktivität ausgelöst: Katastrophenschutzdienste wurden in Windeseile vor der unmittelbar drohenden Gefahr gewarnt. Dann war plötzlich alles getan gewesen:

Polizei, Feuerwehr und Rettungsdienste hatten die Sache in der Hand und gaben die Warnung über ihre eigenen Leitungen weiter, aber für D & D war die Arbeit erledigt. Stille legte sich über den Raum, eine Stille, die sich mit jeder Sekunde vertiefte. Aller Augen hingen an Petersons Radarschirm, der jetzt auf den kleinstmöglichen Bereich geschaltet war und nur noch die unmittelbare Umgebung Londons abdeckte. Kerrs Mayday-Signal bewegte sich langsam über Ealing und Brentford hinweg. Von dem Ausreißer war auf dem Schirm nichts mehr zu sehen; wenn er überhaupt noch in der Luft war, wurde sein Echo vom Mayday-Signal der neben ihm befindlichen anderen Arrow überdeckt.

Peterson wagte kaum zu atmen, während er wartete, daß dieses Mayday-Signal aufhörte, geradeaus zu fliegen, und statt dessen zu kreisen begann. Ein solches Manöver hätte nur einen Grund haben können: Whisky Tango war abgestürzt.

Draußen auf dem Korridor hörte man Geschirrklappern.

Der Minutenzeiger der Uhr rückte auf zweiundzwanzig nach vier vor. Der Sekundenzeiger zog weiter seine Runde. Dreiundzwanzig nach.

Peterson rührte sich und sagte leise: „Könnte eventuell den Richmond Park erreichen." Niemand antwortete.

Im Lautsprecher machte es laut „Klack", dann erwachte er plötzlich zum Leben.

„Romeo X-ray ruft D und D. Whisky Tango aus Sturzflug abgefangen. Steigt soeben über achthundert Fuß."

Im ersten Moment wagte niemand, sich zu rühren. Dann sprang Peterson förmlich vom Stuhl hoch und schrie ins Mikrofon: „Verstanden, Romeo X-ray! Was war los?"

Es dauerte einen kleinen Moment, bis Kerrs Stimme sich wieder meldete. Trotz der scheppernden Wiedergabe im Lautsprecher hörte man, daß sie plötzlich müde und alt klang. „Sie hatte die Tanks nicht umgestellt und den einen leergeflogen. Ich hatte vergessen, es ihr zu sagen. Meine Schuld."

Peterson formte mit den Lippen ein stummes „Autsch!" und sah zu Lyle. Dann sagte er ruhig: „Nur nicht aufregen, Sir; so was kann vorkommen. Was tun Sie jetzt?"

„Sie geht jetzt auf tausend Fuß in den Horizontalflug. Diese Höhe halten wir, und dann versuchen wir nach Westen abzudrehen. Ich werde Sie zu gegebener Zeit um Einweisung nach Greenham Common bitten."

„Verstanden, Romeo X-ray. Wir halten uns bereit. Wollen Sie einen Direktanflug auf Greenham machen?"

„Jawohl." Es knisterte ein paar Sekunden im Lautsprecher, dann war der Empfang wieder gut. „Ich möchte schon möglichst weit draußen auf die Mittellinie. Whisky Tango wird ohne Seitenruder landen und mit ziemlicher Sicherheit von der Landebahn abkommen. Sagen Sie denen in Greenham, sie sollen ihre Rettungswagen ein gutes Stück abseits von der Bahn postieren. Und dann sagen Sie ihnen auch noch, daß ich möglicherweise unmittelbar hinter Whisky Tango lande."

Peterson runzelte die Stirn, dann meinte er: „Sie wollen hinter Whisky Tango landen? Bitte bestätigen!"

„Jawohl – ich habe selber Treibstoffsorgen. Wenn Whisky Tango unten ist, will ich so bald wie möglich landen, vielleicht unmittelbar dahinter."

Peterson holte schon Luft, um etwas zu sagen, zögerte aber, als er Lyle energisch den Kopf schütteln sah. Er nickte kaum merklich und sagte in ruhigem Ton: „Danke, Romeo X-ray, verstanden. Ich gebe das weiter."

Es klickte zweimal im Lautsprecher, dann war es still. Lyle fuhr sich mit der Hand über den Kopf und machte in die plötzliche Stille hinein: „Puh!" Er blies langsam die Luft aus, dann meinte er, wie im nachhinein: „Hat keinen Sinn, wegen dieser Treibstoffprobleme nachzuhaken. Reine Zeitverschwendung."

Peterson nickte; es war halb Nicken, halb hilfloses Schulterzucken. Dann sagte er ruhig: „Trotzdem nicht gut. Ich mache mir über diesen Kerr langsam Gedanken. Erst sucht ihn die Polizei, dann läßt er die Frau beinahe mitten über London abstürzen, dann hat er ihr das Seitenruder nicht erklärt, und jetzt ist er auch noch selber knapp an Treibstoff. Wissen Sie, was ich meine...?" Er schwieg bedeutungsvoll.

Lyle beugte sich auf seinem Stuhl nach vorn und griff nach der Pfeife. Er betrachtete sie gedankenverloren und drehte sie ein paarmal hin und her, bevor er wieder aufsah. „Vergessen Sie mal den Treibstoff, und sehen Sie sich an, was er geschafft hat. Er hatte nur etwa eine Stunde, und in dieser Zeit hat er ihr beigebracht, die Maschine zu verlangsamen, zu steigen, zu sinken und Kurven zu fliegen, und die Räder hat er sie auch schon ausfahren lassen. Wenn er noch soviel versäumt hätte, ich finde das schon verdammt gut."

Peterson saß immer noch mit gerunzelter Stirn da. „Aber das mit dem Seitenruder! Wie soll sie denn am Boden steuern?"

Lyle zuckte mit den Achseln. „Und wenn nicht? Die Cherokee ist ziemlich richtungsstabil. Nein, ich glaube schon, daß unser Mann die Prioritäten richtig gesetzt hat. Er hat sie mit dem Querruder allein Kurven fliegen lassen, wahrscheinlich noch mit eingeschalteter Fluglagenautomatik, damit sie sich nur um Steuersäule und Gashebel zu kümmern braucht. Wenn Sie mich fragen, ich halte ihn für einen enorm guten Lehrer."

Peterson nickte. Ein paar Sekunden später beugte er sich vor und griff zum Telefon. Während das Rufzeichen aus Greenham Common in seinen Ohren summte, sah er noch einmal zu Lyle.

„Hoffentlich haben Sie recht, Sir", sagte er leise. „Hoffentlich haben Sie recht."

Zu denen, die in diesem Augenblick nicht mit Lyle übereinstimmten, gehörte Keith Kerr.

Während er sich dem Ausreißer wieder näherte, als dieser nach beendetem Steigflug in den Horizontalflug zurückkehrte, zitterte er von Kopf bis Fuß. Es war seine Schuld gewesen. Sein lächerliches Versäumnis hätte beinahe die zwei Menschen in der Cherokee und ungezählte weitere auf der Erde das Leben gekostet. Das wollte ihm nicht mehr aus dem Sinn.

Daß es letztlich doch nicht zur Katastrophe gekommen war, hielt er selbst für reines Glück. Glück insofern, als das Umschalten von einem Tank auf den andern bei der modernen Cherokee Arrow ohne vorheriges völliges Abschalten möglich war – und Glück vor allem dadurch, daß die Frau doch noch im letzten Moment reagiert hatte. Er erinnerte sich an das Überschallkreischen des Propellers, während er in Todesqualen darauf wartete, daß Whisky Tango unten zwischen den Häusern explodierte.

Die andere Arrow flog jetzt wieder ruhig, schwamm gemächlich über dem Londoner Straßen- und Häusermeer dahin. Er wußte, daß er jetzt mit der Frau sprechen müßte, aber die Worte fehlten ihm. Was konnte man zu einem Menschen sagen, den man aus Dummheit soeben fast in den Tod geschickt hatte...?

Plötzlich sah er den alten Piet van den Hoyt vor sich – wann war das gewesen, vor zehn Jahren? –, wie er in der feuchten Hitze Kenias in seinem Korbsessel saß und in seinem heiseren Afrikaans-Akzent über die Kunst des Lehrens gesprochen hatte. *„Vergiß nicht, Keith, daß du oft Fehler machen wirst. Gib vor dir selbst den Fehler zu, aber dann leg ihn hinter dich und fang von vorn an. Gefährlich wird es erst, wenn du weitermachst, während du noch wütend auf dich selbst bist und nicht richtig denken kannst. Dann kostet es Menschenleben."*

Kerr hielt den Anzünder an seine letzte Zigarette und merkte, daß seine Hand zitterte. Er legte den Kopf zurück und stieß langsam den Rauch aus. *Leg den Fehler hinter dich . . . fang von vorn an.* Eine dieser unerlernbaren Fähigkeiten eines Fluglehrers, die er sich mit den Jahren durch Erfahrung aneignen muß.

Er zog den Kopf tief ein und sah sich den Himmel an. Greenham Common lag noch mindestens dreißig Kilometer weit im Westen. Die Zeit war knapp, denn in zwanzig bis fünfundzwanzig Minuten würde es stockdunkel sein. Und dann sein eigener Treibstoffmangel . . .

Er hob einmal kurz die Schultern, dann griff er zum Funkgerät und schaltete von 121,5 wieder zurück auf Ann Moores Frequenz.

WENN das menschliche Gehirn über längere Zeit extremer Angst ausgesetzt ist, erreicht es schließlich einen Sättigungspunkt. Das Bewußtsein verkraftet nichts mehr und gerät durcheinander. So etwas nennt man Schock.

Als Whisky Tango am Gipfel der Steigkurve wieder in den Horizontalflug überging, legte sich Anns Schreien. Sie starrte mit übermäßig erweiterten Pupillen zum Fenster hinaus. Neunhundert Fuß unter ihren Tragflächen glitten Straßen und Häuser ruhig zurück. Das Leben auf der Erde gehörte der Vergangenheit an, wie ein vor langer Zeit gesehener Film oder eine alte Erinnerung. Ihre ganze Welt bestand jetzt aus dieser summenden kleinen Kabine mitten im Nichts, dem bewußtlosen Roy und dem weiten, leeren Himmel ringsum.

In dieser Kabine roch es fast so wie im Krankenhaus: Plastik, Metall und Desinfektionsmittel.

Sie dachte an ihr Krankenhaus.

In der Notaufnahme hatte sie Menschen gesehen, die nach Auto- oder Arbeitsunfällen verstümmelt und zerstückelt eingeliefert wurden. Das Blut und der Schmutz, die gewissenhafte, verzweifelte Hast, die leise umhereilenden Krankenschwestern und Ärzte. Vielleicht werden auch wir so aussehen, dachte sie abwesend. Nachdem das Flugzeug abgestürzt ist. Es wäre sonderbar, das alles einmal von der anderen Seite zu erleben, einmal den Krankenschwestern zuzusehen, wie sie sich in dem hoffnungslosen Versuch abmühten, einem Menschen das Leben zu retten.

Über ihr sprach es soeben aus dem Lautsprecher.

„Wie geht's Ihnen jetzt, Ann? Wieder alles klar?"

Wie im Nebel, ohne zu wissen, warum sie es tat, griff sie zum Mikrofon und sagt ausdruckslos: „Ja, gut."

Der Mann sagte noch etwas, aber sie antwortete erst gar nicht. Die Zeit schien sich auszudehnen und zusammenzuziehen. Eben noch schien das Flugzeug über die Erde hinwegzurasen, im nächsten Moment ging wieder alles wie in Zeitlupe. Schock und Erschöpfung brachten solche Symptome hervor. Komisch, wie man die Symptome an sich selbst erkannte, als ob man jemand anders wäre. Aber helfen konnte es einem anscheinend auch nicht. Da ließ man sich besser gehen, ließ seine Gedanken schweifen.

„Hallo, Ann! Antworten Sie! Wie geht es Roy?"

Roy. Der Mann, in den sie sich beinahe verliebt hatte.

Sie wandte langsam den Kopf und sah ihn an. Das einzige Lebenszeichen war das Heben und Senken der Brust bei flachen, unregelmäßigen Atemzügen. *Der Druck in der subarachnoidalen Höhle wirkt auf das Atmungszentrum des Gehirns,* dachte sie mechanisch. Wenn er es überlebte – falls er es überlebte –, konnte er wieder völlig gesund werden, oder vielleicht blieb er teilweise gelähmt oder würde für den Rest seines Lebens nur noch dahinvegetieren. Daß sein Zustand seit nunmehr fast zwei Stunden unverändert geblieben war, konnte ein gutes Zeichen sein, aber das wußte man eigentlich nie. Nicht bevor er im Krankenhaus war.

Aber er würde natürlich gar nicht erst ins Krankenhaus kommen. Das Flugzeug würde ja abstürzen.

Ich hätte mich in ihn verlieben können, dachte sie, als ob es sie nichts anginge. Er ist freundlich und herzlich, und ich fühle mich wohl in seiner Gesellschaft. Und jetzt ist er tot. Mit Sicherheit. Er atmet zwar noch, aber da das Flugzeug abstürzen wird, ist er schon tot.

Zwei große Tränen rollten ihr die Wangen hinunter. Ann griff langsam nach Roys kraftloser rechter Hand und hielt sie fest.

Aus dem Lautsprecher tönte es eindringlich: „Ann! Nun melden Sie sich doch!"

Sie drehte den Kopf, so daß sie das andere Flugzeug durchs Kabinenfenster sehen konnte. Es schwebte dicht neben ihr, steigend, fallend, immerzu leicht tänzelnd, während unten die Stadt vorüberglitt. Sie konnte sogar den Piloten sehen; komisch, jemanden mitten am Himmel so nah bei sich zu haben und mit ihm zu sprechen. Da war er, so nah und doch nur eine Stimme. Sie wußte nichts über ihn. Und würde nie etwas über ihn erfahren.

Das Funkgerät sprach wieder. „Los, Ann! Reißen Sie sich zusammen. Wollen Sie mir jetzt bitte antworten!"

Die Stimme war laut und gebieterisch. Sie nahm das Mikrofon und antwortete tonlos: „Roy ist... es ist noch dasselbe. Immer noch dasselbe."

Sofort war die Stimme wieder da, hörbar erleichtert.

„Gut. Das freut mich. Jetzt hören Sie mir mal zu. Wegen dieses Sturzflugs muß ich mich entschuldigen. Aber das ist jetzt vorbei, und so etwas kann nicht noch einmal passieren. Einesteils war das sogar gut für uns, denn wir fliegen jetzt nicht mehr so unnötig hoch. Jedenfalls wollen wir das nun vergessen und weitermachen. Wir fliegen eine sanfte Rechtskurve, damit wir schon einmal in die Richtung kommen, in der unser Landeplatz liegt. In Ordnung?"

Eine Kurve fliegen.

Sie ließ Roys Hand los und sah benommen auf die Steuersäule. Es war nicht anständig, das jetzt von ihr zu verlangen. Gleich würde sie es ja tun, wenn sie sich erholt hatte. Jawohl. Gleich...

„Hallo, Ann!" Die Stimme klang hart, fast böse. „Wir wollen jetzt nicht aufgeben! In zwanzig Minuten ist es dunkel. Und wir müssen Roy hinunterbringen. Also, jetzt fliegen wir eine einfache Rechtskurve."

In zwanzig Minuten dunkel...

Aus irgendeinem Grunde waren diese Worte wichtig. Der Himmel vor der Windschutzscheibe veränderte sich mehr und mehr, je tiefer die Sonne sank, verfärbte sich zum endlosen, kalten, elektrischen Blau eines klaren Winterabends. Die Kälte schien plötzlich bis ins Cockpit zu dringen, und sie fröstelte.

Sie mußte weitermachen. Einfach weiter versuchen, nur noch kurze Zeit. Nur bis es dunkel wurde.

Sie ergriff das Handrad. Dann reckte sie den Kopf in die Höhe, um die Flugzeugnase zu sehen, und drehte langsam nach rechts.

In enger Formation schwenkten die beiden Arrows langsam nach rechts. Im selben Moment sank der obere Rand der Sonne unter den Horizont und hinterließ ein orangefarbenes Glühen am unteren Teil des verblassenden Himmels.

Es war siebenundzwanzig Minuten nach vier.

10

DER Zeiger des linken Tanks stand auf LEER.

Kerr sah zum hundertstenmal darauf, während das führerlose Flugzeug vor ihm sich steif aus der Kurve aufrichtete. Es gab keinen Zweifel; die Nadel stand unerschütterlich am Ende der Skala.

Er strich mit dem Handrücken über sein verschwitztes Gesicht. Jetzt war er fünfzehn Minuten mit dem linken Tank geflogen, und mit etwas Glück hatte er noch Benzin für weitere fünf oder zehn Minuten darin. Mit Glück. Also war es jetzt an der Zeit, auf den rechten Tank umzuschalten und die letzten Liter im linken als Reserve zu lassen.

Immer schön an den Plan halten, sagte er sich. Er betätigte den Pumpenschalter, lehnte sich durchs Cockpit nach links und drehte den Benzinhahn auf RECHTS, dann schaltete er die Pumpe wieder aus. Er überlegte ein paar Sekunden, dann drückte er auf den Sendeknopf.

„Das war eine schöne Kurve, Ann. Jetzt fliegen wir schon ungefähr in der richtigen Richtung. Ich schalte mal eben für ein paar Sekunden um und rede mit den Leuten unten. Dann melde ich mich wieder bei Ihnen. In Ordnung?"

Es dauerte ein Weilchen. Endlich sagte die Stimme der Frau in seinen Kopfhörern: „Ja." Kerr zögerte noch einen Moment, dann griff er zum Funkgerät und schaltete auf 121,5.

„Mayday Romeo X-ray ruft D und D."

Sofort dröhnte eine andere Stimme an seine Ohren: mit amerikanischem Akzent.

„Romeo X-ray, hier Anflugkontrolle Greenham Common. Sie sind von D und D an uns übergeben worden."

„Verstanden, Greenham. Haben Sie uns schon auf Radar?"

„Ja, Sir, wir haben Sie klar erkannt. Sie sind noch vierundzwanzig

Kilometer vor Greenham, Richtung zwo–acht–fünf für Landebahn zwo–neun."

„Danke, Greenham. Ich möchte schon zwölf Kilometer weit draußen auf die verlängerte Mittelachse kommen, um einen langen Anflug zu haben. Können Sie mich entsprechend einweisen?"

„Ja, Sir. Gehen Sie dafür auf Kurs – äh – zwo–acht–null."

„Danke, verstanden. Erbitte Landebahnbefeuerung, damit ich Sie so früh wie möglich sehe."

Eine winzige Pause. „Landebahn- und Anflugbefeuerung sind an. Sie wollen im Geradeausanflug zur Landung einschweben?"

„Ja, Geradeausanflug beim ersten Versuch. Sorgen Sie dafür, daß Ihre Unfallwagen weit genug von der Landebahn weg sind. Das in Luftnot befindliche Flugzeug wird schnell anfliegen und könnte nach dem Aufsetzen von der Landebahn abkommen." Falls es nicht überhaupt schon als Schrotthaufen runterkommt.

„Das wissen wir schon, Sir."

„Schön. Und danke für alles."

„In Ordnung, Sir", antwortete der Amerikaner. „Viel Glück."

Kerr drückte zweimal auf den Sprechknopf und schaltete zurück auf 126,85. Eine Zeitlang sah er starr nach draußen und beobachtete die neben ihm dahinschwebende Arrow, während er sich auf das Bevorstehende zu konzentrieren zwang. Dies war seine letzte Gelegenheit, sich den Anflugplan genau zurechtzulegen; an die tausend Dinge zu denken, die er vergessen haben könnte.

Im Geiste ging er die Checkliste für die Landung durch und versuchte, sich in das Cockpit der Frau hineinzuversetzen. Wichtig war vor allem ein langer, gerader Anflug möglichst genau auf der verlängerten Mittelachse der Landebahn. Das hieß jetzt gleich die Richtung einschlagen, die man ihm gegeben hatte.

Dann würde er sie zugleich in einen sanften Sinkflug übergehen lassen müssen. Ohne Landeklappen, denn mit denen verstand sie nicht umzugehen; das würde natürlich einen sehr schnellen Anflug zur Folge haben, aber wenn man dreitausend Meter Beton zur Verfügung hatte, war das wohl nicht so schlimm. Selbst wenn sie mit hundertsechzig aufsetzte und die Maschine einfach nur ausrollen ließ, ohne die Bremsen überhaupt zu benutzen, gab es da keine Probleme.

Der Gebrauch der Bremsen war also nicht wichtig – sehr wichtig aber war, sie sauber auf die Bahn zu bringen. Am besten war es wohl, wenn er sie etwa drei Meter über dem Boden die Nase wieder senken ließ, damit die Maschine von allein hinuntersank, und ihr eintrichterte, bei Bodenberührung sofort die Steuerung loszulassen. Das gäbe eine elend harte Landung, war aber sicherer, als wenn er versuchte, sie kurz über dem Boden die Nase hochnehmen zu lassen, um sauber und weich aufzusetzen. Wenn sie die Steuerung losließ, würde die Nase ganz hinuntersinken und das Flugzeug beim Rollen fest auf dem Boden halten.

Also: langer, gerader Anflug; sanftes Sinken; und dann hart auf die Piste und loslassen. Klar?

Kerr schüttelte den Kopf. Unten, wo das Tageslicht zu schwinden begann, tauchten bereits die ersten Lichter auf und erinnerten ihn unbarmherzig daran, daß es bald Nacht wurde.

Er schluckte und hatte einen sauren Geschmack im Mund. Die falsche Zuversicht in seiner Stimme klang ihm in den Ohren wie eine zersprungene Glocke, als er zu sprechen begann.

„So, Ann, da bin ich wieder, und Sie halten sich noch immer prima. Im Moment müssen wir jetzt nur einen kleinen Schwenker nach links machen. Danach beginnen wir mit einem sehr vorsichtigen Landeanflug auf einen Flugplatz namens Greenham Common."

GREENHAM COMMON hat eine der längsten Start- und Landebahnen in ganz Großbritannien. Die befestigte Bahn ist 3200 Meter lang und 60 Meter breit. Die größten Bomber und Transporter der Welt können auf der Hälfte dieser Strecke anhalten, und Leichtflugzeuge sind gelegentlich schon ohne besondere Schwierigkeiten quer darauf gelandet.

Normalerweise ist Greenham Common geschlossen. Da er als Reservebasis für die amerikanischen NATO-Streitkräfte in Großbritannien dient, landen dort die meiste Zeit des Jahres keine Flugzeuge, und er ist nur mit Stammpersonal bemannt. Hin und wieder aber, wenn Bedarf besteht, wird Greenham Common für kurze Zeit in Betrieb genommen.

Für diesen Winter war das 20. Taktische Jagdgeschwader der amerikanischen Luftwaffe von seiner Stammbasis in Oxfordshire hierher verlegt worden, solange dort der Landebahnbelag erneuert wurde. Drei Jagdstaffeln waren vor zehn Wochen mit etlichen F 1-11 Schwenkflügel-Abfangjägern sowie einer Karawane von Lastwagen,

Schleppern, Rettungswagen, Radar- und Krankenwagen hier eingezogen. Mit all diesem Gerät war ein Troß von mehreren hundert Mann gekommen: Ingenieure, Köche, Fluglotsen bis hin zur Militärpolizei.

Hier, am Haupttor von Greenham Common, kam um 16.32 Uhr die Kettenreaktion, die eigentlich zu Keith Kerrs Verhaftung führen sollte, vorerst zum Stillstand. Der Ford Escort vom Polizeiposten Newbury, der vor dem Wachlokal parkte, wirkte neben den robusten Dodge-Lastwagen, die an ihm vorbeirumpelten, zwerghaft und deplaziert. Kommissar Philip Wylie stand aufmerksam am Eingang zum Wachlokal und kam sich vor wie ein Bittsteller. Hinter ihm legte ein Wachposten gerade den Hörer auf und sprach ihn an.

„Äh – Sir. Ich kann im Moment weder Feldwebel Bowman noch Oberleutnant Ricker erreichen. Sie rufen gleich zurück."

Wylie wandte sich um. Der Wachposten blieb stehen. Wylie sah den Mann kalten Blickes an, wohl wissend, daß der Konstabler am Steuer des Escort ihn beobachtete. „Also gut. Wer ist Ihr Stützpunktkommandant? Ich möchte sofort mit ihm sprechen."

„Der Oberst ist auf dem Gelände, Sir. Die haben da draußen anscheinend einen Notfall."

Wylie spürte, daß er rot anlief. Er sagte: „Genau mit diesem Notfall habe ich auch zu tun. Ich würde Ihnen raten, ganz schnell jemanden aufzutreiben, der mich hier reinläßt." Er wußte, noch während er sprach, daß er geschwollen daherredete, und das machte ihn noch wütender.

„Ja, Sir." Der Wachposten blieb völlig ungerührt. „Ich glaube nicht, daß ich jetzt jemanden erreichen kann, bevor diese Geschichte vorbei ist, aber ich kann gern noch einmal die Militärpolizei für Sie anrufen. Wenn Sie solange in Ihrem Wagen warten wollen, schicke ich Ihnen eine MP-Eskorte, sobald es geht."

Wylie kochte. Nach einer Weile stelzte er um den Polizeiwagen herum, riß die Beifahrertür auf und ließ sich wütend auf den Sitz fallen.

Im Wachlokal sprangen die Zeiger der Uhr auf 16.34 Uhr, als der Posten den Hörer vom Telefon abnahm.

EINEN Kilometer weiter weg auf dem Flugplatz wischte Feldwebel Karl Haff mit der behandschuhten Hand über die Windschutzscheibe des Schaum- und Wassertankwagens Oskosh P 4. Wie die anderen drei

Mann, die sich ruhig in der geräumigen Fahrerkabine unterhielten, glich er in seinem einteiligen silbrig glänzenden Asbestanzug einem klobigen Raumfahrer. Als er sich bewegte, um über die weite Betonfläche nach Landebahn zwo-neun zu sehen, raschelte das feuerfeste Material wie schweres Segeltuch.

Vor zwanzig Minuten hatten am Südende der Landebahn noch zwölf F 1-11 gestanden; jetzt waren es nur noch drei. Bullige Schlepper zogen soeben zwei von ihnen zu den Hangars, und ein dritter Schlepper kam eilig zurückgefahren. Auf diese Entfernung wirkte er zwischen den Jägern wie ein aufgeregter Käfer zwischen Gottesanbeterinnen. Der Vergleich gefiel Haff so gut, daß er laut lachen mußte.

Plötzlich ließ der Lautsprecher in der Kabine das Gespräch der Rettungsmannschaft verstummen.

,,Achtung, an alle Mannschaften. Alle Mannschaften von Rettungszug eins, Achtung. Die beiden in Not befindlichen Flugzeuge haben soeben den Landeanflug begonnen. Landung in etwa fünf Minuten. Der Pilot hat uns eben gewarnt, daß die erste landende Maschine wahrscheinlich nicht glatt herunterkommen wird. Sie wird vielleicht auch seitlich von der Landebahn abkommen. Die Fahrer halten sich bereit, um einem Zusammenstoß auszuweichen. Ansonsten hat sich kein Fahrzeug von der Stelle zu rühren, bis beide Flugzeuge an ihm vorbei sind. Ich wiederhole, kein Fahrzeug rührt sich, bevor beide Flugzeuge an ihm vorbei sind. Gruppe zehn schließt in zwei Minuten die Atemgeräte an. Rettungszug eins, Ende.''

Im Führerhaus des Oskosh war es mit einemmal still, abgesehen vom rhythmischen Tuckern des Motors, den man vorschriftsmäßig während der ganzen Dauer des Einsatzes im Leerlauf laufen lassen mußte. Haff schaute über die lange, leere Strecke der Landebahn, die sich ins Endlose erstreckte, bis sich die beiden gelben Lichterreihen im kalten grauen Schatten des Abends vereinigten. Die letzte F 1-11 kroch hinter ihrem Schlepper davon, und der ganze Flugplatz lag still und wartend unter dem türkisfarbenen Himmel.

KERR sah die Lichter der Landebahn zum erstenmal aus etwa acht Kilometer Entfernung. Sie tauchten recht plötzlich aus der sich verdüsternden Landschaft vor ihm auf, zwei kurze Ketten glitzernder gelber Perlen im grauen Dunst.

Verdammt, sie lagen zu weit rechts! Eine S-Kurve, rechts-links, um auf ihre verlängerte Achse zu kommen, hatte ihm gerade noch zu seinem Glück gefehlt... Besonders wo die Frau mit den Nerven am Ende war.

Gerade als sein Daumen sich über dem Sendeknopf befand, sah er den Rumpf von Whisky Tango plötzlich abwärts kippen; das passierte nun schon zum dritten oder vierten Mal, seit sie vor drei Minuten mit dem Landeabstieg begonnen hatten. Die Arrow tauchte vor ihm weg, und er mußte selbst die Nase hinunterdrücken, um ihr zu folgen, wobei er zugleich den Sprechknopf betätigte.

„Jetzt lassen Sie schon wieder die Nase hängen, Ann." Er hörte, welche Mühe es ihn kostete, ruhig zu sprechen. „Nehmen Sie die Nase wieder so hoch, wie sie war, dann kommen wir richtig unten an."

Langsam, sehr langsam hob sich die Nase des Ausreißers wieder. Die weiße Silhouette schien träge höherzusteigen, dann stabilisierte sie sich. Fünfhundert Fuß tiefer zogen Felder und Hecken vorbei.

„Richtig! Prima. Jetzt konzentrieren Sie sich darauf, sie so zu halten. Sehen Sie die ganze Zeit nur den Horizont an."

Die Lichter der Landebahn krochen näher, jetzt vielleicht noch sechs Kilometer entfernt. Und immer noch zu weit rechts.

Kerr fuhr sich mit zitternder Hand über den Mund. Die Luft im Cockpit war verbraucht, und es war kalt, aber aus allen Poren drang ihm der Schweiß. In das Röhren des langsamen Sinkflugs hinein meldeten sich Zweifel über Zweifel. Er hätte sie für den Landeanflug noch die Trimmung korrigieren lassen sollen; vielleicht sollte er sie doch lieber eine Bauchlandung machen lassen; und er hätte anders mit ihr reden, die ganze Sache anders anpacken sollen...

Neben seiner rechten Flügelspitze flog die andere Arrow unbeirrt weiter; kahle winterliche Bäume und Felder glitten im Dämmerlicht immer schneller unter ihr im Zwielicht vorbei. Kerr wußte, daß die Geschwindigkeitszunahme eine Sinnestäuschung war, aber im Augenblick hatte er doch das unheimliche Gefühl, daß die Arrow schneller wurde, mit der Nase voran ihrem Ende entgegeneilte, während die letzten Flugminuten verstrichen. Er schüttelte ärgerlich den Kopf und verbannte dieses Bild aus seinen Gedanken, konzentrierte sich mit aller Macht, bemühte sich, die richtigen Worte zu finden, mit denen er die Frau durch die beiden Kurven sprechen konnte, ohne sie völlig in den Abgrund der Panik zu stoßen.

Er drückte den Sprechknopf.

FLUG INS UNGEWISSE 139

„Ja, so ist's gut, Ann. Sauber und ruhig. Jetzt müssen wir, während wir die Nase in dieser Stellung halten, noch einmal eine kleine Rechtskurve machen. Nur zu, Ann. Eine kleine Rechtskurve."

Die Arrow legte sich plötzlich schräg und zeigte ihren von Auspuffgasen geschwärzten Bauch. Zugleich neigte sich die Nase.

„Gut so, aber die Nase hoch!" Kerr gab etwas mehr Gas und folgte. „Halten Sie die Nase hoch! Und bleiben Sie in der Kurve, bis ich es sage."

Das Flugzeug richtete sich ruckartig auf, während die Flügel sich wieder waagrecht legten, weil sie über der Nase die Kurve vergessen hatte. Kerr folgte ihr. Sie war zu früh aus der Kurve gekommen, aber es würde gehen. Noch 3000 Meter, Höhe 400 Fuß, und jetzt näherten sie sich der verlängerten Mittellinie. In ein paar Sekunden mußten sie eine Linkskurve machen, um auf dieser Linie zu bleiben.

„Gut, Ann. Und jetzt nach *links*." Seine eigenen Worte tönten ihm barsch und mahnend aus den Kopfhörern in die Ohren. „Wir müssen jetzt eine kleine Linkskurve machen. *Los*."

Die Flügel wackelten, dann neigten sie sich um etwa zwanzig Grad zur Seite. Ein paar Sekunden zögerte die Arrow, dann schien sie vor ihm seitlich über den Horizont zu rutschen, so daß Kerr mit Quer- und Seitenruder jonglieren mußte, um an der Innenseite der Kurve zu bleiben.

„Gut... hervorragend... und jetzt bleiben Sie so. Wir müssen so lange in der Kurve bleiben, bis wir genau auf die Landebahn zielen." Plötzlich legten die Flügel sich wieder waagrecht, und die Nase sank.

Kerr ließ den Sendeknopf los und stieß einen lauten Wutschrei aus. Er riß selbst das Querruder herum und drückte die Nase hinunter, um nachzukommen. „He! Die Nase hoch, Ann! Ziehen Sie die Nase hoch, und bleiben Sie weiter in der Kurve. Nase *hoch* und *Linkskurve*..."

Die Nase von Whisky Tango ruckte wieder hoch. Das Flugzeug schwang sich über den dunstigen Horizont, und die Flügel neigten sich wieder nach links.

„Wunderbar! Bleiben Sie so! Behalten Sie die Kurvenlage bei!"

Die Arrow kroch mit mäßiger Schräglage am Horizont entlang. Kerrs Blick sprang abschätzend zwischen dem Flugzeug und dem lichtergespickten Lineal auf der Erde hin und her. Wenn sie so weiterflog wie jetzt, mußte sie ziemlich genau auf der Mittelachse sein, gerade richtig...

„*Jetzt* aufrichten, Ann! Legen Sie die Flügel wieder waagerecht. *Jetzt.*"

Der haiförmige Rumpf legte sich abrupt wieder waagerecht, schien einen Augenblick hochzuschießen und davonzugleiten. Kerr stieß den Gashebel vor und ging in einen angetriebenen Seitengleitflug über, um besser nach vorn und unten sehen zu können. Sein Blick wanderte zwischen der Arrow und den Lichtstreifen hin und her, abschätzend, berechnend... Soviel er sah, befand sich Whisky Tango im Direktanflug auf die Landebahn. Noch etwa 1500 Meter, Höhe 250 Fuß und auf Kurs.

Er zwinkerte verdutzt mit den Augen. Daß nun tatsächlich eine Chance bestehen sollte, war fast so etwas wie ein Schock, wie eine neue Angst. Nur eine Chance...

Ohne den Blick vom Cockpit der anderen Arrow zu wenden, griff er zum Fahrgestellhebel und fuhr seine Räder aus, dann schaltete er die Kraftstoffpumpe ein. Er holte noch einmal rasch und zitternd Luft, dann begann er wieder zu sprechen.

Hier unten sahen die Bäume sehr nah aus. Ann sah sie benommen unter sich zurückgleiten: ein kleiner, struppiger Wald mit dunklen ineinander verzahnten Nadelbäumen und den winterlichen Skeletten der Buchen und Ulmen. Die Wipfel wirkten weich und nachgiebig, fast einladend, als ob man sich auf ihnen niederlassen und sitzen bleiben könnte, bis einen jemand herunterholen kam.

Sie hatte immer mehr das Gefühl, dies alles sei gar nicht wahr. Jede Sekunde schien ein Zeitalter für sich zu sein. Diese summende kleine Kabine konnte einfach nicht in den nächsten Sekunden am Boden zerschellen. Sie selbst konnte gar nicht hier sitzen und versuchen, sie hinunterzubringen.

Die Stimme meldete sich wieder. Sie sprach schnell.

„Gut, Ann. Wir sind wunderbar auf Kurs. Hervorragend. Und jetzt drücken Sie die Nase eine Idee hinunter. Lassen Sie die Nase ein kleines Stückchen tiefer sinken."

Die Stimme sprach zu ihr seit Anbeginn der Zeiten, drängend und fordernd. „Drücken Sie die Nase hinunter, Ann. Nur ein bißchen."

Nase drücken. Sie verringerte den Zug am Handrad ein wenig und hielt mit beiden Händen fest.

„Etwas zuviel. Ziehen Sie wieder ein bißchen hoch. *Hoch.*"

FLUG INS UNGEWISSE

Sie zog mit zitternden Armen wieder zurück. Das Flugzeug fühlte sich mit einemmal ganz anders an, es sank um sie herum wie ein Fahrstuhl, und Wind und Motorlärm wurden lauter.

„Richtig! Jetzt so halten! Schauen Sie an der Nase entlang und halten Sie die Maschine so."

Sie sah an der Nase entlang und zwinkerte nervös mit den Augen. Die Landebahn sah riesig aus; kilometerweit zog sie sich vor ihr in die Länge wie ein ausrangiertes Stück Autobahn mitten im Nirgendwo. Weiße Zahlen und Zeichen waren darauf gemalt, und beiderseits standen Krankenwagen in der winterlichen Abenddämmerung. Sie warteten auf das Ende, in wenigen Sekunden...

Die Arrow sank brummend immer tiefer, bockte nervös in der Turbulenz über den Bäumen. Wieder Kerrs Stimme, heiser vor Aufregung: „Wir kommen zu tief. Heben Sie die Nase ein bißchen an, und schieben Sie das Gas einen Zentimeter vor. *Jetzt!"*

Das Cockpit sank weiter. Zurückziehen. Die Nase schnellte nach oben.

„Jetzt, Mädchen – Gas! GAS!"

Gas. Gashebel vor. Die Nase halten, einhändig. Motor heult auf, Nase hebt sich, steigt. Festhalten. Eine Reihe orangefarbener Lichter auf Pfählen schießt unten vorbei...

Die Arrow überflog die zweite Reihe der Anflugleuchtfeuer in drei Meter Höhe und quälte sich langsam, mühsam empor.

„Gut so! Sehr gut. Halten Sie die Nase ruhig, und nehmen Sie das Gas zwei Zentimeter zurück."

Im flachen Steigflug überquerten die beiden Arrows in dreißig Meter Höhe die Schwelle der Landebahn. Bei 150 km/h braucht man etwa eineinviertel Minuten, um dreitausend Meter Beton hinter sich zu bringen. Kerr schrie: „Ann! Gas ein paar Zentimeter zurück und Nase runter! Jetzt!"

Sie riß die linke Hand zurück und schloß die Drosselklappe halb. Das Brüllen des Motors wurde leiser, Vibrationen jagten durch den Rumpf.

„Nase runter!" Die Stimme krächzte durch die Kabine, schrill und in höchster Erregung. „Tun Sie, was ich sage – *Nase runter!"*

Mit einem Wehlaut gab Ann dem Zug der Steuersäule nach.

Die Nase sank in eine steile Gleitstellung; über der blauen Motorverkleidung erschien plötzlich die Landebahn; sie füllte die ganze Welt aus. Riesenlang und breit und endlos kam sie ihr entgegengerast. Für den Bruchteil einer Sekunde saß Ann wie erstarrt. Dann riß sie mit beiden Händen die Steuersäule zurück. Die Arrow bockte und schoß empor wie ein Ballon, ein Spielball auf einer unsichtbaren himmlischen Achterbahn. Das Durchsackwarngerät heulte los.

Kerr brüllte ins Mikrofon: *„Nehmen Sie die Nase runter zum Horizont! Jetzt, sofort!"*

Keuchend ließ Ann die Steuersäule wieder los. Das Sinkgefühl war plötzlich schwächer, und sie konnte wieder den Horizont über dem Armaturenbrett sehen. Das Warngerät zauderte, gab noch ein letztes kurzes *Tüt* von sich und verstummte. Die Stimme übertönte laut das Brummen des Motors: *„Festhalten! So festhalten!"*

Die beiden Arrows überflogen donnernd die dritte Rollbahnabzweigung, etwa auf halber Länge der Landebahn. Sie waren fünfzehn Meter hoch, drifteten leicht nach links von der Mittellinie ab und sanken langsam.

„Jetzt ruhig halten und langsam Gas zurücknehmen. In dieser Stellung halten und langsam den Gashebel zurücknehmen, ganz zurück."

Mit 120 km/h und immer noch grollendem Motor sank Whisky

Tango auf 14 Meter, 12 Meter, acht Meter. Die linke Tragflächenspitze huschte über Abzweigung Nummer vier links. Von dreitausend Metern waren schon achtzehnhundert zurückgelegt...

„*Das Gas ZURÜCKnehmen, Ann! Gashebel ganz zurück! Dann die Nase etwas HEBEN!*"

Den Befehl mit dem Gas nahm sie nicht auf. Ann zog die Nase ein kleines Stückchen höher und reckte den Kopf, um die Bäume über die Motorverkleidung hinweg im Auge zu behalten. Sie mußte sich auf die Nasenstellung konzentrieren, sie ruhig halten, durfte nicht damit rucken...

Die Arrow setzte auf.

Der Stoß kam schockierend plötzlich. Whisky Tango knallte regelrecht auf den Boden, daß ein hohles Donnern durch den ganzen Rumpf ging und die Reifen quietschten. Der Aufprall warf Ann mit voller Wucht in die Gurte und riß ihr das Rad aus den Händen. Die Nase versuchte noch einmal kurz hochzuwippen, dann knallte sie von neuem hinunter, als die Hauptlaufräder aufsetzten. Der ganze Kabineninhalt flog durcheinander, und etwas traf sie mit leisem Klatschen am Kopf...

Dann war die Arrow unten und jagte mit 120 km/h über die Piste. Der Flughafen raste vorbei, schwankend und unaufhaltsam, während der Motor wie selbstverständlich mit geringer Reiseflugleistung weiterlief.

Das Ende der Landebahn kam in Sicht. Noch fünfhundert Meter. Ann preßte die Hände auf die Ohren und erwartete den Tod.

KERR brüllte: ,,Sie haben's geschafft! Mein Gott, Sie haben es geschafft!"

Er flog etwas seitlich in fünfzehn Meter Höhe und überholte die andere Arrow, die rüttelnd und schwankend am Boden entlangfegte. Er selbst hatte jetzt nicht mehr die Möglichkeit, hinter ihr zu landen, aber das machte nichts – er hatte Treibstoff genug, und die Frau war unten; sie hatte es geschafft.

Whisky Tango holperte hinter ihm über das Gras links neben der Landebahn. Und immer noch mit fast hundert Stundenkilometern.

Die freudige Erleichterung gefror ihm auf dem Gesicht. Selbst ohne Bremsen hätte ihre Geschwindigkeit schneller abnehmen müssen... Nur hundert Meter vor ihr befand sich schon die große Betonplatte des Wartepunkts am Ende der Landebahn, und dann kamen die Büsche und Sträucher der Sicherheitszone.

,,Ann!" Seine Stimme klang rauh. ,,Sie haben das Gas noch auf! Nehmen Sie das Gas zurück, sofort! Hebel ganz zurück!"

Keine Reaktion. Gar nichts. Whisky Tango rollte nickend und mit kaum verminderter Geschwindigkeit von der Rasenfläche.

,,Ann! Hören Sie zu! Gas zurück und Handbremse ziehen; sie sitzt unterm Armaturenbrett. Zuerst Gas weg..."

Er wußte, daß es zwecklos war. Hundert Meter schräg hinten sah er die Arrow vom Vorfeld hinunter in die Sicherheitszone rollen; die Tragflächen wackelten heftig, als sie die glatte Betonfläche verließ. Sie hatte noch immer siebzig bis achtzig Stundenkilometer drauf. Büsche und Laub spritzten in alle Richtungen und wirbelten um den Propeller, als die Maschine durch sie hindurchpflügte. Die Sicherheitszone war etwa hundertfünfzig Meter lang und endete zwischen Bäumen.

Das Ende kam ganz plötzlich. Die linke Flügelspitze traf einen stählernen Zaunpfosten, die Arrow wirbelte abrupt um neunzig Grad herum, und das Fahrgestell brach zusammen.

Kerr ging in eine steile Steigkurve und mußte hilflos zusehen. Wie in Zeitlupe rutschte die Arrow auf dem Bauch fünfzig Meter weit seitlich durch Gebüsch und Zaun und pflügte alles um.

Dann stand sie still. Halbwegs intakt. Nur eine kurze Rutschpartie und Schluß... jedenfalls halb so gefährlich.

Kerr hieb mit der Faust auf das Schutzpolster über dem Armaturenbrett und schrie: „Du hast es geschafft!" Seine Worte gingen im wütenden Grollen des Motors unter. Er flog gegen den Wind, von der Rollbahn fort, aber das machte nichts, denn er hatte ja noch eine Treibstoffreserve im linken Tank. Jetzt eine enge Rechtskehre und...

Der Motorlärm ging plötzlich in ein lautes Knirschen über, das ein, zwei Sekunden anhielt und mit einem hohen metallischen Knacken endete. Der Propeller blieb schlagartig stehen, das eine Blatt vor ihm in die Höhe gereckt wie einen anklagenden Finger.

Im ersten Moment war er nur milde überrascht und irgendwie müde. Er dachte dumpf: *Jetzt hat das dämliche Ding einen Kolbenfresser, weil du es, um Benzin zu sparen, hast heißlaufen lassen.*

Er griff mit der linken Hand nach vorn und stieß den Gemischhebel auf FETT, instinktiv, obwohl er wußte, daß es zwecklos war.

Dann flog er um sein Leben.

Er hatte noch hundertdreißig Stundenkilometer drauf und vierzig bis fünfzig Meter Luft unter sich; das reichte vielleicht, um umzukehren und mit dem Wind zu landen. Er stieß Quer- und Seitenruder nach rechts, dann sah er, daß dieses Ende der Landebahn voller Unfallwagen war, die mit blitzenden Warnlampen angerast kamen. Er richtete die Tragflächen wieder auf und entfernte sich im Gleitflug vom Flugplatz. Über der Nase sah er Bäume, den hellen Krater einer Kiesgrube und dahinter einen großen gepflügten Acker. Den Acker könnte er vielleicht gerade erreichen...

Er riß die Klappen hoch, dann schaltete er Magnetzündung und Hauptschalter aus und zog seine Gurte nach. In der Stille des Gleitflugs kam der Acker auf ihn zu. Er würde es schaffen, wenn er ganz knapp die Hecke überflog...

Plötzlich tauchte aus der Dämmerung eine riesige Konstruktion vor ihm auf; ein Förderband, das hoch aus der Kiesgrube ragte.

Einen Sekundenbruchteil glaubte er noch, darüber hinwegzukommen, dann sah er, daß es nicht möglich war, und legte sich in die Kurve.

So etwas von Stille hatte Ann noch nie erlebt. Die Windschutzscheibe war mit Lehm bespritzt, der irgendwie erschreckend unnatürlich wirkte. Über der Flugzeugnase und dem verbogenen Propellerblatt sah sie kalte, reglose Winterbäume im schwindenden Tageslicht. Sie hatte das Gefühl, irgend etwas tun zu müssen, aber alles, was ihr jetzt wichtig schien, waren nur noch die Ruhe und Stille und der gefrorene Boden draußen vor den Fenstern.

Ein großer, stumpfnasiger Lastwagen hielt rutschend und Gestrüpp unter sich zermalmend neben ihr an. Die Warnlampe drehte sich und tauchte die weißen, verdreckten Flügel in regelmäßigen Abständen in unheimliches blaues Licht.

Die Tür neben ihr ging auf, und ein Mann in einem dicken, silbrigen Overall hockte davor. Er sagte etwas...

Feldwebel Haff fragte: ,,Alles in Ordnung, Madam?''

Ann sah ihn nur an.

Ein dicker silbrig glänzender Arm faßte ins Cockpit, legte sich um ihre Hüfte und löste den Sicherheitsgurt. Dann kamen andere Gesichter... Hände an ihren Ellbogen und unter ihren Achseln...

Plötzlich war sie draußen, stand auf der Tragfläche. Hände stützten sie, Stimmen redeten. Der Lastwagenmotor röhrte eintönig in der Dämmerung.

Ein langer blauer Kombiwagen mit rotem Kreuz kam über das unebene Gelände geholpert und hielt ein paar Schritte entfernt an. Türen flogen auf, und Leute sprangen heraus.

In der Ferne jagten ein weiteres Rettungsfahrzeug und ein Krankenwagen heulend die Rollfeldringstraße entlang und bogen auf die Straße ab, die vom Flugplatz wegführte. Das *Wa-wa-wa* einer amerikanischen Sirene hallte über die Landschaft von Berkshire.

,,Sie sollten sich besser auf die Tragbahre legen, Madam. Der Arzt kommt gleich zu Ihnen.''

FLUG INS UNGEWISSE 147

Ann blickte in die vielen Gesichter ringsum. Zwei Männer in grünen Drillichanzügen hielten eine Tragbahre und sahen sie an.

„Nein." Ihre Stimme klang, als ob sie von ganz weit weg käme. „Nein, ich möchte mich... nur hinsetzen..."

Das Gesträuch schlug um ihre Beine. Man half ihr beim Gehen, sprach mit ihr, während sie zu denken versuchte...

Sie setzte sich auf den Beifahrersitz des Krankenwagens. Jemand legte ihr eine Decke um die Schultern, und jemand anders stieg auf der Fahrerseite ein und setzte sich neben sie. Aus einem Funkgerät am Armaturenbrett quäkten und schepperten Stimmen.

„Rettungsgruppe sechs zehn-acht zum Bau..."

„Zehn-vier an eins, Fehlanzeige Acker, zehn-acht Kiesgrube..."

„Zehn-vier an eins, Unfallzug nähert sich..."

Der weiße Rumpf des Flugzeugs lag auf dem Bauch im Gestrüpp, gesprenkelt und mit Lehm verschmiert. Zwanzig Meter weiter lag ein abgerissenes Rad in einer langen, frisch aufgerissenen Furche. Über der rechten Tragfläche hing rostiger Stacheldraht, und unter der Nase stak ein Gewirr von Zaunmaterial und Buschwerk.

Drei Männer standen auf der Tragfläche neben der offenen Tür. Ann sah benommen zu, wie einer ein Feuerwehrbeil schwang und wie die Tür bis zur Motorverkleidung zurückflog. Ein Mann im silbrigen Overall verschwand im Cockpit, ein zweiter streckte hinter ihm die Arme hinein und begann zu ziehen.

Roy.

Sie holten ihn mit dem Kopf voran heraus und drehten ihn auf die Seite, damit er nicht an seiner Zunge erstickte. Sie legten ihn auf eine Tragbahre neben der Tragfläche, und ein großer Mann mit roten Kreuzen auf den Ärmeln kniete neben ihm nieder.

Ann tastete nach dem Türgriff des Krankenwagens.

Der Mann neben ihr sagte: „He, Sie brauchen da nicht hinzugehen, Madam. Der Doktor tut schon, was er kann."

Ann hörte ihn kaum. Sie stieg mit weichen, schweren Armen und Beinen aus dem Wagen, taumelte, spürte den gefrorenen Boden unter den Füßen, warf die Decke von den Schultern und richtete sich auf.

Plötzlich stand der Mann mit den Rotkreuzbinden am Ärmel vor ihr. „Oberleutnant Troy, Madam. Ich kann Ihnen zumindest sagen, daß Ihr Freund noch am Leben ist. Er bleibt vielleicht noch eine Zeitlang bewußtlos, aber sein Atem und Puls sind den Umständen entsprechend ausgezeichnet. Vom Augenschein her würde ich sagen, er hat eine gute Chance, wieder gesund zu werden."

Ann nickte. Sie hörte sich sagen: „Ja, danke."

Dann barg sie das Gesicht in den Händen und weinte.

KEITH KERR war fünf Minuten allein in der Kiesgrube, bis sie ihn fanden.

Er hatte nicht das Gefühl, sich bewegen zu können, und er versuchte es auch gar nicht erst. Die Arrow war mit der rechten Tragfläche an das Förderband gestoßen, hatte die ganze Konstruktion umgerissen und war mitsamt dem Stahlrohrgewirr auf einer Abraumhalde gelandet. Beim Aufschlag war der Motor über einen halben Meter weit in die Kabine zurückgeschoben worden.

Kerrs Beine befanden sich unter dem Motor.

Das Cockpit war ringsherum verbogen und zerrissen, Seitenfenster und Windschutzscheibe waren zersplittert, und vor seinem Gesicht standen starr die scharfkantigen Plexiglasreste. Der schneidende Januarwind pfiff herein und brachte frische Landluft mit sich.

Kerr atmete vorsichtig, denn das Atmen tat weh, und lauschte dem Knistern des abkühlenden Metalls. Etwas klirrte leise auf der anderen Seite des verbeulten Cockpits. Er schaute hin und sah, daß die zerbrochene Deckscheibe der Uhr aus ihrer Halterung auf den Sitz gefallen war. Das Zifferblatt war unbeschädigt, und der Sekundenzeiger lief immer noch. Es war genau 16.52 Uhr.

Es wurde dunkel. Dunkel und still. Die Überreste der Förderanlage standen über ihm wie gebogene Spinnenbeine vor einem schwarz-purpurnen Himmel.

Der Krach mußte ohrenbetäubend gewesen sein. Komisch, daß er sich nicht erinnerte, etwas davon gehört zu haben.

Vielleicht hörte man selbst es nie, wenn man Bruch machte.

Er dachte an Maggie und seine Stelle bei der Fluggesellschaft.

Von irgendwo aus der Ferne nahte das *Wa-wa-wa* einer Sirene.

Brian Lecomber

Journalist, Fluglehrer, Kunstflieger und nun auch noch Schriftsteller – alle diese Berufe hat Brian Lecomber bisher schon in seinen zweiunddreißig Lebensjahren ausgeübt. Mit sechzehn begann er zunächst als Motorradmechaniker, dann arbeitete er ein paar Jahre als Journalist. In seiner Freizeit lernte er fliegen und qualifizierte sich als Fluglehrer. Eines Tages trat er in einen Fliegerzirkus ein, wo er in der Luft auf der Tragfläche eines Flugzeugs spazierenging und noch allerlei andere tollkühne Kunststücke vollführte, die ihn einige Knochenbrüche kosteten.

Dann ging Lecomber als Chefausbilder zu einer Flugschule nach Westindien. Er machte eine glänzende Karriere, aber es war auch eine Schinderei: In einem einzigen Jahr kam er allein auf 1300 Flugstunden – Verkehrspiloten dürfen nicht mehr als 750 Stunden im Jahr fliegen!

Um vom Cockpit wegzukommen, zog Lecomber sich in einen Bungalow in den Tropen zurück, um seinen ersten Roman zu schreiben: *Turn Killer*. Er wurde in England veröffentlicht, bald folgte der Roman *Dead Weight*. Zu seinem Erstaunen war Lecomber plötzlich Berufsautor geworden.

Über sein Schreiben sagt er: ,,Für mich hat der Romanschriftsteller die Aufgabe, zu unterhalten – den Leser aus seinem Alltag herauszuholen und ihn für eine Weile jemand anders sein zu lassen." Lecomber steckt sehr viel Arbeit in seine Bücher. ,,Ich *kenne* Flugzeuge und die Menschen, die damit zu tun haben – und wenn ich Sie ins Cockpit oder auf den Flugplatz führe, können Sie sicher sein, daß das Cockpit naturgetreu und der Flugplatz wirklich da ist. Die Kulisse muß haargenau stimmen", fordert er. ,,Wenn ich Sie dann auch noch den Motor hören und die Turbulenzen spüren lassen kann – dann glaube ich etwas erreicht zu haben, was die Mühe lohnt."

Das Schreiben nimmt heute nicht mehr seine ganze Zeit in Anspruch. Brian Lecomber leitet daneben eine eigene Flugschule und beteiligt sich regelmäßig an britischen Luftfahrtschauen. 1977 gewann er vier bedeutende Kunstflugwettbewerbe und flog als einziger Pilot ein Jagdflugzeug aus dem Ersten Weltkrieg (die plumpe Sopwith Camel) im Wettbewerb. Sein ganzer Stolz ist übrigens sein eigener Vorkriegsdoppeldecker, die Stampe SV 4 C.

Der Frühling kommt. Stürme peitschen das Ochotskische Meer, jagen über die sibirische Tundra, fegen auch um das Holzhaus, in dem der Niwchenjunge Kirisk wach liegt.

Zum erstenmal darf er morgen mit aufs Meer, darf er den Großvater, den Vater und den Onkel auf der Robbenjagd begleiten. Kirisk ist stolz: Mit ihm fahren die besten, klügsten und erfahrensten Jäger der ganzen Niwchensiedlung. Sie werden hoch beladen mit den lebenswichtigen Seetieren zurückkehren – und nach altem Brauch wird der Junge Kirisk nach seiner ersten Jagd als Mann und anerkannter Jäger an Land gehen.

Die Fahrt zu den Robbeninseln ist für die drei Erwachsenen nichts Neues mehr, sie lachen über die Aufregung des Jungen.

Doch auf hoher See ist Kirisk der erste, der das Verhängnis bemerkt. Es taucht aus dem Meer, wird groß, dunkel und gewaltig und nähert sich dem Boot mit grausamer Unerbittlichkeit.

IN EINER finsteren, dunstgeschwängerten Nacht tobte entlang der ganzen ochotskischen Seeküste der uralte, unbändige Kampf der zwei Elemente – das Festland trotzte dem Druck des Meeres, das Meer berannte unermüdlich das Land. Tosend stürmte es gegen die Klippen an und schleuderte Bruchstücke von Eisschollen ans Ufer.

Die Nacht verrann, die Nacht vor der Ausfahrt aufs Meer. In jener Nacht fand Kirisk keinen Schlaf. Zum erstenmal im Leben schlief er nicht. Mit allen Fibern sehnte er den Tagesanbruch herbei, damit er hinauskonnte aufs Meer ...

Der Morgen zog herauf, es wurde lichter und lichter. Die Wolken zerrissen über dem frühlingsbewegten Meer, während sie näher zogen zu den Hügeln am Ufer. Hier, nahe der Bucht des Scheckigen Hundes, ragte auf der hügeligen Halbinsel, die schräg ins Meer schnitt, die markanteste Erhebung empor: ein Fels, der von fern wirklich an einen riesigen, am Meer geschäftig entlanglaufenden scheckigen Hund erinnerte. An den Seiten von zottigem Gesträuch überwuchert und bis in den heißesten Sommer mit einem Schneefleck – gleich einem großen Schlappohr – auf dem Kopf, dazu noch einem großen weißen Fleck in der Weichengegend, einer schattigen Mulde, war dieser Berg, der *Scheckige Hund,* von weit her zu sehen.

Von hier aus, von der Bucht des Scheckigen Hundes, legte gegen Morgen, als die Sonne zwei Pappeln hoch stand, ein Niwchen-Boot ins Meer ab. In ihm waren drei Jäger und ein Junge. Organ, der Älteste, saß am Ruder und zog gemächlich an seiner Holzpfeife – ein braungesichtiger, dürrer, runzliger Alter mit hervorstehendem Adamsapfel; sein Hals war von tiefen Falten durchfurcht, und entsprechend waren auch die Hände – groß und knotig in den Gelenken, voller Narben und Risse. Grau war er schon. Fast weiß. Deutlich traten aus dem braunen Gesicht die grauen Brauen hervor. Der Alte blinzelte wie gewohnt mit tränenden, rötlichen Augen, mußte er doch sein Lebtag auf den Wasserspiegel schauen, der die Sonnenstrahlen zurückwirft; und es machte ganz den Eindruck, als steuerte er das Boot blind durch die Bucht. Die beiden jüngeren und kräftigeren Männer ruderten mit vier Rudern. Unmittelbar am Bug, hin und wieder zu den Erwachsenen spähend und sich mit größter Mühe still verhaltend, um ja nicht den mürrischen Alten zu verdrießen, hockte der schwarzäugige, sommersprossige Junge Kirisk. Vor Spannung blähten sich seine Nasenflügel. Der Junge hatte allen Grund zur Hochstimmung. Diese Ausfahrt ins Meer wurde seinetwegen unternommen – er sollte das Jagdhandwerk erlernen. Deshalb drehte Kirisk wie eine Schnepfe den Kopf hierhin und dorthin und betrachtete alles mit nicht erlahmendem Interesse, voller Ungeduld. Zum erstenmal in seinem Leben fuhr er zusammen mit richtigen Jägern aufs offene Meer, fuhr er zu einem großen Fang aus in dem großen Boot der Sippe. Wie gern hätte sich der Junge von seinem Platz erhoben, hätte er die Männer angefeuert, selbst nach den Rudern gegriffen, sich mit Macht hineingelegt, um schneller zu den Inseln, zu den *Drei Zitzen,* zu gelangen, wo die große Robbenjagd stattfinden sollte.

Falls sie Glück hatten und reiche Beute heimbrachten, winkten dem Jungen Ehrungen. Feiern wird man die Heimkehr des jungen Jägers, mit Liedern die Freigebigkeit des Meeres rühmen. Die Holzstammtrommeln werden unter den Schlägen der Ahornschlegel erdröhnen; tanzen wird man auf dem Fest.

Am meisten werden sich die Mutter und das Schwesterchen freuen, sie werden am lautesten singen und hingebungsvoll tanzen.

Beim Abschied hatte die Mutter wortlos verharrt – in ihrem Schweigen lagen Angst und Hoffnung. Sie selbst hatte Mann und Sohn für die Fahrt gerüstet, ihnen Wegzehrung bereitet – Vorrat für drei Tage.

Und der Vater, Emraijin, wird gleichfalls froh sein und stolz. Froh bewegt wird wohl auch Musluk sein, das Mädchen, mit dem er als Kind spielte ...

Es fiel Kirisk schwer, sein Glück für sich zu behalten – heiße Röte malte sich auf seinen sonnenverbrannten Wangen. Und aus seinen Augen sprachen unverhohlen Freude und Stolz. Vor ihm lag das Meer, vor ihm – die große Jagd!

Der alte Organ verstand ihn. Während er mit zusammengekniffenen Augen übers Meer steuerte, bemerkte er, wie der Junge vor Ungeduld zappelte. Dem Alten wurden die Augen heiß – ach ja, die Kindheit, die Kindheit –, schnell sog er an seiner erlöschenden Pfeife, um ein Schmunzeln zu unterdrücken. Er durfte nicht lächeln. Der Junge war

DER JUNGE UND DAS MEER 155

nicht zum Spaß bei ihnen im Boot. Es gibt nichts Schwierigeres und Gefährlicheres als den Fang zur See. Daran muß man sich von klein auf gewöhnen. Nicht umsonst pflegten die Leute zu sagen: „Wer als Mann ein guter Ernährer sein will, muß sein Handwerk schon in frühester Jugend erlernen." Nun war die Reihe an Kirisk, war es Zeit, dem Jungen das Nötigste beizubringen, ihn seetüchtig zu machen.

Das wußten alle – die gesamte Siedlung am Scheckigen Hund wußte, daß die Männer heute seinetwegen hinausfuhren. So war es Brauch: Wer als Mann geboren ist, muß von klein auf mit dem Meer Freundschaft schließen, damit das Meer ihn kennt und er selbst das Meer achtet. Daher gingen sie in See – Organ, der Clan-Älteste, und die beiden besten Jäger, der Vater des Jungen, Emraijin, breitschultrig und bärtig, und ein Vetter des Vaters, Mylgun, knorrig, klobig und rund wie ein Holzklotz. Ihre Stiefel und die Kleidung waren für die Seefahrt aus gegerbten Häuten und Fellen so gefertigt, daß sie warm hielten und keine Nässe durchließen.

Das aus dem Stamm einer mächtigen Pappel gefertigte Boot glitt über die Wellen. Längst hatten sie die Bucht des Scheckigen Hundes hinter sich gelassen, schon lag das Lange Kap hinter ihnen, und hinaus ging's aufs offene Meer; da merkten sie, daß der Wellengang auf See nicht stärker war als in der Bucht. Gleichmäßig plätscherten Kräuselwellen. Bei solch ruhiger See kommt man schnell voran.

Organ hielt vom Hauptorientierungspunkt am Ufersaum, vom Scheckigen Hund aus, geraden Kurs aufs Meer. Dieser Klippenberg hatte eine ungewöhnliche Eigenschaft, von der alle sprachen, die hinausfuhren – bei klarem Wetter schien er mit der Entfernung zu wachsen. Als folge einem der Scheckige Hund unentwegt, als wolle er nicht zurückbleiben. Wann immer man sich umsah, der Scheckige Hund bot sich dem Blick. Sehr lange war dieser Hügel zu sehen, dann entschwand er unversehens hinter einem hohen Wellenberg. Der Scheckige Hund war nach Hause gegangen, das Land lag weit zurück ...

Dann aber mußte man sich gut einprägen, in welcher Richtung der Scheckige Hund zurückgeblieben war, woher – bezogen auf den Berg – der Wind wehte, wo die Sonne gestanden hatte, man mußte die Wolken beobachten, falls Windstille herrschte, mußte während der ganzen Zeit, da man zu den Inseln fuhr, die Lage des Scheckigen Hundes im Gedächtnis behalten, um auf dem weiten Meer nicht vom Kurs abzukommen.

Sie hielten auf Inseln zu, die fast eine Tagesfahrt entfernt lagen. Es waren unbewohnte, winzige Felseninseln – drei Brocken Land, die wie dunkle Zitzen aus der unendlichen Wasserwüste ragten. Daher wurden sie auch die Drei Zitzen genannt – die Kleine, die Mittlere und die Große. Dahinter aber, wenn man weiterfuhr, kam der Ozean, von dem sie weder Ausdehnung noch Namen wußten. Dort, auf jenen Inseln, an der Grenze von Ochotskischem Meer und Ozean, befanden sich in jenen Frühlingstagen die Lagerplätze der Ringelrobben. Dorthin führte sie der Weg.

Der Junge staunte, weil das Meer ganz anders aussah, als er es von seinen Spielen auf den Felsnasen des Scheckigen Hundes her kannte, ja nicht einmal so, wie er es bei Bootsfahrten auf der Lagune erlebt hatte. Besonders deutlich spürte er das, als die Bucht hinter ihnen lag, das Meer sich unversehens weitete und den ganzen sichtbaren Raum bis zum Himmel ausfüllte. Das offene Meer überwältigte Kirisk. Wasser bedeckte die Welt von einem Ende zum anderen. Doch alles, was er ringsum sah und entdeckte – das endlose Spiel der Strahlen auf dem Wasser, die das Antlitz des Meeres in immer neue schillernde Farben tauchten, die drolligen, neugierigen Fische, die plötzlich neben dem Boot auftauchten –, nahm er dieses Mal mit halber Aufmerksamkeit wahr, denn nur nach einem stand sein Sinn: möglichst schnell zu den Inseln gelangen, sich in die Arbeit stürzen!

Bald jedoch änderte sich die Stimmung des Jungen. Je weiter sie sich vom Land entfernten, vor allem, nachdem der Scheckige Hund plötzlich hinter einem hohen schwarzen Wasserberg verschwunden war, je mehr wuchs in ihm das Gefühl einer vagen Gefahr, die vom Meer ausging, spürte er, wie abhängig er war vom Meer, wie unendlich klein und schutzlos angesichts dieses gewaltigen Elements.

Das war neu für ihn. Und er begriff, wie lieb ihm der Scheckige Hund war, an den er früher keinen Gedanken verschwendet, auf dessen Hängen er unbekümmert getollt und von dessen Höhe er sich am Anblick des Meeres erfreut hatte.

Die Erwachsenen blieben ruhig. Emraijin und Mylgun ruderten wie ein Mann, mit gleichmäßigen, gemessenen Schlägen. Sie kehrten Kirisk den Rücken zu, vor seinen Augen wölbten und streckten sich ihre Schulterblätter. Hin und wieder tauschten sie ein Wort. Der Vater blickte sich bisweilen um und lächelte dem Sohn durch den Bart zu. Na, wie geht's?

Vollends gelassen blieb der alte Organ. Immer noch an seiner Pfeife saugend, lenkte er das Boot. So fuhren sie, jeder mit seiner Arbeit beschäftigt, ihrer Sache sicher. Zweimal wollte auch Kirisk rudern – erst Seite an Seite mit Mylgun, dann mit dem Vater. Gern überließen die Männer ihm das Ruder. Doch obschon er das eine Ruder mit beiden Händen packte, reichte seine Kraft nicht lange – zu schwer war das Boot für ihn und das Ruder zu gewaltig.

Als der Scheckige Hund plötzlich verschwunden war, lebten sie auf. „Der Scheckige Hund ist nach Hause gegangen!" erklärte der Vater. „Wirklich?" Auch der alte Organ blickte in jene Richtung. „Nun, dann geht's voran. He, Kirisk", wandte er sich verschmitzt an den Jungen, „soll ich dir nicht den Scheckigen Hund herbeirufen, vielleicht kommt er zurück?"

Alle lachten, auch Kirisk. Dann überlegte der Junge und sagte laut: „Wenn wir umkehren, dann kommt er auch wieder!"

„Bist ja recht pfiffig!" rief Organ schmunzelnd. „Komm zu mir. Hast genug geschaut."

Kirisk verließ seinen Platz am Bug, kletterte zum Heck und stieg dabei über die Gegenstände auf dem Boden des Bootes: zwei Winchesterbüchsen, in Renfelle gewickelt, eine Harpune, einen Knäuel Bindfaden, ein Fäßchen mit Wasser, einen Sack Lebensmittel, sonstige Bündel und Kleidungsstücke.

Während sich der Junge an den Ruderern vorbeidrängte und über die Riemenholme trat, umgab ihn ein Geruch von Tabak und kräftigem Männerschweiß, der von den feuchten Nacken und Rücken kam. So roch die väterliche Kleidung, an der die Mutter gern schnupperte, wenn der Vater auf See war – dann nahm sie mitunter seinen alten Pelz und preßte ihr Gesicht hinein.

Der Vater nickte dem Sohn zu, knuffte ihn sacht mit der Schulter in die Seite, die Ruder fest in der Hand. Kirisk ließ sich durch die zärtliche Geste des Vaters nicht aufhalten. Auf See gibt es weder Vater noch Sohn, auf See sind alle gleich und ordnen sich dem Ältesten unter. Was der Älteste sagt, geschieht. Der Vater hat sich da nicht einzumischen. Und der Sohn hat sich nicht beim Vater zu beklagen.

„Setz dich, mach's dir neben mir bequem!" Organ legte seine knotige Hand auf Kirisks Schulter. „Ist dir nicht doch ein wenig bange? Erst meint man, es macht einem nichts aus, aber dann . . ."

Kirisk wurde verlegen. Also hatte der alte Organ etwas gemerkt.

Dennoch protestierte er: „Nein, Atkytschch, nein, Großvater, kein bißchen!"

„Recht so. Als ich das erstemal ausfuhr, und das ist schon eine Ewigkeit her, habe ich mich, ehrlich gesagt, doch etwas gefürchtet. Wie ich so schaute – die Küste war längst verschwunden, der Scheckige Hund fortgelaufen, weit und breit nichts als Wellen. Da wollte ich nach Hause. Frag nur die beiden da, Emraijin und Mylgun, wie es denen erging!"

Die Männer lächelten verständnisvoll.

„Ich aber nicht!" beharrte Kirisk.

„Bist also tapfer!" beschwichtigte ihn der Alte. „Und nun sag mir, in welcher Richtung ist der Scheckige Hund abgeblieben?"

Kirisk wurde nachdenklich, dann zeigte er mit der Hand: „Dort!"

„Bist du sicher? Und warum zittert deine Hand?"

Das Zittern unterdrückend, wies der Junge eine Spur weiter rechts: „Dort!"

„Jetzt stimmt's", sagte Organ. „Wenn nun das Boot seine Nase dorthin wendet, wo liegt dann der Scheckige Hund?"

„Dort!"

„Und wenn der Wind uns so herumdreht?"

„Dort!"

„Und wenn wir nach links fahren?"

„Dort!"

„Gut, und jetzt sag mir, wonach du das bestimmst, denn weit und breit ist doch nichts zu sehen als Wasser?" forschte Organ. „Kannst du mir das erklären?"

„Ich habe doch Augen", entgegnete Kirisk.

„Was für Augen?"

„Was weiß ich. Sicher im Bauch, und sie sehen blind."

„Im Bauch!" Alle lachten schallend.

„Ganz richtig", ließ sich Organ vernehmen. „Solche Augen, den inneren Blick, gibt es. Nur sitzen die nicht im Bauch, sondern im Kopf."

Er befragte Kirisk erneut, und als er sich vergewissert hatte, daß sich der Junge auf dem Meer zurechtfand, murmelte er zufrieden: „Hast gar keine schlechten Augen im Bauch!"

Geschmeichelt von dem Lob, begann Kirisk, sich selbst Aufgaben zu stellen. Einstweilen, bei ruhiger See, fiel dies nicht allzu schwer.

Ohne daß Kirisk die Erinnerung besonders bemühen mußte, zeigte sich der treue Scheckige Hund seinem inneren Blick genau dort, wo er zurückgeblieben war. Während sich der Junge den Scheckigen Hund vorstellte, gingen seine Gedanken unwillkürlich auch nach Hause. Er sah das kleine Tal inmitten der Küstenhügel und am Waldrand, am Ufer eines Flüßchens ihr Wohnlager – Holzhäuser, Kornspeicher, Hunde, Hühner, Fischtrockengerüste, Rauchfahnen, Stimmengewirr, und dort die Mutter und das Schwesterchen Psulk. Sicher denkt die Mutter insgeheim an ihn, auch an den Vater und alle anderen Jäger auf See. Und noch jemand denkt gewiß an ihn – Musluk. Sie ist bestimmt schon angelaufen gekommen unter dem Vorwand, mit Psulk spielen zu wollen ...

Das Boot glitt noch immer wiegend über die Wellen. Ringsum im Wogengekräusel glänzte schäumende Gischt. Die Niwchen rechneten damit, am Nachmittag, jedenfalls noch bei Tageslicht, die erste Insel, die Kleine Zitze, zu erreichen und, falls ihnen das gelänge, dort mit der Jagd zu beginnen. Noch vor Anbruch der Dunkelheit würden sie zur zweiten Insel, zur Mittleren Zitze, fahren, um dort zu übernachten, denn an ihrem Ufer befand sich eine ruhige Anlegestelle für ihr Boot. In aller Frühe aber sollte es wieder hinausgehen aufs Meer. Falls sie vom Abend an Glück hatten und gleich drei Robben erbeuteten, konnten sie am nächsten Morgen ohne Verzögerung die Heimfahrt antreten. Doch zurückkehren mußten sie so oder so in der ersten Tageshälfte, wenn die Sonne nicht mehr als zwei Pappeln hoch stand. Je eher man das Meer verließ, desto besser.

All dies hatte der alte Organ vorausberechnet, alles hatte er bedacht. Auch seine beiden Gehilfen – Emraijin und Mylgun – fuhren nicht das erstemal zu den Drei Zitzen. Sie kannten sich gleichfalls gut aus. Hauptsache, das Wetter hielt sich und sie entdeckten beizeiten Robben auf dem Lagerplatz! Mit allem anderen würden sie schon fertigwerden ...

Die Sonne hatte den Mittag bereits überschritten. Ein paarmal war sie hinter Wolken verschwunden, die plötzlich am Horizont auftauchten, als verberge sich dort ein Unwetterhorst – dann trübte sich das Meer jedesmal im Nu, sein Antlitz verfinsterte sich, rundum wurde es düster und ungemütlich. Sooft sie aber wieder hervorblickte, zwischen den Wolken aufstrahlend, übersäte sie das Meer mit Myriaden verspielter, badender Lichtpünktchen, die so glitzerten, daß die Augen schmerzten.

Kirisk hatte sich mittlerweile an das Meer gewöhnt, langweilte sich sogar schon ein wenig, war aber voller Staunen über seine gewaltige Größe und Unermeßlichkeit. So weit sie auch fuhren – ein Ende war nicht abzusehen.

Die Erwachsenen aber wunderten sich kein bißchen. Für sie war alles gewohnt. Emraijin und Mylgun ruderten noch immer gleichmäßig, senkten die Ruder, sich abstoßend, ohne Eile in die Wasseroberfläche. Sie arbeiteten unermüdlich und gestatteten nicht einmal Organ, sie für eine kurze Ruhepause abzulösen, sagten, er möge ihnen lieber auf dem Rückweg helfen, wenn sie schwer beladen fuhren, jetzt solle er nur ruhig steuern. Der alte Organ saß geduckt wie ein auf Beute lauernder Seeadler im Heck, meist schweigsam, in Gedanken versunken. Immer noch herrschte der gleiche leichte Seegang. Und unverändert Bodenwind.

„Atkytschch! Atkytschch! Da ist die Insel! Die Kleine Zitze!" rief plötzlich Kirisk froh und zupfte Organ am Ärmel.

„Wo?" Organ wollte es nicht glauben, er schirmte die Augen mit der Hand ab.

Auch die Ruderer wandten erstaunt den Kopf.

„Unmöglich", murmelte der Alte, denn der Junge zeigte in eine ganz falsche Richtung.

Doch dort, in weiter Ferne, dunkelte im Meer tatsächlich ein unebener schmutzigbrauner Streifen, als rage mitten aus dem Wasser ein Stück Land. Lange spähte Organ dahin.

„Nein, das ist keine Insel", sagte er schließlich überzeugt. „Bis zur Kleinen Zitze müssen wir noch geradewegs auf den Sonnenuntergang zuhalten, so, wie wir fahren. Das dort liegt ganz abseits und ist meiner Meinung nach keine Insel."

„So eine Insel haben wir in diesen Gewässern noch nie gesehen", sagte Mylgun. „Die Kleine Zitze liegt links. Was das ist, weiß ich nicht."

„Vielleicht Nebel oder eine Wolke?" rief Emraijin.

„Ja, wenn wir das wüßten ... Nebel oder eine Wolke? Weit ist es von hier. Aber eine Insel ist es nicht", überlegte Organ. „Doch falls es Nebel ist, erwartet uns nichts Gutes."

„Hauptsache, der Wind springt nicht um", meinte Emraijin und

DER JUNGE UND DAS MEER

legte sich in die Ruder. „Steht an einem Fleck und rührt sich nicht. Wir jedenfalls haben dort nichts zu suchen, mag es sein, was es will . . ."

Zunächst war Kirisk enttäuscht, daß sie mit seiner Entdeckung nichts Rechtes anzufangen wußten, doch schnell war das vergessen.

Die Jäger hatten sich nicht geirrt. Bald tauchte zur Linken die Kleine Zitze aus dem Wasser. Beim Anblick des höckrigen Stück Lands lebten alle auf, besonders Kirisk – also war das Meer doch nicht unendlich. Hier nun begann das spannendste Abenteuer der Fahrt.

„Na, siehst du", Organ tätschelte Kirisk durch die warme Kapuze. „Der Scheckige Hund hat uns zur Insel geführt, obwohl er selber zu Hause geblieben ist. Wäre er uns nachgelaufen, wäre er doch ertrunken."

„Und ob!" bestätigte Kirisk, auf das Spiel eingehend.

„Wir brauchen den Scheckigen Hund ja gerade, damit er unser Heim bewacht und damit wir, ihn in Gedanken vor Augen, den Weg nicht verlieren und unsere Jagdplätze erreichen. Was meinst du, werden wir den Scheckigen Hund noch brauchen?"

„Nein", entgegnete Kirisk überzeugt. „Jetzt sehen wir selber, wohin wir fahren müssen."

„Na, überleg", ermahnte ihn Organ.

„Was sollen wir hier mit unserm Scheckigen Hund?"

„Und wie willst du heimfinden? Welche Richtung einschlagen? Na? Erraten? Du mußt dir merken, woher wir kommen, welche Inselseite auf den Scheckigen Hund blickt. Dann wirst du auch den Weg zurück nach Hause wissen."

Insgeheim gab Kirisk ihm recht, doch seine Eigenliebe war verletzt, und wohl deshalb fragte er leicht aufbrausend: „Wenn es aber finster ist? Wenn wir nachts auf dem Meer sind und nichts mehr sehen, was dann? Wie sollen wir da erkennen, wo der Scheckige Hund liegt?"

„Auch dann finden wir es heraus", erwiderte Organ ruhig. „Dafür gibt es Sterne am Himmel. Die Sterne täuschen nie, sie weisen uns stets den Weg. Du mußt nur wissen, wo welcher Stern steht. Kennst du das Sternbild der Ente Luwr?"

„Ich glaube schon", sagte Kirisk unsicher mit einem Seitenblick zum Vater. Emraijin half dem Sohn aus der Verlegenheit: „So ungefähr kennt er's. Ich habe es ihm einmal gezeigt."

Sie näherten sich der Insel. Als schon einzelne Steine und Felsen am Ufer zu erkennen waren, lenkten sie das Boot um die Insel herum und betrachteten aufmerksam den Ufersaum, um die Lagerstätte der Robben auszumachen. Kirisk ließ den Blick eifrig wandern, zu gern wollte er als erster eine Herde entdecken. Man hatte ihn gewarnt, falls er Tiere bemerkte, ja nicht unnütz Lärm zu schlagen. Organ hatte gesagt, die Robben lägen zwischen den Ufersteinen am Wasser, sie kämen an Land gekrochen, um sich in der Sonne zu wärmen. Man müsse herausfinden, wo sie lagerten, dann verdeckt anlegen und sich unbemerkt heranschleichen, um sie nicht zu erschrecken.

Kirisk aber erspähte nichts. Die Ufer lagen öde und leer. Weit und breit nichts als Geröll, verwittert im Laufe der Zeit, formlos, in großen Brocken. Rings um die Insel toste als weißschäumender brodelnder Ring die Brandung, ständig bemüht, die aufeinandergetürmten vereisten Steine in steilem Satz zu überspringen. Keinerlei Lebewesen.

Mylgun sah sie als erster. Und während Kirisk noch den Kopf hin und her drehte, um auszumachen, wo denn die Robben steckten, entfernte sich das Boot von jenem Ort, um vom Lagerplatz aus nicht gesehen zu werden.

Dem alten Organ war klar, daß Kirisk nichts wahrgenommen hatte. „Na, hast du sie entdeckt?" fragte er.

Der Junge traute sich nicht zu lügen. „Nein", bekannte er.

„Wir fahren noch einmal heran", befahl Organ. „Du mußt lernen, sie inmitten der Steine zu unterscheiden. Sonst wird aus dir nie ein Jäger."

Die Ruderer gehorchten, lenkten das Boot an den alten Platz, obwohl das gewagt war. Nur eine einzige Robbe brauchte Alarm zu schlagen, und schon würde sich die ganze Herde ins Wasser stürzen. Doch zum Glück bemerkten die Robben die Jäger nicht. Sie lagen hinter einem Steinwall, zwischen unförmigen, wild verstreuten Gesteinsbrocken, fast unmittelbar am Wasser.

„Siehst du den spitzen Stein dort, der aussieht wie ein abgebrochener Hauer, und nicht weit davon so einen rötlichen, vereisten Hügel? Sieh mal dazwischen durch!" sagte Mylgun zu Kirisk.

Kirisk befolgte seinen Rat. Mylgun und Emraijin waren beharrlich bemüht, das Boot auf der Stelle zu halten. Da endlich erblickte Kirisk die Rücken der Seetiere – ihre riesigen geschwänzten Leiber. Die gefleckten, glänzenden grauen Rücken lagen regungslos. Von fern vermochte sie ein ungeübtes Auge von den Steinen nicht zu unterscheiden.

DER JUNGE UND DAS MEER

Den Jungen packte heftige Erregung. Da waren sie, die Seetiere. Jetzt ging's los, nun begann die große Jagd!

Als sie anlegten, klopfte sein Herz wild, wußte er sich nicht zu fassen vor Verwegenheit und Entzücken. Vor Verwegenheit, weil er sich in diesem Moment stark und wichtig vorkam. Und vor Entzücken, weil er sah, wie zügig und aufeinander abgestimmt die Jäger handelten: Sie fuhren das Boot dicht ans Ufer, Emraijin und der alte Organ hielten es mit Ruderschlägen in der Brandung, Mylgun paßte einen günstigen Augenblick ab, sprang hinaus auf den Geröllstrand und zog das Boot mit einer Leine, die sie ihm zuwarfen und die er sich über die Schulter nahm, näher heran, worauf der Vater die Winchesterbüchsen ergriff und auch ans Ufer sprang. Ihm folgte dann, unterstützt vom alten Organ, Kirisk, wenn er sich dabei auch nasse Füße holte und vom Vater einen leisen Verweis einstecken mußte. Im Boot blieb nur Organ, um es beim Ufer zu halten. Emraijin, Mylgun und Kirisk eilten zum Lagerplatz der Robben. Sie bewegten sich gebückt am Ufer entlang, in schnellen Sprüngen von einer Deckung zur anderen.

Kirisk spürte, wie sein Herz wild klopfte und ihm hin und wieder schwindelte vom erhebenden Gefühl der Freude und Erregung.

Könnte ihn doch jetzt, da er mit großen Jägern die Seetiere anpirschte, die Mutter sehen. Wie stolz wäre sie auf ihn! Könnte ihn doch Musluk sehen, mit der er oft gespielt hatte, von nun aber nie mehr spielen würde, weil er von heute an ein Jäger war. Was tat's, daß Mylgun und Emraijin die Winchesterbüchsen trugen – der Vater hatte versprochen, ihm ein Gewehr in die Hand zu geben, sowie es Zeit wäre zu schießen.

Sie schlichen sich an den Lagerplatz heran, dann krochen sie auf der Erde – auch Kirisk. Über die scharfen Steine und das zerschrammte Eis zu kriechen war unbequem, aber Kirisk begriff, es mußte sein. Sie krochen schwer atmend, schweißüberströmt, hin und wieder Atem schöpfend, Ausschau haltend, bis der Augenblick gekommen war, anzulegen und zu schießen.

Nie im Leben würde Kirisk diese Stunde vergessen, diesen Frühlingstag, diese kalte, steinige Insel inmitten des endlosen, gewaltigen Meeres und darauf die zerklüfteten, dunkelrötlichen Felsbrocken, diese kahle, gefrorene Erde, auf der er bäuchlings lag, neben sich den Vater und Mylgun, die sich zu schießen vorbereiteten, vor sich, in einer flachen Mulde unmittelbar am Meer, inmitten der bemoosten, unförmigen, von Winden und Stürmen verwitterten Gesteinstrümmer,

eine kleine Robbenherde, die noch nichts argwöhnte und ruhig liegen-
blieb. Und über ihnen, über dem Meer erstreckte sich ein dunstiger,
erstarrter Himmel, der gespannt des ersten Schusses harrte.

Wenn ich nur treffe! dachte er, während er die Schulter an den Kolben der Winchesterbüchse drückte, die ihm der Vater gereicht hatte.
Er nahm allen Mut zusammen und zielte mit sicherer Hand, wie der
Vater geraten hatte, unter die linke Flosse, ein wenig höher und eine
Spur weiter rechts ... mitten ins Herz eines kräftigen, gefleckten See-
hundes. Als ahne es Ungutes, lauschte das Tier plötzlich aufmerksam,
obwohl es die Jäger nicht sah und auch nicht wittern konnte – der
Wind blies vom Meer. Um besser zielen zu können, mußte Kirisk et-
was zur Seite rücken, äußerst behutsam mußte er seine Lage verän-
dern, aber da löste sich ein Stein unter seinem Ellbogen, rollte den
Hang hinab und riß andere Steine mit. Der gefleckte Seehund stieß ein
kurzes Bellen aus, die Herde schrak hoch und wälzte sich heulend zum
Wasser. Doch in dieser Sekunde, noch ehe die Tiere sich in Bewegung
gesetzt hatten, ertönte ein Schuß, der eine große Robbe seitlich der
Herde umwarf – Mylgun hatte die Lage gerettet. Kirisk verlor den
Kopf.

„Schieß!" befahl Emraijin.

Die Schulter erhielt einen heftigen Schlag, der Schuß dröhnte, und
alles versank in Totenstille. Kirisk schämte sich unsäglich, daß er nicht
getroffen hatte und die Jagd seinetwegen scheiterte. Doch der Vater
steckte ihm eine neue Patrone zu. „Lad und schieß schnell!" Laden und
schießen – wie oft hatte er das im Handumdrehen getan, als er es noch
lernte! Jetzt machte es ihm Mühe. Das Schloß seiner Winchester
klemmte. Inzwischen feuerte Mylgun noch zweimal auf die zum Wasser hastenden Robben. Eine verwundete er, sie wand sich in Zuckun-
gen am Uferrand. Die Jäger liefen dorthin. Die Herde verschwand bereits im Meer, das am Ufer zurückgebliebene angeschossene Tier aber
mühte sich nach Kräften, ins Wasser zu kriechen. Als die Menschen
hinkamen, hatte die Robbe das Wasser erreicht; mit ihren Flossen ar-
beitend und einen blutigen Fleck hinter sich herziehend, glitt sie hinein. Deutlich sah man ihre schreckensstarren Augen und den hell flie-
derfarbenen Streifen am Rücken vom Nacken bis zum Schwanzende.
Mylgun ließ die hochgerissene Winchester sinken – die Robbe jetzt
fangen zu wollen war sinnlos.

„Laß ab, sie ertrinkt ohnehin", sagte Emraijin.

Kirisk stand atemlos da, niedergeschlagen, mit sich unzufrieden. Ein schöner Jäger war er! Mit Macht verbiß er sich Tränen der Scham.

„Du wirst schon noch Glück haben", beschwichtigte ihn Mylgun, als sie später darangingen, die erlegte Robbe auszuweiden. „Gleich fahren wir zur Mittleren Zitze, dort sind mehr Tiere."

„Hätte ich bloß nicht zu hastig . . .", setzte Kirisk an, doch der Vater unterbrach ihn: „Mit dem ersten Schuß wird keiner zum Jäger. Wart ab, schießen kannst du, und die Beute läuft dir nicht davon."

Kirisk schwieg, war aber insgeheim den Erwachsenen dankbar, daß sie ihm keine Vorwürfe machten. Er nahm sich fest vor, bei der Jagd stets Ruhe zu bewahren, sich nicht ablenken zu lassen, erst zu schießen, wenn Auge und Atem „mit dem Visier verschmolzen waren", wie es der Vater ihn gelehrt hatte.

Die Robbe war groß und schwer. Zufrieden rieb sich Mylgun die Hände, als er das Tier ausnahm. „Vier Finger breit Fett, siehst du? Schön!" Kirisk hatte seinen Kummer bereits vergessen und half ihm mit Feuereifer. Emraijin war indes zum alten Organ gegangen, um das Boot an Land zu ziehen. Bald kam er zurück, besorgt und voller Hast. „Wir haben keine Zeit zu verlieren, beeilt euch!" Nach einem Blick zum Himmel setzte er hinzu: „Das Wetter gefällt mir nicht . . ."

Rasch hatten die Jäger die Robbe ausgeweidet, behielten von den Innereien nur Leber und Herz; den Tierkörper schleppten sie auf zusammengebundenen Stangen zum Boot. Kirisk trug die beiden Winchesterbüchsen.

Am Ufer neben dem Boot erwartete sie Organ. Der alte Mann freute sich. „Für den Anfang ist das gar nicht schlecht!" erklärte er und zückte sein Messer. Vor ihnen lag das Wichtigste nach der Jagd – der unverzügliche Verzehr der rohen Robbenleber. Organ hockte sich über den aufgeschlitzten Tierkörper und zerschnitt die Leber in kleine Teile. Die Jäger würzten die Leberstückchen mit etwas Salz, schmatzten und schluckten genießerisch. Die Leber war sehr schmackhaft – zart, warm, sättigend. Sie schmolz im Mund. Kirisks Traum hatte sich erfüllt – wie ein echter Mann aß er rohe Leber bei der Jagd!

„Iß nur, iß mehr!" riet Organ dem Jungen. „Die Nacht wird kalt, du wirst frieren. Leber wärmt vortrefflich. Sie ist das beste Mittel gegen alle Krankheiten."

Richtig gesättigt, verspürten sie alsbald heftigen Durst. Das Wasser aber war in dem Fäßchen im Boot.

DER JUNGE UND DAS MEER 167

„Das Zerteilen des Tieres hat Zeit bis später", sagte Emraijin, als alle satt waren, und blickte erneut besorgt zum Himmel.

„Und Tee wärmen wir uns zur Nacht, wenn wir uns auf der Mittleren Zitze eingerichtet haben", meinte auch Organ. „Vorerst kommen wir so aus. Wir wollen lieber aufladen."

Vor der Abfahrt vergaßen die Jäger nicht, die Erde zu bewirten. Sie verstreuten das kleingeschnittene Robbenherz und baten dabei den Herrn der Insel, er möge ihnen auch beim nächstenmal Erfolg schenken.

Dann fuhren sie wieder hinaus aufs Meer.

Die Kleine Zitze blieb zurück. Sie hielten nun Kurs auf die Mittlere Zitze. Schon ging der Tag zur Neige. Die Männer legten sich in die Ruder, beeilten sich, noch bei Tageslicht die Mittlere Zitze zu erreichen, wo sie das Boot an geschütztem Ort festmachen und übernachten wollten. Bald war die Kleine Zitze verschwunden, gleichsam ins Meer getaucht, doch die Mittlere war noch nicht zu sehen. Wieder erstreckte sich weit und breit nur Wasser.

Während der Robbenjagd hatte sich das Meer merklich verändert. Der Seegang war jetzt stürmischer, stärker. Noch rollten die Wassermassen in die alte Richtung, doch der Wind war bereits umgeschlagen. Das Boot wurde nun viel härter gerüttelt und geschaukelt. Vor allem aber beunruhigte die Jäger der Himmel. Dunstschwaden, die wer weiß woher kamen, bedeckten den Himmel mit einem wogenden, weißlichen Schleier.

„Was braut sich da nur zusammen?" murmelte Organ besorgt.

Jetzt fuhren sie voller Spannung, erwarteten bei jedem Ruderschlag, daß vor ihnen Land auftauchte – die Mittlere Zitze, die bequemste und zuverlässigste von allen dreien.

Indes hatte der Himmel sogar aufgeklart, die Sonne lugte wieder vom Meeresrand. Klar umrissen und purpurrot, erlosch sie doch bereits, leuchtete nur noch matt in jenem fernen rötlichen Rauchschleier. Das genügte, um die Unruhe zu vertreiben. „Wart nur, gleich taucht die Mittlere Zitze vor uns auf", sagte Organ und klopfte Kirisk ermunternd auf den Rücken.

Den Jungen plagte schon lange heftiger Durst, aber noch bezwang er sich. Der Vater hatte ihm am Vorabend gesagt, bei einer Seefahrt sei das Trinkwasser stets knapp und man dürfe nicht einfach unbedacht trinken wie zu Hause. Auf allen drei Inseln befinde sich kein Tropfen

Süßwasser. Das Boot dürften sie aber nicht unbegrenzt beladen. Zu trinken gebe es nur, wenn alle etwas bekämen. Als am plötzlich aufgeklarten Himmel die Sonne hervorlugte, spürte der Junge die Güte des alten Organ. „Atkytschch! Ich habe solchen Durst!" rief er mit einem Blick auf den Vater.

„Soso!" Verständnisvoll schmunzelte Organ. „Kein Wunder nach dieser Leber! Wollen wir nicht alle trinken?"

Emraijin und Mylgun nickten. Das freute Kirisk – also hatten alle Durst, nicht nur er allein.

„Na, genehmigen wir uns einen Schluck, und dann stopfen wir das Pfeifchen!" Der alte Organ klemmte das Steuerblatt fest, hob vom Bootsgrund das Wasserfäßchen, stellte es handlich hin und goß das Wasser in dünnem Strahl in eine innen verzinkte Kupferkelle. Das Wasser war kalt und rein – es stammte aus der Quelle am seeabgewandten Hang des Scheckigen Hundes. Dort gab es das beste Wasser, klar und wohlschmeckend. Im Sommer roch es nach Gräsern und feuchter Erde.

Kirisk hielt die Kelle unter den Strahl. Zu gern hätte er sich schnell satt getrunken. Als die Kelle halb voll war, unterbrach der alte Organ den Strahl mit einem Spund. „Trink jetzt", sagte er. „Verschütte aber nichts!"

Zuerst trank Kirisk gierig, dann schon langsamer, und da spürte er, das Wasser roch bereits nach gequollenem Holz.

„Hast du genug?" fragte Organ.

„Ja."

„Ich seh's an deinen Augen – noch nicht ganz. Sei's drum. Ich gebe dir noch eine Kleinigkeit. Leber ist was Kerniges, an Land könnte man danach einen ganzen Eimer trinken", erläuterte der Alte, während er Kirisk noch etwas in die Schöpfkelle goß.

Schließlich war sein Durst gestillt. Dann erhielten auch die Ruderer je eine Dreiviertelkelle. Kirisk reichte sie ihnen persönlich. Jetzt hatte er nichts dagegen, daß auch der Vater und Mylgun tranken, soviel sie Lust hatten. Organ hielt es jedoch für angebracht, dem Jungen zu erklären, warum er ihnen je eine Dreiviertelkelle eingoß: „Du bist noch schmächtig, aber was sind sie für Kerle! Und müssen schwer arbeiten! Rudern macht großen Durst."

Die beiden Männer hatten im Nu ihre Kellen geleert. Auch Organ trank seinen Anteil. Dann stopfte er sich die Pfeife, steckte sie an und paffte. Zufrieden und glücklich genossen sie eine wunderschöne Minute der Ruhe.

Die erste Robbe war erlegt, vor ihnen lag die Rast auf der Insel, am frühen Morgen noch eine große Jagd auf Seetiere. Und gleich danach ging es nach Hause.

DAS Boot fuhr gleichmäßig dahin. Emraijin und Mylgun ruderten, wie es schien, ohne Anstrengung. Kirisk bewunderte unwillkürlich die Jäger, betrachtete jeden einzelnen aufmerksam, machte sich Gedanken über jeden von ihnen.

Der alte Organ muß wohl immer derselbe alte Mann gewesen sein mit langem Hals und Adamsapfel, mit langen Händen, knotig wie ein Wurzelstock, und ständig tränenden, alles verstehenden Augen.

Die Mutter sagt immer wieder, er, Kirisk, sehe dem Vater sehr ähnlich, und später würde er einmal das ganze Ebenbild von Emraijin. Die Augen seien gleich, sagt sie, eichelbraun, auch der Bart, sagt sie, würde einmal wie beim Vater sprießen – schwarz, kräftig und dicht. Nicht ohne Grund nennt man den Vater *Bärtiger Emraijin*.

Da sitzt er nun, der Vater, vorn im Boot und rudert. Schwarzbärtig, weißzähnig, breitschultrig, selbstsicher, stets ausgeglichen. Kirisk entsinnt sich nicht, daß der Vater ihn je angeschrien oder bemitleidet oder in Schutz genommen hätte.

Hinter ihm, am anderen Ruderpaar, sitzt Vetter Mylgun, zwei Jahre jünger als der Vater. Er hat fast keinen Bart. Nur einzelne Borsten starren wie der Schnurrbart eines Walrosses. Überhaupt sieht er aus wie ein Walroß. Mylgun redet gern und regt sich auf, wenn ihm irgend etwas nicht paßt. Eine Beleidigung nimmt der von keinem hin – einmal hat er sich mit einem zugereisten Kaufmann geprügelt. Da mußte sich die ganze Sippe entschuldigen und den Mann begütigen. Mylgun aber blieb starrköpfig. Obwohl klein von Wuchs und so rund wie ein Holzklotz, ging er hoch und sagte, dem zeig ich's noch. Betrunken hatte er sich. Ein paar Mann, darunter Emraijin, wollten ihn binden, aber das war schwierig. Mylgun hat Bärenkräfte. Für Kirisk ist er der Aki-Mylgun – so nennt man den älteren Verwandten. Mit dem Vater ist Mylgun befreundet, stets gehen sie zusammen auf Jagd, denn sie können sich aufeinander verlassen und sind beide gleich tüchtige Jäger. Mylgun hat einen Sohn, der gerade erst anfängt zu laufen, und zwei ältere Mädchen. Kirisk läßt nicht zu, daß ihnen ein Leid geschieht – soll nur einer versuchen, ihnen nahezutreten! Auch Kirisks Mutter liebt Mylguns Töchter, sie kommen oft, um mit Psulk zu spielen.

Die Allerschönste unter den Mädchen aber ist Musluk! Schade, es heißt, wenn sie groß ist, will man sie weggeben, in eine Nachbarsippe verheiraten. Man müßte sie ganz einfach nicht hergeben ...

Plötzlich empfand Kirisk heftiges Heimweh. Er sehnte sich so nach seiner Mutter, daß ihn das Herz schmerzte. Sie waren so fern der heimatlichen Küste, so fern vom vertrauten Scheckigen Hund. Unwillkürlich drehte Kirisk sich um, und während er in die Runde blickte, sah er etwas völlig Unerwartetes.

Über das Meer, fast den halben Horizont überziehend, schob sich in zwei breiten, sich vereinigenden Zungen eine dichte graue Nebelwand auf sie zu, ballte sich über der schwarzen Wasserfläche. Wie ein Lebewesen kam der Nebel heran, wie ein Ungeheuer, das drauf und dran war, sie zu schnappen und zu verschlingen. Er quoll von der Seite, wo Kirisk jene im Meer erstarrte graue Masse gesehen hatte, die ihm von fern wie eine Insel erschienen war. Jetzt trieb diese Masse, zusehends schwellend und wachsend, auf sie zu – lautlos und unaufhaltsam, vom Wind gejagt.

„Seht nur, seht!" schrie Kirisk erschrocken.

Alle zuckten zusammen. Das Boot, für einen Moment ohne Steuerung, begann zu schlingern. Im selben Augenblick erreichte sie das drohende Tosen einer gewaltigen Welle, die unter dem dichten Nebelschleier hervorbrach. Mit immer stärker anschwellendem Brausen wälzte sie sich heran, hochschießend und zusammenstürzend.

„Wenden!" schrie Organ. „Ihr entgegen!"

Kaum hatten die Ruderer das Boot der Woge entgegengedreht, da warf es auch schon der erste Sturmstoß beinahe um. Die Welle war durchgerast, eine empörte See im Gefolge, und hinterdrein drängte bereits der Nebel. Als die Nebelwand schon fast heran war, sah man deutlich, mit welch unheilverheißender Unerbittlichkeit dieses geballte, lebendige Dunkel vorwärts schoß.

„Merkt euch den Wind! Merkt euch den Wind!" vermochte Organ gerade noch zu rufen. Dann versank alles in undurchdringlicher Finsternis. Der Nebel stürzte herab wie eine Lawine, begrub das Boot in einen Abgrund unendlichen Dunkels. Mit einem Augenblick waren sie in eine andere Welt geraten: Alles war verschwunden. Es gab weder Himmel noch Meer, noch Boot. Sie erkannten nicht einmal ihre Gesichter. Und sie hatten keine Ruhe mehr – das Meer tobte. Bald wurde das Boot hochgeschleudert, bald hinabgeworfen in eine zwischen den Wellenbergen sich öffnende Schlucht. Schaumspritzer und Brecher durchnäßten ihre Kleidung, machten sie schwer. Aber das Schlimmste war, daß sie in dem dichten Nebel nicht unterscheiden konnten, was sich auf dem Meer tat, was sie unternehmen mußten. Nur eines blieb ihnen – auf gut Glück zu kämpfen, das Boot auf dem Wasser zu halten und zu verhindern, daß es kenterte. Nun konnte nicht einmal die Rede davon sein, auf eine bestimmte Richtung zu achten. Die Wogen trugen das Boot ins Ungewisse, und ungewiß blieb, wie lange dies noch währen konnte.

Kirisk hatte auch früher schon gehört, daß Jäger auf See in ein Unwetter geraten waren, bisweilen blieben sie für immer verschollen, dann unterhielten Frauen und Kinder in ihrem Leid viele Tage hindurch Feuer an den Hängen des Scheckigen Hundes, erfüllt von hoffnungsloser Hoffnung. Doch er hatte nicht im entferntesten geahnt, wie schrecklich es ist, auf offenem Meer umzukommen ... An seinen Sitz gekrallt, preßte er sich krampfhaft, voller Furcht, an die Beine des alten Organ.

,,Halt dich fest an mir! Ganz fest!" schrie ihm Organ ins Ohr, mehr konnte er für den Jungen nicht tun.

Keiner der Männer vermochte sein Los zu erleichtern, denn allen erging es gleich angesichts des wütenden Elements. Selbst wenn Kirisk zu weinen begonnen oder nach dem Vater gerufen hätte – Emraijin hätte sich nicht vom Fleck gerührt, denn wenn sich das Boot hielt, so nur, weil er und Mylgun verzweifelt mit den Rudern balancierten und dem Einsturz der Wogen stets wieder zuvorkamen. Organ versuchte, irgendwie das Steuer zu führen, um eine Richtung beizubehalten, aber immer wütender wurde der Sturm.

Es fiel schwer, die Tageszeit zu bestimmen. Den Anbruch der Nacht konnten sie nach der sich verdichtenden Finsternis nur ahnen. Vielleicht war bereits Mitternacht. Schon lange tobte dieser zermürbende Kampf im undurchdringlichen Nebel. Dennoch hegten sie noch immer die verzweifelte Hoffnung, der Sturm würde sich ebenso plötzlich legen, wie er begonnen hatte, der Nebel sich zerstreuen. Einmal schien sich dieser Wunsch zu erfüllen. Es sah aus, als flaute der Sturm ab, das Schlingern des Bootes ließ nach, Gischt und Spritzer verebbten. Doch noch immer umgab sie Dunkelheit. Als erster übertönte Organ das

Tosen des Meeres: „Ich bin's! Kirisk ist bei mir! Hört ihr mich?" –
„Wir hören! Sind an unserem Platz!" krächzte Emraijin.

„Wer hat sich den Wind gemerkt?" schrie Organ.

„Was soll das?" krächzte Mylgun wütend.

Der Alte verstummte. In der Tat, die Windrichtung besagte jetzt gar
nichts. Schwer zu sagen, wo sie sich befanden – fern oder nah der Inseln, die ihnen als Orientierungspunkte hätten dienen können. Vielleicht würde es sie noch so weit abtreiben, daß sie ihre Insel-Zitzen nie
mehr fänden. Ein Glück noch, daß sie die Inseln umgangen hatten;
sonst wären sie an den Küstenklippen zerschellt. Doch ohne die Inseln
und ohne die Sterne gab es für sie keine Möglichkeit, sich zu orientieren. Organ fehlte die Kraft, etwas zu sagen.

Der zu seinen Füßen kauernde Kirisk zitterte am ganzen Leibe. Da
erklärte Organ den Ruderern: „Kirisk und ich werden jetzt Wasser
schöpfen, bleibt an euern Plätzen!"

Er beugte sich zu Kirisk hinab, ertastete ihn im Dunkeln und sagte,
nachdem er sich überzeugt hatte, daß der Junge unversehrt war:
„Keine Bange, Kirisk. Komm, wir schöpfen Wasser. Wir haben nur
ein Schöpfgefäß, da habe ich es, du nimm die Kelle dort, ist besser als
gar nichts ... Hältst du sie?"

„Ja, Atkytschch! Kann das lange dauern? Ich habe Angst."

„Ich auch", entgegnete der alte Organ. „Aber wir sind Männer, wir
müssen durchhalten."

„Wir ertrinken doch nicht, Atkytschch?"

„Nein ..., und wenn wir ertrinken, dann soll es so sein. Aber nun
los, halt dich mit der einen Hand an mir fest, und mit der anderen
schöpf Wasser."

Beim Wasserschöpfen lenkte Organ Kirisks Aufmerksamkeit auf
das kleine Faß, dem sie am Tag ihr Trinkwasser entnommen hatten.

„Kirisk", sagte er und packte ihn bei der Hand, „da ist unser Wasserfäßchen. Fühlst du's? Merk dir, was immer geschieht, hüte dieses Faß.
Halt es fest, krall dich daran, aber laß es nicht los! Hast du mich verstanden? Verlaß dich auf keinen andern ... Hörst du?"

Gut, daß er das gesagt, gut, daß er rechtzeitig den Jungen gewarnt
hat. Sehr bald sollte es ihnen zustatten kommen ...

Nach kurzem Abflauen brach der Sturm mit frischer Kraft los. Diesmal noch heftiger und grimmiger, als würde er die Hilflosigkeit der
Menschen bei Dunkelheit und Nebel ausnützen. Die Wellen stürzten

über sie mit solcher Wut, daß das Boot hin und her geschleudert wurde, und Brecher peitschten es. Es lief voll Wasser, sackte ab. Organ mochte sich, im Knien schöpfend, noch so abhetzen – unmöglich konnte er des einströmenden Wassers Herr werden. Verzweifelt schrien die Ruderer: „Wirf alles raus! Wir gehen unter! Wirf alles raus!"

Kirisk weinte laut vor Angst, doch keiner hörte ihn. Der Junge verkroch sich unter dem Steuersitz und umklammerte das Fäßchen. Er warf sich seitlich darüber, von Schluchzen geschüttelt. Ihm war bewußt, daß er jetzt nichts Wichtigeres tun konnte, was immer geschah.

Es war höchste Zeit, das halbgesunkene Boot zu retten. Mylgun arbeitete wie wahnsinnig mit den Rudern, um das Boot nicht kentern zu lassen. Organ und Emraijin aber warfen alles über Bord – ins Meer flogen die beiden Winchesterbüchsen, die Harpune, Leinenknäuel und alles andere, sogar Organs Blechteekanne. Die größte Mühe bereitete ihnen die Robbe. Schwer und glitschig war der Tierkörper, sie mußten ihn vom Boden des Bootes heben und über Bord wälzen. Mußten die Beute wegwerfen, derentwegen sie zu den Inseln gefahren waren. Unter größter Anstrengung in dieser Enge schoben sie den Robbenleib an die Bordwand und stürzten ihn endlich ins Meer. Sogar in diesem Durcheinander war zu spüren, wie erleichtert das von der Last befreite Boot aufschwankte. Vielleicht war ebendies ihre Rettung ...

ORGAN erwachte als erster. In der leblosen weißen Ödnis war ihm nicht gleich klar, wo er sich befand und was diese trübe, undurchsichtige Reglosigkeit rundum bedeutete.

Es war Nebel. Als sich seine Augen eingewöhnt hatten, unterschied der alte Organ in dem Dunkel die Konturen des Bootes, später auch die der Menschen. Emraijin und Mylgun lagen auf ihren Plätzen an den Rudern. Erschöpft, zermürbt vom nächtlichen Unwetter, verharrten sie in seltsamen Stellungen, als hätte ein Hieb sie niedergestreckt, und nur heiseres, stoßweises Krächzen zeugte von ihrem Leben. Kirisk, ans Faß gelehnt, lag zu seinen Füßen. Er zitterte im Schlaf vor Nässe und Kälte. Organ bedauerte ihn, konnte aber nicht helfen.

Benommen von der letzten Nacht, das graue Haupt gesenkt, saß er am Heck. Sein Körper schmerzte und brannte. Wie Peitschenschnüre hingen seine langen knotigen Arme hinab. Viele Schicksalsschläge, viele Prüfungen waren Organ schon widerfahren, doch so hart hatte es

DER JUNGE UND DAS MEER

selbst ihn noch nicht getroffen. Er konnte sich nicht vorstellen, wo sie sich jetzt befanden, wie weit sie vom Land entfernt, ob sie noch im Ochotskischen Meer waren oder bereits im Ozean. Nicht einmal, welche Tageszeit jetzt war. In der dichten Nebelmasse war der Tag nicht von der Nacht zu unterscheiden. Doch bedachte man, daß Stürme sich zumeist gegen Morgen legen, dann war aller Wahrscheinlichkeit nach Tag. Vielleicht die zweite Tageshälfte. Bei aller Freude, daß sie durch ein Wunder am Leben geblieben waren, hatte Organ Grund, den Kopf hängenzulassen. Nachdem alles verloren war, was sie auf die Fahrt mitgenommen – selbst die Büchsen, die sie gegen Hunderte von Zobelfellen bei zugereisten Kaufleuten eingehandelt hatten –, blieben ihnen im Boot nur noch zwei Paar Ruder und ein angebrochenes Fäßchen Trinkwasser. Was stand ihnen nun bevor?

Sowie die Ruderer zu sich kämen, würden sie gemeinsam beratschlagen, was zu tun sei. Aber welche Richtung sollten sie einschlagen? Sie konnten auch bis zur Nacht ausharren und, wenn der Himmel nicht wolkenverhangen war, versuchen, sich nach den Sternen zu richten. Wie weit hatten sie aber zu fahren? Wieviel Kraft kostete es sie noch und wieviel Zeit? Würden sie ans Ziel kommen, würden sie das durchstehen?

Er hätte gern geraucht und etwas getrunken. Das Rauchen mußte er sich aus dem Kopf schlagen, der Tabak, den er noch bei sich hatte, war durchnäßt. Und die Pfeife war verschwunden. Und Wasser? Und Nahrung? Organ wagte nicht einmal, daran zu denken. Noch war es auszuhalten, noch konnte man diese Sorge hinausschieben . . .

Das Meer wurde nur von der Dünung bewegt, es herrschte völlige Windstille. Das Boot wiegte sich leicht auf der Stelle. Willenlos lagen die sich selbst überlassenen Ruder auf der Oberfläche. Emraijins und Mylguns Erschöpfung hatte einen solchen Grad erreicht, daß sie, vom Schlaf übermannt, nicht einmal mehr die Ruder an Bord hatten heben können. Traurig zusammengekrümmt, druselte der Alte ein und erwachte erst, als Kirisk ihn weckte.

Der Junge stieß ihn an. „Atkytschch, Atkytschch! Wir wollen trinken!"

Organ schüttelte den Schlaf ab und begriff, daß seine drei Stammesgenossen Entscheidungen von ihm erwarteten, denn er war der Älteste, und er begriff auch, daß nun das Schrecklichste begann – das Wasserzuteilen.

Den Rest des Tages ruderten sie gemächlich durch den Nebel, ziellos, ins Ungewisse. Nachdem sie zu sich gekommen waren und ihre Lage überdacht hatten, vermochten sie nicht mehr untätig zu bleiben. Sie ruderten. Vielleicht näherten sie sich dem Land, vielleicht entfernten sie sich von ihm. Immerhin hatten sie so die Illusion einer Bewegung. Ihre einzige Hoffnung war, daß der Nebel sich zerstreute und sie dann die Lage besser überschauen könnten. Auch hegten sie die Hoffnung, auf irgendeine Insel zu stoßen. Dann würden sie sich leichter orientieren.

Auch jetzt forderte Organ im Boot eine gewisse Ordnung. Sie schöpften das restliche Wasser aus, damit es zu ihren Füßen nicht gluckste. Den Jungen setzte Organ neben sich auf die Heckbank, daß er es wärmer hätte und seine Sachen schneller trockneten. Wasser gab er allen gleich viel. Das erstemal jedem eine knappe Viertelkelle. Nach der Sturmnacht mußten sie wenigstens einmal ihren Durst stillen. Aber Organ warnte: Von nun an gäbe es nur noch zu trinken, wenn er es für nötig erachte, und nur so viel, wie er ihnen zumesse. Dabei rüttelte er leicht am Faß – es war schon halb leer.

Unverhofft gab es auch eine Freude: Als es an die Wasserzuteilung ging, entdeckten sie hinter dem Faß, im äußersten Winkel unter dem Steuersitz, einen Robbenledersack mit Dörrfisch. Den großen Sack mit Wegzehrung hatten sie mit den anderen Sachen über Bord geworfen, dieser kleine aber, den Mylguns Frau mitgegeben hatte, war unbemerkt geblieben. Zwar war er voller Meerwasser, und der Fisch, ohnehin salzig, war nun vollends ungenießbar. Und doch war es etwas zu essen. Vorderhand aß jedoch keiner davon, sie fürchteten den Durst.

Alle warteten nur auf eines – daß endlich der Nebel wiche...

Doch er wich nicht, rührte sich nicht. Wieder wurde es Nacht. Man ahnte es nur an der rings andrängenden Schwärze. Und kein Stern, kein Himmel hoch droben.

Sie warteten, hofften, vertrauten darauf, daß sich Sterne am Himmel zeigten.

Warteten von Stunde zu Stunde. Warteten auf Wind, daß dieser verhaßte, dreimal verfluchte Nebel verjagt werde. Fanden keinen Schlaf. Wandten sich flehend an den Himmelsgeist, er möge das gestirnte Himmelsgewölbe öffnen, baten den Herrn der Winde zu erwachen. Vergebens. Niemand hörte sie, der Nebel wich nicht.

DER JUNGE UND DAS MEER 177

Kirisk wartete gleichfalls auf die Sterne. Alles, was er seit dem vergangenen Abend durchgemacht hatte, hatte den Jungen erschüttert und verängstigt. Daß aber die drei Erwachsenen trotz der Todesgefahr standhielten, ließ ihn hoffen, sie fänden auch jetzt einen Weg zur Rettung. Er vertraute fest darauf, daß nur die Sterne sich am Himmel zeigen mußten, und ihre Leiden wären zu Ende. Hunger und Durst quälten ihn, immer heftiger sehnte er sich nach Hause, zur Mutter, zu den Verwandten, den Wohnstätten, den Bächen und Gräsern ...

Die ganze Nacht warteten die Bedrängten sehnsüchtig, aber nichts geschah, der Nebel wich nicht, kein Stern zeigte sich am Himmel. Und die ganze Nacht plagte sie der Durst. Doch Organ gab kein Wasser heraus, selbst als Kirisk darum bat.

„Nein", sagte er fest, „jetzt nicht. Hab Geduld."

Hätte der alte Organ nur geahnt, wie quälend der Durst war nach dem Dörrfisch, an dem sie gegen Abend zu dritt – er, der Vater und Mylgun – zu nagen begonnen hatten! Zwar tranken sie etwas nach, aber viel zuwenig, und nach einer Weile dürstete es sie nur um so mehr. Der alte Organ rührte den Fisch gar nicht erst an, er bezwang sich, trank aber auch nicht, sondern sparte, genehmigte sich keinen Schluck. An jenem Tag tranken sie zweimal – morgens und abends –, alle, bis auf Organ. Abends nur ganz wenig. Das Wasser im Fäßchen nahm ständig ab.

Weil er trinken wollte, trinken, trinken, trinken, wurde das Warten auf einen Wetterumschlag zur doppelten Folter.

Auch am Morgen änderte sich nichts. Nur eine Spur heller wurde es im graublauen Leib des Nebels, eine Spur weiträumiger. Nun unterschied man Gesichter und Augen. An die zwei Ruderlängen rings um das Boot schimmerte trübsilbern ein spiegelglattes totes Meer. Ein so unbewegtes Wasser hatte Kirisk noch nie gesehen.

Es bestürzte den Jungen, wie stark sich die Gesichter der Erwachsenen verändert hatten. Sie waren verfallen, mit harten Stoppeln überwuchert, die Augen wirkten erloschen und lagen in dunklen Höhlen.

Selbst der sonst so kräftige und selbstsichere Vater war kaum wiederzuerkennen. Geblieben war nur sein Bart. Die Lippen hatte er zerbissen, sie waren ganz schwarz. Und auf Kirisk blickte er voller Mitleid, obwohl er schwieg. Besonders abgezehrt war der alte Organ. Er hatte sich zusammengekrümmt, war noch bleicher geworden, noch länger streckte sich sein Hals mit dem Adamsapfel, mehr denn je tränten seine Augen. Nur der Blick war noch der alte, weise und streng.

Der Tag begann mit dem Schwersten – der Zuteilung von ein paar Schluck Wasser für jeden. Organ selbst goß ein. Er klemmte sich das Fäßchen unter den Arm und ließ das Naß in dünnem Strahl auf den Grund der Kelle rinnen; seine Hände zitterten heftig. Zuerst reichte er die Kelle Kirisk. Der Junge konnte es kaum erwarten. Seine Zähne klapperten gegen den Rand der Kelle, und während er das Wasser schluckte, spürte er nur für einen Augenblick, wie es ihn erquickte, wie die Glut in seinem Innern nachließ und ihm vor Erregung der Kopf summte. Doch schon während er die Kelle zurückgab, kehrte die Hitze wieder, schlimmer als zuvor. Danach trank Mylgun. Dann Emraijin. Schrecklich war es anzusehen, wie sie tranken. Sie ergriffen die Kelle mit bebenden Händen und reichten sie Organ zurück, ohne ihn anzublicken. Als wäre er schuld, daß sie so wenig zu trinken bekamen. Organ selbst goß sich keinen Tropfen ein. Schweigend verstopfte er das Spundloch. Das erschien Kirisk unfaßbar. Wäre das Fäßchen in seinen Händen gewesen, er hätte sich sofort eine volle Kelle eingießen wollen, dann noch eine und noch eine, und trinken, trinken bis zum Umfallen. Dann komme, was wolle. Nur einmal sich satt trinken! Der alte Organ aber gönnte sich nicht einmal das, was ihm zustand. „Warum machst du das, Atkytschch? Gieß dir ein wie allen!" drängte schließlich Emraijin unter Selbstüberwindung. „Gestern hast du schon nichts getrunken! Wenn wir zugrunde gehen, dann alle gemeinsam!"

„Ich komme so aus", entgegnete Organ ungerührt.

„Nein, das ist nicht recht!" Emraijin hob die Stimme und setzte gereizt hinzu: „Dann trinke ich auch nicht!"

„Was ist da schon zu trinken! Nicht der Rede wert!" Organ lächelte, wiegte sacht den Kopf, zog erneut den Zapfen aus dem Spundloch, goß eine Neige Wasser in die Kelle und sagte: „Dann bekommt Kirisk meinen Teil."

Der Junge war betroffen, und alle verstummten.

Organ reichte ihm die Kelle. „Da, Kirisk, trink. Mach dir keine Sorgen."

Kirisk schwieg.

„Trink", sagte Mylgun.

„Trink", sagte Emraijin.

„Trink", sagte der alte Organ.

DER JUNGE UND DAS MEER.

Kirisk schwankte. Er hätte sich zu gern die paar Schluck sofort in die Kehle geschüttet. „Nein", sagte er, sein verzehrendes Verlangen bezwingend, „nein, Atkytschch, trink selber", und spürte, wie sich in seinem Kopf alles zu drehen begann.

Organs Hand zitterte, er seufzte schwer. Sein Blick wurde weicher, dankbar streichelte er den Jungen. „Ach, weißt du, ich habe in meinem Leben schon soviel Wasser getrunken! Du aber mußt noch lange leben, damit . . ." Er sprach nicht weiter. „Hast du mich verstanden, Kirisk? Trink, du mußt trinken, mach dir um mich keine Sorgen! Da!"

Abermals spürte der Junge, während er das Wasser schluckte, nur für einen kurzen Augenblick, wie es ihn erquickte, doch schon wich dieses Gefühl der Erleichterung neuem Durst. Diesmal behielt er im Mund den Beigeschmack von fauligem Wasser.

„Was sollen wir tun?" sprach Organ, an seine Stammesgefährten gewandt. „Fahren wir?"

Langes Schweigen. Alle blickten sich um. Aber außer dem undurchdringlichen Nebel ums Boot herum gab es nichts auf der Welt.

„Wohin fahren?" Mit einem Seufzer unterbrach Emraijin das Schweigen. „Bei solchem Nebel ins Nichts fahren – hat das Sinn?"

„Wohin, wohin?" brauste Mylgun auf. „Besser fahren, als an Ort und Stelle verrecken! Wir fahren, und wenn nicht, kipp ich dieses verfluchte Boot um, dann können uns die Fische fressen! Hast du mich verstanden, Emraijin, wir fahren! Hast du verstanden?"

Kirisk beschlich Unbehagen. Er schämte sich für Aki-Mylgun. Der hatte sich ungehörig benommen, immerhin war er jünger als der Vater. Da hatte sich etwas gelockert oder war zerbrochen – in ihm oder in dem, was sie jetzt darstellten, die vier Niwchen in einem Boot. Alle schwiegen bedrückt und bekümmert. Verstummt war auch Mylgun, sein Atem ging schwer. Emraijin hatte den Kopf gesenkt. Der alte Organ blickte an ihnen vorbei, und sein Gesicht war undurchdringlich wie der Nebel, der sie als dunkler Schleier von allen Seiten umgab.

„Beruhige dich, Mylgun", sprach endlich Emraijin. „Ich habe das doch nur so dahergesagt, natürlich ist es besser zu fahren, als an einem Fleck zu verharren. Du hast recht. Komm, wir fahren."

Sie setzten das Boot in Fahrt. Wieder knirschten die Dollen, wieder hoben und senkten sich plätschernd die Ruder, teilte sich lautlos hinterm Boot das ruhige Wasser und schloß sich spurlos. Und doch hatten sie den Eindruck, als führen sie nicht, sondern stünden an einem

Ort. Wie weit sie auch vorankamen, ringsum lag Nebel, sie befanden sich gleichsam in einem Zauberkreis. Das brachte Mylgun aufs neue außer sich. „Ich pfeif auf deinen Nebel, Emrajijn, hörst du?" rief er. „Und ich will, daß wir schneller fahren! Streng dich an, ruder, schlaf nicht, hörst du? Ich pfeif auf deinen Nebel!" Und er legte sich mit Macht in die Riemen. „Schneller!" drängte er.

Emrajijn wollte ihn nicht reizen, steigerte sich aber aus verletztem Stolz selbst in dieses sinnlose Spiel.

Das Boot gewann immer mehr an Schnelligkeit. Aufs Geratewohl schoß es ruckweise durch den Nebel. Mylgun und Emrajijn ruderten verbissen um die Wette, in einer so zügellosen Erbitterung, als könnten sie den Nebel überholen, seine unendlichen Grenzen sprengen.

Die Riemenblätter jagten Spritzerfontänen hoch zu beiden Seiten des Bootes, das Wasser rauschte, es senkten und hoben sich die schweißnassen, stoppligen Gesichter der Ruderer ... Luft holen, ausatmen, Luft holen, ausatmen ...

Zunächst lebte Kirisk auf, angesteckt von der Illusion vorwärts zu kommen, dann aber begriff er, wie nutzlos und schrecklich das war. Verängstigt blickte der Junge auf den alten Organ – er erwartete, daß dieser der sinnlosen Jagd Einhalt gebot. Organ aber wirkte völlig abwesend – der versonnene Blick irrte umher, auf dem Antlitz war ein weltentrückter Ausdruck erstarrt. Und – ob er weinte oder ob nur wie üblich seine Augen tränten – das Gesicht des alten Mannes war naß ... Unbeweglich saß er auf der Heckbank, als wüßte er nicht, was geschah.

So fuhren sie eine geraume Weile. Allmählich gerieten die Ruderer außer Atem, verminderte sich die Schnelligkeit; keuchend, nach Luft ringend, ließen sie die Ruder sinken. Mylgun hob nicht den Kopf.

Bittere Ernüchterung überkam sie. Den Nebel hatten sie nicht überholt, seine Grenzen nicht gesprengt, alles war wie zuvor: Dünung, völlige Ungewißheit, undurchdringliches Dunkel. Das Boot fuhr noch kurze Zeit weiter, drehte sich im Kreis ...

Wozu war das nötig gewesen? Aber was hätten sie gewonnen, wenn sie am selben Fleck geblieben wären? Auch nichts.

Jeder dachte wohl das gleiche. Da sagte Organ: „Hört auf mich." Seine Worte setzte er bedächtig, gewiß schonte er seine Kräfte – hatte er doch bereits den zweiten Tag nicht getrunken, nicht gegessen. „Kann sein", gab er zu bedenken, „der Nebel hält sich noch viele

Tage. So etwas kommt vor. Ihr wißt es selbst. Sieben, acht, bisweilen sogar zehn Tage liegt Nebel überm Meer wie eine Seuche überm Land, wie eine Krankheit, die nicht vergeht, ehe ihre Frist verstrichen ist. Wie lange aber diese Frist währt, weiß keiner. Wenn dies solch ein Nebel ist, erwartet uns ein schweres Los. Dörrfisch haben wir nur noch einen winzigen Rest, und was nutzt er uns, wenn es an Trinkwasser fehlt. Das ist unser ganzes Wasser!" Er schüttelte das Fäßchen. Es plätscherte hohl – ein, anderthalb Handbreit überm Boden.

Alle schwiegen. Auch der Alte verstummte. Ihnen war klar, was er hatte sagen wollen: Zu trinken gab es nur noch einmal am Tag, eine winzige Neige in der Kelle, um länger durchzuhalten, falls es überhaupt gelang, dieses Unheil von Nebel zu überstehen. Sobald das Meer wieder frei wäre, sich Sterne zeigten oder die Sonne, würde man weitersehen, am Ende hatten sie Glück und erreichten doch noch das Land.

So stand es. Organ begriff die Aussichtslosigkeit ihrer Lage, und am schwersten trug er selbst daran. Der alte Mann verfiel vor ihren Augen. Sein von Falten und Runzeln durchfurchtes, dunkelbraunes Gesicht wurde von Stunde zu Stunde dunkler und härter vor Schmerz, der aus seinem Inneren kam. In die tränenden Augen trat ein gespannter Fieberschein. „Ich habe darüber nachgedacht", fuhr er fort, „daß wir ständig die Luft beobachten und in sie hinauslauschen müssen, ob da nicht unversehens eine Agukuk, eine Schnee-Eule, vorbeifliegt. Die Agukuk-Eule ist der einzige Vogel, der zu dieser Zeit überm Meer fliegt. Falls wir uns zwischen einer Insel und dem Festland befinden, kann der Flug der Agukuk uns den Weg weisen. Ein Vogel überfliegt offenes Meer stets auf geradem Weg. Er biegt nirgends ab, fliegt immer geradeaus. Auch die Agukuk."

„Und wenn wir nicht zwischen Insel und Land sind?" fragte Mylgun düster, den Kopf immer noch gesenkt.

„Dann werden wir sie nicht sehen", entgegnete Organ ruhig.

Kirisk hätte gern gewußt, warum die Agukuk übers Meer fliegt, aber Mylgun kam ihm zuvor.

„Wenn nun aber die Eule vergißt, über uns zu fliegen, Atkytschch?" höhnte Mylgun finster. „Wenn es ihr einfällt, abseits von uns zu fliegen, dort, irgendwo . . ., was dann?"

„Auch dann werden wir sie nicht sehen", entgegnete Organ, immer noch ruhig.

,,Wir sehen sie also nicht?" fragte Mylgun verwundert und steigerte sich in Wut. ,,So oder so werden wir die Eule nicht sehen. Warum in aller Welt hocken wir dann hier?" murmelte er in wachsendem Zorn, brach plötzlich in schallendes Gelächter aus und verstummte. Allen war unbehaglich zumute. Alle schwiegen, wußten nicht, was tun.

Mit der Handfläche schlug Mylgun ein Ruder aus der Dolle, kroch aus unerfindlichem Grund auf die Bank, richtete sich zu voller Größe auf, balancierte mit dem Ruder. ,,He, du, Schaman der Winde!" schrie er, grimmig mit dem Ruder drohend, in das nebelverhangene Dunkel. ,,Wenn du der Herr der Winde bist und kein Hundeaas, wo sind dann deine Winde? Bist du in deiner Höhle verreckt? Hast du vergessen, daß wir hier in dem verfluchten Nebel sitzen wie in einer Grube? Weißt du etwa nicht, daß wir einen kleinen Jungen bei uns haben, he? Er will trinken, will Wasser! Wasser, verstehst du? Und was hast du mit uns gemacht? Ist das anständig? Gib Antwort, wenn du der Herr der Winde bist und kein stinkender Seehundschiet! Schick uns deine Winde! Hörst du? Schick uns Sturm, den schlimmsten Sturm, du Hund, kipp uns ins Meer, mögen uns die Wellen unter sich begraben! Hörst du mich? Ich spuck auf alles! Bist du der Herr der Winde, dann schick uns deinen Sturm!"

So schmähte Mylgun den Schaman der Winde. Noch lange, bis zur Heiserkeit und völligen Erschöpfung, schrie und wütete Mylgun, beschimpfte und beschwor er zugleich den Herrn der Winde.

Dann schleuderte er mit aller Macht das Ruder ins Meer, setzte sich wieder und begann unversehens laut und schrecklich zu heulen, das Gesicht in die Hände gepreßt. Alle schwiegen hilflos, er aber schluchzte bitterlich, rief die Namen seiner kleinen Kinder; und Kirisk, der noch nie einen Mann hatte weinen sehen, zitterte vor Angst und wandte sich mit Tränen in den Augen an Organ: ,,Atkytschch! Atkytschch! Warum weint er, warum?"

,,Hab keine Angst", beruhigte ihn der Alte und preßte seinen Arm. ,,Das geht vorüber! Gleich hört er wieder auf. Mach dir keine Gedanken. Dich betrifft das nicht. Das geht vorüber."

In der Tat besänftigte sich Mylgun ein wenig, aber das Gesicht hob er nicht aus den Händen, und seine Schultern wurden noch immer von heftigen Schluchzern geschüttelt. Emraijin lenkte das Boot langsam zu dem im Wasser schwimmenden Ruder. Er zog es heran, hob es auf und legte es wieder in die Dolle.

DER JUNGE UND DAS MEER

„Beruhige dich, Mylgun", sagte Emraijin mitfühlend. „Du hast recht, besser im Sturm umkommen als im Nebel schmachten. Aber warten wir ab, vielleicht klart es doch noch auf."

Mylgun erwiderte nichts. Tiefer und tiefer sank sein Kopf, zusammengekrümmt saß er da, wie ein Irrer, der sich fürchtet vorwärts zu blicken.

Der Nebel aber hing noch immer leidenschaftslos und tot über dem Ozean, verbarg die Welt im Dunkel. Kein Wind, kein Wetterumschlag.

Emraijin ruderte sacht, damit sie nicht an einem Fleck verharrten, kaum merklich glitt das Boot durchs Wasser. Organ schwieg. Aus seinen unfrohen Greisengedanken riß ihn Kirisk.

„Atkytschch, warum fliegt die Eule zu den Inseln?" fragte er leise.

„Ach ja, das hab ich vergessen, dir zu sagen. Bei so dichtem Nebel kann nur die Agukuk überm Meer fliegen. Sie fliegt zu den Inseln, um zu jagen, mitunter greift sie sich da Robbenjunge. Die Agukuk hat Augen, die selbst bei Nebel und in tiefer Nacht sehen wie am Tag. Dafür ist sie eine Eule. Eine sehr große und kräftige Eule."

„Solche Augen hätte ich auch gern!" flüsterte Kirisk mit spröden Lippen. „Dann sähe ich gleich, in welche Richtung wir fahren müßten, wir würden rasch das Land erreichen und trinken, viel und lange trinken . . ."

„Ach", seufzte Organ. „Jedem sind seine Augen gegeben."

Sie verstummten. Nach langer Zeit sah Organ Kirisk ins Gesicht und sagte: „Ist's sehr schwer? Hab noch eine Weile Geduld. Hältst du durch, wirst du ein großer Jäger. Hab Geduld, mein Junge, denk nicht an Wasser, sondern an etwas anderes. Denk nicht an Wasser."

Gehorsam versuchte Kirisk, seinen Rat zu befolgen. Es half nichts. Je mehr er sich anstrengte, nicht daran zu denken, desto unbändiger wollte er trinken. Auch essen wollte er, ihm wurde schon übel vor Hunger. Am liebsten hätte er gebrüllt wie Mylgun, daß man es weithin hörte.

So verrann jener Tag. Ständig warteten sie, ständig hofften sie, aus der Ferne Wellenrauschen zu hören, hofften auf einen frischen Wind. Doch auf dem Meer herrschte Stille, eine so unbewegte Stille, daß ihnen Kopf und Ohren schmerzten. Und unentwegt wollten sie trinken. Das war ungeheuerlich: Mitten auf dem grenzenlosen Ozean gingen sie zugrunde an Durst.

Gegen Abend fühlte sich Mylgun schlecht. Er sprach kein Wort mehr, und seine Augen waren stumpf. Er mußte etwas Wasser bekommen, um die Kehle anzufeuchten. Als Organ aber bemerkte, daß Kirisk den Blick nicht von der Kelle wenden konnte, goß er auch ihm einen Schluck ein, dann auch Emraijin. Selber nahm er wieder keinen Tropfen in den Mund. Als er diesmal das Fäßchen mit dem Rest Wasser unter die Bank schob, blieb er lange reglos sitzen, eigentümlich konzentriert und klar, weltentrückt, als spürte er keinen Durst. Schweigend saß er auf seinem Steuersitz wie ein einsamer Falke auf einer Felsspitze. Er wußte bereits, was ihm bevorstand, sammelte daher seine Sinne, schöpfte Kraft vor der letzten Tat seines Lebens. Bitter vermißte er seine Pfeife in dieser Stunde. Wie gern hätte der Alte sich zu guter Letzt eine Pfeife angesteckt und geraucht. Er wußte sehr wohl, wozu seine Kraft und Würde auf der Schwelle vom Ende noch reichten. Das einzige, was ihn zunächst von seinem Vorhaben abhielt, war Kirisk, der in diesen Tagen so sehr sein Herz an ihn gehängt hatte, sich ständig an ihn schmiegte und bei ihm Schutz und Wärme suchte. Der Junge tat ihm leid. Aber gerade seinetwegen mußte er es tun ...

So vollendete sich der lange, unfrohe letzte Tag des alten Organ.

Schon nahte der Abend. Noch eine Nacht brach an. Das Wetter blieb unverändert. Wieder senkte sich tiefes Abenddunkel, gefolgt von einer unheimlich langen, unerträglichen Nacht. Keine Welle kräuselte das Wasser, kein Hauch bewegte die Luft – alles war erstorben in unendlicher Stille und unendlichem Dunkel. Das einsame Boot, das die Orientierung verloren hatte, mit den zerquälten, Hunger und Durst erliegenden Männern kreiste langsam im Nebel.

Es dauerte lange, ehe Kirisk Schlaf fand, von Durst gepeinigt. Das Hungergefühl schwand allmählich wie ein dumpfer, sich nach innen verziehender Schmerz, der Durst aber brannte immer heftiger.

Kirisk entsann sich: Als kleines Kind war er einmal schwer krank gewesen und hatte im Fieber gelegen – damals ging es ihm genauso schlecht, und er wollte unbedingt trinken. Die Mutter wich keinen Schritt von seinem Lager, wechselte ständig den feuchten Lappen auf seiner flammenden Stirn, weinte verstohlen und flüsterte vor sich hin. Im Dämmerlicht, beim Schein der Tranlampe, sah er durch seine verschwimmenden Fieberträume das besorgte Gesicht der Mutter über sich geneigt – der Vater war nicht da, er war gerade auf See –, und Kirisk wollte trinken, wollte, daß der Vater schneller heimkehrte.

Aber keiner der beiden Wünsche ging in Erfüllung. Der Vater war weit weg, und zu trinken gab ihm die Mutter nichts. Sie sagte, trinken dürfe er auf keinen Fall. Mit einem feuchten Lappen benetzte sie seine verklebten Lippen, doch das erleichterte seine Leiden nur für einen Moment.

Die Mutter redete ihm gut zu, sagte, er müsse das überwinden, dann würde er gesund. Halt durch, mein Lieber! sagte sie. Gegen Morgen wird dir besser. Sag immer wieder vor dich hin: Blaue Maus, gib Wasser! Paß auf, das hilft. Bitte das blaue Mäuschen, es möge kommen und dir Wasser bringen, mein Kleiner ... Du mußt nur ganz lieb bitten ...

In jener Nacht, da er gegen den Durst ankämpfte, murmelte er diese Beschwörung in der Erwartung, die blaue Maus käme tatsächlich und brächte ihm zu trinken. Immer wieder flehte er sie an: Blaue Maus, gib Wasser! Blaue Maus, gib Wasser! Lange zeigte sie sich nicht, er rief sie, weinte und flehte: Blaue Maus, gib Wasser! Endlich kam sie angelaufen. Die blaue Maus war kühl und flüchtig wie ein Windhauch am Waldbach zur Mittagszeit. Sie war himmelblau und schwerelos, flatterte wie ein Schmetterling. Hin und her huschend, streifte das Mäuschen mit seinem weichen Fell Kirisks Gesicht, seinen Hals, seinen Körper, und das brachte ihm Erquickung. Es war ganz so, als gäbe sie ihm zu trinken, und er tränke lange, unersättlich, das Wasser aber würde mehr und mehr, sprudelte um ihn herum, überflutete ihn bis über den Kopf ...

Am Morgen war er mit einem Gefühl der Freude und Erleichterung erwacht, genesen, wenn auch noch sehr schwach. Und noch lange danach ging dem Jungen die blaue Maus, die Wasserspenderin, nicht aus dem Sinn.

Daran erinnerte er sich jetzt, da er im Boot vor Durst ausdörrte. Ach, käme sie doch wieder, die blaue Maus! Sehnsüchtig und kummervoll gingen seine Gedanken auch zur Mutter. Wie mochte es ihr jetzt gehen! Sicher verzehrte sie sich vor Gram, weinte, wartete und wartete am Strand ... Das Meer aber blieb stumm. Und niemand vermochte ihr in diesem Leid zu helfen. Die Frauen und Kinder brannten sicher noch immer Feuer an den Steilhängen des Scheckigen Hundes und nährten ihre Hoffnung: Vielleicht wollte es das Schicksal, und am Ufer erschienen doch noch die auf See Verschollenen?

Sie aber kreisten langsam mit ihrem Boot im Dunkel des nächtlichen Nebels und verloren die letzte Hoffnung auf Rettung.

Um nicht zu verzweifeln, begann Kirisk, an die blaue Maus zu denken, die ihm einst beigestanden hatte. „Blaue Maus, gib Wasser!" Unermüdlich flüsterte er diese sonderbare Beschwörung vor sich hin. „Blaue Maus, gib Wasser, blaue Maus, gib Wasser!" Und obwohl das Wunder nicht geschah, fuhr er fort, nach der blauen Maus zu rufen. Sie war nun seine einzige Hoffnung, sein Zauberwort gegen den Durst ...

Zwischen Wachen und Träumen vernahm der Junge Fetzen eines Gesprächs zwischen Organ und Emraijin. Die beiden beredeten etwas lange und leise. Es war ein sonderbares, unverständliches Gespräch mit langen Pausen. Besser noch unterschied Kirisk die Worte von Organ, an dessen Seite er lehnte – der Alte sprach mühsam, schwer atmend, aber hartnäckig bestrebt, das Röcheln und Gurgeln in seiner Kehle zu bezwingen –, den Vater verstand er schlechter, der saß weiter weg an seinen Rudern.

„Mir steht es nicht zu, dich zu belehren, aber überleg es dir, Atkytschch", flüsterte Emraijin eindringlich.

„Ich habe darüber nachgedacht, sehr gründlich – so ist es am besten", erwiderte Organ.

Für kurze Zeit verstummten sie, dann sprach Emraijin: „Wir sitzen alle in einem Boot, sollten alle auch das gleiche Schicksal teilen."

„Schicksal, Schicksal", murmelte der Alte bitter. „Seinem Schicksal entrinnt keiner. Wenn uns aber schon das Ende bevorsteht, kann einer von uns das Schicksal beschleunigen, damit die anderen Zeit gewinnen. Überleg doch selbst, plötzlich sind die Wege offen, du holst die letzte Kraft aus dir heraus, das Land ist schon in Sicht, und dann fehlen dir ein paar Schluck Wasser, um durchzustehen, wäre das nicht schlimm?"

Emraijin antwortete darauf etwas Unverständliches, und sie verstummten.

Kirisk versuchte wieder einzuschlafen und rief unentwegt nach seiner blauen Maus. Er glaubte, sie erschiene, sowie er schliefe ... Doch er fand keinen Schlaf.

„Wie geht es Mylgun?" fragte Organ.

„Unverändert – er liegt", entgegnete Emraijin.

„Er liegt, sagst du ..." Und nach kurzem Zaudern erinnerte ihn der Alte: „Wenn er zu sich kommt, richt es aus."

„Gut, Atkytschch." Emraijins Stimme zitterte, er räusperte sich angestrengt. „Ich richte alles aus, wie besprochen."

DER JUNGE UND DAS MEER

„Sag ihm, ich habe ihn geachtet. Er ist ein großer Jäger. Und kein schlechter Mensch."

Emraijin sagte dann noch etwas, Kirisk konnte seine Worte nicht recht verstehen, doch Organ antwortete darauf: „Nein, ich kann nicht warten. Siehst du nicht? Ich bin am Ende meiner Kraft. Ein guter Hund verendet abseits von fremden Augen."

Kirisk schlummerte ein. Schon im Einschlafen, hörte er, wie der Vater näher zu Organ rückte und sagte: „Wart noch. Überleg es dir …"

„Es ist Zeit. Ich hab mein Leben gelebt … Halt mich nicht zurück. Meine Kraft ist zu Ende."

„Bei dieser Finsternis!"

„Was ändert das?"

„Ich habe noch soviel Worte, dir zu sagen …"

„Worte sind unerschöpflich … Es wird sie noch geben, wenn wir nicht mehr sind …"

„Diese Finsternis …"

„Halt mich nicht zurück. Ich ertrag's nicht, meine Kräfte schwinden. Ihr werdet euch noch eine Weile halten, habt noch einen kleinen Rest Wasser …"

Eine große, rauhe Hand tastete nach dem Jungen und legte sich behutsam auf seinen Kopf. Im Halbschlaf begriff Kirisk: Das war Organs Hand.

Für kurze Zeit ruhte die warme, schwere Hand auf seinem Kopf, als wolle sie ihn beschützen, ihm sich einprägen.

KIRISK träumte, er ginge zu Fuß übers Meer, dorthin, wo Land sein mußte, um sich satt zu trinken. Klares, glänzendes Meer, so weit das Auge reichte. Außer dem Meer gab es nichts auf der Welt. Er schritt übers Meer in völliger Einsamkeit. Zuerst glaubte er noch, vor Organ, Emraijin und Mylgun zu schreiten, um möglichst schnell Trinkwasser zu finden und sie gleich herbeizurufen. Dann aber begriff er, daß er hier mutterseelenallein war. Er schrie, rief sie, doch keiner gab Antwort. Keine Menschenseele, kein Laut … Er wußte nicht, wohin sie verschwunden waren. Da packte ihn das Grauen. Seine Schreie erreichten niemand. Und nirgends war Land, wohin er auch blickte.

Kirisk erwachte, in Tränen gebadet, noch immer schluchzend. Langsam schlug er die verweinten Augen auf und begriff, er hatte geträumt. Das Boot schaukelte leicht auf dem Wasser. Aufhellendes Nebelgrau umgab ihn von allen Seiten. Also war die Nacht vergangen, und es nahte der Morgen.

„Atkytschch, ich möchte trinken, ich habe geträumt", murmelte er und streckte die Hand aus nach dem alten Organ. Er griff ins Leere. Organs Platz am Heck war leer.

„Atkytschch!" rief Kirisk. Keine Antwort. Der Junge hob den Kopf und schrak zusammen. „Atkytschch, Atkytschch, wo bist du?"

„Schrei nicht!" rief Emraijin und rückte zu ihm. Er umfing den Sohn und preßte ihn fest an seine Brust. „Schrei nicht, der Atkytschch ist nicht mehr da. Ruf ihn nicht!"

Kirisk gab nicht nach. „Wo ist mein Atkytschch? Wo ist mein Atkytschch?"

„So hör doch! Weine nicht! Beruhige dich, Kirisk, er ist nicht mehr da!" versuchte der Vater ihn zu beschwichtigen. „Laß das Weinen. Er hat gesagt, ich soll dir Wasser geben. Wir haben noch einen Rest. Wenn du nicht mehr weinst, gebe ich dir zu trinken. Bald weicht der Nebel, warte nur ..."

Verzweifelt entriß Kirisk sich den Armen des Vaters. Von seinen heftigen Bewegungen geriet das Boot ins Schwanken. Emraijin wußte nicht, was tun. „Gleich fahren wir! Paß auf, gleich geht es los! He, Mylgun, erheb dich, erheb dich, sag ich. Wir fahren!"

Mylgun begann zu rudern. Sacht glitt das Boot durch die Wellen. Und wieder fuhren sie ziellos, ins Ungewisse, in undurchdringlichem, milchigem Nebel. Nun waren sie nur noch zu dritt im Boot.

Später, als Kirisk sich ein wenig beruhigt hatte, setzte sich Emraijin an seinen Platz, und mit vier Rudern fuhren sie etwas schneller ins Ungewisse. Kirisk, der verwaist am Heck saß, schluchzte noch immer, erschüttert über das Verschwinden des alten Organ. Der Vater und Mylgun legten sich, ratlos und niedergedrückt, in die Riemen. Ihre Gesichter wirkten schwarz in dem weißen Nebel. Sie wechselten kein Wort. Hatten Angst zu reden. Erst nach geraumer Zeit warf Mylgun die Ruder hin.

„Verteil Wasser!" sagte er finster zu Emraijin.

Emraijin goß aus dem Fäßchen jedem ein paar Schluck in die Kelle. Das Wasser war muffig, roch unangenehm und schmeckte faulig. Aber selbst davon blieb jetzt nur noch ein winziger Rest. Für drei-, viermal langte es noch, für mehr nicht. Keiner spürte Erleichterung nach dem Trinken.

DER JUNGE UND DAS MEER 189

Und wieder begann das bedrückende, abstumpfende Warten: Würde sich das Wetter ändern oder nicht? Schon äußerte keiner mehr Zuversicht. Erschöpft und zermürbt, verfielen sie der Gleichgültigkeit, schicksalsergeben kreisten sie ziellos mit dem Boot im Nebel. Das allein war ihnen geblieben – sich in ihr Los zu schicken. Nur einmal rief Mylgun nach einem kräftigen Fluch mit bebender, haßerfüllter Stimme: „Wenn bloß der Nebel verschwände, dann wollte ich gerne sterben! Stürzte mich selber aus dem Boot! Den ersten Sonnenstrahl noch erleben!"

Emraijin schwieg, wandte nicht einmal den Kopf. Was hätte er auch sagen sollen? Im Boot war er jetzt der Älteste. Aber einen Ausweg zeigen konnte er nicht.

Die Zeit verrann. Das Boot trieb nun von allein, bald kam es zum Stillstand, bald wurde es weitergetragen. Mit jeder Stunde wurde ihre Lage bedrohlicher. Ihre Kräfte schwanden.

Kirisk lag im Heck mit halbgeschlossenen Augen. Sein Kopf war bleiern, ihm schwindelte, sein Atem ging schwer – Krämpfe befielen den leeren Magen. Und ständig wollte er trinken. Unbändig trinken. „Blaue Maus, gib Wasser!"

Indem der Junge die blaue Maus rief, hoffte er, der Wirklichkeit zu entfliehen, rettete er sich in die Erinnerung an jenes Leben, das am Fuß des Scheckigen Hundes zurückgeblieben war – jetzt schon so fern und märchenhaft. Er stellte sich vor, wie sie gespielt hatten, wie sie von einem grasbewachsenen Hügel Baumstämmen gleich hinabgerollt waren. Das war ein lustiges Spiel! Kirisk war der geschickteste und ausdauerndste. Man muß auf den steilen Hügel laufen und von dort hinunterkullern. Die Hände fest an den Körper pressen. Erst etwas nachhelfen, um Schwung zu bekommen. Hat man sich dann ein-, zweimal gedreht, rollt man weiter von allein – unaufhaltsam. Lacht, wiehert vor Vergnügen, und der Himmel neigt sich bald auf die eine, bald auf die andere Seite, Wolken wirbeln und flimmern vor Augen, es wirbeln und stürzen Bäume, alles fliegt kopfüber, und die Sonne am Himmel kugelt sich vor Lachen. Und das Geschrei und Gekreisch der Kinder! Da kullert man hinunter und dreht sich immer schneller, vorbei huschen mal langgestreckte Gesichter, mal krummwinklige Beine der hinterherkollernden Kinder, und schließlich – halt. Huch! Wie die Ohren dröhnen!

Und jetzt der wichtigste Moment. Bevor bis drei gezählt wurde, muß man schon auf den Beinen stehen, darf nicht vor Benommenheit wieder hinfallen. Die meisten fallen doch beim ersten Versuch. Alle lachen, und man selbst lacht mit. Möchte sich gern halten, aber die Erde schwimmt einem unter den Füßen fort. Doch Kirisk fiel nicht. Er hielt sich auf den Beinen. Riß sich zusammen, denn Musluk war in der Nähe ... Am schönsten und lustigsten aber war, wenn er mit Musluk um die Wette hinunterrollte. Kirisk bremste dann absichtlich, um sie nicht zu überholen. Gleichzeitig kamen sie an unter dem Geschrei und Gelächter der übrigen, gleichzeitig sprangen sie auf die Beine, bevor einer bis drei gezählt hatte, und niemand ahnte, welche Seligkeit es ihm bereitete, Musluk festzuhalten, ihr zu helfen, daß sie stehen blieb. Unwillkürlich umarmten sie sich, als wollten sie einander stützen. Musluk lachte fröhlich, sie tat, als stürze sie und er müsse ihr helfen, sich auf den Beinen zu halten, müsse sie umfassen, umarmen.

Dann gab es noch die frohen Augenblicke, da sie, verschwitzt und erhitzt nach dem Spiel, zum Bach liefen, um Wasser zu trinken. Der Bach trat gerade dort aus dem Wald, wo sie spielten. Sein Wasser plätscherte über die Steine, bewahrte in seinem Lauf Waldesdunkel und Waldeskühle. Zu beiden Seiten drängte sich dichtes Grün an den Bach. Die Gräser am Rand wurden überspült, ihre langgestreckten Halme widersetzten sich der anrennenden Wasserflut. Der Bach funkelte hier in der Sonne, tauchte dort unter ein Steilufer oder verbarg sich in einem Gewirr von Gräsern und in Weidengestrüpp. Gleichzeitig erreichten sie den Bach, warfen sich am Wasser nieder, drückten die Gräser auseinander. Sie tranken wie die Rentiere, die Köpfe gebeugt, die Gesichter in den gluckernden, sanft kitzelnden Strom getaucht. Das war ein Genuß!

,,Blaue Maus, gib Wasser! Ach, blaue Maus, gib doch Wasser ...“

Schulter an Schulter lagen sie am Bach, die Köpfe zum Wasser gesenkt. Sie tranken sich satt und alberten herum: blubberten mit dem Mund im Wasser. Verschmitzt schielte ihn Musluk mit ihren schmalen Augen an, ohne das Antlitz vom Bach zu heben, und er antwortete mit dem gleichen verschmitzten Lächeln. Sie knuffte ihn mit der Schulter, als wolle sie ihn fortschieben. Dann nahm sie den Mund voll Wasser und sprühte es ihm ins Gesicht. Er tat dasselbe. So ging es unaufhaltsam hin und her. Sie jagten einander durchs Wasser, bespritzten sich hemmungslos, rannten, naß von Kopf bis Fuß, kreischend und laut lachend bachauf und bachab.

DER JUNGE UND DAS MEER 191

Schwer bedrückte Kirisk die Erkenntnis, daß dies ein für allemal vorbei war. Immer mühsamer rang er nach Luft, immer häufiger befielen ihn Magenkrämpfe. Er weinte leise, krümmte sich vor Schmerz und rief unentwegt die blaue Maus: „Blaue Maus, gib Wasser!" So lag er und suchte Vergessen in Träumen.

Kraftlos wälzten sie sich im Boot, jeder an seinem Platz. Da ruckte das Boot jäh, und er vernahm den erschrockenen Ruf des Vaters: „Mylgun! Was tust du? Laß das!"

Kirisk hob den Kopf und traute seinen Augen nicht: Mylgun hing über der Bordwand, schöpfte mit der Kelle Meerwasser und trank.

„Laß das!" schrie Emraijin, stürzte auf ihn zu und suchte ihm die Kelle zu entreißen.

Doch Mylgun wehrte ihn drohend ab: „Komm mir nicht nahe, Bärtiger! Ich erschlag dich!"

Dieses bitter-salzige Wasser, das in den Mund zu nehmen unvorstellbar war, trank er, begoß dabei seine Kleidung, das Wasser rann ihm auf Brust und Ärmel, er trank, würgend, mit Selbstüberwindung, kippte die Kelle mit zitternden Händen. Seine Zähne waren raubtierhaft gefletscht.

Dann schleuderte er die Kelle ins Boot, warf sich der Länge lang hin und wälzte sich auf dem Boden, heiser krächzend und keuchend. Vor Angst krümmte sich Kirisk zusammen. Niedergeschlagen griff Emraijin nach den Rudern und lenkte das Boot irgendwohin in den Nebel.

Mylgun war bald still, bald zuckte er wieder in Krämpfen, röchelte vor Durst. Nach einer Weile hob er den Kopf. „Es brennt! In mir brennt alles!" Und er riß seine Kleidung von der Brust.

„Sag doch, was kann ich tun? Wie kann ich dir helfen? Da ist noch was." Emraijin nickte zum Fäßchen hin. „Soll ich dir ein wenig eingießen?"

„Nein", entgegnete Mylgun. „Jetzt nicht mehr. Ich wollte bis zur Nacht durchhalten und dann, wie unser unvergeßlicher Atkytschch... hab es aber nicht geschafft. Nun gut. Sonst hätte ich noch etwas Unrechtes getan. Das ganze Wasser ausgetrunken. Jetzt ist mein Ende gekommen, und ich gehe. Ich tu's allein, habe noch die Kraft..."

Schrecklich und unerträglich war es, die Worte eines Mannes zu hören, der sich selbst zum Tod verurteilt hatte. Emraijin versuchte ihn zu beruhigen, ihm etwas zu sagen, aber Mylgun wollte ihn nicht anhören, er war fest entschlossen, seine Qualen mit einem Schlag zu beenden.

DER JUNGE UND DAS MEER 193

„Sag nichts, Emraijin, es ist zu spät", murmelte Mylgun wie von Sinnen. „Ich gehe. Verzeiht mir, daß es so gekommen ist. Ihr beide seid Vater und Sohn, ihr müßt bleiben, noch habt ihr einen Rest Wasser ... Ich aber steige jetzt aus." Mit diesen Worten erhob sich Mylgun, klammerte sich gebeugt, taumelnd an den Bootsrand. Alle Kraft zusammennehmend, sagte er zu Emraijin, während er ihn mit gesenktem Kopf ansah: „Hindere mich nicht, Bärtiger! Es muß sein. Lebt wohl. Vielleicht schafft ihr es. Ich bin soweit ... Du fahr sofort weg. Wenn du dich mir näherst, kippe ich das Boot um ... Und nun ruder!"

Emraijin blieb nichts anderes übrig, als Mylguns Drohungen und Bitten zu beherzigen. Das Boot stieß nach vorn, durchschnitt lautlosen Nebel und lautloses Wasser. Kirisk brach in Weinen aus. „Aki-Mylgun! Aki-Mylgun! Bitte nicht!"

In diesem Augenblick wälzte sich Mylgun entschlossen über Bord. Das Boot legte sich stark zur Seite und richtete sich wieder auf.

„Weg! Rudert weg!" schrie Mylgun, im eisigen Wasser zappelnd.

Alsbald hatte der Nebel ihn verschluckt. Alles verstummte, dann erklang in der Stille noch einmal die Stimme, der letzte Schrei des Ertrinkenden. Da hielt es Emraijin nicht länger aus. „Mylgun! Mylgun!" schrie er und wendete aufschluchzend das Boot.

Sie kehrten schnell zurück, aber Mylgun war verschwunden. Die Wasseroberfläche lag öde und ruhig, als wäre nichts geschehen. Schon fiel es schwer, den Ort zu bestimmen, wo soeben ein Mensch ertrunken war.

Den ganzen Tag kreisten sie hier, ruderten nirgendshin. Beide weinten, ausgehöhlt und zermürbt von Leid. Das erstemal im Leben sah Kirisk den Vater weinen. Das war noch nie vorgekommen.

„Nun sind wir also allein", murmelte Emraijin fassungslos und wischte sich die Tränen aus dem Bart. „Mylgun, mein treuer Mylgun!" flüsterte er schluchzend.

Der Tag ging zur Neige. So schien es. Falls es irgendwo eine Sonne gab, dann begab sie sich wahrscheinlich zur Ruhe. Hier aber, unter der dichten Nebeldecke, die sich mit Dämmerfeuchte vollsog und immer dunkler wurde, kreiste auf dem Meer ein verschollenes einsames Boot, in dem nur noch zwei waren – Vater und Sohn.

Als Emraijin zu dem Schluß gekommen war, daß es Abend wurde, hatte er endlich entschieden, es sei Zeit zu trinken. Er sah, wie sehnsüchtig Kirisk darauf wartete, und verstand, was es den Sohn kostete,

Durst und Hunger zu erdulden, sich zu bezwingen und keinen Ton zu sagen. Mylguns Ende hatte für eine Weile jeden Gedanken an Wasser gleichsam erstickt. Allmählich jedoch wurde der Durst wieder übermächtig, nun brannte er schon doppelt so stark, und grausam rächte sich der erzwungene Aufschub der Qualen.

Äußerst behutsam, um nur ja keinen Tropfen zu verschütten, goß Emraijin zuerst Kirisk von dem dumpfigen Wasser ein. Der Junge packte die Kelle und hatte im Handumdrehen seinen Anteil verschluckt. Als Emraijin dann sich selbst eingoß, gewahrte er, daß der Rest Wasser nur noch den Boden des Fäßchens bedeckte. Kirisk bemerkte es gleichfalls. Emraijin zögerte, sein Wasser zu trinken. Nachdenklich hielt er die Kelle in der Hand, von einem Gedanken erschüttert, angesichts dessen die Stillung seines Durstes nichts mehr bedeutete.

„Da, halt mal", sagte er und reichte die Kelle dem Sohn, obwohl er das nicht hätte tun sollen. Für den Jungen war es eine Folter, die Kelle mit dem Wasser zu halten und nicht zu trinken. Emraijin, der sich so die Hände freigemacht hatte, trieb den Stopfen fest in das Spundloch und stellte das fast leere Fäßchen an seinen Platz. „Trink", gebot er dem Sohn.

„Und du?" fragte Kirisk verwundert.

„Ich trinke später. Mach dir keine Gedanken, trink", sagte der Vater ruhig.

Da stürzte Kirisk unversäumt auch diese Portion stinkenden Wassers hinunter. Seinen Durst stillte sie keineswegs, dennoch spürte er eine kleine Erleichterung.

„Na?" erkundigte sich der Vater.

„Ein bißchen besser", flüsterte der Junge dankbar.

„Hab keine Angst. Und merk dir, selbst ohne einen Tropfen Wasser im Mund kann der Mensch zwei, drei Tage aushalten. Was immer geschieht, hab keine Angst . . ."

„Hast du deshalb nicht getrunken?" unterbrach ihn Kirisk.

Überrumpelt von dieser Frage, geriet Emraijin in Verwirrung. Nach kurzem Überlegen sagte er: „Ja."

„Und wie lange kann man leben, ohne zu essen? Wir essen doch seit Tagen nicht mehr."

„Denk nicht dran. Wir wollen lieber weiterfahren. Ich möchte mit dir reden."

DER JUNGE UND DAS MEER 195

Emraijin ließ die Ruder knirschen, und langsam bewegten sie sich im Nebel übers Meer, als könnten sie nicht an dem Ort reden, an dem sie sich befanden. Der Vater mußte selber Mut schöpfen. Ihm schien, so könne er sich besser sammeln, sich auf das Gespräch vorbereiten, an das auch nur zu denken ihn graute. Nicht genug, daß er selbst ruderte, er befahl auch dem Sohn, sich an die Ruder zu setzen. Notwendig war das nicht, ebensowenig, wie überhaupt zu fahren. Mühsam handhabte der Junge die schweren Ruder, er schwieg und blickte sich nicht um, fiel immer wieder aus dem Gleichtakt. Während Emraijin den Sohn so von hinten ansah, seine gebeugte und noch kindlich schmächtige, hilflose kleine Gestalt, zerbiß er sich die Lippen, flutete heißes Blut in sein schmerzhaft pochendes Herz. Er wagte nicht, das Gespräch zu beginnen ...

Allmählich verschlechterte sich die Sicht im Nebelgrund, Emraijin aber ruderte noch immer, in schwere Gedanken versunken. Wie er sich auch beherrschte, wie stark er auch von Natur war, Durst und Hunger verzehrten seine Kräfte. Er mußte sich beeilen, den Sohn auf das vorzubereiten, was seine Gedanken jetzt beschäftigte.

Er begriff, daß nach Organ und Mylgun auch ihm beschieden war, das Boot zu verlassen, daß dies die einzige Möglichkeit war, das Leben des Sohnes, wenn nicht zu retten, so zumindest um soviel zu verlängern, als es der Wasserrest auf dem Grunde des Fäßchens zuließ. Er wußte nicht, ob der Nebel in dieser Nacht verwehen würde oder in der nächsten, und schon gar nicht, was den Sohn erwartete, falls das Wetter früher oder später aufklarte – wie er dann, allein geblieben auf See, überleben und sich retten könnte. Darauf gab es keine Antwort. Seine einzige, wenig wahrscheinliche Hoffnung bestand darin, daß ihr Boot, falls sich der Nebel höbe, zufällig einem großen Schiff der weißen Menschen begegnete. Vom Hörensagen wußte er, daß weiße Männer bisweilen in diesen Gewässern auftauchten – sie fuhren aus unbekannten, fernen Ländern über den Ozean in andere unbekannte, ferne Länder. Nur an ein solches Wunder – daß sich das Wetter aufheiterte, daß ihre Wege sich kreuzten und daß die weißen Leute das kleine Boot im Ozean erblickten –, nur daran konnte sich ihre Hoffnung klammern, eine schwache und unwahrscheinliche, fast unmögliche zwar, und doch eine Hoffnung.

All das gedachte Emraijin dem Sohn darzustellen, bevor er ihn verließ. Er mußte Kirisk überzeugen, mußte ihm strengstens befehlen, im

Boot zu bleiben bis zum letzten Atemzug, solange er noch bei Bewußtsein war. Und falls es ihm bestimmt war zu sterben, nachdem das Wasser zu Ende gegangen war, dann sollte er im Boot sterben und sich nicht ins Meer stürzen, wie das Organ und Mylgun hatten tun müssen und auch er, der Vater, tun würde. Einen anderen Ausweg gab es nicht. Er mußte sich dreinschicken, mußte die Grausamkeit des Schicksals hinnehmen ...

Doch bei dem Gedanken, daß der Junge in dem Boot einsam dem undurchdringlichen Nebel, dem endlosen Meer ausgeliefert blieb, dazu verurteilt, langsam an Durst und Hunger zugrunde zu gehen, packte Emraijin Verzweiflung. Damit konnte er sich nicht abfinden, das überstieg seine Kraft. Und er ertappte sich bei dem Gedanken, er könne den Sohn nicht allein lassen – lieber mit ihm zusammen sterben ...

Bald wurde es vollends finster. Wieder breitete sich pechschwarze Nebelnacht über das Meer. Und wiederum deutete nichts darauf hin, daß das Wetter umschlug.

Das Meer lag wie tot.

Das Boot schaukelte sacht an einem Fleck. Vater und Sohn lagerten sich für die Nacht auf den Boden des Bootes, eng aneinandergepreßt. Schlaf fand keiner von beiden. Neben dem Vater liegend, spürte Kirisk deutlich, wie diesen die letzten Tage entkräftet hatten, wie abgezehrt sein Körper war und wie erschöpft. Nur der Bart hatte sich nicht verändert, war noch stark und geschmeidig. An den Vater geschmiegt, heimliche Tränen schluckend vor Mitleid mit ihm, erfuhr der Junge in dieser Nacht eine solch ursprüngliche Sohnesliebe, wie er sie bislang nie gekannt hatte. Mit Worten hätte er dieses Gefühl nicht ausdrücken können, es ruhte tief in seinem Herzen. Früher war er immer stolz gewesen, daß er dem Vater glich, hatte ihn nachgeahmt und geträumt, so zu werden wie er, jetzt aber wurde ihm bewußt: Der Vater, das war er selber – sein Ursprung, und er war die Fortsetzung des Vaters. Daher tat ihm der Vater schmerzhaft leid, genauso wie er sich selbst. In allem Ernst beschwor er die blaue Maus, ihnen Wasser zu bringen – ihm und dem Vater.

,,Blaue Maus, gib uns Wasser! Blaue Maus, gib uns Wasser!"

Der Vater aber dachte bereits nicht mehr an Wasser für sich, obwohl es ihm von Stunde zu Stunde schwerer fiel, die Pein des ungestillten, physisch unerträglichen Durstes zu erdulden. In seinem Innern brannte alles und verdorrte. Sein Kopf begann zu dröhnen. Jetzt verstand er die letzten Qualen Mylguns. Längst hätte er diese ausweglose Plage beendet, hätte er es übers Herz gebracht, den Sohn zu verlassen, der sich an ihn kuschelte in dieser finsteren letzten Nacht. Den Sohn bis an die Grenze des Möglichen zu behüten, das Leben des Sohnes – sei es auch um die geringste Frist! – zu verlängern wurde für den Vater zum Inhalt des Todeskampfes. Diesem Ziel galten sein letzter Wille und seine letzte Tat; und deswegen mußte er schnellstens das Boot verlassen. Aber gerade um des Sohnes willen konnte er sich nicht dazu entschließen, fürchtete, ihn der Willkür des Schicksals auszusetzen. Indessen wurde auch das Hinausschieben gefährlich – seine letzten Kräfte schwanden, und er brauchte sie, um Mut zu fassen. Des Vaters Lebenszeit verrann ...

Wie nur, mit welchen Worten sollte er Kirisk das erklären? Wie ihm sagen, daß er ihn verließ – um seinetwillen?

,,Vater!'' flüsterte plötzlich der Junge, als erriete er seine Gedanken, schmiegte sich noch enger an ihn und beschwor seine blaue Maus: ,,Blaue Maus, gib uns Wasser!''

Emraijin stöhnte auf vor Gram und wagte kein Wort. In Gedanken nahm er Abschied vom Sohn, und je länger dieser Abschied dauerte, desto schwerer, desto qualvoller raffte er sich auf zum letzten Schritt. In dieser Nacht begriff er den Sinn seines vergangenen Lebens, das sich nun vollendete. Er war geboren worden, und er starb, um alles zu tun, damit er im Sohn weiterlebte.

Dieser Gedanke hatte ihn früher schon einmal durchblitzt: als er mit Mylgun und anderen Gefährten im Wald einen riesigen Baum fällte. Der Baum neigte sich bereits, er selbst stand zufällig dort, wohin der gefällte Gigant stürzte. Alle schrien wie aus einem Mund: ,,Achtung!'' Emraijin erstarrte vor Schreck: Krachend, unter dem Gepolter der niederbrechenden Krone, in die grüne Waldesdecke droben ein Loch reißend, fiel der Baum auf ihn. In diesem Moment dachte er nur an eines: daß Kirisk – damals noch ein kleiner Junge und das einzige Kind, Psulk war noch nicht geboren –, daß sein Sohn das war, worin er in der Welt bliebe. Der Baum stürzte mit Donnergetöse neben ihn und hüllte ihn in eine Wolke aus Blättern und Staub. Alle schrien auf vor Erleichterung. Emraijin war am Leben geblieben, am Leben und unversehrt.

Während er sich jetzt daran erinnerte, begriff er, daß gerade die Geburt des Sohnes ihn zu dem gemacht hatte, der er war, und daß er nie

Schöneres und Stärkeres empfunden hatte als seine Vaterliebe. Dafür war er den Kindern dankbar, vor allem aber dem Sohn, Kirisk. Gern hätte Emraijin Kirisk das gesagt, doch er wollte ihn nicht beunruhigen. Ohnehin hatte es der Junge schwer ...

Noch zwei, drei schöne Erinnerungen waren ihm geblieben, von denen er sich nur schwer trennte. Er wollte nicht den letzten Schritt tun, ohne an sie gedacht zu haben, obwohl die Zeit drängte. Er nahm Abschied von seinen Erinnerungen, wissend, daß es an der Zeit war, das Boot zu verlassen ...

Er hatte seine Frau von den ersten Tagen an geliebt. Erstaunlich, daß er, wenn er auf See war, das gleiche dachte wie sie zu Hause. So war es seit Anbeginn. Sie wußte, was ihn beschäftigte, wenn er auf Fahrt war, wie auch er ihre Überlegungen kannte ... Diese Gedankenübertragung war ihr Geheimnis und ein Glück der Vertrautheit, von dem kein anderer wußte.

Kirisk war noch nicht auf der Welt, sollte aber bald erscheinen. In jenen Tagen trug die Frau seine alten Fellhosen, die schon manches mitgemacht hatten und vor Flicken nur so strotzten. Das tue sie deshalb, erklärte sie, damit sein männlicher Geist bei ihr bleibe, wenn er auf Fang ausziehe, sonst wüchse der schlecht, den sie erwarteten. Wunderschön und begehrenswert war damals die Frau für ihn in den alten Fellhosen.

Herrlich waren jene Tage, da ihre Sinne schon von dem erfüllt waren, der sie zu Vater und Mutter machen sollte ... Das war Kirisk ... Von ihm und von allem, was mit ihm verbunden war, mußte er sich jetzt für immer trennen.

Einmal, Kirisk war schon größer, hatte sich die Mutter über ihn geärgert und gesagt, sie habe es viel besser gehabt, als es ihn noch nicht gab.

Das hatte den Jungen tief verletzt. „Wo war ich denn, als es mich noch nicht gab?" setzte er dem Vater zu, als dieser vom Meer heimkehrte.

Emraijin und seine Frau hatten lautlos gelacht, nur mit den Augen. Vor allem die Frau hatte ihren Spaß daran gehabt, daß er keine Antwort wußte, sich wand und dem Jungen nicht erklären konnte, wo er war, als es ihn noch nicht gab.

Jetzt hätte der Vater ihm gesagt, er sei in ihm gewesen, als er noch nicht auf der Welt war, in seinem Blut, in seinen Lenden, von da sei er in den Leib der Mutter geflossen und dort als sein Ebenbild entstanden, nun aber, da er selbst verschwände, bliebe er im Sohn, um in dessen Kindern und Kindeskindern erneut Gestalt anzunehmen ...

Ja, so hätte er es ihm erklärt, und er wäre glücklich gewesen, gerade das vor dem Tod auszusprechen, doch nun nahte das Ende. Das Ende für sein Geschlecht. Allenfalls einen Tag, höchstens zwei hatte Kirisk noch zu leben, mehr nicht.

Gern hätte Emraijin dem Sohn zum Abschied aufgetragen, in der ihm noch vergönnten Frist dankbar des alten Organ und Aki-Mylguns zu gedenken. Noch im Sterben mußte man an solche Menschen denken. Doch dann meinte Emraijin, der Sohn käme vielleicht von allein darauf ...

Als Kirisk erwachte, wunderte er sich, daß er wärmer lag als in den vergangenen Nächten. Er war mit dem Fellhemd des Vaters zugedeckt. Der Junge schlug die Augen auf, hob den Kopf – der Vater war nicht im Boot. Er fuhr hoch, tastete das Boot ab und schrie auf vor Entsetzen, erfüllte mit seinem Klageruf die lautlose Öde des nebelverhangenen Meeres. Lange gellte sein einsamer Schrei der Verzweiflung und des Schmerzes. Er weinte bitterlich, bis zur Erschöpfung, sank dann auf den Boden des Bootes, röchelnd und mit zuckendem Kopf.

Der Junge lag da, ohne den Kopf zu heben, ohne die Augen zu öffnen. Wohin sollte er auch schauen, was konnte er schon tun? Weit und breit lag noch immer weißlicher Nebel, nur das Meer hatte begonnen, sich unentschlossen zu regen, es schaukelte und drehte das Boot auf der Stelle.

Kirisk weinte verzweifelt, machte sich Vorwürfe, denn wäre er nicht eingeschlummert, hätte er den Vater um nichts in der Welt fortgelassen, mit Händen und Zähnen hätte er sich an ihn gekrallt, mochten sie beide zusammen zugrunde gehen, mochten sie schneller verdursten und verhungern, wenn er nur nicht allein bliebe in der schrecklichen Einsamkeit. Weinend beschimpfte er sich, weil er nicht hochgesprungen war, als er mitten in der Nacht merkte, wie das Boot heftig ruckte und schwankte von einem starken Stoß.

Dann aber nickte er allmählich ein, tränenüberströmt und am ganzen Leibe zitternd. Bis ihn nach einiger Zeit mit solcher Macht wieder der Durst überfiel, als wolle der sich rächen für seine kurze Verdrängung durch den Kummer. Sogar im Schlaf spürte er, wie er unter dem Wassermangel ermattete und litt. Der Durst verzehrte, würgte ihn. Da kroch er fast blindlings zu dem Fäßchen, gewahrte, daß der Stopfen geringfügig gelockert war, damit er ihn leichter herausziehen konnte; die Kelle lag daneben. Er goß sich Wasser ein und trank, ohne an etwas zu denken, löste so die verklebten Lippen und den Krampf in der Kehle. Wollte sich dann nachgießen und noch etwas trinken, überlegte es sich jedoch anders, fand die nötige Kraft. Wasser blieb nun noch für zweimal Trinken ...

Nun saß er verzagt da und grübelte, warum der Vater gegangen war, ohne etwas zu sagen. Wäre es ihm nicht leichter gefallen, mit dem Vater zusammen zu ertrinken, als jetzt, da Einsamkeit und Furcht ihm Hände und Füße fesselten und er Angst hatte, von Bord des Bootes zu gehen? Er beschloß, das zu tun, sowie er den Mut aufbrächte ...

Es war bereits Mittag, vielleicht sogar etwas später. Sicher stand die Sonne irgendwo im Zenit. Der Nebel wurde zwar etwas heller, trotzdem sah man im Umkreis von etlichen Bootslängen nichts als dunkles, wogendes Wasser.

Kummervoll betrachtete er des Vaters und Mylguns Ruder, die ordentlich an der Bordwand lagen. Das Boot trieb nun von allein im Nebel. Und von allen Seiten umgab den Jungen Einsamkeit, herrschte ausweglose Angst, die sein Herz gefrieren ließ.

Später, gegen Abend, überfiel ihn erneut unerträglicher Durst. Ihn schwindelte vor Hunger und Schwäche. Er mochte sich weder bewegen noch umsehen. Es fiel ihm sogar schwer, nur zum Wasserfäßchen zu kriechen. Er rutschte auf den Knien, mußte anhalten vor Erschöpfung. Gewiß würde er sich bald nicht mehr rühren können. Er hielt eine Hand vors Gesicht und erschrak: Sie war eingeschrumpelt wie das getrocknete Fell eines Erdhörnchens.

Diesmal trank Kirisk mehr, als er gedurft hätte. Nun blieb nur noch ein letzter Rest auf dem Boden, für einmal reichte es noch, dann war Schluß. Endgültig. Aber jetzt war ihm alles gleich. Er wollte trinken, unentwegt trinken. Der brennende Hunger hatte sich gelegt, im Magen bohrte ein wütender Schmerz.

Einige Male verlor er die Besinnung, doch er kam wieder zu sich. Das Boot trieb steuerlos, bewegt von einer aufgelebten Strömung.

Einmal beschloß er ernsthaft, sich ins Meer zu stürzen. Doch ihm fehlte die Kraft. Er erhob sich zwar auf die Knie, überwand jedoch

DER JUNGE UND DAS MEER

nicht den Bootsrand. Und so hing er, die Arme herausgereckt, doch
außerstande, den Körper aus dem Boot zu heben. Dann ermattete er
derart, daß er nicht einmal versuchte, den Wasserrest im Fäßchen zu
trinken.

Er lag auf dem Boden des Bootes, weinte leise und rief seine durst-
stillende Maus: „Blaue Maus, gib mir Wasser!" Die blaue Maus aber
kam nicht.

Nachts erwachte Kirisk vom Wiegen und Rauschen der Wellen.
Leise schrie der Junge auf – über ihm leuchteten Sterne! Das erstemal in
all den Tagen. Sie funkelten hoch am dunklen Himmel, blickten durch
die Wolken, die über dem Meer dahineilten. Sogar der Mond zeigte
sich einige Male, tauchte aber bald wieder in Gewölk.

Der Junge war verblüfft – Sterne, Mond, Wind, Wellen – Leben,
Bewegung! Und obwohl sich noch Nebelschwaden hielten und alles
wieder in trübes Dunkel tauchte, wenn das Boot an solche Stellen geriet, währte das nicht lange. Der Nebel hatte sich aus seiner Erstarrung
gelöst, begann sich zu zerstreuen, gejagt von Wind und Wellen.

Der Junge blickte zu den Sternen, Tränen in den Augen. Ihm fehlte
die Kraft, nach den Rudern zu greifen, er wußte nicht, wie er nach den
Sternen den Weg finden könnte, wohin er fahren sollte, wo er sich befand und was seiner harrte, und dennoch war er froh über das Rauschen der Wellen, über den aufgesprungenen Wind, war froh, daß die
Wellen das Boot forttrugen.

Er weinte vor Freude und Leid, weinte, weil die Welt aufgeklart, das
Meer in Bewegung geraten war und weil er, hätte er nur Trinkwasser
und Nahrung gehabt, dieses Leben noch hätte lieben können. Doch er
schaffte es nicht mehr, sich zu erheben, seine Tage waren gezählt, und
er würde bald zugrunde gehen an Durst . . .

Das Boot schwamm immer flinker mit der Strömung. Schon zeichnete sich über dem Meer der Horizont ab, immer weiter dehnte sich
der nächtliche Raum, immer seltener tauchte das Boot in Nebelschwaden. Und die vorbeiziehenden Dunstwogen waren längst nicht
mehr so schwarz und bedrückend.

Sooft der Mond aus den Wolken trat, funkelte die Wasserfläche, bis
sie wieder erlosch, um sich erneut zu beleben. Der Junge blickte zu
den Sternen und dachte: Ihr seid nicht schuld, daß es so gekommen ist.
Ihr habt uns ja nicht gesehen auf dem Meer. Der Große Nebel hat uns
verdeckt. Nun bin ich allein. Sie sind weggeschwommen, sind alle

drei weggeschwommen. Lange haben sie gewartet, wollten euch so gern sehen, um den Weg zum Land zu finden. Atkytschch Organ hat gesagt, Sterne täuschen nie. Er wollte mich lehren ... Auch ich werde bald sterben. Aber ich fürchte mich nicht. Einen Rest Wasser habe ich noch, einen winzigen Rest, den trinke ich jetzt, ich kann nicht mehr. Heute habe ich ein Stück von dem leeren Dörrfischsack gekaut, er ist aus Robbenfell. Aber jetzt kann ich nicht mehr, mir ist übel, mein Magen dreht sich um ... Gleich trinke ich das letzte Wasser.

Bald geriet das Boot erneut in ein breites Nebelfeld. Alles verschwand, tauchte erneut ins Dunkel. Kirisk war es gleich. Nachdem er den Rest des fauligen, muffigen Wassers getrunken hatte, blieb er neben dem leeren Fäßchen im Heck liegen, dort, wo zuvor der alte Organ gesessen hatte. Er erwartete den Tod, und der Nebel schreckte ihn nicht mehr. Ihm tat nur leid, daß er die Sterne nicht mehr sah.

So dämmerte er vor sich hin und merkte nicht, wie die Zeit verrann. Vielleicht war Mitternacht schon vorbei, vielleicht näherte sich die Nacht dem Ende. Dunst breitete sich über das Meer wie Rauch bei Wind.

Schicksal bleibt Schicksal. Der Junge konnte es hören, konnte es auch überhören. Er hörte es. Zu seinen Häupten hörte er plötzlich Flügelrauschen, etwas überflog das Boot tief im Nebeldunst. Er fuhr zusammen und erkannte, daß es ein großer, kräftiger Vogel war, der mit breiten Schwingen schlug.

„Agukuk!" schrie er. „Agukuk!" Er erfaßte die Flugrichtung der Schnee-Eule, prägte sich ein, wohin der Wind wehte. Der Wind blies von links in den Nacken, ein wenig hinter dem linken Ohr. „Agukuk!" schrie er dem Vogel nach und hielt auch schon Organs Steuer in der Hand, um das Boot dorthin zu lenken, wohin die Eule geflogen war.

Kirisk klammerte sich an das Steuerjoch, nahm alle Kraft zusammen, die ihm geblieben war, und dachte nur noch an den Wind und an die Flugrichtung der Eule. Er hatte nicht vergessen, was der alte Organ erzählt hatte – dieser Vogel überquert das Meer nur auf geradem Weg. Es ist ein kräftiger Vogel, er fliegt in der Nacht und bei Nebel.

Nun folgte er ihm.

Das Boot schwamm von Woge zu Woge. Beharrlich blies der Wind. Der Nebel lichtete sich, verwehte, schon wurde es heller am Horizont. Unmittelbar vor ihm, am dunkelblauen Himmelsgewölbe, leuchtete ein einsamer, strahlender Stern. Kirisk gewahrte: Der Stern stand gerade dort, wohin er die Bootsnase lenkte. Und er erriet, daß er auf ihn zuhalten mußte, denn dorthin, auf ihn zu, war die Agukuk geflogen. Er ließ den Stern nicht mehr aus den Augen und spürte in seinem Nacken noch den Wind.

Halt dich, Wind, geh nicht fort. Ich weiß nicht, wie du heißt, aber hilf mir, Wind, geh nicht weg. Soll ich dich Wind Organ nennen? Nach meinem Atkytschch Organ? Dann kennst du mich . . .

So beschwor er seinen Fahrtwind, redete ihm zu, sich zu halten. Und er ließ dabei den Schutzstern nicht aus dem Auge. Ich liebe dich, Stern. Ich bitte dich, geh nicht weg, erlisch nicht. Ich fahre dir entgegen. In deine Richtung ist auch die Agukuk geflogen, ich weiß nicht, ob zu einer Insel oder zum Land. Aber selbst wenn es eine Insel ist, ich will lieber auf einer Insel sterben. Erlisch nicht, Stern. Ich weiß nicht, wie ich dich nennen soll, sei nicht böse, Stern. Ich habe deinen Namen noch nicht gelernt. Wenn du magst, gebe ich dir den Namen des Vaters, Emraijin. Hilf mir, Stern Emraijin, erlisch nicht, verbirg dich nicht plötzlich hinter einer Wolke!

So beschwor er seinen Schutzstern. Und dann flehte er die Wogen an: Wellen, ihr treibt jetzt mein Boot, ihr seid jetzt gut. Ich will euch Aki-Mylgun-Wellen nennen. Ihr rollt dorthin, wohin die Eule geflogen ist. Geht nicht fort, Aki-Mylgun-Wellen, irrt nicht ab vom Weg. Ich würde ja rudern, bin aber völlig entkräftet. Ihr seht doch, ich fahre, wie ihr es wollt. Bleibe ich am Leben, werde ich für immer wissen – ihr folgt dem Wind Organ und dem Stern Emraijin. Und ich will es allen erzählen: Aki-Mylgun-Wellen auf See bringen Glück! Helft mir, laßt mich nicht im Stich . . .

Inmitten all der Sterne leuchtete am längsten der Stern Emraijin. Gegen Morgen blieb er allein am Himmelsgewölbe. Als der neue Tag graute, erlosch er allmählich, war aber noch lange am Himmel zu sehen als zarter, weißer Fleck.

So wurde es Tag. Die Sonne ging auf über dem Meer. Kirisk frohlockte und erschrak. Frohlockte über die Sonne und erschrak über die unermeßliche Weite des Meeres. In der Sonne blauschillernd, wirkte es fast schwarz und unendlich verlassen. Krampfhaft hielt sich der Junge am Steuerjoch fest, versuchte, nach der Erinnerung zu fahren, ohne den Rückenwind zu verlieren. Das war ermüdend . . .

Er nahm noch wahr, wie sich plötzlich alles in seinem Kopf drehte,

DER JUNGE UND DAS MEER

wie alles vor den Augen verschwamm. Das Boot aber trieb weiter...

Die Sonne war bereits an den anderen Himmelsrand gewandert, als der Junge wieder zu sich kam. Er raffte sich zusammen, stützte sich mit bebenden Armen auf, kroch mühsam auf den Steuersitz und erstarrte mit geschlossenen Augen, bis das Schwindelgefühl verging. Dann öffnete er die Augen. Das Boot schwamm mit den Wellen. Und das Meer flimmerte noch immer, so weit er sehen konnte. Kirisk blickte nach vorn, rieb sich die Augen und konnte es nicht fassen. Über den dunkelgrünen Meeresbuckel, geradewegs auf ihn zu, kam der Scheckige Hund geschwommen. Der Scheckige Hund eilte ihm entgegen! Der Große Scheckige Hund!

Schon zeigte sich das Ufer als graublauer, bergiger Streifen am Meeresrand. Der Scheckige Hund mit seinen weißen Ohren und weißen Pfoten überragte alle Hügel, und schon erschien der kochende Gischtsaum der ewigen Brandung zu seinen Füßen. Schon schwirrten durch die Luft die Schreie der Möwen. Sie hatten ihn zuerst bemerkt. Über dem Hügel aber schlängelte sich der blaue Rauch des am Steilhang verglimmenden Signalfeuers...

Scheckiger Hund, der du am Meer entlangläufst,
allein kehr ich zu dir zurück –
ohne Atkytschch Organ,
ohne Vater Emraijin,
ohne Aki–Mylgun.
Frag mich, wo sie sind,
aber erst gib mir zu trinken...

Kirisk begriff, das waren die Anfangszeilen seines ureigenen Liedes, mit dem er leben würde bis ans Ende seiner Tage.

Es rauschte über dem Meer der Wind Organ, es rollten übers Meer die Aki–Mylgun-Wellen, und es leuchtete am Rande des lichter werdenden Himmelsgewölbes der strahlende Stern Emraijin.

Ein neuer Tag brach an...

Tschingis Aitmatow

Es ist vor allem dieser eine Erzähler, der die Aufmerksamkeit westlicher Leser auf die Literatur Kirgisiens gelenkt hat: Tschingis Aitmatow, geboren 1928, schrieb seine ersten Novellen und Erzählungen stets auf russisch und kirgisisch. Und erst nach dem außergewöhnlich großen Erfolg seiner ersten Arbeiten verfaßte er später vieles nur noch auf russisch.

Der Lenin-Staatspreis (1963) und der Staatspreis der UdSSR (1968) wurden diesem bedeutendsten Vertreter kirgisischer Literatur verliehen, in- und ausländische Kritiker feierten ihn begeistert, und der berühmte französische Schriftsteller Louis Aragon nannte die Erzählung *Dshamila* „die schönste Liebesgeschichte der Welt".

Wie auch bei *Der Junge und das Meer* sind es in *Dshamila* die lyrischen Elemente der Sprache und die Naturschilderungen von seltener Schönheit, die der Erzählung einen besonderen Reiz verleihen.

Tschingis Aitmatow, Absolvent des Moskauer Gorki-Instituts für Literatur, veröffentlichte viele seiner Erzählungen zuerst in Zeitschriften. Auch *Der Junge und das Meer* wurde erstmals in der Zeitschrift *Snamja* abgedruckt.

Der Autor versteht es meisterhaft, das Leben im fernen Kirgisien mit seinen Wüsten und Steppen, Hochgebirgsketten und tiefeingegrabenen Flußläufen darzustellen. Ob er das Schicksal einer Handvoll Menschen in einer einsamen Försterei, hoch in den Bergen schildert *(Der weiße Dampfer)* oder die Lebensgeschichte des kirgisischen Bauern Tanabaj Bakasov *(Abschied von Gulsary)* – stets vermeidet der Humanist Aitmatow Klischees. Die – vorsichtig formulierte – Hoffnung auf ein besseres und gerechteres Leben und der Hinweis auf die gesellschaftliche Verantwortung des einzelnen durchziehen als Motive sein Werk, das trotz träumerischer Elemente die harte Realität aufzeigt, mit der die Landsleute des Autors leben müssen.

LIEBE DEINEN NÄCHSTEN

EINE KURZFASSUNG
DES BUCHES VON
ERICH MARIA REMARQUE

ILLUSTRATIONEN
VON
WILLI GLASAUER

Prag 1936. Nie wären sich Ludwig Kern, der Sohn eines Fabrikbesitzers aus Dresden, und die Studentin Ruth Holland aus Nürnberg hier begegnet, hätte man ihnen nicht das Leben in der Heimat zur Hölle gemacht: Beide jungen Leute stammen aus jüdischen Familien.

Auch Josef Steiner ist auf der Flucht. Für ihn als politisch Verdächtigen ist der Aufenthalt in Deutschland ebenfalls lebensgefährlich geworden.

Diese drei Menschen hoffen, im Ausland Arbeit, Ruhe und vielleicht sogar ein bißchen Glück zu finden. Doch Tausende Emigranten haben sich in die Tschechoslowakei, die Schweiz, nach Österreich und nach Frankreich geflüchtet. Bald gibt es nirgendwo mehr Aufenthaltsgenehmigungen und eine Arbeitserlaubnis.

Es kommt die Zeit, da die Grenzen nachts zum Leben erwachen und Zollbeamte menschliches Schmuggelgut ins Nachbarland abschieben. Auch Ludwig und Ruth droht täglich dieses Schicksal. Immer wieder ist die Polizei auf ihrer Fährte, immer wieder werden sie von Denunzianten verraten, von Kollaborateuren verfolgt. Aber neben der Menschlichkeit, die ihnen stets dann begegnet, wenn ihre Lage aussichtslos zu sein scheint, bleibt ihnen noch der Trost, daß sie miteinander den Gefahren trotzen können. Josef Steiner aber ist alleine. Er mußte seine geliebte Frau in Deutschland zurücklassen . . .

I

KERN fuhr mit einem Ruck aus schwarzem Schlaf empor und lauschte. Er war, wie alle Gehetzten, sofort ganz wach, gespannt und bereit zur Flucht.

Während er unbeweglich, den schmalen Körper schräg vorgeneigt, im Bett saß, überlegte er, wie er entkommen könnte, wenn der Aufgang schon besetzt wäre.

Das Zimmer lag im vierten Stock. Es hatte ein Fenster nach der Hofseite, aber keinen Balkon und kein Gesims, von denen aus die Dachrinne zu erreichen gewesen wäre. Nach dem Hof zu war eine Flucht also unmöglich. Es gab nur noch einen Weg: über den Korridor zum Dachboden und über das Dach hinweg zum nächsten Haus.

Kern sah auf das Leuchtzifferblatt seiner Uhr. Es war kurz nach fünf. Grau und undeutlich schimmerten die Laken der beiden anderen Betten durch die Dunkelheit. Der Pole, der an der Wand schlief, schnarchte.

Vorsichtig glitt Kern aus dem Bett und schlich zur Tür. Im selben Augenblick rührte sich der Mann, der im mittleren Bett lag. „Ist was los?" flüsterte er.

„Ich weiß nicht. Bin aufgewacht, weil ich irgendwas gehört habe. Stimmen, Schritte oder so."

Der Mann stand auf und kam zur Tür. Er hatte ein gelbliches Hemd an, unter dem im Schein der Taschenlampe ein Paar stark behaarte, muskulöse Beine hervorkamen. Er horchte eine Weile. „Wie lange wohnst du schon hier?" fragte er dann.

„Zwei Monate."

„War in der Zeit schon mal 'ne Razzia?"

Kern schüttelte den Kopf.

„Aha! Wirst dich dann wohl verhört haben." Er leuchtete Kern ins Gesicht. „Na ja, knapp zwanzig, was? Emigrant?"

„Natürlich... Da ist es wieder!" Kern sprang zum Bett. „Sie kommen von unten! Wir müssen übers Dach!"

Man hörte Türen klappen und gedämpfte Stimmen. Der andere riß seine Sachen vom Bett.

„Rechts, den Korridor entlang! Die Treppe hinter dem Ausguß rauf!" zischte Kern.

Der Mann im Hemd öffnete lautlos die Tür. Kern und er huschten den schmalen, schmutzigen Korridor entlang.

„Hier rum!" flüsterte Kern, bog um die Ecke und rannte gegen eine Uniform.

„Stehenbleiben! Hände hoch!" kommandierte jemand aus dem Dunkel.

Der Mann im Hemd sah eine Sekunde lang so aus, als wolle er sich auf die Stimme stürzen. Aber dann blickte er auf den Lauf des Revolvers, der ihm von einem zweiten Beamten gegen die Brust gehalten wurde, und hob langsam die Arme.

„Umdrehen!" kommandierte die Stimme. „Ans Fenster stellen!"

Die beiden gehorchten.

„Sieh nach, was in den Taschen ist", sagte der Polizist mit dem Revolver.

Der zweite Beamte untersuchte die Kleider, die auf dem Boden lagen. „Fünfunddreißig Schilling – eine Taschenlampe – eine Pfeife – ein Taschenmesser – ein Lauskamm – sonst nichts…"

„Keine Pässe?"

„Nein."

„Wo habt ihr eure Pässe?" fragte der Polizist mit dem Revolver.

„Ich habe keinen", erwiderte Kern.

„Natürlich!" Der Polizist stieß dem Mann im Hemd den Revolver in den Rücken. „Und du? Muß man dich extra fragen, du Stromer?"

Die beiden Polizisten sahen sich an. Der ohne Revolver holte plötzlich aus und schlug dem Mann die Faust gegen das Kinn. „Wird's bald? Oder soll ich dir dein Gehirn noch einmal aufschütteln?"

„Ich habe keinen Paß", sagte der Mann.

„Ich habe keinen Paß", äffte der Polizist nach. „Natürlich, konnte man sich denken! Los, anziehen, aber flott!"

Eine Gruppe Polizisten lief den Korridor entlang. Sie rissen die Türen auf. Einer mit Schulterstücken kam heran. „Was habt ihr denn da?"

„Zwei Vögel, die übers Dach verduften wollten."

Der Offizier betrachtete die beiden. Er war jung, trug einen sorgfäl-

LIEBE DEINEN NÄCHSTEN

tig gestutzten, kleinen Schnurrbart und roch nach Toilettenwasser.
Kern erkannte es: Eau de Cologne 4711. Sein Vater hatte eine Parfüm-
fabrik gehabt, daher wußte er so etwas.

„Die beiden werden wir uns besonders vornehmen", sagte der Offizier. „Handschellen!"

„Ist es der Wiener Polizei erlaubt, bei Verhaftungen zu schlagen?"
fragte der Mann im Hemd.

Der Offizier sah auf. „Wie heißen Sie?"

„Steiner. Josef Steiner."

„Er hat keinen Paß und hat uns bedroht", erklärte der Polizist mit
dem Revolver.

„Es ist noch viel mehr erlaubt", sagte der Offizier kurz. „Marsch,
runter!"

Die beiden zogen sich an. Der Polizist holte Handschellen hervor.
Kern spürte den Stahl kühl an seinen Gelenken. Es war das erste Mal in
seinem Leben, daß er gefesselt wurde. Die Stahlreifen hinderten ihn
beim Gehen nicht sehr. Aber ihm schien, als fesselten sie mehr als nur
seine Hände.

Vor dem Haus hielten zwei offene Polizeiautos. Ein paar Milchkut-
scher standen neugierig auf der Straße. Gegenüber in den Häusern waren Fenster offen. Gesichter schimmerten wie Teig aus den dunklen
Öffnungen.

Ungefähr dreißig Verhaftete wurden auf den Wagen gebracht. Die
meisten stiegen ohne ein Wort hinauf. Auch die Besitzerin des Hauses
war darunter, eine dicke, hellblonde Frau von etwa fünfzig Jahren, die
als einzige erregt protestierte. Seit einigen Monaten hatte sie zwei leerstehende Etagen ihres baufälligen Hauses auf billigste Art in eine Pension verwandelt. Es hatte sich bald herumgesprochen, daß man dort
schwarz schlafen konnte, ohne bei der Polizei gemeldet zu werden.
Die Frau hatte nur vier richtige Mieter mit polizeilicher Anmeldung.
Die übrigen kamen abends, wenn es dunkel wurde. Fast alle waren
Emigranten und Flüchtlinge aus Deutschland, Polen, Rußland und Ita-
lien.

Die Polizeiautos fuhren ziemlich schnell, denn die Straßen waren
noch fast leer. Der Himmel wurde heller, aber die Verhafteten standen
dunkel auf den Wagen wie Weiden im Herbstregen. In der Nähe der
Aspernbrücke kreuzte ein Gemüseauto die Straße. Die Polizeiwagen
bremsten und zogen dann wieder an. Im gleichen Augenblick kletterte

einer der Verhafteten über den Rand des zweiten Wagens und sprang
ab. Er fiel schräg auf den Kotflügel, verfing sich mit dem Mantel und
schlug mit einem trockenen Knack auf das Pflaster.

„Anhalten! Hinterher!" schrie der Führer. „Schießt, wenn er nicht
stehenbleibt!"

Der Wagen bremste scharf. Die Polizisten sprangen herunter. Sie
liefen zu der Stelle, wo der Mann hingefallen war. Der Chauffeur sah
sich um. Als er bemerkte, daß der Mann nicht flüchtete, fuhr er den
Wagen langsam zurück.

Der Mann war mit dem Hinterkopf auf die Steine geschlagen. In
seinem offenen Mantel lag er da, mit ausgestreckten Armen und Beinen.

„Bringt ihn rauf!" rief der Offizier.

Die Polizisten bückten sich. Dann richtete sich einer auf. „Er muß
sich was gebrochen haben. Kann nicht aufstehen. Blutet auch am
Kopf."

Der Offizier kletterte herunter. Der Wagen stand jetzt dicht neben
dem Verunglückten. Kern konnte ihn von oben genau sehen. Er
kannte ihn. Es war ein schmächtiger polnischer Jude mit schütterem,
grauem Bart. Er hatte mit Garnrollen, Schnürriemen und Zwirn gehandelt und war schon dreimal aus Österreich ausgewiesen worden.

„Aufstehen! Los!" kommandierte der Offizier. „Wozu springen Sie
denn vom Wagen? Zuviel auf dem Kerbholz, wie?"

Der alte Mann bewegte die Lippen. Seine Augen waren groß auf den
Offizier gerichtet.

„Was?" fragte der. „Hat er was gesagt?"

„Er sagt, es wäre aus Angst gewesen", erwiderte der Polizist, der
neben ihm kniete.

„Angst? Natürlich aus Angst! Weil er was ausgefressen hat!"

„Er sagt, er hätte nichts ausgefressen."

„Das sagt jeder. Aber was machen wir jetzt mit ihm?"

„Man sollte einen Arzt holen", sagte Steiner vom Wagen herab.

„Seien Sie ruhig!" schnauzte der Offizier nervös. „Wo soll man
denn um diese Zeit einen Arzt herkriegen?"

„Er gehört ins Krankenhaus", sagte Steiner. „Sogar schnell!"

Der Offizier war verwirrt. Er sah jetzt, daß der Mann schwer verletzt war, und vergaß darüber, Steiner den Mund zu verbieten. „Krankenhaus! Dazu braucht er doch einen Überweisungsschein."

LIEBE DEINEN NÄCHSTEN 213

„Bringen Sie ihn zum jüdischen Krankenhaus", sagte Steiner. „Da nehmen sie ihn ohne Überweisungsschein. Sogar ohne Geld."

„Man sollte ihn zur Rettungsgesellschaft bringen", schlug einer der Polizisten vor. „Da ist immer ein Sanitäter oder ein Arzt."

Der Offizier hatte seinen Entschluß gefaßt. „Gut, hebt ihn auf! Wir fahren bei der Rettungswache vorbei. Dann bleibt einer mit ihm da. Verdammte Schweinerei!"

Die Polizisten hoben den Mann hoch. Er stöhnte und wurde sehr blaß. Sie legten ihn auf den Boden des Wagens. Er zuckte und öffnete die Augen. Sie glänzten unnatürlich in dem verfallenen Gesicht. Der Offizier biß sich auf die Lippen. „So ein Blödsinn! Runterspringen, solch ein alter Mann! Los, langsam fahren!"

Unter dem Kopf des Verletzten bildete sich langsam eine Blutlache. Der Polizist von vorhin kniete sich wieder neben den Alten hin und hielt ihm den Kopf.

„Was sagt er?" fragte der Offizier.

„Er sagt, er hätte zu seinen Kindern gewollt. Sie müßten jetzt verhungern."

„Ach, Unsinn! Wo sind sie denn?"

Der Polizist beugte sich herunter. „Er will es nicht sagen. Sie würden dann ausgewiesen. Hätten alle keine Aufenthaltserlaubnis."

„Das sind doch Phantasien. Was sagt er jetzt?"

„Er sagt, Sie möchten ihm verzeihen wegen der Scherereien, die er macht."

„Verzeihen? Was soll denn das nun wieder?" Kopfschüttelnd starrte der Offizier den Mann am Boden an.

Der Wagen hielt vor der Rettungswache. „Tragt ihn rein!" kommandierte der Offizier. „Aber vorsichtig."

Sie hoben den Verunglückten hoch. Steiner bückte sich. „Wir finden deine Kinder. Wir werden ihnen helfen", sagte er.

Der Jude schloß die Augen und öffnete sie wieder. Dann trugen ihn drei Polizisten in das Haus. Seine Arme schleiften über das Pflaster. Nach einiger Zeit kamen zwei Polizisten zurück und stiegen wieder auf. „Hat er noch etwas gesagt?" fragte der Offizier.

„Nein. Er war schon ganz grün im Gesicht. Wenn's die Wirbelsäule ist, macht er's nicht mehr lange."

„Na ja, halt ein Jud weniger", sagte der Polizist, der Steiner geschlagen hatte.

Man brachte die Verhafteten zur Polizeistation in der Elisabethstraße. Steiner und Kern wurden die Handschellen abgenommen. Die meisten saßen schweigend in dem großen, halbdunklen Raum. Sie waren gewohnt zu warten.

Gegen neun Uhr wurde einer nach dem andern heraufgeholt. Kern wurde in ein Zimmer geführt, in dem sich zwei Polizisten, ein Schreiber in Zivil, der Offizier und ein älterer Polizeioberkommissär befanden.

„Name?" fragte der Schreiber.

„Ludwig Kern."

„Geboren?"

„Dreißigster November neunzehnhundertvierzehn in Dresden."

„Also Deutscher?"

„Nein. Staatenlos. Ausgebürgert."

Der Oberkommissär blickte auf. „Mit einundzwanzig? Was haben's denn angestellt?"

„Nichts. Mein Vater ist ausgebürgert worden. Da ich damals minderjährig war, ich auch."

„Und weshalb Ihr Vater?"

Kern schwieg einen Augenblick. Ein Jahr Emigration hatte ihn Vorsicht mit jedem Wort bei den Behörden gelehrt.

„Er wurde zu Unrecht als politisch unzuverlässig denunziert", sagte er schließlich.

„Jude?" fragte der Schreiber.

„Mein Vater. Meine Mutter nicht."

„Aha! Warum sind Sie denn nicht in Deutschland geblieben?"

„Man hat uns unsere Pässe abgenommen und uns ausgewiesen. Wir wären eingesperrt worden, wenn wir geblieben wären. Und wenn wir eingesperrt werden mußten, wollten wir es lieber in einem anderen Land als in Deutschland."

Der Oberkommissär lachte trocken. „Kann ich verstehen. Wie sind Sie denn ohne Paß über die Grenze gekommen?"

„An der tschechischen Grenze genügte damals für den kleinen Grenzverkehr ein einfacher Einwohnermeldeschein. Den hatten wir noch. Man konnte damit drei Tage in der Tschechoslowakei bleiben."

„Und nachher?"

„Wir bekamen drei Monate Aufenthaltserlaubnis. Dann mußten wir fort."

LIEBE DEINEN NÄCHSTEN 215

„Wie lange sind Sie schon in Österreich?"

„Drei Monate."

„Warum haben Sie sich nicht bei der Polizei gemeldet?"

„Weil ich dann sofort ausgewiesen worden wäre."

„Na, na!" Der Oberkommissär schlug mit der flachen Hand auf die Sessellehne. „Woher wissen Sie das so genau?"

Kern verschwieg, daß er und seine Eltern sich das erste Mal, als sie über die österreichische Grenze gegangen waren, sofort bei der Polizei gemeldet hatten. Sie waren am gleichen Tag über die Grenze zurückgeschoben worden.

„Ist es vielleicht nicht wahr?"

Der Oberkommissär gähnte. „Wo sind Ihre Eltern jetzt?" fragte er.

„Meine Mutter ist in Ungarn. Sie hat dort eine Aufenthaltserlaubnis bekommen, weil sie ungarischer Herkunft ist. Mein Vater ist verhaftet und ausgewiesen worden, als ich nicht im Hotel war. Ich weiß nicht, wo er ist!"

„Was sind Sie von Beruf?"

„Ich war Student."

„Wovon haben Sie gelebt?"

„Ich habe etwas Geld."

„Wieviel?"

„Ich habe zwölf Schilling hier. Das andere habe ich bei Bekannten."

Kern besaß nicht mehr als die zwölf Schilling. Er hatte sie verdient durch Handel mit Seife, Parfüm und Toilettenwasser. Hätte er das jedoch zugegeben, hätte er sich auch wegen verbotener Arbeit strafbar gemacht.

Der Oberkommissär erhob sich. „Sind wir durch?"

„Es ist noch einer unten", sagte der Schreiber.

„Wird auch dasselbe sein. Alles Leute, die illegal eingereist sind." Dann warf er einen Blick auf Kern. „Bringt ihn hinunter. Sie wissen ja, was es gibt: vierzehn Tage Haft und Ausweisung." Er gähnte. „Na, ich geh auf ein Gulasch und ein Bier."

Man brachte Kern in eine kleine Zelle. Außer ihm befanden sich noch fünf der Verhafteten darin; darunter der Pole, der mit ihm im Zimmer geschlafen hatte.

Nach einer Viertelstunde brachte man auch Steiner. Er setzte sich neben Kern. „Das erstemal im Kasten, Kleiner?"

Kern nickte. „Warst du schon drin?"

„Ja. Wirst es dir das erstemal zu Herzen nehmen. Dann nicht mehr. Besonders im Winter nicht. Hast wenigstens Ruhe während der Zeit. Ein Mensch ohne Paß ist wie eine Leiche auf Urlaub. Hat sich eigentlich nur umzubringen, sonst nichts."

„Und mit Paß? Mit Paß bekommst du doch auch nirgendwo im Ausland Arbeitserlaubnis."

„Natürlich nicht. Du hast damit nur das Recht, in Ruhe zu verhungern. Nicht auf der Flucht. Das ist schon viel."

„Gibt es hier eigentlich nichts zu essen?" fragte ein kleiner Mann mit einem Glatzkopf, der in der Ecke auf einer Pritsche saß.

„Essen särr schlecht hierr", sagte der Pole.

„O Gott!" sagte der Glatzkopf. „Und ich habe ein gebratenes Huhn in meinem Koffer. Wann werden sie uns hier bloß rauslassen?"

„In vierzehn Tagen", erwiderte Steiner. „Das ist die übliche Strafe für Emigranten ohne Papiere."

„Verflucht! In der Zeit ist das Huhn verfault." Der Glatzkopf stöhnte. „Mein erstes Poulet seit zwei Jahren. Zusammengespart, Groschen für Groschen. Heute mittag wollte ich es essen."

„Warten Sie bis heute abend mit Ihrem Schmerz", sagte Steiner. „Dann können Sie annehmen, Sie hätten es schon gegessen, und Sie haben es leichter."

„Meine Herren", sagte eine Baßstimme mit russischem Akzent, „ich habe eine Flasche Wodka mit durchgebracht. Darf ich anbieten?" Der Russe entkorkte die Flasche, trank und reichte sie Steiner. Der nahm einen Schluck und gab sie an Kern weiter. Kern schüttelte den Kopf.

„Trink, Baby", sagte Steiner. „Gehört dazu. Mußt es lernen."

Kern nahm einen Schluck und gab die Flasche dem Polen, der sie mit geübtem Griff an die Gurgel schwenkte.

Der Mann mit dem Poulet entriß ihm die Flasche. „Es ist nicht mehr viel drin", sagte er bedauernd zu dem Russen, nachdem er getrunken hatte.

Der wehrte ab. „Macht nichts. Ich komme spätestens heute abend raus. Ich besitze als Russe einen Nansenpaß."

„Nansenpaß!" wiederholte das Poulet ehrfürchtig. „Da gehören Sie natürlich zur Aristokratie der Vaterlandslosen."

„Es tut mir leid, daß es bei Ihnen noch nicht soweit ist", sagte der Russe höflich. Er reichte die Flasche dem letzten Mann in der Zelle, der bisher schweigend dagesessen hatte. „Bitte, nehmen Sie doch auch einen Schluck."

„Danke", sagte der Mann ablehnend. „Ich gehöre nicht zu Ihnen." Alle sahen ihn an. „Ich besitze einen gültigen Paß, ein Vaterland, Aufenthaltserlaubnis und Arbeitserlaubnis."

Alle schwiegen. „Verzeihen Sie die Frage", sagte der Russe nach einer Weile zögernd, „weshalb sind Sie denn dann hier?"

„Wegen meines Berufes. Ich bin Taschendieb und Falschspieler."

Mittags gab es dünne Bohnensuppe ohne Bohnen. Abends dasselbe, nur hieß es diesmal Kaffee, und es gab ein Stück Brot dazu. Um sieben Uhr klapperte die Tür. Tschernikoff, der Russe, wurde abgeholt, wie er es vorausgesagt hatte. Er verabschiedete sich wie von alten Bekannten. „Ich werde in vierzehn Tagen ins Café Sperler schauen", sagte er zu Steiner. „Vielleicht sind Sie dann schon dort, und ich weiß schon etwas. Auf Wiedersehen!"

Um acht Uhr holte der Falschspieler eine Schachtel Zigaretten hervor und ließ sie herumgehen. Alle rauchten. Die Zelle bekam durch die Dämmerung und die glühenden Zigaretten fast etwas Heimatliches.

Der Taschendieb erzählte, daß man nur nachforsche, ob er im letzten halben Jahr einen Coup gemacht habe. Er schlug vor, ein Spiel zu machen, und zauberte aus seinem Jackett ein Paket Karten.

Es war dunkel geworden, und das elektrische Licht wurde nicht angezündet. Der Falschspieler zauberte noch einmal – eine Kerze und Streichhölzer. Die Kerze wurde auf einen Mauervorsprung geklebt. Sie gab ein mattes, flackerndes Licht.

Der Pole, das Poulet und Steiner rückten heran. „Spielst du nicht mit?" fragte Steiner Kern.

„Ich kann nicht Karten spielen."

„Mußt du lernen, Baby. Was willst du sonst abends machen?"

„Morgen. Heute nicht."

Der Falschspieler mischte und reichte die Karten herum. Der Pole zog eine Neun, das Poulet eine Dame, Steiner und der Falschspieler jeder ein As.

Der Falschspieler sah kurz auf. „Stechen."

Er zog. Wieder ein As.

Er lächelte und gab das Paket an Steiner. Der warf nachlässig die unterste Karte des Spiels auf – das Kreuz-As.

LIEBE DEINEN NÄCHSTEN

„Woher kennen Sie den Trick?" fragte der Falschspieler Steiner betroffen. „Sind Sie aus der Branche?"

„Nein, Amateur."

Der Falschspieler sah ihn an. „Der Trick stammt nämlich von mir."

„Ach so!" Steiner zerdrückte seine Zigarette. „Ich habe ihn in Budapest gelernt. Im Gefängnis. Von einem gewissen Katscher."

„Katscher! Jetzt verstehe ich!" Der Taschendieb atmete auf. „Katscher ist ein Schüler von mir. Sie haben das gut gelernt."

„Ja", sagte Steiner, „man lernt allerhand, wenn man unterwegs ist."

Der Falschspieler blickte prüfend in die Kerzenflamme. „Das Licht ist schlecht – aber wir spielen natürlich nur zum Vergnügen, meine Herren, nicht wahr? Ehrlich…"

Kern legte sich auf die Pritsche und schloß die Augen. Er war voll von einer nebelhaften, grauen Traurigkeit. Seit dem Verhör morgens hatte er ununterbrochen an seine Eltern denken müssen.

Er sah seinen Vater vor sich, als er von der Polizei zurückkam. Ein Konkurrent hatte ihn wegen staatsgefährdender Reden bei der Gestapo denunziert, um sein kleines Laboratorium für medizinische Seifen, Parfüms und Toilettenwasser zu ruinieren und es dann für nichts zu kaufen. Der Plan gelang wie tausend andere um diese Zeit. Kerns Vater kam völlig gebrochen nach sechs Wochen Haft zurück. Er verkaufte seine Fabrik für einen lächerlichen Preis an den Konkurrenten. Bald darauf kam die Ausweisung, und damit begann die Flucht ohne Ende. Von Dresden nach Prag; von Prag nach Brünn; von da nachts über die Grenze nach Österreich – am nächsten Tag durch die Polizei zurück in die Tschechei – heimlich ein paar Tage später wieder über die Grenze nach Wien – die Mutter mit einem nachts gebrochenen Arm, notdürftig im Wald mit zwei Aststücken geschient – von Wien nach Ungarn; ein paar Wochen bei Verwandten der Mutter – dann wieder Polizei; der Abschied von der Mutter, die bleiben konnte, weil sie ungarischer Herkunft war – wieder die Grenze; wieder Wien – das erbärmliche Hausieren mit Seife, Toilettenwasser, Hosenträgern und Schnürsenkeln – die ewige Angst, angezeigt oder erwischt zu werden – der Abend, an dem der Vater nicht wiederkam – die Monate allein, von einem Versteck zum andern…

„Verdammt!" schrie plötzlich in der Kartenspielerecke das Poulet auf! „Ich Ochse! Ich unerhörter Ochse!"

„Wieso?" fragte Steiner ruhig. „Die Herzdame war genau richtig!"

„Das meine ich ja nicht! Aber dieser Russe hätte mir doch mein Poulet schicken können! Ich dämlicher Ochse! Ich einfach wahnsinniger Ochse!" Er sah sich um, als ob die Welt untergegangen wäre.

Kern merkte auf einmal, daß er lachte. Er wollte nicht lachen. Aber er konnte plötzlich nicht mehr aufhören. Er lachte, daß er sich schüttelte. Irgend etwas in ihm lachte und warf alles durcheinander – Traurigkeit, Vergangenheit und alle Gedanken.

NACH fünf Tagen wurde der Falschspieler entlassen. Man hatte nichts gegen ihn finden können. Steiner und er schieden als Freunde. Der Falschspieler schenkte Steiner zum Abschied das Spiel Karten, und Steiner brachte Kern Skat, Jaß, Tarock und Poker bei – Skat für Emigranten; Jaß für die Schweiz; Tarock für Österreich und Poker für alle anderen Fälle.

Nach vierzehn Tagen wurde Kern heraufgeholt. Ein Inspektor führte ihn in einen Raum, in dem ein älterer Mann saß.

„Sie sind Ludwig Kern, staatenlos, Student, geboren am dreißigsten November neunzehnhundertvierzehn in Dresden?" fragte der Mann gleichgültig und blickte in ein Papier.

„Ja", sagte Kern heiser.

„Sie haben sich ohne Papiere und unangemeldet in Österreich aufgehalten..." Der Mann las rasch das Protokoll herunter. „Sie sind zu vierzehn Tagen Haft verurteilt, die inzwischen verbüßt worden sind. Sie werden aus Österreich ausgewiesen. Jede Rückkehr ist strafbar. Hier ist der gerichtliche Ausweisungsbeschluß. Und hier haben Sie zu unterschreiben, daß Sie den Ausweisungsbeschluß zur Kenntnis genommen haben und wissen, daß jede Rückkehr strafbar ist. Hier rechts. Vor- und Zuname."

Kern unterschrieb.

„An welche Grenze wollen Sie gestellt werden?" fragte der Beamte.

„An die tschechische."

„Gut. In einer Stunde geht's los. Es wird Sie jemand hinbringen."

„Ich habe noch ein paar Sachen in dem Haus, wo ich gewohnt habe, einen Koffer mit Wäsche und so was. Kann ich die vorher abholen?"

„Gut. Sagen Sie es dem Beamten, der Sie an die Grenze bringt."

Der Inspektor führte Kern wieder hinunter und nahm Steiner mit hinauf.

„Was war los?" fragte das Poulet neugierig.

„In einer Stunde kommen wir raus."

Kern holte sein Taschentuch hervor und rieb seinen Anzug sauber, so gut es ging. Sein Hemd war sehr schmutzig geworden in den vierzehn Tagen. Er drehte die Manschetten um. Er hatte sie die ganze Zeit geschont. Der Pole sah ihm zu. „In ein, zwei Jahren das dirr ganz eggal", prophezeite er.

Ein Kriminalbeamter in Zivil holte Steiner und Kern ab. Kern war aufgeregt. Vor der Tür blieb er unwillkürlich stehen. Der Himmel war blau und ein wenig dämmerig über den Häusern, die Giebel leuchteten im letzten, roten Schein der Sonne.

Sie gingen durch die Straßen, der Beamte in der Mitte. Die Cafés hatten Tische und Stühle herausgestellt, und überall saßen fröhliche, plaudernde Menschen.

Kern senkte den Kopf.

Sie kamen zu ihrer Pension. Die Wirtin empfing sie mit einer Mischung aus Ärger und Mitleid. Sie gab ihnen ihre Sachen gleich heraus. Es war nichts gestohlen worden. Kern nahm den zerstoßenen Koffer unter den Arm und bedankte sich. „Es tut mir leid, daß Sie solche Unannehmlichkeiten hatten", sagte er.

Die Wirtin wehrte ab. „Lassen Sie sich's nur gutgehen. Und Sie auch, Herr Steiner. Wo soll's denn hin?"

Steiner machte eine ziellose Geste. „Den Weg der Grenzwanzen. Von Gebüsch zu Gebüsch."

Sie fuhren mit der Straßenbahn zum Ostbahnhof. Im Zug fühlte sich Kern dann plötzlich sehr müde. Das Rattern schläferte ihn ein. Er sah die Häuser wie im Traum vorübergleiten, Fabrikhöfe, Straßen, Wirtsgärten mit hohen Nußbäumen, Wiesen und Felder.

Es war fast dunkel, als sie am Zollhaus ankamen. Der Kriminalbeamte übergab sie der Zollwache und stapfte dann zurück durch die fliederfarbene Dämmerung.

Ein Zollbeamter führte Kern und Steiner rechts vom Zollhaus einen Fußweg entlang. Sie kamen durch Felder, die stark nach Erde und Tau rochen, an ein paar Häusern mit erleuchteten Fenstern und einem Waldstreifen vorbei. Nach einiger Zeit blieb der Beamte stehen. „Geht hier weiter und haltet euch links, damit ihr durch die Büsche gedeckt seid, bis ihr an die March kommt. Sie ist jetzt nicht tief. Ihr könnt leicht hindurchwaten. So um halb zehn ist die beste Zeit."

Die beiden gingen. Es war sehr still. Nach einer Weile sah Kern sich um. Die schwarze Silhouette des Beamten hob sich vom Horizont ab. Er beobachtete sie. Sie gingen weiter. An der March zogen sie sich aus. Sie packten ihre Kleider und ihr Gepäck zu einem Bündel zusammen. Das Wasser war moorig und schimmerte braun und silbern. Es waren Sterne und Wolken am Himmel, und der Mond brach manchmal durch.

Sie wateten durch den Fluß. Kern fühlte das Wasser kühl an seinem Körper hochsteigen. Vor ihm tastete sich Steiner langsam vorwärts. Er hielt seinen Rucksack und seine Kleider über den Kopf. Seine breiten Schultern waren weiß vom Mond überschienen. In der Mitte des Flusses blieb er stehen und sah sich um. Kern war dicht hinter ihm. Er lächelte und nickte ihm zu. Sie kletterten ans gegenüberliegende Ufer und trockneten sich mit ihren Taschentüchern flüchtig ab. Dann zogen sie sich an und gingen weiter. Nach einer Weile blieb Steiner stehen. ,,Jetzt sind wir über der Grenze", sagte er.

Sie suchten sich einen Platz unter einer alten Buche, wo sie vor Sicht geschützt waren. In der Ferne schimmerten die Lichter eines slowakischen Dorfes. Steiner band seinen Rucksack auf, um nach Zigaretten zu suchen. ,,Ich gehe in einer Stunde zurück", sagte er. ,,Und du?"

,,Ich will versuchen, nach Prag zu kommen. Die Polizei ist da besser. Man bekommt leicht ein paar Tage Aufenthaltserlaubnis, und dann muß man weitersehen. Vielleicht finde ich auch meinen Vater. Ich habe gehört, er wäre da."

,,Wieviel Geld hast du?"

,,Zwölf Schilling."

Steiner kramte in seiner Rocktasche. ,,Hier hast du etwas dazu. Das reicht ungefähr bis Prag."

Kern blickte auf.

,,Nimm's ruhig", sagte Steiner. ,,Ich habe noch genug für mich." Er zeigte ein paar Scheine.

Kern zauderte einen Augenblick. Dann nahm er das Geld. ,,Danke", sagte er.

Steiner erwiderte nichts. Er rauchte. Die Zigarette glomm auf, wenn er zog, und beleuchtete sein Gesicht. ,,Weshalb bist du eigentlich unterwegs?" fragte Kern zögernd. ,,Du bist doch kein Jude!"

Steiner schwieg eine Zeitlang. ,,Nein, ich bin kein Jude", sagte er endlich und wandte sich Kern zu. ,,Damit du daran denken kannst, Kleiner, wenn du mal verzweifelst: Du bist draußen, dein Vater ist

LIEBE DEINEN NÄCHSTEN

draußen, deine Mutter ist draußen. Ich bin draußen – aber meine Frau ist in Deutschland. Und ich weiß nichts von ihr." Er drückte seine Zigarette aus und lehnte sich an den Stamm der Buche. Der Mond hing über dem Horizont. Ein Mond, kreidig und unbarmherzig wie in jener letzten Nacht.

NACH seiner Flucht aus dem Konzentrationslager hatte Steiner sich eine Woche lang bei einem Freund verborgen gehalten. Er hatte in einer abgeschlossenen Dachkammer gesessen, immer bereit, über das Dach zu fliehen. Nachts brachte ihm der Freund Brot, Konserven und ein paar Flaschen Wasser. In der zweiten Nacht ein paar Bücher. Steiner las sie tagsüber, um sich abzulenken. Der Freund holte ihn nachts herunter und brachte ihn wieder hinauf.

„Weiß Marie es?" fragte Steiner in der ersten Nacht.

„Nein. Das Haus ist bewacht."

„Ist ihr etwas passiert?"

Der Freund schüttelte den Kopf und ging.

Steiner fragte immer dasselbe. Jede Nacht. In der vierten Nacht brachte der Freund endlich die Nachricht, daß er sie gesehen habe. Sie wisse jetzt, wo er sei. Er habe es ihr zuflüstern können. Morgen sähe er sie wieder. Auf dem Wochenmarkt im Gedränge. Steiner verbrachte den nächsten Tag damit, ihr einen Brief zu schreiben, den der Freund ihr zustecken sollte. Abends zerriß er ihn. Er wußte nicht, ob man sie beobachtete. Nachts bat er aus demselben Grund den Freund, sie nicht mehr zu treffen. Er blieb noch drei Nächte in der Kammer. Endlich kam der Freund mit Geld, einer Fahrkarte und einem Anzug. Steiner schnitt sich das Haar und färbte es mit Wasserstoffsuperoxyd hell. Dann rasierte er sich den Schnurrbart ab. Vormittags verließ er das Haus. Er trug eine Monteurjacke und einen Kasten mit Werkzeug. Er sollte sofort aus der Stadt hinaus; aber er wurde schwach. Es war zwei Jahre her, daß er seine Frau gesehen hatte. Er ging zum Wochenmarkt. Nach einer Stunde kam sie. Er fing an zu zittern. Er folgte ihr, und als er dicht hinter ihr war, sagte er: „Sieh dich nicht um! Ich bin's! Geh weiter! Geh weiter!"

Ihre Schultern zuckten, und sie ging weiter. Aber es war, als wäre sie nur noch ein einziges Lauschen nach rückwärts.

„Hat man dir etwas getan?" fragte die Stimme hinter ihr.

Sie schüttelte den Kopf.

„Beobachtet man dich?"

Sie nickte.

„Jetzt?"

Sie zögerte. Dann schüttelte sie den Kopf.

„Ich gehe jetzt gleich. Will versuchen durchzukommen. Ich kann dir nicht schreiben. Es ist zu gefährlich für dich."

Sie nickte.

„Du mußt dich von mir scheiden lassen."

Die Frau verhielt eine Sekunde den Schritt. Dann ging sie weiter.

„Du mußt sagen, daß du dich wegen meiner Gesinnung scheiden lassen willst. Du hättest das alles früher nicht gewußt. Hast du es verstanden?"

Die Frau rührte den Kopf nicht.

„Versteh mich doch", flüsterte Steiner. „Es ist nur, damit du in Sicherheit bist! Es würde mich verrückt machen, wenn sie dir was täten! Du mußt dich scheiden lassen – dann lassen sie dich in Ruhe!"

Die Frau antwortete nicht.

„Ich liebe dich, Marie", sagte Steiner leise, zwischen den Zähnen hindurch. „Ich liebe dich, und ich gehe nicht weg, wenn du es nicht versprichst! Versprichst du es mir?"

Die Frau nickte langsam. Ihre Schultern sanken zusammen.

„Ich biege jetzt ab und komme den Gang rechts herauf. Geh links herum und komm mir entgegen. Sprich nichts, tu nichts! Ich will dich nur noch einmal sehen. Dann gehe ich. Wenn du nichts hörst, bin ich durchgekommen."

Die Frau nickte und ging rascher.

Steiner bog ab und ging die Gasse rechts hinauf. Sie war eingesäumt von den Buden der Schlächter. Frauen mit Körben feilschten vor den Ständen. Es roch unerträglich. Die Schlächter schrien. Aber plötzlich versank alles. Das geliebte Gesicht. Das Haar wie eine Gloriole aus Rot und Gold. Ihre Augen faßten sich und ließen sich nicht los, und in ihnen war alles: Schmerz und Glück und Liebe und Trennung. Dann stürzte die Leere grell in Steiners Augen, und erst nach einer Weile unterschied er wieder die Farben und das Kaleidoskop, das vor seinen Augäpfeln abrollte und nicht eindrang.

Er stolperte weiter, stieß die Hälfte eines geschlachteten Schweines von einem mit Wachstuch belegten Tisch, er hörte das Schimpfen des Schlächters, lief um die Ecke der Budengasse und blieb stehen.

Er sah sie fortgehen vom Markt. Sie ging sehr langsam. An der Ecke der Straße blieb sie stehen und drehte sich um. Steiner wußte nicht, ob sie ihn sah. Er wagte nicht, sich ihr noch einmal zu zeigen. Er ahnte, daß sie vielleicht zurücklaufen würde zu ihm. Dann wandte sie sich langsam ab, und die Schattenschlucht der Straße verschluckte sie.

Drei Tage später kam Steiner über die Grenze. Die Nacht war hell und windig, und der Mond stand kreidig am Himmel. Steiner war ein harter Mensch, aber als er die Grenze überquert hatte, naß von kaltem Schweiß, drehte er sich um und sagte wie irrsinnig in die Richtung, aus der er kam, den Namen seiner Frau.

STEINER stand auf. „Ich will los. Zurück. Der Zöllner glaubt nicht, daß ich jetzt kommen werde. Er hat die erste halbe Stunde aufgepaßt. Morgen früh wird er wieder aufpassen." Er gab Kern die Hand. „Mach's gut. Vielleicht sehen wir uns mal wieder. Ich werde abends öfter im Café Sperler sein. Kannst da nach mir fragen."

Kern nickte.

„Vergiß das Kartenspielen nicht. Du bist nicht schlecht in Jaß und Tarock. Im Poker mußt du noch mehr riskieren. Mehr bluffen."

„Gut", sagte Kern. „Ich werde mehr bluffen. Und ich danke dir auch."

„Servus, Baby!"

„Servus, Steiner!"

Kern blieb noch eine Zeitlang sitzen. Der Himmel war klar geworden, und die Landschaft war voll Frieden. Er beschloß zu versuchen, nachts noch bis Preßburg zu kommen und von da nach Prag. Eine Stadt war immer am sichersten. Er öffnete seinen Koffer und nahm das saubere Hemd und ein Paar Strümpfe hervor, um sich umzuziehen. Er wußte, daß es wichtig war, wenn ihm jemand begegnete.

II

KERN kam nachmittags in Prag an. Er ließ seinen Koffer am Bahnhof und ging sofort zur Polizei. Er wollte sich nicht melden; er wollte nur in Ruhe nachdenken, was er tun sollte. Dazu war das Polizeigebäude der beste Platz. Dort streiften keine Polizisten umher und fragten nach Papieren.

Er setzte sich auf eine Bank im Korridor. Gegenüber lag das Büro, in dem die Fremden abgefertigt wurden.

„Wie sind sie denn jetzt hier?" fragte er einen Mann, der neben ihm wartete.

„Es geht", sagte der Mann. „Ein paar Tage Aufenthalt kriegt man schon. Aber nachher wird's schwer. Es sind zu viele."

Kern überlegte. Wenn er ein paar Tage Aufenthaltserlaubnis erhielt, konnte er beim Komitee für Flüchtlingshilfe für ungefähr eine Woche Eß- und Schlafkarten bekommen, das wußte er von früher. Wenn er sie nicht bekam, riskierte er, daß man ihn einsperrte und zurück über die Grenze schob.

„Sie sind dran", sagte der Mann neben ihm.

Kern sah ihn an. „Wollen Sie nicht vorgehen? Ich habe Zeit."

Der Mann stand auf und ging hinein. Kern beschloß abzuwarten, was mit ihm passierte, um sich dann zu entscheiden, ob er selbst hineingehen sollte oder nicht. Unruhig wanderte er auf dem Korridor hin und her.

Endlich kam der Mann wieder heraus. Kern ging rasch auf ihn zu. „Wie war es?" fragte er.

„Zehn Tage!" Der Mann strahlte. „So ein Glück! Und ohne zu fragen. Muß gut gelaunt sein. Das letztemal hatte ich nur fünf."

Kern gab sich einen Ruck. „Dann werde ich es auch versuchen."

Der Beamte spielte mit einem zierlichen Federmesser aus Perlmutter und warf einen müden Blick auf Kern. „Emigrant?"

„Ja."

„Aus Deutschland gekommen?"

„Ja. Heute."

„Irgendwelche Papiere?"

„Nein."

Der Beamte nickte. Er ließ die Klinge seines Messers zuschnappen, klappte eine Nagelfeile auf und begann, damit seinen Daumennagel zu glätten.

Kern wartete. Er wagte kaum zu atmen, um den müden Mann nicht zu stören und ärgerlich zu machen.

Der Nagel war endlich fertig. Der Beamte besah ihn befriedigt und blickte auf. „Zehn Tage", sagte er. „Sie können zehn Tage hier bleiben. Dann müssen Sie raus."

Die Spannung in Kern löste sich jäh. Er atmete tief. Dann faßte er sich rasch. Er hatte gelernt, den Zufall festzuhalten. „Ich wäre Ihnen dankbar, wenn ich vierzehn Tage haben könnte", sagte er.

„Das geht nicht. Warum?"

„Ich warte darauf, daß mir Papiere nachgeschickt werden. Dazu muß ich eine feste Adresse haben. Ich möchte dann nach Österreich." Kern hatte Angst, im letzten Augenblick noch alles zu verderben; aber er konnte nicht mehr zurück. Er log glatt und schnell. Er wußte, daß er lügen mußte. Der Beamte dagegen wußte, daß er diese Lügen glauben mußte – denn es gab keine Möglichkeit, sie zu kontrollieren. So kam es, daß beide fast glaubten, von der Wahrheit zu reden.

Der Beamte ließ die Nagelfeile seines Messers zuschnappen. „Gut", sagte er. „Ausnahmsweise. Aber es gibt keine Verlängerung."

Er nahm einen Zettel und begann zu schreiben. Kern konnte kaum fassen, daß alles so geklappt hatte. Bis zum letzten Augenblick erwartete er, daß der Beamte in der Kartothek nachsehen und feststellen könnte, daß er schon zweimal in Prag gewesen war. Zur Vorsicht gab er deshalb einen anderen Vornamen und falsche Geburtsdaten an. Er konnte dann immer noch behaupten, das damals sei ein Bruder von ihm gewesen.

Aber der Beamte war viel zu müde, um etwas nachzusehen. Er schob Kern den Zettel hin. Dann zog er ein Taschentuch hervor und begann, das Perlmutter seines Messers liebevoll zu putzen. Er merkte kaum noch, daß Kern sich bedankte und so rasch hinausging, als könne ihm sein Papier wieder abgenommen werden.

Erst vor dem Tor des Gebäudes blieb er stehen und sah sich um. Du süßer blauer Himmel, dachte er überwältigt. Ich brauche vierzehn Tage lang keine Angst zu haben, vierzehn volle Tage und vierzehn Nächte, eine Ewigkeit!

Neben ihm vor dem Eingang stand ein Polizist. Kern fühlte nach dem Ausweis in seiner Tasche. Dann trat er auf den Polizisten zu. „Wie spät ist es, Wachtmeister?" fragte er. Er hatte selbst eine Uhr bei sich. Aber es war ein zu seltenes Erlebnis, einmal vor einem Polizisten keine Angst zu haben.

„Fünf", brummte der Polizist.

„Danke." Kern ging langsam die Treppe hinunter. Jetzt erst glaubte er, daß alles wirklich wahr war. Er nahm sich vor, mutig zu bleiben.

DER große Warteraum des Komitees für Flüchtlingshilfe war über-
füllt. Fast niemand sprach. Jeder hatte alles, was ihn anging, schon
hundertmal gesagt und besprochen. Jetzt gab es nur noch eins: zu warten. Es war die letzte Barriere vor der Verzweiflung.

Über die Hälfte der Anwesenden waren Juden. Neben Kern saß ein
bleicher Mensch mit einem Birnenschädel, der einen Geigenkasten auf
den Knien hielt. Auf der andern Seite des Geigers hockte ein alter
Mann, über dessen gebuckelte Stirn eine Narbe lief. Er öffnete und
schloß ruhelos die Hände. Daneben saß eine dicke Frau, die lautlos
weinte.

In dieser schweigenden Ergebenheit und Trauer spielte unbefangen
ein Kind. Es war ein Mädchen von ungefähr sechs Jahren. Lebhaft und
ungeduldig, mit glänzenden Augen und schwarzen Locken, wanderte
es umher.

Vor dem Mann mit dem Birnenschädel blieb es stehen und zeigte
auf den Kasten, den er auf den Knien hielt. ,,Hast du eine Geige darin?"
fragte es.

Der Mann nickte.

,,Zeig sie mir", sagte das Mädchen.

Der Geiger zögerte einen Augenblick; dann öffnete er den Kasten
und nahm das Instrument heraus. Es war in ein violettes Seidentuch
gewickelt. Mit behutsamen Händen faltete er es auseinander.

Das Kind starrte die Geige lange an. Vorsichtig hob es dann die
Hand und berührte die Saiten. ,,Warum spielst du nicht?" fragte es.

Der Geiger sah sich verlegen um. ,,Ich kann doch hier nicht spielen", sagte er schließlich.

,,Warum denn nicht?" fragte das Mädchen. ,,Spiel doch! Es ist
langweilig hier."

,,Das Kind hat recht", sagte der alte Mann mit der Narbe auf der
Stirn, der neben dem Geiger saß. ,,Spielen Sie. Vielleicht lenkt es uns
alle etwas ab. Und es wird ja wohl erlaubt sein."

Der Geiger zögerte noch einen Augenblick. Dann nahm er den Bogen aus dem Kasten, spannte ihn und setzte die Geige an seine Schulter.
Klar schwebten die Töne durch den Raum. Das kleine, schwarzhaa-
rige Mädchen saß reglos auf dem Boden neben dem Geiger.

Kern blickte um sich.

Er sah gebeugte Nacken und weiß schimmernde Gesichter, er sah
Trauer, Verzweiflung und die sanfte Verklärung, die die Melodie der

LIEBE DEINEN NÄCHSTEN 229

Geige für einige Augenblicke darüber breitete – er sah es, und er dachte an viele ähnliche Räume, die er schon gesehen hatte, angefüllt mit Ausgestoßenen, deren einziges Verschulden es war, geboren worden zu sein und zu leben. Das gab es, und diese Musik gab es zu gleicher Zeit. Es schien unbegreiflich. Erst nach einiger Zeit merkte er, daß es still geworden war.

„Was war das?" fragte der Alte neben dem Geiger.

„Die Deutschen Tänze von Franz Schubert", sagte der Geiger heiser.

Der Alte neben ihm lachte auf. „Deutsche Tänze!" Er strich sich über die Narbe auf seiner Stirn. „Deutsche Tänze", wiederholte er.

Die Tür zum Büro öffnete sich. Der Kopf des Sekretärs erschien. „Der nächste . . .", sagte er.

Kern bekam eine Anweisung für einen Schlafplatz im Hotel Bristol und zehn Eßkarten für die Mensa am Wenzelsplatz. Er lief fast durch die Straßen, aus Angst, daß er zu spät käme.

Er hatte sich nicht geirrt. Alle Plätze in der Mensa waren besetzt, und er mußte warten.

Unter den Essenden sah er einen seiner früheren Universitätsprofessoren. Er wollte schon auf ihn zugehen und ihn begrüßen; aber dann besann er sich und ließ es. Er wußte, daß viele Emigranten nicht an ihr früheres Leben erinnert werden wollten.

Nach einer Weile sah er den Geiger kommen und unschlüssig umherstehen. Er winkte ihm. Der Geiger sah ihn erstaunt an und kam langsam herüber.

„Entschuldigen Sie", sagte Kern. „Ich habe Sie vorhin spielen hören, und ich dachte, Sie wüßten vielleicht nicht Bescheid hier."

„Das weiß ich auch nicht. Sie?"

„Ja. Ich war schon zweimal hier. Sind Sie noch nicht lange draußen?"

„Vierzehn Tage. Ich bin heute hier angekommen."

Kern sah, daß der Professor und jemand neben ihm aufstanden. „Da werden zwei Plätze frei", sagte er. „Kommen Sie rasch!"

Sie drängten sich zwischen den Tischen durch. Der Professor kam ihnen durch den schmalen Gang entgegen. Er blickte Kern zweifelnd an und blieb stehen. „Kenne ich Sie nicht?"

„Ich war einer Ihrer Schüler", sagte Kern.

„Ach so, ja …" Der Professor nickte. „Sagen Sie, wissen Sie vielleicht Leute, die Staubsauger brauchen könnten? Mit zehn Prozent Rabatt und Ratenzahlung? Oder Grammophone mit eingebautem Radio?"

Der Professor war eine Autorität in der Krebsforschung gewesen. „Nein, leider nicht", sagte Kern mitleidig. Er wußte, was es hieß, Staubsauger und Grammophone verkaufen zu wollen. Es war Zeitverschwendung, Hunderte von Emigranten versuchten es.

„Ich hätte es mir denken können." Der Professor sah ihn abwesend an. „Entschuldigen Sie bitte", sagte er dann und ging weiter.

Es gab Graupensuppe mit Rindfleisch. Kern löffelte seinen Teller rasch leer. Als er aufschaute, saß der Geiger da, die Hände auf den Tisch gelegt, den Teller unberührt vor sich.

„Essen Sie nicht?" fragte Kern erstaunt.

„Ich kann nicht."

„Sind Sie krank?"

„Nein."

„Sie sollten essen", sagte Kern.

Der Geiger antwortete nicht. Er zündete sich eine Zigarette an und rauchte hastig. Dann schob er seinen Teller beiseite. „So kann man nicht leben!" stieß er schließlich hervor.

Kern sah ihn an. „Haben Sie keinen Paß?" fragte er.

„Doch. Aber . . . So kann man doch nicht leben! Ohne Boden unter den Füßen!"

„Mein Gott! Sie haben einen Paß und Ihre Geige . . .", sagte Kern und dachte: Erstes Stadium der Emigration. Wird schon still werden. „Essen Sie Ihre Suppe wirklich nicht?" fragte er.

„Nein."

„Dann geben Sie sie mir. Ich bin noch hungrig."

Der Geiger schob sie ihm hin. Kern aß sie langsam auf. Jeder Löffel voll war Kraft, dem Elend zu widerstehen. Dann stand er auf. „Ich danke Ihnen für die Suppe. Ich hätte lieber gehabt, Sie hätten sie selbst gegessen."

Der Geiger sah ihn an. Sein Gesicht war von Falten zerrissen. „Das verstehen Sie noch nicht", sagte er.

„Das ist leichter zu verstehen, als Sie glauben", erwiderte Kern. „Sie sind unglücklich, weiter nichts. Man meint anfangs, es sei etwas Besonderes. Aber Sie werden es schon merken, wenn Sie länger draußen sind. Unglück ist das Alltäglichste, was es gibt." Und er ging hinaus.

LIEBE DEINEN NÄCHSTEN

Das Hotel Bristol war ein baufälliger, kleiner Kasten, der von der Flüchtlingshilfe gemietet worden war. Kern bekam ein Bett in einem Zimmer angewiesen, in dem zwei andere Flüchtlinge wohnten. Er war nach dem Essen sehr müde geworden und legte sich gleich schlafen. Die beiden andern waren noch nicht da, und er hörte auch nicht, daß sie kamen.

Mitten in der Nacht wachte er auf. Er vernahm Schreie und sprang sofort empor. Ohne nachzudenken, griff er nach seinem Koffer und seinen Kleidern und rannte aus der Tür, den Korridor entlang.

Draußen war alles still. Am Treppenabsatz blieb er stehen. Er stellte den Koffer ab und lauschte. Wo war er? Wo war die Polizei?

Langsam kam ihm die Erinnerung. Er blickte an sich herunter und lächelte erleichtert. Er war im Hotel Bristol in Prag, und er hatte für vierzehn Tage eine Aufenthaltserlaubnis. Es gab keinen Grund, so zu erschrecken. Er kehrte um. Das darf nicht wieder passieren, dachte er. Es fehlt noch, daß ich nervös werde.

Er öffnete die Tür und tastete sich im Dunkeln nach seinem Bett. Es war das rechte an der Wand. Er stellte seinen Koffer leise ab und hängte seine Kleider unten über den Bettpfosten. Dann tastete er nach der Decke. Plötzlich spürte er unter seiner Hand etwas Weiches, warm Atmendes und schoß bolzengerade hoch.

„Wer ist da?" fragte eine Mädchenstimme schlaftrunken.

Kern hielt den Atem an. Er hatte die Zimmer verwechselt.

„Ist jemand da?" fragte die Stimme noch einmal.

Kern blieb stocksteif stehen. Nach einiger Zeit hörte er einen Seufzer und dann, wie jemand sich umdrehte. Er wartete noch ein paar Minuten. Als alles still blieb und nur noch das tiefe Atmen im Dunkel zu hören war, griff er nach seinen Sachen und schlich aus dem Zimmer.

Auf dem Korridor stand ein Mann im Hemd, vor dem Zimmer, in dem Kern wohnte, und starrte ihn durch seine Brille an. Kern war zu verwirrt, um etwas zu erklären. Er ging wortlos durch die offene Tür, an dem Mann vorbei, packte seine Sachen weg und legte sich zu Bett.

Der Mann stand noch eine Weile im Korridor. Dann kam er herein und machte die Tür zu.

Im selben Augenblick fing das Schreien wieder an. „Nicht schlagen! Nicht schlagen! Um Christi willen nicht schlagen! Bitte, bitte! Oh ..." Das Schreien ging in ein entsetzliches Gurgeln über und erstarb.

Kern richtete sich auf. „Was ist denn das?" fragte er in das Dunkel hinein.

Ein Schalter klickte, und es wurde hell. Der Mann mit der Brille stand auf und ging zum dritten Bett. Darin lag ein keuchender, schweißüberströmter Mensch mit irren Augen. Der andere nahm ein Glas, füllte es mit Wasser und hielt es dem im Bett an den Mund. „Trinken Sie das. Sie haben geträumt. Sie sind in Sicherheit."

Der Mann trank gierig. Dann ließ er sich erschöpft zurückfallen und schloß tief atmend die Augen.

„Vor ein paar Wochen aus dem Konzentrationslager entlassen", erklärte der Mann mit der Brille. „Nerven, verstehen Sie?"

„Ja", sagte Kern.

„Wohnen Sie hier?" fragte der Mann mit der Brille.

Kern nickte. „Ich scheine auch etwas nervös zu sein. Vorhin, als er schrie, bin ich hinausgelaufen. Ich dachte, es wäre Polizei im Haus. Da habe ich hinterher die Zimmer verwechselt."

„Ach so . . ."

„Entschuldigen Sie, bitte", sagte der dritte Mann. „Ich werde jetzt wach bleiben."

„Ach, Unsinn!" Der mit der Brille ging zu seinem Bett zurück. „Das bißchen Träumen stört uns gar nicht. Nicht wahr, junger Mann?"

„Gar nicht", wiederholte Kern.

Der Lichtschalter knackte, und es wurde wieder dunkel. Kern streckte sich aus. Er konnte lange nicht einschlafen. Sonderbar war das gewesen, vorhin, in dem Zimmer nebenan. Die weiche Brust unter dem dünnen Leinen.

Er fühlte es immer noch . . .

JOSEF STEINER kam leicht über die Grenze zurück. Er kannte sie gut und war als alter Soldat das Patrouillegehen gewohnt. Er war Kompanieführer gewesen und hatte bereits 1915 für eine schwierige Patrouille, von der er einen Gefangenen mitgebracht hatte, das Eiserne Kreuz erhalten.

Nach einer Stunde war er außer Gefahr. Er ging zum Bahnhof.

Es waren nicht viele Leute im Waggon. Der Schaffner sah ihn an. „Schon zurück?"

„Eine Fahrkarte nach Wien, einfach", erwiderte Steiner.

„Ging ja rasch", sagte der Schaffner. Steiner blickte auf. „Ich kenne das", fuhr der Schaffner fort. „Jeden Tag kommen ein paar solcher Transporte – da kennt man die Beamten bald. Es ist ein Kreuz. Sie sind in diesem Waggon herausgefahren, das wissen Sie wohl nicht mehr?"

„Ich weiß überhaupt nicht, wovon Sie reden."

Der Schaffner lachte. „Sie werden es schon wissen. Stellen Sie sich hinten auf die Plattform. Wenn ein Kontrolleur kommt, springen Sie ab – wahrscheinlich kommt keiner. Sie sparen so die Fahrkarte."

„Schön."

Steiner stand auf und ging nach hinten. Er spürte den Wind und sah die Lichter der kleinen Weindörfer vorüberfliegen. Er atmete tief und genoß den stärksten Rausch, den es gibt: den Rausch der Freiheit. Er lebte.

Er war nicht gefangen.

In Wien ging er zu der Pension, in der die Polizei ihn erwischt hatte. Die Wirtin saß noch im Büro. Sie fuhr zusammen, als sie Steiner erblickte. „Sie können hier nicht wohnen", sagte sie rasch.

„Doch!" Steiner legte den Rucksack ab.

„Herr Steiner, es ist unmöglich! Die Polizei kann jeden Tag wiederkommen. Dann schließen sie mir die Pension!"

„Die beste Deckung, die es im Krieg gab", sagte Steiner ruhig, „war ein frisches Granatloch. Es kam fast nie vor, daß es gleich darauf noch einmal hineinschoß. Deshalb ist im Moment Ihre Bude eine der sichersten in Wien!"

Die Wirtin faßte verzweifelt in ihr blondes Haar. „Sie sind mein Untergang!" erklärte sie pathetisch.

„Nur ein paar Tage", sagte Steiner beruhigend, „nicht länger als ein paar Tage. Ich habe was vor."

„Da sind noch die Sachen vom alten Seligmann hier", sagte die Wirtin und zeigte auf einen Koffer. „Was soll ich nur mit denen machen?"

„War das der Jude mit dem grauen Bart?"

Die Wirtin nickte. „Er ist tot, das habe ich gehört. Mehr nicht . . ."

„Wissen Sie, wo seine Kinder sind?"

„Wie soll ich das wissen? Darum kann ich mich doch nicht auch noch kümmern!"

Steiner zog den Koffer heran und öffnete ihn. Eine Anzahl Garnrollen mit verschiedenfarbenem Zwirn fiel heraus. Darunter lag sauber verpackt ein Paket Schnürriemen. Dann kamen ein Anzug, ein paar

Schuhe, ein hebräisches Buch, etwas Wäsche, ein paar Bogen mit Hornknöpfen, ein kleines Ledersäckchen mit Einschillingstücken, zwei Gebetsriemen und ein weißer Gebetsmantel, in Seidenpapier eingewickelt. Steiner untersuchte das hebräische Buch und fand zwischen den inneren Umschlagseiten einen Zettel. Vorsichtig zog er ihn heraus. Er enthielt eine mit Tinte geschriebene Adresse. „Aha! Da werde ich mal nachfragen." Er stand auf. „Ich komme spät heute. Am besten quartieren Sie mich parterre nach dem Hof zu ein. Da kann ich dann rasch hinaus."

Die Wirtin wollte noch etwas sagen. Aber Steiner hob die Hand. „Die Heimatlosen beherbergen ist ein Gebot Gottes. Dafür gibt es tausend Jahre größter Glückseligkeit im Himmel. Meinen Rucksack lasse ich schon hier."

Er kannte die merkwürdig eindringliche Wirkung zurückgelassener Sachen auf bürgerliche Menschen. Sein Rucksack würde ein besserer Quartiermeister für ihn sein als alle weiteren Überredungsversuche.

Steiner ging zum Café Sperler. Er wollte den Russen Tschernikoff treffen. Sie hatten während der Haft verabredet, am ersten und zweiten Tag der Freilassung Steiners nach Mitternacht dort aufeinander zu warten. Die Russen hatten als Staatenlose fünfzehn Jahre Praxis mehr als die Deutschen. Tschernikoff hatte Steiner versprochen nachzuforschen, ob in Wien falsche Papiere zu kaufen seien.

Steiner setzte sich an einen Tisch. Das Lokal war die typische Emigrantenbörse. Es war voll. Viele Menschen saßen auf den Bänken und Stühlen und schliefen; andere lagen auf dem Fußboden, den Rücken gegen die Wand gelehnt. Sie nutzten die Zeit aus, umsonst zu schlafen, bis das Café wieder geöffnet wurde. Es waren meistens Intellektuelle. Sie konnten sich am wenigsten zurechtfinden.

Ein paar Minuten später kam der Russe durch die Tür. Er sah Steiner sofort und setzte sich zu ihm. „Ich habe alles herausbekommen, was Sie wissen wollen."

„Gibt es Papiere?"

„Ja. Sehr gute sogar. Das Beste, was ich an Fälschungen seit langem gesehen habe."

„Ich muß raus!" sagte Steiner. „Lieber mit einem falschen Paß Zuchthaus riskieren als diese tägliche Sorge und Einsperrerei. Was haben Sie gesehen?"

„Ich war in der ‚Hellebarde'. Da verkehren die Leute jetzt. Sie sind

LIEBE DEINEN NÄCHSTEN 235

in ihrer Art zuverlässig. Das billigste Papier kostet allerdings vierhundert Schilling."

„Was gibt es dafür?"

„Den Paß eines toten Österreichers. Noch ein Jahr gültig."

„Ein Jahr. Und dann?"

Tschernikoff sah Steiner an. „Im Ausland vielleicht verlängerbar. Oder von einer geschickten Hand im Datum zu ändern." Steiner nickte. „Es gibt noch zwei Pässe von gestorbenen deutschen Flüchtlingen. Die kosten aber achthundert Schilling jeder. Völlig falsche sind nicht unter fünfzehnhundert zu haben. Die würde ich Ihnen auch nicht empfehlen." Tschernikoff klopfte seine Zigarette ab. „Vom Völkerbund ist für Sie ja vorläufig auf nichts zu hoffen. Für illegal ohne Paß Eingereiste schon gar nicht. Nansen ist tot, der uns unsere Pässe durchgesetzt hat."

„Vierhundert Schilling", sagte Steiner. „Ich habe fünfundzwanzig. Ich muß sehen, daß ich das Geld bekomme. Wo ist die ‚Hellebarde'?"

Der Russe zog einen Zettel aus der Tasche. „Hier ist die Adresse. Auch der Name des Kellners, der die Sache vermittelt. Er ruft die Leute an, wenn Sie ihm Bescheid sagen. Er bekommt fünf Schilling dafür."

Steiner steckte den Zettel sorgfältig weg. „Herzlichen Dank für Ihre Mühe, Tschernikoff!"

„Aber ich bitte Sie!" Der Russe hob abwehrend die Hand. „Man hilft sich doch, wenn es möglich ist. Man kann ja jeden Tag in dieselbe Lage kommen."

Steiner stand auf. „Ich suche mal wieder nach Ihnen hier und sage Ihnen Bescheid." Er nickte ihm zu, stieg über ein paar schlafende junge Leute und ging zur Tür.

Draußen atmete er tief ein. Die weiche Nachtluft erschien ihm wie Wein nach dem grauen Jammer des Cafés.

Ich muß da raus, dachte er, raus um jeden Preis! Er sah nach der Uhr. Es war schon spät. Er beschloß, trotzdem noch zu versuchen, den Falschspieler zu treffen.

Die kleine Bar, die der Falschspieler ihm als sein Stammlokal genannt hatte, war fast leer. Nur aufgedonnerte Mädchen hockten wie Papageien an der Nickelstange auf den hohen Stühlen.

„War Fred hier?" fragte Steiner den Mixer.

„Er ist vor einer Stunde gegangen."

„Wollen Sie ihm sagen, daß ich hier war? Steiner hätte nach ihm gefragt. Ich komme morgen wieder vorbei."

„Schön."

Steiner ging zur Pension zurück. Der Weg war lang, und die Straßen
waren leer.

Der Himmel hing voller Sterne, und über die Mauern kam ab und zu
der schwere Geruch blühenden Flieders. Mein Gott, Marie, dachte er,
es kann doch nicht ewig dauern . . .

KERN stand in einer Drogerie in der Nähe des Wenzelsplatzes. Er
hatte im Schaufenster ein paar Flaschen Toilettenwasser entdeckt, die
das Etikett aus dem Laboratorium seines Vaters trugen.

„Farr-Toilettenwasser!" Kern drehte die Flasche, die der Drogist
vom Regal geholt hatte, in der Hand. „Wo haben Sie denn das her?"

Der Drogist zuckte die Achseln. „Das weiß ich nicht mehr. Es
kommt aus Deutschland. Wir haben es schon lange. Ab und zu wird
danach gefragt. Wollen Sie die Flasche kaufen?"

„Nicht nur die eine. Sechs . . ."

„Sechs?"

„Ja, sechs zunächst. Später noch mehr. Ich handle damit. Natürlich
muß ich Prozente haben."

Der Drogist sah Kern an. „Emigrant?" fragte er.

Kern stellte die Flasche auf den Ladentisch. „Ich habe eine Aufenthaltserlaubnis. Wieviel Prozent geben Sie mir?"

„Zehn."

„Das ist lächerlich. Wie soll ich da etwas verdienen? Fünfunddreißig
ist das mindeste."

„Sie können die Flaschen mit fünfundzwanzig Prozent haben",
sagte der Besitzer des Ladens, der herangekommen war. „Wenn Sie
zehn nehmen, sogar mit dreißig. Wir sind froh, wenn wir den alten
Kram loswerden."

„Das ist ein ganz hervorragendes Toilettenwasser, wissen Sie das?"

Der Drogist verzog die Lippen. „Alle Toilettenwasser sind gleich.
Gut sind nur die, für die Reklame gemacht wird."

„Herr Bureck", sagte der Drogist, „ich glaube, wir können sie ihm
mit fünfunddreißig Prozent geben, wenn er ein Dutzend nimmt. Der
Mann, der ab und zu danach fragt, ist immer derselbe. Er kauft auch
nicht; er will uns nur das Rezept verkaufen."

„Das Rezept?" Kern horchte auf. „Wer ist denn das, der Ihnen das Rezept verkaufen will?"

Der Drogist lachte. „Jemand, der behauptet, er hätte früher selbst das Laboratorium gehabt. Natürlich alles Schwindel! Was die Emigranten sich immer so ausdenken!"

Kern fragte atemlos: „Wissen Sie, wo der Mann wohnt?"

Der Drogist zuckte die Achseln. „Ich glaube, wir haben die Adresse irgendwo rumliegen. Er hat sie uns ein paarmal gegeben. Warum?"

„Ich glaube, es ist mein Vater. Ich suche ihn schon lange."

Der Besitzer des Ladens starrte Kern an, ging dann rasch nach hinten und kam nach einer Weile mit einem Zettel zurück. „Hier haben wir die Adresse. Es ist ein Herr Kern. Siegmund Kern."

„Das ist mein Vater."

„Tatsächlich?" Der Mann gab Kern den Zettel. „Er war vor etwa drei Wochen das letztemal hier."

Das Haus, in dem Kerns Vater wohnen sollte, lag in der Nähe der Markthallen. Es war dunkel und roch nach feuchten Wänden und Kohldunst.

Kern stieg langsam die Treppe hinauf. Es war sonderbar, aber er hatte etwas Furcht, seinen Vater nach so langer Zeit wiederzusehen. In der dritten Etage klingelte er. Nach einer Weile schlurfte es hinter der Tür, und das Pappschild hinter dem runden Loch des Spions verschob sich. „Wer ist da?" fragte eine mürrische Frauenstimme.

„Ich möchte einen Mann sprechen, der hier wohnt", sagte Kern.

„Hier wohnt kein Mann. Wie soll er denn heißen?"

„Das möchte ich nicht durchs ganze Haus schreien. Wenn Sie die Tür öffnen, werde ich es Ihnen sagen."

Eine Kette rasselte. Die Tür öffnete sich. Eine kräftige Tschechin mit roten Backen betrachtete Kern von oben bis unten.

„Ich möchte Herrn Kern sprechen."

„Kern? Kenne ich nicht. Wohnt nicht hier."

„Herrn Siegmund Kern. Ich heiße Ludwig Kern."

Die Frau musterte ihn mißtrauisch. „Das kann jeder sagen."

Kern zog seine Aufenthaltserlaubnis aus der Tasche. „Hier – sehen Sie dieses Papier bitte an. Der Vorname ist aus Versehen falsch geschrieben; aber Sie sehen das andere."

Die Frau las den gesamten Zettel durch. Es dauerte lange. Dann gab sie ihn zurück. „Verwandter?"

„Ja." Etwas hielt Kern ab, mehr zu sagen. Er war jetzt fest überzeugt, daß sein Vater hier war.

Die Frau hatte sich entschieden. „Wohnt nicht hier", erklärte sie kurz.

„Gut", erwiderte Kern. „Dann will ich Ihnen sagen, wo ich wohne. Im Hotel Bristol. Ich bleibe nur ein paar Tage hier. Ich hätte vor meiner Abreise gern mit Herrn Siegmund Kern gesprochen. Ich habe ihm etwas zu übergeben", fügte er hinzu.

Er stieg die Treppe hinunter. Du lieber Himmel, dachte er, das ist ja ein Zerberus, der ihn da bewacht! Immerhin – bewachen ist besser als verraten.

Er ging zu der Drogerie zurück. Der Besitzer stürzte mit der Neugier eines Menschen, dem jede Sensation in seinem Leben fehlt, auf ihn zu. „Haben Sie Ihren Vater gefunden?"

„Noch nicht", sagte Kern, plötzlich widerwillig. „Er war nicht zu Hause. Was ist mit dem Toilettenwasser? Ich kann nur sechs Flaschen nehmen, zunächst. Ich habe nicht mehr Geld. Wieviel Prozent geben Sie mir?"

Der Besitzer überlegte einen Augenblick. „Fünfunddreißig", erklärte er dann großzügig. „So was kommt ja nicht alle Tage vor."

„Gut."

Kern zahlte. Der Drogist packte die Flaschen ein. Kern nahm das Paket und ging zum Hotel. In seinem Zimmer packte er die Flaschen mit einigen Stücken Seife und ein paar Flakons Parfüm in eine Aktentasche.

Er wollte gleich versuchen, noch etwas davon zu verkaufen.

Als er auf den Korridor trat, sah er, daß jemand das Zimmer nebenan verließ. Es war ein mittelgroßes Mädchen in einem hellen Kleid, das ein paar Bücher unter dem Arm trug. Sie kam aus dem Zimmer, das er nachts verwechselt hatte, und er blieb stehen.

Das Mädchen ging, ohne sich umzusehen, die Treppe hinunter. Kern wartete noch eine Weile. Dann ging er rasch hinterher.

Unten blickte er sich um; aber das Mädchen war nirgendwo zu sehen. Er starrte durch die Glastür in die Halle. Das war ein schmaler, langer Raum, mit einer zementierten Terrasse davor. Sie führte in einen ummauerten Garten. Er sah das Mädchen an einem Tisch sitzen. Es hatte die Ellenbogen aufgestützt und las. Außer ihm war niemand in der Halle. Kern öffnete die Tür und trat ein.

Das Mädchen blickte auf. Kern wurde befangen. „Guten Abend", sagte er zögernd.

Das Mädchen sah ihn an. Dann nickte es und las weiter.

Kern setzte sich in eine Ecke des Zimmers. Nach einer Weile stand er auf und holte sich ein paar Zeitungen, faltete sie auseinander und begann zu lesen. Nach einiger Zeit sah er, wie das Mädchen nach seiner Handtasche griff und sie öffnete. Es nahm ein silbernes Zigarettenetui heraus und klappte es auf. Dann klappte es das Etui wieder zu, ohne eine Zigarette genommen zu haben, und schob es zurück in die Tasche.

Kern legte die Zeitung rasch beiseite und stand auf. „Ich sehe, daß Sie Ihre Zigaretten vergessen haben", sagte er. „Kann ich Ihnen aushelfen?" Er zog sein Paket hervor und hielt es dem Mädchen hin. „Ich weiß allerdings nicht, ob Sie diese Sorte mögen."

Das Mädchen blickte auf die Marke. „Ich rauche die gleichen", sagte sie.

Kern lachte. „Es sind die billigsten, die es gibt. Das ist schon fast dasselbe, als hätte man sich seine Lebensgeschichte erzählt."

Das Mädchen sah ihn an. „Ich glaube, das Hotel erzählt sie ohnehin."

„Das ist wahr."

Kern zündete ein Streichholz an und gab dem Mädchen Feuer. Das schwache Licht beleuchtete ein schmales, bräunliches Gesicht mit starken, dunklen Augenbrauen. Die Augen waren groß und klar und der Mund voll und weich.

„Sind Sie schon lange draußen?" fragte er.

„Zwei Monate."

„Das ist nicht lange."

„Es ist endlos." Das Mädchen schwieg. Es hielt den Kopf nachdenklich gesenkt und rauchte langsam, in tiefen Zügen. Kern betrachtete das starke, etwas gewellte schwarze Haar, von dem das Gesicht umrahmt war. Er hätte gern etwas Besonderes, Geistvolles gesagt, aber ihm fiel nichts ein.

„Ist es nicht zu dunkel zum Lesen?" fragte er schließlich.

Das Mädchen klappte das Buch zu, das vor ihm lag. „Ich will auch nicht mehr lesen. Es ist zwecklos."

„Es lenkt einen manchmal ab", sagte Kern. „Wenn ich irgendwo einen Kriminalroman finde, lese ich ihn in einem Zuge durch."

LIEBE DEINEN NÄCHSTEN
241

Das Mädchen lächelte müde. „Dies ist kein Kriminalroman. Es ist ein Lehrbuch der anorganischen Chemie."

„Ach so! Sie waren an der Universität?"

„Ja. In Würzburg."

„Ich war in Leipzig. Ich hatte anfangs auch meine Lehrbücher bei mir. Ich wollte nichts vergessen. Später habe ich sie dann verkauft. Sie waren zu schwer zum Tragen, und ich habe mir Toilettenwasser, Seife und Parfüm dafür gekauft, um damit zu handeln. Davon lebe ich jetzt."

Das Mädchen sah ihn an. „Sie machen mir nicht gerade sehr viel Mut."

„Ich wollte Sie nicht mutlos machen", sagte Kern rasch. „Bei mir war das etwas ganz anderes. Ich hatte keine Papiere. Sie haben doch wahrscheinlich einen Paß."

Das Mädchen nickte. „Einen Paß habe ich. Aber er läuft in sechs Wochen ab."

„Das macht nichts. Sie können ihn sicher verlängern lassen."

„Ich glaube nicht." Das Mädchen stand auf.

„Wollen Sie nicht noch eine Zigarette rauchen?" fragte Kern.

„Nein, danke. Ich rauche viel zuviel." Das Mädchen lächelte. Auf einmal erschien sie Kern sehr schön. Er hätte viel darum gegeben, weiter mit ihr zu sprechen, aber er wußte nicht, was er tun sollte, damit sie noch bliebe.

„Wenn ich Ihnen irgendwie behilflich sein kann", sagte er schnell, „ich würde es gern tun. Ich kenne das hier in Prag. Ich war schon zweimal hier. Ich heiße Ludwig Kern und wohne in dem Zimmer rechts neben Ihnen."

Das Mädchen gab ihm die Hand. Er spürte einen festen Druck. „Ich will Sie gern fragen, wenn ich etwas nicht weiß", sagte sie. „Danke vielmals." Sie nahm ihre Bücher vom Tisch und ging.

Kern blieb noch eine Weile in der Halle sitzen. Er wußte plötzlich alles, was er hätte sagen sollen.

„NOCH einmal, Steiner", sagte der Falschspieler. Sie saßen in der Bar, und Fred machte Generalprobe mit Steiner. Er wollte ihn in einer Kneipe in der Nähe zum erstenmal gegen ein paar kleinere Falschspieler loslassen. Steiner sah darin den einzigen Weg, zu Geld zu kommen.

Sie übten etwa eine halbe Stunde den Trick mit den Assen. Dann war der Taschendieb zufrieden und stand auf. Er war im Smoking. „Ich muß jetzt los. Oper. Große Premiere. Die Lehmann singt. Bei wirklich großer Kunst ist immer was zu tun für uns. Macht die Leute geistesabwesend, verstehen Sie?" Er gab Steiner die Hand. „Übrigens – da fällt mir noch ein –, wieviel Geld haben Sie?"

„Zweiunddreißig Schilling."

„Das ist zuwenig. Die Brüder müssen größeres Geld sehen, sonst beißen sie nicht an." Er griff in die Tasche und zog einen Hundertschillingschein heraus. „Hier, damit zahlen Sie Ihren Kaffee in der Kneipe; dann wird schon einer kommen. Geben Sie das Geld dem Wirt zurück für mich; er kennt mich. Und nun: Hals- und Beinbruch!"

Steiner nahm den Schein. „Wenn ich das Geld verliere, kann ich es Ihnen nie zurückgeben."

Der Taschendieb zuckte die Achseln. „Dann ist es eben weg. Künstlerpech. Aber Sie werden es nicht verlieren. Ich kenne die Leute. Keine Klasse. Also Servus."

„Servus."

Steiner ging zu der Kneipe hinüber. Im vorderen Raum waren ein paar Tarockpartien im Gang. Er setzte sich ans Fenster und bestellte einen Schnaps. Umständlich zog er seine Brieftasche, in die er noch ein paar Bogen Papier gesteckt hatte, damit sie voller aussah, und zahlte mit dem Hunderter.

Eine Minute später sprach ihn ein schmächtiger Mann an und forderte ihn auf, bei einem kleinen Poker mitzuspielen. Steiner lehnte gelangweilt ab.

Der Mann redete ihm zu.

„Ich habe höchstens eine halbe Stunde", erklärte Steiner, „das ist zum Spielen doch zuwenig."

„Aber wo, aber wo!" Der Schmächtige zeigte ein schadhaftes Gebiß. „In einer halben Stunde hat schon mancher sein Glück gemacht."

Steiner sah die beiden andern am Nebentisch an. Einer hatte ein dickes Gesicht und eine Glatze, der zweite war schwarz, stark behaart und hatte eine große Nase. Beide blickten ihn gleichgültig an. „Wenn es wirklich nur für eine halbe Stunde ist", sagte Steiner scheinbar zögernd, „könnte man es ja mal versuchen."

„Aber natürlich, natürlich", erwiderte der Schmächtige herzlich.

„Und ich kann aufhören, wann ich will? Auch wenn ich gewonnen habe?"

LIEBE DEINEN NÄCHSTEN 243

„Aber klar, Herr Nachbar, wann Sie wollen."

„Also gut." Steiner setzte sich an den Tisch. Der Dicke mischte und gab. Steiner gewann ein paar Schilling. Als er selbst mischte, fühlte er die Kartenränder ab. Dann mischte er noch einmal, hob für sich an der Stelle ab, wo er etwas spürte, bestellte einen Sliwowitz, blickte dabei unter den oberen Pack und sah, daß die Könige etwas beschnitten waren. Dann mischte er wieder gut und gab.

Nach einer Viertelstunde hatte er ungefähr dreißig Schilling gewonnen.

„Ganz gut!" meckerte der Schmächtige. „Wollen wir nicht mal etwas höher rangehen?"

Steiner nickte. Er gewann auch den nächsten Satz, der höher gereizt war. Dann gab der Dicke. Er hatte rosa Patschhändchen, die eigentlich zu klein für die Volte waren. Steiner sah, daß er sie trotzdem sehr geschickt machte. Er wußte, daß er nur etwas ausrichten konnte, wenn er selbst gab. Seine Chancen standen dadurch eins zu drei. Er hatte natürlich jetzt kein Blatt und warf mit einem „Verdammt! Verkauft!" die Karten hin. Der Taschendieb hatte recht gehabt. Er mußte rasch handeln, ehe die andern zuviel merkten.

Er machte den As-Trick, aber nur einfach. Der Schmächtige spielte gegen ihn und verlor. Steiner sah nach der Uhr. „Ich muß fort. Letzte Runde."

„Na, na, Herr Nachbar!" meckerte der Kleine.

Steiner hatte ungefähr neunzig Schilling gewonnen, und es gab nur noch zwei Spiele. Beim nächsten Spiel verlor er acht Schilling. Weiter ging er nicht. Dann nahm er die Karten und mischte die Könige so unter das Spiel, daß er sie von unten her dem Dicken austeilen konnte. Es klappte. Der Schwarze ging zum Schein beim Reizen mit, der Dicke verlangte eine Karte. Steiner gab ihm den letzten König. Der Dicke wechselte mit den anderen einen Blick. Diesen Moment benutzte Steiner für den Trick mit den Assen. Er warf drei seiner Karten weg und gab sich die beiden letzten Asse, die jetzt oben lagen.

Der Dicke fing an zu bieten. Steiner legte seine Karten hin und ging zögernd mit. Der Schwarze verdoppelte. Bei hundertzehn Schilling schied er aus. Der Dicke trieb das Spiel auf hundertfünfzig. Steiner hielt es. Er war sich nicht ganz sicher. Daß der Dicke vier Könige hatte, wußte er. Nur die letzte Karte kannte er nicht. Wenn es der Joker war, war Steiner verloren.

Der Schmächtige zappelte auf seinem Sitz. „Darf man mal sehen?"
Er wollte nach Steiners Karten greifen.

„Nein." Steiner legte die Hand auf seine Karten. Er war erstaunt
über diese naive Frechheit. Der Schmächtige hätte sofort dem Dicken
Steiners Blatt mit dem Fuß telegrafiert.

Der Dicke wurde unsicher. Steiner war bisher so vorsichtig gewesen, daß er ein schweres Blatt haben mußte. Bei hundertachtzig hörte
der Dicke auf. Er legte vier Könige auf den Tisch. Steiner atmete auf
und drehte seine vier Asse um.

Der Schmächtige stieß einen Pfiff aus. Dann wurde es sehr still,
während Steiner das Geld einsteckte.

„Wir spielen noch eine Runde", sagte plötzlich der Schwarze hart.

„Tut mir leid", sagte Steiner.

„Wir spielen noch eine Runde", wiederholte der Schwarze und
schob das Kinn vor.

Steiner stand auf. „Das nächstemal." Er ging zur Theke und zahlte.
Dann schob er dem Wirt eine zusammengefaltete Hundertschilling-
note hin. „Geben Sie das bitte Fred."

„Gut." Der Wirt grinste. „Reingefallen, die Brüder! Wollten einen
Schellfisch fangen und sind an einen Hai gekommen."

Die drei standen an der Tür. „Wir spielen noch eine Runde", sagte
der Schwarze und versperrte den Ausgang.

„Man muß auch mal verlieren können", sagte Steiner.

„Wir nicht", erwiderte der Schwarze. „Wir spielen noch eine Runde."

„Oder Sie geben raus, was Sie gewonnen haben", fügte der Dicke
hinzu.

Steiner schüttelte den Kopf. „Es war ein ehrliches Spiel", sagte er
mit einem ironischen Lächeln. „Sie wußten, was Sie wollten, und ich
wußte, was ich wollte. Guten Abend."

Er versuchte, zwischen dem Schwarzen und dem Schmächtigen
hindurchzukommen. Dabei fühlte er die Muskelstränge des Schwarzen.

In diesem Augenblick kam der Wirt. „Keinen Radau in meinem Lokal, meine Herren!"

„Ich will auch keinen", sagte Steiner. „Ich will gehen."

„Wir gehen mit", sagte der Schwarze.

Der Schmächtige und der Schwarze gingen voran, dann kam Steiner

LIEBE DEINEN NÄCHSTEN 245

und hinter ihm der Dicke. Steiner wußte, daß nur der Schwarze gefährlich war. Es war sein Fehler, daß er voranging. Im Moment, als er die Tür passierte, trat Steiner nach hinten aus, dem Dicken in den Bauch, und schlug dem Schwarzen die geballte Faust mit aller Kraft ins Genick, so daß er die Stufen hinunter gegen den Schmächtigen taumelte. Mit einem Satz sprang er dann hinaus und raste die Straße entlang, ehe die anderen sich erholt hatten. Er wußte, daß es seine einzige Chance war, denn auf der Straße hätte er gegen drei Mann nichts mehr machen können. Er hörte Geschrei und wandte sich im Laufen um – aber niemand folgte ihm. Sie waren zu überrascht gewesen.

Vor dem Spiegel eines Modegeschäftes blieb er stehen und sah sich an. Falschspieler und Betrüger, dachte er. Aber ein halber Paß ... Er nickte sich zu und ging weiter.

III

KERN saß auf der Mauer des alten jüdischen Friedhofs und zählte im Schein einer Straßenlaterne sein Geld. Er hatte den ganzen Tag in der Gegend der Heiligkreuzkirche gehandelt und achtunddreißig Kronen verdient.

Es war ein guter Tag gewesen.

Er steckte sein Geld ein und versuchte, auf dem verwitterten Grabstein, der neben ihm an der Mauer lehnte, den Namen zu entziffern. „Rabbi Israel Löw“, sagte er dann, „was meinst du, soll ich jetzt nach Hause gehen, zufrieden sein oder versuchen, auf fünfzig Kronen Verdienst zu kommen?“ Er zog ein Fünfkronenstück hervor. „Fragen wir den Zufall. Kopf ist Zufriedenheit, Schrift Weiterhandeln.“

Er wirbelte das Geldstück hoch und fing es auf. „Schrift! Dann los!“ Er ging auf das nächste Haus zu, als wollte er eine Festung stürmen.

Im Parterre öffnete niemand. Kern wartete eine Zeitlang, dann stieg er die Treppe hinauf. In der ersten Etage kam ein hübsches Dienstmädchen heraus. Es sah seine Tasche, verzog die Lippen und machte schweigend die Tür wieder zu.

Kern stieg zur zweiten Etage empor. Er klingelte. Eine freundliche, dicke Frau öffnete. „Kommen Sie nur herein“, sagte sie gutmütig, als sie ihn sah. „Deutscher, nicht wahr, Flüchtling?“

Kern folgte ihr in die Küche. „Setzen Sie sich", sagte die Frau, „Sie sind doch sicher müde."

Es war das erstemal in Prag, daß man Kern einen Stuhl anbot. Er nutzte die seltene Gelegenheit und setzte sich. Dann packte er seine Tasche aus.

Die dicke Frau stand behäbig, mit über dem Magen gekreuzten Armen, vor ihm und sah ihm zu. „Ist das Parfüm?" fragte sie und zeigte auf eine kleine Flasche.

„Ja. Das ist das berühmte Farr-Parfüm der Firma Kern. Etwas ganz Besonderes!" Er öffnete die Flasche, nahm ein Glasstäbchen und strich es über die fette Hand der Frau. „Versuchen Sie selbst . . ."

Die Frau schnupperte ihre Hand ab und nickte. „Scheint gut zu sein. Aber haben Sie nur so kleine Flaschen?"

„Hier ist eine größere. Dann habe ich noch eine, die ist sehr groß. Die hier. Sie kostet allerdings vierzig Kronen."

„Die große ist richtig, die behalte ich."

Kern traute seinen Ohren nicht. Das waren bare achtzehn Kronen Verdienst. „Wenn Sie die große Flasche nehmen, gebe ich Ihnen noch ein Stück Mandelseife gratis dazu", erklärte er begeistert.

„Schön, Seife kann man immer brauchen."

Die Frau nahm die Flasche und die Seife und ging in ein Nebenzimmer.

Kern packte inzwischen seine Sachen wieder ein. Er beschloß, sich nachher ein erstklassiges Abendessen zu gönnen. Die Suppe aus der Mensa am Wenzelsplatz machte nicht satt.

Die Frau kam zurück. „Also schönen Dank und auf Wiedersehen", sagte sie freundlich. „Hier haben Sie auch ein Butterbrot auf den Weg!"

„Danke." Kern blieb stehen und wartete.

„Ist noch was?" fragte die Frau.

„Ja, natürlich." Kern lachte. „Sie haben mir das Geld noch nicht gegeben."

„Was für Geld?"

„Die vierzig Kronen", sagte Kern erstaunt.

„Ach so! Anton!" rief die Frau ins Nebenzimmer hinein. „Komm doch mal her! Hier fragt einer nach Geld!"

Ein Mann in Hosenträgern kam aus dem Nebenzimmer. Er wischte sich den Schnurrbart und kaute. Kern sah, daß er über dem verschwitz-

LIEBE DEINEN NÄCHSTEN 247

ten Hemd eine Hose mit Litzen trug, und eine böse Ahnung stieg in ihm auf.

„Geld?" fragte der Mann heiser und bohrte in seinem Ohr.

„Vierzig Kronen", erwiderte Kern. „Aber geben Sie mir lieber einfach die Flasche zurück, wenn es Ihnen zuviel ist. Die Seife können Sie behalten."

Der Mann kam näher heran. Er roch nach altem Schweiß und gekochtem frischem Schweinebauch.

„Komm mal mit, mein Sohn!" Er ging und öffnete die Tür zum Nebenzimmer weiter. „Kennst du das da?" Er zeigte auf einen Uniformrock, der über einem Stuhl hing. „Soll ich das anziehen und mit dir zur Polizei gehen?"

Kern trat einen Schritt zurück. Er sah sich bereits vierzehn Tage im Gefängnis wegen verbotenen Handels. „Ich habe eine Aufenthaltserlaubnis", sagte er so gleichgültig, wie er konnte. „Ich kann sie Ihnen zeigen."

„Zeig mir lieber deine Arbeitserlaubnis", erwiderte der Mann.

„Die habe ich im Hotel."

„Dann können wir ja mal zum Hotel gehen. Oder soll die Flasche nicht doch lieber ein Geschenk sein, wie?"

„Meinetwegen." Kern sah sich nach der Tür um.

„Hier, nehmen Sie doch Ihr Butterbrot mit", sagte die Frau mit breitem Lächeln.

„Danke, das brauche ich nicht." Kern öffnete die Tür.

„Sieh einer an! Undankbar ist er auch noch!"

Kern schlug die Tür hinter sich zu und ging rasch die Treppen hinunter. Er hörte nicht das donnernde Gelächter, das seiner Flucht folgte.

„Großartig, Anton!" prustete die Frau. „Hast du gesehen, wie er türmte? Noch schneller als der alte Jude heute nachmittag. Der hat dich bestimmt für 'n Polizeihauptmann gehalten und sah sich schon im Kasten!"

Anton schmunzelte. „Haben eben alle Angst vor jeder Uniform! Selbst wenn sie einem Briefträger gehört."

Kern stand auf der Straße. „Rabbi Israel Löw", sagte er zum Friedhof hinüber. „Sie haben mich reingelegt. Vierzig Kronen. Dreiundvierzig sogar mit dem Stück Seife. Das sind vierundzwanzig Nettoverlust."

Er ging zum Hotel zurück. „War jemand für mich da?" fragte er den Portier.

Der schüttelte den Kopf. „Kein Mensch."

Kern stieg die Treppen hinauf. Es war sonderbar, daß er von seinem Vater nichts hörte. Vielleicht war er wirklich nicht da; oder er war inzwischen von der Polizei gefaßt worden. Er beschloß, ein paar Tage zu warten und dann noch einmal in die Wohnung der Frau zu gehen.

Oben in seinem Zimmer traf er den Mann, der nachts schrie. Er hieß Rabe. Er war gerade dabei, sich auszuziehen.

„Wollen Sie schon zu Bett?" fragte Kern. „Vor neun schon?"

Rabe nickte. „Es ist das Vernünftigste für mich. Ich schlafe dann bis zwölf. Das ist die Zeit, wo ich jede Nacht hochfahre. Um Mitternacht kamen sie gewöhnlich, wenn man im Bunker saß. Dann setze ich mich zwei Stunden ans Fenster. Hinterher nehme ich ein Schlafmittel. So komme ich ganz gut durch."

Kern nickte. Er wollte aus dem Zimmer raus. Rabe konnte dann schlafen. „Wenn man nur wüßte, was man abends machen soll!" sagte er. „Zu lesen habe ich schon lange nichts mehr. Und unten zu sitzen und zum hundertsten Male darüber zu reden, wie schön es in Deutschland war und wann es wohl anders werden wird, dazu habe ich auch keine Lust."

Rabe setzte sich auf sein Bett. „Gehen Sie ins Kino. Das ist das beste, um einen Abend rumzukriegen. Man hat wenigstens an nichts gedacht."

Er zog die Strümpfe aus. Kern sah ihm nachdenklich zu. „Kino", sagte er. Ihm fiel ein, daß er vielleicht das Mädchen von nebenan dazu einladen könnte. „Kennen Sie die Leute hier im Hotel?" fragte er.

„Ein paar. Warum?"

„Hier nebenan die?"

„Da wohnt die alte Schimanowska. Sie war vor dem Krieg eine berühmte Schauspielerin."

„Die meine ich nicht."

„Er meint Ruth Holland, ein junges, hübsches Mädchen", sagte der Mann mit der Brille, der als dritter im Zimmer wohnte. Er hatte schon eine Weile in der Tür gestanden und zugehört. Er hieß Marill und war ehemaliger Reichstagsabgeordneter. „Nicht wahr, so ist es doch? Wie war das Geschäft heute, Kern?"

„Eine glatte Katastrophe. Ich habe bares Geld verloren."

LIEBE DEINEN NÄCHSTEN 249

„Dann geben Sie noch was dazu. Das ist das beste Mittel, keine Komplexe zu bekommen."

„Ich bin gerade dabei", sagte Kern. „Ich will ins Kino gehen."

„Bravo. Mit Ruth Holland?"

„Ich weiß nicht. Glauben Sie, daß sie mitgehen wird?"

„Natürlich. Zwischen Angst und Langeweile ist jeder dankbar, wenn man ihn ablenkt. Immer los, Kern!"

„Gehen Sie ins Rialto", sagte Rabe aus seinem Bett heraus. „Da spielen sie *Marokko*. Ich habe gefunden, je fremder die Länder sind, desto besser wird man abgelenkt."

Kern klopfte an die Tür nebenan. Eine Stimme antwortete etwas. Er öffnete die Tür.

Ruth Holland hockte auf ihrem Bett. Sie hatte gelesen.

„Ich wollte Sie fragen, ob Sie mit ins Kino wollen", sagte Kern. „Ich habe zwei Karten", log er hinzu.

Ruth Holland sah ihn an.

„Oder haben Sie etwas vor? Es kann ja sein ..."

Sie schüttelte den Kopf. „Nein, ich habe nichts vor."

„Dann kommen Sie doch mit! Wozu wollen Sie den ganzen Abend im Zimmer sitzen?"

„Daran bin ich schon gewöhnt."

„Um so schlimmer. Der Film fängt in einer Viertelstunde an. Wollen wir gehen?"

„Gut", sagte Ruth Holland.

An der Kasse ging Kern rasch voraus. „Einen Augenblick, ich hole nur die Karten ab. Sie sind hier hinterlegt."

Er kaufte zwei Billette und hoffte, daß sie nichts gemerkt hatte. Es war ihm gleich darauf aber auch schon egal – die Hauptsache war, daß sie neben ihm saß.

Der Saal wurde dunkel. Die Kasba von Marrakesch erschien auf der Leinwand, malerisch und von Sonne überflirrt, die Wüste glänzte auf, und der eintönige Klang der Flöten und Tamburine zitterte durch die heiße afrikanische Nacht ...

Ruth Holland lehnte sich zurück. Die Musik fiel über sie wie ein warmer, eintöniger Regen, aus dem sich quälend die Erinnerung hob ...

DER Burggraben von Nürnberg. Es war April. Vor ihr stand in der Dunkelheit der Student Herbert Billing, ein zerknülltes Exemplar des *Stürmers* in der Hand.

„Du verstehst, was ich meine, Ruth?"

„Ja, ich verstehe es, Herbert. Es ist leicht zu verstehen."

„Mein Name als Judenknecht in der Zeitung! Als Rassenschänder! Das ist der Ruin, verstehst du?"

„Ja, Herbert."

„Meine Karriere steht auf dem Spiel, verstehst du?"

„Ja, Herbert. Mein Name steht auch in der Zeitung."

„Das ist ganz was anderes! Was kann dir das ausmachen? Du darfst doch sowieso nicht mehr zur Universität."

„Du hast recht, Herbert."

„Also Schluß, nicht wahr? Wir haben nichts mehr miteinander zu tun."

„Nichts mehr. Und nun leb wohl." Sie drehte sich um und ging.

„Warte – Ruth – hör doch, einen Moment!" Sie blieb stehen. Er kam heran. Sein Gesicht war so dicht vor ihr in der Dunkelheit, daß sie seinen Atem spürte. „Hör zu", sagte er. „Du brauchst doch nicht gleich... Es ist natürlich alles abgemacht, nicht wahr? Das bleibt dann so! Aber wir könnten ... gerade heute abend ist keiner bei mir zu Hause, verstehst du, und wir würden nicht gesehen." Er faßte nach ihrem Arm.

„Geh!" sagte sie. „Sofort!" Sie sah das hübsche Gesicht, das sie geliebt und dem sie vertraut hatte. Dann schlug sie hinein. „Geh!" schrie sie, während ihr die Tränen herunterstürzten. „Geh!"

Billing zuckte zurück. „Was? Schlagen? Mich schlagen? Du drekkige Judensau willst mich schlagen?" Er machte Miene, sich auf sie zu stürzen.

„Geh!" schrie sie gellend.

Er sah sich um. „Halt den Mund!" zischte er. „Willst mir wohl noch Leute auf den Hals hetzen, was? Ich gehe, jawohl, ich gehe! Gott sei Dank, daß ich dich los bin!"

Das andere war wenig dagegen. Die Angst der Verwandten, bei denen sie wohnte – das Drängen des Onkels abzureisen, damit er nicht hineingezogen würde – der anonyme Brief, in dem ihr mitgeteilt wurde, wenn sie nicht in drei Tagen verschwunden sei, werde man sie auf einem Wagen, mit Schildern auf Brust und Rücken und abgeschnittenem Haar, als Rassenschänderin durch die Stadt führen – der Besuch am Grabe ihrer Mutter – der nasse Morgen vor dem Kriegerdenkmal, von dem man den Namen ihres Vaters, der 1916 in Flandern gefallen war, abgekratzt hatte, weil er Jude war – und dann die hastige, einsame Fahrt mit den paar Schmuckstücken ihrer Mutter über die Grenze nach Prag ...

Die Flöten und Tamburine setzten auf der Leinwand wieder ein. Kern beugte sich zu Ruth hinüber. „Gefällt es Ihnen?"

„Ja ..."

Er griff in die Tasche und schob ihr eine kleine Flasche hinüber. „Eau de Cologne", flüsterte er. „Es ist heiß hier. Vielleicht erfrischt es Sie etwas."

„Danke."

Sie schüttelte ein paar Tropfen auf die Hand. Kern sah nicht, daß sie Tränen in den Augen hatte.

STEINER saß zum zweitenmal im Café Hellebarde.

Er schob dem Kellner einen Fünfschillingschein hin und bestellte einen Kaffee.

„Telefonieren?" fragte der Kellner.

Steiner nickte. Er hatte noch einige Male mit wechselndem Glück in anderen Lokalen gespielt und besaß jetzt etwa fünfhundert Schilling.

Der Kellner legte ihm einen Pack Journale hin und ging. Steiner griff nach einer Zeitung und begann zu lesen.

Der Kellner brachte den Kaffee und stellte ein Glas Wasser dazu. „Die Herren kommen in einer Stunde."

Gegen zehn Uhr kamen die beiden Paßhändler. Einer von ihnen, ein behender Mensch mit Vogelaugen, führte die Unterhaltung. Der andere saß nur massig und aufgeschwemmt dabei und schwieg.

Der Redner zog einen deutschen Paß hervor. „Wir haben uns bei unseren Geschäftsfreunden erkundigt. Sie können diesen Paß auf Ihren eigenen Namen ausgestellt bekommen. Die Personalbeschreibung wird weggewaschen und Ihre eigene eingesetzt. Bis auf den Geburtsort natürlich, da müssen Sie schon Augsburg nehmen, weil die Stempel von dort sind. Das kostet allerdings zweihundert Schilling mehr."

„Soviel Geld habe ich nicht", sagte Steiner. „Ich lege auch keinen Wert auf meinen Namen."

„Dann nehmen Sie ihn so. Wir ändern nur die Fotografie."

„Nützt nichts. Ich will arbeiten. Mit dem Paß bekomme ich keine Arbeitserlaubnis."

Der Redner zuckte die Achseln. „Dann bleibt nur der österreichische. Damit können Sie hier arbeiten."

„Und wenn bei der Polizeibehörde angefragt wird, die ihn ausgestellt hat?"

„Wer soll anfragen, wenn Sie nichts ausfressen?"

„Dreihundert Schilling", sagte Steiner.

Der Redner fuhr zurück. „Wir haben feste Preise", erklärte er beleidigt. „Fünfhundert, nicht einen Groschen darunter. Fünfhundert ist geschenkt dafür."

„Dreihundertfünfzig."

Der Redner ereiferte sich. „Dreihundertfünfzig habe ich selbst der Trauerfamilie bezahlt. Was meinen Sie, was für Arbeit dazu gehört hat! Dazu die Provisionen und die Spesen. Vierhundertfünfzig meinetwegen, gegen unsere Interessen, weil Sie uns sympathisch sind."

Sie einigten sich auf vierhundert. Steiner zog eine Fotografie von sich aus der Tasche, die er in einem Automaten für einen Schilling hatte machen lassen. Die beiden gingen damit los, und eine Stunde später brachten sie den Paß zurück. Steiner bezahlte und steckte ihn ein.

„Viel Glück!" sagte der Redner. „Und noch einen Tip. Wenn er abgelaufen ist, können wir das Datum wegwaschen und ändern. Sehr einfach. Die einzige Schwierigkeit sind die Visa. Je später Sie welche brauchen, um so besser – desto länger kann man das Datum verschieben."

„Das hätten wir doch jetzt schon tun können", sagte Steiner.

Der Redner schüttelte den Kopf. „Besser für Sie so. Sie haben so einen echten Paß, den Sie gefunden haben können. Eine Fotografie auszutauschen ist nicht so schlimm, wie etwas Schriftliches zu ändern. Und Sie haben ja ein Jahr Zeit. Da kann viel passieren."

„Hoffentlich."

„Strenge Diskretion natürlich, nicht wahr? Unser aller Interesse. Alsdann, guten Abend."

„Guten Abend!"

Steiner ging zum Bahnhof. Er hatte seinen Rucksack dort in der Gepäckaufbewahrung gelassen.

Am Abend vorher war er aus der Pension ausgezogen. Die Nacht hatte er auf einer Bank in den Anlagen geschlafen. Morgens hatte er sich in der Bahnhofstoilette den Schnurrbart abrasiert und dann die Fotografie machen lassen. Eine wilde Genugtuung erfüllte ihn. Er war jetzt der Arbeiter Johann Huber aus Graz.

MARILL saß auf der Zementterrasse des Hotels und fächelte mit einer Zeitung. Er hatte einige Bücher vor sich. ,,Kommen Sie her, Kern!" rief er. ,,Der Abend naht. Da sucht das Tier die Einsamkeit und der Mensch die Gesellschaft. Was macht die Aufenthaltserlaubnis?"

,,Noch eine Woche." Kern setzte sich zu ihm.

,,Eine Woche im Gefängnis ist lang. In der Freiheit kurz." Marill schlug auf die Bücher vor ihm. ,,Auf meine alten Tage lerne ich noch Französisch und Englisch."

,,Herr Kern, da ist jemand, der will Sie sprechen", meldete plötzlich der Pikkolo des Hotels aufgeregt. ,,Scheint keine Polizei zu sein!"

Kern stand rasch auf. ,,Ich komme."

Er erkannte den dürftigen älteren Mann auf den ersten Blick nicht wieder.

,,Vater!" sagte er dann tief erschrocken.

,,Ja, Ludwig." Der alte Kern wischte sich den Schweiß von der Stirn. ,,Heiß ist es", sagte er mit einem matten Lächeln.

,,Ja, sehr heiß. Komm, wir gehen hier in das Zimmer mit dem Klavier. Da ist es kühl."

Sie setzten sich. Kern stand gleich wieder auf, um seinem Vater eine Zitronenlimonade zu holen. Er war tief beunruhigt. ,,Wir haben uns lange nicht gesehen, Vater", sagte er vorsichtig, als er zurückkam.

Der alte Kern nickte. ,,Darfst du hierbleiben, Ludwig?"

,,Ich glaube nicht. Vierzehn Tage Aufenthaltserlaubnis und noch vielleicht zwei oder drei Tage dazu ... aber dann ist es aus."

,,Und willst du dann illegal hierbleiben?"

,,Nein, Vater. Es sind jetzt zu viele Emigranten hier. Das wußte ich nicht. Ich werde sehen, daß ich wieder nach Wien zurückkomme. Da ist es leichter unterzutauchen. Was machst du denn?"

,,Ich war krank, Ludwig. Grippe. Vor ein paar Tagen bin ich erst wieder aufgestanden."

,,Ach so ..." Kern atmete auf. ,,Und was tust du, Vater?"

,,Ich bin irgendwo untergekommen."

,,Du wirst gut bewacht", sagte Kern und lächelte.

Der Alte blickte ihn so gequält und verlegen an, daß er stutzte. „Geht's dir nicht gut, Vater?" fragte er.

„Gut, Ludwig, was heißt für uns gut? Ein bißchen Ruhe, das ist schon gut. Ich mache etwas; ich führe Bücher in einer Kohlenhandlung. Es ist nicht viel. Aber es ist eine Beschäftigung."

„Das ist doch großartig. Wieviel verdienst du denn da?"

„Nichts, nur ein Taschengeld. Ich habe dafür Essen und Wohnung."

„Das ist auch schon etwas. Morgen komme ich dich besuchen, Vater!"

Der alte Kern schluckte. „Ich möchte lieber hierher kommen."

Kern sah ihn erstaunt an. Und plötzlich verstand er alles. Das kräftige Weib an der Tür ... Sein Herz schlug einen Augenblick wie ein Hammer gegen seine Rippen. Er wollte aufspringen, seinen Vater nehmen, mit ihm fortrennen, er dachte in einem Wirbel an seine Mutter, an Dresden, an die stillen Sonntagvormittage zusammen – dann sah er den vom Schicksal zerschlagenen Mann vor sich, der ihn mit entsetzlicher Demut anblickte, und er dachte: Kaputt! Fertig! Und der Krampf löste sich, und er war nichts mehr als grenzenloses Mitleid.

„Sie haben mich zweimal ausgewiesen, Ludwig. Wenn ich nur einen Tag wieder da war, haben sie mich gefunden. Ich wurde krank; Lungenentzündung mit einem Rückfall. Und da ... sie hat mich gepflegt – ich wäre sonst umgekommen, Ludwig. Und sie meint es nicht schlecht ..."

„Sicher, Vater", sagte Kern ruhig.

„Ich arbeite auch etwas. Ich verdiene das, was ich koste. Es ist nicht so ... du weißt ... so nicht. Aber ich kann nicht mehr auf Bänken schlafen und immer die Angst haben, Ludwig ..."

„Ich verstehe das, Vater."

Der Alte sah vor sich hin. „Ich denke manchmal, Mutter sollte sich scheiden lassen. Dann könnte sie doch wieder zurück nach Deutschland."

„Möchtest du denn das?"

„Nein, nicht für mich. Für sie. Ich bin doch schuld an allem. An dir auch. Meinetwegen hast du keine Heimat mehr."

Es war Kern schrecklich zumute. Das war nicht mehr sein heiterer, lebensfroher Vater aus Dresden – das war ein hilfloser, älterer Mann, der mit ihm verwandt war und der mit dem Leben nicht mehr fertigwerden konnte. Kern stand in seiner Verwirrung auf, nahm ihn um die schmalen, gebeugten Schultern und küßte ihn.

„Du verstehst es, Ludwig?" murmelte Siegmund Kern.

„Ja, Vater. Es ist nichts dabei. Gar nichts dabei."

„Ich werde dann jetzt gehen ... Ich will nur noch die Zitrone bezahlen. Ich habe dir auch eine Schachtel Zigaretten mitgebracht. Du bist groß geworden, Ludwig, groß und kräftig."

Ja, und du alt und zittrig, dachte Kern. „Du hast dich auch gut gehalten, Vater", sagte er. „Die Zitrone ist schon bezahlt. Ich verdiene jetzt etwas Geld. Und weißt du, womit? Mit deinem Farr-Toilettenwasser. Ein Drogist hier hat noch einen Stock davon, bei dem kaufe ich es ein."

Die Augen Siegmund Kerns belebten sich etwas. Dann lächelte er traurig. „Und nun mußt du damit hausieren. Du mußt mir verzeihen, Ludwig."

„Ach wo! Es ist die beste Schule der Welt, Vater. Man lernt das Leben von unten kennen. Die Menschen auch. Man kann später nie mehr enttäuscht werden."

„Werde nur nicht krank."

„Nein, ich bin sehr abgehärtet."

Sie gingen hinaus. „Du hast so viel Hoffnung, Ludwig ..."

Mein Gott, Hoffnung nennt er das, dachte Kern.

„Bleib gesund, Ludwig. Willst du nicht die Zigaretten nehmen? Ich bin doch dein Vater, ich möchte dir gern etwas geben."

„Gut, Vater. Ich werde sie behalten."

„Vergiß mich nicht ganz", sagte der alte Mann, und seine Lippen zitterten plötzlich. „Ich habe es gut gewollt, Ludwig. Ich wollte für euch sorgen."

„Du hast für uns gesorgt, solange du es konntest."

„Alles Gute für dich, mein Kind."

Kind, dachte Kern. Wer von uns beiden ist das Kind? Er sah seinen Vater langsam die Straße hinuntergehen, er hatte ihm versprochen, er würde ihm schreiben und ihn wiedersehen, aber er wußte, es war das letztemal, daß er ihn sah.

DREI Tage später reiste Ruth Holland nach Wien. Sie hatte ein Telegramm einer Freundin erhalten, bei der sie wohnen konnte, und sie wollte versuchen, Arbeit zu bekommen und zur Universität zu gehen.

Am Abend ihrer Abreise ging sie mit Kern in das Restaurant „Zum schwarzen Ferkel". Beide hatten bislang jeden Tag in der Volksküche gegessen; für den letzten Abend jedoch hatte ihr Kern vorgeschlagen, etwas Besonderes zu unternehmen.

Das „Schwarze Ferkel" war ein kleines, verräuchertes Lokal, das nicht teuer, aber sehr gut war. Marill hatte es Kern genannt. Er hatte ihm auch die genauen Preise gesagt und ihm besonders die Spezialität des Wirtes, Kalbsgulasch, empfohlen. Kern hatte sein Geld gezählt und ausgerechnet, daß es noch für Käsekuchen als Dessert reichte. Ruth hatte ihm einmal gesagt, das sei eine Leidenschaft von ihr. Als sie ankamen, erwartete sie jedoch eine peinliche Überraschung. Es gab kein Gulasch mehr. Sorgenvoll studierte Kern die Speisekarte. Die meisten anderen Sachen waren teurer. Wenn er Koteletts bestellte, waren die Käsekuchen dahin. Er gab Ruth die Karte. „Was möchtest du statt Gulasch haben?" fragte er.

Ruth warf einen kurzen Blick auf die Karte. „Würstchen mit Kartoffelsalat", sagte sie. Es war das Billigste.

„Ausgeschlossen", erklärte Kern. „Das ist kein Abschiedsessen."

„Ich esse sie sehr gern. Nach den Suppen der Volksküche sind sie schon ein Fest."

„Und was meinst du zu einem Fest mit Schweinskoteletts?"

Sie bestellten noch eine Karaffe billigen Wein, dann zog der Kellner ziemlich verächtlich ab – als ahnte er, daß Kern bereits eine halbe Krone an seinem Trinkgeld fehlte.

Das Lokal war fast leer. An einem Tisch in der Ecke saß nur noch ein einziger Gast, ein Mann mit einem Monokel und mit Schmissen im breiten, roten Gesicht.

„Schade, daß der da sitzt", sagte Kern.

Ruth nickte. „Das ist bestimmt kein Emigrant, eher das Gegenteil."

„Wir wollen gar nicht hinsehen . . ." Er tat es aber doch. Und er bemerkte, daß der Mann sie unentwegt ansah. „Ich weiß nicht, was er will", sagte er ärgerlich. „Er läßt ja kein Auge von uns."

„Ich habe gehört, daß es hier von Spitzeln wimmelt."

Die Koteletts kamen. Sie waren knusprig und zart, und es gab frischen grünen Salat dazu. Trotzdem schmeckte es beiden nicht so, wie sie erwartet hatten. Sie waren zu unruhig.

„Er kann nicht unseretwegen hier sein", sagte Kern. „Niemand wußte, daß wir hierher gehen würden."

Der Kellner trug die Schüsseln ab. Kern blickte mißmutig hinter-

LIEBE DEINEN NÄCHSTEN 257

her. Er hatte Ruth eine Freude machen wollen, und nun hatte die Angst vor dem Kerl mit dem Monokel alles verdorben. Ärgerlich stand er auf. „Einen Augenblick, Ruth. Ich will nur einmal den Wirt sprechen."

Er hatte zur Vorsicht, als sie fortgingen, zwei kleine Flaschen Parfüm eingesteckt. Jetzt wollte er versuchen, eine davon gegen zwei Käsekuchen beim Wirt umzutauschen. Vielleicht konnte er auch noch einen Kaffee dazu einhandeln.

Er ging hinaus und machte dem Wirt seinen Vorschlag. Der lief sofort rot an. „Aha, Zechpreller! Fressen und dann nicht bezahlen können! Sind Sie ein Gast oder ein Hausierer?"

„Ich kann bezahlen, was ich verzehrt habe!" antwortete Kern ärgerlich.

„Einen Augenblick!" sagte eine Stimme hinter ihm. Kern fuhr herum. Der Fremde mit dem Monokel stand direkt hinter ihm. „Kann ich Sie einmal etwas fragen?" Der Mann ging ein paar Schritte von der Theke weg. Kern folgte ihm. Sein Herz klopfte plötzlich wie rasend. „Sie sind deutsche Emigranten, nicht wahr?" fragte der Mann.

Kern starrte ihn an. „Was geht Sie das an!"

„Nichts", erwiderte der Mann ruhig. „Ich habe nur gehört, worüber Sie eben verhandelten. Wollen Sie mir die Flasche verkaufen?"

Kern glaubte jetzt zu wissen, worauf der Mann hinauswollte. Wenn er ihm die Flasche verkaufte, hatte er sich unerlaubten Handels schuldig gemacht und konnte sofort verhaftet und ausgewiesen werden. „Nein", sagte er. „Ich habe nichts zu verkaufen."

„Dann lassen Sie uns tauschen. Ich gebe Ihnen das dafür, was der Wirt nicht geben will: den Kuchen und den Kaffee."

„Ich verstehe überhaupt nicht, was Sie wollen", sagte Kern.

Der Mann lächelte. „Und ich verstehe, daß Sie mißtrauisch sind. Hören Sie zu. Ich bin aus Berlin und fahre in einer Stunde wieder dahin zurück. Sie können nicht zurück ..."

„Nein", sagte Kern.

„Das ist der Grund, weshalb ich Ihnen gern mit dieser Kleinigkeit helfen möchte. Ich war Kompanieführer im Kriege. Einer meiner besten Leute war ein Jude. Wollen Sie mir nun die kleine Flasche geben?"

Kern reichte sie ihm. „Entschuldigen Sie", sagte er. „Ich habe etwas ganz anderes von Ihnen gedacht."

„Das kann ich mir vorstellen." Der Mann lachte. „Und nun lassen

Sie das junge Fräulein nicht länger allein. Ich wünsche Ihnen beiden alles Gute!" Er gab Kern die Hand.

„Danke. Danke vielmals." Kern ging verwirrt zurück. „Ruth", sagte er, „entweder ist Weihnachten, oder ich bin verrückt."

Gleich darauf erschien der Kellner. Er trug ein Tablett mit Kaffee und einen silbernen Ständer mit Kuchen, drei Etagen übereinander.

„Was ist denn das?" fragte Ruth erstaunt.

„Das sind die Wunder von Kerns Farr-Parfüm!" Kern strahlte und schenkte den Kaffee ein. „Was möchtest du haben, Ruth?"

„Ein Stück Käsekuchen."

„Hier hast du. Ich nehme einen Mohrenkopf."

„Soll ich Ihnen den Rest einpacken?" fragte der Kellner.

„Welchen Rest?"

Der Kellner machte eine Handbewegung über die drei Etagen. „Das ist doch alles für Sie bestellt!"

Kern sah ihn erstaunt an. „Alles für uns? Wo ist denn der Herr . . ."

„Der ist längst weggegangen. Alles schon erledigt. Also . . ."

„Halt", sagte Kern eilig. „Ruth, noch eine Cremeschnitte? Ein Schweinsohr? Oder ein Stück Streuselkuchen?"

Er packte ihr den Teller voll und nahm sich selbst auch noch ein paar Stücke. „So", sagte er dann aufatmend, „den Rest packen Sie bitte in zwei Pakete. Eins bekommst du mit, Ruth."

„Der Champagner ist schon kalt gestellt", erwiderte der Kellner. Er zeigte zur Tür. Dort erschien der Wirt persönlich und trug einen mit Eis gefüllten Kübel vor sich her, aus dem der Hals einer Champagnerflasche ragte. „Alles schon bezahlt."

„Ich träume", sagte Kern und strich sich über die Augen. „Hast du jemals Champagner getrunken, Ruth?"

„Nein. Das habe ich bis jetzt nur im Film gesehen."

Kern faßte sich mühsam. „Herr Wirt", sagte er mit Würde. „Sie sehen, welch vorteilhaften Tausch ich Ihnen vorgeschlagen habe. Eine Flasche des weltberühmten Kern-Farr gegen zwei lächerliche Käsekuchen! Hier sehen Sie, was Kenner dafür geben!"

„Man kann nicht alles wissen, ich verstehe mehr von Getränken", erklärte der Wirt.

Sie tranken die Flasche leer. Es wäre ihnen als Sünde erschienen, wenn sie einen Tropfen dringelassen hätten. Zum Schluß waren beide ein wenig betrunken.

Sie brachen auf. Kern nahm die Kuchenpakete und wollte die Koteletts bezahlen. Aber der Kellner wehrte ab. „Alles schon erledigt . . .“

„Ruth“, sagte Kern mit etwas stockender Stimme, „von heute an glaube ich an Wunder.“

Sie holten Ruths Koffer aus dem Hotel und gingen dann zum Bahnhof. Ruth war still geworden. „Sei nicht traurig“, sagte Kern. „In einer Woche spätestens muß ich hier hinaus. Dann komme ich nach Wien. Willst du, daß ich komme?“

„Ja, komm! Aber nur, wenn es richtig für dich ist.“

Sie hatten noch ein paar Minuten Zeit und setzten sich auf eine Bank in den Anlagen. Kern legte den Arm um ihre Schultern. „Sei doch froh, Ruth. Wir haben unser bißchen Fröhlichkeit nötig. Gerade wir.“

Sie gingen weiter. Am Bahnhof verschwand Kern und kaufte einen Strauß Rosen. Er segnete dabei den Mann mit dem Monokel im „Schwarzen Ferkel“.

Ruth errötete, als er mit den Blumen ankam, und aller Kummer wich aus ihrem Gesicht. „Blumen“, sagte sie, „Rosen! Ich reise ab wie ein Filmstar.“

Er legte ihren Koffer und das Kuchenpaket in das Gepäcknetz. Sie stieg mit ihm aus und sah ihn ernst an. „Es war gut, daß du da warst.“ Sie küßte ihn. „Und nun geh. Geh fort, während ich einsteige. Ich will nicht weinen. Geh . . .“

Er blieb stehen. „Ich fürchte mich nicht vor einem Abschied“, sagte er. „Ich habe schon viele mitgemacht. Dies ist kein Abschied.“

Der Zug fuhr an. Ruth winkte. Kern blieb stehen, bis der Zug nicht mehr zu sehen war. Dann ging er zurück. Er hatte das Gefühl, die ganze Stadt wäre ausgestorben.

IV

Es GELANG Kern, seine Aufenthaltserlaubnis noch um fünf Tage zu verlängern; dann wurde er ausgewiesen. Man gab ihm einen Freifahrtschein bis zur Grenze.

„Ohne Papiere?“ fragte der tschechische Beamte an der Zollstation. „Ja.“

„Gehen Sie rein. Es sind schon ein paar da. In ungefähr zwei Stunden ist die beste Zeit.“

Kern betrat die Zollbude. Es waren noch drei Leute da – ein sehr blasser Mann mit einer Frau und ein alter Jude.

„Guten Abend", sagte Kern. Die anderen murmelten etwas. Kern stellte seinen Koffer ab und setzte sich. Er war müde und schloß die Augen. Er wußte, daß der Weg nachher noch lang sein würde, und versuchte zu schlafen.

„Wir kommen rüber", hörte er den blassen Mann sagen, „du wirst sehen, Anna. Weshalb sollten sie uns nicht rüberlassen?"

„Weil sie uns nicht haben wollen", erwiderte die Frau.

„Aber wir sind doch Menschen ..."

Du armer Narr, dachte Kern. Dann schlief er ein.

Er erwachte, als der Zollbeamte kam, um sie abzuholen. Sie gingen über die Felder und kamen zu einem Laubwald, der massig wie ein schwarzer Block vor ihnen im Dunkel lag.

Der Beamte blieb stehen. „Folgen Sie diesem Fußweg und halten Sie sich nach rechts. Wenn Sie die Straße erreicht haben, wieder nach links. Alles Gute." Er verschwand in der Nacht.

Die vier standen unentschlossen. „Was sollen wir nun machen?" fragte die Frau.

„Ich werde vorangehen", sagte Kern. „Ich war vor einem Jahr schon einmal hier."

Sie tasteten sich durch das Dunkel. Der Mond war noch nicht aufgegangen. Das Gras war naß und streifte über ihre Schuhe. Dann kam der Wald mit seinem großen Atem und nahm sie auf.

Sie gingen lange Zeit. Kern hörte die andern hinter sich. Plötzlich blitzten elektrische Lampen vor ihnen auf, und eine grobe Stimme rief: „Halt! Stehenbleiben!"

Kern brach mit einem Sprung seitlich aus. Er rannte ins Dunkel, stieß gegen Bäume, tastete sich weiter, durch ein Brombeergestrüpp, und warf seinen Koffer hinein. Hinter sich hörte er Schritte. Er drehte sich um. Es war die Frau. „Verstecken Sie sich!" flüsterte er. „Ich klettere hier rauf!"

„Mein Mann ..."

Kern kletterte rasch einen Baum hinauf.

Unten stand regungslos die Frau. Aus der Ferne hörte er den alten Juden etwas sagen.

„Das ist mir Wurscht", erwiderte die grobe Stimme dagegen. „Ohne Paß kommen Sie nicht durch, basta!"

Kern lauschte. Nach einer Weile hörte er auch die leise Stimme des anderen Mannes, der dem Gendarmen antwortete. Sie hatten also beide erwischt. Im selben Augenblick raschelte es unter ihm. Die Frau murmelte etwas und ging zurück.

Eine Weile blieb es ruhig. Dann huschte der Lichtschein der Taschenlampe zwischen den Bäumen umher. Schritte kamen näher. Kern drückte sich an den Stamm. Plötzlich hörte er die harte, unbeherrschte Stimme der Frau. „Hier muß er sein! Er ist auf einen Baum geklettert, hier ...“

Der Lichtschein glitt nach oben. „Runterkommen!“ schrie die grobe Stimme. „Sonst wird geschossen!“

Kern kletterte herunter. Die Taschenlampen leuchteten ihm grell ins Gesicht. „Paß?“

„Wenn ich einen Paß hätte, wär ich da nicht hinaufgeklettert.“ Kern sah die Frau an, die ihn verraten hatte.

„Das möchten Sie wohl!“ zischte sie ihn an. „Ausreißen, und wir sollen hierbleiben!“

„Zusammenstellen!“ brüllte der Gendarm. Er leuchtete die Gruppe an. „Wir sollten euch eigentlich ins Gefängnis bringen, das wißt ihr wohl! Unbefugter Grenzübertritt! Aber wozu euch erst noch füttern! Kehrt marsch! Zurück in die Tschechoslowakei.“

Kern suchte seinen Koffer aus dem Gestrüpp. Dann gingen die vier schweigend im Gänsemarsch zurück, hinter ihnen die Gendarmen mit den Taschenlampen. Es war gespenstisch, daß sie von ihren Gegnern nichts sahen als die weißen Kreise der Lampen.

Die Lichtkreise blieben stehen. „Marsch, vorwärts in dieser Richtung!“ befahl die grobe Stimme. „Wer wiederkommt, wird erschossen!“ Die vier gingen weiter, bis das Licht hinter den Bäumen verschwand.

Kern hörte hinter sich die leise Stimme des Mannes der Frau, die ihn verraten hatte. „Verzeihen Sie ... sie war außer sich ... es tut ihr ganz bestimmt jetzt schon leid ...“

„Das ist mir egal“, sagte Kern nach rückwärts. Er blieb stehen. Sie befanden sich auf einer kleinen Lichtung. Kern legte sich ins Gras und schob seinen Koffer unter den Kopf. Die anderen flüsterten miteinander. Dann trat die Frau einen Schritt vor und stellte sich vor Kern auf. „Wollen Sie uns den Weg zurück nicht zeigen?“ fragte sie scharf.

„Nein“, erwiderte Kern.

„Sie! – Sie haben doch schuld, daß wir erwischt wurden! Sie Lump!"

„Anna!" sagte der Mann.

„Lassen Sie nur", sagte Kern. „Immer gut, wenn man sich ausspricht."

„Stehen Sie auf!" schrie die Frau.

„Ich bleibe hier. Sie können tun, was Sie wollen. Geradeaus hinter dem Wald links geht's zum tschechischen Zoll."

„Judenlümmel!" schrie die Frau.

Kern lachte. „Das hat noch gefehlt!" Er sah, wie der blasse Mann auf die Frau einflüsterte und sie wegdrängte.

„Er geht bestimmt zurück!" schluchzte sie, „und kommt rüber. Er soll uns ... er hat die Pflicht ..."

Der Mann führte die Frau langsam weg, dem Walde zu. Kern griff nach einer Zigarette. Da sah er ein paar Meter vor sich etwas Dunkles auftauchen, wie einen Gnom aus der Erde. Es war der alte Jude, der sich ebenfalls hingelegt hatte. Er richtete sich auf und schüttelte den Kopf. „Diese Gojim!"

Kern erwiderte nichts. Er zündete seine Zigarette an.

„Bleiben wir die Nacht hier?" fragte der Alte nach einer Weile sanft.

„Bis drei. Dann ist die beste Zeit. Jetzt passen sie noch auf."

„Ich bin der Moritz Rosenthal aus Godesberg am Rhein", sagte der Alte nach einer Weile. „Ich muß nach Wien. Glauben Sie, daß sie schießen werden drüben?"

„Ich weiß nicht. Vielleicht nicht."

Der Alte wiegte seinen Kopf. „Einen Vorteil hat's, wenn man über siebzig ist, man riskiert nicht mehr so viel von seinem Leben ..."

STEINER hatte endlich erfahren, wo die Kinder des alten Seligmann versteckt waren. Die Adresse, die in dem hebräischen Gebetbuch gesteckt hatte, war richtig gewesen; aber man hatte die Kinder inzwischen anderswohin gebracht. Es dauerte lange, ehe Steiner herausbekam, wohin ... man hielt ihn überall zunächst für einen Spitzel und war mißtrauisch.

Er holte den Koffer aus der Pension und machte sich auf den Weg. Das Haus lag im Osten Wiens. Es dauerte über eine Stunde, bis er ankam. In jeder Etage waren drei Wohnungstüren. Er zündete Streichhölzer an und suchte. Endlich fand er im vierten Stock ein ovales Messingschild mit der Aufschrift: Samuel Bernstein. Uhrmacher. Er klopfte.

Hinter der Tür hörte er ein Raunen und Huschen. Dann fragte eine vorsichtige Stimme. „Wer ist da?"

„Ich habe etwas abzugeben", sagte Steiner. „Einen Koffer."

Eine Kette rasselte, und ein Schlüssel knirschte. Die Tür zur Wohnung Bernsteins ging auf.

Steiner spähte in das trübe Licht. „Was", sagte er, „das ist doch nicht ... aber natürlich, das ist Vater Moritz!"

Moritz Rosenthal stand in der Tür. In der Hand hielt er einen hölzernen Kochlöffel. „Ich bin's, Steiner", erwiderte er herzlich und überrascht. „Wann haben wir uns das letztemal getroffen?"

„Das ist schon ungefähr ein Jahr her, Vater Moritz. In Zürich."

„Richtig, Steiner, in Zürich im Gefängnis. Kommen Sie rein."

Steiner trat ein. Die Wohnung bestand aus einer Küche und einer Kammer. Sie enthielt ein paar Stühle, einen Tisch, einen Schrank und zwei Matratzen mit Decken. Auf dem Tisch lag eine Anzahl Werkzeuge herum, dazwischen billige Weckuhren und ein bemaltes Gehäuse mit Barockengeln, die eine alte Uhr hielten. Auf den eisernen Ringen des Gaskochers stand ein großer Suppentopf und dampfte.

„Ich koche den Kindern gerade etwas", sagte Moritz Rosenthal. „Fand sie hier wie Mäuse in der Falle. Bernstein ist im Krankenhaus."

Die drei Kinder des toten Seligmann hockten neben dem Herd. Der älteste war etwa vierzehn Jahre alt; der jüngste sieben oder acht.

Steiner stellte den Koffer nieder. „Hier ist der Koffer eures Vaters", sagte er. Die drei starrten ihn an. „Ich habe ihn noch gesehen", sagte Steiner. „Er sprach von euch."

Die Kinder antworteten nicht. Steiner fühlte sich unbehaglich. Er hatte das Gefühl, etwas Warmes, Menschliches sagen zu müssen, aber alles, was ihm einfiel, erschien ihm albern und unwahr vor der Verlassenheit, die von den drei schweigenden Kindern ausging.

„Was ist in dem Koffer?" fragte nach einer Zeitlang der älteste. Er sprach langsam, hart und vorsichtig.

„Ich weiß es nicht mehr genau. Verschiedene Sachen eures Vaters. Auch etwas Geld."

„Gehört er jetzt uns?"

„Natürlich. Deshalb habe ich ihn ja gebracht."

„Kann ich ihn nehmen?"

„Aber ja!" sagte Steiner erstaunt.

Der Junge stand auf. Er war schmal, schwarz und groß. Langsam, die Augen fest auf Steiner gerichtet, näherte er sich dem Koffer. Mit einer raschen, tierhaften Bewegung griff er dann danach, als fürchte er, Steiner würde ihm die Beute wieder entreißen. Er schleppte den Koffer sofort in die Kammer nebenan. Die anderen beiden folgten ihm rasch.

Steiner sah Vater Moritz an. „Na ja", sagte er erleichtert. „Sie wußten es ja wohl schon länger . . ."

Moritz Rosenthal rührte die Suppe. „Es macht ihnen nicht mehr viel. Sie haben ihre Mutter und zwei Brüder sterben sehen." Er legte den Deckel auf den Topf. „Wir haben sie schon untergebracht", sagte er. „Einen nimmt Mayer mit nach Rumänien. Der zweite kommt in ein Kinderasyl in Locarno. Ich kenne jemand da, der für ihn bezahlt. Der älteste bleibt vorläufig hier bei Bernstein . . ."

„Wissen sie schon, daß sie sich trennen müssen?"

„Ja. Auch das macht ihnen nicht viel." Rosenthal wandte sich um. „Steiner", sagte er, „ich kannte ihn seit zwanzig Jahren. Wie ist er gestorben? Ist er runtergesprungen?"

„Ja."

„Man hat ihn nicht runtergeworfen?"

„Nein. Ich war dabei."

„Ich hörte es in Prag. Da hieß es, sie hätten ihn runtergestoßen. Ich bin dann hergekommen. Nach den Kindern sehen. Hatte es ihm mal versprochen. Er war noch jung. Knapp sechzig. Aber er war immer etwas kopflos, seit Rachel tot ist." Moritz Rosenthal blickte Steiner an. „Er hatte viele Kinder. Das ist oft so bei Juden. Sie lieben Familie. Aber sie sollten eigentlich keine haben." Er zog seinen Havelock um die Schultern, als fröre ihn, und sah plötzlich sehr alt und müde aus.

Steiner holte ein Paket Zigaretten hervor. „Wie lange sind Sie schon hier, Vater Moritz?" fragte er.

„Seit drei Tagen. Wurden an der Grenze einmal erwischt. Bin mit einem jungen Mann rübergekommen, den Sie kennen. Er erzählte mir von Ihnen. Kern hieß er."

„Kern? Ja, den kenne ich. Wo ist er?"

„Auch hier irgendwo in Wien. Ich weiß nicht, wo."

Steiner stand auf. „Ich will mal sehen, ob ich ihn finde. Auf Wieder-

LIEBE DEINEN NÄCHSTEN 265

sehen, Vater Moritz, alter Wanderer. Weiß der Himmel, wo wir uns wiedersehen werden."

Er ging zu der Kammer, um sich von den Kindern zu verabschieden. Die drei saßen auf einer Matratze und hatten den Inhalt des Koffers vor sich ausgebreitet. Sorgfältig geordnet lagen die Garnrollen auf einem Häufchen; daneben die Schnürriemen, das Säckchen mit Schillingstücken und einige Pakete Nähseide. Die Wäsche, die Schuhe, der Anzug und die übrigen Sachen des alten Seligmann lagen noch im Koffer. Der älteste sah auf, als Steiner mit Moritz Rosenthal hereinkam. Unwillkürlich breitete er die Hände über die Dinge auf der Matratze.

Steiner blieb stehen.

Der Junge blickte Moritz Rosenthal an. Seine Wangen waren gerötet, und seine Augen glänzten. „Wenn wir das da verkaufen", sagte er aufgeregt und wies auf die Sachen im Koffer, „werden wir noch ungefähr dreißig Schilling mehr haben. Wir können das ganze Geld anlegen und Stoffe dazunehmen – Manchester, Buckskin und auch noch Strümpfe –, damit verdient man mehr. Ich fange morgen gleich an, um sieben Uhr." Er sah den alten Mann ernst und gespannt an.

„Gut!" Moritz Rosenthal streichelte ihm den schmalen Kopf. „Morgen um sieben Uhr fängst du an."

„Walter braucht dann nicht nach Rumänien", sagte der Junge. „Er kann mir helfen. Wir kommen schon durch. Nur Max muß weg."

Die drei Kinder sahen Moritz Rosenthal an. Max, der jüngste, nickte.

„Wir werden sehen. Wir sprechen nachher noch darüber."

Rosenthal begleitete Steiner zur Tür. „Keine Zeit für Kummer", sagte er. „Zuviel Not, Steiner."

Steiner nickte. „Hoffentlich erwischt man den Jungen nicht sofort..."

Rosenthal schüttelte den Kopf. „Er weiß genug."

Steiner ging zum Café Sperler. Er war lange nicht mehr da gewesen. Seit er den falschen Paß hatte, mied er Plätze, wo er von früher her bekannt war.

Kern saß an der Wand auf einem Stuhl. Er hatte die Füße auf seinen Koffer gestellt, den Kopf zurückgelehnt und schlief. Steiner setzte sich behutsam neben ihn; er wollte ihn nicht wecken. Etwas älter geworden, dachte er. Älter und reifer.

Der Kellner kam heran. „Auch wieder einmal da?" fragte er familiär.

„Ja. War Herr Tschernikoff kürzlich hier?"

„In dieser Woche nicht!"

Jetzt öffnete Kern die Augen. Er blinzelte; dann sprang er auf. „Steiner! Ich war schon zweimal hier, dich zu suchen", sagte er.

Steiner lächelte. „Die Füße auf dem Koffer. Also ohne Bleibe, was?"

„Ja."

„Du kannst bei mir schlafen."

„Wirklich? Das wäre wunderbar. Ich hatte bis jetzt ein Zimmer bei einer jüdischen Familie. Aber heute mußte ich raus. Sie haben zuviel Angst, jemand länger als zwei Tage zu behalten."

„Bei mir brauchst du keine Angst zu haben. Ich wohne weit draußen im Prater."

„Was bist du denn jetzt?"

Steiner lachte. „Eine Zeitlang war ich Aushilfskellner. Jetzt bin ich Assistent des Vergnügungsetablissements Potzloch. Schießbudenhengst und Hellseher. Was hast du vor, hier?"

„Nichts."

„Vielleicht kann ich dich bei uns unterbringen. Werde morgen mal dem alten Potzloch auf die Bude rücken. Der Vorteil ist, daß im Prater niemand kontrolliert."

„Mein Gott", sagte Kern, „das wäre großartig."

Sie nahmen die Trambahn zum Prater. Vor einem Wohnwagen, etwas abseits von der nächtlichen Rummelplatzstadt, blieb Steiner stehen. Er schloß auf und zündete eine Lampe an.

„So, Baby, da sind wir. Jetzt werden wir dir zunächst einmal eine Art Bett zaubern." Er holte ein paar Decken und eine alte Matratze aus einem Winkel und breitete sie neben seinem Bett auf dem Boden aus. „Du hast sicher Hunger, was?" fragte er.

„Ich weiß es schon nicht mehr."

„In dem kleinen Kasten ist Brot, Butter und ein Stück Salami. Mach mir auch ein Brot zurecht."

Es klopfte leise an die Tür. Kern legte das Messer weg und lauschte. Seine Augen suchten das Fenster. Steiner lachte. „Die alte Angst, Kleiner, was? Werden wir sicher nie wieder los. Komm herein, Lilo!" rief er.

Ein schlanke Frau trat ein und blieb an der Tür stehen. „Ich habe Besuch", sagte Steiner. „Ludwig Kern. Jung, aber schon erfahren in der Fremde. Er bleibt hier. Kannst du uns etwas Kaffee machen, Lilo?"

„Ja." Die Frau nahm einen Spirituskocher, zündete ihn an, stellte einen kleinen Kessel mit Wasser darauf und begann, Kaffee zu mahlen.

„Ich dachte, du schläfst längst, Lilo", sagte Steiner.

„Ich kann nicht schlafen." Die Frau hatte eine tiefe, heisere Stimme. Ihr Gesicht war schmal und regelmäßig. Das schwarze Haar hatte sie in der Mitte gescheitelt. Sie sah aus wie eine Italienerin, aber sie sprach das harte Deutsch der Slawen.

Kern saß auf einem zerbrochenen Rohrstuhl. Er war sehr müde – eine schläfrige Entspannung, wie seit langem nicht, war über ihn gekommen. Er fühlte sich geborgen.

„Das einzige, was fehlt, ist ein Kissen", sagte Steiner.

„Ich habe eins", sagte die Frau. Sie brühte den Kaffee auf, dann ging sie hinaus. Steiner goß Kaffee in zwei henkellose Tassen mit blauem Zwiebelmuster. Sie aßen das Brot und die Wurst. Die Frau kam wieder und brachte ein Kissen mit. Sie legte es auf das Lager Kerns und setzte sich an den Tisch.

„Willst du keinen Kaffee, Lilo?" fragte Steiner.

Sie schüttelte den Kopf und sah still den beiden zu, während sie aßen und tranken. Dann stand Steiner auf. „Zeit zum Schlafen. Bist doch müde, Kleiner, was?"

„Ja."

Steiner strich der Frau über das Haar. „Geh auch schlafen, Lilo ..." Sie stand auf. „Gute Nacht ..."

DIREKTOR POTZLOCH war ein behendes kleines Männchen mit einem zausigen Schnurrbart, einer riesigen Nase und einem Kneifer, der ewig rutschte. Er war immer in großer Eile. „Was ist los? Schnell!" fragte er, als Steiner mit Kern am Morgen zu ihm kam.

„Wir brauchen doch eine Hilfe", sagte Steiner. „Tagsüber zum Aufräumen, abends für die telepathischen Experimente. Hier ist sie." Er wies auf Kern.

Potzloch blinzelte. „Was verlangt er?"

„Essen, Wohnen und dreißig Schilling. Vorläufig."

„Ein Vermögen!" schrie Potzloch. „Soviel zahlt man ja beinahe einem legal angemeldeten Arbeitsburschen."

„Ich bleibe auch ohne Geld", erwiderte Kern rasch.

„Bravo, junger Mann! Nur der Bescheidene kommt vorwärts im Leben!" Potzloch blies schmunzelnd durch die Nase und erhaschte seinen rutschenden Klemmer. „Aber Sie kennen Leopold Potzloch nicht, den letzten Menschenfreund! Sie bekommen Gage. Fünfzehn blanke Schilling im Monat. Ab heute sind Sie Künstler. Kann er noch was Besonderes?"

„Etwas Klavier spielen", sagte Kern.

„Können Sie leise spielen? Stimmungsmusik?"

„Leise besser als laut."

„Gut! Er soll irgendwas Ägyptisches üben! Bei der zersägten Mumie und der Dame ohne Unterleib können wir Musik brauchen."

Das Etablissement Potzloch bestand aus drei Abteilungen: einem Karussell, einer Schießbude und dem Panorama der Weltsensationen. Steiner führte Kern gleich in einen Teil seiner Arbeiten ein. Er hatte den Karussellpferden die Messingteile ihres Geschirrs zu putzen und das Karussell zu fegen.

Kern machte sich an seine Arbeit. Er putzte nicht nur die Pferde, sondern auch die Hirsche, die Schwäne und die Elefanten. Er war so vertieft, daß er nicht hörte, wie Steiner an ihn herantrat. „Komm, Kleiner, Mittagessen!"

Lilo hatte einen wackeligen Tisch in das Gras vor dem Wohnwagen gestellt. Sie brachte eine große Schüssel mit Gemüsesuppe und Fleisch und setzte sich zu Steiner und Kern. Es war helles Wetter mit einer Ahnung von Herbst in der Luft. Auf der Wiese waren Wäschestücke aufgehängt, zwischen denen gelbgrüne Zitronenfalter spielten.

Steiner dehnte die Arme. „Und nun auf in die Schießbude!"

Er zeigte Kern die Gewehre und wie sie geladen wurden. „Es gibt zwei Arten von Schützen", sagte er. „Die Ehrgeizigen und die Habgierigen. Die Ehrgeizigen schießen auf Karten und Nummern. Sie sind nicht gefährlich. Die Habgierigen wollen etwas gewinnen." Er zeigte auf eine Anzahl Etageren im Hintergrund der Bude, die mit Teddybären, Puppen, Aschbechern und ähnlichen Sachen gefüllt waren. „Sie sollen etwas gewinnen. Die unteren Etagen nämlich. Kommt einer aber an fünfzig Ringe heran, dann gerät er in die obersten Etagen, wo die Stücke zehn Schilling und mehr wert sind. Dann gibst du eine von Potzlochs Original-Zauberkugeln ins Gewehr. Sie sehen genauso aus wie die andern. Hier liegen sie. Der Mann wird staunen, wenn er plötzlich damit nur einen Zweier oder Dreier schießt."

„Vor allem nie das Gewehr wechseln, junger Mann!" erklärte Direktor Potzloch, der hinter ihnen stand. „Bei dem Gewehr sind die Brüder mißtrauisch. Bei den Kugeln nicht. Und dann die Balance! Gewonnen soll werden. Verdient aber muß werden. Das muß ausbalanciert werden."

„Wer fünf Schilling verpulvert hat, darf eine von den Bronzegöttinnen gewinnen", sagte Steiner. „Wert einen Schilling."

„Junger Mann", sagte Potzloch mit pathetischer Drohung und zeigte auf einen getriebenen, silbernen Obstkorb mit zwölf Silbertellern und Bestecken dazu, „auf eins mache ich Sie aber gleich aufmerksam: auf den Hauptgewinn. Der ist ungewinnbar, verstehn S'? Er ist ein Privatstück aus meiner Wohnung. Sie haben eher zu sterben, als einen Sechziger durchzulassen. Versprechen S' mir das!"

Kern versprach es, und Potzloch sauste los.

„Nicht so schlimm", sagte Steiner. „Unsere Gewehre stammen sowieso aus der Zeit der Belagerung Trojas. Und außerdem hast du Lilo zu Hilfe, wenn's brenzlig wird."

Sie gingen zum Panorama der Weltsensationen hinüber. Es war eine Bude, die auf einem dreistufigen Podest stand. Vorn war ein Kassenhäuschen in Form eines chinesischen Tempels. Steiner wies auf ein Plakat, das einen Mann vorstellte, dem Blitze aus den Augen schossen. „Alvaro, das Wunder der Telepathie – das bin ich, Baby. Und du wirst mein Assistent."

Sie gingen in die Bude hinein, die halbdunkel war und muffig roch. Einige Reihen Stühle standen unordentlich umher. Steiner stieg auf die Bühne. „Also paß auf! Irgend jemand im Zuschauerraum versteckt etwas bei einem andern; meistens sind es Zigarettenschachteln, Zündhölzer, Puderdosen oder Stecknadeln. Ich habe das zu finden. Ein interessierter Zuschauer wird heraufgebeten, ich fasse ihn bei der Hand und rase los. Entweder bist du das, dann führst du mich einfach hin, und je fester du meine Hand drückst, desto dichter bin ich bei dem versteckten Gegenstand. Leichtes Klopfen mit dem Mittelfinger bedeutet, daß es der richtige ist. Ich suche so lange, bis du klopfst. Höher oder tiefer zeigst du mir durch Auf- und Abbewegen der Hand."

Direktor Potzloch erschien mit Getöse im Eingang. „Lernt er's?"

„Wir wollen gerade probieren", erwiderte Steiner. „Haben Sie eine Stecknadel bei sich?"

„Natürlich!" Potzloch griff nach seinem Rockaufschlag.

„Verstecken Sie sie", sagte Steiner und drehte sich um. „Und dann komm, Kern, und führe mich."

Mit einem listigen Blick klemmte Potzloch die Nadel in seine Schuhsohle. „Los, Kern!" sagte er dann.

Kern ging zur Bühne und nahm Steiners Hand. Er führte ihn zu Potzloch, und Steiner begann zu suchen. Nach einigen Minuten fand er die Nadel.

Sie wiederholten das Experiment noch ein paarmal.

„Ganz gut", sagte Potzloch. „Übt heute nachmittag weiter. Aber nun die Hauptsache: Wenn S' als Zuschauer auftreten, müssen S' zögern, verstehen S'? Das Publikum darf keine Lunte riechen. Deshalb müssen S' zögern! Verlegenheit ist schwer darzustellen, das weiß ich."

„Er ist von Natur verlegen", erklärte Steiner.

„Na schön! Ich muß jetzt zum Ringelspiel." Potzloch schoß davon.

„Was aber tust du, wenn du nicht zögern kannst?" fragte Steiner. „Wenn ein anderer zögert. Wir haben zehn Reihen Stühle hier. Das erstemal, wenn du dir übers Haar streichst, zeigst du die Zahl der Reihe, wo das Versteckte ist. Einfach soviel Finger. Das zweitemal, der wievielte Stuhl von links es ist. Dann faßt du bei dir unauffällig an die Stelle, wo es ungefähr versteckt ist. Ich finde es dann schon . . ."

„Genügt denn das?"

„Es genügt. Der Mensch ist enorm phantasielos in solchen Sachen. Lilo hilft auch mit. Jetzt zeige ich dir den Klavierschimmel. Such dir ein paar hübsche Akkorde raus. Bei der zersägten Mumie spielst du sie getragen; bei der Dame ohne Unterleib flotter und abgehackt. Es hört dir ohnehin niemand zu."

„Gut. Ich werde es probieren und es nachher vorspielen."

Kern kroch in den Verschlag hinter der Bühne, aus dem ihm das Klavier mit gelben Stockzähnen entgegengrinste. Nach einigem Nachdenken wählte er für die Mumie den Tempeltanz aus „Aida" und für den fehlenden Unterleib „Maikäfers Hochzeitstraum". Er trommelte auf dem Klavier herum und dachte an Ruth, an die Wochen der Ruhe und das Abendessen, und er glaubte, es nie in seinem Leben so gut gehabt zu haben.

Eine Woche später erschien Ruth im Prater. Sie kam gerade, als die Nachmittagsvorstellung des Panoramas der Sensationen begann. Kern brachte sie auf einen Platz in der ersten Reihe. Er selbst setzte sich in eine der hinteren Reihen. Zwischen einem Federhut und einer

Glatze sah er weit vorn, umwölkt von Zigarettenrauch, Ruths Kopf. Er schien ihm der schmalste und schönste Kopf der Welt zu sein.

Steiner trat auf die Bühne. Er trug ein schwarzes Trikot, auf das ein paar astrologische Zeichen gemalt waren. Eine dicke Dame versteckte ihren Lippenstift in der Brusttasche eines Jünglings, und Steiner forderte jemand auf, zu ihm auf die Bühne zu kommen.

Kern begann zu zögern. Er zögerte geradezu meisterhaft; selbst als er schon in der Mitte des Ganges war, wollte er noch einmal zurück. Alles klappte leicht.

Potzloch winkte Kern nach der Vorstellung zu sich. „Junger Mann", sagte er, „was ist heute los mit Ihnen? Sie haben erstklassig gezögert. Sogar mit dem Schweiß der Verlegenheit auf der Stirn. Schweiß ist schwer darzustellen, das weiß ich. Wie haben Sie's gemacht?"

„Ich glaube, es war nur Lampenfieber."

„Lampenfieber?" Potzloch strahlte. „Endlich! Die echte Erregung des wirklichen Künstlers vor dem Auftritt. Ich erhöhe Ihr Gehalt um fünf Schilling. Einverstanden?"

„Einverstanden!" sagte Kern. „Und zehn Schilling Vorschuß."

Potzloch starrte ihn an. „Das Wort Vorschuß kennen Sie auch schon?" Er zog einen Zehnschillingschein aus der Tasche.

„Also, Kinder", sagte Steiner nach der Vorstellung, „lauft los! Aber seid zum Essen wieder hier. Es gibt heiße Piroggen."

Kern und Ruth gingen über die Wiese hinter der Schießbude auf den Lärm des Karussells zu. Die Lichter und die Musik des großen Platzes schlugen ihnen wie eine helle, strahlende Woge entgegen und überstürzten sie mit dem Gischt gedankenloser Fröhlichkeit.

„Ruth!" Kern nahm ihren Arm. „Du sollst heute einen großen Abend haben. Mindestens fünfzig Schilling werde ich für dich ausgeben."

„Das wirst du nicht!" Ruth blieb stehen.

„Doch, ich werde. Aber so wie das Deutsche Reich. Ohne sie zu haben."

Sie gingen zur Geisterbahn. Es war ein Riesenkomplex mit hoch in die Luft gebauten Schienen, über die kleine Wagen voll Gelächter und Geschrei sausten. Vor dem Eingang stauten sich die Menschen. Kern drängte sich durch und zog Ruth hinter sich her. Der Mann an der Kasse sah ihn an. „Hallo", sagte er. „Auch wieder da? Geht hinein!"

Kern öffnete die Tür eines Wagens. „Steig ein! Wir brauchen nicht zu bezahlen."

Sie sausten los. Der Wagen stieg steil empor und stürzte dann in einen finsteren Tunnel. Ein kettenbeladenes Ungeheuer erhob sich wimmernd und griff nach Ruth, Skelette rasselten mit ihren Knochen, sie flogen in eine dampfende Höhle, in der feuchte Hände über ihre Gesichter glitten, überfuhren einen wimmernden Greis, kamen wieder ans Tageslicht.

Dann gingen sie zur mechanischen Autorennbahn.

„Grüß dich Gott, Peperl!" heulte der Mann am Eingang durch das Getöse.

„Wieder umsonst!" erklärte Kern vergnügt. Sie sausten los, stießen mit anderen zusammen und waren bald mitten im Wirbel.

Sie machten noch die Runde durch ein halbes Dutzend Buden und Etablissements – von den rechnenden Seelöwen bis zum indischen Zukunftsdeuter; nirgendwo brauchten sie etwas zu zahlen. „Du siehst", sagte Kern stolz, „wir haben freien Eintritt. Als Künstler Direktor Potzlochs."

Ruth lachte.

Die Fenster des Wohnwagens standen weit offen. Es war schwül und sehr still. Lilo hatte eine bunte Decke über das Bett und einen alten Samtvorhang aus der Schießbude über Kerns Lager gebreitet. Im Fenster schwankten zwei Lampions.

Steiner holte die Flasche vom Tisch und schenkte ein. Lilo brachte einen Steinkrug mit Gurken und eine Platte brauner Piroggen. Sie tranken und aßen dann die warmen Kohl- und Fleischpasteten. Hinterher hockte Steiner sich auf sein Bett und rauchte. Kern und Ruth setzten sich auf das Lager Kerns am Boden. Lilo ging hin und her und räumte ab. Ihr Schatten schwankte groß über die Wände des Wagens. „Sing etwas, Lilo", sagte Steiner nach einer Weile.

Sie nickte und nahm eine Gitarre, die in der Ecke an der Wand hing. Ihre Stimme, die heiser war, wenn sie sprach, wurde klar und tief, wenn sie sang. Ihr sonst unbewegtes Gesicht belebte sich, und die Augen bekamen einen schwermütigen Glanz. Sie sang russische Volkslieder und die alten Wiegenlieder der Zigeuner.

Ruth saß vor Kern und lehnte sich an ihn; ihre Schultern berührten seine hochgezogenen Knie, und er spürte die glatte Wärme ihres Rückens. Sie legte den Kopf zurück gegen seine Hände.

274   *LIEBE DEINEN NÄCHSTEN*

Es war still draußen, als Kern und Ruth fortgingen. Die Buden waren mit Zeltplanen verhängt, der Lärm war verstummt.

„Willst du schon nach Hause?" fragte Kern.

„Ich weiß nicht. Nein."

„Laß uns noch hierbleiben. Herumgehen. Ich wollte, es würde nie morgen."

„Ja. Morgen ist immer Angst und Ungewißheit."

Sie gingen durch das Dunkel. Die Bäume über ihnen regten sich nicht. Es war so still, daß die Stille zu raunen schien.

„Gib mir deine Hand", sagte Kern. „Ich habe Angst, daß du plötzlich nicht mehr da bist." Ruth lehnte sich an ihn.

Es begann zu wehen. Das Laub über ihnen fing an zu rauschen. Kern fühlte einen warmen Tropfen auf seiner Hand. Ein zweiter streifte sein Gesicht. Er sah auf. „Es fängt an zu regnen, Ruth."

„Ja."

Die Tropfen fielen regelmäßiger und dichter. „Nimm meine Jakke", sagte Kern. „Mir macht es nichts, ich bin es gewohnt."

Er hängte Ruth seine Jacke über die Schultern. Sie fühlte die Wärme, die noch darin war, und fühlte sich plötzlich sonderbar geborgen.

Ein lautloser, weißer Blitz flammte durch das Dunkel, ein rascher Donner folgte, und auf einmal stürzte der Regen hernieder, als hätte der Blitz den Himmel aufgerissen.

„Komm schnell!" rief Kern.

Sie liefen auf das Karussell zu, das mit seinen heruntergelassenen Zeltwänden undeutlich in der Nacht stand. Kern hob die Zeltplane an einer Stelle hoch, sie krochen beide darunter hinweg und standen, schwer atmend, plötzlich geschützt wie unter einer riesigen, dunklen Trommel, auf die der Regen herabprasselte.

Kern faßte Ruths Hand und zog sie mit sich. Ihre Augen gewöhnten sich bald an das Dunkel. Gespensterhaft ragten die Umrisse der sich aufbäumenden Pferde empor; die Hirsche waren in ewiger, schattenhafter Flucht versteinert; die Schwäne breiteten Flügel voll geheimnisvoller Dämmerung, und ruhevoll standen die mächtigen Rücken der Elefanten.

„Komm!" Kern zog Ruth zu einer Gondel. Er griff ein paar Samtkissen aus den Wagen und Karossen und packte sie unten hinein. Dann riß er einem Elefanten seine goldbestickte Schabracke ab. „So, jetzt hast du eine Decke wie eine Prinzessin . . ."

LIEBE DEINEN NÄCHSTEN

Draußen rollte langgezogen der Donner. Die Blitze warfen einen matten Glanz in das warme Dunkel des Zeltes. Kern sah Ruths bleiches Gesicht mit den dunklen Augen.

„Ich kann mir nicht mehr vorstellen, wie es war ohne dich", sagte sie.

Das Gewitter kam rasch näher. Der Donner überrollte das Trommeln auf dem Zeltdach, von dem das Wasser in Güssen herniederschoß. Und der Regen rauschte, das älteste Schlaflied der Welt.

V

DER Platz vor der Universität lag in der Mittagssonne. Die Luft war klar und blau, und über den Dächern kreiste ein Zug unruhiger Schwalben. Kern stand am Rande des Platzes und wartete auf Ruth.

Die ersten Studenten kamen durch die großen Türen und gingen die Treppen hinunter. Kern reckte den Kopf, um Ruths braune Baskenmütze zu entdecken. Sie war gewöhnlich eine der ersten. Aber er sah sie nicht.

Plötzlich quoll ein wirrer, ineinander verfilzter Haufen von Studenten aus der Tür. Es war eine Prügelei. Kern unterschied die Rufe: „Juden raus!" – „Haut die Mosessöhne in die krummen Fressen!" – „Jagt sie nach Palästina!"

Eine Gruppe von etwa dreißig jüdischen Studenten versuchte zu entkommen. Dicht aneinandergedrängt, schoben sie sich die Treppe hinunter. Sie waren umringt von ungefähr hundert anderen, die von allen Seiten auf sie einschlugen.

Kern blickte unruhig nach Ruth aus. Er konnte sie nirgendwo sehen und hoffte, daß sie in der Universität geblieben war. Ein paar Polizisten kamen von jenseits des Platzes eilig heran. Der vorderste blieb in der Nähe Kerns stehen. „Stopp!" sagte er zu den beiden anderen. „Nicht einmischen!" Die Polizisten verschränkten die Arme und sahen der Schlägerei zu.

Ein kleiner jüdischer Student entkam dem Getümmel. Er sah die Polizisten und rannte auf sie zu. „Kommen Sie!" schrie er. „Rasch! Helfen Sie! Man schlägt sie ja tot!"

Die Polizisten betrachteten ihn wie ein seltenes Insekt. Keiner von ihnen erwiderte etwas. Der Kleine starrte sie einen Moment fassungslos an. Dann drehte er sich ohne ein Wort wieder um und ging zurück, auf das Getümmel zu. Er war noch keine zehn Schritte weit gekommen, als sich zwei Studenten aus dem Haufen lösten. Sie stürmten auf ihn zu. „Der Saujud jammert nach Gerechtigkeit!" schrie der vorderste. „Sollst du haben!"

Er schlug ihn nieder. Der Kleine versuchte, wieder hochzukommen. Sie packten ihn beide an den Beinen und schleiften ihn über das Pflaster. Der Kleine versuchte vergebens, sich an den Steinen festzukrallen. Sein weißes Gesicht starrte wie eine Maske des Entsetzens zurück zu den Polizisten. Der Mund war wie ein schwarzes, offenes Loch, aus dem Blut über das Kinn lief. Er schrie nicht.

Kern spürte seinen Gaumen trocken werden. Er hatte das Gefühl, auf die beiden losspringen zu müssen. Aber er sah, daß die Polizisten ihn beobachteten, und steif und verkrampft vor Wut ging er zur anderen Ecke des Platzes hinüber.

Die beiden Studenten lachten, und ihre Gesichter wiesen nicht die Spur von Bosheit auf. Sie leuchteten einfach nur vor Vergnügen.

Plötzlich kam Hilfe. Ein großer, blonder Student, der bisher herumgestanden hatte, verzog angewidert das Gesicht, als der Kleine an ihm vorbeigeschleppt wurde. Er streifte die Ärmel seiner Jacke hoch und schlug mit zwei kurzen, wuchtigen Schlägen die Peiniger des Kleinen nieder. Den verschmierten Kleinen hob er am Kragen hoch und stellte ihn auf. „So, nun mach, daß du wegkommst", knurrte er.

Darauf ging er langsam auf den tobenden Haufen zu. Er besah sich den Anführer, einen großen, schwarzhaarigen Studenten, und gab ihm dann einen so furchtbaren Hieb gegen das Kinn, daß er krachend aufs Pflaster stürzte.

In diesem Augenblick erblickte Kern Ruth. Sie hatte ihre Mütze verloren und befand sich am Rande des Getümmels. Er lief auf sie zu. „Rasch! Komm rasch, Ruth! Wir müssen hier weg!"

„Ja, Ludwig", stammelte sie, blaß vor Erregung, mit einer sonderbar zerbrochenen Stimme. „Komm, fort!"

Kern nahm ihren Arm und zog sie mit sich. Hinter sich hörten sie Geschrei. Es gelang der Gruppe jüdischer Studenten durchzubrechen. Das Gedränge verschob sich, und plötzlich waren Kern und Ruth mittendrin.

„Ah, Rebekka! Sarah!" Einer der Angreifer griff nach Ruth.

Kern war aufs höchste überrascht, den Studenten langsam zusammensinken zu sehen. Er war sich nicht bewußt, geschlagen zu haben. Er bekam einen Schlag mit einem Spazierstock über den Arm. Er sprang wütend los, in einen roten Nebel hinein, und schlug um sich. Er zerschmetterte eine Brille und rannte jemand um. Dann wurde der rote Nebel schwarz.

Er erwachte auf der Polizeistation. Sein Kragen war zerrissen, seine Backe blutete, und sein Kopf dröhnte. Er setzte sich auf.

„Servus!" sagte jemand neben ihm. Es war der große, blonde Student.

„Verdammt!" erwiderte Kern. „Wo sind wir?"

Der andere lachte. „In Haft, mein Lieber. Ein, zwei Tage, dann lassen sie uns schon wieder aus der Wachstube raus."

„Mich nicht." Kern sah sich um. Sie waren zu acht. Außer dem Blonden alles Juden. Ruth war nicht dabei. „Haben Sie gesehen, was aus dem Mädchen geworden ist, mit dem ich zusammen war?" fragte er.

„Das Mädchen?" Der Blonde dachte nach. „Es wird ihr nichts passiert sein. Mädchen läßt man doch in Ruhe bei einer Prügelei. Außerdem kam gleich die Polizei."

Kern starrte vor sich hin. Die Polizei. Das war es ja. Aber Ruths Paß war noch gültig. Man konnte ihr nicht allzuviel tun.

„Sind außer uns noch mehr verhaftet worden?" fragte er.

Der Blonde schüttelte den Kopf. „Ich glaube nicht. Ich war der letzte. Sie haben übrigens einen schönen, kurzen Geraden geschlagen. Irgendwann boxen gelernt?"

„Nein."

„Dann sollten Sie es lernen. Sie haben gute Anlagen. Sind nur viel zu hitzig."

Kern griff sich vorsichtig an den Kopf. „Mir ist im Moment nicht nach Boxen zumute."

„Gummiknüppel", erklärte der Student sachlich. „Unsere brave Polizei. Immer auf der Seite der Sieger. Heute abend ist Ihr Schädel besser. Dann fangen wir an zu üben. Irgendwas müssen wir ja zu tun haben." Er zog die langen Beine auf die Pritsche und sah sich um. „Zwei Stunden sind wir nun schon hier! Verdammt langweilige Bude! Wenn wir wenigstens ein Spiel Karten hätten!"

„Ich habe ein Spiel bei mir." Kern griff in die Tasche. Steiner hatte ihm damals das Spiel des Taschendiebes geschenkt. Er trug es seitdem stets als eine Art von Amulett mit sich. „Ich spiele Skat, Tarock, Jaß und Poker", fügte er mit einem Anflug von Stolz hinzu.

„Da sind Sie mir über. Jaß kann ich nicht."

„Es ist ein Schweizer Spiel. Ich werde es Ihnen beibringen."

„Gut. Ich gebe Ihnen dann dafür Ihre Boxlektion. Austausch geistiger Werte."

Sie spielten bis abends. Die jüdischen Studenten unterhielten sich inzwischen über Politik und Gerechtigkeit. Sie kamen zu keinem Resultat. Kern gewann im Poker sieben Schilling. Sein Kopf wurde allmählich klarer. Er vermied es, an Ruth zu denken. Er konnte nichts für sie tun; Grübeln allein hätte ihn schwach gemacht. Und er wollte seine Nerven behalten für die Vernehmung vor dem Richter.

Der Blonde warf die Karten zusammen und zahlte Kern aus. „Jetzt kommt der zweite Teil", sagte er.

Kern stand auf. Er war noch sehr schwach. „Ich glaube, es geht nicht", sagte er. „Mein Kopf verträgt noch keinen zweiten Schlag."

„Ihr Kopf war klar genug, mir sieben Schilling abzunehmen", erwiderte der Blonde grinsend. „Aber schonen wir vorerst den Kopf. Fangen wir mit den Beinen an. Die Hauptsache beim Boxen ist die Leichtigkeit der Füße. Sie müssen tänzeln." Er stellte sich in Positur und machte eine Anzahl Wechselschritte vorwärts und zurück.

Die jüdischen Studenten hatten aufgehört zu diskutieren. Einer von ihnen, mit einer Brille, stand auf. „Würden Sie mich auch unterrichten?" fragte er.

„Natürlich! Brille runter und ran!"

Es meldeten sich noch zwei Schüler.

Die übrigen blieben abweisend, aber neugierig auf den Pritschen sitzen.

Der Blonde legte sein Jackett ab. Die anderen folgten ihm. Dann begann eine kurze Erklärung der Körperarbeit und eine Probe. Die vier hüpften eifrig in der halbdunklen Zelle herum. Der Blonde machte vor, wie man schlagen mußte. Als sie mitten im besten Üben waren, ging die Tür auf. Ein Kalfaktor kam herein mit ein paar dampfenden Näpfen. Er stellte sie rasch ab und schrie: „Wache! Schnell! Die Bande prügelt sich sogar auf der Polizei weiter!"

Zwei Wachleute kamen hereingestürzt.

„Rhinozeros!" sagte der Blonde mit großer Autorität zum Kalfaktor. „Schafskopf!" Dann wandte er sich an die Wachleute. „Was Sie

LIEBE DEINEN NÄCHSTEN

hier sehen, ist körperliche Ertüchtigung. Gymnastik! Soll das da unser Abendessen sein?"

„Klar", bestätigte der Kalfaktor.

Der Blonde beugte sich über einen der Näpfe und verzog angewidert das Gesicht. „Hinaus damit!" schnauzte er dann plötzlich scharf. „Diesen Dreck wagt ihr hereinzubringen? Spülwasser für den Sohn des Senatspräsidenten? Ich werde mich beschweren! Morgen wird mein Vater dem Justizminister euretwegen die Hölle heiß machen!"

Die beiden Wachleute starrten zu ihm auf. Sie wußten nicht, ob sie grob werden konnten oder vorsichtig sein mußten. „Herr", sagte schließlich der ältere vorsichtig, „das hier ist die normale Gefängniskost."

„Bin ich im Gefängnis? Ich bin in Haft! Kennen Sie den Unterschied nicht?"

„Doch, doch ..." Der Wachmann war sichtlich eingeschüchtert. „Sie können sich natürlich selbst verköstigen, mein Herr! Das ist Ihr Recht. Wenn Sie bezahlen wollen, kann der Kalfaktor Ihnen ein Gulasch holen ..."

„Endlich ein vernünftiges Wort!" Die Haltung des Blonden milderte sich. Er zog Geld aus der Tasche und gab es dem Kalfaktor. „Zwei Rindsgulasch mit Erdäpfeln. Eine Flasche Zwetschgenwasser ..."

Der Wachmann öffnete den Mund. „Alkoholische ..."

„Sind erlaubt", vollendete der Blonde. „Zwei Flaschen Bier, eine für die Wachleute, eine für uns!"

Das Essen kam. Der Student lud Kern ein.

„Weiß Ihr Vater, daß Sie hier sind?" fragte Kern.

„Mein Vater!" Der Blonde lachte. „Der hat ein Weißwarengeschäft in Linz."

Kern sah ihn überrascht an.

„Mein Lieber", sagte der Student ruhig. „Sie scheinen noch nicht zu wissen, daß wir im Zeitalter des Bluffs leben. Die Demokratie ist durch die Demagogie abgelöst worden. Eine natürliche Folge. Prost!"

Sie tranken die Flasche Zwetschgenwasser aus. Dann legten sie sich auf die Pritschen. Kern wachte alle Augenblicke wieder auf. Verdammt, was haben sie mit Ruth gemacht? dachte er. Und wie lange werden sie mich einsperren?

Er bekam zwei Monate Gefängnis. Körperverletzung, Aufruhr,

Widerstand gegen die Staatsgewalt, wiederholter illegaler Aufenthalt – er wunderte sich, daß er nicht zehn Jahre bekam.

Er verabschiedete sich von dem Blonden, der freigelassen wurde. Dann führte man ihn nach unten. Er mußte seine Sachen abgeben und erhielt Gefängniskleidung. Während er unter der Dusche stand, fiel ihm ein, daß es ihn einmal bedrückt hatte, als man ihm Handschellen anlegte. Es schien ihm endlos lange her zu sein. Jetzt fand er die Gefängniskleidung nur praktisch; er schonte so seine Privatsachen.

Seine Mitgefangenen waren ein Dieb, ein kleiner Defraudant und ein russischer Professor aus Kasan, der als Landstreicher eingesperrt worden war. Alle arbeiteten in der Schneiderei des Gefängnisses.

Der erste Abend war schlimm. Kern erinnerte sich an das, was Steiner ihm damals gesagt hatte – daß er sich gewöhnen werde. Aber er saß trotzdem auf seiner Pritsche und starrte gegen die Wand.

„Sprechen Sie Französisch?" fragte ihn der Professor plötzlich von seiner Pritsche her.

Kern schreckte auf. „Nein."

„Wollen Sie es lernen?"

„Ja. Wir können gleich anfangen."

Der Professor stand auf. „Man muß sich beschäftigen, wissen Sie! Sonst fressen einen die Gedanken auf."

Kern nickte. „Ich kann es außerdem gut gebrauchen. Ich werde wohl nach Frankreich müssen, wenn ich rauskomme."

Sie setzten sich nebeneinander auf die Pritsche. Der Professor war sehr mager. Die Gefängniskluft war ihm viel zu weit. Er hatte einen roten, wilden Bart und ein Kindergesicht mit blauen Augen. „Fangen wir an mit dem schönsten und vergeblichsten Wort der Welt", sagte er mit einem Lächeln ohne jede Ironie – „mit dem Wort Freiheit – la liberté."

KERN lernte viel in dieser Zeit. Nach drei Tagen konnte er bereits beim Spaziergehen auf dem Hof mit den Gefangenen vor und hinter sich sprechen, ohne die Lippen zu bewegen. In der Schneiderei memorierte er auf dieselbe Weise eifrig mit dem Professor französische Verben. Abends, wenn er müde vom Französischen war, brachte ihm der Dieb bei, aus einem Draht Dietriche zu machen und wachsame Hunde zu beschwichtigen. Er lehrte ihn auch die Reifezeiten aller Feldfrüchte und die Technik, unbemerkt in Heuschober zu kriechen, um dort zu

schlafen. Der Defraudant hatte einige Hefte der *Eleganten Welt* einge-
schmuggelt. Es war außer der Bibel das einzige, was sie zu lesen hatten, und sie lernten daraus, wie man sich bei diplomatischen Empfän-
gen zu kleiden hatte und wann man zum Frack eine rote oder eine
weiße Nelke trug.

Als sie am Morgen des fünften Tages herausgeführt wurden, stieß
der Kalfaktor Kern heftig an. „Paß auf, du Esel!" brüllte er. Dann
zupfte er ihn am Ärmel und flüsterte: „Melde dich in einer Stunde zum
Austreten. Sag, du hast Bauchkrämpfe. – Vorwärts!" schrie er.
„Meinst du, wir können auf dich warten?"

Kern überlegte während des Spazierganges, ob der Kalfaktor ihn
mit irgend etwas reinlegen wollte. Beide konnten sich nicht leiden. Er
besprach die Sache nachher flüsternd in der Schneiderei mit dem Dieb,
der Gefängnisfachmann war.

„Austreten kannst du immer", erklärte der. „Das ist dein Recht.
Aber paß nachher auf."

„Gut. Mal sehen, was er will."

Kern simulierte Bauchschmerzen, und der Kalfaktor führte ihn hinaus. Er brachte ihn zum Lokus und sah sich um. „Kennst du Steiner?"

Kern starrte den Kalfaktor an. „Nein", sagte er dann. Er vermutete,
daß es eine Falle war, um Steiner zu fangen.

„Steiner läßt dir sagen, daß Ruth in Sicherheit ist. Du brauchst keine
Sorge zu haben. Wenn du herauskommst, sollst du dich nach der
Tschechei ausweisen lassen und zurückkommen. Kennst du ihn nun?"

Kern spürte plötzlich, daß er zitterte. Er nickte. Ruth war in Sicherheit. Steiner paßte auf. „Woher kennst du Steiner denn?" fragte er.

„Er hat mich einmal aus dem Senf herausgeholt. Nun komm!"

Sie gingen zurück in die Schneiderei. Der Professor und der Dieb
sahen Kern an.

„In Ordnung?" fragte der Professor lautlos.

Kern nickte.

Der Professor wurde nach vier Wochen entlassen. Der Dieb nach
sechs; der Defraudant ein paar Tage später. Kern war einige Tage allein; dann bekam er zwei neue Zellengenossen.

Er erkannte sofort, daß es Emigranten waren. Der eine war älter
und sehr schweigsam, der jüngere ungefähr dreißig Jahre alt. Sie trugen abgeschabte Anzüge, denen man die Mühe ansah, mit der sie
saubergehalten wurden. Sie legten sich sofort auf die Pritschen. Auch

Kern kletterte auf seine Pritsche und wiederholte so lange unregelmä-ßige Verben, bis er endlich einschlief.

Er erwachte davon, daß ihn jemand rüttelte. Es war der jüngere Mann. „Helfen Sie!" keuchte er. „Schnell! Er hat sich erhängt!"

Kern richtete sich verschlafen auf. Im fahlen Grau des frühen Morgens hing eine schwarze Gestalt mit gesenktem Kopf am Fenster. Kern sprang von seiner Pritsche. „Ich werde ihn hochheben. Streifen Sie den Riemen über seinen Kopf!" Er stieg auf die Pritsche und versuchte, den Erhängten anzuheben. Er war viel schwerer, als er aussah. Kern konnte ihn nur mit Mühe heben. „Los!" keuchte er. „Riemen lockern! Ich kann ihn nicht lange so halten."

„Ja." Der andere kletterte hinauf und machte sich am Halse des Er-hängten zu schaffen. Plötzlich ließ er los und erbrach sich.

„Verfluchte Sauerei!" schrie Kern. „Kommen Sie runter! Heben Sie ihn hoch, und ich werde ihn losmachen."

Er gab den schweren Körper dem anderen in die Arme und sprang auf die Pritsche. Der Anblick war schauderhaft. Das gedunsene, fahle Gesicht, die herausgequollenen Augen, die dicke, schwarze Zunge – Kern griff nach dem dünnen Lederriemen, der tief in den geblähten Hals einschnitt.

„Höher!" rief er. „Heben Sie ihn höher!"

Der Mann hob ihn höher. Es gelang Kern, die Schlinge zu lösen und über den Kopf des Erhängten zu streifen. Beide griffen zu und legten den schlaffen Körper auf die Pritsche. Kern riß Weste und Hosenbund auf. „Stecken Sie die Klappe raus!" sagte er. „Rufen Sie nach der Wache! Ich werde mit künstlicher Atmung anfangen."

Er kniete hinter dem schwarzgrauen Kopf, nahm die kalten, toten Hände in seine warmen und begann die Arme zu bewegen. An der Tür rasselte der Mann mit der Klappe und schrie: „Wache! Wache!"

Kern arbeitete weiter. Gleich darauf kam die Wache. „Was soll der Radau?"

„Hier hat sich jemand erhängt."

„Herrgott! Was für Scherereien!" Der Wachmann öffnete die Tür. Seine Taschenlampe blitzte auf. „Ist er tot?"

„Wahrscheinlich."

„Dann hat's ja Zeit bis morgen früh. Soll sich der Sternikosch damit rumärgern. Ich weiß von nix."

Er wollte weg. „Halt!" sagte Kern. „Sie holen sofort Sanitäter. Von der Unfallwache. Wenn Sie in fünf Minuten nicht hier sind, setzt es einen Krach, bei dem Sie Ihren Posten riskieren!"

"Es ist doch möglich, daß er noch gerettet werden kann! Mit Sauerstoff!" rief der andere Gefangene.

"Fängt gut an, der Tag!" murrte die Wache und schob ab.

Einige Minuten später kamen Sanitäter und holten den Erhängten ab.

Kurz darauf erschien die Wache noch einmal. "Ihr sollt Hosenträger, Gürtel und Schnürriemen abgeben."

Sie gaben die Sachen ab und hockten sich auf die Pritsche. Es roch sauer nach Erbrochenem. "In einer Stunde ist es hell, dann können Sie es wegmachen", sagte Kern.

Seine Kehle war trocken. Er war sehr durstig. Alles in ihm war trocken und staubig. Er fühlte sich, als würde er nie wieder sauber werden.

Man brachte sie am nächsten Abend in eine größere Zelle, in der schon vier Leute waren. Kern war sehr müde und kletterte auf seine Pritsche. Doch er konnte nicht schlafen. Er lag mit offenen Augen da und starrte auf das kleine Viereck des vergitterten Fensters. Um Mitternacht kamen noch zwei Leute dazu.

"Wie lange dauert das wohl, bis wir hier wieder rauskommen?" fragte die Stimme eines Neuen nach einiger Zeit zaghaft durch das Dunkel.

Es dauerte eine Weile, bis er Antwort bekam. Dann knurrte eine Baßstimme. "Kommt drauf an, was Sie gemacht haben. Bei Raubmord lebenslänglich – bei politischem Mord acht Tage."

"Mich haben sie nur zum zweiten Male ohne Paß erwischt."

"Das ist schlimmer", grunzte der Baß. "Rechnen Sie ruhig mit vier Wochen."

"Mein Gott! Und ich habe ein Huhn in meinem Koffer. Ein gebratenes Huhn! Das ist dann verfault, bis ich rauskomme!"

"Ohne Zweifel!" bestätigte der Baß.

Kern horchte auf. "Hatten Sie nicht schon früher einmal ein Huhn in Ihrem Koffer?" fragte er.

"Ja! Das ist richtig!" erwiderte der Neue erstaunt nach einer Weile. "Woher wissen Sie das, mein Herr?"

"Wurden Sie damals nicht auch verhaftet?"

"Natürlich! Wer sind Sie? Wie kommt es, daß Sie das wissen?"

Kern lachte. Er lachte plötzlich so, daß er fast erstickte. Es war wie ein Zwang, ein schmerzhafter Krampf, es löste sich alles darin, was sich in den zwei Monaten in ihm aufgespeichert hatte, die Wut über die Verhaftung, die Verlassenheit, die Angst um Ruth, das Grauen vor dem Erhängten, er lachte und lachte. „Das Poulet!" stammelte er. „Tatsächlich, es ist das Poulet! Und wieder ein Huhn im Koffer! So ein Zufall!"

„Zufall nennen Sie das?" fluchte das Poulet wütend. „Ein ganz verdammtes Schicksal ist so was! So eine gottverdammte Gemeinheit, einen Menschen im Unglück noch zu verhöhnen!"

KERN unterschrieb seine zweite Ausweisung aus Österreich. Sie war lebenslänglich. Er fühlte nichts dabei. Er dachte nur daran, daß er wahrscheinlich am nächsten Vormittag wieder im Prater sein würde.

„Haben Sie in Wien noch irgendwelche Sachen mitzunehmen?" fragte der Beamte.

„Nein, nichts."

„Sie wissen, daß Sie mindestens drei Monate Gefängnis riskieren, wenn Sie wieder nach Österreich kommen?"

„Ja."

Der Beamte sah Kern eine Weile an. Dann griff er in die Tasche und schob ihm einen Fünfschillingschein zu. „Hier, trinken Sie eins dafür. Ich kann die Gesetze auch nicht ändern. Und nun los!"

„Danke!" sagte Kern überrascht. Es war das erstemal, daß er auf der Polizei etwas geschenkt bekam. Er steckte das Geld ein. Er konnte damit ein Stück mit der Bahn nach Wien zurücklegen. Das war weniger gefährlich.

Sie fuhren denselben Weg hinaus wie das erstemal mit Steiner. Von der Station aus mußten sie noch ein Stück gehen. Es war inzwischen dunkel geworden. Fledermäuse und Nachtschmetterlinge huschten über den Weg.

Das Zollhaus war hell erleuchtet. Die alten Beamten waren noch da. Der Begleitmann lieferte Kern ab. „Setzen Sie sich derweil herein", sagte einer der Beamten. „Es ist noch zu früh."

„Ich weiß", erwiderte Kern.

„So, Sie wissen das schon?"

„Natürlich. Die Grenzen sind ja unsere Heimat."

Beim Morgengrauen war Kern wieder im Prater.

LIEBE DEINEN NÄCHSTEN 285

Er wagte nicht, zu Steiners Wohnwagen zu gehen, um ihn zu wekken, weil er nicht wußte, was inzwischen passiert war. Er wanderte umher. Die Bäume standen bunt im Nebel. Es war Herbst geworden, während er im Gefängnis war. Vor dem grau verhängten Karussell blieb er eine Zeitlang stehen. Dann hob er die Zeltplane auf, kroch hinein und setzte sich in eine Gondel. So war er sicher vor umherstreifenden Polizisten.

Er erwachte, als er jemand lachen hörte. Es war hell, und die Zeltplanen waren zurückgeschoben. Rasch fuhr er hoch. Steiner stand im blauen Overall vor ihm.

Kern sprang mit einem Satz aus der Gondel. Er war plötzlich zu Hause. „Steiner", rief er strahlend. „Gottlob, ich bin wieder da!"

„Das sehe ich. Der verlorene Sohn, heimgekehrt aus den Verliesen der Polizei! Ein bißchen blaß und mager geworden vom Gefängnisfraß! Wir wollen erst mal frühstücken. Lilo!" rief Steiner zum Wagen hinüber. „Unser Kleiner ist wieder da! Er braucht ein kräftiges Frühstück!" Er wandte sich wieder Kern zu. „Was gelernt, Baby, in der Zeit?"

„Ja. Säcke nähen und Französisch."

Steiner schmunzelte. „Allerhand."

„Wo ist Ruth?" fragte Kern.

„In Zürich. Sie ist ausgewiesen worden. Sonst ist ihr nichts passiert. Lilo hat Briefe für dich. Sie ist unser Postamt. Hat ja als einzige richtige Papiere."

„In Zürich …", sagte Kern.

„Sie wohnt da bei Bekannten. Du wirst eben auch bald in Zürich sein. Hier wird es ohnedies langsam heiß."

Lilo kam. Sie begrüßte Kern, als sei er auf einem Spaziergang gewesen. Für sie waren zwei Monate nichts, was zu erörtern war. Sie lebte seit fast zwanzig Jahren außerhalb Rußlands und hatte Menschen von China und Sibirien wiederkommen sehen, die zehn, fünfzehn Jahre verschollen gewesen waren. Mit ruhigen Bewegungen stellte sie ein Tablett mit Tassen und einer Kaffeekanne auf den Tisch.

„Gib ihm seine Briefe, Lilo", sagte Steiner.

Lilo zeigte auf das Tablett. Die Briefe lehnten an einer Tasse. Kern riß sie auf. Er begann zu lesen, und plötzlich vergaß er alles. Es waren die ersten Briefe, die er von Ruth bekam, die ersten Liebesbriefe seines Lebens. Alles fiel wie durch Zauberei von ihm ab – die Enttäuschung, daß sie nicht da war, die Unruhe, die Angst, die Unsicherheit, das Alleinsein –, er las, und die schwarzen Tintenstriche begannen zu leuchten – da war auf einmal ein Mensch, der sich um ihn sorgte, der verzweifelt war über das, was geschehen war, und der ihm sagte, daß er ihn liebte.

Er blickte auf. Lilo war zum Wagen gegangen. Steiner rauchte eine Zigarette. „Alles in Ordnung, Baby?" fragte er.

„Ja. Sie schreibt, ich solle nicht kommen. Ich solle nicht noch einmal ihretwegen etwas riskieren."

Steiner lachte. „Was sie alles so schreiben!" Er goß ihm Kaffee ein. „Komm, trink das erst einmal und iß." Er lehnte sich an den Wagen und sah Kern zu, wie er trank. „Du möchtest am liebsten heute abend los, was?" fragte er.

Kern sah ihn an. „Ich möchte weg, und ich möchte hierbleiben. Ich wollte, wir könnten alle zusammen gehen."

Steiner gab ihm eine Zigarette. „Bleib vorläufig mal zwei, drei Tage hier", sagte er. „Du siehst erbärmlich aus. Futtere dich hier etwas heraus. Du brauchst Mark in den Knochen für die Landstraße. Die Schweiz ist kein Kinderspiel."

„Kann ich hier denn irgend etwas tun?"

„Du kannst in der Schießbude helfen. Und abends beim Hellsehen. Dafür habe ich zwar schon jemand anders nehmen müssen; aber zwei sind immer besser."

„Gut", sagte Kern. „Du hast sicher recht. Ich muß mich wohl erst etwas zurechtfinden, bevor ich losgehe."

„Richtig! Da kommt Lilo mit heißen Piroggen. Iß gründlich, Baby. Ich gehe inzwischen Potzloch wecken."

Es war zwei Tage später, nachmittags. Ein paar Leute schlenderten auf die Schießbude zu. Lilo war mit einer Gruppe junger Burschen beschäftigt, und die Leute kamen zu Kern. „Los! Schießen wir einmal!"

Kern gab dem ersten ein Gewehr. Die Leute schossen zunächst ein paarmal auf Figuren, die herunterrasselten, und auf dünne Glaskugeln, die im Strahl eines kleinen Springbrunnens tanzten. Dann begannen sie, die Prämientafel zu studieren, und forderten Scheiben, um sich Gewinne zu erschießen.

Die ersten beiden gewannen einen Plüschbären und ein versilbertes Zigarettenetui. Der dritte, ein untersetzter Mann mit hochstehenden

LIEBE DEINEN NÄCHSTEN 287

Haaren und einer dichten, braunen Schnurrbartbürste, zielte lange und sorgfältig und kam auf 48 Ringe. Seine Freunde brüllten Beifall. Lilo warf einen kurzen Blick herüber. „Noch mal fünf Schuß!" forderte der Mann und schob den Hut zurück. „Mit demselben Gewehr."

Kern lud. Der Mann machte mit drei Schuß 36 Ringe. Jedesmal eine Zwölf. Kern sah den silbernen Obstkorb mit den Bestecken, der ungewinnbar war, in Gefahr. Er nahm eine von Direktor Potzlochs Glückskugeln. Der nächste Schuß war eine Sechs!

„Holla!" Der Mann setzte das Gewehr ab. „Da stimmt was nicht. Ich bin tadellos abgekommen."

„Vielleicht haben Sie doch etwas gezuckt", sagte Kern. „Es ist ja dasselbe Gewehr."

„Ein alter Polizeifeldwebel zuckt nicht", erwiderte der Mann gereizt. „Ich weiß, wie ich schieße."

Diesmal zuckte Kern. Ein Polizist in Zivil. Der Mann starrte ihn an. „Da stimmt was nicht, Sie!" sagte er drohend.

Kern erwiderte nichts. Er reichte ihm das geladene Gewehr wieder hin. Diesmal hatte er eine normale Kugel hineingegeben. Der Feldwebel schoß eine Zwölf und setzte das Gewehr ab. „Na?"

„Kommt vor", sagte Kern.

„Kommt vor? Kommt nicht vor! Vier Zwölfer und einen Sechser! Das glauben Sie doch wohl selber nicht, was?" Kern schwieg. Das rote Gesicht näherte sich ihm. „Ich kenne Sie doch irgendwoher ..."

Seine Freunde unterbrachen ihn. Lärmend verlangten sie einen Freischuß. Der Sechser sei ungültig. „Ihr habt was mit den Kugeln, ihr Brüder!" schrien sie.

Lilo kam heran. „Was ist los?" fragte sie. „Kann ich Ihnen helfen? Der junge Mann ist noch neu hier."

Die anderen redeten auf sie ein. Der Polizist sprach nicht mit. Er blickte Kern an, und in seinem Kopf arbeitete es. Kern hielt den Blick aus. „Ich kann hier nichts entscheiden", sagte er nachlässig. Langsam holte er eine Zigarette hervor und zündete sie an. Er zwang sich eisern, daß seine Hände nicht zitterten.

Lilo schlug einen Vergleich vor. Der Polizist sollte noch einmal fünf Schüsse machen. Umsonst natürlich. Die anderen wollten nicht. Lilo blickte zu Kern hinüber. Sie sah, daß er blaß war, und sie merkte, daß mehr los war als nur ein Streit um Potzlochs Zauberkugeln. Sie lächelte plötzlich und setzte sich auf den Tisch, dem Polizisten gegen-

über. „So ein fescher Mann wird auch zum zweitenmal gut schießen",
sagte sie. „Kommen Sie, probieren Sie es! Fünf Freischüsse für den
Schützenkönig!"

Der Polizist reckte geschmeichelt den Kopf aus dem Kragen. „Sie
sind der beste Schütze seit Jahren hier", erklärte Lilo, sah ihn bewun-
dernd an und reichte ihm das Gewehr.

Der Polizist nahm es, zielte sorgfältig und schoß. Eine Zwölf. Befriedigt blickte er Lilo an. Sie lächelte und lud das Gewehr wieder.

Der Polizist schoß 58 Ringe. Seine Freunde lärmten. Lilo ging, ihm
einen Picknickkorb zu holen, den er gewonnen hatte. Er strich sich den
Schnurrbart und sagte mit kleinen, kalten Augen plötzlich zu Kern:
„Ich krieg's schon raus mit Ihnen! Ich komme einmal in Uniform wieder!" Dann nahm er grinsend seinen Korb und zog mit seinen Freunden weiter.

„Hat er Sie erkannt?" fragte Lilo rasch.

„Ich glaube nicht. Ich habe ihn nie gesehen. Aber vielleicht er mich
irgendwann."

„Gehen Sie vorläufig wieder weg. Besser, er sieht Sie nicht mehr.
Sagen Sie es Steiner."

Kern beschloß, noch abends abzufahren. „Ich muß weg", sagte er zu
Steiner. „Ich war jetzt zwei Tage hier. Ich bin wieder in Ordnung."

Steiner nickte. „Fahr, Baby. Ich will in ein paar Wochen auch weiter. Mein Paß ist überall besser als hier. In Österreich wird es gefährlich. Komm, wir gehen zu Potzloch."

Potzloch zahlte Kern seine Gage aus und führte ihn darauf vor die
Schießbude. „Junger Mann", sagte er, „Sie sollen Leopold Potzloch
kennenlernen, den letzten Menschenfreund! Suchen Sie sich hier von
den Sachen ein paar aus! Als Andenken. Zum Verkaufen natürlich.
Hier, Aschenbecher, Kämme, Würfel. Und drei nackte Göttinnen aus
echtem Bronzeersatz. Ein ordentlicher Mensch behält keine Andenken. Verbittern nur das Leben. Und dann Gott befohlen!"

Kern fuhr mit dem Nachtzug. Er nahm die billigste Klasse und kam
auf Umwegen bis Innsbruck. Von da ging er zu Fuß weiter und wartete auf ein Auto, das ihn mitnehmen sollte. Er fand keins. Am Abend
ging er in ein kleines Gasthaus und aß eine Portion Bratkartoffeln; das
sättigte und kostete wenig. Nachts schlief er in einem Heustadel. Am
nächsten Morgen fand er ein Auto, das ihn bis Landeck mitnahm. Der

Besitzer kaufte ihm eine der Göttinnen Potzlochs ab. Abends begann
es zu regnen. Kern blieb in einem Gasthof und spielte Tarock mit ein
paar Holzfällern. Dabei verlor er drei Schilling. Er ärgerte sich so darüber, daß er bis Mitternacht nicht einschlafen konnte. Morgens ging er
weiter. Er hielt ein Auto an, aber der Fahrer verlangte fünf Schilling
Fahrgeld von ihm. Kern verzichtete. Später nahm ihn ein Bauer ein
Stück auf seinem Wagen mit und schenkte ihm ein großes Butterbrot.
Abends schlief er im Heu. Es regnete, und er lauschte lange auf das
monotone Geräusch und roch den herben Duft des nassen Heus. Am
nächsten Tag erkletterte und überschritt er den Arlbergpaß. Er war
sehr müde, als er oben von einem Gendarmen gefaßt wurde. Trotzdem mußte er den Weg zurück neben dem Fahrrad des Gendarmen her
bis St. Anton machen. Dort sperrte man ihn eine Nacht ein. Er schlief
keine Minute, weil er fürchtete, man würde herausbekommen, daß er
in Wien gewesen war, und ihn zurückschicken und dort verurteilen.
Aber man glaubte ihm, daß er über die Grenze wollte, und ließ ihn am
nächsten Morgen laufen. Er gab jetzt seinen Koffer als Frachtgut bis
Feldkirch auf, weil der Gendarm ihn daran erkannt hätte. Einen Tag
später war er in Feldkirch, holte seinen Koffer, marschierte zum Rhein,
wartete bis nachts, zog sich aus und durchquerte den Fluß, Koffer und
Kleider in den hoch erhobenen Händen. Er war jetzt in der Schweiz.
Er marschierte zwei Nächte, bis er die gefährliche Zone hinter sich hat-
te. Dann gab er seinen Koffer auf der Bahn auf und fand bald darauf ein
Auto, das ihn bis Zürich mitnahm.

Es war nachmittags, als er dort am Hauptbahnhof ankam. Seinen
Koffer ließ er an der Gepäckaufbewahrungsstelle. Er wußte Ruths
Adresse, wollte aber nicht tagsüber zu ihrer Wohnung gehen. In einigen jüdischen Geschäften erkundigte er sich nach der Flüchtlingsfür-
sorge. Er bekam die Adresse der Kultusgemeinde in einer Strumpf-
warenhandlung und ging hin. Ein junger Mensch empfing ihn. Kern
erklärte, daß er gestern über die Grenze gekommen sei.

„Haben Sie Papiere?"

Kern sah ihn erstaunt an. „Wenn ich Papiere hätte, wäre ich nicht
hier."

„Jude?"

„Nein. Halbjude."

„Religion?"

„Evangelisch."

„Evangelisch, ach so! Da können wir wenig für Sie tun. Unsere Mittel sind sehr beschränkt, und als religiöse Gemeinde sind unsere Hauptsorge natürlich die – Sie verstehen – Juden unseres Glaubens."

„Ich verstehe", sagte Kern. „Aus Deutschland bin ich rausgeflogen, weil ich einen jüdischen Vater habe. Sie hier können mir nicht helfen, weil ich eine christliche Mutter habe. Komische Welt!"

Der junge Mann zuckte die Achseln. „Es tut mir leid. Aber wir haben nur private Spenden zur Verfügung."

„Können Sie mir wenigstens sagen, wo ich ein paar Tage unangemeldet wohnen kann?" fragte Kern.

„Leider nicht. Die Vorschriften sind sehr streng, und wir haben uns genau daran zu halten. Sie müssen zur Polizei gehen und um eine Aufenthaltserlaubnis ersuchen."

„Na", sagte Kern, „darin habe ich schon eine gewisse Erfahrung."

Der junge Mann sah ihn an. „Warten Sie doch bitte noch einen Augenblick." Er ging in ein Büro im Hintergrund und kam bald darauf wieder. „Wir können Ihnen ausnahmsweise mit zwanzig Franken helfen. Mehr können wir leider nicht für Sie tun."

„Danke vielmals! So viel habe ich gar nicht erwartet." Kern faltete den Schein sorgfältig zusammen und steckte ihn in seine Brieftasche. Es war das einzige Schweizer Geld, das er hatte. Auf der Straße blieb er stehen. Er wußte nicht, wohin er gehen sollte.

„Nun, Herr Kern", sagte da jemand hinter ihm etwas spöttisch.

Kern fuhr herum. Ein junger, elegant angezogener Mensch, ungefähr in seinem Alter, stand hinter ihm. Er lächelte. „Erschrecken Sie nicht! Ich war auch eben dort." Er wies auf die Tür der Kultusgemeinde. „Sie sind das erstemal in Zürich, wie?"

Kern sah ihn eine Sekunde mißtrauisch an. „Ja", sagte er dann. „Ich bin sogar das erstemal in der Schweiz."

„Das habe ich mir gedacht. Ihre Geschichte war etwas ungeschickt – verzeihen Sie. Es war nicht notwendig, daß Sie sagten, Sie wären evangelisch. Wenn Sie wollen, kann ich Ihnen ein paar Aufklärungen geben. Ich heiße Binder. Wollen wir einen Kaffee trinken?"

„Ja, gern. Gibt es hier ein Emigrantencafé oder so etwas?"

„Mehrere. Wir gehen am besten ins Café Greif. Das ist nicht weit von hier, und bis jetzt war noch keine Razzia da."

Sie gingen zum Café Greif. Es glich dem Café Sperler in Wien wie ein Ei dem anderen. „Woher kommen Sie?" fragte Binder.

„Aus Wien."

„Da müssen Sie umlernen. Passen Sie auf! Sie können natürlich bei der Polizei eine kurze Aufenthaltserlaubnis bekommen. Nur für ein paar Tage selbstverständlich, dann müssen Sie raus. Die Chance, ohne Papiere eine zu bekommen, ist augenblicklich keine zwei Prozent; die Chance, sofort ausgewiesen zu werden, etwa achtundneunzig. Wollen Sie das riskieren?"

„Auf keinen Fall."

„Richtig! Sie riskieren nämlich außerdem, daß Ihnen sofort die Einreise gesperrt wird – auf ein Jahr, drei Jahre, fünf und mehr, je nachdem. Wenn Sie danach erwischt werden, gibt es Gefängnis."

„Das weiß ich", sagte Kern. „Wie überall."

„Gut. Sie schieben das hinaus, wenn Sie illegal bleiben."

Kern nickte. „Wie steht es mit Arbeitsmöglichkeiten?"

Binder lachte. „Ausgeschlossen. Die Schweiz ist ein kleines Land und hat selbst Arbeitslose."

„Ich möchte etwas verkaufen."

„Gefährlich. Gilt als Arbeit. Doppelt strafbar: illegaler Aufenthalt und illegale Arbeit. Wenn Sie etwas verkaufen, nur kleine Sachen: Bleistifte, Schnürsenkel, Knöpfe, Radiergummi, Zahnbürsten und so etwas. Nie einen Koffer, einen Kasten, nicht einmal eine Aktentasche mitnehmen. Alles am besten in den Taschen bei sich tragen. Das wird jetzt im Herbst leichter, weil Sie einen Mantel anziehen können. Womit handeln Sie?"

„Seife, Parfüms, Toilettenwasser, Kämme, Sicherheitsnadeln und so was Ähnliches."

„Gut. Je wertloser ein Gegenstand, desto besser ist der Verdienst. Ich selbst handle grundsätzlich nicht. Ich bin ein einfacher Unterstützungstiger. Falle so nur unter Bettelei und Landstreicherei. Wie ist es mit Adressen? Haben Sie welche?"

„Was für Adressen?"

Binder lehnte sich zurück und sah Kern erstaunt an. „Um des Himmels willen!" sagte er. „Das ist doch das Wichtigste! Adressen von Leuten, an die Sie sich wenden können, natürlich. Sie können doch nicht aufs Geratewohl von Haus zu Haus laufen! Dann sind Sie ja in drei Tagen erledigt." Er bot Kern eine Zigarette an. „Ich werde Ihnen eine Anzahl zuverlässiger Adressen geben", fuhr er fort. „Umsonst. Ich selbst habe für meine ersten zwanzig Franken zahlen müssen. Die

Leute sind natürlich zum Teil furchtbar überlaufen; aber sie machen Ihnen wenigstens keine Schwierigkeiten." Er musterte Kerns Anzug. „Ihre Kleidung ist in Ordnung. Man muß in der Schweiz darauf halten. Wegen der Detektive. Wenigstens der Mantel muß gut sein. Haben Sie eine gute Geschichte, die Sie erzählen können?" Er sah auf und bemerkte Kerns Blick. „Mein Lieber", sagte er, „glauben Sie mir; sich im Elend zu erhalten, ist schon eine Kunst. Ich kenne Leute, die drei verschiedene Geschichten auf Lager haben, eine sentimentale, eine brutale und eine sachliche; je nachdem, was der Mann, der seine paar Franken Unterstützung rausrücken soll, hören will. Sie lügen, gewiß. Aber nur, weil sie müssen."

„Ich weiß", erwiderte Kern. „Ich war nur verblüfft, daß Sie alles so genau wissen."

„Konzentrierte Erfahrung von drei Jahren aufmerksamsten Lebenskampfes. Ich bin gerissen, ja. Das sind wenige. Mein Bruder war es nicht. Er hat sich vor einem Jahr erschossen." Binders Gesicht war einen Augenblick verzerrt. Dann wurde es wieder glatt. Er stand auf. „Wenn Sie nicht wissen, wohin Sie sollen, können Sie die Nacht bei mir schlafen. Ich habe zufällig für eine Woche eine sichere Bude. Das Zimmer eines Züricher Bekannten, der auf Urlaub ist. Ich bin ab elf Uhr hier im Café. Um zwölf ist Polizeistunde. Seien Sie vorsichtig nach zwölf."

„Gott sei Dank, daß ich Sie getroffen habe", sagte Kern. „Ohne Sie wäre ich wahrscheinlich schon am ersten Tag erwischt worden. Ich danke Ihnen herzlich! Sie haben mir sehr geholfen!"

Binder wehrte ab. „Das ist doch selbstverständlich. Jeder von uns kann morgen in der Patsche sein und auch Hilfe brauchen. Also eventuell um elf hier!" Er bezahlte den Kaffee, gab Kern die Hand und ging hinaus.

Kern wartete im Café Greif, bis es dunkel wurde. Er ließ sich einen Stadtplan geben und zeichnete sich den Weg zu Ruths Wohnung auf. Dann brach er auf und ging rasch, in einer unruhigen Spannung, die Straßen entlang. Es dauerte ungefähr eine halbe Stunde, ehe er das Haus fand. Es lag in einem verwinkelten, ruhigen Stadtteil und schimmerte groß und weiß im Mondlicht. Vor der Tür blieb er stehen. Er blickte auf die breite Messingklinke, und die Spannung erlosch plötzlich. Er glaubte auf einmal nicht, daß er nur eine Treppe hinaufzugehen brauchte, um Ruth zu finden. Es war zu einfach, nach all den

LIEBE DEINEN NÄCHSTEN 293

Monaten. Er starrte zu den Fenstern empor. Vielleicht war sie gar nicht im Haus. Vielleicht war sie auch schon nicht mehr in Zürich.

Er ging an dem Haus vorbei. Ein paar Ecken weiter war ein Tabakladen. Er trat ein. „Kann ich einmal telefonieren?" fragte er.

Die Frau nickte. „Da links in der Ecke steht der Apparat."

Kern suchte im Telefonbuch die Nummer Neumann – es schien Hunderte von Neumanns in dieser Stadt zu geben. Endlich fand er den richtigen. Er hob den Hörer ab und nannte die Nummer. Es dauerte lange, bis sich jemand meldete.

„Kann ich Fräulein Holland sprechen?" fragte er in den schwarzen Trichter hinein.

„Wer ist dort?"

„Ludwig Kern."

Die Stimme im Telefon schwieg einen Augenblick. „Ludwig …", sagte sie dann wie atemlos. „Du, Ludwig?"

„Ja …" Kern fühlte plötzlich sein Herz hart schlagen. „Bist du es, Ruth? Ich habe deine Stimme nicht erkannt. Wir haben ja noch nie miteinander telefoniert."

„Wo bist du denn? Von wo rufst du an?"

„Ich bin hier. In Zürich. In einem Zigarettenladen. In derselben Straße wie du."

„Warum kommst du denn nicht her? Ist etwas passiert?"

„Nein, nichts. Ich bin heute angekommen. Wo können wir uns treffen?"

„Hier! Komm her. Rasch! Zweite Etage."

„Ja, ich weiß. Aber geht es denn? Ich meine wegen der Leute, bei denen du wohnst?"

„Es ist niemand hier. Alle sind fort über das Wochenende. Komm!"

„Ja." Kern legte den Hörer auf. Dann ging er zur Theke zurück und bezahlte das Gespräch.

Er trat auf die Straße. Ich will jetzt nicht laufen, dachte er. Niemand soll mir etwas anmerken. Aber ich kann schnell gehen.

Ruth stand auf der Treppe. Es war dunkel, und Kern konnte sie nur undeutlich sehen. Er lief die Stufen hinauf, und plötzlich war sie bei ihm, warm und wirklich.

Sie lag still in seinem Arm. Er hörte sie atmen und fühlte ihr Haar. Er stand regungslos, und die Dunkelheit schien zu schwanken. Dann merkte er, daß sie weinte. Er machte eine Bewegung. Sie schüttelte den Kopf an seiner Schulter, ohne ihn loszulassen. „Laß mich nur. Ich bin gleich durch." Sie zog ihn zur Tür.

Sie saßen im Wohnzimmer der Familie Neumann. Es war das erstemal seit langer Zeit, daß Kern wieder in einer Wohnung war. Das Zimmer war bürgerlich und ohne viel Geschmack eingerichtet, mit gediegenen Mahagonimöbeln, einem modernen Perserteppich, ein paar mit Rips bezogenen Sesseln und einigen Lampen mit Schirmen aus farbiger Seide – aber Kern erschien es wie eine Vision des Friedens und eine Insel der Sicherheit. „Seit wann ist dein Paß abgelaufen?" fragte er.

„Seit sieben Wochen, Ludwig." Ruth nahm zwei Gläser und eine Flasche aus dem Büfett.

„Hast du eine Verlängerung beantragt?"

„Ja. Ich war auf dem Konsulat hier in Zürich. Sie haben es abgelehnt. Ich habe auch nichts anderes erwartet."

„Ich eigentlich auch nicht."

„Mir ist es egal", sagte Ruth und stellte die Gläser und die Flasche auf den Tisch. „Ich habe dir jetzt nichts mehr voraus, das ist auch etwas."

Kern lachte. Er nahm sie um die Schultern und zeigte auf die Flasche. „Was ist denn das? Kognak?"

„Ja. Der beste Kognak der Familie Neumann. Ich will mit dir trinken, weil du wieder da bist. Es war eine schreckliche Zeit ohne dich. Und es war schrecklich zu wissen, daß du im Gefängnis warst."

Sie sah ihn an. Sie lächelte, aber Kern merkte, daß ihre Hand zitterte, als sie die Gläser vollschenkte.

Sie tranken. „Es war gar nicht schlimm", sagte Kern.

Ruth legte ihre Arme um seinen Nacken und küßte ihn. „Jetzt lasse ich dich nicht wieder weg", murmelte sie. „Nie!"

Kern sah sie an. Er hatte sie noch nie so gesehen. Sie war völlig verändert. Etwas Fremdes, das früher oft schattenhaft zwischen ihnen gestanden hatte, war gewichen. Sie war jetzt aufgeschlossen und ganz da, und er fühlte zum erstenmal, daß sie zu ihm gehörte. Er hatte es früher nie sicher gewußt.

„Ruth", sagte er, „ich wollte, ein Flugzeug käme, und wir flögen zu einer Insel mit Palmen und Korallen, wo keiner weiß, was ein Paß und eine Aufenthaltserlaubnis ist! Zürich ist auch schon gefährlich. Man kann sich hier nicht lange verstecken."

LIEBE DEINEN NÄCHSTEN

„Dann laß uns weggehen!"

Kern sah auf das Zimmer, auf die Damastvorhänge, die Sessel und die gelbseidenen Lampen. „Ruth", sagte er und machte eine Gebärde über das alles hin, „es ist wunderbar, mit dir zusammen wegzugehen, und ich habe mir auch nie etwas anderes vorstellen können. Aber es gibt dann nur noch Verstecken und Landstraße und Heuschober und kleine jämmerliche Pensionszimmer mit Angst vor der Polizei, wenn wir Glück haben. Und Gefängnis."

„Das weiß ich. Es ist mir egal. Und du brauchst dir keine Gedanken deswegen zu machen. Ich kann ohnehin nicht mehr bleiben. Die Leute haben Angst vor der Polizei, weil ich nicht angemeldet bin. Ich habe auch noch etwas Geld, Ludwig. Und ich werde dir verkaufen helfen. Ich glaube, ich bin ganz praktisch."

„Hast du viele Sachen mitzunehmen? Was machen wir mit deinen Büchern? Lassen wir die vorläufig hier?"

„Meine Bücher habe ich verkauft. Man soll nichts mitnehmen von früher. Und man soll auch nicht zurückschauen, das macht nur müde und kaputt. Die Bücher wären auch viel zu schwer gewesen."

Kern lächelte. „Du hast recht, Ruth. Ich denke, wir gehen zuerst nach Luzern. Es sind viele Fremde da, man fällt deshalb nicht auf, und die Polizei ist nicht so scharf. Wann wollen wir los?"

„Übermorgen früh. Das Dienstmädchen hat Urlaub bis Montag mittag. So lange können wir hierbleiben."

„Herr des Himmels", sagte Kern. „So lange haben wir diese ganze Wohnung für uns?"

„Ja."

„Und wir können darin leben, als wenn sie uns gehörte, mit diesem Salon und Schlafzimmern und einem eigenen Eßzimmer und einem blütenweißen Tischtuch und Porzellan und silbernen Gabeln und Messern und Kaffee aus kleinen Mokkatassen und einem Radio."

„Ich werde kochen und braten und ein Abendkleid von Sylvia Neumann für dich anziehen!"

„Und ich den Smoking des Herrn Neumann heute abend! Das müssen wir feiern!" Kern sprang begeistert auf. „Dann kann ich ja auch ein heißes Bad mit viel Seife haben, was? Das habe ich lange entbehrt. Im Gefängnis gab's nur so eine Art Lysolschauer."

„Natürlich! Ein heißes Bad mit dem weltbekannten Kern-Farr-Parfüm drin sogar!"

„Das habe ich ausverkauft."

„Aber ich habe noch eine Flasche! Die, die du mir im Kino in Prag geschenkt hast. An unserem ersten Abend. Ich habe sie aufbewahrt."

„Gesegnetes Zürich! Es fängt gut mit uns an!" sagte Kern.

VI

IN LUZERN belagerte Kern zwei Tage lang die Villa des Kommerzienrates Arnold Oppenheim. Das weiße Haus lag wie eine Burg auf einer Anhöhe über dem Vierwaldstätter See. In den Adressen, die Binder Kern geschenkt hatte, stand als Anmerkung hinter Oppenheim: Deutscher, Jude. Gibt, aber nur auf Druck. National. Nicht von Zionismus reden.

Am dritten Tag wurde Kern vorgelassen. Oppenheim empfing ihn in einem großen Garten, der voll war von Astern, Sonnenblumen und Chrysanthemen. Er war ein gutgelaunter, kräftiger Mann mit dicken, kurzen Fingern und einem kleinen, dichten Schnurrbart. „Kommen Sie jetzt aus Deutschland?" fragte er.

„Nein. Ich bin schon über zwei Jahre fort."

„Und woher sind Sie?"

„Aus Dresden."

„Aus Dresden!" Oppenheim strich sich über den glänzenden, kahlen Schädel und seufzte schwärmerisch. „Dresden ist eine herrliche Stadt! Ein Juwel! Diese Brühlsche Terrasse! Etwas Einzigartiges, wie?"

„Ja", sagte Kern. Ihm war heiß, und er hätte gern ein Glas von dem Traubensaft gehabt, der vor Oppenheim auf dem Steintisch stand. Aber Oppenheim kam nicht auf den Gedanken, ihm eins anzubieten. Versonnen schaute er in die klare Luft und lehnte sich in seinem Sessel zurück. „Ja, unser Deutschland! Das macht uns keiner nach, wie?"

„Sicher nicht. Das ist auch ganz gut."

„Gut? Wieso? Wie meinen Sie das?"

„Es ist gut für die Juden. Wir wären sonst verloren."

„Ach so! Sie meinen das politisch? Na, hören Sie ... verloren ..., was sind das für große Worte! Glauben Sie mir, es wird heute auch sehr viel übertrieben. So schlimm ist es gar nicht."

„So?"

LIEBE DEINEN NÄCHSTEN 297

„Unter uns gesagt, die Juden haben selbst viel Schuld an dem, was heute passiert. Es war vieles nicht notwendig, was sie gemacht haben."

Wieviel mag er mir geben? dachte Kern. Ob es ausreichen wird, daß wir bis Bern kommen?

„Nehmen Sie zum Beispiel die Sache mit den Ostjuden, den galizischen und polnischen Einwanderern", erklärte Oppenheim. „Mußten die alle hineingelassen werden? Was besteht schon für eine Gemeinschaft zwischen so einem schmutzigen Hausierer und einer alten, seit Jahrhunderten eingesessenen bürgerlich-jüdischen Familie?"

„Die einen sind früher eingewandert, die andern später", sagte Kern gedankenlos und erschrak nachträglich. Er wollte Oppenheim auf keinen Fall reizen.

Doch der merkte nichts; er war zu sehr mit seinem Problem beschäftigt. „Die einen sind assimiliert, sind wertvolle, wichtige, national erstklassige Bürger – und die anderen sind fremde Einwanderer! Man hätte die in Polen lassen sollen!"

„Da will man sie aber auch nicht haben."

Oppenheim sah Kern ärgerlich an. „Das hat doch nichts mit Deutschland zu tun! Man muß objektiv sein! Man kann gegen Deutschland sagen, was man will, die Leute jetzt drüben tun was! Und sie erreichen was! Das müssen Sie wohl zugeben, wie?"

„Natürlich." Zwanzig Franken, dachte Kern, sind vier Tage Pension.

„Daß es den einzelnen dabei mal schlechtgeht oder bestimmten Gruppen . . .", Oppenheim schnaufte kurz, „nun, das sind harte politische Notwendigkeiten! Große Politik kennt keine Sentimentalität. Gewiß, es gibt da Übertreibungen, aber das kommt immer am Anfang vor. Das wird sich geben. Betrachten Sie nur, was aus unserer Wehrmacht geworden ist! Wir sind plötzlich wieder vollwertig. Ein Volk ohne große, schlagkräftige Armee ist nichts, gar nichts! Die anderen haben schon wieder Angst vor uns! Und nur wenn der andere Angst hat, erreicht man was, glauben Sie mir das!"

„Das verstehe ich", sagte Kern.

Oppenheim trank seinen Traubensaft aus. „Und was ist mit Ihnen los?" fragte er in verändertem Ton. „Wohin wollen Sie?"

„Nach Paris."

„Warum bleiben Sie nicht in der Schweiz?"

„Herr Kommerzienrat!" Kern war plötzlich atemlos. „Wenn ich das könnte! Wenn Sie mir dazu verhelfen könnten, daß ich hierbliebe! Eine Empfehlung vielleicht, oder daß Sie bereit wären, mir Arbeit zu geben..."

„Ich kann gar nichts machen", unterbrach Oppenheim ihn eilig. „Ich muß politisch völlig neutral sein, in jeder Beziehung."

„Es ist doch nicht politisch..."

„Heute ist alles politisch! Die Schweiz ist mein Gastland. Nein, nein, kommen Sie mir nicht mit so was!"Oppenheim wurde immer mißmutiger. „Was wollten Sie denn sonst noch?"

„Ich wollte fragen, ob Sie etwas von diesen Kleinigkeiten brauchen könnten." Kern zog ein paar Sachen aus der Tasche.

„Toilettenwasser? Kommt nicht in Frage." Oppenheim schob die Flaschen beiseite. „Seife? Na, ja. Seife kann man ja wohl immer brauchen. Zeigen Sie mal her! Schön. Lassen Sie ein Stück hier. Warten Sie..." Er griff in die Tasche, zögerte einen Augenblick und legte zwei Franken auf den Tisch. „So, ist ja wohl sehr gut bezahlt, was?"

„Es ist sogar zuviel. Die Seife kostet nur einen Franken."

„Na, lassen Sie nur", erklärte Oppenheim großzügig. „Aber erzählen Sie es nicht weiter. Man wird sowieso schon furchtbar überlaufen."

„Herr Kommerzienrat", sagte Kern ruhig, „eben deshalb möchte ich nur das haben, was die Seife kostet."

Oppenheim sah ihn überrascht an. „Na, wie Sie wollen. Ein gutes Prinzip übrigens. Nichts schenken lassen. Das war auch immer mein Wahlspruch."

Kern verkaufte nachmittags noch zwei Stück Seife, einen Kamm und drei Pakete Sicherheitsnadeln. Er verdiente damit insgesamt drei Franken. Schließlich ging er in ein kleines Wäschegeschäft, das einer Frau Sarah Grünberg gehörte.

Frau Grünberg, eine Frau mit wirrem Haar und einem Zwicker, hörte ihn geduldig an. „Das ist nicht Ihr Beruf, wie?" fragte sie.

„Nein", sagte Kern. „Ich glaube, ich bin auch nicht sehr geschickt dafür."

„Wollen Sie arbeiten? Ich mache gerade Inventur. Zwei bis drei Tage hätte ich zu tun. Sieben Franken am Tag und gutes Essen. Sie können morgen um acht kommen."

„Gern", sagte Kern, „aber..."

„Ich weiß schon ... von mir erfährt keiner was. Und nun geben Sie mir ein Stück Seife. Reicht das, drei Franken?"

„Es ist zuviel."

„Es ist nicht zuviel. Es ist zuwenig. Verlieren Sie den Mut nicht."

„Mit Mut allein kommt man nicht weit", sagte Kern und nahm das Geld. „Aber es gibt immer wieder Glück. Das ist besser."

„Sie können mir jetzt noch ein paar Stunden aufräumen helfen. Einen Franken die Stunde."

Kern arbeitete bis zehn Uhr und bekam außer einem guten Abendessen noch fünf Franken. Das reichte mit dem andern für zwei Tage.

Ruth wartete auf ihn in einer kleinen Pension, die aus dem Adressenverzeichnis von Binder stammte. Man konnte dort ein paar Tage wohnen, ohne angemeldet zu sein. Neben ihr am Tisch auf der Terrasse saß ein schlanker, älterer Mann.

„Gottlob, daß du da bist", sagte Ruth und stand auf. „Ich habe schon Angst um dich gehabt."

„Aber wenn man Angst hat, passiert meistens nichts. Es passiert nur etwas, wenn man gar nicht damit rechnet."

„Das ist ein Sophismus, aber keine Philosophie", sagte der Mann, der mit Ruth am Tisch gesessen hatte. Kern drehte sich nach ihm um. Der Mann lächelte. „Kommen Sie und trinken Sie mit mir ein Glas Wein. Fräulein Holland wird Ihnen sagen, daß ich harmlos bin. Ich heiße Vogt und war Privatdozent in Deutschland. Leisten Sie mir Gesellschaft bei meiner letzten Flasche."

„Warum bei Ihrer letzten Flasche?"

„Weil ich morgen für eine Zeitlang in Pension gehe."

„Pension?" fragte Kern verständnislos.

„Ich nenne es so. Man kann auch Gefängnis dazu sagen. Ich werde mich morgen bei der Polizei melden und erklären, daß ich mich seit zwei Monaten illegal in der Schweiz aufhalte. Dafür bekomme ich dann ein paar Wochen Gefängnis, weil ich schon zweimal ausgewiesen worden bin. Staatspension. Ich bin zweiundfünfzig Jahre alt, nicht sehr gesund und sehr müde vom Herumlaufen und Verstecken. Kommen Sie, setzen Sie sich beide zu mir. Wenn man so viel allein ist, freut man sich über Gesellschaft." Er goß Wein in die Gläser.

„Aber Gefängnis ...", sagte Kern.

„Das Gefängnis in Luzern ist gut. Ich kenne es ... Meine Angst besteht nur darin, daß ich nicht hineinkomme, daß ich allzu menschliche

Richter finde, die mich einfach zur Grenze abschieben lassen. Dann geht es wieder von vorn an. Und für uns sogenannte Arier ist das noch schwerer als für Juden. Wir haben keine Kultusgemeinden, die uns unterstützen – und keine Glaubensgenossen. Aber sprechen wir nicht von diesen Dingen ...“ Er hob sein Glas. „Wir wollen auf das Schöne trinken in der Welt ... das ist unzerstörbar.“

Sie stießen miteinander an. Die Gläser gaben einen reinen Klang.

„Ich dachte schon, ich müßte allein sein“, sagte Vogt. „Und nun sind Sie hier. Wie schön der Abend ist! Dieses klare, herbstliche Licht.“

Sie saßen lange auf der halb erleuchteten Terrasse. Ein paar späte Nachtschmetterlinge stießen mit ihren schweren Leibern beharrlich gegen das heiße Glas der elektrischen Glühbirne. Vogt lehnte etwas abwesend und sehr friedlich in seinem Stuhl, mit schmalem Gesicht und klaren Augen.

„Wollen Sie wirklich morgen zur Polizei?“ fragte Kern.

„Ja, ich will.“ Vogt stand auf. „Leben Sie wohl. Ich gehe noch eine Stunde zum See hinunter.“ Die Straße war leer, und man hörte seine Schritte noch eine Weile, nachdem er nicht mehr zu sehen war.

Kern sah Ruth an. Sie lächelte ihm zu. „Hast du Angst?“ fragte er.

Sie schüttelte den Kopf. „Mit uns ist das anders“, sagte er. „Wir sind jung.“

Zwei Tage später tauchte Binder aus Zürich auf; kühl, elegant und sicher. „Wie geht's?“ fragte er. „Hat alles geklappt?“

Kern berichtete sein Erlebnis mit dem Kommerzienrat Oppenheim. Binder hörte aufmerksam zu. Er lachte, als Kern ihm erzählte, er hätte Oppenheim gebeten, sich für ihn zu verwenden. „Das war Ihr Fehler“, sagte er. „Der Mann ist die feigste Kröte, die ich kenne.“

„Weshalb sind Sie in Luzern?“ fragte Kern.

Binders Gesicht verschattete sich. „Ich komme von Zeit zu Zeit her, um Briefe aus Deutschland abzuholen.“

„Von Ihren Eltern?“

„Von meiner Mutter.“

Kern schwieg. Er dachte an seine Mutter. Er hatte ihr ab und zu geschrieben. Aber er konnte keine Antwort bekommen, weil seine Adresse ständig wechselte.

„Essen Sie gern Kuchen?“ fragte Binder nach einer Weile.

„Natürlich. Haben Sie welchen?“

LIEBE DEINEN NÄCHSTEN

„Ja. Warten Sie einen Augenblick." Er kam mit einem Paket zurück. Es war ein Pappkarton, in dem, sorgfältig in Seidenpapier gewickelt, eine kleine Sandtorte lag. „Heute vom Zoll gekommen", sagte Binder.

„Aber die essen Sie doch selber", sagte Kern. „Ihre Mutter hat sie gebacken, das sieht man sofort!"

„Ja, sie hat sie selbst gebacken. Deshalb will ich sie ja nicht essen. Ich kann es nicht. Nicht ein Stück!"

„Das verstehe ich nicht. Mein Gott, wenn ich von meiner Mutter einen Kuchen bekäme! Einen Monat würde ich daran essen! Jeden Abend ein kleines Stück."

„Aber verstehen Sie doch!" sagte Binder mit heftiger Stimme. „Sie hat ihn nicht für mich geschickt! Er ist für meinen Bruder."

Kern starrte ihn an. „Sie haben doch gesagt, Ihr Bruder sei tot."

„Ja, natürlich. Aber sie weiß es noch nicht. Ich kann es ihr nicht schreiben. Ich kann es einfach nicht. Sie stirbt, wenn sie es erfährt. Er war ihr Liebling. Mich mochte sie nie besonders. Er war besser als ich. Deshalb hat er es auch nicht ausgehalten. Ich komme durch. Natürlich!" Er zündete sich eine Zigarette an. Dann zog er einen Brief aus der Tasche. „Hier ... das ist ihr letzter Brief. Er lag dabei."

Es war ein Brief auf blaßblauem Papier, mit einer weichen, schrägen Handschrift, wie von einem jungen Mädchen geschrieben. „Mein innigstgeliebter Leopold. Deinen Brief habe ich gestern erhalten, und ich habe mich so darüber gefreut, daß ich mich erst einmal hinsetzen mußte und abwarten, bis ich ruhiger wurde. Wie froh bin ich, daß Du nun endlich Arbeit gefunden hast! Wenn Du auch nicht viel verdienst, mach Dir nichts daraus; wenn Du fleißig bist, wird es schon vorwärtsgehen. Dann kannst Du später auch wohl wieder studieren. Lieber Leopold, achte doch auf Georg. Er ist so schnell und unbedacht! Aber solange Du da bist, bin ich ruhig. Ich habe Dir heute morgen eine Sandtorte gebacken, die Du immer so gerne gegessen hast. Hoffentlich kommt sie nicht zu trocken an. Lieber Leopold, schreib mir bald wieder, wenn Du Zeit hast. Ich bin immer so unruhig. Hast Du nicht ein Bild von Dir? Vergiß mich nicht. Deine Dich liebende Mutter. Grüße Georg."

Kern legte den Brief auf den Tisch. „Ein Bild", sagte Binder. „Wo soll ich denn ein Bild herkriegen?"

„Hat sie den letzten Brief Ihres Bruders erst jetzt bekommen?"

Binder schüttelte den Kopf. „Er hat sich vor einem Jahr erschossen. Seitdem schreibe ich ihr. Alle paar Wochen. In der Handschrift meines Bruders. Ich habe gelernt, sie nachzumachen. Sie darf nichts wissen. Sie ist sechzig, und ihr Herz ist kaputt. Sie lebt nicht mehr lange. Ich werde es wohl schaffen, daß sie es nicht erfährt. Daß er es selbst getan hat, könnte sie nie begreifen." Binder stand auf. „Nehmen Sie den Kuchen, ich bitte Sie!"

Er nahm den Brief vom Tisch. „Wissen Sie was?" sagte er dann, mit einem sonderbar zerfallenen Gesicht. „Mein Bruder hat meine Mutter nie sehr geliebt. Aber ich ... ich; komisch, was?" Er ging auf sein Zimmer.

In bern wohnten Kern und Ruth in der Pension Immergrün. Sie stand auf Binders Liste. Man konnte dort zwei Tage bleiben, ohne polizeilich angemeldet zu werden.

Am zweiten Abend klopfte es sehr spät an Kerns Zimmertür. Er war schon ausgezogen und gerade dabei, zu Bett zu gehen. Ohne sich zu rühren, wartete er einen Moment. Es klopfte wieder. Lautlos, auf nackten Füßen, lief er zum Fenster. Es war zu hoch, um herunterzuspringen, und es gab auch nirgendwo eine Regenrinne, um daran hochzuklettern. Langsam ging er zurück und öffnete die Tür.

Ein Mann von etwa dreißig Jahren stand draußen. Er war einen Kopf größer als Kern, hatte ein rundes Gesicht mit wasserblauen Augen und weißblonden, krausen Haaren und hielt einen grauen Velourshut in den Händen, an dem er nervös herumfingerte.

„Entschuldigen Sie", sagte er, „ich bin ein Emigrant wie Sie ..."

Kern hatte das Gefühl, als wüchsen ihm plötzlich Flügel. Gerettet! dachte er. Keine Polizei!

„Ich bin in großer Verlegenheit", fuhr der Mann fort. „Binding ist mein Name. Richard Binding. Ich bin unterwegs nach Zürich und habe keinen Centime mehr, um irgendwo unterzukommen für die Nacht. Ich will Sie nicht um Geld bitten. Ich wollte Sie nur fragen, ob ich die Nacht hier auf dem Fußboden schlafen kann."

„In diesem Zimmer? Auf dem Fußboden?"

„Ja. Ich bin das gewohnt, und ich werde Sie bestimmt nicht stören. Ich bin jetzt seit drei Nächten unterwegs. Sie wissen, wie das ist, draußen auf den Bänken mit der ewigen Angst vor der Polizei. Da ist man froh, wenn man irgendwo ein paar Stunden sicher ist."

„Das weiß ich. Aber sehen Sie sich doch das Zimmer an! Es ist ja nirgendwo so viel Platz, daß Sie sich lang ausstrecken können."

„Das geht schon!" erklärte Binding eifrig. „Dort in der Ecke zum Beispiel! Ich kann im Sitzen schlafen und mich gegen den Schrank lehnen."

„Nein, das geht nicht." Kern überlegte einen Moment. „Ein Zimmer hier kostet zwei Franken. Ich kann Ihnen das Geld geben. Das ist am einfachsten. Dann können Sie gründlich ausschlafen."

Binding hob abwehrend die Hände. Sie waren groß und rot und dick. „Ich will kein Geld von Ihnen! Wer hier wohnt, braucht seine paar Groschen selber! Und dann – ich war schon unten und habe gefragt, ob ich nicht irgendwo schlafen könnte. Es ist kein Zimmer frei."

„Vielleicht ist eins frei, wenn Sie zwei Franken in der Hand haben."

„Ich glaube nicht. Der Wirt sagte mir, er würde jemand, der zwei Jahre im Konzentrationslager war, immer umsonst schlafen lassen. Aber er hätte tatsächlich kein Zimmer frei."

„Was?" sagte Kern, „Sie waren zwei Jahre im Konzentrationslager?"

„Ja." Binding klemmte seinen Velourshut zwischen die Knie und holte aus seiner Brusttasche einen zerschlissenen Ausweis hervor. Er faltete ihn auseinander und gab ihn Kern. „Hier – sehen Sie! Das ist mein Entlassungsschein aus Oranienburg."

Kern nahm den Schein vorsichtig, um die brüchigen Faltkniffe nicht zu zerreißen, und las den vorgedruckten Text, den mit Schreibmaschine eingefügten Namen Richard Binding. Er hatte noch nie ein Entlassungszeugnis aus dem Konzentrationslager gesehen. Dann gab er den Schein an Binding zurück. „Hören Sie", sagte er, „ich weiß, was wir machen! Sie nehmen mein Bett und Zimmer. Ich kenn jemand in der Pension, der ein größeres Zimmer hat. Ich kann dort sehr gut schlafen. So ist uns beiden geholfen." Kern nahm seinen Mantel und streifte ihn über seinen Pyjama. Dann legte er seinen Anzug über den Arm und griff nach seinen Schuhen. „Sehen Sie! Ich nehme das mit. So brauche ich Sie nicht einmal allzu früh zu stören. Es freut mich, etwas tun zu können für jemand, der so viel mitgemacht hat."

„Aber ..." Binding ergriff plötzlich Kerns Hände. „Mein Gott, Sie sind ja ein Engel!" stammelte er. „Ein Lebensretter!"

„Ach wo!" erwiderte Kern verlegen. „Einer hilft dem andern mal aus, das ist alles. Was sollte sonst aus uns werden? Schlafen Sie gut."

„Das werde ich! Weiß der Himmel!"

Kern überlegte einen Moment, ob er seinen Koffer mitnehmen sollte. Er hatte in einer kleinen Seitentasche darin vierzig Franken versteckt. Aber das Geld war gut versteckt, der Koffer war abgeschlossen, und er scheute sich, einem Mann, der im Konzentrationslager gewesen war, so offen sein Mißtrauen zu zeigen. Emigranten stehlen nicht untereinander. „Gute Nacht! Schlafen Sie gut!" sagte er noch einmal und ging.

Ruth wohnte auf demselben Korridor. Kern klopfte zweimal kurz an ihrer Tür. Das war das Zeichen, das sie miteinander ausgemacht hatten. Sie öffnete sofort. „Ist etwas passiert?" fragte sie erschrocken.

„Nein. Ich habe nur mein Zimmer so einem armen Teufel gegeben, der im Konzentrationslager war und ein paar Nächte nicht geschlafen hat. Kann ich hier bei dir auf der Chaiselongue schlafen?"

Ruth lächelte. „Die Chaiselongue ist alt und wackelig; aber glaubst du nicht, daß das Bett groß genug ist für uns beide?"

Kern trat rasch ein und küßte sie. „Ruth", sagte er, „wenn wir heiraten wollten … weißt du, daß wir das gar nicht könnten? Weil wir keine Papiere haben."

„Ich weiß. Aber das soll unsere geringste Sorge sein. Wozu haben wir überhaupt zwei Zimmer?"

Kern lachte. „Wegen der hohen Schweizer Moral. Unangemeldet, das geht noch – aber unverheiratet, das ist unmöglich!"

Er wartete am nächsten Morgen bis zehn. Dann ging er hinüber, um seinen Koffer zu holen. Er wollte ein paar Adressen abklappern und Binding weiterschlafen lassen.

Aber das Zimmer war schon leer. Binding war vermutlich schon wieder unterwegs. Kern öffnete seinen Koffer. Er war nicht verschlossen, das wunderte ihn. Er glaubte bestimmt, ihn abends abgeschlossen zu haben. Es schien ihm auch, als ob die Flaschen anders lägen, als er es gewohnt war. Er suchte rasch. Das kleine Kuvert in der versteckten Seitentasche war da. Er klappte es auf und sah sofort, daß sein Schweizer Geld fehlte. Nur zwei einsame österreichische Fünfschillingscheine flatterten ihm entgegen.

Er suchte noch einmal alles durch; auch seinen Anzug, obschon er sicher war, das Geld nicht darin zu haben. Er trug nie etwas bei sich, für den Fall, daß er unterwegs gefaßt wurde. Aber die vierzig Franken waren verschwunden.

Er setzte sich auf den Boden neben dem Koffer. „Dieser Gauner", sagte er fassungslos, „ist denn so etwas möglich?"

Er blieb eine Weile sitzen. Schließlich nahm er die Listen Binders heraus und notierte sich eine Anzahl Berner Adressen. Dann packte er seine Taschen voll Seife, Schnürsenkel, Sicherheitsnadeln und Toilettenwasser und ging die Treppen hinunter.

Unten traf er den Wirt. „Kennen Sie einen Mann, der Richard Binding heißt?" fragte er.

Der Wirt schüttelte den Kopf.

„Ich meine jemand, der gestern abend hier war. Er hat ein Zimmer verlangt."

„Gestern abend hat niemand ein Zimmer verlangt. Ich war ja gar nicht da. Ich war bis zwölf Uhr kegeln."

„Hatten Sie denn Zimmer frei?"

„Ja, drei. Die sind auch heute noch frei. Erwarten Sie noch jemand?"

„Nein. Ich glaube nicht, daß der, auf den ich warte, wiederkommt."

Mittags hatte Kern drei Franken verdient. Er ging in ein billiges Restaurant, um ein Butterbrot zu essen und dann gleich weiter zu hausieren. Er blieb an der Theke stehen und aß hungrig. Plötzlich fiel ihm das Sandwich fast aus der Hand. Er hatte an einem der entferntesten Tische Binding erkannt.

Mit einem Ruck steckte er den Rest des Butterbrotes in den Mund, schluckte ihn herunter und ging langsam auf den Tisch zu. Binding saß allein, die Ellenbogen aufgestemmt, vor einer großen Schüssel Schweinekoteletts mit Rotkohl und Kartoffeln und aß selbstvergessen.

Er blickte erst auf, als Kern dicht vor ihm stand. „Ah, sieh da!" sagte er nachlässig. „Wie geht's?"

„Mir fehlen vierzig Franken in meiner Brieftasche", sagte Kern.

„Bedauerlich", erwiderte Binding und schluckte ein großes Stück Braten hinunter. „Wirklich bedauerlich!"

„Geben Sie mir den Rest heraus, und die Sache ist erledigt."

Binding trank einen Schluck Bier und wischte sich den Mund. „Die Sache ist auch so erledigt", erklärte er gemütlich.

Kern starrte ihn an. Er hatte in seiner Wut noch nicht daran gedacht, daß er tatsächlich nichts tun konnte. Wenn er zur Polizei ging, wurde er nach Papieren gefragt und selbst mit eingesperrt und ausgewiesen.

Er musterte Binding mit zusammengekniffenen Augen. „Keine

Chance", sagte dieser. „Sehr guter Boxer. Vierzig Pfund schwerer als Sie. Außerdem: Bei Krach im Lokal Polizei und Ausweisung."

„Machen Sie so etwas öfter?" fragte Kern.

„Ich lebe davon. Und wie Sie sehen, gut."

Kern erstickte fast vor ohnmächtiger Erbitterung. „Geben Sie mir wenigstens zwanzig Franken zurück", sagte er heiser. „Ich brauche das Geld. Nicht für mich. Für jemand anders, dem es gehört."

Binding schüttelte den Kopf. „Ich brauche das Geld selbst. Sie sind billig davongekommen. Sie haben für vierzig Franken die größte Lehre empfangen, die es im Leben gibt: nicht vertrauensselig zu sein."

„Das stimmt." Kern starrte ihn an. Er wollte gehen, aber er konnte nicht. „Ihre ganzen Papiere . . . das war natürlich alles Schwindel!"

„Denken Sie an, nein!" erwiderte Binding. „Ich war im Konzentrationslager." Er lachte. „Allerdings wegen Diebstahls bei einem Gauleiter."

Er langte nach dem letzten Kotelett, das noch in der Schüssel lag. Im nächsten Moment hatte Kern es in der Hand. „Machen Sie ruhig Skandal", sagte er.

Binding grinste. „Ich denke nicht daran! Ich bin ziemlich satt. Lassen Sie sich einen Teller bringen und nehmen Sie von dem Rotkohl dazu. Ich bin sogar bereit, Ihnen ein Glas Bier zu spendieren!"

Kern erwiderte nichts. Er war an der Grenze, sich zu prügeln. Rasch drehte er sich um und ging, das erbeutete Kotelett in der Hand. An der Theke ließ er sich etwas Papier geben, um es einzupacken. Das Servierfräulein fischte zwei Gurken aus einem Glas. „Hier", sagte sie. „Etwas dazu."

Er nahm auch die Gurken. „Danke", sagte er. „Danke vielmals." Ein Abendessen für Ruth, dachte er. Verdammt und verflucht, für vierzig Franken! An der Tür drehte er sich noch einmal um. Binding beobachtete ihn. Kern spuckte aus. Binding salutierte lächelnd mit zwei Fingern der rechten Hand.

HINTER Bern begann es zu regnen. Ruth und Kern hatten nicht mehr genug Geld, um die Eisenbahn bis zum nächsten größeren Ort zu nehmen. Sie besaßen zwar noch eine kleine eiserne Reserve, aber die wollten sie erst in Frankreich angreifen. Ungefähr fünfzig Kilometer weit nahm ein vorüberkommendes Auto sie mit. Dann mußten sie zu Fuß gehen. Kern traute sich nur selten, in den Dörfern etwas zu ver-

LIEBE DEINEN NÄCHSTEN 307

kaufen. Es fiel zu sehr auf. Sie schliefen immer nur eine Nacht im selben Ort. Sie kamen abends spät, wenn die Polizeibüros geschlossen waren, und gingen morgens, ehe sie wieder geöffnet wurden. So waren sie schon aus dem Ort heraus, wenn das Anmeldeformular zur Gendarmerie gegeben wurde. Binders Liste versagte für diesen Teil der Schweiz; sie enthielt nur die größeren Städte.

In der Nähe von Murten schliefen sie in einer leeren Scheune. Nachts prasselte ein Wolkenbruch hernieder. Das Dach war schadhaft, und als sie erwachten, waren sie bis auf die Haut naß. Alles war feucht, und sie fanden nur mit Mühe einen Fleck, wo es nicht durchgeregnet hatte. Sie schliefen eng aneinandergedrückt, um sich zu wärmen, aber ihre Mäntel, mit denen sie sich zudeckten, waren naß – sie wachten vor Kälte wieder auf. So warteten sie bis zum Morgengrauen, dann brachen sie auf.

„Das Gehen wird uns warm machen", sagte Kern. „Irgendwo werden wir in einer Stunde auch schon etwas Kaffee kriegen."

Ruth nickte. „Vielleicht kommt die Sonne durch."

Aber es blieb den ganzen Tag über kalt und böig. Regenschauer jagten über die Felder. Es war der erste sehr kalte Tag des Monats, die Wolken hingen faserig und tief, und nachmittags prasselte ein zweites schweres Wetter hernieder. Ruth und Kern warteten es in einer kleinen Kapelle ab. Es war sehr dunkel, und nach einer Weile begann es zu donnern, und Blitze zuckten durch die bunten Glasscheiben, auf denen Heilige in Blau und Rot Spruchbänder über den Frieden des Himmels und der Seele in ihren Händen hielten. Kern fühlte, daß Ruth zitterte. „Komm, wir gehen etwas umher. Ich habe Angst, daß du dich erkältest."

„Ich erkälte mich nicht. Laß mich nur etwas sitzen."

„Bist du müde?"

„Nein. Ich möchte nur einen Augenblick noch so sitzen."

„Willst du nicht doch lieber umhergehen? Man soll in nassen Sachen nicht so lange sitzen. Der Steinboden ist zu kalt."

„Gut." Sie gingen langsam durch die Kapelle. Ihre Schritte hallten in dem leeren Raum. Sie gingen an den Beichtstühlen vorbei, deren grüne Vorhänge sich in der Zugluft bauschten, um den Altar herum, zur Sakristei und zurück.

„Bis Murten sind es noch neun Kilometer", sagte Kern. „Wir müssen sehen, daß wir vorher unterkommen."

„Neun Kilometer können wir ganz gut schaffen. Ich glaube, es hört auf zu regnen."

Sie gingen hinaus. Es tröpfelte noch, aber über den Bergen stand ein mächtiger Regenbogen. Er überspannte das ganze Tal wie eine riesige bunte Brücke.

„Komm", sagte Ruth. „Jetzt wird es besser."

Abends kamen sie an einen Schafstall. Der Hirt, ein älterer, schweigsamer Bauer, saß vor der Tür. Zwei Schäferhunde lagen neben ihm. Sie stürzten den beiden bellend entgegen. Der Bauer nahm die Pfeife aus dem Mund und pfiff sie zurück. Kern ging auf ihn zu. „Können wir die Nacht hier schlafen? Wir sind naß und müde und können nicht weiter."

Der Mann sah ihn lange an. „Es ist ein Heuboden oben", sagte er dann.

„Das ist alles, was wir brauchen."

„Geben Sie mir Ihre Zündhölzer und Ihre Zigaretten", sagte der Bauer. „Es ist viel Heu da."

Kern gab sie ihm. „Sie müssen die Leiter drinnen emporklettern", erklärte der Bauer. „Ich schließe den Stall hinter Ihnen ab. Ich wohne im Ort. Morgen früh lasse ich Sie dann heraus."

„Danke. Danke vielmals."

Sie kletterten die Leiter hinauf. Oben war es halbdunkel und warm. Nach einer Weile brachte ihnen der Bauer Weintrauben, etwas Schafkäse und dunkles Brot. „Ich schließe jetzt ab", sagte er. „Gute Nacht."

„Gute Nacht. Und vielen Dank."

Sie horchten, bis er unten war. Dann zogen sie ihre nassen Sachen aus und legten sie auf das Heu. Sie kramten ihre Nachtsachen aus den Koffern und fingen an zu essen. Sie waren sehr hungrig.

Unten schloß der Bauer ab. Der Heuboden hatte ein rundes Fenster. Sie hockten sich daran und sahen den Bauern fortgehen. Der Himmel war klar geworden. Er spiegelte sich im See. Sie saßen am Fenster, bis die farblose Stunde vor der Nacht alles Licht grau machte. Das Heu wuchs hinter ihnen im Spiel der Schatten zu einem phantastischen Gebirge. Sein Geruch mischte sich mit dem Geruch, den die Schafe ausströmen. Sie konnten sie durch die Bodenluke sehen – undeutliches Gewimmel von flockigen Rücken mit vielen kleinen Lauten, das allmählich ruhiger wurde.

Am nächsten Morgen kam der Bauer und schloß den Stall auf. Kern

LIEBE DEINEN NÄCHSTEN

ging hinunter. Ruth schlief noch. Ihr Gesicht war gerötet, und sie atmete hastig. Kern half dem Bauern, die Schafe auszutreiben.

„Können wir wohl einen Tag hierbleiben?" fragte er. „Wir wollen Ihnen gern dafür helfen, wenn es geht."

„Zu helfen ist da nicht viel. Aber Sie können ruhig hierbleiben."

„Danke." Kern erkundigte sich nach Adressen von Deutschen in der Stadt. Der Ort stand nicht auf Binders Liste. Der Bauer nannte ihm ein paar Leute und beschrieb ihm, wo sie wohnten.

Kern ging nachmittags, als es dunkel wurde, los. Er fand das erste Haus sehr leicht. Es war eine weiße Villa, die in einem kleinen Garten lag. Ein sauberes Hausmädchen öffnete die Tür. Es führte ihn sofort in einen kleinen Vorraum, anstatt ihn draußen stehenzulassen. Gutes Zeichen, dachte Kern. „Ist Herr Ammers zu sprechen? Oder Frau Ammers?" fragte er.

„Einen Augenblick." Das Mädchen verschwand und kam dann wieder. Es führte ihn in einen Salon. Kern wäre fast gefallen, so glatt war der Boden gebohnert. Auf allen Möbeln lagen Spitzendecken.

Nach einer Minute erschien Herr Ammers. Er war ein kleiner Mann mit weißem Spitzbart und sah teilnahmsvoll aus. Kern entschloß sich, von den zwei Geschichten, die er auf Lager hatte, die wahre zu erzählen.

Ammers hörte ihm freundlich zu. „Also Sie sind ein Emigrant ohne Paß und ohne Aufenthaltserlaubnis?" sagte er dann. „Und Sie haben Seife und Haushaltssachen zu verkaufen?"

„Ja."

„Gut." Ammers erhob sich. „Meine Frau kann sich Ihre Sachen einmal ansehen."

Er ging hinaus. Nach einiger Zeit kam seine Frau herein. Sie war ein ausgeblichenes Neutrum mit blassen Schellfischaugen und einem Gesicht von der Farbe zu lange gekochten Fleisches. „Was haben Sie denn für Sachen?" fragte sie mit zimperlicher Stimme.

Kern packte seine Dinge aus. Die Frau suchte hin und her, sie betrachtete die Nähnadeln, als hätte sie nie vorher welche gesehen, sie roch an der Seife und probierte die Zahnbürste auf dem Daumen – dann fragte sie nach den Preisen und beschloß endlich, ihre Schwester zu holen.

Die Schwester war eine Zwillingsausgabe der Frau. Auch sie war wie ausgelöscht und hatte eine geduckte, ängstliche Stimme. Die

Blicke beider Frauen gingen alle Augenblicke zur Tür. Sie zögerten und zauderten, so daß Kern endlich ungeduldig wurde. Er packte seine Sachen zusammen. „Vielleicht überlegen Sie es sich bis morgen", sagte er.

Die Frau sah ihn wie erschrocken an. „Wollen Sie vielleicht eine Tasse Kaffee?" fragte sie dann.

Kern hatte lange keinen Kaffee mehr getrunken. „Wenn Sie gerade einen dahaben."

„Ja, doch! Sofort! Einen Augenblick."

Sie schob sich hinaus, ungeschickt wie eine schiefe Tonne, kam wieder herein und stellte eine dampfende Tasse vor Kern auf den Tisch. „Trinken Sie nur in aller Ruhe", sagte sie besorgt. „Sie haben ja Zeit, und der Kaffee ist sehr heiß."

Kern kam nicht dazu, den Kaffee zu trinken. Die Tür ging auf, und Ammers trat mit kurzen, elastischen Schritten ein, gefolgt von einem mißmutig aussehenden Gendarmen. Ammers wies auf Kern. „Herr Gendarm, tun Sie Ihre Pflicht! Ein vaterlandsloses Individuum ohne Paß, ausgestoßen aus dem Deutschen Reich!"

Kern erstarrte. Der Gendarm betrachtete ihn. „Kommen Sie mit!" knurrte er dann.

Kern hatte einen Moment lang das Gefühl, als sei sein Gehirn ausgelöscht. Er hatte alles erwartet, nur das nicht. „Deshalb also der Kaffee und die Freundlichkeit!" sagte er stockend. „Alles nur, um mich hinzuhalten!" Er ballte die Fäuste und machte einen Schritt auf Ammers zu, der sofort zurückwich. „Keine Angst!" sagte Kern sehr leise, „ich rühre Sie nicht an! Ich verfluche Sie nur. Ich verfluche Sie und Ihre Kinder und Ihre Frau mit der ganzen Kraft meiner Seele! Alles Unglück der Welt soll auf Sie fallen! Ihre Kinder sollen sich gegen Sie empören und Sie allein lassen, allein, arm, in Jammer und Elend!"

Ammers wurde blaß. Sein Spitzbart zuckte. „Schützen Sie mich!" befahl er dem Gendarmen.

„Er hat Sie noch nicht beleidigt", erwiderte der Beamte phlegmatisch. „Er hat Sie bis jetzt nur verflucht. Wenn er zu Ihnen zum Beispiel dreckiger Denunziant gesagt hätte, so wäre das eine Beleidigung gewesen, und zwar wegen des Wortes dreckig."

Ammers sah ihn wütend an. „Tun Sie Ihre Pflicht!" fauchte er.

„Herr Ammers", erklärte der Gendarm ruhig. „Sie haben mir keine Anweisungen zu geben. Sie haben einen Mann zur Anzeige gebracht;

ich bin gekommen, und das Weitere werden Sie mir überlassen. Folgen Sie mir!" sagte er zu Kern.

Die beiden gingen hinaus. Kern ging stumm neben dem Beamten her. Er konnte noch immer nicht richtig denken.

„Menschenskind", sagte der Gendarm nach einer Weile, „wußten Sie denn nicht, wer das ist? Der geheime Spion der deutschen Nazipartei hier am Ort. Der hat schon allerlei Leute angezeigt."

„Mein Gott!" sagte Kern.

„Ja", erwiderte der Beamte. „Das nennt man Künstlerpech, was?"

Kern schwieg. „Ich weiß nicht", sagte er dann stumpf. „Ich weiß nur, daß auf mich jemand wartet, der krank ist."

Der Gendarm blickte die Straße entlang und zuckte die Achseln. „Das hilft alles nichts! Es geht mich auch nichts an. Ich muß Sie zur Polizei bringen." Er schaute sich um. Die Straße war leer. „Ich möchte Ihnen nicht raten zu flüchten!" fuhr er fort. „Es hat keinen Zweck! Zwar habe ich ein verstauchtes Bein und kann nicht hinter Ihnen herlaufen, aber ich würde Sie sofort anrufen und dann meinen Revolver ziehen, wenn Sie nicht stehenbleiben." Er musterte Kern ein paar Sekunden lang. „Das dauert natürlich seine Zeit", erklärte er dann. „Sie könnten mir vielleicht inzwischen entwischen, besonders an einer Stelle, an die wir gleich kommen, da sind allerhand Gäßchen und Ekken, und von Schießenkönnen ist da nicht viel die Rede."

Kern war plötzlich hellwach und von einer unsinnigen Hoffnung erfüllt. Er starrte den Beamten an.

Der Gendarm ging gleichmütig weiter. „Wissen Sie", sagte er nach einer Weile nachdenklich, „für manche Sachen ist man sich eigentlich zu anständig." Er blieb stehen. „Wenn Sie zum Beispiel die Straße hier hinunterliefen, um die Ecke und dann links – da wären Sie fort, ehe ich schießen könnte. Na, dann werde ich Ihnen mal Handschellen anlegen! Donnerwetter, wo habe ich denn die Dinger?" Er drehte sich halb um und kramte umständlich in seiner Tasche.

„Danke!" sagte Kern und rannte.

An der Ecke sah er sich im Laufen rasch um. Der Gendarm stand da, beide Hände auf die Hüften gestützt, und grinste hinter ihm her.

In der nächsten Nacht erwachte Kern. Er hörte Ruth sehr hastig und flach atmen. Er tastete nach ihrer Stirn; sie war heiß und feucht. Er wagte nicht, sie zu wecken; sie schlief tief, aber sehr unruhig. Nach einiger Zeit erwachte sie von selbst. Mit verschlafener, kindlicher

Stimme verlangte sie nach Wasser. Kern holte ihr eine Kanne und einen Becher, und sie trank gierig. „Mein Hals ist wie ausgedorrt", sagte sie.

„Hoffentlich hast du kein Fieber."

„Ich darf kein Fieber haben. Ich darf nicht krank werden. Ich bin es auch nicht. Ich bin es nicht."

Sie drehte sich um und schlief wieder ein. Kern hätte gern Licht gehabt, um zu sehen, wie Ruth aussah. Er fühlte an der feuchten Hitze ihres Gesichtes, daß sie Fieber haben mußte. Aber er besaß keine Taschenlampe. So lag er still und lauschte auf ihre hastigen, kurzen Atemzüge. Die Schafe unten stießen sich und stöhnten manchmal auf, und es schien Jahre zu dauern, bis das Fensterrund heller wurde und den Morgen anzeigte.

Ruth erwachte. „Gib mir Wasser, Ludwig."

Kern reichte ihr den Becher. „Du hast Fieber, Ruth. Kannst du eine Stunde allein bleiben? Ich laufe nur in den Ort, um etwas gegen Fieber zu holen."

Der Bauer kam und schloß auf. Kern sagte ihm, was los war. Der Bauer machte ein saures Gesicht. „Da muß sie wohl ins Krankenhaus. Hier kann sie dann nicht bleiben."

„Wir wollen sehen, ob es bis mittags nicht besser wird."

Kern ging trotz seiner Furcht, dem Gendarmen oder jemand von der Familie Ammers zu begegnen, in den Ort zu einer Apotheke und bat den Apotheker, ihm ein Thermometer zu leihen. Der Assistent gab es ihm, als er Geld dafür hinterlegte. Kern kaufte noch eine Röhre Arkanol und lief dann zurück.

Ruth hatte 38,5 Grad Fieber. Sie schluckte zwei Tabletten, und Kern packte sie in seiner Jacke und ihrem Mantel ins Heu. Mittags stieg das Fieber trotz des Mittels auf 39 Grad.

Der Bauer kratzte sich den Kopf. „Sie braucht Pflege. Ich würde sie an Ihrer Stelle ins Krankenhaus bringen."

„Ich will nicht ins Krankenhaus", sagte Ruth leise. „Ich bin morgen wieder gesund. Bitte, lassen Sie mich hier liegen."

Der Bauer ging nach unten, und Kern folgte ihm. „Weshalb will sie denn nicht fort?" fragte der Bauer.

„Weil wir dann getrennt werden."

„Das macht doch nichts. Sie können doch auf sie warten."

„Wenn sie im Krankenhaus liegt, wird man sehen, daß sie keinen

LIEBE DEINEN NÄCHSTEN

313

Paß hat. Vielleicht wird man sie behalten, obschon wir nicht genug Geld haben; aber hinterher wird die Polizei sie an eine Grenze bringen, und ich weiß nicht, wohin und wann."

Der Bauer schüttelte den Kopf. „Und Sie haben nichts getan? Nichts ausgefressen?"

„Nein. Wir haben nur keine Pässe und können keine bekommen."

„Und trotzdem jagt man hinter Ihnen her, als wäre ein Steckbrief auf Sie ausgeschrieben?"

„Ja."

Der Bauer spuckte aus. „Das verstehe, wer kann. Ein einfacher Mann versteht es nicht. Und es kann eine Lungenentzündung geben, da oben, wissen Sie das?"

„Lungenentzündung?" Kern sah ihn erschrocken an.

„Natürlich", sagte der Bauer. „Deshalb rede ich doch mit Ihnen."

„Es wird eine Grippe sein."

„Was es wirklich ist, kann nur ein Arzt sagen."

„Dann muß ich einen Arzt holen. Ich will nachsehen, ob es einen jüdischen im Adreßbuch gibt."

Kern ging wieder zurück in den Ort. In einem Zigarettenladen kaufte er zwei Zigaretten und ließ sich das Telefonbuch geben. Er fand einen Doktor Rudolf Beer und ging hin. Die Sprechstunde war zu Ende, als er kam, und er mußte über eine Stunde warten.

Endlich kam der Arzt. Es war ein junger Mann. Er hörte Kern schweigend an, dann packte er seine Tasche und griff nach seinem Hut. „Kommen Sie mit. Mein Wagen steht unten, wir werden hinfahren."

Kern schluckte. „Können wir nicht gehen? Im Auto kostet es doch mehr. Wir haben nur noch sehr wenig Geld."

„Das lassen Sie meine Sorge sein", erwiderte Beer.

Sie fuhren zu dem Schafstall hinaus. Der Arzt behorchte Ruth. „Sie müssen ins Krankenhaus. Dämpfung der rechten Lunge. Grippe und Gefahr einer Pneumonie. Ich werde Sie mitnehmen."

„Nein! Ich will nicht ins Krankenhaus. Wir können es auch nicht bezahlen!"

„Kümmern Sie sich nicht um das Geld. Sie müssen hier heraus. Sie sind ernstlich krank. Ich hole Sie in einer halben Stunde ab. Haben Sie warme Sachen und Decken?"

„Wir haben nur das."

„Ich werde etwas mitbringen. Also in einer halben Stunde."

Kern ging mit ihm hinunter. „Ist es unbedingt notwendig?" fragte er.

„Ja. Sie gehört ins Krankenhaus, und zwar rasch."

„Gut", sagte Kern. „Dann muß ich Ihnen sagen, was das für uns bedeutet."

Beer hörte ihm zu. „Sie glauben nicht, daß Sie sie besuchen können?" fragte er dann.

„Nein. Es würde sich in ein paar Tagen herumsprechen, und die Polizei brauchte nur auf mich zu warten. So aber habe ich die Chance, in ihrer Nähe zu bleiben und von Ihnen zu hören, wie es ihr geht."

„Ich verstehe. Sie können jederzeit zu mir kommen und nachfragen."

„Danke."

Der Arzt fuhr ab. Kern stieg langsam die Leiter zum Boden wieder empor. Er war taub und ohne Gefühl. Das weiße Gesicht mit den dunklen Flecken der Augenhöhlen wendete sich aus der Dämmerung des niedrigen Raumes ihm zu. „Ich weiß, was du sagen willst", flüsterte Ruth.

Kern nickte. „Es geht nicht anders. Wir müssen glücklich sein, daß wir diesen Arzt gefunden haben." Er setzte sich neben sie und nahm ihre heißen Hände fest in seine. „Ruth", sagte er. „Wir müssen jetzt sehr vernünftig sein. Ich habe alles schon überlegt. Ich bleibe hier und verstecke mich. Der Bauer hat es mir erlaubt. Ich warte einfach auf dich. Es ist besser, wenn ich dich nicht im Krankenhaus besuche. So etwas spricht sich rasch herum, und sie können mich schnappen. Ich werde jeden Abend zum Krankenhaus kommen und zu deinem Fenster hinaufschauen. Der Arzt wird mir sagen, wo du liegst. Das ist dann wie ein Besuch."

„Um wieviel Uhr?"

„Um neun Uhr."

„Dann ist es dunkel, dann kann ich dich nicht sehen."

„Ich kann nur kommen, wenn es dunkel ist, sonst ist es zu gefährlich."

„Du sollst überhaupt nicht kommen. Laß mich nur, es wird schon gehen."

„Doch, ich komme. Ich kann es sonst nicht aushalten."

Er wusch ihr mit einem Taschentuch und etwas Wasser aus einer Zinnkanne das Gesicht und trocknete es ab. Ihre Lippen waren aufge-

sprungen und heiß. Sie legte ihr Gesicht in seine Hand. „Ruth", sagte er. „Wir wollen an alles denken. Wenn du gesund bist, und ich sollte nicht mehr hier sein, oder man schiebt dich ab ... laß dich nach Genf an die Grenze schicken. Wir wollen abmachen, daß wir uns dann nach Genf postlagernd schreiben. Wir können uns so immer wiedertreffen. Genf, hauptpostlagernd. Wir werden auch dem Arzt unsere Adressen schicken. Er kann sie dann immer dem andern geben. Wir sind so ganz sicher, daß wir uns nie verlieren!"

„Ja, Ludwig", flüsterte sie.

„Sei nicht ängstlich, Ruth. Ich sage dir das nur für den schlimmsten Fall." Er sah sie zuversichtlich an. „Hier hast du Geld. Verstecke es, denn du brauchst es vielleicht für die Reise. Sag im Krankenhaus nicht, daß du es hast. Du mußt es für die Zeit nachher behalten."

Der Arzt rief von unten herauf.

„Ruth!" sagte Kern und nahm sie in seine Arme. „Wirst du tapfer sein, Ruth?"

Sie klammerte sich an ihn. „Ich will tapfer sein. Und ich will dich wiedersehen."

„Postlagernd Genf, wenn alles falsch geht. Sonst hole ich dich hier ab. Jeden Abend um neun stehe ich draußen und wünsche dir alles, was es gibt."

„Ich komme ans Fenster."

„Du bleibst im Bett, sonst komme ich nicht!"

„Fertig?" rief der Arzt.

Sie lächelte unter Tränen. „Vergiß mich nicht!"

„Wie kann ich das? Du bist doch alles, was ich habe!"

Er küßte sie auf die trockenen Lippen. Der Kopf des Arztes erschien in der Bodenluke. Sie brachten Ruth hinunter ins Auto und deckten sie zu. „Kann ich heute abend anfragen?" sagte Kern.

„Natürlich. Sie können jederzeit kommen."

Das Auto fuhr ab. Kern blieb stehen, aber er glaubte, ein Sturmwind risse ihn nach rückwärts.

Um acht Uhr ging er zu Doktor Beer. Der Arzt beruhigte ihn; das Fieber sei hoch, aber vorläufig sei keine große Gefahr. Es scheine eine normale Lungenentzündung zu werden.

„Wie lange dauert das?"

„Wenn es gutgeht, zwei Wochen. Und dann eine Woche Rekonvaleszenz."

LIEBE DEINEN NÄCHSTEN 317

„Wie ist es mit dem Geld?" fragte Kern. „Wir haben keins."

Beer lachte.

„Vorläufig liegt sie erst einmal im Krankenhaus. Irgendeine Wohltätigkeitsinstitution wird schon die Kosten übernehmen."

„Und Ihr Honorar?"

Beer lachte wieder. „Behalten Sie Ihre paar Franken nur. Ich kann ohne sie leben."

„Wo liegt sie?" fragte Kern. „In welchem Stock?"

Beer legte seinen knochigen Zeigefinger an die Nase. „Warten Sie mal ... Zimmer fünfunddreißig im zweiten Stock."

„Welches Fenster ist das?"

Beer zwinkerte mit den Augen. „Ich glaube, es ist das zweite von rechts."

Kern fragte sich nach dem Krankenhaus durch. Er fand es rasch und blickte auf die Uhr. Es war eine Viertelstunde vor neun. Das zweite Fenster von rechts war dunkel. Er wartete. Er hätte nie geglaubt, daß es so langsam neun Uhr werden könne.

Plötzlich sah er, daß das Fenster hell wurde. Er stand angespannt und schaute auf das rötliche Viereck. Er hatte einmal etwas von Gedankenübertragung gehört und versuchte, sich jetzt zu konzentrieren, um Kraft zu Ruth hinüberzuschicken: „Werde gesund! Werde gesund! Ich liebe dich!"

Das Fenster verdunkelte sich. Er sah einen Schatten. Sie soll doch im Bett bleiben! dachte er, während ein Sturzbach von Glück ihn überströmte. Sie winkte; er winkte wild zurück. Dann erinnerte er sich, daß sie ihn nicht sehen konnte. Er riß eine Schachtel Zündhölzer aus der Tasche, zündete eins an und hielt es hoch.

Der Schatten winkte. Er winkte vorsichtig mit dem Zündholz zurück. Dann riß er ein paar neu an und hielt sie so, daß sie sein Gesicht beleuchteten. Er machte Zeichen, sie solle sich niederlegen. Sie schüttelte den Kopf. Er merkte, daß er fortgehen mußte, um sie dazu zu bewegen, sich wieder ins Bett zu legen. Er machte ein paar Schritte, um zu zeigen, daß er ginge. Dann warf er alle brennenden Streichhölzer hoch. Sie fielen flackernd zu Boden und verlöschten. Das Licht im Zimmer brannte noch einen Augenblick. Dann erlosch es.

Eine Woche lang ging es gut. Doch eines Abends, als Kern die letzten Streichhölzer in die Luft warf, legte sich eine Hand auf seine Schulter. „Was machen Sie denn da?"

Er zuckte zusammen, wandte sich um und sah eine Uniform. „Nichts", stammelte er. „Entschuldigen Sie! Eine Spielerei, weiter nichts."

Der Beamte sah ihm aufmerksam ins Gesicht. Es war nicht derselbe, der ihn bei Ammers verhaftet hatte. Kern sah rasch zum Fenster hinauf. Ruth war nicht mehr zu sehen. Er versuchte ein treuherziges Lächeln. „Entschuldigen Sie vielmals", sagte er leichthin. „Ein paar Streichhölzer, weiter nichts. Ich wollte mir eine Zigarette anzünden. Sie brannte nicht recht, da habe ich gleich ein halbes Dutzend genommen und mir fast die Finger verbrannt."

Er lachte, schlenkerte die Hand und wollte weitergehen. Doch der Beamte hielt ihn fest. „Einen Moment! Sie sind kein Schweizer, was?"

„Warum nicht?"

„Das hört man doch! Warum leugnen Sie?"

„Ich leugne ja gar nicht", erwiderte Kern. „Es interessiert mich nur, woher Sie das sofort wußten."

Der Beamte betrachtete ihn mißtrauisch. Er ließ eine Taschenlampe aufblitzen. „Hören Sie!" sagte er dann, und seine Stimme hatte plötzlich einen anderen Klang. „Kennen Sie Herrn Ammers?"

„Keine Ahnung", erwiderte Kern, so ruhig er konnte.

„Wo wohnen Sie?"

„Ich bin erst seit heute morgen hier, wollte mir gerade einen Gasthof suchen. Können Sie mir einen empfehlen? Nicht zu teuer."

„Zunächst kommen Sie mal mit. Da liegt eine Anzeige von Herrn Ammers vor, die paßt genau auf Sie. Das wollen wir erst mal aufklären!"

Kern ging mit. Er verfluchte sich selbst, daß er nicht besser aufgepaßt hatte. Der Beamte mußte auf Gummisohlen von hinten herangeschlichen sein.

Verstohlen blickte er umher, um eine Gelegenheit zum Weglaufen zu finden. Aber der Weg war zu kurz; wenige Minuten später war er schon auf der Polizeiwache.

Der Beamte, der ihn das erstemal hatte laufenlassen, saß an einem Tisch und schrieb. Kern schöpfte Mut. „Ist er das?" fragte der Polizist, der ihn gebracht hatte.

Der erste sah Kern flüchtig an. „Möglich. Kann's nicht genau sagen. Es war zu dunkel."

„Dann werde ich Ammers mal anrufen, der muß ihn ja kennen."

LIEBE DEINEN NÄCHSTEN 319

Er ging hinaus. „Menschenskind!" sagte der erste Beamte zu Kern, „ich dachte, Sie wären längst weg. Jetzt wird's böse."

„Kann ich nicht wieder weglaufen?" fragte Kern rasch.

„Ausgeschlossen. Der einzige Weg geht durch das Vorzimmer drüben. Und da steht Ihr Freund und telefoniert. Nein ... diesmal hilft es nichts, Sie kriegen ein paar Wochen."

„Verdammt!"

Einige Minuten später kam Ammers. Er keuchte, so war er gelaufen. „Das ist er", sagte er. „In Lebensgröße, dieser Frechling! Diesmal wird er ja wohl nicht entwischen, wie?"

„Diesmal nicht", bestätigte der Gendarm.

Kern wurde am nächsten Morgen dem Bezirksgericht vorgeführt. Der Richter war ein älterer, dicker Mann mit einem runden, roten Gesicht. „Warum haben Sie sich nicht bei der Polizei gemeldet, als Sie illegal über die Grenze kamen?" fragte er.

„Weil ich dann sofort wieder ausgewiesen worden wäre", erwiderte Kern müde. „Und drüben auf der anderen Seite hätte ich mich wieder sofort beim nächsten Polizeiposten melden müssen. Von dort wäre ich dann in der nächsten Nacht zurück in die Schweiz gebracht worden. Und von der Schweiz wieder nach drüben. Und von drüben wieder zurück. So wäre ich langsam zwischen den Grenzposten verhungert. Was sollen wir denn anders machen, als gegen das Gesetz verstoßen?"

Der Richter hob die Schultern. „Ich kann Ihnen nicht helfen. Ich muß Sie verurteilen. Die Mindeststrafe ist vierzehn Tage Gefängnis. Es ist das Gesetz. Alles, was ich tun kann, ist, für Sie eine Eingabe zu machen an das Obergericht, daß Sie nur Haft bekommen und kein Gefängnis."

„Danke vielmals", sagte Kern. „Aber das ist mir gleich."

„Das ist gar nicht gleich", erklärte der Richter mit einem gewissen Eifer. „Im Gegenteil, es ist sogar sehr wichtig für die bürgerlichen Ehrenrechte. Wenn Sie Haft bekommen, gelten Sie nicht als vorbestraft!"

Kern blickte den ahnungslosen, gutmütigen Menschen eine Weile an. „Bürgerliche Ehrenrechte", sagte er dann. „Was soll ich damit? Ich bin ein Schatten, ein Gespenst, ein bürgerlicher Toter. Was sollen mir da die Dinge, die Sie Ehrenrechte nennen?"

Der Richter schwieg eine Weile. „Sie müssen doch irgendwelche Papiere bekommen können", sagte er schließlich. „Vielleicht kann man über ein deutsches Konsulat einen Ausweis für Sie beantragen!"

„Das hat ein tschechisches Gericht vor einem Jahr bereits getan. Der Antrag ist abgelehnt worden. Wir existieren für Deutschland nicht mehr. Für die übrige Welt nur noch als Subjekte für die Polizei."

Der Richter schüttelte den Kopf. „Hat denn der Völkerbund noch nichts für Sie getan? Sie sind doch viele Tausende; und Sie müssen doch irgendwie existieren dürfen!"

„Der Völkerbund berät seit ein paar Jahren darüber, uns Identitätspapiere zu geben", erwiderte Kern geduldig. „Jedes Land versucht, uns dem anderen zuzuschieben. Es wird wohl also noch eine Anzahl von Jahren dauern. Und inzwischen . . . Sie sehen ja . . ."

„Mein Gott!" sagte der Richter ratlos. „Das ist ja ein Problem! Was soll denn nur aus Ihnen werden?"

„Das weiß ich nicht."

Der Richter blickte zum Fenster hinaus. Die Herbstsonne schien friedlich auf einen Apfelbaum, der voll von Früchten hing. „Ich möchte Sie etwas fragen", sagte er nach einer Weile. „Glauben Sie noch an irgend etwas?"

„O ja; ich glaube an den heiligen Egoismus! An die Unbarmherzigkeit! An die Lüge! An die Trägheit des Herzens!"

„Das habe ich gefürchtet. Wie sollten Sie auch anders . . ."

„Ich glaube aber auch an Güte, an Kameradschaft, an Liebe und an Hilfsbereitschaft! Ich habe sie kennengelernt."

Der Richter stand auf und kam schwerfällig auf Kern zu. „Wenn ich nur wüßte, was ich für Sie tun könnte!" murmelte er.

„Nichts", sagte Kern. „Schicken Sie mich ins Gefängnis."

„Ich schicke Sie in Untersuchungshaft und gebe Ihren Fall an das Obergericht weiter."

„Wenn es Ihnen das Urteil erleichtert, gern. Wenn es aber länger dauert, möchte ich lieber ins Gefängnis."

„Es dauert nicht länger, dafür werde ich sorgen." Der Richter nahm ein riesiges Portemonnaie aus der Tasche und nahm einen zusammengefalteten Schein heraus. „Es ist mir peinlich, nichts anderes für Sie tun zu können . . ."

Kern nahm das Geld. „Es ist das einzige, was uns wirklich hilft", erwiderte er und dachte: Zwanzig Franken! Welch ein Glück! Damit kommt Ruth bis zur Grenze!

Er wagte nicht, ihr zu schreiben. Es wäre dadurch herausgekommen, daß sie schon länger im Lande war, und sie hätte verurteilt wer-

LIEBE DEINEN NÄCHSTEN 321

den können. So hatte sie immer noch die Möglichkeit, einfach ausgewiesen oder, wenn sie Glück hatte, ohne weiteres aus dem Krankenhaus entlassen zu werden.

Am ersten Abend war er unglücklich und unruhig und konnte nicht schlafen. Er stand auf und ging in dem kleinen Raum hin und her. Er atmete lang und tief. Dann zog er seine Jacke aus und begann, Freiübungen zu machen. Ich darf die Nerven nicht verlieren, dachte er. Ich muß gesund bleiben. Er machte Kniebeugen und Rumpfdrehungen, und allmählich gelang es ihm, sich auf seinen Körper zu konzentrieren. Dieses harte Leben soll mich nicht kaputtschlagen, dachte er. Ich will mich wehren. Er begann auszuholen, weich in den Beinen federnd, und schlug lange Gerade in das Dunkel ... und plötzlich schimmerte vor ihm geisterhaft der weiße Spitzbart von Ammers durch die Finsternis, und er schlug ihm kurze Gerade und gewaltige Schwinger um Kinn und Ohren. Systematisch zerschlug er den Schatten des Feindes. Es wurde Morgen, und er war so erschöpft, daß er auf seine Pritsche fiel und sofort einschlief und die Angst der Nacht hinter sich gebracht hatte.

Zwei Tage später trat Doktor Beer in die Zelle. Kern sprang auf. „Wie geht es ihr?"

„Ganz gut."

Kern atmete auf. „Woher wußten Sie, daß ich hier bin?"

„Das war einfach. Sie kamen nicht mehr. Also mußten Sie hier sein."

„Weiß sie es?"

„Ja. Als Sie gestern abend nicht als Prometheus auftraten, hat sie Himmel und Hölle in Bewegung gesetzt, mich zu erreichen. Eine Stunde später wußten wir Bescheid."

„Ich komme wahrscheinlich in zwölf Tagen heraus. Ist sie dann gesund?"

„Nein. Jedenfalls noch nicht so, daß sie reisen kann. Ich denke, wir lassen sie so lange im Krankenhaus, wie es eben geht."

„Natürlich!" Kern dachte nach. „Ich muß dann eben in Genf auf sie warten."

Beer zog einen Brief aus der Tasche. „Hier! Ich habe Ihnen etwas mitgebracht."

Kern griff hastig nach dem Brief – aber dann steckte er ihn in die Tasche. „Sie können ihn ruhig jetzt lesen", sagte Beer. „Ich habe Zeit."

322   *LIEBE DEINEN NÄCHSTEN*

„Nein, ich lese ihn nachher.“

„Dann gehe ich jetzt zum Krankenhaus zurück. Wollen Sie mir etwas mitgeben?“ Beer zog einen Füllfederhalter und Papier aus dem Mantel.

„Danke. Danke vielmals!“ Kern schrieb rasch einen Brief; es ginge ihm gut, Ruth möge rasch gesund werden. Wenn er vorher abgeschoben werde, wolle er auf sie in Genf warten. Jeden Mittag um zwölf Uhr vor der Hauptpost. Er legte den Zwanzigfrankenschein des Richters hinein und klebte den Umschlag zu. Beer steckte den Brief ein. „Ich werde Sie in ein paar Tagen wieder besuchen.“

Als Beer draußen war, nahm Kern Ruths Brief, öffnete ihn und las die ersten Zeilen. Er sah die Sorge Ruths, ihre Angst, ihre Liebe und ihre Tapferkeit. Jede Stunde las er ein Stück weiter. Abends war er bis zur Unterschrift gekommen.

VII

STEINER hatte seine Sachen gepackt. Er wollte nach Frankreich. Es war gefährlich in Österreich geworden, und der Anschluß an Deutschland war nur noch eine Frage der Zeit. Außerdem rüsteten der Prater und das Unternehmen Direktor Potzlochs zum großen Winterschlaf.

Potzloch schüttelte Steiner die Hand. „Wir fahrenden Leute sind ja gewohnt, daß man sich trennt. Irgendwo trifft man sich immer mal wieder.“

„Bestimmt.“

„Na also!“ Potzloch griff nach seinem Kneifer. „Kommen Sie gut durch den Winter. Ich bin kein Freund von Abschiedsszenen.“

„Ich auch nicht“, erwiderte Steiner.

Er ging zum Wagen hinüber, um sich von Lilo zu verabschieden.

Sie stand im Wohnwagen und deckte den Tisch. Als er eintrat, wandte sie sich um. „Es ist Post für dich gekommen“, sagte sie.

Steiner nahm den Brief und sah auf die Marke. „Aus der Schweiz. Sicher von unserem Kleinen.“ Er riß den Umschlag auf und las. „Ruth ist im Krankenhaus“, sagte er dann. „Lungenentzündung. Aber anscheinend nicht schwer. Sie sind in Murten. Vielleicht treffe ich sie noch, wenn ich durch die Schweiz komme.“ Er steckte den Brief in seine Brusttasche, ging zum Fenster und sah hinaus. Auf dem mit Kar-

LIEBE DEINEN NÄCHSTEN 323

bidlampen erleuchteten Platz packten Arbeiter die Schwäne, die Pferde und Elefanten des Karussells in graue Säcke.

„Komm", sagte Lilo hinter ihm, „das Essen ist fertig. Ich habe dir Piroggen gemacht."

Steiner drehte sich um. „Essen", sagte er. „Für uns unstete Teufel ist zusammen essen schon so etwas wie eine Heimat, wie?"

Lilo stellte die Schüssel mit den Piroggen auf den Tisch. Sie sah zu, wie er aß, und bereitete ihm schweigend den Tee.

Steiner erhob sich und holte seine Sachen. Seinen Rucksack hatte er gegen einen Koffer vertauscht, seit er einen Paß hatte. Er öffnete die Tür des Wagens, ging die Stufen langsam hinunter und stellte den Koffer draußen nieder. Dann ging er wieder zurück.

Lilo stand am Tisch, eine Hand aufgestützt. Steiner ging auf sie zu. „Lilo ... es ist schwer fortzugehen."

Sie nickte. „Ich werde allein sein ohne dich." Sie gab ihm ein Stück Brot und etwas Salz. „Iß es, wenn du fort bist. Es soll dir Brot ohne Kummer in der Fremde geben. Und nun geh."

Er ging durch den Wald. Nach einiger Zeit blickte er sich um. Die Budenstadt war in der Nacht versunken, und es war nichts mehr da als die Dunkelheit mit dem Lichtviereck einer fernen, offenen Tür und eine kleine Gestalt, die nicht winkte.

KERN wurde nach vierzehn Tagen dem Bezirksgericht wieder vorgeführt. Der dicke Richter blickte ihn bekümmert an. „Ich muß Ihnen etwas Unangenehmes mitteilen, Herr Kern. Der Rekurs für Sie ist vom Obergericht verworfen worden. Sie waren zu lange in der Schweiz. Der Begriff eines Notstandes war nicht mehr gerechtfertigt. Außerdem war da die Sache mit dem Gendarmen. Sie sind zu vierzehn Tagen Gefängnis verurteilt worden. Die Untersuchungshaft wird darauf angerechnet."

Kern tat einen tiefen Atemzug. „Danach käme ich heute heraus?"

„Ja."

„Werde ich heute abgeschoben?" fragte Kern.

„Ja. Über Basel."

„Über Basel? Nach Deutschland?" Kern blickte sich blitzschnell um. Er war bereit, sofort aus dem Fenster zu springen und zu flüchten.

Der Richter schüttelte den Kopf. „Sie werden nach Frankreich gebracht. Basel ist unsere deutsche und unsere französische Grenze."

„Kann ich denn nicht in Genf über die Grenze geschoben werden?"

„Nein, das geht leider nicht. Basel ist der nächste Platz. Wir haben unsere Anweisungen dafür. Ihr Zug geht in zwei Stunden."

„Es ist völlig unmöglich, nach Genf gebracht zu werden?"

„Völlig. Die Flüchtlinge kosten uns eine Menge Eisenbahnfahrten. Es besteht strikte Anweisung, sie zur nächsten Grenze zu bringen. Ich kann Ihnen da wirklich nicht helfen."

„Wenn ich die Reise selbst bezahlen würde, könnte ich dann nach Genf gebracht werden?"

„Ja, das wäre möglich. Wollen Sie denn das?"

„Nein, dazu habe ich nicht genug Geld. Es war nur eine Frage."

„Fragen Sie nicht zuviel", sagte der Richter. „Eigentlich müßten Sie auch die Fahrt nach Basel bezahlen, wenn Sie Geld bei sich hätten. Ich habe davon abgesehen, das zu inquirieren." Er stand auf. „Leben Sie wohl! Ich wünsche Ihnen alles Gute . . ."

Kern hatte keine Gelegenheit mehr, Ruth Nachricht zu geben. Beer war am Tage vorher dagewesen und hatte ihm erklärt, sie müsse noch ungefähr eine Woche im Hospital bleiben. Er beschloß, ihm sofort von der französischen Grenze aus zu schreiben. Er wußte jetzt, daß Ruth, wenn sie Reisegeld hatte, nach Genf gebracht werden konnte.

Nach zwei Stunden holte ihn ein Detektiv in Zivil ab. Sie gingen zum Bahnhof. Kern trug seinen Koffer. Beer hatte ihn am Tage vorher aus dem Schafstall geholt und ihm gebracht.

Am Bahnhof suchte der Detektiv den Zugführer. „Hier ist er", erklärte er und zeigte auf Kern. Dann übergab er dem Zugführer den Ausweisungsbefehl. „Gute Reise, mein Herr", sagte er höflich und stapfte von dannen.

Der Zugführer brachte Kern zu dem Bremserhäuschen eines Güterwagens. „Steigen Sie hier ein." Die kleine Kabine enthielt nichts als einen hölzernen Sitz. Kern schob seinen Koffer darunter. Der Zugführer schloß die Tür von außen ab. „So! In Basel werden Sie rausgelassen." Er ging weiter, den schwach beleuchteten Bahnsteig entlang.

Kern schaute aus dem Fenster der Kabine. Er probierte vorsichtig, ob er sich hindurchzwängen könne. Es ging nicht; das Fenster war schmal.

Ein paar Minuten später fuhr der Zug an. Die hellen Wartesäle mit leeren Tischen glitten vorüber. Der Stationsvorsteher mit der roten Mütze blieb im Dunkel zurück. Ein paar Straßen schwangen vorbei,

LIEBE DEINEN NÄCHSTEN

eine Bahnschranke mit wartenden Automobilen, ein kleines Café, in dem ein paar Leute Karten spielten – dann war die Stadt verschwunden.

Die Nacht draußen war dunkel und windig, und Kern fühlte sich plötzlich sehr elend.

In Basel wurde er von einem Polizisten abgeholt und zur Zollwache gebracht. Man gab ihm zu essen. Mit einem Beamten fuhr er mit der Straßenbahn nach Burgfelden. Dann passierten sie eine Ziegelei und bogen von der Chaussee ab.

Nach einiger Zeit blieb der Beamte stehen. „Hier weiter – immer geradeaus."

Kern ging weiter. Er wußte ungefähr, wo er war, verfehlte aber die Richtung. Erst gegen Morgen kam er in St-Louis an. Er meldete sich sofort bei der französischen Polizei und erklärte, nachts von Basel herübergeschoben worden zu sein. Er mußte vermeiden, daß man ihn ins Gefängnis steckte. Die Polizei behielt ihn tagsüber in Haft. Abends schickte sie ihn zum Grenzzollamt.

Es waren zwei Zollbeamte da. Einer saß an einem Tisch und schrieb. Der andere hockte auf einer Bank neben dem Ofen. Er rauchte Zigaretten aus schwerem algerischem Tabak und musterte Kern von Zeit zu Zeit.

„Was haben Sie in Ihrem Koffer?" fragte er nach einer Weile.

„Ein paar Sachen, die mir gehören."

„Machen Sie ihn mal auf."

Kern öffnete den Deckel. Der Zöllner stand auf und kam faul heran. Dann beugte er sich interessiert über den Koffer. „Toilettenwasser, Seife, Parfüm! Sie wollen doch nicht sagen, daß Sie das alles selbst gebrauchen – für Ihren persönlichen Bedarf?"

„Nein. Ich habe damit gehandelt."

„Dann müssen Sie es verzollen!" erklärte der Beamte. „Packen Sie es aus! Diesen Kram da", er zeigte auf die Nadeln, Schnürsenkel und die andern kleinen Sachen, „will ich Ihnen erlassen."

Kern glaubte, er träume. „Verzollen?" fragte er, „Ich soll etwas verzollen?"

„Selbstverständlich. Sie haben Zollgut nach Frankreich gebracht. Los, raus damit jetzt!" Der Beamte griff nach dem Zolltarif.

„Ich habe kein Geld", sagte Kern.

„Kein Geld?" Der Beamte steckte die Hände in die Hosentaschen und wiegte sich in den Knien. „Gut, dann werden die Sachen eben beschlagnahmt. Geben Sie sie her."

Kern blieb auf dem Boden hocken und hielt seinen Koffer fest. „Ich habe mich hier gemeldet, um zurück in die Schweiz zu gehen. Ich brauche nichts zu verzollen."

„Sieh mal an. Sie wollen mich wohl noch belehren, was?"

„Laß den Jungen doch in Ruhe, François!" sagte der Zöllner, der am Tisch saß und schrieb.

„Ich denke gar nicht daran! Ein Boche, der alles besser weiß, wie die ganze Bande drüben! Los, raus mit den Flaschen!"

In diesem Augenblick trat ein dritter Beamter ein. Kern sah, daß er einen höheren Rang hatte als die beiden andern. „Was gibt's hier?" fragte er kurz.

Der Zöllner erklärte, was los war. Der Inspektor betrachtete Kern. „Er kann nichts dafür", entschied er. „Er ist kein Schmuggler. Er ist selbst geschmuggelt worden. Schickt ihn zurück und damit basta."

Er verließ den Raum. „Siehst du, François", sagte der Zöllner, der am Tisch saß. „Wozu regst du dich immer so auf? Es schadet nur deiner Galle."

François erwiderte nichts. Er starrte Kern an. Kern starrte zurück. Es fiel ihm plötzlich ein, daß er französisch gesprochen und Franzosen verstanden hatte, und er segnete im geheimen den russischen Professor aus dem Gefängnis in Wien.

Am nächsten Morgen war er wieder in Basel. Er änderte jetzt seine Taktik. Er ging nicht wieder sofort zur Polizei. Es konnte ihm nicht viel passieren, wenn er tagsüber in Basel blieb und sich erst abends meldete. Für Basel aber hatte er Binders Adressenliste.

Er fing mit den Pastoren an. Beim ersten wurde er sofort hinausgeworfen; beim zweiten erhielt er ein Butterbrot; beim dritten fünf Franken. Nachmittags hatte er achtundzwanzig Franken verdient.

Abends fuhr er mit der Eisenbahn nach Genf. Er hatte plötzlich das Gefühl, Ruth könne schon früher aus dem Hospital entlassen werden. Er kam morgens an, deponierte seinen Koffer am Bahnhof und ging zur Polizei. Dem Beamten erklärte er, gerade aus Frankreich herübergeschoben worden zu sein. Da er seinen Ausweisungsbefehl aus der Schweiz bei sich hatte, der nur ein paar Tage alt war, glaubte man ihm; man behielt ihn tagsüber da und schob ihn nachts in der Richtung Cologny über die Grenze.

LIEBE DEINEN NÄCHSTEN

Er meldete sich sofort beim französischen Zollamt. „Gehen Sie rein", sagte ein schläfriger Beamter. „Es ist schon jemand da. Wir schicken euch gegen vier Uhr zurück."

Kern ging in die Zollbude. „Vogt!" sagte er erstaunt. „Wie kommen Sie denn hierher?"

Vogt hob die Schultern. „Ich belagere wieder einmal die Schweizer Grenze." Er sah schlecht aus. Er war mager, und seine Haut war wie graues Papier. „Ich habe Pech", sagte er. „Es gelingt mir nicht, ins Gefängnis zu kommen. Dabei sind die Nächte schon so kalt, daß ich sie nicht mehr vertrage."

Kern setzte sich zu ihm. „Ich war im Gefängnis", sagte er. „Und ich bin froh, daß ich wieder draußen bin."

Ein Gendarm brachte ihnen etwas Brot und Rotwein. Sie aßen und schliefen sofort auf der Bank ein. Um vier Uhr morgens wurden sie geweckt und zur Grenze gebracht. Es war noch dunkel. Die bereiften Felder schimmerten bleich am Wegrand.

Vogt zitterte vor Kälte. Kern zog seinen Sweater aus. „Hier, ziehen Sie das an. Mir ist nicht kalt."

„Wirklich nicht?"

„Nein."

„Sie sind jung", sagte Vogt, „das ist es." Er streifte den Sweater über. „Nur für ein paar Stunden, bis die Sonne kommt."

Kurz vor Genf verabschiedeten sie sich. Vogt wollte versuchen, über Lausanne tiefer in die Schweiz zu kommen. Solange er in der Nähe der Grenze war, schickte man ihn einfach zurück, und er konnte nicht auf ein Gefängnis rechnen.

„Behalten Sie den Sweater", sagte Kern.

„Ausgeschlossen! Das ist doch ein Kapital!"

„Ich habe noch einen. In der Gepäckaufbewahrung in Genf."

Vogt zog ein schmales Buch aus der Tasche. „Nehmen Sie das dafür."

Es waren die Gedichte Hölderlins. „Das können Sie doch noch viel weniger entbehren", sagte Kern.

„Doch. Ich kann die meisten auswendig."

Kern ging nach Genf hinein. Er schlief zwei Stunden in einer Kirche und stand um zwölf Uhr an der Hauptpost. Er wußte, daß Ruth noch nicht kommen konnte, aber er wartete trotzdem bis zwei Uhr. Dann zog er Binders Adressenliste zu Rate. Er hatte wieder Glück. Bis abends hatte er siebzehn Franken verdient, und damit ging er zur Polizei.

Es war Sonnabend. Die Nacht war unruhig. Schon um elf Uhr wurden zwei Betrunkene eingeliefert. Gegen ein Uhr waren sie zu fünft. Um zwei Uhr brachte man Vogt.

„Es ist wie verhext", sagte er melancholisch. „Immerhin, wir sind wenigstens zu zweit."

Eine Stunde später wurden sie abgeholt. Die Nacht war kalt. Die Sterne flimmerten und waren sehr fern. Der halbe Mond war klar wie geschmolzenes Metall.

Der Gendarm blieb stehen. „Sie biegen hier rechts ab, dann . . ."

„Ich weiß", unterbrach Kern ihn. „Ich kenne den Weg."

„Dann alles Gute."

Sie gingen weiter, über den schmalen Streifen Niemandsland zwischen Grenze und Grenze. Wider Erwarten schickte man sie nicht in derselben Nacht zurück. Man brachte sie auf die Präfektur und nahm ein Protokoll auf. Dann gab man ihnen zu essen. In der folgenden Nacht schob man sie wieder ab.

Es war windig und trübe geworden. Vogt war sehr müde. Er sprach kaum und machte einen verzweifelten Eindruck. Als sie ein Stück weit über die Grenze waren, rasteten sie in einem Heustadel. Vogt schlief bis zum Morgen wie ein Toter.

Er wachte auf, als die Sonne aufging. Er rührte sich nicht, öffnete nur die Augen. Es hatte etwas sonderbar Erschütterndes für Kern, diese schmale regungslose Gestalt unter dem dünnen Mantel, dieses bißchen Mensch mit den weit geöffneten, stillen Augen zu sehen.

Sie lagen auf einem sanft abfallenden Hang, von dem man einen Blick auf die morgendliche Stadt und auf den See hatte. Der Rauch der Schornsteine stieg von den Häusern in die frische Luft und erweckte das Gefühl von Wärme, Geborgenheit, Frühstück und Betten.

Gegen neun Uhr brachen sie auf. Sie kamen nach Genf und nahmen den Weg am See entlang. In der Rue du Mont-Blanc blieb Vogt vor einem Juwelierladen stehen. „Ich will mich hier verabschieden. Ich gehe in dieses Geschäft."

Kern blickte verständnislos durch die Scheibe der Auslage, in der auf grauem Samt Brillanten, Rubine und Smaragde ausgestellt waren.

„Ich glaube, Sie werden kein Glück haben", sagte er. „Juweliere sind bekannt hartherzig."

„Ich will nichts haben. Ich will nur etwas stehlen. Ich habe es mir genau überlegt. Es ist die einzige Möglichkeit für mich, über den Winter zu kommen. Ich bekomme mindestens ein paar Monate dafür. Ich habe keine Wahl mehr. Ich bin ziemlich kaputt. Noch ein paar Wochen Grenze geben mir den Rest. Ich kann nicht mehr . . . Leben Sie wohl."

Kern drückte die schwache Hand Vogts. „Hoffentlich erholen Sie sich bald."

„Ja, hoffentlich. Das Gefängnis hier ist ganz gut."

Vogt wartete, bis Kern ein Stück weitergegangen war. Dann betrat er das Geschäft. Kern blieb an der Straßenecke stehen und beobachtete den Eingang.

Nach kurzer Zeit sah er einen jungen Mann aus dem Geschäft stürzen und bald darauf mit einem Polizisten zurückkehren. Hoffentlich hat er nun Ruhe, dachte er und ging weiter.

STEINER fand kurz hinter Wien ein Auto, das ihn bis zur Schweizer Grenze mitnahm. Er wollte nicht riskieren, seinen Paß österreichischen Zollbeamten vorzuzeigen – deshalb stieg er ein Stück vor der Grenze aus und ging den Rest des Weges zu Fuß. Gegen zehn Uhr abends meldete er sich am Zollamt. Er erklärte, gerade aus der Schweiz herübergeschoben worden zu sein.

„Schön", sagte ein alter Zollbeamter mit einem Kaiser-Franz-Joseph-Bart. „Das kennen wir. Morgen früh schicken wir Sie zurück. Setzen Sie sich nur irgendwohin."

Steiner setzte sich draußen vor die Zollbude und rauchte. Es war sehr ruhig. Der Beamte, der gerade Dienst hatte, döste vor sich hin. Ungefähr eine Stunde später kam der Beamte mit dem Kaiserbart heraus. „Sind Sie Österreicher?" fragte er Steiner.

Steiner war sofort in Alarm. Er hatte seinen Paß in seinen Hut eingenäht. „Wie kommen Sie darauf", sagte er ruhig. „Wenn ich Österreicher wäre, wäre ich doch kein Emigrant."

Der Beamte schlug sich vor die Stirn, daß sein silberner Bart wakkelte. „Richtig! Richtig! Ich frage Sie nur, weil ich dachte, wenn Sie Österreicher wären, könnten Sie vielleicht Tarock spielen."

„Tarock spielen kann ich. Das habe ich als Kind schon gelernt, im Krieg."

„Großartig! Spielen wir eine Partie? Es paßt gerade mit der Zahl."

„Natürlich."

Sie gingen hinein. Eine Stunde später hatte Steiner sieben Schilling gewonnen. Er spielte ehrlich, aber viel besser als die Zollbeamten.

Um elf Uhr aßen sie zusammen zu Abend. Dann spielten sie weiter. Um drei Uhr duzten sie sich. Um fünf Uhr kam der Zöllner vom Dienst herein. „Kinder, es ist Zeit, Josef über die Grenze zu bringen."

Aller Augen richteten sich auf das Geld, das vor Steiner lag. Schließlich machte der Kaiser Franz Joseph eine Bewegung. „Gewonnen ist gewonnen", sagte er resigniert. „Er hat uns ausgemistet. Nun zieht er davon wie eine Herbstschwalbe, dieser Galgenstrick!"

„Ich hatte gute Karten", erwiderte Steiner.

„Das ist es ja gerade", sagte Kaiser Franz Joseph melancholisch. „Morgen hätten wir vielleicht gute Karten. Dann bist du aber nicht mehr da. Darin liegt eine Ungerechtigkeit."

„Aber Kinder", sagte Steiner. „Wenn es das allein ist! Ihr schiebt mich über die Grenze, morgen abend schieben die Schweizer mich zurück – und ich gebe euch Revanche!"

Kaiser Franz Joseph klappte seine ausgestreckten Hände zusammen. „Das war es!" stöhnte er erlöst. „Wir selbst dürfen dich nicht verleiten, die Grenze wieder zu überschreiten. Wenn du von selbst kommst, das ist was anderes!"

„Ich komme", sagte Steiner. „Ihr könnt euch darauf verlassen."

Er meldete sich beim Schweizer Grenzposten und erklärte, nachts wieder nach Österreich zurückzuwollen. Man schickte ihn nicht zur Polizei, sondern behielt ihn da. Es war Sonntag. Gleich neben der Zollwache war ein kleines Wirtshaus. Ein paar Zollbeamte, die Urlaub hatten, hockten in der Wirtsstube und begannen, Jaß zu spielen. Ehe Steiner sich dessen versah, war er dabei.

Die Schweizer waren wunderbare Spieler, hatten eine eiserne Ruhe und enormes Glück. Um zehn Uhr hatten sie Steiner bereits acht Franken abgenommen; um zwei Uhr nachts, als das Restaurant geschlossen wurde, hatte er dreizehn Franken verloren.

Die Schweizer traktierten ihn mit ein paar großen Gläsern Kirschwasser. Er konnte sie brauchen; denn die Nacht war sehr frisch, und er mußte den Rhein durchwaten.

Auf der anderen Seite gewahrte er vor dem Himmel eine dunkle Gestalt. Es war der Kaiser Franz Joseph.

Steiner trocknete sich ab und zog sich an. Ihm klapperten die Zähne. Er ging auf die Gestalt zu.

LIEBE DEINEN NÄCHSTEN

„Wo bleibst du nur?" begrüßte ihn Franz Joseph. „Ich warte schon seit eins auf dich."

Steiner lachte. „Die Schweizer haben mich aufgehalten."

„Na, dann komm rasch! Wir haben ja nur noch zweieinhalb Stunden."

Die Schlacht begann sofort. Um fünf Uhr war sie noch unentschieden; die Österreicher hatten gerade gute Karten bekommen. Der Kaiser Franz Joseph warf sein Blatt auf den Tisch. „So eine Gemeinheit. Gerade jetzt!" Er zog seinen Mantel an und schnallte sein Koppel um. „Komm, Sepp! Es hilft nichts. Dienst ist Dienst! Wir müssen dich abschieben!"

Steiner und er gingen der Grenze zu. Franz Joseph paffte eine würzige Virginia. „Weißt du", sagte er nach einer Weile, „ich habe das Gefühl, die Schweizer passen heute nacht besonders scharf auf." Er blieb stehen. „Siehst du da hinten? Da hat was geblitzt! Das war eine Taschenlampe. Hast du gesehen?"

„Ganz deutlich!" Steiner grinste. Er hatte nichts gesehen. Aber er wußte, was der alte Zollbeamte wollte.

Franz Joseph blinzelte Steiner schlau zu. „Du kommst nicht durch, das ist klar. Wir müssen zurück, Sepp! Die Grenze ist schwer besetzt. Wir müssen bis morgen warten. Ich werde eine Meldung machen!"

„Gut."

Sie spielten bis acht Uhr morgens. Steiner verlor siebzehn Schilling, aber er hatte noch zweiundzwanzig im voraus. Franz Joseph schrieb seine Meldung und übergab Steiner dann den ablösenden Zöllnern.

Die Tageszöllner waren dienstlich und sehr förmlich. Sie sperrten Steiner in die Polizeiwache. Er schlief dort den ganzen Tag. Punkt acht Uhr erschien Kaiser Franz Joseph, um ihn zur Zollbude zurückzuholen.

Es wurde kurz, aber kräftig gegessen – dann begann der Kampf. Alle zwei Stunden wurde einer der Zöllner ausgewechselt gegen den, der dann vom Dienst zurückkam. Um fünf Uhr ging es in die letzten Runden. Dann wurden die Karten eingesammelt. Steiner hatte einhundertsechs Schilling gewonnen.

Er ging mit Kaiser Franz Joseph zur Grenze. Der zeigte ihm einen anderen Weg als zwei Nächte vorher. „Nimm diese Richtung", sagte er. „Sieh zu, daß du dich morgens versteckst. Nachmittags kannst du dann zum Bahnhof weitergehen. Du hast ja jetzt Geld. Und laß dich nie wieder hier blicken, du Straßenräuber! Wir müssen sonst um eine Gehaltserhöhung einkommen."

Steiner passierte die Grenze. Er beschloß, in Murten nach Kern zu sehen. Es lag am Wege nach Paris und war kein großer Umweg.

KERN ging langsam auf die Hauptpost zu. Er war müde. Die letzten Nächte hatte er kaum schlafen können. Ruth hätte schon vor drei Tagen dasein müssen. Er hatte die ganze Zeit nichts von ihr gehört. Er hatte sich tausend Gründe dafür ausgedacht – aber jetzt, auf einmal, glaubte er, daß sie nicht mehr käme. Er fühlte sich sonderbar ausgelöscht.

Es dauerte eine Weile, bis er den blauen Mantel erkannte. Er blieb stehen und hielt den Atem an. Der blaue Mantel tanzte vor seinen Augen zwischen roten Gesichtern, Hüten, Fahrrädern, Paketen. Selbst als Ruth sich umdrehte und er ihr Gesicht sah, glaubte er noch an eine Täuschung. Erst als ihr Gesicht sich veränderte, stürzte er ihr entgegen.

„Ruth! Du bist da! Du wartest, und ich bin nicht da!"

Er hielt sie fest in den Armen und fühlte, wie sie ihn hielt. Sie klammerten sich aneinander, als reiße ein Sturm an ihnen. Sie standen mitten in der Tür der Hauptpost von Genf, zur Zeit des größten Verkehrs, und Leute drängten an ihnen vorüber, stießen sie an, drehten sich erstaunt um und lachten – sie merkten es nicht. Erst als Kern in seinem Blickfeld eine Uniform auftauchen sah, ließ er Ruth los.

„Komm rasch!" flüsterte er. „In die Post!" Sie tauchten eilig im Gedränge unter und stellten sich an das Ende einer Reihe, die vor einem Briefmarkenschalter wartete. „Wann bist du angekommen?" fragte Kern.

„Heute morgen. Man hat mir in Murten eine Aufenthaltsgenehmigung für drei Tage gegeben. Da bin ich gleich hierhergefahren."

„Wunderbar! Eine Aufenthaltserlaubnis sogar! Da brauchst du überhaupt keine Angst zu haben! Ich sah dich schon allein an der Grenze. Du bist blaß und schmal geworden, Ruth!"

„Ich bin aber wieder ganz gesund. Sehe ich häßlicher aus?"

„Nein, viel schöner! Du bist jedesmal schöner, wenn ich dich wiedersehe! Hast du Hunger?"

„Ja", sagte Ruth. „Hunger nach allem; dich zu sehen, über Straßen zu gehen, nach Luft und Sprechen."

LIEBE DEINEN NÄCHSTEN 333

„Dann wollen wir gleich essen gehen." Kern strahlte. „Wo ist dein Gepäck?"

„Am Bahnhof natürlich! Ich bin doch ein alter, gelernter Vagabund."

„Ja! Ich bin stolz auf dich! Ruth, jetzt kommt deine erste illegale Grenze. Hast du Angst?"

„Überhaupt nicht."

„Das brauchst du auch nicht. Diese Grenze kenne ich wie meine Brieftasche. Ich habe sogar schon Fahrkarten. In Frankreich gekauft, vorgestern. Wir bleiben in einer kleinen Kneipe, die sicher ist, und gehen erst im letzten Moment direkt zum Zug."

Sie standen dicht nebeneinander und rückten langsam in der Kette der Wartenden vor. Kern hielt Ruths Hand fest in der seinen. Sie sprachen leise und bemühten sich, gleichmütig auszusehen.

„Weshalb hast du mir denn nicht geschrieben! Konntest du es nicht?"

„Ich hatte Angst, man könnte dich fassen, wenn du die Briefe abholtest. Beer hat mir die Sache mit Ammers erzählt. Ich habe dir viele Briefe geschrieben, Ludwig – ohne Bleistift und Papier. Du weißt das, nicht wahr?" Sie sah ihn an.

Kern drückte ihre Hand. „Ich weiß es."

„Was?" fragte der Postbeamte hinter dem Schalter ungeduldig. Sie waren bis zum Fenster vorgerückt, ohne darauf zu achten.

„Eine Briefmarke für zehn Centimes", sagte Kern, rasch gefaßt.

Der Beamte schob die Marke hinüber. Kern zahlte, und sie gingen dem Ausgang zu, die Stufen hinunter.

„Gehen wir heute nacht über die Grenze?" fragte Ruth.

„Nein. Du mußt dich erst ausruhen. Es ist ein langer Weg."

Es GELANG Kern und Ruth, unbemerkt die Grenze zu überschreiten und in Bellegarde die Bahn zu erreichen. Sie kamen abends in Paris an. In einer Seitenstraße fanden sie ein rot aufleuchtendes Glasschild: Hotel Habana. Kern ging hinein und fragte, was ein Zimmer koste.

„Fünfundzwanzig Francs."

Kern ging hinaus, um Ruth zu holen. Der Portier warf einen raschen Blick auf beide und schob Kern dann ein Anmeldeformular hin. Als er sah, daß Kern zögerte, lächelte er und sagte: „Es kommt nicht so genau darauf an."

Kern schrieb sich als Ludwig Oppenheim ein. Er zahlte, und ein Junge führte sie hinauf. Das Zimmer war klein und sauber. Es enthielt ein großes, bequemes Bett, zwei Waschtische, einen Sessel und einen Schrank. Kern ging zum Fenster, um hinauszuschauen. ,,Nun sind wir in Paris, Ruth.''

,,Ja'', erwiderte sie und lächelte.

Sie gingen in ein kleines, hell erleuchtetes Bistro in der Nähe. Es glänzte von Spiegeln und roch nach Sägespänen und Anis. Sie bekamen für sechs Francs eine volle Mahlzeit und eine Karaffe roten Wein dazu. Sie hatten den ganzen Tag kaum etwas gegessen, und der Wein stieg ihnen zu Kopf und machte sie so müde, daß sie bald zum Hotel zurückgingen.

KERN kam aus dem Büro der Flüchtlingshilfe. An eine Aufenthaltserlaubnis war nicht zu denken, an Unterstützung nur im äußersten Fall. Arbeit mit und ohne Aufenthaltserlaubnis war verboten. Kern war nicht besonders niedergeschlagen. Er hatte nichts anderes erwartet. Es war in allen Ländern das gleiche. Trotzdem lebten Tausende von Emigranten, die den Gesetzen nach längst verhungert sein mußten.

Er blieb eine Zeitlang im Vorzimmer des Büros stehen. Der Raum war gedrängt voll Menschen. Kern betrachtete sie der Reihe nach genau. Dann ging er auf einen Mann zu, der etwas abseits saß und einen ruhigen, überlegenen Eindruck machte. ,,Verzeihen Sie'', sagte er. ,,Ich möchte Sie etwas fragen. Können Sie mir sagen, wo man wohnen kann, ohne angemeldet zu sein? Ich bin erst seit gestern in Paris.''

,,Können Sie sechs Francs am Tag für ein Zimmer bezahlen?''

,,Vorläufig ja.''

,,Dann gehen Sie in das Hotel Verdun in der Rue de Turenne. Sagen Sie der Wirtin, ich schicke Sie. Ich heiße Klassmann. Doktor Klassmann'', fügte der Mann mit trübem Spott hinzu.

,,Ist das Verdun sicher vor Polizei?''

,,Sicher ist nichts. Man füllt Anmeldezettel ohne Datum aus, die nicht zur Polizei gegeben werden. Sollte revidiert werden, sind Sie immer gerade am selben Tage angekommen, und die Zettel sollten am nächsten Morgen zur Polizei geschickt werden. Die Hauptsache ist, daß man Sie nicht erwischt. Dafür gibt es einen prima unterirdischen Gang. Sie werden das schon sehen. Haben Sie Ihre Zeitung schon gelesen?''

LIEBE DEINEN NÄCHSTEN 335

„Ja.“

„Dann geben Sie sie mir. Damit sind wir dann quitt.“

„Gut. Danke vielmals.“

Kern ging zu Ruth, die in einem Café an der nächsten Ecke auf ihn wartete. Sie hatte einen Stadtplan und eine französische Grammatik vor sich. „Hier“, sagte sie, „das habe ich mir inzwischen in einer Buchhandlung gekauft. Antiquarisch. Ich glaube, es sind die beiden Waffen, die wir brauchen, um Paris zu erobern.“

„Exakt. Laß uns nachsehen, wo die Rue de Turenne ist.“

Das Hotel Verdun war ein altes, baufälliges Haus, von dem der Verputz in großen Stücken herabgefallen war. Es hatte eine kleine Eingangstür, hinter der sich eine Loge befand, in der die Wirtin, eine hagere, schwarzgekleidete Frau, saß.

Kern brachte in stockendem Französisch sein Anliegen vor. Die Wirtin musterte beide mit glänzenden, schwarzen Vogelaugen von oben bis unten. „Mit oder ohne Pension?“ fragte sie dann kurz.

„Was kostet es mit Pension?“

„Zwanzig Francs pro Person.“

„Ich glaube, wir nehmen für den ersten Tag mit Pension“, sagte Kern auf deutsch zu Ruth. „Wir können das ja immer noch ändern. Ist ein Unterschied im Preis, wenn wir ein Zimmer nehmen?“ fragte er.

Die Wirtin schüttelte den Kopf. „Doppelzimmer sind nicht frei. Sie haben hunderteinundvierzig und -zweiundvierzig.“ Sie warf zwei Schlüssel auf den Tisch. „Zahlung jeden Tag. Im voraus.“

Kern schrieb die Anmeldeformulare ohne Datum aus. Dann zahlte er und nahm die Schlüssel.

Die beiden Zimmer waren schmale einbettige Kammern nach dem Hof hinaus. „Richtige Emigrantenbuden“, sagte Kern. „Trostlos, aber anheimelnd. Was meinst du?“

„Ich finde sie großartig“, erwiderte Ruth. „Jeder hat ein Zimmer und ein Bett. Denk nur, wie es in Prag war! Zu dritt und viert in einem Zimmer. Wir werden etwas Seidenpapier kaufen und daraus Lampenschirme machen. Wir werden hier an diesem Tisch Französisch lernen und draußen über dem Dach ein Stück Himmel sehen. Wir werden schlafen in diesen Betten, die die besten der Welt sein sollen, und wenn wir am Fenster stehen, dann wird dieser schmutzige Hof voller Romantik sein, denn es ist ein Hof in Paris.“

336   LIEBE DEINEN NÄCHSTEN

„Gut", sagte Kern. „Dann wollen wir jetzt in den Speisesaal gehen. Französisches Essen soll ebenfalls das beste der Welt sein!"

Der Speisesaal des Hotels Verdun befand sich im Kellergeschoß. Man hatte einen langen, verwickelten Weg, um hinzukommen – über Treppen und durch Gänge. Er war ziemlich groß; denn er gehörte gleichzeitig zum Hotel International, das nebenan lag und der Schwester der Wirtin gehörte. Wurde im International kontrolliert, so verschwand alles durch den Speisesaal zum Verdun hinüber; und umgekehrt ebenso. Der gemeinsame Keller war die Rettung.

Kern und Ruth blieben einen Moment unschlüssig an der Tür stehen. Es war Mittag, aber der Speisesaal war, da er keine Fenster hatte, erleuchtet.

„Da ist ja Marill aus dem Hotel Bristol in Prag", sagte Kern, „drüben neben der Lampe! So was! Da haben wir ja gleich jemand, den wir kennen!"

Der ehemalige Reichstagsabgeordnete sah sie jetzt. Er rückte einen Augenblick ungläubig an seiner Brille. Dann stand er auf, kam auf sie zu und schüttelte ihnen die Hände. „Die Kinder in Paris! Ist das möglich! Wie habt ihr denn das alte Verdun entdeckt?"

„Doktor Klassmann hat es uns gesagt."

„Klassmann, ach so! Na, ihr seid richtig hier. Das Verdun ist prima. Habt ihr Pension?"

„Ja, aber nur für einen Tag."

„Gut. Ändert das morgen. Zahlt nur das Zimmer, und kauft euch das andere selbst. Viel billiger! Ab und zu eßt ihr dann mal hier, damit die Wirtin bei guter Laune bleibt."

„Wie ist es hier?"

„Hier? Mein Junge... Österreich, die Tschechoslowakei, die Schweiz, das war der Bewegungskrieg der Emigranten, aber Paris ist der Stellungskrieg. Jede Emigrationswelle ist bis hierher gerollt. Sehen Sie den Mann mit dem buschigen schwarzen Haar drüben? Ein Italiener. Den mit dem Bart daneben? Ein Russe. Zwei Plätze weiter? Ein Spanier. Noch zwei weiter, ein Pole und zwei Armenier. Daneben vier Deutsche. Paris ist die letzte Hoffnung und das letzte Schicksal aller."

Sie setzten sich an Marills Tisch. „Wenn ihr hier eßt, empfehle ich euch diese dicke Kellnerin", sagte er. „Sie heißt Yvonne und stammt aus dem Elsaß. Ich weiß nicht, wie sie es macht – aber in ihren Schüsseln ist immer mehr als in allen andern."

Yvonne stellte die Suppe auf den Tisch, grinste und schaukelte hinaus.

„Habt ihr Geld, Kinder?" fragte Marill.

„Für ungefähr zwei Wochen", erwiderte Kern.

Marill nickte. „Das ist gut. Habt ihr euch schon überlegt, was ihr machen wollt?"

„Nein. Wir sind erst gestern angekommen. Wovon leben alle die Leute hier?"

„Gut gefragt, Kern. Fangen wir mit mir an. Ich lebe von Artikeln, die ich für ein paar Emigrantenblätter schreibe. Die Russen haben alle Nansenpässe und Arbeitserlaubnis. Sie waren die erste Emigrationswelle vor zwanzig Jahren. Sie sind Kellner, Köche, Masseure, Portiers, Schuhmacher, Chauffeure und so etwas. Die Italiener sind auch zum größten Teil untergebracht; sie waren die zweite Welle. Wir Deutschen haben zum Teil noch gültige Pässe; die wenigsten haben eine Arbeitserlaubnis. Manche besitzen noch etwas Geld, das sie sehr vorsichtig einteilen. Die meisten aber haben keins mehr. Sie arbeiten schwarz für das Essen und ein paar Francs. Sie verkaufen, was sie noch besitzen. Dort drüben der Rechtsanwalt macht Übersetzungen und Schreibmaschinenarbeit. Neben ihm der junge Mann bringt Deutsche mit Geld zu Nachtclubs und bekommt dafür Prozente. Die Schauspielerin ihm gegenüber lebt von Handlesekunst und Astrologie. Manche geben Sprachunterricht. Ein paar gehen morgens früh zu den Markthallen, um Körbe zu schleppen. Eine Anzahl lebt nur von den Unterstützungen der Flüchtlingshilfe. Manche handeln; manche betteln – und manche kommen irgendwann nicht mehr wieder. Wart ihr schon bei der Flüchtlingshilfe?"

„Heute vormittag."

„Nichts bekommen?"

„Nein."

„Macht nichts. Sie müssen wieder hingehen. Ruth muß zur jüdischen gehen; Sie zur gemischten; ich gehöre zur arischen." Marill lachte. „Das Elend hat seine Bürokratie, wie Sie sehen. Haben Sie sich eintragen lassen?"

„Nein, noch nicht."

„Machen Sie das morgen. Klassmann kann euch helfen. Für Ruth kann er sogar versuchen, eine Aufenthaltserlaubnis zu kriegen. Sie hat doch einen Paß."

LIEBE DEINEN NÄCHSTEN

„Der ist abgelaufen. Sie mußte illegal über die Grenze."

„Das macht nichts. Ein Paß ist ein Paß."

„Wie ist die Polizei hier?"

„Man muß aufpassen, aber sie ist nicht so scharf wie in der Schweiz."

KERN ging am nächsten Vormittag mit Klassmann zur Flüchtlingshilfe, um sich einschreiben zu lassen. Von da gingen sie zur Präfektur. „Es hat nicht den geringsten Zweck, sich zu melden", sagte Klassmann. „Sie würden nur ausgewiesen. Aber es ist ganz gut, daß Sie einmal sehen, was los ist. Es ist nicht gefährlich. Polizeigebäude, Kirchen und Museen sind die ungefährlichsten Plätze für Emigranten."

Die Präfektur war ein mächtiger Gebäudekomplex, der um einen großen Hof gelagert war. Klassmann führte Kern durch ein paar Torbögen und Türen in einen großen Saal, der aussah wie eine Bahnhofshalle. An den Wänden entlang lief eine Reihe von Schaltern, hinter denen die Angestellten saßen. In der Mitte des Raumes stand eine Anzahl Bänke ohne Lehnen. Einige hundert Menschen saßen herum oder standen in langen Schlangen vor den Schaltern.

„Dies ist der Saal der Auserwählten", sagte Klassmann. „Es ist beinah das Paradies. Hier sehen Sie Leute, die eine Aufenthaltserlaubnis haben, die sie verlängern lassen müssen."

Kern spürte die lastende Sorge und den Ernst des Raumes. „Das ist das Paradies?" fragte er.

„Ja. Sehen Sie!"

Klassmann zeigte auf eine Frau, die den Schalter neben ihnen verließ. Sie starrte mit einem Ausdruck irrsinnigen Entzückens auf einen Ausweis, den die Beamtin ihr gestempelt zurückgegeben hatte. Dann lief sie auf eine Gruppe wartender Menschen zu. „Vier Wochen!" rief sie unterdrückt. „Um vier Wochen verlängert!"

Klassmann wechselte einen Blick mit Kern. „Vier Wochen – das ist heute schon fast ein ganzes Leben, was?" Kern nickte.

Ein alter Mann stand jetzt vor dem Schalter. „Aber was soll ich denn machen?" fragte er verstört.

Der Beamte erwiderte etwas in schnellem Französisch, das Kern nicht verstand. Der alte Mann hörte ihm zu. „Ja, aber was soll ich denn machen?" fragte er dann zum zweitenmal.

Der Beamte wiederholte seine Erklärung. „Der nächste", sagte er dann und griff nach den Papieren, die ihm der folgende in der Reihe über den Kopf des alten Mannes hinweg reichte.

Der alte Mann wandte den Kopf. „Ich bin doch noch nicht fertig!" sagte er. „Was soll ich denn tun, wenn Sie mir mein Récépissé nicht verlängern?" fragte er. Der Beamte kümmerte sich nicht um ihn. Der Mann drehte sich zu den Leuten um, die hinter ihm standen. „Was soll ich denn nur tun?"

Er sah die Mauer steinerner, versorgter, gehetzter Gesichter. Niemand antwortete; aber niemand drängte ihn auch fort. Über seinen Kopf hinweg reichte man die Papiere in das Fenster des Schalters, bemüht, ihn nicht anzustoßen. Er ließ die Arme fallen und verließ den Schalter. Die Hände pendelten an seinem Körper herunter, und der vorgeneigte Kopf schien nichts mehr zu sehen. Aber während er noch verloren dastand, sah Kern das nächste Gesicht vor dem Schalter in Entsetzen erstarren.

„Das ist das Paradies?" sagte Kern.

„Ja", erwiderte Klassmann. „Viele werden abgelehnt; aber viele bekommen auch ihre Verlängerung."

Sie gingen durch Korridore und kamen in einen Raum, der mehr aussah wie ein Wartesaal vierter Klasse. Ein Völkergemisch erfüllte ihn. Die Leute standen oder saßen auf dem Boden. Kern sah eine schwere, dunkle Frau in einer Ecke auf dem Boden sitzen. Um sie herum spielten mehrere Kinder. Neben ihr stand eine Gruppe Juden mit schütteren, grauen Bärten, in schwarzen Kaftanen, mit Schläfenlöckchen. Sie standen und warteten, mit einem Ausdruck so unerschütterlicher Ergebung, als hätten sie schon Hunderte von Jahren gewartet. Auf einer Bank an der Wand saß eine schwangere Frau. Neben ihr ein Buckliger, der in ein Notizbuch schrieb. Eine dicke Frau, die in einer italienischen Zeitung las. Ein junges Mädchen, völlig versunken in seine Traurigkeit.

„Das sind alles Leute, die eine Aufenthaltserlaubnis beantragt haben", sagte Klassmann. „Oder die eine beantragen wollen."

„Mit was für Papieren ist denn das möglich?"

„Die meisten haben noch gültige oder abgelaufene, nicht erneuerte Pässe. Oder sind mit irgendwelchen Ausweisen legal eingereist, mit Visum."

„Dann ist dies hier noch nicht die schlimmste Abteilung?"

„Nein", sagte Klassmann.

LIEBE DEINEN NÄCHSTEN   341

Kern sah, daß auch Mädchen hinter den Schaltern arbeiteten. Sie waren hübsch und adrett angezogen; die meisten trugen helle Blusen und halblange Ärmelschoner darüber aus schwarzem Satin. Es erschien ihm einen Augenblick sonderbar, daß hinter den Schaltern Menschen saßen, denen es wichtig war, die Ärmel ihrer Bluse vor etwas Schmutz zu schonen, während sich vor ihnen andere Menschen drängten, deren ganzes Leben im Schmutz versank.

„In den letzten Wochen ist es besonders schlimm hier in der Präfektur", sagte Klassmann. „Immer, wenn in Deutschland etwas geschieht, was die umliegenden Länder nervös macht, müssen die Emigranten es als erste ausbaden. Haben Sie genug gesehen?"

„Ja."

Sie verließen den Raum. Als sie den vorderen Korridor erreichten, hörten sie von den Steintreppen herab brausende Musik. Es war ein federnder Marsch mit Trompetengejubel und mächtigen Fanfarenstößen. „Was ist denn das?" fragte Kern.

„Radio. Oben sind die Unterkunftsräume für die Polizei. Mittagskonzert."

Die Musik stürmte die Treppe herab und übersprühte eine einsame, kleine Gestalt, die dunkel auf der untersten Treppenstufe hockte, wie ein regloser Klumpen Schwarz, eine kleine Erhöhung mit rastlosen, verstörten Augen. Es war der alte Mann, der sich so schwer von dem erbarmungslosen Schalter gelöst hatte. Verloren hockte er in der Ecke, die Schultern eingezogen, die Knie am Körper, als könne er nie wieder aufstehen.

„Kommen Sie", sagte Klassmann draußen. „Wir trinken einen Kaffee."

Sie setzten sich an einen Rohrtisch vor ein kleines Bistro. Kern war erleichtert, als er den bitteren, schwarzen Kaffee getrunken hatte. „Was ist die letzte Station?" fragte er.

„Die letzte Station sind die vielen, die allein irgendwo sitzen und verhungern", erwiderte Klassmann. „Die Gefängnisse. Die Untergrundbahnhöfe nachts. Die Brückenbögen der Seine."

Kern blickte auf den Menschenstrom, der sich vor den Tischen des Bistros unablässig entlangschob. Ein Mädchen mit einem großen Hutkarton am Arm lächelte ihn im Vorübergehen an.

„Wie alt sind Sie?" fragte Klassmann.

„Einundzwanzig. Bald zweiundzwanzig."

342   LIEBE DEINEN NÄCHSTEN

Klassmann rührte in seiner Tasse. „Mein Sohn ist ebenso alt wie Sie."

„Ist er auch hier?"

„Nein", sagte Klassmann, „er ist in Deutschland. Er hat mich denunziert. Ich mußte seinetwegen raus."

„Oh, verflucht!" sagte Kern.

„Ich bin gläubiger Katholik. Der Junge dagegen war schon ein paar Jahre in einer dieser Jugendorganisationen der Partei. Er wurde immer aufsässiger. Eines Tages sagte er mir, wie ein Unteroffizier einem Rekruten, ich solle meinen Mund halten, sonst würde mir was passieren. Ich haute ihm eine Ohrfeige herunter. Er rannte wütend weg und denunzierte mich bei der Staatspolizei. Gab Wort für Wort zu Protokoll, was ich über die Partei geschimpft hatte. Zum Glück hatte ich einen Bekannten dort, der mich sofort telefonisch warnte. Ich mußte schleunigst weg. Eine Stunde später kam schon ein Kommando, mich zu holen – an der Spitze mein Sohn."

„Kein Spaß", sagte Kern.

Klassmann nickte. „Wird aber auch kein Spaß für ihn sein, wenn ich mal wiederkomme."

„Vielleicht hat er dann selber einen Sohn, der ihn denunziert. Vielleicht dann bei den Kommunisten."

Klassmann sah Kern betroffen an. „Meinen Sie, daß es so lange dauert?"

„Ich weiß nicht. Ich kann mir nicht denken, daß ich jemals zurückkomme."

STEINER befestigte ein nationalsozialistisches Parteiabzeichen unter dem linken Umschlag seines Jacketts. „Großartig, Beer!" sagte er. „Wo haben Sie das nur her?"

Doktor Beer grinste. „Von einem Patienten. Autounfall kurz vor Murten. Ich schiente ihm seinen Arm. Erst war er vorsichtig; dann tranken wir ein paar Kognaks zusammen, und er fing an zu fluchen auf die ganze Wirtschaft drüben in Deutschland und vermachte mir sein Parteiabzeichen zur Erinnerung."

„Der Mann sei gesegnet!" Steiner nahm einen blauen Aktendeckel vom Tisch und öffnete ihn. Eine Liste mit einem Hakenkreuz und einige Propagandaaufrufe lagen darin. „Ich glaube, das genügt. Darauf fällt er zehnmal rein."

LIEBE DEINEN NÄCHSTEN 343

Die Aufrufe und die Liste hatte er von Beer, dem solche Dinge aus einem rätselhaften Grund seit Jahren von einer Parteiorganisation in Stuttgart zugeschickt wurden. Steiner befand sich auf dem Kriegspfad gegen Ammers. Beer hatte ihm erzählt, was Kern passiert war.

„Wann fahren Sie weiter?" fragte Beer.

„Um elf. Vorher bringe ich Ihnen aber noch Ihr Abzeichen wieder."

Steiner ging los. Er klingelte an der Haustür von Ammers. Das Dienstmädchen öffnete. „Ich möchte Herrn Ammers sprechen", sagte er kurz. „Mein Name ist Huber. Parteisache."

Das Dienstmädchen verschwand, und Ammers erschien. Steiner hob nachlässig die Hand. „Parteigenosse Ammers?"

„Ja."

Steiner drehte seinen Rockaufschlag um und zeigte sein Abzeichen. „Huber", erklärte er. „Ich komme von der Auslandsorganisation und habe Sie einige Dinge zu fragen."

Ammers stand gleichzeitig stramm und verbeugte sich. „Bitte, treten Sie ein."

Steiner hatte richtig kalkuliert. Ammers dachte gar nicht daran, ihm zu mißtrauen. Der Gehorsam und die Angst vor der Gestapo saßen ihm viel zu sehr in den Knochen. Und selbst, wenn er mißtraut hätte, hätte er in der Schweiz gegen Steiner nichts machen können. Steiner besaß einen österreichischen Paß auf den Namen Huber. Wieweit er mit deutschen Organisationen in Verbindung war, konnte niemand feststellen. Nicht einmal die deutsche Gesandtschaft, die längst nicht über alle geheimen Propagandamaßnahmen informiert war.

Ammers führte Steiner in den Salon.

„Setzen Sie sich, Ammers", sagte Steiner und nahm selbst in Ammers' Sessel Platz. Er blätterte in seinem Aktendeckel. „Sie wissen, Parteigenosse Ammers, daß wir ein Hauptprinzip bei unserer Arbeit haben: Lautlosigkeit."

Ammers nickte.

„Wir haben das auch von Ihnen erwartet. Geräuschlose Arbeit. Jetzt hören wir, daß Sie hier mit einem jungen Emigranten unnötiges Aufsehen gemacht haben! Ich hoffe, so etwas wird nicht wieder vorfallen."

„Ja, natürlich!" Ammers fuhr sich über die Stirn und nickte. Er stand auf und holte eine Kristallflasche und zwei Likörschalen vom Büfett.

Steiner trank. Der Kognak war ziemlich gut. Steiner nahm den blauen Aktendeckel aus der Ledermappe. „Noch etwas, Parteigenosse. Streng vertraulich. Sie wissen, daß unsere Propaganda in der Schweiz noch sehr im argen liegt?"

„Ja", bestätigte Ammers eifrig. „Ich habe das schon immer gefunden."

„Gut", Steiner winkte leutselig ab. „Das soll anders werden. Es soll ein Geheimfonds aufgebracht werden." Er blickte in seine Liste. „Wir haben schon namhafte Gaben. Dieses hübsche Haus hier ist Ihr Eigentum, nicht wahr?"

„Ja. Es sind allerdings zwei Hypotheken darauf", erklärte Ammers eilig.

„Hypotheken sind dazu da, um weniger Steuer zu bezahlen. Ein Parteigenosse, der ein Haus besitzt, ist kein Windbeutel, der das Geld dafür nicht auf der Bank hat. Wie hoch soll ich Sie eintragen?"

Ammers sah ziemlich unentschlossen drein. „Wir schicken die Liste mit den Namen natürlich nach Berlin", sagte Steiner. „Ich denke, wir können Sie mit fünfzig Franken eintragen."

Ammers wirkte erleichtert. Er hatte mit mindestens hundert gerechnet. Er kannte die Unersättlichkeit der Partei. „Selbstverständlich!" erklärte er sofort. „Oder vielleicht sechzig", fügte er hinzu.

„Gut, also sechzig." Steiner schrieb. Ammers legte einen Fünfzig- und einen Zehnfrankenschein auf den Tisch. Steiner steckte das Geld ein. „Quittung ausgeschlossen", sagte er. „Sie verstehen, warum!?"

„Selbstverständlich! Geheim! Hier in der Schweiz!" Ammers zwinkerte schlau.

„Und keinen unnützen Radau wieder, Parteigenosse! Lautlosigkeit ist der halbe Erfolg! Denken Sie also immer daran!"

VIII

Kern fand keine Arbeit. Er bot sich überall an; aber selbst für zwanzig Francs am Tag konnte er nirgendwo unterkommen.

Nach zwei Wochen war das Geld verbraucht, das sie besaßen. Ruth bekam vom jüdischen und Kern vom gemischt jüdisch-christlichen Komitee eine kleine Unterstützung; zusammen hatten sie etwa fünfzig Francs in der Woche. Kern sprach mit der Wirtin und erreichte, daß sie für diesen Betrag die beiden Zimmer behalten konnten und morgens etwas Kaffee mit Brot bekamen.

Er verkaufte seinen Mantel, seinen Koffer und den Rest seiner Sachen von Potzloch. Dann begannen sie, Ruths Sachen zu verkaufen. Einen Ring ihrer Mutter, Kleider und ein schmales goldenes Armband. Sie waren nicht sehr unglücklich darüber. Sie lebten in Paris, das war genug.

Marill nahm sie an einem Sonntagnachmittag, als es keinen Eintritt kostete, mit in den Louvre. „Ihr braucht im Winter etwas, um eure Zeit hinzubringen", sagte er. „Das Problem des Emigranten ist der Hunger, die Bleibe und die Zeit, mit der er nichts anfangen kann, weil er nicht arbeiten darf. Der Hunger und die Sorge, wo er bleiben kann, das sind zwei Todfeinde, gegen die er kämpfen muß – aber die Zeit, die viele leere, ungenutzte Zeit ist der schleichende Feind, der seine Energie zerfrißt. Ihr seid jung. Hockt nicht in den Cafés, jammert nicht, werdet nicht müde. Wenn's mal schlimm wird, geht in den großen Wartesaal von Paris: den Louvre. Er ist gut geheizt im Winter. Besser vor einem Delacroix, einem Rembrandt oder einem van Gogh zu trauern als vor einem Schnaps oder im Kreise ohnmächtiger Klage und Wut."

Ihr Abendessen bestand aus Kakao und Brot und war seit einer Woche ihre einzige Mahlzeit, abgesehen von der Tasse Kaffee und den zwei Brioches morgens, die Kern in den Zimmerpreis mit eingehandelt hatte. „Das Brot schmeckt heute nach Beefsteak", sagte Kern. „Nach gutem, saftigem Beefsteak mit gebratenen Zwiebeln dran."

„Ich fand, es schmeckte nach Huhn", erwiderte Ruth. „Nach jungem Brathuhn mit frischem, grünem Salat dazu." Sie schnitt eine dicke Scheibe des langen französischen Weißbrots ab. „Hier", sagte sie. „Es ist ein Schenkelstück. Oder willst du lieber Brust?"

Kern lachte. „Ruth, wenn ich dich nicht hätte, würde ich jetzt mit Gott hadern!"

„Und ich würde ohne dich im Bett liegen und heulen."

Es klopfte. „Herein!" rief Ruth.

Die Tür öffnete sich. „Nein!" sagte Kern. „Das ist doch unmöglich! Ich träume!" Er stand so vorsichtig auf, als wolle er ein Phantom nicht verscheuchen. „Steiner", stammelte er. Das Phantom grinste. „Steiner!" rief Kern. „Herr des Himmels, es ist Steiner! Wo kommst du her?"

„Aus Wien. Auf dem Umweg über Murten.“

„Was? Über Murten?“

Steiner schmunzelte. „Ich habe euch gerächt, Kinder.“ Er holte seine Brieftasche hervor und zog sechzig Schweizer Franken heraus. „Hier. Das sind vierzehn Dollar oder etwa dreihundertfünfzig französische Francs. Ein Geschenk Ammers’.“

Kern sah ihn verständnislos an. „Ammers?“ fragte er. „Dreihundertfünfzig Francs?“

„Ich erkläre dir das später, Knabe. Steck es ein. Und nun laßt euch mal ansehen!“ Er musterte beide. „Hohlwangig, unterernährt, Kakao mit Wasser als Abendbrot ... Los, Kinder, anziehen. Die Restaurants der Stadt Paris warten auf uns!“

„Wir haben gerade ...“

„Das sehe ich!“ unterbrach Steiner grimmig. „Zieht euch sofort an! Ich schwimme in Geld.“

„Wir sind fertig angezogen“, sagte Ruth.

„Ach so! Mantel verkauft an einen Glaubensgenossen, der euch bestimmt beschummelt hat ... Also kommt!“

„Es ist wie verhext“, erzählte Kern nach dem Essen. „Paris ist nicht nur die Stadt der Toilettenwasser, der Seifen und Parfüms, es ist auch die Stadt der Sicherheitsnadeln, Schnürsenkel, Knöpfe und anscheinend sogar der Heiligenbilder. Der Handel fällt hier fast ganz aus. Ich habe eine Menge Dinge probiert – Geschirr gewaschen, Obstkörbe geschleppt, Adressen geschrieben, mit Spielzeug gehandelt –, aber es hat noch nichts Rechtes eingebracht. Es blieb immer zufällig. Ruth hat vierzehn Tage lang ein Büro saubergemacht; dann ging die Firma pleite, und sie bekam überhaupt nichts dafür. Für Pullover aus Kaschmirwolle, die sie gestrickt hat, bot man ihr so viel, daß sie gerade die Wolle dafür wieder kaufen konnte. Infolgedessen ...“ Er öffnete sein Jackett. „Ich laufe infolgedessen wie ein reicher Amerikaner in Kaschmir herum. Wunderbar, wenn man keinen Mantel hat. Vielleicht strickt sie dir auch einen Pullover, Steiner ...“

„Ich habe noch Wolle für einen“, sagte Ruth. „Schwarze allerdings. Mögen Sie schwarz?“

„Und wie! Wir leben ja schwarz.“ Steiner zündete sich eine Zigarette an. „Wart ihr schon mal im Café Maurice?“

„Nein. Nur im Alsace.“

„Schön. Dann gehen wir mal zu Maurice. Da gibt es Dickmann. Er

LIEBE DEINEN NÄCHSTEN

weiß alles. Auch über Mäntel. Ich will ihn aber noch etwas Wichtigeres fragen. Über die Weltausstellung, die dieses Jahr kommt."

„Die Weltausstellung?"

„Ja, Baby", sagte Steiner. „Da soll es nämlich Arbeit geben. Und nach Papieren soll nicht so genau gefragt werden."

„Wie lange bist du eigentlich schon in Paris, Steiner? Daß du alles weißt?"

„Vier Tage. Ich war vorher in Straßburg. Hatte da etwas zu besorgen. Euch habe ich durch Klassmann gefunden. Traf ihn auf der Präfektur. Ich habe ja einen Paß, Kinder."

Das Café Maurice glich dem Café Sperler in Wien und dem Café Greif in Zürich. Es war die typische Emigrantenbörse. Steiner bestellte für Ruth und Kern Kaffee und ging dann zu einem älteren Mann hinüber. Beide unterhielten sich eine Zeitlang. Dann blickte der Mann prüfend zu Kern und Ruth hinüber und ging fort.

„Das war Dickmann", sagte Steiner. „Es stimmt mit der Weltausstellung, Kern. Die ausländischen Pavillons werden jetzt gebaut. Das bezahlen die ausländischen Regierungen. Zum Teil bringen sie eigene Arbeiter mit – für die einfachen Sachen aber, Erdarbeiten und so was, engagieren sie die Leute hier. Und da liegt unsere große Chance! Da die Löhne von ausländischen Komitees bezahlt werden, kümmern die Franzosen sich wenig darum, wer da arbeitet. Morgen früh gehen wir hin. Es ist schon eine Anzahl Emigranten beschäftigt. Wir sind billiger als die Franzosen – das ist unser Vorteil."

Dickmann kam wieder. Er trug zwei Mäntel über dem Arm. „Ich glaube, sie werden passen."

„Probier den Mantel an", sagte Steiner zu Kern. „Und Ruth den andern. Widerstand ist zwecklos."

Die Mäntel paßten genau. Der von Ruth hatte sogar einen verschabten kleinen Pelzkragen.

„Sind das deine besten Klamotten, Heinrich?" fragte Steiner.

Dickmann sah ihn etwas beleidigt an. „Die Mäntel sind gut. Nicht neu, das ist klar. Der mit dem Pelzkragen stammt sogar von einer Gräfin – im Exil natürlich. Es ist echter Waschbär."

„Gut. Wir nehmen sie. Ich komme morgen, und dann sprechen wir weiter darüber."

„Das brauchst du nicht. Du kannst sie so haben. Wir haben ja noch was zu verrechnen."

„Unsinn."

„Doch. Nimm sie und vergiß es. Damals war ich schön in der Patsche. Herrgott!"

„Wie geht's sonst?" fragte Steiner.

Dickmann zuckte die Achseln. „Es reicht für die Kinder und mich. Aber es ist ekelhaft, so auf Krampf zu leben."

Steiner lachte. „Werde nicht sentimental, Heinrich! Ich bin Urkundenfälscher, Falschspieler, Vagabund, ich habe Körperverletzungen hinter mir, Widerstand gegen die Staatsgewalt und noch allerhand mehr – ich habe trotzdem kein schlechtes Gewissen."

Dickmann nickte. „Meine Kleinste ist krank. Grippe. Fieber. Ich will heute mal früher nach Hause gehen." Er grüßte müde und ging dem Ausgang zu.

„War mal sozialdemokratischer Bürgermeister." Steiner sah ihm nach. „Fünf Kinder. Frau tot. Guter Bettler. Mit Würde. Weiß alles." Er bestellte sich einen Kognak. „Baby", sagte er zu Kern, „auch einen?"

„Hör zu, Steiner . . .", begann Kern.

Steiner winkte ab. „Rede nicht! Weihnachtsgeschenke, die mich nichts kosten. Einen Kognak, Ruth?"

„Ja."

„Neue Mäntel! Arbeit in Sicht!" Kern trank seinen Kognak. „Das Dasein fängt an, interessant zu werden."

Das Café begann sich zu füllen. Die Schläfer kamen, um Eckplätze für die Nacht zu ergattern. Steiner trank seinen Kognak aus. „Der Wirt hier ist großartig. Er läßt alles schlafen, was Platz findet. Umsonst. Oder für eine Tasse Kaffee. Wenn diese Buden nicht existierten, sähe es für manche Leute böse aus." Er stand auf. „Wollen gehen, Kinder."

Sie gingen hinaus. Es war windig und kalt. Ruth schlug den Waschbärkragen ihres neuen Mantels hoch und zog ihn eng um sich zusammen. Sie lächelte Steiner zu. Er nickte. „Wärme, kleine Ruth! Alles auf der Welt hängt nur von einem bißchen Wärme ab."

Sie saßen in der Kantine der Weltausstellung. Es war Zahltag gewesen. Kern legte die dünnen Papierscheine rund um seinen Teller. „Zweihundertsiebzig Francs!" sagte er. „In einer Woche verdient! Und das schon zum drittenmal! Es ist ein glattes Märchen."

LIEBE DEINEN NÄCHSTEN 349

Marill betrachtete ihn eine Weile amüsiert. Dann hob er sein Glas Steiner entgegen. „Wir wollen einen Schluck des Abscheus auf das Papier trinken. Es ist erstaunlich, was für eine Macht es über den Menschen bekommen hat! Der Neandertaler wurde mit der Keule erschlagen; der Römer mit dem Schwert; der Mensch des Mittelalters mit der Pest – uns aber kann man schon mit einem Stück Papier auslöschen."

„Oder zum Leben bringen", ergänzte Kern. Er steckte das Geld in die Tasche. „Wie lange sind heute die Geschäfte offen?" fragte er.

„Warum?"

„Heute ist doch Silvester."

„Bis sieben, Kern", sagte Marill. „Wollen Sie Schnaps einkaufen für heute abend? Der ist hier in der Kantine billiger."

„Nein." Kern stand auf. „Ich will zu Salomon Levi. Vielleicht ist er heute sentimental und hat labilere Preise."

Salomon Levi war ein behendes, wieselartiges Männchen mit einem schütteren Ziegenbart. Er hauste in einem dunklen, gewölbeartigen Raum, zwischen Uhren, Musikinstrumenten, gebrauchten Teppichen, Ölgemälden, Hausrat, Gipszwergen und Porzellantieren. Im Schaufenster waren billige Imitationen, künstliche Perlen, silbergefaßter Schmuck, Taschenuhren und alte Münzen aufgestapelt.

Levi erkannte Kern sofort wieder. Er hatte ein Gedächtnis wie ein Hauptbuch und schon manches gute Geschäft dadurch gemacht. „Was gibt's?" fragte er sofort kampfbereit, weil er ohne weiteres annahm, Kern wollte wieder etwas verkaufen. „Sie kommen zu einer schlechten Zeit!"

„Wieso? Haben Sie den Ring schon verkauft?"

„Junger Mann", zeterte Levi, „lesen Sie denn keine Zeitungen? Wissen Sie nicht, was in der Welt vorgeht? Verkauft? So alten Plunder! Also was haben Sie diesmal? Viel kann ich nicht geben."

„Ich will nichts verkaufen, Herr Levi. Ich möchte den Ring wiederkaufen."

„Was?" Levi sperrte einen Moment den Mund auf. „Mit Geld?"

„Ja, mit barem Geld." Kern holte einen Hundertfrancschein hervor und legte seine Brieftasche auf den Tisch.

Levi stieß einen Pfiff aus. „Sie sind bei Kasse? Junger Mann, die Polizei . . ."

„Ehrlich verdient!" sagte Kern. „Und nun, wo ist der Ring?"

„Momenterl!" Levi rannte fort und kam mit dem Ring von Ruths

Mutter zurück. Er putzte ihn an seinem Rockärmel blank und legte ihn dann auf ein Stück Samt, als wäre er ein zwanzigkarätiger Diamant. „Ä scheenes Stück", sagte er andächtig.

„Herr Levi", sagte Kern. „Sie haben uns damals hundertfünfzig Francs für den Ring gegeben. Wenn ich Ihnen hundertachtzig wiedergebe, haben Sie zwanzig Prozent verdient. Das ist ein guter Vorschlag, was?" Er zählte hundertachtzig Francs auf den Tisch.

„Geld!" sagte Levi verächtlich, „was ist heute Geld? Vierhundert Francs wäre billig für so ein schönes Stück. Ich bin ein Mensch, ich will nichts verdienen, weil heute Silvester ist! Dreihundert Francs, fertig, und wenn ich verblute."

„Das ist das Doppelte!" sagte Kern empört.

„Das Doppelte! Das sagen Sie so dahin, ohne zu wissen, was Sie reden. Haben Sie schon mal was von Spesen gehört, junger Mann? Das kostet und kostet! Steuern, Miete, Kohlen, Abgaben, Verluste!"

„Ich bin ein armer Teufel, ein Emigrant ..."

Levi winkte ab. „Wer ist kein Emigrant? Wer kaufen will, ist immer reicher, als wer verkaufen muß."

„Zweihundert Francs", sagte Kern, „und das ist das letzte."

Levi nahm den Ring, blies darauf und trug ihn fort. Kern steckte das Geld ein und ging zur Tür. Als er sie öffnete, schrie Levi von hinten: „Zweihundertfuffzich, weil Sie jung sind und ich ein Wohltäter sein will!"

„Zweihundert", gab Kern von der Tür zurück.

„Zweihundertfünfundzwanzig, ehrlich und treu, weil ich morgen Miete zahlen muß."

Kern kehrte zurück und legte das Geld hin. Levi packte den Ring in einen kleinen Pappkasten. „Das Schächtelchen haben Se gratis", sagte er, „und die hübsche blaue Watte auch. Ruiniert haben Sie mich!"

„Fünfzig Prozent", knurrte Kern. „Wucherer!"

Er fuhr zurück zum Hotel. „Ruth!" sagte er in der Tür. „Es geht mächtig aufwärts mit uns! Hier! Der letzte Mohikaner ist heimgekehrt."

Ruth öffnete die Schachtel und sah hinein. „Ludwig", sagte sie.

„Unnütze Dinge, weiter nichts!" erklärte Kern schnell und verlegen. „Und nun steck ihn an! Wir essen heute alle zusammen in einem Restaurant. Wie richtige Arbeiter mit Wochenlohn!"

Es war zehn Uhr abends. Steiner, Marill, Ruth und Kern saßen in der „Mère Margot". Die Kellner begannen, die Stühle zusammenzustellen und mit Reisigbesen und Wasser den Boden zu fegen.

„Ich glaube, man will uns hier herausschmeißen", sagte Steiner und winkte dem Kellner. Der brachte die Rechnung. In diesem Augenblick ging die Tür zur Straße auf, und eine Gestalt trat ein. Die Kellner machten ärgerliche Gesichter.

Der Mann ging schweigend durch die Wirtsstube zu dem großen Rost hinüber, an dem über glühenden Holzkohlen sich ein paar Brathühner am Spieß drehten. Er examinierte die Hühner mit Röntgenaugen. Dann deutete er auf das größte Huhn. „Geben Sie mir das da!"

„Mit Salat, Bratkartoffeln, Reis?" fragte der Kellner.

„Mit nichts. Mit Messer und Gabel. Geben Sie es her."

Kern stieß Steiner an. Um seinen Mund zuckte es. „Das Poulet!" sagte er leise. „Das alte Poulet, tatsächlich!"

Steiner nickte. „Er ist es! Das Poulet aus dem Gefängnis in Wien."

Der Mann ließ sich am Tisch nieder. Er entfaltete feierlich die Serviette. Vor ihm prangte das gebratene Huhn. Der Mann hob die Hände wie ein Priester, als wolle er es segnen. Eine strahlende, wilde Genugtuung umschwebte ihn.

„Wir wollen ihn nicht stören", sagte Steiner leise und grinste. „Er hat sich sein Brathuhn sicher hart verdient."

„Im Gegenteil, ich schlage vor, daß wir sofort flüchten!" erwiderte Kern. „Ich habe ihn bisher zweimal erlebt. Beide Male im Gefängnis. Jedesmal war er verhaftet worden im Moment, wo er ein Brathuhn essen wollte. Danach muß die Polizei jede Sekunde kommen!"

Steiner lachte. Sie brachen auf. An der Tür sahen sie sich noch einmal um. Das Poulet löste gerade einen braunen, knusprigen Schenkel vom Körper des Huhnes los, betrachtete ihn wie ein Pilger das Heilige Grab und biß andächtig, aber entschlossen hinein.

MARILL kam in die Kantine. „Draußen ist jemand, der dich sucht, Steiner."

„Als was? Als Steiner oder als Huber?"

„Als Steiner."

„Hast du ihn gefragt, was er will?"

„Natürlich. Er hat einen Brief für dich aus Berlin."

Steiner schob mit einem Ruck seinen Stuhl zurück. „Wo ist er?"

„Drüben am rumänischen Pavillon."

„Kein Spitzel oder so was?"

„Sieht nicht so aus."

Sie gingen zusammen hinüber. Unter den kahlen Bäumen wartete ein Mann von etwa fünfzig Jahren. „Sind Sie Steiner?" fragte er.

„Nein", sagte Steiner. „Warum?"

Der Mann fixierte ihn flüchtig. „Ich habe einen Brief für Sie. Von Ihrer Frau." Er nahm einen Brief aus seiner Brieftasche und zeigte ihn Steiner. „Sie kennen ja wohl die Handschrift."

Steiner fühlte, daß er ruhig stand, aber innen war plötzlich alles lose und bebte und flog. Er konnte die Hand nicht heben.

„Woher wissen Sie, daß Steiner in Paris ist?" fragte Marill.

„Der Brief kommt aus Wien. Jemand hat ihn aus Berlin mitgebracht. Dann hat er Sie zu erreichen versucht und gehört, daß Sie in Paris sind." Der Mann zeigte auf ein zweites Kuvert. Josef Steiner, Paris, stand darauf, in Lilos großer Handschrift. „Er hat mit noch anderer Post den Brief an mich geschickt. Ich suche Sie seit einigen Tagen. Im Café Maurice habe ich endlich gehört, daß ich Sie hier finden kann. Sie brauchen mir nicht zu sagen, ob Sie Steiner sind. Sie brauchen nur den Brief zu nehmen. Ich will ihn loswerden."

„Er ist für mich", sagte Steiner.

Der Mann gab ihm den Brief. „Danke", sagte Steiner. „Sie haben viel Mühe gehabt."

„Macht nichts. Wenn wir schon Post bekommen, ist sie wichtig genug, um jemand zu suchen." Er grüßte und ging.

„Marill", sagte Steiner, vollkommen außer sich. „Von meiner Frau! Der erste Brief! Was kann das sein? Sie sollte doch nicht schreiben!"

„Mach ihn auf . . ."

Steiner riß den Umschlag auf und begann zu lesen. Er saß wie ein Stein, aber sein Gesicht begann sich zu verändern. Es wurde bleich und schien einzufallen. Die Muskeln an den Backen spannten sich, und die Adern traten hervor. Er ließ den Brief sinken und saß eine Zeitlang schweigend und starrte zu Boden. Dann blickte er nach dem Datum. „Zehn Tage . . .", sagte er. „Sie liegt im Krankenhaus. Vor zehn Tagen hat sie noch gelebt . . ."

Marill sah ihn an und wartete.

„Sie sagt, sie sei nicht zu retten. Deshalb schreibt sie. Es sei ja nun egal. Sie sagt nicht, was sie hat. Sie schreibt . . . du verstehst . . . es ist ihr letzter Brief . . ."

LIEBE DEINEN NÄCHSTEN 353

„In welchem Krankenhaus liegt sie?" fragte Marill. „Hat sie es geschrieben?"

„Ja."

„Wir werden sofort anrufen. Unter irgendeinem Namen."

Steiner stand taumelnd auf. „Ich muß hin."

„Ruf erst an. Komm, wir fahren zum Verdun."

Steiner meldete die Nummer an. Nach einer halben Stunde klirrte das Telefon, und er ging in die Kabine. Als er herauskam, war er naß von Schweiß. „Sie lebt noch", sagte er.

„Hast du mit ihr gesprochen?" fragte Marill.

„Nein, mit dem Arzt. Ich habe gesagt, ich sei ein Verwandter von ihr. Sie ist operiert worden. Sie ist nicht mehr zu retten. Drei, vier Tage noch höchstens, sagt der Arzt. Deshalb hat sie auch geschrieben. Sie dachte nicht, daß ich den Brief so rasch bekäme." Er hatte den Brief immer noch in der Hand. „Marill, ich fahre heute abend. Ich komme über die Grenze. Ich habe ja den Paß."

„Der Paß nützt dir nichts, wenn du drüben bist. Das weißt du doch selbst ganz genau!"

„Ja."

„Daß du wahrscheinlich verloren bist."

„Ich bin auch verloren, wenn sie stirbt."

„Das ist nicht wahr! Es klingt roh, was ich dir rate, Steiner, schreibe ihr, telegrafiere ihr, aber bleibe hier."

Steiner schüttelte abwesend den Kopf. Er hatte kaum zugehört.

Marill packte ihn an den Schultern. „Du kannst ihr nicht helfen. Auch nicht, wenn du hinfährst."

„Ich kann sie sehen."

„Aber Mensch, sie wird entsetzt sein, wenn du kommst! Wenn du sie fragen würdest, jetzt, sie würde alles tun, damit du hierbleibst."

Steiner hatte auf die Straße gestarrt, ohne etwas zu sehen. Jetzt wandte er sich rasch um. „Marill", sagte er, und seine Augen flatterten, „noch ist sie alles, was es gibt für mich, sie lebt, sie atmet noch – und sie wird tot sein in ein paar Tagen, ein paar Tage noch, die letzten Tage, und ich soll nicht bei ihr sein, begreife doch, daß ich fahren muß, es geht gar nicht anders."

„Telegrafiere ihr, nimm mein Geld zu deinem, nimm das von Kern dazu und telegrafiere ihr jede Stunde, ganze Seiten, Briefe, alles – aber bleib hier!"

„Es ist nicht gefährlich, wenn ich fahre. Ich habe den Paß, ich komme wieder zurück damit."

„Quatsch mir nichts vor! Du weißt, daß es gefährlich ist! Sie haben drüben eine verdammt gute Organisation."

„Ich fahre", sagte Steiner. „Ich weiß, was auf dem Spiel steht, aber auch wenn es tausendmal mehr wäre, würde ich fahren, und nichts könnte mich daran hindern."

Steiner war wie ein vereister Strom, der aufgebrochen ist. Er konnte kaum begreifen, daß er mit jemand telefoniert hatte, der im gleichen Hause wie Marie gewesen war. Er warf die wenigen Dinge, die er brauchte, in den Koffer und schloß ihn zu. Dann ging er zu Ruth und Kern hinüber. Sie hatten alles schon von Marill gehört und erwarteten ihn verstört.

„Kinder", sagte er, „ich gehe jetzt weg. Es hat lange gedauert, aber ich wußte eigentlich immer, daß es so kommen würde." Er lächelte traurig. „Leben Sie wohl, Ruth."

Ruth gab ihm die Hand. Sie weinte. „Ich wollte Ihnen so vieles sagen, Steiner. Aber jetzt weiß ich nichts mehr. Ich bin nur noch traurig. Wollen Sie das mitnehmen?" Sie hielt ihm den schwarzen Pullover hin. „Er ist heute fertig geworden."

Steiner lächelte und war einen Augenblick wieder wie früher. „Das hat gerade geklappt", sagte er. Dann wandte er sich an Kern. „Leb wohl, Baby. Manchmal geht alles furchtbar langsam, was? Und manchmal verdammt schnell."

„Ich weiß nicht, ob ich ohne dich noch da wäre, Steiner", sagte Kern.

„Bestimmt. Aber es ist schön, daß du mir das sagst. Dann war die Zeit doch nicht ganz umsonst."

„Kommen Sie wieder!" sagte Ruth. „Wir können wenig für Sie tun; aber alles, was wir sind, ist für Sie da. Immer."

„Gut. Ich will sehen. Lebt wohl, Kinder. Haltet die Ohren steif."

„Laß uns mit zum Bahnhof gehen", sagte Kern.

Steiner zögerte. „Marill geht mit. Oder ja, kommt nur mit!" Sie gingen die Treppen hinunter ...

„Laß mich deinen Koffer tragen", sagte Kern.

Steiner gab ihm den Koffer. Er wußte, daß Kern etwas für ihn tun wollte und daß es nichts anderes gab als dieses wenige.

Sie kamen gerade zur Abfahrt des Zuges zurecht. Steiner stieg ein

LIEBE DEINEN NÄCHSTEN 355

und ließ das Fenster herunter. Der Zug stand noch; aber Steiner schien durch das Fenster schon auf eine unwiderrufliche Weise von den dreien auf dem Bahnsteig getrennt. Kern sah mit brennenden Augen auf das harte, hagere Gesicht. Es hatte ihn viele Monate begleitet. Was an ihm selbst abgehärtet worden war, das verdankte er Steiner. Und jetzt sah er dieses Gesicht, beherrscht und ruhig, freiwillig in seinen Untergang gehen.

Der Zug fuhr an. Niemand sprach ein Wort. Steiner hob langsam die Hand. Die drei auf dem Bahnhof sahen ihm nach, bis die Wagen hinter einer Kurve verschwanden.

„Verdammt!" sagte Marill schließlich heiser. „Kommt, ich muß einen Schnaps haben."

„Ruth, es ist plötzlich leer, und man friert", sagte Kern nach einer Weile. „Als wäre die ganze Stadt ausgestorben."

KERN fuhr gerade eine schwere Karre voll Erde vom Pavillon fort zu Marill hinüber, als er von zwei Herren angehalten wurde.

„Einen Moment, bitte! Sie auch", sagte der eine zu Marill.

Kern stellte umständlich die Karre zu Boden. Diesen leisen, höflichen und unerbittlichen Ton kannte er.

„Wollen Sie uns, bitte, Ihre Ausweispapiere zeigen?"

„Ich habe sie nicht bei mir", erwiderte Kern.

„Wollen Sie uns vorher, bitte, Ihre Ausweispapiere zeigen?" sagte Marill.

„Aber gewiß, gern! Hier, das genügt wohl, nicht wahr? Polizei. Der Herr ist Kontrolleur des Arbeitsministeriums. Sie verstehen: Die große Anzahl französischer Arbeitsloser zwingt uns zu einer Kontrolle..."

„Ich verstehe, mein Herr. Ich kann Ihnen leider nur eine Aufenthaltserlaubnis zeigen; eine Arbeitserlaubnis habe ich nicht; Sie haben sie sicher auch nicht erwartet..."

„Sie haben ganz recht, mein Herr", sagte der Kontrolleur höflich, „wir haben das nicht erwartet. Aber es genügt uns. Sie können weiterarbeiten. Die Regierung will in diesem besonderen Falle beim Bau der Ausstellung die Bestimmungen nicht allzu streng nehmen. Entschuldigen Sie bitte die Störung."

„Bitte, es ist doch Ihre Pflicht."

„Darf ich Ihren Ausweis sehen?" fragte der Kontrolleur Kern.

„Ich habe keinen."

„Sie sind illegal eingewandert?"

„Ich hatte keine andere Möglichkeit."

„Ich bedaure sehr", sagte der Mann von der Polizei, „aber Sie müssen mit uns zur Präfektur kommen."

„Ich habe damit gerechnet", erwiderte Kern und sah Marill an. „Sagen Sie Ruth, daß ich geschnappt worden bin; ich komme so schnell zurück, wie ich kann. Sie soll keine Angst haben." Er hatte deutsch gesprochen.

„Ich habe nichts dagegen, wenn Sie sich noch einen Augenblick unterhalten wollen", erklärte der Kontrolleur.

„Ich werde für Ruth sorgen, bis Sie wiederkommen", sagte Marill auf deutsch. „Hals- und Beinbruch, alter Junge. Lassen Sie sich über Basel abschieben. Über Burgfelden wieder herein. Wenn man Sie in die Santé bringt, schreiben Sie mir, sobald Sie können."

Es KLOPFTE an Ruths Tür. Sie öffnete so schnell, als hätte sie hinter der Tür gewartet. Das erwartungsvolle Lächeln auf ihrem Gesicht verwischte sich etwas, als sie Marill sah. „Marill ...", sagte sie. „Ich dachte, es wäre Ludwig. Er muß jeden Augenblick kommen."

Marill trat ein. Er sah Teller auf dem Tisch stehen, einen Spirituskocher mit brodelndem Wasser, Brot und Aufschnitt und in einer Vase ein paar Blumen. „Blumen", murmelte er. „Auch noch Blumen."

„Blumen sind billig in Paris", sagte Ruth.

„Ja. Ich meinte das nicht so. Nur ... es macht es nur noch so viel schwerer ..."

„Was?"

Marill antwortete nicht.

„Ich weiß es", sagte Ruth plötzlich. „Die Polizei hat Ludwig gefaßt."

„Ja, Ruth."

„Wo ist er?"

„In der Präfektur."

Ruth nahm schweigend ihren Mantel. Sie zog ihn an, stopfte ein paar Sachen in die Taschen und wollte an Marill vorbei aus der Tür. Er hielt sie auf. „Das ist sinnlos", erklärte er. „Es hilft ihm und Ihnen nicht. Wir haben jemand in der Präfektur, der aufpaßt. Bleiben Sie hier!"

LIEBE DEINEN NÄCHSTEN 357

„Wie kann ich das? Ich kann ihn doch noch sehen! Sie sollen mich mit einsperren! Dann gehen wir zusammen über die Grenze!" Marill hielt sie fest. Ihr Gesicht war blaß. Dann gab sie plötzlich nach. „Marill...", sagte sie hilflos, „was soll ich tun?"

„Hierbleiben. Klassmann ist auf der Präfektur. Er wird uns sagen, was passiert. Man kann ihn nur ausweisen. Dann ist er in ein paar Tagen wieder da. Ich habe ihm versprochen, daß Sie hier warten. Er weiß, daß Sie vernünftig sein werden."

„Ja, das will ich." Ihre Augen waren voller Tränen. Sie zog ihren Mantel aus. „Wird man ihn ins Gefängnis bringen?"

„Ich glaube nicht. Wir werden das durch Klassmann erfahren. Wir müssen bis morgen warten."

Ruth nickte. „Hat Ihnen Klassmann sonst nichts gesagt?"

„Nein. Ich habe ihn nur einen Moment gesprochen. Er ist dann gleich zur Präfektur gegangen."

„Ich war heute vormittag mit ihm da. Man hatte mich hinbestellt." Sie nahm ein Papier aus ihrer Manteltasche, strich es glatt und gab es Marill. „Deshalb."

Es war eine Aufenthaltserlaubnis für Ruth, gültig für vier Wochen. „Das Flüchtlingskomitee hat es durchgesetzt. Ich hatte ja noch einen abgelaufenen Paß. Klassmann kam heute mit der Nachricht. Er hat all die Monate daran gearbeitet. Ich wollte es Ludwig zeigen. Deshalb habe ich auch die Blumen auf dem Tisch."

Marill hielt den Schein in der Hand. „Es ist ein verfluchtes Glück und ein verdammtes Elend gleichzeitig", sagte er. „Aber Kern kommt wieder. Glauben Sie das?"

„Ja", sagte Ruth. „Er muß wiederkommen!"

„Gut. Und jetzt gehen Sie mit mir hinaus. Wir essen irgendwo. Und wir werden etwas trinken – auf die Aufenthaltserlaubnis und auf Kern. Er ist ein erfahrener Soldat."

„Hat er Geld, um zurückzufahren?"

„Das nehme ich an. Als alte Kämpfer haben wir immer soviel bei uns für den Notfall. Wenn er nicht genug hat, schmuggelt Klassmann den Rest hinein. Und nun kommen Sie!"

STEINER war sehr wach und gespannt, als der Zug an der Grenze hielt. Die französischen Zollbeamten gingen gleichgültig und rasch durch. Sie fragten nach dem Paß, stempelten ihn und verließen das Abteil. Der Zug fuhr wieder an. Steiner wußte, daß in diesem Augenblick sein Schicksal entschieden war; er konnte nicht mehr zurück.

Nach einer Weile kamen zwei deutsche Beamte und grüßten. „Bitte Ihren Paß."

Steiner nahm das Heft und gab es dem jüngeren, der gefragt hatte. „Wozu reisen Sie nach Deutschland?" fragte der andere.

„Ich will Verwandte besuchen."

„Leben Sie in Paris?"

„Nein, in Graz. Ich habe in Paris einen Verwandten besucht."

„Wie lange wollen Sie in Deutschland bleiben?"

„Ungefähr vierzehn Tage. Dann fahre ich wieder nach Graz zurück."

„Haben Sie Devisen bei sich?"

„Ja. Fünfhundert Francs."

„Wir müssen das in den Paß eintragen. Haben Sie das Geld aus Österreich mitgebracht?"

„Nein, ein Vetter in Paris hat es mir gegeben."

Der Beamte betrachtete den Paß, dann schrieb er etwas hinein und stempelte ihn. „Haben Sie etwas zu verzollen?" fragte der andere.

„Nein, nichts." Steiner nahm seinen Koffer herunter.

Der Beamte sah flüchtig hinein. „Haben Sie Zeitungen, Drucksachen oder Bücher bei sich?"

„Nichts."

„Danke." Der jüngere Beamte gab Steiner den Paß zurück. Beide grüßten und gingen. Steiner merkte plötzlich, daß er naß von Schweiß war. Der Zug begann schneller zu fahren. Steiner lehnte sich zurück und blickte durch die Scheiben. Draußen war es Nacht, Wolken zogen rasch und niedrig über den Himmel, und dazwischen blinkten die Sterne. Kleine, halb erleuchtete Bahnhöfe flogen vorüber. Die roten und grünen Lichter der Signale huschten vorüber, und die Schienen glänzten. Steiner ließ das Fenster herunter und sah hinaus. Der feuchte Fahrtwind riß an seinem Gesicht und an seinen Haaren. Er setzte sich wieder hin und versuchte zu schlafen – aber er konnte nicht. Die dunkle Landschaft draußen wurde zu Gesichtern und Erinnerungen, die schweren Jahre des Krieges standen wieder auf, als der Zug über die Rheinbrücke donnerte; das Wasser, mit dumpfem Rauschen dahintreibend, warf hundert fast schon vergessene Namen hoch, Namen von Regimentern und Kameraden, von Städten und Lagern.

LIEBE DEINEN NÄCHSTEN

Er war allein im Abteil. Er zündete eine Zigarette nach der anderen an und wanderte hin und her in dem kleinen Raum. Er hatte nicht geglaubt, daß alles noch eine solche Gewalt über ihn haben könnte. Er zwang sich, an morgen zu denken, daran, wie er versuchen mußte durchzukommen, ohne Aufsehen zu erregen, an das Krankenhaus, an seine Lage, und wen von seinen Freunden er aufsuchen könnte.

Morgens um elf Uhr kam er an. Seinen Koffer ließ er in der Aufbewahrungsstelle für Gepäck und ging sofort zum Krankenhaus. Er sah die Stadt nicht; er sah nur etwas, das an ihm zu beiden Seiten vorbeitrieb, eine Flut von Häusern, Wagen und Menschen.

Vor dem großen, weißen Bau blieb er stehen. Er starrte auf das weite Portal und die endlosen Reihen der Fenster. Irgendwo dort – aber vielleicht auch nicht mehr. Er biß die Zähne zusammen und trat ein.

„Ich möchte mich erkundigen, wann Besuchsstunde ist", sagte er im Anmeldebüro.

„Für welche Klasse?" fragte die Schwester.

„Das weiß ich nicht. Ich komme zum erstenmal."

„Zu wem wollen Sie?"

„Zu Frau Marie Steiner."

Die Schwester schlug gleichgültig ein dickes Buch auf und blätterte. Steiner hatte plötzlich einen trockenen Hals. Er starrte sie an und wartete darauf, daß sie sagen würde: gestorben.

„Marie Steiner", sagte die Schwester, „zweite Klasse. Zimmer fünfhundertfünf, fünfter Stock. Besuchsstunde von drei bis sechs Uhr."

„Fünfhundertfünf. Danke vielmals, Schwester."

Steiner zwang sich, nicht zu fragen, ob er sofort hinaufgehen könne. Er fürchtete, daß man wissen wolle, weshalb, und er mußte jedes Aufsehen vermeiden. Deshalb ging er. Er wanderte ziellos durch die Straßen, immer wieder in größeren Kreisen am Hospital vorbei. Dann überfiel ihn plötzlich die Angst, jemand könnte ihn erkennen, und er suchte eine abgelegene Kneipe, um dort zu warten. Er bestellte etwas zu essen, aber er konnte nichts hinunterkriegen. Um drei zahlte er und ging. Er stieg die mit Linoleum belegten Stufen hinauf und war nichts mehr als ein einziges, rasendes Vibrieren. Der lange Gang bog und wellte sich, und dann sprang kreidig eine weiße Tür heraus und stand still: fünfhundertfünf.

Steiner klopfte. Niemand antwortete. Er öffnete die Tür.

Das kleine Zimmer lag im Licht der Nachmittagssonne da wie eine Insel des Friedens aus einer andern Welt. Es schien, als hätte die hallende, vorwärts stürmende Zeit keine Gewalt mehr über die stille Gestalt, die in dem schmalen Bett lag.

„Ich bin es, Marie", sagte Steiner.

Die Frau versuchte, den Kopf zu heben. Ihre Augen irrten über sein Gesicht.

„Sei ruhig, Marie, ich bin es", sagte Steiner. „Ich bin gekommen."

„Josef . . .", flüsterte die Frau. „Wenn sie dich finden . . ."

„Sie finden mich nicht. Ich kann hierbleiben. Ich bleibe bei dir."

„Faß mich an, Josef – ich muß fühlen, daß du da bist. Gesehen habe ich dich oft . . ."

Er nahm ihre leichte Hand mit den blauen Adern in seine Hände und küßte sie.

Als er sich aufrichtete, standen ihre Augen voll Tränen. „Ich wußte, daß du nicht kommen konntest. Aber ich habe immer auf dich gewartet . . ."

„Jetzt bleibe ich bei dir."

Sie versuchte, ihn zurückzuschieben. „Du kannst nicht hierbleiben! Du mußt fort. Geh, Josef . . ."

„Nein, es ist nicht gefährlich. Ich habe es so eingerichtet, daß ich hierbleiben kann, Marie. Es kommt eine Amnestie; darunter falle ich auch."

Sie blickte ihn ungläubig an.

„Es ist wahr", sagte er, „ich schwöre es dir, Marie. Es braucht niemand zu wissen, daß ich hier bin. Aber es ist auch nicht schlimm, wenn man es weiß."

„Ich sage nichts, Josef. Ich habe nie etwas gesagt."

„Das weiß ich, Marie. Du hast dich nicht von mir scheiden lassen?"

„Nein. Wie konnte ich das! Sei nicht böse deshalb."

„Es war nur für dich, damit du es leichter haben solltest."

„Ich habe es nicht schwer gehabt. Man hat mir geholfen. Auch daß ich dieses Zimmer habe. Es war besser, allein zu liegen. Du warst dann mehr da."

Steiner sah sie an. Ihr Gesicht war zusammengeschmolzen, die Knochen traten heraus, und die Haut war wächsern blaß, mit blauen Schatten. Der Hals war zerbrechlich und dünn, und die Schlüsselbeine standen stark aus den eingesunkenen Schultern hervor. Sogar die Augen

LIEBE DEINEN NÄCHSTEN   361

waren verschleiert, und der Mund war ohne Farbe. Nur das Haar
leuchtete und funkelte.

Die Tür ging auf, und eine Schwester kam herein. Steiner stand auf.
Die Schwester trug ein Glas mit einer milchigen Flüssigkeit und stellte
es auf den Tisch. „Sie haben Besuch?" sagte sie, während ihre raschen,
blauen Augen Steiner musterten.

Die Kranke bewegte den Kopf. „Aus Breslau", flüsterte sie.

„So weit her? Das ist schön. Da haben Sie doch etwas Unterhaltung." Die blauen Augen gingen wieder hurtig über Steiner hinweg,
während die Schwester ein Thermometer hervorzog.

„Hat sie Fieber?" fragte Steiner.

„Ach wo", erwiderte die Schwester fröhlich. „Seit Tagen schon
nicht mehr." Sie legte das Thermometer an und ging.

Steiner zog einen Stuhl an das Bett und setzte sich Marie gegenüber.
Er nahm ihre Hände in seine Hände. Sie sahen sich an und schwiegen.
Es war so wenig zu sagen, denn es war so viel, daß sie beisammen waren. Das Leben hatte keine Zukunft und keine Vergangenheit mehr; es
war nur noch Gegenwart. Die Schwester kam noch einmal herein und
zeichnete einen Strich auf die Fieberkurve; sie merkten es kaum. Sie
sahen sich an.

Die Sonne glitt langsam weiter zur Wand hinüber. Die Dämmerung
füllte das Zimmer.

Die Tür ging auf, und mit einem Strom von Licht kam der Arzt und
hinter ihm die Schwester. „Sie müssen nun gehen", sagte die Schwester.

Steiner erhob sich und beugte sich über das Bett. „Ich komme morgen wieder, Marie."

Sie lag wie ein müdes, halb schlafendes Kind. „Ja", sagte sie. „Ja,
komm wieder."

Steiner wartete draußen auf den Arzt. Er fragte ihn, wie lange es
noch dauern würde. Der Arzt musterte ihn. „Drei bis vier Tage höchstens", sagte er dann. „Es ist ein Wunder, daß sie überhaupt noch so
lange ausgehalten hat."

„Danke." Steiner ging langsam die Treppe hinunter. Vor dem Portal blieb er stehen. Da lag plötzlich die Stadt. Er hatte sie nicht wahrgenommen, als er gekommen war ... aber jetzt sah er die Straßen, er sah
die Gefahr, die an jeder Ecke, in jedem Haustor, in jedem Gesicht auf
ihn lauerte. Er wußte, daß er nicht viel tun konnte. Der Platz, wo man

ihn fassen konnte, war dieser weiße, steinerne Bau hinter ihm. Aber er wußte auch, daß er sich verbergen mußte, um wiederkommen zu können. Drei bis vier Tage. Einen Augenblick überlegte er, ob er versuchen sollte, einen seiner Freunde zu treffen – doch dann entschied er sich für ein mittleres Hotel. Das war am unauffälligsten für den ersten Tag.

KERN saß mit dem Österreicher Leopold Bruck und dem Westfalen Moenke in einer Zelle des Gefängnisses La Santé. Sie klebten Tüten.

„Kinder", sagte Bruck nach einer Weile, „ich habe einen Hunger – unmenschlich! Am liebsten möchte ich den Kleister auffressen – wenn's nicht bestraft würde!"

„Warte noch zehn Minuten", erwiderte Kern. „Dann kommt der Abendfraß."

„Was nützt das! Hinterher werde ich erst recht Hunger haben."

Ein Schlüssel rasselte. „Da kommt der Fraß", sagte Moenke.

Die Tür öffnete sich. Es war nicht der Kalfaktor mit dem Essen – es war der Aufseher. „Kern ...", sagte er. „Kommen Sie mit! Besuch!"

Kern blieb an der Tür des Besuchszimmers stehen, als hätte er einen Schlag empfangen. „Ruth", sagte er atemlos. Er warf einen raschen Blick auf den Aufseher, der teilnahmslos in einer Ecke lehnte. Dann ging er eilig zu ihr hinüber. „Wie kommst du denn hierher? Haben sie dich gefaßt?"

„Nein, nein, Ludwig!"

„Um Gottes willen, geh sofort wieder, Ruth", flüsterte er auf deutsch. „Sie können dich jeden Moment verhaften, und das heißt vier Wochen Gefängnis und beim zweitenmal sechs Monate!"

„Vier Wochen?" Ruth sah ihn erschrocken an. „Vier Wochen mußt du hierbleiben?"

„Das macht doch nichts! Das war eben Pech! Aber du ... jeder kann dich nach Papieren fragen –"

„Aber ich habe doch Papiere!"

„Was?"

„Ich habe eine Aufenthaltserlaubnis, Ludwig!"

Sie holte den Zettel aus ihrer Tasche und gab ihn Kern. Er starrte auf das Papier. „Wahr und wahrhaftig!" sagte er nach einer Weile. „Es hat also doch einmal geklappt! Wer war es? Die Flüchtlingshilfe?"

„Ja. Die Flüchtlingshilfe und Klassmann."

LIEBE DEINEN NÄCHSTEN

„Herr Aufseher", sagte Kern, „ist es einem Sträfling erlaubt, eine Dame zu küssen?"

Der Aufseher blickte ihn träge an. „Von mir aus, so lange Sie wollen", erwiderte er. „Hauptsache, daß sie Ihnen dabei kein Messer oder keine Feile zusteckt!"

„Das lohnt sich nicht für die paar Wochen."

Der Aufseher rollte sich eine Zigarette und zündete sie an.

„Ruth!" sagte Kern. „Habt ihr etwas von Steiner gehört?"

„Nein, nichts. Aber Marill sagt, das wäre auch unmöglich. Er wird sicher nicht schreiben. Er kommt einfach wieder."

Kern sah sie an. „Glaubt Marill das wirklich?"

„Wir alle glauben es, Ludwig. Was sollen wir sonst tun?"

Kern nickte. „Ja, was sollen wir wirklich anderes tun! Er ist ja erst eine Woche fort. Vielleicht kommt er durch."

„Zeit", sagte der Aufseher. „Schluß für heute."

Kern nahm Ruth in die Arme.

„Komm rasch wieder!" flüsterte sie. „Bleibst du hier in der Santé?"

„Nein. Sie transportieren uns ab. Zur Grenze."

„Ich werde versuchen, noch eine Erlaubnis zu bekommen, dich zu besuchen! Ich habe Geld hier. Es steckt unter meinem Achselband. Nimm es heraus, wenn du mich küßt."

„Ich habe genug bei mir. Behalte es! Marill wird auf dich aufpassen."

„Zeit!" mahnte der Aufseher. „Kinder, er geht ja nicht zur Guillotine!"

„Leb wohl!" Ruth küßte Kern. „Ich liebe dich. Komm wieder, Ludwig!" Sie sah sich um und holte ein Paket von der Bank. „Hier ist etwas zu essen. Sie haben es unten kontrolliert. Es ist in Ordnung", sagte sie zu dem Aufseher. „Leb wohl, Ludwig!"

STEINER beugte sich über das stille Antlitz und richtete sich auf. „Ich komme morgen wieder, Marie."

Die Schwester stand an der Tür. Ihre schnellen Augen huschten über ihn hinweg. Das Glas in ihrer Hand zitterte.

Steiner trat auf den Korridor hinaus. „Stehenbleiben!" kommandierte eine Stimme. Rechts und links von der Tür standen zwei Leute in Uniform, Revolver in den Händen. Steiner blieb stehen. Er erschrak nicht einmal.

„Wie heißen Sie?"

„Johann Huber."

„Kommen Sie mit ans Fenster."

Ein dritter trat an ihn heran und sah ihn an. „Es ist Steiner", sagte er. „Kein Zweifel. Ich erkenne ihn wieder. Du kennst mich ja wohl auch, Steiner, was?"

„Ich habe dich nicht vergessen, Steinbrenner", erwiderte Steiner ruhig.

„Wird dir auch schwerfallen", kicherte der Mann. „Herzlich willkommen zu Hause! Freue mich wirklich, dich wiederzusehen. Wirst ja jetzt wohl ein bißchen bei uns bleiben, was? Wir haben ein wunderschönes, neues Lager, mit allem Komfort."

„Das glaube ich."

„Handschellen!" kommandierte Steinbrenner. „Zur Vorsicht, mein Süßer. Mir würde das Herz brechen, wenn du uns noch mal ausreißen könntest."

Steiner sah das fleckige Gesicht mit dem fliehenden Kinn und den bläulichen Schatten unter den Augen. Er wußte, was ihm von diesem Gesicht bevorstand, aber es war weit weg, wie etwas, was ihn noch nichts anging.

Er ging mit seiner Eskorte die Treppe hinunter.

Die Leute, die ihnen begegneten, blieben stehen und ließen sie schweigend vorübergehen.

Steiner wurde zur Vernehmung gebracht. Ein älterer Beamter fragte ihn aus. Er gab seine Daten zu Protokoll.

„Weshalb sind Sie nach Deutschland zurückgekommen?" fragte der Beamte.

„Ich wollte meine Frau sehen, bevor sie stirbt."

„Wen von Ihren politischen Freunden haben Sie hier getroffen?"

„Niemand."

„In wessen Auftrag sind Sie hier?"

„Ich habe keine Aufträge."

„Welcher politischen Organisation waren Sie im Ausland angeschlossen?"

„Keiner."

„Wovon haben Sie denn gelebt?"

„Von dem, was ich verdient habe. Sie sehen, daß ich einen österreichischen Paß habe."

LIEBE DEINEN NÄCHSTEN 365

„Und mit welcher Gruppe sollten Sie hier Verbindung aufnehmen?"

„Wenn ich das gewollt hätte, hätte ich mich anders versteckt. Ich wußte, was ich tat, als ich zu meiner Frau ging."

Der Beamte befragte ihn noch eine Zeitlang weiter. Dann studierte er Steiners Paß und den Brief seiner Frau, den man ihm abgenommen hatte. Er blickte Steiner an. „Sie werden heute nachmittag überführt", sagte er schließlich achselzuckend.

„Ich möchte Sie um etwas bitten", erwiderte Steiner. „Es ist wenig, aber für mich ist es alles. Meine Frau lebt noch. Der Arzt sagt, daß es höchstens noch ein bis zwei Tage dauern kann. Sie weiß, daß ich morgen wiederkomme. Wenn ich nicht komme, wird sie wissen, daß ich hier bin. Ich erwarte für mich weder Mitleid noch irgendeine Vergünstigung; aber ich möchte, daß meine Frau ruhig stirbt. Ich bitte Sie, mich einen Tag oder zwei hierzubehalten und mir zu erlauben, meine Frau zu sehen."

„Das geht nicht. Ich kann Ihnen nicht Gelegenheit zur Flucht geben."

„Ich werde nicht flüchten. Das Zimmer liegt im fünften Stock und hat keine Nebenausgänge. Wenn mich jemand hinbringt und die Tür bewacht, kann ich nichts machen. Ich bitte Sie nicht für mich; ich bitte Sie für eine sterbende Frau."

Der Beamte dachte nach und blätterte in den Akten. „Wir haben Sie damals verhört, über die Gruppe VII. Sie haben keine Namen genannt. Inzwischen haben wir Müller, Böse und Welldorf gefunden. Wollen Sie uns die übrigen Namen nennen?"

Steiner schwieg.

„Wollen Sie uns die Namen nennen, wenn ich Ihnen ermögliche, zwei Tage zu Ihrer Frau zu gehen?"

„Ja", sagte Steiner nach einer Weile.

„Dann sagen Sie sie mir."

„Ich werde Ihnen die Namen übermorgen nennen."

Der Beamte sah ihn lange an. „Ich werde sehen, was ich tun kann. Sie werden jetzt in Ihre Zelle zurückgebracht."

„Wollen Sie mir den Brief zurückgeben?" fragte Steiner.

Der Beamte betrachtete ihn unschlüssig. „Es steht nichts Belastendes darin. Gut, nehmen Sie ihn mit."

„Danke", sagte Steiner.

Der Beamte klingelte und ließ Steiner abführen. Schade, dachte er, aber was soll man machen? Man kommt ja selbst in des Teufels Küche, wenn man etwas wie Menschlichkeit verrät.

Er hieb plötzlich mit der Faust auf den Tisch.

MARIE erwachte noch einmal. Sie hatte den ganzen Vormittag in einer dämmernden Agonie gelegen. Jetzt erkannte sie Steiner ganz klar. „Du bist noch hier?" flüsterte sie erschrocken.

„Ich kann hierbleiben, so lange ich will, Marie. Die Amnestie ist herausgekommen. Du brauchst keine Angst mehr zu haben. Ich bleibe jetzt immer hier."

Sie sah ihn grübelnd an. „Du sagst mir das, um mich zu beruhigen, Josef . . ."

„Nein, Marie. Die Amnestie ist gestern herausgekommen."

Steiner sah, wie sich die Augen der Sterbenden verschleierten. „Jetzt ist alles gut, Josef", flüsterte sie. „Und jetzt, gerade wo du mich brauchen kannst, muß ich weg . . . Ich möchte aufstehen und mit dir gehen können."

„Wir werden zusammen fortgehen."

Sie lag eine Zeitlang und sah ihn an. Ihr Gesicht war grau, und das Haar war über Nacht fahl und glanzlos geworden. Steiner sah das alles und sah es doch nicht; er sah nur, daß der Atem noch ging; und solange sie lebte, war sie für ihn Marie, seine Frau.

Der Abend kroch ins Zimmer, und von draußen hörte man ab und zu das herausfordernde Räuspern Steinbrenners. Maries Atem wurde flach, dann kam er stoßweise, mit Pausen. Endlich wurde er leise und hörte auf, wie ein schwacher Wind, der einschläft. Steiner hielt ihre Hände, bis sie kalt wurden. Als er aufstand, um hinauszugehen, war er ein gefühlloser Fremder, eine leere Hülle, die die Bewegung eines Menschen hatte.

Draußen wurde er von Steinbrenner und dem zweiten in Empfang genommen. „Über drei Stunden haben wir auf dich gewartet", knurrte Steinbrenner. „Darüber werden wir uns noch unterhalten, da kannst du sicher sein."

„Ich bin sicher, Steinbrenner, dieser Dinge bin ich bei dir sicher."

Sie gingen die breite Treppe hinunter, Steiner zwischen den beiden Wächtern. Es war ein milder Abend, und die bis zum Boden reichenden Fenster der geschwungenen Außenwand waren weit geöffnet. Es

roch nach Benzin und einer Ahnung von Frühling. Das schräg geschnittene offene Fenster wurde größer, kam heran, ganz nahe. Steiner gab Steinbrenner einen Stoß gegen das Fenster hin, sprang gegen ihn, über ihn und stürzte mit ihm zusammen ins Leere.

„Sie können das Geld ruhig nehmen", sagte Marill traurig. „Er hat es mir ausdrücklich für Sie beide hiergelassen. Ich sollte es Ihnen geben, wenn er nicht zurückkommt."

Kern schüttelte den Kopf. Er war gerade angekommen und saß schmutzig und abgerissen mit Marill im Speisesaal des Hotels Verdun. Von Dijon aus war er als Beifahrer und Gehilfe eines Lastwagenzuges gefahren. „Er kommt wieder", sagte er. „Steiner kommt wieder."

„Er kommt nicht wieder!" erwiderte Marill heftig. „Hier, lesen Sie das!"

Er zog ein zerknittertes Telegramm aus der Tasche und warf es auf den Tisch. Kern nahm es und glättete es. Es war aus Berlin und an die Wirtin des Verdun gerichtet. „Herzliche Wünsche zum Geburtstag, Otto", las er.

Er sah Marill an. „Was heißt das?" fragte er.

„Das heißt, daß er geschnappt worden ist. Wir hatten das so verabredet. Einer unserer Freunde sollte das Telegramm schicken. Es war vorauszusehen. Ich habe es ihm gleich gesagt. Und nun nehmen Sie endlich diese dreckigen Lappen!" Er schob das Geld zu Kern hinüber. „Es sind zweitausendzweihundertvierzig Francs", erklärte er. „Und hier ist noch etwas!" Er holte seine Brieftasche hervor und nahm zwei kleine Hefte heraus. „Das sind Fahrkarten von Bordeaux nach Mexiko. Mit der *Tacoma*. Portugiesischer Frachtdampfer. Für Sie und Ruth. Fährt am Achtzehnten. Wir haben sie gekauft von dem übrigen Geld. Dies hier ist der Rest. Visa sind schon besorgt. Liegen beim Flüchtlingskomitee."

Kern starrte die Hefte an. „Aber ..."

„Nichts aber!" unterbrach Marill ihn ärgerlich. „Machen Sie keine Schwierigkeiten, Kern! Hat Mühe genug gekostet, das alles! Verdammter Zufall! Kam vor drei Tagen heraus. Das Flüchtlingskomitee hat von der mexikanischen Regierung die Erlaubnis bekommen, hundertfünfzig Emigranten hinüberzuschicken. Voraussetzung, daß sie die Überfahrt bezahlen können. Eines der Wunder, die ab und zu passieren. Klassmann kam damit an. Wir haben sofort gebucht für Sie

LIEBE DEINEN NÄCHSTEN 369

beide, bevor alles überzeichnet ist. Geld für die Reise war ja da, jetzt gerade. Wenn Sie die Fahrkarte und das Visum auf der Präfektur vorzeigen, bekommen Sie eine Aufenthaltserlaubnis für Frankreich bis zu dem Datum, an dem das Schiff ausfährt. Auch wenn Sie illegal eingereist sind. Das Flüchtlingskomitee hat das erreicht. Sie können morgen gleich hingehen. Es ist die einzige Möglichkeit für Sie, rauszukommen aus dem Dreck."

Kern trank sein Glas aus. „Haben Sie eine Zigarette, Marill?"

„Natürlich. Hier . . ."

Kern atmete den Rauch tief ein. Er sah plötzlich, im Halbdunkel des Speisesaals, Steiners Gesicht, etwas ironisch, vorgeneigt, beschienen vom flackernden Kerzenlicht, wie damals vor einer Ewigkeit im Gefängnis in Wien, und ihm war, als hörte er die ruhige, tiefe Stimme: „Na, Baby?"

„Weiß Ruth es?" fragte er.

„Ja."

„Wo ist sie?"

„Ich weiß nicht. Wahrscheinlich beim Flüchtlingskomitee."

„Kann man in Mexiko arbeiten?"

„Ja. Was, weiß ich nicht. Aber Sie bekommen eine Aufenthalts- und Arbeitserlaubnis. Das ist garantiert."

„Ich kann kein Wort Spanisch."

„Sie müssen es eben lernen."

Kern nickte.

Marill beugte sich vor. „Kern", sagte er mit plötzlich veränderter Stimme: „Ich weiß, es ist nicht einfach. Aber ich sage euch: Fahrt ab! Denkt nicht nach! Macht, daß ihr aus Europa rauskommt! Weiß der Teufel, was hier noch werden wird! So viel Geld werdet ihr nie wieder zusammenkriegen! Fahrt ab, Kinder!"

„Fahren Sie mit?" fragte Kern.

„Nein. Ich bleibe. Ganz gleich, was wird. Man kann das nicht erklären. Man weiß es, fertig."

„Ich verstehe", sagte Kern.

„Da kommt Ruth", erwiderte Marill. „Und ebenso wie ich hierbleibe, fahren Sie ab, verstehen Sie das auch?"

„Ja, Marill."

Ruth blieb eine Sekunde an der Tür stehen. Dann stürzte sie auf Kern zu. „Wann bist du gekommen?"

„Vor einer halben Stunde."

Ruth hob den Kopf aus einer Umarmung, die endlos und kürzer als ein Herzschlag war. „Weißt du ...?"

„Ja. Marill hat mir alles gesagt." Kern sah sich um. Marill war nicht mehr da.

„Und weißt du auch ...?" fragte Ruth zögernd.

„Ja, ich weiß es. Wir wollen nicht davon sprechen jetzt. Komm, wir wollen hier heraus! Laß uns auf die Straße gehen."

Sie gingen über die Champs-Elysées. Es war Abend, und der halbe Mond stand blaß am apfelgrünen Himmel. Die Luft war silbern und klar und so milde, daß die Kaffeehausterrassen voller Gäste waren.

Sie gingen schweigend, eine lange Zeit. „Wir müssen uns eine Grammatik kaufen und Spanisch lernen, Ruth", sagte Kern schließlich.

„Ich habe vorgestern schon eine gekauft. Antiquarisch."

„So, antiquarisch ..." Kern lächelte. „Wir werden schon durchkommen, Ruth, was?"

Sie nickte.

Erich Maria Remarque

Erich Maria Remarque kannte das Schicksal seiner Romanfiguren aus erster Hand. Wie sie war der Autor Soldat, Emigrant, ein von den Nationalsozialisten verfolgter Mensch, der immer wieder zwischen die Fronten geriet.

Und noch eine Parallele gibt es: Ähnlich wie der Josef Steiner aus dem vorliegenden Roman *Liebe Deinen Nächsten*, der sich seinen Lebensunterhalt durch zahlreiche Gelegenheitsarbeiten verdient, fand Remarque sein Auskommen in vielerlei Berufen: Er war Dorfschullehrer, Grabsteinhändler, Kaufmann, Werbetexter und Redakteur bei *Sport im Bild*.

Während dieser wechselvollen „Laufbahn" verließen den 1898 als Erich Paul Remark in Osnabrück geborenen Buchbinderssohn nie die quälenden Erinnerungen an seine Einberufung als 18jähriger und seine Fronterlebnisse. Von der Schulbank des katholischen Lehrerseminars war er 1916 in den Krieg geholt worden, viermal wurde er an der Front verwundet.

Als Dreißigjähriger faßte er seine Gedanken in Worte und schrieb „das klassische Erlebnisbuch des Frontsoldaten", das ihn auf einen Schlag weltweit bekannt machte: *Im Westen nichts Neues*. In 35 Sprachen übersetzt, wurde dieses Buch ein Millionenerfolg, der auch in den Auswahlbüchern erschien.

Die Ruhelosigkeit seiner Romanfiguren zeichnet das Leben Erich Maria Remarques auch nach seinem schriftstellerischen Durchbruch aus. Noch bevor die Nationalsozialisten an die Macht kamen, übersiedelte der Autor in die Schweiz, reiste dann zwischen Frankreich und den USA hin und her und war fern der Heimat, als 1933 seine Werke den berüchtigten Bücherverbrennungen vor der Berliner Universität zum Opfer fielen. Die Nationalsozialisten entzogen ihm 1938 die deutsche Staatsbürgerschaft; 1947 wurde Remarque Bürger der Vereinigten Staaten.

Zur Ruhe kam Erich Maria Remarque erst in den fünfziger Jahren, als er die Schauspielerin Paulette Goddard heiratete und sich mit ihr im schweizerischen Porto Ronco bei Ascona niederließ. Am 25. September 1970 starb der von Menschen jeden Alters und aller Gruppierungen geschätzte Autor in einer Locarner Klinik.

Nach seinem Welterfolg *Im Westen nichts Neues* schrieb Erich Maria Remarque noch zahlreiche Bücher, die sein großes Thema „Deutschland zwischen den Kriegen" in unpathetischer, engagierter, spannender und wahrheitsgetreuer Weise behandeln. *Liebe Deinen Nächsten,* das 1941 erschien, gehört ohne Zweifel zu Remarques eindrucksvollsten Werken.

Veronikas Vermächtnis

EINE KURZFASSUNG
DES BUCHES VON
Jessica North

INS DEUTSCHE ÜBERTRAGEN
VON CHRISTIANE KASHIN

ILLUSTRATIONEN VON
SANJULIAN

Als die junge Alison Mallory mexikanischen Boden betritt, fühlt sie sich in eine neue, faszinierend fröhliche Welt versetzt. Hier endlich würde sie ihren Liebeskummer, der ihr das Leben in Neuengland unerträglich gemacht hatte, vergessen können!

Doch hinter den sonnigen Meeresbuchten von Puerto Vallarta liegt ein einsames Bergtal, das von einem wunderlichen Herrenhaus beherrscht wird. Und nicht weniger seltsam als dieses düstere Bauwerk sind seine Bewohner, die Familie Romano, die nicht Liebe und Fürsorge, sondern Neid und Haß verbindet.

Die Farbenpracht der Natur, das Blau des Himmels, die Lieblichkeit von Gitarrenklängen verhüllen den Schrecken, der im Bergtal zu Hause ist. Und so glaubt Alison Mallory anfangs an eine glückliche Fügung, als man sie in das Herrenhaus einlädt. Denn schließlich ist Helfen ihr Beruf, und im Bergtal gibt es mehr als einen Menschen, der ihrer Hilfe dringend bedarf.

1. Kapitel

GESTERN fiel der erste Schnee in dicken, flauschigen Flocken, die am Boden sogleich zerschmolzen.

Wir standen am Fenster des kleinen Ferienhauses und blickten hinaus. Die von silbrigen Eisblumen eingefaßte Scheibe spiegelte das lodernde Kaminfeuer wider.

„Bald ist der Winter da", sagte ich.

„Ja." Er berührte meine Hand, doch ich wußte, daß er in Gedanken in einem fernen Land weilte. „Wir sollten bald zurückfahren. Wir sind lange genug fortgewesen." Er sprach mehr zu sich selbst als zu mir.

„Das finde ich auch. Wir haben jetzt wohl alles überstanden." Doch die Festigkeit, mit der ich diese Antwort gab, war gespielt. Da riß der Himmel auf. Sonnenlicht glitt über den See, an dessen Ufer wir uns befanden. Plötzlich sah ich Puerto Vallarta vor mir, das auch in der Erinnerung nichts von seiner Schönheit eingebüßt hatte. Ich sah das strahlende Blau der Bucht und das Spiel der Wellen, die der Wind mit Schaum krönte. Ich war noch nicht bereit, dorthin zurückzukehren. Uns war mehr an Furchtbarem zugemutet worden, als wir verdient hatten, und die Narben, die die Angst in unserer Seele hinterlassen hatte, waren noch nicht verheilt.

Noch heute überläuft es mich eiskalt, wenn ich an Veronika denke. Aber ihr Geist sucht mich nicht mehr heim, und ihre Macht über mein Handeln ist hinfällig geworden. Nur dann, wenn mich das Glockengeläut einer Dorfkirche in unser Bergtal zurückversetzt, kehrt auch Veronika zurück ...

Ob er wohl auch so oft an sie denkt? Fast hätte ich ihn letzte Woche danach gefragt.

Er stand am Fenster und blickte hinaus.

„Woran denkst du?" fragte ich.

„Schau, Alison", sagte er und wies zum Himmel, „die Enten ziehen heimwärts."

Ich sah, wie eine V-förmige Formation in südlicher Richtung flog.

„Heim?" Das Wort versetzte mich in Erstaunen. Ich stamme aus Neuengland, und hundert Kilometer von diesem See entfernt steht mein Elternhaus. Für mich ist die Heimat der Enten dieses Land, das Wälder und funkelnde Ströme kennzeichnen. Ihre Reise im Herbst ist nur ein kurzes Zwischenspiel. Nun ja – er empfindet es natürlich anders.

„Erinnerst du dich an die Enten im Bergtal?" fragte er. „In manchen Jahren kommen sie zu spät." Er lächelte. „Sie haben sich die Unpünktlichkeit der Mexikaner angewöhnt."

Das Bergtal! Er hatte das Wort ausgesprochen, das ich aus meinem Gedächtnis verbannt hatte.

An Puerto Vallarta hatte ich mir zu denken erlaubt, aber nicht an das Bergtal, wo all das Unheil seinen Anfang genommen und unser Leben verändert hatte.

Bald sind wir wieder dort. Unsere Heimkehr aber darf nicht von der Vergangenheit überschattet werden.

Mir ist klargeworden, daß die einzige Möglichkeit, das Grauen zu vergessen, in der Erinnerung liegt. Ich werde also die Vergangenheit noch ein letztes Mal in Gedanken durchleben und dann einen Schlußstrich unter sie ziehen ...

„Meine Damen und Herren, wir bitten Sie, sich anzuschnallen und nicht mehr zu rauchen. Wir werden in wenigen Minuten in Puerto Vallarta landen."

Als ich die Stimme der Stewardeß hörte, zuckte ich unwillkürlich zusammen. Ich war ein wenig aufgeregt wegen der bevorstehenden Landung. Zwar zählte ich fünfundzwanzig Jahre und lebte im Zeitalter der Raumfahrt, doch war ich bisher nur selten geflogen und hatte daher meine Angst vor Start und Landung noch nicht verloren.

Helene, meine Mutter, war das genaue Gegenteil von mir. Sie stürzte sich buchstäblich auf jeden Flug nach New York oder Hollywood, den ihr allzu optimistischer Theateragent buchte, um sie immer wieder von neuem auf eine meist vergebliche Jagd nach Rollen zu schicken. Mich nahm sie natürlich nie mit. Ich bestieg Flugzeuge nicht, sondern wartete nur auf sie – ich trug Helenes Hutschachteln und Kosmetikkoffer und verdrückte mich schleunigst, wenn ein Reporter ihre üppige Figur und ihr süßliches Gesicht mit den Katzenaugen fotografieren wollte.

Das Flugzeug setzte zur Landung an, doch das Knacken in meinen Ohren konnte mich nicht von der Erinnerung an Helenes fröhliches Geplauder ablenken. „Die arme Alison besteht nur aus Haut und Knochen. Man sollte ihr Kakao einflößen, damit sie ein bißchen zunimmt, aber ich fürchte, jeder Windstoß würde sie trotzdem umblasen!" „Arme Alison" und kein Ende! Es war die Ironie des Schicksals, daß nicht Helene, sondern die „arme Alison" nun in wenigen Minuten in einem tropischen Paradies landen würde, das bislang Kinoberühmtheiten besucht hatten, deren Namen sich durchaus wie die Liste bei der Oscar-Preisverleihung lasen. Helene hätte sich liebend gern unter sie gemischt.

Nach stundenlangem Sitzen in einem Bus und zwei Flugzeugen konnte ich es allerdings nicht mehr mit den strahlenden Berühmtheiten aufnehmen. Ja, ich empfand mich keineswegs als beachtenswerte Person. Ich war ein Fräulein Niemand, das allein nirgendwohin fuhr. Es wußte ja nicht, wo es sonst hätte hinfahren sollen, und hatte niemanden, der mit ihm fuhr. Im übrigen war das dem Fräulein Niemand ganz egal!

Trotz stieg in mir auf. Wenn niemand mich brauchte, na schön, ich brauchte auch niemanden.

Der Entschluß, meine Stellung von einem Tag auf den anderen zu kündigen, meine Wohnung und mein unbedeutendes Bankkonto aufzulösen und nach Mexiko zu fliegen, war so impulsiv – fast panikartig – gewesen, und alles hatte sich so rasch abgespielt, daß ich fast auch mein eigenes Ich zurückgelassen hatte. In meinem Paß stand, daß mein Name Alison Mallory war, geboren in Old Bridge, Massachusetts. Ich war hundertsiebzig Zentimeter groß. Laut Paß waren meine Augen grau, obwohl mein Führerschein behauptete, sie seien blau. Auf jeden Fall waren sie ungewöhnlich groß, und im übrigen – wen interessierte das schon? Dieses erstaunt dreinschauende Mädchen auf dem Foto mit den vollen Lippen und dem langen, zurückgekämmten Haar, das so hell war, daß es sich im blassen Hintergrund verlor, war auf jeden Fall ich.

Ich war sicherlich die einzige Ausreißerin im Flugzeug. Die anderen Fluggäste fuhren irgendwohin, nur ich lief vor etwas davon, an das ich nicht denken wollte.

Ich schnallte mich an, kniff die Augen zusammen und schwor mir, keine Träne mehr zu vergießen.

Mein Ziel war die Stadt Puerto Vallarta. Margaret Webber, die Witwe eines Arztes, hatte sich dort zur Ruhe gesetzt. Auf jeder Weihnachtskarte stand: „Besuch mich doch einmal." Jetzt hatte ich die Einladung angenommen – nur war es kein Besuch, sondern eine Flucht. Außerdem brauchte ich Margaret unsagbar.

Die Webbers waren zum erstenmal vor Jahrzehnten in Puerto Vallarta gewesen und hatten danach mehrmals ihren Urlaub dort verbracht.

Und dann ertranken Dr. Webber und mein Vater, die eng befreundet waren, bei einem Bootsunfall. Ein furchtbarer Schicksalsschlag für Margaret, die dennoch die Kraft fand, mich zu trösten; Helene dagegen war abwechselnd erfüllt von hysterischem Kummer und enthusiastischen Plänen für den Ausbau des Old-Bridge-Sommertheaters, dessen Besitzerin und weiblicher Star sie damals bereits war.

Margaret übersiedelte nach Puerto Vallarta.

Sie kehrte nur ein einziges Mal nach Old Bridge zurück – als Helene plötzlich starb und ich Margarets mütterliche Wärme abermals dringend brauchte.

Und nun, in den letzten Augenblicken vor der Landung, sann ich darüber nach, welche Abenteuer mich in dieser mexikanischen Stadt, die Margaret so sehr liebte, wohl erwarten mochten. Ich beschloß, „das geheime Spiel" aus meiner Kindheit zu spielen, das darin bestand, blitzschnell die Zukunft vorherzusagen. Ich schloß die Augen und horchte gespannt, denn nach meiner Vorstellung würde mir das erste, was ich nun hörte, verraten, was vor mir lag. Es war still, von dem Dröhnen der Motoren abgesehen; dann, in dem Moment, als die Räder die Rollbahn berührten, sagte der Mann auf der anderen Seite des Ganges zu der Frau neben ihm: „Wir sind da, Liebling. Du wirst sehen: ‚Wandern lohnt ein trautes Plätzchen'."

Ein Shakespeare-Zitat. Mir fiel eine Aufführung von Shakespeares „Was ihr wollt" im Old-Bridge-Sommertheater ein. Helene wartete auf ihren Auftritt als Olivia, und ich, ein halbwüchsiges Mädchen, saß als Souffleuse in der Seitenkulisse. Der Junge, der die Rolle des Narren spielte, sang auf der Bühne:

> „Schweif nicht weiter, süßes Schätzchen,
> Wandern lohnt ein trautes Plätzchen,
> Das weiß jeder Klugen Sohn."

Als das Flugzeug hielt, öffnete ich die Augen und schaute auf meine Hand hinunter, die mir ohne den Verlobungsring, den ich bis vor einem Monat getragen hatte, ganz fremd erschien. *Wandern lohnt ein trautes Plätzchen.* Daß ich ein „trautes Plätzchen" finden würde, war sehr unwahrscheinlich.

Benommen ging ich zum Ausgang, überzeugt, daß alles, was ich in den letzten Tagen getan hatte, verrückt gewesen war. Ich stieg die Gangway hinunter und spürte plötzlich die Wärme der Sonnenstrahlen.

Da erst blickte ich auf und merkte, daß ich in einer neuen Welt angekommen war.

Farbe. Ein Himmel – so blau, daß es mir den Atem verschlug. Riesige perlmutterfarbene Wolken schoben sich übereinander, und unter ihnen leuchtete das Grün des tropischen Regenwaldes. Und Blumen – scharlachrote, purpurrote, orangefarbene Blumen, die nicht zu blühen, sondern zu lodern schienen. Und Musik gab es. Gitarrenspieler, ein Marimbaspieler und ein dunkelhäutiger junger Mann in geblümtem Hemd, der von „La Golondrina" sang.

In dem kühlen Flughafengebäude drängten sich die Menschen an der Gepäckausgabe. Ich gesellte mich nicht zu ihnen, denn ich war nicht in Eile. Da ich meine Ankunftszeit nicht gewußt hatte, als ich Margaret das Telegramm schickte, wurde ich auch nicht abgeholt. Ich ließ mich auf einer bequemen, lederbezogenen Bank nieder. Mein Blick wanderte zu den Andenkenständen mit ihren bunten Schals und hauchdünnen Mantillen. Dann schaute ich einen Gang entlang und bemerkte sofort das auffallende Paar.

Die Frau hatte glänzendes, goldblondes Haar, das in natürlichen Wellen über ihre nackten Schultern fiel. Der Schnitt ihres ärmellosen, weißen Kleides brachte ihre schlanke Figur und ihre Haut, die von der Sonne leuchtend braun gebrannt war, geschickt zur Geltung. Ein Filmstar? Man konnte sich schwerlich eine Situation vorstellen, in der sie nicht alle Blicke auf sich zog – und sie war sich dessen bewußt. Doch sie war an diesem Tag nicht ohne Konkurrenz, denn der Mann in ihrer Begleitung war fast noch auffallender als sie. An seinen knappgeschnittenen Wildlederhosen blinkten zwei Reihen silberner Knöpfe; silbern funkelten auch die Beschläge am Griff der Pistole, die in einem Holster an der Hüfte steckte, und an der kurzen Jacke, die er über seinem Leinenhemd trug, glitzerten Borten und Stickereien. Mit seinem

Sombrero wirkte er wie ein mexikanischer Straßenräuber, und man war eigentlich auf ein dunkelhäutiges Gesicht und einen borstigen Schnurrbart gefaßt. Einen Schnurrbart hatte er tatsächlich, doch er war bleistiftdünn und hellbraun, von der gleichen Farbe wie die Locke, die in seine Stirn fiel.

Das ist bestimmt kein Mexikaner, dachte ich. So scharf gemeißelte Gesichtszüge hatte ich bisher nur auf alten spanischen Porträts gesehen. Die schmale Adlernase verlieh seiner Erscheinung etwas Vornehmes, hinterließ aber auch den Eindruck von Kälte – vielleicht sogar von Grausamkeit. Eine lange Narbe lief quer über seine linke Wange.

Das Paar blieb wenige Meter von mir entfernt stehen, und mir fiel auf, daß das Gesicht der Frau zornig gerötet war. „Mich interessiert nur eins!" Ihre heisere Stimme tönte durch die Halle. „Wie lange noch?"

Sein Gesichtsausdruck wurde starr, doch er gab ihr eine freundliche Antwort auf spanisch, die ich nicht verstand.

Falls er sie hatte besänftigen wollen, so war ihm das nicht gelungen. Ihre grünen Augen weiteten sich, und ihre Wangen waren rot vor Zorn.

„Verflucht sollst du sein!" Sie spuckte die Worte förmlich aus. „Veronika hätte dich vergiften sollen. Veronika ..." Sie erhob plötzlich die Hand gegen ihn.

Er sah, wie sie zum Schlag ausholte, und ergriff ihr Handgelenk. „Genug jetzt!" Er sprach Englisch mit einem leichten Akzent, und sein Ton war scharf. „Ich habe dir doch gesagt, du sollst ihren Namen nicht in den Mund nehmen!" Er ließ sie los, und ihr Arm fiel schlaff herunter.

„Leb wohl", sagte sie kalt.

„Nicht leb wohl, Karen." Voll Hohn nahm er den Sombrero ab und verneigte sich feierlich. „Hasta la vista."

Sie wandte sich ab und ging langsam zum Abflugschalter, den Kopf stolz erhoben.

Einen Augenblick lang sah ich sein Gesicht ohne eine Spur von Hohn, die Züge voll Schmerz – ein so unverhüllter Ausdruck heimlicher Sehnsucht, daß ich mich als Eindringling fühlte und die Augen niederschlug.

Er ging an mir vorbei, schaute zu mir herüber und starrte mich plötzlich bestürzt an. Sekundenlang trafen sich unsere Blicke, dann murmelte er: ,,*Buenas tardes*", ging rasch auf den Ausgang zu und war verschwunden. Als ich meine Koffer abholte, merkte ich, wie scharf sich jede Einzelheit der kurzen Szene in meinem Gedächtnis eingeprägt hatte. Nie würde ich das spöttische Lächeln des Mannes oder das zornige, schöne Gesicht der Frau vergessen. Karen. So hieß sie. Erst später sollte ich mich erinnern, daß noch ein anderer Name gefallen war. Ein Name, der weit größere Bedeutung für mich haben sollte. Veronika ...

BEHAGLICH hatte ich mich in Margaret Webbers sonnenbeschienenem Patio auf einer Korbliege ausgestreckt. Ein großes Glas eisgekühlten Limonellensaftes stand neben mir.

Margaret lag in einer Hängematte, die zwischen zwei blühende Peruanische Pfefferbäume gespannt war. Mit ihrem kurzgeschnittenen graumelierten Haar, das in Löckchen das frische, typisch neuenglische Gesicht umrahmte, war sie mir zutiefst vertraut, und ihr warmes Lachen war noch ebenso mütterlich, wie ich es aus meiner Kindheit kannte.

,,Willst du wirklich keinen Schuß Gin in deinen Saft?" fragte sie.

,,Nein, danke. Nach all dem Trubel heute würde er mir sofort zu Kopf steigen. Ich fühle mich, als wäre ich in einer anderen Welt gelandet. Du überlegst bestimmt, warum ich hier so plötzlich aufgetaucht bin, nicht wahr, Margaret?"

,,Nun, ja. In deinem letzten Brief hast du mir noch deine Hochzeit angekündigt."

,,Donald hat unsere Verlobung vor einem Monat gelöst", sagte ich so leichthin wie möglich. ,,Diese zwei Jahre mit ihm waren verlorene Zeit. Das ärgert mich."

Ich wußte, wie hohl diese Lüge klang. Diese Jahre konnte ich nicht einfach aus meinem Leben streichen. Donald hatte einen Autounfall erlitten und war seitdem blind. Er hatte kurz vor Abschluß seines Jurastudiums gestanden, und er glaubte, mit dem Augenlicht auch jede Zukunftsaussicht verloren zu haben. Ich war Hilfslehrerin an der Blindenanstalt von Bradford, einer Privatschule für Erwachsene in der Nähe von New York City, und dort hatten wir uns kennengelernt. Donald schwankte zwischen Trotz und Verzweiflung, als er nach Bradford kam. Wie einige andere ,,psychische Fälle" war er meinem

Verantwortungsbereich zugeteilt worden und damit einer Gruppe, der die Anstaltsmitglieder den Spitznamen „Alisons Barbaren" gegeben hatten.

Ich bin keine ausgebildete Psychologin. Meine Kenntnisse sind unzureichend und mehr intuitiver Art, bei der praktischen Arbeit und an langen Abenden aus Büchern erworben. Vielleicht spürten die „Barbaren" meine Unsicherheit, mein Bemühen, mit ihnen zusammen zu lernen, und waren mir deshalb wohlgesinnt. Der erste Kommentar, den Donald zum besten gab, war recht unverblümt. „Miß Mallory, in der Hälfte Ihrer Stunden wissen Sie doch kaum, was Sie eigentlich tun, nicht wahr?"

„In weniger als der Hälfte", antwortete ich scharf. „Aber ich gebe mir sehr viel Mühe, und das ist mehr, als man von Ihnen behaupten kann, Mr. Nelson."

Plötzlich lachte er, zum erstenmal, seit er in Bradford war. „Schönen Dank für den Anschnauzer. Wenigstens gibt es hier einen Menschen, dessen Mitgefühl mich nicht erstickt."

Damit hatte er das schwierigste Problem umrissen: Mitgefühl zu zeigen, ohne den andern dadurch zu lähmen. Menschen, die als Erwachsene plötzlich erblinden, haben viele Probleme zu bewältigen, doch so mechanische Aufgaben wie das Erlernen der Brailleschrift gehören für sie zu den geringsten Schwierigkeiten. Die eigentliche Herausforderung ist der Kampf um das Wiedergewinnen des Selbstvertrauens und der Selbstachtung.

Anscheinend war ich trotz meiner mangelnden Erfahrung in der Lage, ihnen bei diesem Kampf zu helfen.

Genauso war es mit Donald abgelaufen – nur hatten wir uns ineinander verliebt. Es war keine ungestüme, verzweifelte Liebe, sie hatte auch nichts von den Romeo-und-Julia-Träumen meiner Kindheit an sich. Doch wir hatten anderes: Wir waren einsam und brauchten uns, unsere gegenseitige Achtung, Zuneigung und Zärtlichkeit.

Doch eines Abends ergriff Donald meine Hand und versuchte mir so taktvoll wie möglich zu erklären, warum es keine Hochzeit, keine gemeinsame Zukunft für uns geben konnte. Vermutlich hätte ich mich wie eine der Heldinnen in den langatmigen Komödien, deren Darstellung Helene bevorzugte, benehmen sollen, aber es gelang mir nicht. „Warum nur?" fragte ich mit zitternder Stimme und versuchte krampfhaft, die Tränen zurückzuhalten. „Warum?"

„Weil du nicht meine Frau sein möchtest, Alison. Du möchtest, daß ich ein Kind bin, das immer von dir abhängig ist. Bei mir fühlst du dich sicher, aber Liebe muß mehr bedeuten als Sicherheit. Wenn ich dich sehen könnte, würdest du weglaufen und dich verstecken." Seine dunklen Augengläser waren auf mein Gesicht gerichtet, und einen Augenblick lang empfand ich, daß die blinden Augen dahinter ins Innerste meines Wesens schauten. „Ich habe meine Blindheit, Alison. Und du hast deine."

Ich verbannte die bittere Erinnerung aus meinen Gedanken und gab mir Mühe, mich auf Margaret zu konzentrieren – sie sprach von einem herrlichen Urlaub und vielen wohltuend ruhigen Tagen.

So viele, wie mir lieb wären, werden es wohl nicht werden, dachte ich, als mir mein mageres Scheckbuch einfiel.

JUANA, das dunkelhäutige indianische Dienstmädchen, trug um acht Uhr das Abendessen auf.

Margarets Haus war an einen steilen Abhang gebaut, und keine zwei Räume lagen auf gleicher Höhe.

Vom kleinen Eßzimmer blickte man über den Patio hinweg und hatte eine herrliche Aussicht auf den Pazifischen Ozean, der nun im kalten Mondlicht schimmerte. Die hohen Fenster hatten Fliegengitter und Läden mit schräggestellten Brettern, aber keine Fensterscheiben. Ein gewaltiger Philodendron verwandelte eine Ecke des Zimmers in einen Dschungel, und zu den grob behauenen Holzbalken, die das Dach trugen, rankte sich Wein hinauf.

Nach dem Essen servierte Juana aromatischen Kaffee, der mit Zimt und Orangenschalen gewürzt war. Margaret knipste das Licht aus und ließ nur die beiden kleinen Kerzen auf dem Tisch brennen. „Ohne männliche Gäste ist es zwar nicht besonders romantisch, aber ich liebe den Mond über der Bucht."

So saßen wir im Dunkeln und ließen die friedliche Stille, die von dem ruhigen Ozean ausging, auf uns wirken. Eine sanfte Meeresbrise kühlte die warme Nachtluft ab.

„Als du von Romantik sprachst", sagte ich, „ist mir etwas eingefallen, was ich heute erlebt habe." Ich beschrieb Margaret das Paar, das ich auf dem Flughafen beobachtet hatte. „Kennst du sie?"

„Eine Frau namens Karen? Nein. Wahrscheinlich eine Touristin. Wie alt war der Mann?"

„Vielleicht fünfunddreißig", meinte ich und beschrieb ihn genau. „Ach, das muß Carlos Romano gewesen sein. Er besitzt eine riesige Ranch in den Bergen. Ich habe ihn mal kennengelernt. Wir haben ein paar gemeinsame Bekannte, sind aber natürlich nicht befreundet. Er ist mehr an jungen Blondinen interessiert als an ältlichen Witwen." „Die Blondine auf dem Flughafen war tatsächlich eine Schönheit." Margaret schaute nachdenklich drein. „Ich möchte wissen, ob es seine Frau war. Vielleicht ist sie zurückgekehrt. Sie hat ihn vor ein paar Jahren verlassen. Damals wurde viel darüber geklatscht. Die Mexikaner sagten, von einer amerikanischen Ehefrau könnte man wohl nichts anderes erwarten. Ich selbst weiß nicht viel darüber. In einer kleinen Stadt ist Klatsch reines Gift. Am besten, man hört nicht hin." „Natürlich." Doch im Augenblick wäre ein bißchen Klatsch genau nach meinem Geschmack gewesen.

Ich zog mich schon früh in mein Zimmer zurück und war der festen Überzeugung, sofort einschlafen zu können. Tatsächlich fielen mir sofort die Augen zu, aber schon nach einer Stunde wachte ich wieder auf. Mir steckten noch der Flug und die Umgewöhnung in den Knochen. Ich zog meinen Morgenrock über und trat auf den Balkon vor meinem Zimmer. Das Haus stand am Rande der alten Stadt, in der Nähe von stroh- und ziegelgedeckten Häusern, die einst den Kern des Fischerdorfes gebildet hatten, bevor es berühmt wurde. Von meinem Balkon aus blickte ich auf die Kuppel einer Kirche, die sich als Silhouette gegen den klaren Nachthimmel abhob, und ich hörte die Klänge einer Tanzkapelle in einem Hotel weiter unten am Strand. Ich ging wieder hinein und versuchte, mich auf das einzige Buch zu konzentrieren, das ich mitgebracht hatte, „Spanischkonversation für Fortgeschrittene", aber ich war zu unruhig, um einem verzwickten Dialog im zweiten Futur folgen zu können.

Das Haus war still, als ich auf Zehenspitzen nach unten schlich, um im Bücherregal nach einem heiteren, anspruchslosen Roman zu suchen. Mondlicht flutete durch die Fenster und umhüllte selbst so alltägliche Gegenstände wie Tische und Stühle mit einer Aura der Unwirklichkeit. Ich tastete in der Dunkelheit herum und fand schließlich den Schalter der kleinen Schreibtischlampe im Wohnzimmer. Margaret machte sich offensichtlich nichts aus Romanen, daher entschied ich mich schließlich für Madame Calderón de la Barcas „Leben in Mexiko".

Ich zögerte, wieder hinaufzugehen, und lauschte den ungewohnten Geräuschen der Nacht.

Im Patio wiederholte ein Vogel seinen immer gleichen Ruf, auf den nie eine Antwort folgte, und er schien zu fragen: „Wer bist du? Wer bist du?"

Ich drehte mich um und wollte die Lampe ausknipsen, da sah ich auf dem Schreibtisch Margarets ledergebundenen Terminkalender liegen, der beim heutigen Tag aufgeschlagen war.

Ich habe mich nie für abergläubisch gehalten, aber noch lange danach, als ich so viel mehr in Erfahrung gebracht hatte, erinnerte ich mich an den Namen, den ich auf dieser Seite las, und so hartnäckig ich mir auch immer wieder sagte, daß es nur ein unheimliches Zusammentreffen war, so war ich mir dessen doch nie ganz sicher.

Es war mein eigener Name, der mir ins Auge fiel. Margaret hatte in Großbuchstaben hingekritzelt: HEUTE ANKUNFT ALISON. Weiter unten auf der Seite stand in kleinen fettgedruckten Buchstaben auf spanisch zu lesen, daß heute der vierte Februar und der Tag der heiligen Veronika war.

Der Flughafen kam mir in den Sinn, das wütende Gesicht der Frau namens Karen, und dann ihre Worte: „Veronika hätte dich vergiften sollen..."

Veronika. Wer war die geheimnisvolle Trägerin dieses Namens?

2. Kapitel

DIE nächsten Tage verflogen im Nu. Ich begleitete Margaret, wenn sie morgens schwimmen ging, und verlor rasch meine Blässe. Margaret gab mir einen Strohhut mit angenähtem Schal, unter den ich mein Haar stecken konnte. „Geh nicht ohne Hut und Sonnenbrille hinaus", sagte sie warnend. „Laß dich nicht von der kühlen Brise täuschen; die Sonnenstrahlen sind sehr intensiv hier!" Ich erforschte die gewundenen Sträßchen und den bunten Markt der Einheimischen. Bevor es mir recht klar wurde, war eine Woche vergangen – eine Woche mit Glocken- und Gitarrenklängen, mit goldenem Sonnenschein und scharlachroten Sonnenuntergängen.

„Mir hat es noch nirgends so gefallen", sagte ich zu Margaret, als wir im Patio unser Frühstück beendeten.

„Du hättest schon längst einmal kommen sollen!" Dann wurde ihre Miene ernst. „Ich mache mir Sorgen, Alison. Du warst in jedem Laden, hast alles bewundert und kaum eine Postkarte gekauft. Bist du knapp bei Kasse?"

„Ich bin nicht knapp bei Kasse, weil ich ja nichts ausgegeben habe. Aber ich glaube, ich sollte bald darüber nachdenken, wie ich mir meinen Lebensunterhalt verdienen kann."

Sie schaute mich verwirrt an und runzelte die Stirn. „Ich habe immer gedacht, du hättest gearbeitet, weil du es wolltest. Ich meine, das Geld deines Vaters müßte doch ..."

„Was für Geld? Hast du eine Vorstellung, wieviel Helene ausgegeben hat, schon als mein Vater noch lebte? All diese sinnlosen Reisen nach Hollywood! Die Unterstützung dieses Sommertheaters, damit sie die Hauptrollen spielen konnte. Und als Papa dann starb, versuchte sie, sich den Weg in die Theater des Broadway zu erkaufen. Ich hatte keine Möglichkeit, sie daran zu hindern. Als sie starb, war kein Cent mehr auf der Bank."

Eine Weile saßen wir schweigend da, und Margarets kluge, gütige Augen musterten mich. Dann sagte sie: „Ich finde, du solltest eine Zeitlang in Mexiko bleiben. Alles geht hier langsamer seinen Gang, und was du brauchst ist Zeit."

„Ich kann dir nicht auf der Tasche liegen, Margaret. Das weißt du doch."

„Schluck bitte ein für allemal diesen albernen Mallory-Stolz hinunter, Alison! Es ist nicht leicht, in diesem Land Arbeit zu finden. Es gibt bestimmte Gesetze und ..." Sie hielt mitten im Satz inne und starrte nachdenklich vor sich hin.

„Was noch?"

„Mir ist gerade etwas eingefallen. Ob nicht ..." Aber sie wollte mir keine falschen Hoffnungen machen, und so sagte sie nur, daß ihr eine Möglichkeit eingefallen sei, eine sehr unsichere allerdings.

Ich vergaß diese Andeutung bald, denn wir hatten noch etwas zu erledigen. Margaret besaß ein reizendes, kleines Haus in der Nähe des Marktplatzes, und aus seiner Vermietung bezog sie den größten Teil ihrer Einkünfte.

An diesem Tag sollten neue Mieter, ein Ehepaar aus Mexiko City, ankommen, und wir verbrachten eine Stunde damit, Inventur zu machen, Geschirr, Gläser und Bettwäsche zu zählen.

„Sie werden mindestens drei Monate hierbleiben", sagte Margaret. „Hoffentlich steht das Haus dann noch. Ich habe bisher nie an Leute mit Kindern vermietet."

Gerade als wir gingen, hielt ein schnittiger weißer Cadillac vor dem Haus. Es waren die neuen Mieter, ein deutscher Geschäftsmann namens Heiden und seine schlanke, elegante Frau, außerdem ein Kindermädchen in typischer dunkler Tracht, das auf zwei kleine Jungen aufpaßte. Margaret erklärte ihnen noch die Klimaanlage, wünschte ihnen einen angenehmen Aufenthalt, und dann gingen wir zum Marktplatz.

„Die beiden Knaben sehen genauso aus, wie ich mir zwei kleine Teufelchen vorstelle, die alles kurz und klein schlagen", sagte Margaret bedrückt. „Mexikanische Frauen sind in ihre Kinder vernarrt, deshalb sind die Kleinen so verzogen."

„Mexikanisch?" fragte ich entgeistert. „Ich habe sie für eine Deutsche gehalten."

Margaret lachte. „Hier ist also wieder jemand auf die helle Hautfarbe hereingefallen! Natürlich ist sie eine Mexikanerin."

Als wir uns dem Taxistand näherten, meinte sie: „Mach einen Spaziergang und tu, wozu du Lust hast. Ich habe noch eine Besorgung zu machen." Sie stieg in ein uraltes Taxi, das nach einem schwindsüchtigen Hustenanfall schließlich davonkeuchte.

An diesem Abend bemerkte Margaret beiläufig: „Ich habe eine alte Bekannte getroffen, und wir sind morgen zu einer Cocktailparty eingeladen. Die oberen Zehntausend – ich fürchte, es wird furchtbar langweilig. Aber wir werden's überstehen."

Etwas in ihrer Stimme weckte meinen Argwohn. War es möglich, daß sie Amor spielte und listig eine Einladung zu einer Party ergattert hatte, auf der ich „zufällig" jemanden treffen sollte, den sie vermutlich als „einen netten jungen Mann in deinem Alter" bezeichnete? Diese Frage ging mir auch am nächsten Tag nicht aus dem Kopf, als sie mein Kleid sorgfältig inspizierte. Bevor wir aufbrachen, sagte sie noch: „Vergiß deinen Hut nicht und deinen Schal. Die Millers geben ihre Empfänge immer auf der Sonnenterrasse. Anscheinend haben sie keine Bedenken, ihre Gäste bei lebendigem Leibe zu rösten."

Das Taxi, das wir beim Marktplatz nahmen, quälte sich einen Berg hinauf, der fast senkrecht anzusteigen schien. Palmen und blühende Bäume umstanden die Häuser zu beiden Seiten des Weges. Wir hielten vor einem supermodernen Gebäude, das über den Rand einer steilen Klippe hinausragte.

Ein Angestellter in weißem Hemd und Pumphose öffnete uns das Tor, und wir gingen einen fliesenbelegten Weg entlang zum Haus, vorbei an einem Schwimmbecken. Ein Mädchen führte uns durch ein riesiges Wohnzimmer und einen Gang hinunter zu einer Terrasse von der Größe eines Tennisplatzes. Der Ausblick über Berge und Meer war atemberaubend.

Nur wenig Aufmerksamkeit schenkten die elegant gekleideten Gäste der Kapelle, die in einer Ecke spielte, und der Musik einer Tanz-combo, die auf einer erhöhten Plattform mit ihr wetteiferte. Kellner boten auf Tabletts Drinks und belegte Brötchen an.

„Liebste Maggie!" Ein Bär von Mann umarmte Margaret, dann drückte er auch mich an seine Brust, ohne abzuwarten, bis ich ihm vorgestellt war. Es stellte sich heraus, daß es sich um unseren Gastgeber handelte, um Harry Miller, einen Ölmagnaten aus Texas. Seine Frau, die keinen anderen Namen als „Herzchen" zu haben schien, schrie uns ein übertrieben herzliches „Da seid ihr ja endlich, meine Lieben" zu.

„Alison, komm einmal mit", sagte Margaret und zog mich vor-wärts. „Ich möchte dich mit jemandem bekannt machen." Sie führte mich zu einem kleinen Tisch, den ein Sonnenschirm überragte. Und – wie konnte es anders sein – da war der „nette junge Mann". Er saß al-lein da, ein rotblonder Amerikaner in Khakishorts und einfarbigem Hemd, der unter den schmetterlingsfarbigen, illustren Gästen wie ein Fremdkörper wirkte.

„Roger!" rief Margaret, „Sie sind also nach Puerto Vallarta zurück-gekommen. Wie nett, Sie wiederzusehen!"

Ihr Auftritt war so geschickt inszeniert, daß ich ihre Überraschung für echt gehalten hätte, wäre ich nicht überzeugt gewesen, daß sie ein Manöver im Sinn hatte.

Der junge Mann erhob sich lächelnd und schüttelte Margarets Hand.

„Roger, das ist meine Nichte Alison. Nun ja, sie ist nicht wirklich meine Nichte, aber sie ist mir so lieb wie eine nahe Verwandte. Alison, dies ist Dr. Blair, der hiesige Tierarzt."

Er bat uns, Platz zu nehmen, aber kaum hatten wir uns gesetzt, da sprang Margaret schon wieder auf und machte sich mit der ziemlich unglaubwürdigen Entschuldigung aus dem Staub, sie wolle den Koch um das Rezept für Mango-Chutney bitten.

Wir unternahmen ein paar erfolglose Versuche, eine Unterhaltung in Gang zu bringen, doch Dr. Blair war von Natur aus schüchtern, und auch ich war nicht sehr gesprächig, nachdem ich mich mit List an diesen Tisch gelotst sah. Irgendwie waren wir bei dem Thema Maul- und Klauenseuche angelangt, als ich zufällig zum Eingang auf die Terrasse blickte.

Dort stand der Mann vom Flughafen.

Er trug einen weißen Leinenanzug, der so erstklassig geschnitten war, daß die anderen Männer in ihren saloppen, geblümten und gestreiften Freizeitanzügen neben ihm wie Clowns wirkten. Unsere Gastgeber eilten ihm entgegen. Offensichtlich war er eine Sensation auf dem gesellschaftlichen Parkett.

Roger Blairs Stimme schreckte mich aus meinen selbstvergessenen Betrachtungen auf. ,,Sehen Sie mal – Conde Romano ist erschienen. Das haben die Millers selbst wohl nicht zu hoffen gewagt.''

,,Das also ist Don Carlos'', sagte ich. ,,Margaret erwähnte ihn.''

,,Ja, das ist der berühmte Graf. Der Conde Romano.''

,,Ein Graf? Ich wußte nicht, daß es in Mexiko Adel gibt.''

,,Es ist ein spanischer, kein mexikanischer Titel. Die Familie ist seit etwa vierhundert Jahren in diesem Land ansässig. Don Carlos selbst legt keinen Wert auf den Titel. Er nennt sich Señor Romano. Aber Don Carlos ist nicht nur ein Graf. Er war mal ein berühmter Stierkämpfer, und er ist der beste Reiter, den ich je gesehen habe.'' Ein wehmütiger Ton lag in Rogers Stimme. ,,Er ist auch der Besitzer oder wenigstens Mitbesitzer des Bergtals.''

,,Des Bergtals?''

,,El valle alto. Das ist eine Hazienda in den Bergen, knapp hundert Kilometer von hier entfernt. Eine so schöne Ranch, daß ich für ein Zehntel von ihr meinen rechten Arm hergeben würde. Ein Aquädukt versorgt sie mit Wasser aus den Bergen. Zwei Häuser – oder besser Schlösser – stehen dort. Und es gibt sogar einen Glockenturm mit einem für Mexiko einzigartigen Glockenspiel.''

Ein Kellner, der Drinks anbot, unterbrach unser Gespräch, und dann tauchte zu meinem Erstaunen Margaret auf, in der Begleitung von Don Carlos.

,,Mucho gusto, Señorita'', murmelte er, als er meine Hand ergriff.

Fast hätte ich gesagt: „Wir haben uns schon einmal getroffen", so lebhaft war meine Erinnerung an ihn. Don Carlos und Roger Blair begrüßten einander auf spanisch, wurden aber schon bald von Margaret unterbrochen. „Roger, ich schleppe Sie ungern gleich zur Arbeit", sagte sie strahlend, „aber ‚Herzchen' Millers Pudel hat sich heute zweimal erbrochen, und darüber regt die Arme sich furchtbar auf. Würden Sie so nett sein und mitkommen?"

Bevor Roger Blair wußte, wie ihm geschah, wurde er weggeführt, und ich blieb allein mit Carlos Romano zurück. Einen Augenblick herrschte verlegenes Schweigen, das mir besonders peinlich war, weil er mich ziemlich eingehend zu mustern schien. Ich deutete auf die Musikanten und die Kellnerschar und sagte: „Eine gelungene Party, finden Sie nicht?"

„Eine langweilige Party, die stumpfsinnige Leute für ihresgleichen geben."

„Warum sind Sie dann gekommen?"

„Um Sie zu treffen, Miß Mallory."

„Um *mich* zu treffen?"

„Señor Miller hat mich gestern nachmittag angerufen und mir von Ihnen erzählt. Und nun bin ich hier, um mit Ihnen zu sprechen." Er lächelte, als er meine Verwirrung bemerkte. „Aber hier können wir nicht ungestört reden. Kommen Sie mit. Ich kenne einen ruhigeren Ort." Ohne ein weiteres Wort zu verlieren, stand er auf, nahm mich am Arm und führte mich über die Terrasse zu einer Treppe. Kurz darauf fand ich mich in einem schattigen Garten mit Steinbänken und einem Miniaturwasserfall wieder.

„Nehmen Sie bitte Platz. Hier können wir reden." Das klang zwar höflich, aber man merkte, daß Carlos Romano gewöhnt war zu befehlen. Als er sagte: „Nehmen Sie bitte Platz", war es im Grunde eher ein höflicher Befehl als eine Einladung.

„Ihre Ankunft darf man durchaus als glückliche Fügung bezeichnen. Señora Webber hat mir gesagt, daß Sie nicht in die Schule zurückkehren wollen, an der Sie in den Vereinigten Staaten unterrichtet haben."

„Ja, das stimmt."

„Gut. Dann möchte ich Sie engagieren. Sie sind genau die Person, die ich brauche." Das klang so endgültig und entschieden, als sei alles bereits abgemacht.

"Engagieren?"

"Als Blindenlehrerin. Hat Señora Webber Ihnen nichts über meine Mutter erzählt?"

"Niemand hat mir irgendwas erzählt", antwortete ich völlig verwirrt.

"Verzeihen Sie, ich dachte, Sie wüßten Bescheid." Seine Stimme klang ruhig, trotzdem verriet sie unterdrückten Schmerz. "Ein Unglücksfall überschattete letztes Jahr unser Familienleben. Bei einem Brand wurde mein kleiner Sohn von den Flammen eingeschlossen. Meine Mutter, die keine Furcht kennt, lief in das Haus und rettete das Kind. Seine Verbrennungen waren schmerzhaft, aber nach einem langen Klinikaufenthalt durfte er nach Hause. Meine Mutter hat nicht so viel Glück gehabt. Sie hat ihr Augenlicht verloren. Die Ärzte sprechen von einem hoffnungslosen Fall."

Nie zuvor hatte ich einen Menschen getroffen, der seinen Schmerz so gut in der Gewalt hatte. Sein ausdrucksloses Gesicht wirkte wie eine steinerne Maske.

"Ich möchte Sie nicht kränken", sagte ich, "aber Sie übertreiben."

"Übertreiben?" Seine Augen weiteten sich vor Überraschung, Ärger blitzte in ihnen auf.

"Blindheit ist eine Behinderung, aber sie bedeutet nicht das Ende des Lebens, und sie braucht auch nicht das Ende des Glückes zu sein. Ihre Mutter braucht Hilfe und Mitgefühl, aber Sie müssen aufhören, sie nur zu bemitleiden. Das hilft niemandem. Und ihr am allerwenigsten."

"Ich glaube, ich verstehe, was Sie meinen", sagte er langsam. Ein Lächeln umspielte seine Mundwinkel. "Sagen Sie mir, Señorita", er beugte sich zu mir herüber, "halten Sie mich für einen Mann, der sich zu sehr in Mitleid verliert?"

Ich zögerte mit meiner Antwort, betrachtete sein Gesicht – die Adlernase, dieses spöttische Lächeln, das die Augen nie einbezog, und die tiefe grausame Linie der Narbe auf seiner linken Wange. Wie töricht war meine Äußerung gewesen! Mitleid? Keine Spur! Unwillkürlich lehnte ich mich ein wenig zurück, worauf sein höhnisches Lächeln noch breiter wurde.

"*Está bien.* Wann können Sie anfangen? Ich weiß nicht, welches Gehalt Ihnen zusteht, aber ich werde das feststellen lassen und es zahlen."

"Bitte! Sie entscheiden alles so schnell, Don Carlos." Ich war bestürzt und fühlte mich überrumpelt. „Ihre Mutter sollte sich einer guten Anstalt anvertrauen."

„Das wird sie nicht tun. Die Señora ist eine eigensinnige Dame."

Obwohl ich Spanisch studiert und bis vor kurzem mit puertoricanischen Studenten gearbeitet hatte, sagte ich: „Und außerdem ist da das Problem der spanischen Sprache. Ihre Mutter braucht jemanden, der ihre Muttersprache beherrscht."

„Ganz meine Meinung. Meine Mutter stammt aus Pennsylvania."

„Pennsylvania? Dann sind Sie …"

„Ein halber *gringo?*" Er grinste. „Nein, die Señora ist meine Stiefmutter. Aber für mich ist sie wie eine leibliche Mutter."

„Trotzdem, ich … " Warum stammelte ich so? Warum suchte ich nach Gründen, eine Stellung nicht annehmen zu müssen, die doch wie geschaffen für mich schien? Ich sollte ein gutes Gehalt bekommen, an einem schönen und exotischen Ort leben und arbeiten. Und dennoch zögerte ich. „Ich hätte nicht genug zu tun. Am Anfang könnte Ihre Mutter nur ein paar Stunden in der Woche arbeiten. Das rechtfertigt kein volles Gehalt."

„Oh, welche Redlichkeit", sagte er mit aufreizender Ernsthaftigkeit. „Wenn Sie Ihre Schuldgefühle abbauen wollen, können Sie ja meinem Sohn bei seinen Englischaufgaben helfen. Wann ist es Ihnen frühestens möglich, ins Bergtal zu kommen?"

„Aber ich habe noch gar nicht zugestimmt."

Er warf einen Blick auf seine Uhr. „Sobald der Mechaniker mit meinem Flugzeug fertig ist, werde ich heute nachmittag zurückfliegen. Das ist für Sie zu kurzfristig, doch ein Jeep von der Hazienda wird übermorgen nach Puerto Vallarta fahren. Der Fahrer wird Sie bei Señora Webber abholen. Gegen Mittag. Sie haben den ganzen morgigen Tag, um sich zu entscheiden. Sollten Sie mein Angebot ablehnen, dann sagen Sie dem Fahrer nur, daß Sie nicht kommen."

Ich hatte noch nie jemanden so selbstsicher lächeln sehen. Er war überzeugt, daß ich annehmen würde. Offensichtlich fand die ganze Welt Carlos Romano attraktiv und bewundernswert; mich aber schüchterte er ein, obwohl ich keinen Grund dafür hätte angeben können.

„Ich werde es überdenken", sagte ich und stand auf. „Ich kann nichts versprechen."

Wir gingen zur Terrasse zurück und hatten gerade die oberste Stufe

VERONIKAS VERMÄCHTNIS 393

erreicht, da bemerkte ich, wie Carlos Romano zusammenzuckte; er blieb plötzlich stehen.

Ich versuchte seinem Blick zu folgen, aber bei der großen Gästeschar konnte ich nicht erkennen, wen er fixierte.

„Bitte entschuldigen Sie mich, Señorita Mallory", sagte er. „Ich mag Menschenmassen nicht, deshalb werde ich mich empfehlen, ohne mich bei unseren Gastgebern zu verabschieden. Es wird sie nicht überraschen. Ich bin für Unhöflichkeiten bekannt." Er schritt wieder rasch die Stufen hinunter, blieb aber auf halbem Wege stehen, und seine Stimme klang verändert, als er sagte: „Bitte kommen Sie, Señorita. Sie werden im Bergtal gebraucht."

„Ich verspreche, daß ich darüber nachdenken werde. Leben Sie wohl."

Wieder dieses selbstsichere und gewinnende Lächeln. In diesem Augenblick war ich bereit, ja zu sagen. Aber seine nächsten Worte ließen mich wieder zögern. Denn beides, den Tonfall und die Worte, hatte ich schon vorher gehört, und zwar auf dem Flughafen, als er sie zu der Frau namens Karen sagte.

„Nicht leb wohl, Señorita. *Hasta la vista.*"

3. Kapitel

DER zwergenhafte indianische Fahrer, der auf den unglaublichen Namen Primitivo hörte, hielt zwei Stunden zu spät vor Margarets Haus. Der alte Jeep ächzte unter Zementsäcken, Salzblöcken für Rinder und Stacheldrahtrollen. In einem Käfig aus Korbgeflecht hockte ein finsterer Falke, der ausdruckslos vor sich hin starrte.

Zu diesem Sammelsurium wurde mein Gepäck geladen, und nach einem kurzen Abschied von Margaret ratterten wir durch die Straßen der Stadt.

Was war unser Ziel? Ein schönes versteckt gelegenes Tal – das war alles, was ich wußte. Denn Margarets Freunde hatten mir, obwohl sie Don Carlos zumindest flüchtig kannten, nur spärliche Informationen über ihn geliefert.

In jungen Jahren hatte er „diese Frau aus Mexiko City" geheiratet, doch der Ehe war kein Glück beschieden gewesen. Einen Skandal löste seine zweite Frau, eine Amerikanerin, aus, die keiner von Margarets

Freunden je zu Gesicht bekommen hatte. Sie „schlich sich davon" und ließ Mann und Kind im Stich – wohl eines anderen Mannes wegen. Keine erfreuliche Geschichte.

Meine Hoffnung, daß Primitivo mir etwas über die Menschen im Bergtal erzählen würde, war vergeblich. Er verstand zwar meine Fragen, aber aus seinen Antworten, die er wie ein Maschinengewehr in einer Sprache herunterratterte, die halb Spanisch war, halb ein indianischer Dialekt voll zungenbrecherischer Konsonanten, konnte ich mir keinen Reim machen. Die Vorräte auf dem Jeep, so erfuhr ich, waren von Señor Jaime Romano, Don Carlos' Stiefbruder, bestellt worden, und der Falke sollte zu der „alten Dame" gebracht werden, zu Don Carlos' Großmutter.

Als wir vom tropischen Regenwald in zerklüftetes Hochland hinauffuhren, ließen wir den ewigen Sommer von Puerto Vallarta hinter uns. Im Gebirge herrschte der Frühling. Ich nahm den Sonnenhut mit dem Schal ab und auch die Sonnenbrille. Herrlich frisch war die kühle Brise, als ich mein Haar schüttelte und lose über meine Schultern fallen ließ.

Primitivo blickte zu mir herüber, und vor Erstaunen blieb sein Mund offenstehen. „Dios!" Dann lächelte er plötzlich und nickte, als habe er eine Entdeckung gemacht. „Ay! La cuñada!" In meinem Taschenwörterbuch stellte ich fest, daß cuñada nur die Bedeutung hatte, die ich bereits kannte: Schwägerin.

Er verwechselte mich mit jemandem und schien meine Versuche, ihn zu berichtigen, nicht zu verstehen, denn er sprach in unverminderter Schnelligkeit weiter. Die Ähnlichkeit, die ich offenbar mit einer unbekannten Frau hatte, mußte wohl im Blond meines Haares liegen und vielleicht in meiner Augenfarbe, denn er hatte erst gestutzt, als ich Brille und Hut abgenommen hatte.

Weiter ging es durch den dämmrigen Spätnachmittag. Der Weg war nun so kurvenreich, daß Primitivo langsamer fahren mußte. Mit einem Ausruf deutete er nach vorn. Ein Bergvorsprung verengte die Fahrbahn. Ich bemerkte einen ausgefahrenen Weg mit tiefen Schlaglöchern, der zum Kamm hinaufführte.

Doch Primitivo ließ ihn unbeachtet und bog zuversichtlich ins Unterholz ab, dann steuerte er scharf nach links. In dem Berg tat sich plötzlich ein riesiges Loch auf, und wir tauchten in die stockfinstere Öffnung ein. Als Primitivo die Scheinwerfer einschaltete, merkte ich, daß wir in einen alten Bergwerksstollen eingefahren waren. „*Via corta al valle*", rief er, und diesmal verstand ich ihn. Wir benutzten also eine Abkürzung zum Tal, nicht über den Berg, sondern quer hindurch.

Ich spürte, wie Wasser tropfte, und die feuchte Kälte verursachte Gänsehaut auf meinen Armen. Stellenweise weitete sich der Tunnel, und dunkle Seitenstollen zweigten ab. Mehrmals tauchten breite Gänge auf. In ihnen ragten Felssäulen empor, die unvorstellbar große Erd- und Gesteinsmassen abstützten. Das Labyrinth in diesem ausgehöhlten Berg hätte eine ganze Armee verschlingen und auf ewig verschwinden lassen können.

Am Ende des langen Tunnels hielt ich den Atem an. Von der untergehenden Sonne feurig überstrahlt, tat sich das Bergtal vor uns auf. „Warten Sie", sagte ich zu Primitivo, stieg aus dem Jeep und betrachtete das Panorama.

Steile Felsen schlossen das Tal ein, Felsen, die grünlich, rötlich und schwarz schimmerten. Ansteigende Bergwiesen fügten sich in das farbenprächtige Mosaik. Sanft gewellt lag der Talgrund vor mir; zwei Flüsse und Steinmauern durchzogen ihn. Im Osten sah ich Obstgärten und Wald, und dahinter sah ich eine mit gelben Ziegeln gedeckte Kuppel vor dem sich langsam verdunkelnden Himmel. Es war eine alte Kirche, um die sich die Häuser eines Dorfes scharten.

Ich schaute nach Norden und traute meinen Augen kaum, als ich ein Gebäude erblickte, das ganz und gar nicht in die Landschaft paßte: ein riesiges Haus im Stil des frühen neunzehnten Jahrhunderts mit Giebeln, Mansardendächern und zwei seltsamen viereckigen, spitz zulaufenden Türmen, von denen einer höher als der andere war. Sogar in Neuengland wäre dieses Gebäude eine Kuriosität gewesen. Hier war es schier unglaublich.

„*La casa grande*", sagte Primitivo stolz.

Hinter diesem Haupthaus erhob sich eine Burg in maurischem Stil mit hohen Fenstern und spitzen Zinnen. Sie erinnerte an die Plünderungen und Aufstände, von denen selbst dieses heitere Tal im Laufe der Jahrhunderte heimgesucht worden war.

„Das Haus der Alten, die Villa Plata", sagte Primitivo.

Diese steinerne Festung war also das Heim von Don Carlos' Großmutter.

Als wir zum Jeep zurückkehrten, verstand ich, warum Roger Blair von diesem Tal mit soviel Sehnsucht und Neid gesprochen hatte. Don

Carlos nannte es eine „Ranch", aber es war viel mehr als das – es war eine geheime und schöne Welt, ein verborgenes Königreich.

Wir fuhren einen Abhang hinunter. Neben der Straße zog sich ein riesiger Aquädukt entlang, dessen Bögen aus Felsgestein errichtet worden waren. Dann lag ein mit Kies bestreuter Weg vor uns, den Eukalyptusbäume säumten.

Doch sobald wir vor dem Haus hielten, schwand der Eindruck überwältigender Lieblichkeit. „La casa grande" zeigte sich noch gewaltiger und düsterer, als es mir im ersten Augenblick erschienen war. Die Sonne war fast hinter dem Horizont verschwunden, und doch drang kein heimeliger Lichtstrahl durch die Fensterläden. Nichts hieß uns willkommen.

Zögernd kletterte ich aus dem Jeep. Da hörte ich, wie ein Pferd in raschem Trab näher kam, und als ich mich umwandte, sah ich einen Reiter, den die letzten Sonnenstrahlen umspielten. Sein Gesicht war von dem breiten Rand eines Sombreros beschattet, und er trug die Tracht der Gauchos, doch an der stolzen Haltung war er leicht zu erkennen. Es war Don Carlos. Primitivo nahm seinen Hut ab und wartete respektvoll schweigend.

Als sich der Reiter von dem Rotschimmel schwang, trat ich einen Schritt vor und sagte: „Guten Abend."

Er wandte sich um, und da erst bemerkte ich meinen Irrtum. Nicht Don Carlos stand vor mir, sondern ein dunkelhäutiger Mann, der ihm in Größe und Gestalt, aber nicht in den Gesichtszügen ähnelte. Einen Augenblick starrte er mich wie versteinert an. Dann sagte er: „Mein Gott, du bist zurückgekommen!"

„Zurückgekommen? Was meinen Sie?"

Mit großen Schritten trat er auf mich zu und packte mich hart am Arm. Sein Ausdruck des Erstaunens war nacktem Zorn gewichen. „Was für ein Spiel soll das sein?" fragte er. „Wer sind Sie?"

Ich war so erschrocken, daß mir die Worte im Hals steckenblieben. Schließlich ließ ich mich von meinem Ärger fortreißen. „Lassen Sie meinen Arm los. Was fällt Ihnen ein!"

Er ließ mich los und trat einen Schritt zurück; feindselig starrten wir uns an.

Das mußte Jaime Romano sein, der jüngere Stiefbruder von Don Carlos.

Das von Sonne und Wind gebräunte Gesicht mit der zerfurchten

Stirn wirkte wie aus Stein gehauen. Eine rabenschwarze Haarsträhne fiel ihm ins Gesicht, dichte Augenbrauen überschatteten tiefliegende Augen – eindrucksvolle Augen, die mehr durch ihre Kälte als durch ihr strahlendes Blau faszinierten.

Er wandte sich ab und wechselte ein paar Worte mit Primitivo. Ich verstand „Schwägerin" und „die Señora Margarita von Puerto Vallarta". Jaime Romano schaute zu mir herüber, und seine Lippen verzogen sich zu einem geringschätzigen Lächeln.

„Man gibt Sie also für Carlos' Schwägerin aus. Eine kindische Lüge."

„Ich habe keine Ahnung, wovon Sie sprechen. Primitivo irrt sich", antwortete ich. „Würden Sie so freundlich sein und Don Carlos melden, daß Miß Mallory angekommen ist? Er erwartet mich."

„Seine Lordschaft Don Carlos, der Conde Romano, mußte in einer äußerst wichtigen Angelegenheit verreisen. Es handelt sich um ein elegantes kleines Reitturnier." Sein Zorn war nun sarkastischer Höflichkeit gewichen. „Ich bin von Ihrer Ankunft nicht unterrichtet worden. Aber ich werde dafür sorgen, daß Primitivo Sie zu Carlos' Räumen bringt. Ich hoffe nur, daß Ihnen die Nacht nicht zu einsam wird."

„Seine Räume!" Ich kochte vor Wut. „Das ist eine Frechheit! Wollen Sie damit andeuten, daß ich hier bin, um –" Ich hielt inne, als ich merkte, daß mein Zorn ihn belustigte. Er hatte mich absichtlich in Wut gebracht. Entschlossen ging ich an ihm vorbei und betrat die Treppe zur Veranda, das Kinn hoch erhoben, obwohl meine Hände zitterten. In diesem riesigen Haus mußte es doch irgend jemanden geben, der mich wenigstens höflich, wenn schon nicht herzlich empfing. Vergeblich suchte ich nach einer Klingel oder einem Klopfer. Plötzlich stand Jaime Romano neben mir, stieß die Tür auf und schwenkte in einem ironischen Gruß seinen Sombrero. „Mein Haus ist Ihr Haus, Señorita."

Ich beachtete ihn nicht und betrat eine riesige, dämmrige Halle, in der zu meiner Rechten eine Wendeltreppe nach oben führte. Das Licht in einem Kronleuchter flammte auf; die Halle war nun mäßig erhellt. Eine schmächtige, grauhaarige Frau in einem grauen baumwollenen Hauskleid lehnte sich oben über das Treppengeländer.

„Miß Evans", rief Jaime Romano zu ihr hinauf, „würden Sie bitte herunterkommen? Wir haben einen unerwarteten Gast, eine Freundin von Carlos."

„Ach ja, mir war so, als hätte ich jemanden gehört." Wie ein Nachtfalter flatterte Miß Evans die Treppe hinunter.

„Guten Abend. Ich bin Alison Mallory. Don Carlos erwartet mich heute. Ich bin Therapeutin und Blindenlehrerin." Aus den Augenwinkeln beobachtete ich Jaime Romano. „Don Carlos hat mich engagiert, um seiner Mutter behilflich zu sein. Diese Tatsache ist hier anscheinend nicht bekannt."

„Carlos hat uns Ihre Ankunft heute morgen mitgeteilt, aber er war nicht ganz sicher, ob Sie kommen würden." Ein unbestimmtes Lächeln spielte um ihre farblosen Lippen, doch ihre Augen hinter der Nickelbrille blickten weiterhin mißtrauisch. Offenbar war Miß Evans alles andere als begeistert, mich hier zu sehen.

„Blindenlehrerin?" fragte Jaime Romano zweifelnd. „Hat er Ihnen das gesagt, nachdem ich zum Staudamm losgeritten war, Miß Evans?"

„Vorher hätte er es uns kaum sagen können, Jaime. Sie sind ja schon vor dem Morgengrauen aufgebrochen", verteidigte sich Miß Evans; sie fürchtete sich allem Anschein nach vor diesem Mann. Und wer hätte ihr das verdenken können? Unsicher fuhr sie fort: „Ich habe die Haushälterin gebeten, das Bett in dem Zimmer zu beziehen, das Señora Castro bewohnt hat. Es ist klein, aber ich hoffe, es gefällt Ihnen trotzdem und ..."

„Es *sollte* ihr gefallen", unterbrach sie Jaime Romano. „So langsam wird mir klar, daß sie Señora Castro vertrieben hat."

„Ich habe niemanden vertrieben", gab ich zurück. „Man hat mich gebeten, hierher zu kommen. Genauer gesagt, überredet."

Er hörte mir gar nicht zu. Seine kühlen, blauen Augen schimmerten plötzlich seltsam. „Sie haben recht, Miß Evans. Dieses Zimmer ist viel zu klein. Ich glaube, die Achtecksuite ist für Carlos' Freundin angemessener."

„Das Oktogon?" Miß Evans schien beunruhigt. „Aber es war so lange verschlossen. Und es sind noch persönliche Gegenstände darin."

„Schließlich, Miß Evans, arbeiten fünf Mädchen in diesem Haus. Es können bestimmt einige entbehrt werden, um die Suite sofort in Ordnung zu bringen." Er zog an einer Klingelschnur, ging zu einem Bogenaufgang und rief etwas in die dahinterliegenden Räume. Nach wenigen Sekunden kamen drei Mädchen in bestickten Blusen und langen Baumwollröcken unter großen Schürzen in die Halle geeilt.

„Ich glaube, ich werde nicht mehr gebraucht", murmelte Miß

Evans. „Wenn Sie mich bitte entschuldigen wollen ..." Sie flüchtete
die Treppe hinauf, blieb nur einmal stehen, um sich kurz nach mir umzusehen, ein rascher, scharfer Blick, der Feindseligkeit und Mißtrauen
verriet.

„Bitte hier entlang, Señorita." Primitivo, die drei Hausmädchen
und ich folgten Jaime Romano durch hölzerne Schiebetüren. Eine
schwache, nackte Glühbirne kämpfte vergebens gegen die Düsternis
des herrschaftlichen Wohnzimmers an. Ich bemerkte einen riesigen
Kamin, auf dessen Rost sich keine Holzscheite, sondern eine Messing-
schale mit einem Strauß verwelkter Blumen befand. Ein lebensgroßes
Porträt hing über dem Sims.

„Das ist mein verstorbener Stiefvater, Don Viktor", sagte Jaime
tonlos.

Er nahm eine Kerze vom Kaminsims, zündete sie an und gab sie
Primitivo, der uns nun einen langen Flur entlangführte. Der Fußboden
unter dem abgenutzten Teppich ächzte, als sich unser seltsamer Zug
durch die Dunkelheit bewegte. Schließlich kamen wir zu einer schmalen Tür unter einem Rundbogen; Primitivo blieb stehen und zog einen
Ring mit vielen übergroßen Schlüsseln aus der Tasche. „Die Strom-
versorgung ist in diesem Teil des Hauses unterbrochen", sagte Jaime
Romano. „Aber soweit ich weiß, finden Frauen Kerzenlicht ohnehin
schmeichelhafter."

Ich preßte die Lippen aufeinander und gab keine Antwort. Die Luft
in der Oktogon genannten Suite war muffig, und doch bemerkte ich
den feinen Hauch eines Parfüms. Die Hausmädchen öffneten Fenster
und Läden und ließen das helle Mondlicht und eine frische Brise herein.

Bald verbreiteten Petroleumlampen flackernden gelben Lichtschein, der mit dem blaßrosa Schimmer einer Milchglaslampe ver-
schmolz, die mit einem roten, gläsernen Lampenschirm versehen war.
Ich stand in einem geräumigen, angenehm unaufgeräumten Schlafzimmer, das Säulen und ein filigranartiger, schmiedeeiserner Torbogen vom Wohnzimmer trennten.

Das Himmelbett hatte einen bunt gestreiften Baldachin, ausgestattet
war es mit einer leichten Daunendecke. In der Nähe stand eine altmo-
dische Porzellanvitrine mit geschliffenen Glastüren, die nun als Bü-
cherschränkchen benutzt wurde. Die Suite strahlte viel Atmosphäre
aus, wohl deshalb, weil jemand hier *lebte* – darauf wiesen gerahmte Fo-

VERONIKAS VERMÄCHTNIS

tos und Drucke hin, gepreßte Blumen unter der Glasplatte des Nachttischchens, Schreibfedern und Zeichenstifte in den Schubfächern eines Sekretärs. Aus einem großen Kleiderschrank entfernten die Mädchen Kleiderbeutel.

Ich fühlte Jaime Romanos wachsamen Blick; er spürte wohl, daß Verstimmung und Zweifel in mir aufkamen. Ich schaute auf meine Uhr und sagte: „Vielleicht sollte ich mit Señora Romano sprechen; es ist ja noch früh."

„Meine Mutter möchte Sie heute abend nicht mehr empfangen." Ich hätte gern gefragt: Woher wissen Sie das? Doch sein Ton ließ keinen Widerspruch aufkommen.

Ich ging ins Wohnzimmer und hoffte, daß in meiner Haltung genügend hochmütige Verachtung lag, fürchtete aber, daß ich in Wirklichkeit wie ein wütendes Kind davonstürzte. Steif saß ich auf einem Stuhl, als ich hörte, wie die Eingangstüre zweimal geöffnet und geschlossen wurde. Ich stand auf und ging hinüber zu den Säulen. Ein Mädchen war noch damit beschäftigt, die Kissen aufzuklopfen, und zu meiner Überraschung war auch Jaime Romano noch nicht gegangen. Er stand neben der Tür – ich sah ihn von der Seite – und starrte auf ein Bild in einem schweren, mit vergoldetem Laub verzierten Rahmen, das mir verborgen blieb. Sein Gesicht verriet eine solche innere Spannung, daß ich einen Augenblick lang fürchtete, er würde das Bild von der Wand reißen.

Dann tat er etwas völlig Unerwartetes: Er bekreuzigte sich. Ohne mich bemerkt zu haben, verließ er das Zimmer und verschwand in dem dunklen Gang.

Diese Geste hatte mich so überrascht, daß ich kaum das Mädchen hörte, das mir auf spanisch zu verstehen gab, mein Zimmer sei nun fertig und sie würde mir bald das Abendessen heraufbringen.

„Gracias", sagte ich. „Wie heißen Sie?" Das Mädchen war klein und hübsch wie eine Puppe. Ihr Haar, das mit einem rosa Band zu großen Zopfschleifen aufgebunden war, umrahmte ihr reizendes, rundes Gesicht.

Sie knickste und lächelte schüchtern. „Ich heiße Ramona."

Wir gingen zusammen zur Tür, und ich blieb stehen, um das Bild zu betrachten, das Jaime Romano so tief bewegt hatte. Aber ich sah kein Gemälde. Der schwere vergoldete Rahmen faßte ein Stück vergilbtes Leinen ein, das feine Spitze säumte. Darauf war verschwommen das

Antlitz Christi im Todeskampf aufgedruckt, die Dornenkrone auf dem Haupt, blutüberströmt.

In einer Kirche hätte es vielleicht Frömmigkeit und sogar eine fremdartige Schönheit ausgestrahlt. Nicht aber hier, in diesem heiteren, gemütlichen Zimmer.

„Was ist das?" fragte ich Ramona flüsternd.

„Oh, Señorita", sagte sie ehrfürchtig. „Das ist das Schweißtuch der Veronika. Als unser Herr sein Kreuz nach Golgatha trug, trat eine schöne Frau namens Veronika auf ihn zu und wischte seine Stirn mit ihrem Tuch ab. Und ein Wunder geschah! Sein Antlitz erschien auf dem Tuch."

Ramona trat näher zu mir. „Der alte Conde vermachte das Tuch Luis' Mutter. Manchmal stand Veronika davor und schaute es an. Und ich glaube" – Ramonas Stimme war kaum noch zu hören –, „ich glaube, sie hatte Angst."

EINE halbe Stunde später kam Ramona mit einem Tablett zurück, das sie auf den Marmortisch im Wohnzimmer stellte. Ich war ausgehungert; die dampfende Avocadosuppe, die gutgewürzten Maispasteten und die schaumig gerührte, heiße Schokolade waren mir hochwillkommen. Eine gelbe Rose neigte sich in einer silbernen Vase – wie aufmerksam von Ramona!

Anscheinend war mir in diesem feindseligen Haus wenigstens eine Bewohnerin wohlgesinnt.

„Ich möchte mit Ihnen sprechen, Ramona", sagte ich. „Bitte setzen Sie sich."

„Vielen Dank, Señorita." Doch anscheinend verwirrte sie meine Einladung, denn sie blieb stehen.

„Wer ist diese amerikanische Dame, die Señorita Evans?"

„Ich weiß es nicht genau. Sie ist vor zwei Monaten angereist, als Señora Romano aus der Klinik nach Hause kam. Ich glaube, sie ist eine gute Freundin, sie liest der Señora vor und spricht englisch mit ihr."

Miß Evans mußte also eine bezahlte Gesellschafterin sein.

Und auch eine alte Bekannte, da sie die Romano-Söhne mit Vornamen anredete.

„Sagen Sie mir, Ramona, wer hat vorher diese Räume bewohnt?"

Sie schaute mich verwundert an und antwortete: „Aber das müssen Sie doch wissen, Señorita! Dies waren die Zimmer Ihrer Schwester."

VERONIKAS VERMÄCHTNIS

„Meiner Schwester?" Ich war sprachlos. Mir fiel fast die Tasse aus der Hand. „Ich habe keine Schwester! Wer hat Ihnen das erzählt?" „Primitivo. Er sagte, er hätte Sie in Puerto Vallarta nicht gleich erkannt. Aber dann, auf dem Berg, dachte er, er sähe ein Gespenst. Wir haben ihn ausgelacht, denn Sie sind Doña Veronika wirklich nicht aus dem Gesicht geschnitten, aber ihre Schwester könnten Sie sein. Sie haben ihre Augen und ihr schönes Haar. Sonst allerdings ..." Sie hielt inne, schlug die Augen nieder und errötete tief. Ramona war eine solche Unterhaltung mit ihren Arbeitgebern oder deren Gästen wohl nicht gewöhnt.

„Nur noch eins, Ramona. Was ist mit Señora Veronika geschehen?" „Sie ist vor fast drei Jahren fortgegangen. Niemand weiß, wohin. Es geschah einige Monate bevor der alte Conde, Don Viktor, starb. Sie hat Briefe hinterlassen, in denen es hieß, sie würde nicht zurückkommen, aber der Conde glaubte das nicht. Er befahl, diese Räume für sie bereitzuhalten. Und das wurden sie auch – bis heute."

„Bitte sagen Sie den anderen, daß ich nicht ihre Schwester bin. Ich bin eine Lehrerin und möchte Señora Romano helfen."

Sie nickte, ein wenig traurig, wie mir schien. „Soll ich die Vorhänge zuziehen?"

„Noch nicht, danke. Der Nebel und das Mondlicht sehen zu schön aus."

Sie knickste abermals, „*Hasta mañana*", und war verschwunden.

Ich setzte mich am Tisch nieder, ganz verwirrt von den vorangegangenen Ereignissen. Aber einige Rätsel waren nun gelöst. Ich ähnelte Veronika, Carlos Romanos Frau, die „fortgegangen war"; die Ähnlichkeit war allerdings nur oberflächlicher Natur. In Gedanken war ich wieder auf dem Flughafen von Puerto Vallarta, wo mich Carlos Romano verwundert angestarrt hatte, zweifellos, weil ich ihn an seine Frau erinnerte. Doch bei unserem Gespräch auf der Party hatte ihn nichts an sie erinnert. Der Grund war einfach: eine dunkle Sonnenbrille, ein Sonnenhut mit Schal, der mein Haar bedeckte. Primitivo war es ebenso gegangen. Jaime Romano hatte mich einen Augenblick lang für Veronika gehalten, aber das war im Zwielicht gewesen, als er einige Meter von mir entfernt stand, und er hatte seinen Irrtum rasch eingesehen.

Konnte diese oberflächliche Ähnlichkeit an seiner Abneigung gegen mich schuld sein? Er schien zu glauben, daß ich an einer Verschwörung gegen ihn teilnähme – eine so unsinnige Vorstellung, daß ich sie nicht akzeptieren mochte.

Aber warum hatte er mich in Veronikas Zimmern untergebracht? Das war doch Hohn, eine Herausforderung, die sich sowohl gegen seinen Bruder wie gegen mich richtete.

Ich schob das Tablett beiseite und sprang plötzlich auf: Draußen vor dem nächstliegenden Fenster hatte ich für den Bruchteil einer Sekunde ein Gesicht gesehen. Es war sofort in den Nebelschwaden verschwunden.

Sekundenlang war ich vor Schreck wie gelähmt, dann stürzte ich zum Fenster und zog hastig die Vorhänge vor. Zu meiner Bestürzung ließ sich die Tür zum Gang nicht abschließen. Primitivo hatte anscheinend den Schlüssel mitgenommen.

Ich verbarrikadierte die Tür provisorisch, indem ich einen Stuhl unter die Klinke stellte. Dann setzte ich mich auf die Bettkante und zwang mich zu ruhiger Überlegung.

Das Gesicht konnte natürlich einem neugierigen Dienstboten gehört haben, der „Veronikas Schwester" sehen wollte. Es war sogar möglich, daß Jaime Romano jemanden zu meinem Fenster geschickt hatte, um mich zu erschrecken. Nun gut, mit einem so kindischen Trick würde er keinen Erfolg haben.

Später, als die Glocke der Dorfkirche in der Ferne die zehnte Stunde schlug, saß ich von Kissen gestützt im Bett und arbeitete eine Lektion der „Spanischkonversation für Fortgeschrittene" durch. Nach einer Weile fielen mir darüber die Augen zu, und schließlich war ich fest eingeschlafen.

Ich weiß nicht mehr, wie lange ich schlief, auch nicht, was mich weckte. Der dünne, angstvolle Schrei, den ich, kurz nachdem ich die Augen geöffnet hatte, hörte, konnte es kaum gewesen sein. Der Schrei war so schwach, daß ich erst glaubte, geträumt zu haben. Doch da ertönte er ein zweites Mal. Hastig warf ich meinen Morgenrock über und schlüpfte in meine Pantoffeln. Im Wohnzimmer war mir aufgefallen, daß ein Stück der Wand nicht ganz zum übrigen Raum paßte; ich hatte angenommen, daß sich dort unter der Tapete eine Tür befand, und nicht weiter darüber nachgedacht. Nun wurde mir klar, daß der Schrei aus dem Nebenzimmer kam, das einst mit diesem verbunden gewesen sein mußte.

Das Schluchzen ging in ein Wimmern über. „Mama! Mama!"

VERONIKAS VERMÄCHTNIS 405

Mich kümmerte nun nichts mehr außer diesem angsterfüllten Hilfeschrei.

Ich öffnete die hohen Flügeltüren und trat auf die Veranda hinaus. Der Nebel nahm mir jede Sicht, ich mußte mich an der Wand entlangtasten. Die Tür des angrenzenden Raumes war nicht verschlossen, und als ich sie aufstieß, erschreckte mich das heftige Schluchzen eines Kindes zutiefst.

Vor mir lag ein großer, hoher Raum, der nur mit einem stattlichen Holzschrank, einer Kommode und einem Bett möbliert war. Auf dem weißen Laken wälzte sich ein kleiner Junge, der einen Alptraum durchlitt. Ein schwaches, elektrisches Nachtlicht brannte auf der Kommode. Ich betätigte einen Schalter, und gleich darauf erhellte ein Kronleuchter das Zimmer.

Dann lief ich zum Bett und schüttelte den sich gequält windenden kleinen Jungen so sanft wie möglich. Er erwachte. Zuerst waren seine großen, braunen Augen von Angst erfüllt, doch dann warf er sich in meine Arme. Er schluchzte immer noch, beruhigte sich aber langsam. Ich drückte den zerbrechlichen Körper fest an mich. „Aber Kind! Es ist doch alles in Ordnung. Es war nur ein böser Traum. *Está bien, mi niño. Un sueño malo, nada más.*"

Endlich bebten seine schmalen Schultern nicht mehr. Das Kind legte sich in die Kissen zurück und schaute mich ernst an, als ich ihm eine hellbraune Locke aus der blassen Stirn strich. Ich schätzte es auf neun Jahre, doch in seinen Augen lag eine seltsame, keineswegs kindliche Weisheit.

„*Tía?*" fragte er, und in seiner Stimme schwangen Furcht und Hoffnung. „*Mi tía?*"

Natürlich war ich nicht seine Tante, seine *tía,* doch nun war mir klar, daß dieses Kind der Sohn von Don Carlos und Veronika war, der Mutter, so dachte ich bitter, die „fortgegangen" war.

„Warum glaubst du, daß ich deine Tante bin?"

Einen Moment lang stutzte er bei meiner spanischen Aussprache, dann antwortete er: „Primitivo hat den Dienstboten erzählt, daß Mamas Schwester angekommen ist. Ich hab mich schon gewundert, warum du mir nicht guten Tag gesagt hast. Deshalb habe ich an deinem Fenster gelauscht. Du hast Ramona erzählt, daß du nicht die Schwester von Mama bist." Er schluckte und bemühte sich, nicht zu weinen. „Dann bist du also gar nicht meine Tante?" Er umklammerte meine Hände, mit der wortlosen Bitte zu widerrufen, was ich Ramona gesagt hatte.

„Möchtest du denn, daß ich deine Tante bin?"

„O ja! Jetzt, wo Señora Castro fort ist, brauche ich jemanden. Ich hatte die Señora sehr gern, aber eine Tante wie du wäre noch viel besser. Versprich mir, daß du hierbleibst."

Nun hatte ich alle Mühe, die Tränen zurückzuhalten. Auch ich war als Kind nachts allein aufgewacht und hatte weinend und ängstlich nach meiner Mutter verlangt, die doch nur selten zu mir kam. Ich hatte mir sehnlichst gewünscht, daß Margaret meine Tante sei, daß ich einmal bei ihr leben könnte. Dieses Hirngespinst hatte ich sogar den Nachbarn erzählt.

„Wie heißt du denn, kleiner Neffe?" fragte ich lächelnd.

„Luis. Aber mein richtiger Name ist Viktor Luis Carlos Romano y Landon", sagte er stolz. „Meine Urgroßmutter sagt, das ‚Landon' ist nicht wichtig. Das war nur der Name meiner Mutter, und ich soll ihn vergessen." Seine Stimme klang trotzig. „Ich werde ihn bestimmt nicht vergessen. Aber das darfst du meiner Urgroßmutter nicht erzählen."

„Das verspreche ich dir."

„Hab ich im Schlaf sehr laut geschrien? Bist du deswegen gekommen?"

„Ja, es war nicht zu überhören", antwortete ich scherzhaft. „Ich hab schon gedacht, du würdest noch das ganze Haus aufwecken."

„Bitte, *Tía* –" offensichtlich hatte er Angst. „Du darfst das nicht meinem Onkel Jaime sagen. Bitte!"

„Na gut. Es ist unser Geheimnis. Aber warum soll ich es ihm nicht sagen?"

„Er würde mich auslachen. Er würde sagen, ich war nicht *macho*. Später mal werde ich der Conde sein, wie mein Vater, und deshalb darf mein Onkel mich nicht auslachen. Verstehst du, *Tía?*"

„Ja", antwortete ich ernst. „Das verstehe ich sehr gut." Mexiko war zwar noch ein Buch mit sieben Siegeln für mich, aber das Wort *macho* und die Denkweise, die sich dahinter verbarg, hatte ich schon hassen gelernt: diese wichtigtuerische männliche Stärke, die eher einem kraftstrotzenden Preisbullen zukommt. Jaime Romano würde von mir wegen der Komplexe, die dieses Kind quälten, eines Tages etwas zu hören bekommen.

VERONIKAS VERMÄCHTNIS 407

Mehr als eine Stunde verging, bevor Luis friedlich eingeschlafen war und ich ihn alleine lassen konnte. Das Erlebnis hatte mich mitgenommen; ich lag wach, und meine Gedanken kehrten immer wieder zu diesem traurigen, schönen Kind zurück. Die Worte, die Luis gesagt hatte, bevor er eingeschlafen war, gingen mir nicht aus dem Sinn. „Ramona hat dich angelogen", hatte er geflüstert. „Sie hat dir gesagt, meine Mutter wäre fortgegangen. Aber meine Mutter ist ... tot."

„Luis, woher weißt du das?"

„Ich weiß es eben." Der zukünftige Conde Romano schob entschlossen sein Kinn vor und wollte nichts mehr sagen. Aber er weinte auch nicht mehr.

Unruhig warf ich mich in dem großen Himmelbett hin und her. Vermutlich hatte es früher einmal Carlos Romano mit seiner Frau, die „fortgegangen war", geteilt. War sie wirklich fortgegangen? Ich starrte auf das dunkle Viereck an der gegenüberliegenden Wand, das Schweißtuch der Veronika. Doch von dort kam keine Antwort, und um mich herum war es still, nur das Knacken des Holzes war zu hören und das Seufzen des Windes, der den Nebel im Bergtal vor sich her trieb.

4. Kapitel

UM VIERTEL vor sieben weckte mich ein Glockenspiel, das tägliche Morgenkonzert im Bergtal, in dem vom Glockenturm ein Volkslied zum besten gegeben wurde. Ich schlüpfte in meinen Morgenrock, zog die Vorhänge zurück und ließ das funkelnde Morgenlicht herein. Der Nebel war verschwunden, nur Tau war zurückgeblieben, der auf den ausgedehnten Rasenflächen funkelte.

Es klopfte sacht an die Tür, und fast hätte ich „Herein!" gerufen, doch da fiel mir ein, daß der Stuhl den Eingang noch immer verbarrikadierte. Ich stellte ihn weg und lächelte beschämt über meine Angst.

Ramona, die eine saubere Schürze mit Rüschen über ihrem blauen Baumwollkleid trug, trat ein und wünschte mir fröhlich einen guten Morgen. „Von Señorita Evans", sagte sie und reichte mir einen Zettel. Miß Evans fragte an, ob ich Lust hätte, mit ihr zu frühstücken. Eine halbe Stunde später führte mich Ramona, die ein Tablett balancierte, den Korridor entlang, den wir in der vergangenen Nacht gekommen waren.

Miß Evans begrüßte mich in ihrem Zimmer im ersten Stock. „Liebe Miß Mallory! Wie nett von Ihnen, mir Gesellschaft zu leisten." Ihr Lächeln und auch die Begeisterung in ihrer Stimme waren ein wenig übertrieben.

Sie flatterte noch ebenso unruhig wie am Abend zuvor umher, aber äußerlich hatte sie sich sehr verändert. Sie trug nun ein prachtvolles Kleid aus Brokat, doch die Ärmel waren zu lang, und der Rock war zipfelig. Ihre billigen Filzpantoffeln paßten ganz und gar nicht zu dem Gewand.

Die Einrichtung war eine Mixtur verschiedenster Stile und Epochen: orientalische Gegenstände und Empire-Möbel, mexikanische Silberschüsseln und Meißner Porzellanfiguren hatten sich auf engstem Raum angesammelt.

Jedes Stück war für sich ein wundervolles Kunstwerk, aber in diesem überfüllten Antiquitätenladen konnte keines von ihnen seine Schönheit entfalten.

„Bitte setzen Sie sich doch, Miß Mallory. Ist die Aussicht nicht herrlich?" Sie seufzte und runzelte die Stirn. „Manchmal, wenn ich soviel Schönheit genieße, macht mich der Gedanke traurig, daß die arme Leonora das alles nie mehr sehen wird. Wir kennen uns von klein auf. Als ich von der Tragödie hörte, bin ich sofort gekommen. Die arme Leonora ist nun so hilflos. Es ist einfach erschütternd. Ich versuche zwar, ihr beizustehen, aber im Grunde kann man doch wohl sehr wenig für sie tun, nicht wahr?"

„Ganz im Gegenteil, Miß Evans", antwortete ich ziemlich scharf. „Ich habe vor drei Jahren in meiner eigenen Wohnung gelernt, wie man mit verbundenen Augen ein komplettes Essen mit fünf Gängen kocht. Zugegeben, es ging langsam, war schwierig, manchmal entmutigend, und ich hatte ein paar Brandwunden an den Händen. Aber ich hab's gelernt."

„Welche Entschlossenheit", sagte sie. „Sehr ungewöhnlich."

Jeder, der mit Leonora Romano arbeitete, würde in Miß Evans, die offensichtlich bestrebt war, Leonora für immer abhängig zu machen, eine gefährliche Gegnerin finden. Ich wechselte das Thema. „Kommt Don Carlos heute zurück?"

„Ich weiß es nicht. Er ist so überstürzt aufgebrochen, daß er nur noch Zeit fand, Sie zu erwähnen und sich zu vergewissern, daß alle Sachen von Señora Castro aus dem Haus geschafft waren."

„Wer ist Señora Castro?"

„Eine schreckliche Frau von einer Blindenanstalt in Mexiko City."

„Wollen Sie damit sagen, daß bis vorgestern abend eine Lehrerin hier war?" Ich konnte kaum glauben, was ich eben gehört hatte.

„Ja. Aber sie hat nicht unterrichtet. Sie hat geschnüffelt und sich eingemischt. Hat sich eingebildet, sie könnte alle nach ihrer Pfeife tanzen lassen. Veranlaßte Leonora, Dinge zu tun, die das arme Geschöpf wirklich nicht tun kann, und den kleinen Luis hat sie übermäßig verwöhnt. Macht einen labilen Jungen zu einem Weichling! Und dann, meine Liebe, hat sich sogar noch herausgestellt, daß sie eine Diebin ist."

„Eine Diebin?"

„Leonora besaß ein Kameenmedaillon, das mit winzigen Rubinen besetzt ist. Vorige Woche wollte sie es tragen, und da war es aus ihrem Schmuckkästchen verschwunden! Nun ja, ein paar Tage später wurde es in Señora Castros Zimmer gefunden. Sie hatte es unter ihren Taschentüchern versteckt! Don Carlos hat sich wie ein vollkommener Gentleman benommen. Er hat sie nicht öffentlich beschuldigt. Er hat ihr einfach gekündigt. Wir haben Leonora nichts von dem Diebstahl erzählt. Viel zuviel Aufregung! Ich habe ihr gesagt, Señora Castro sei plötzlich in die Stadt zurückbeordert worden, und habe so getan, als hätte ich das Medaillon in einem Schal wiedergefunden." In ihrer hohen Stimme schwang ein drohender Unterton. Sie wollte mir also zu verstehen geben, daß ich es nicht wagen sollte, Señora Romano davon zu erzählen, sonst könnte ich etwas erleben. Eigentlich bestand die ganze Unterhaltung nur aus verhüllten Drohungen, dachte ich plötzlich. Mischen Sie sich nicht ein ... drängen Sie sich nicht zwischen mich und meine liebe Leonora ... halten Sie sich von Luis fern ... oder es wird Ihnen leid tun!

Unvermittelt stand ich auf. „Ich habe Sie schon zu lange aufgehalten, Miß Evans. Wann kann ich Señora Romano sprechen?"

„Leonora? Ich lasse Ihnen Bescheid geben. Aber seien Sie nicht enttäuscht, falls Leonora Sie nicht empfangen möchte. Dies ist eine schwierige Hausgemeinschaft, in der Sie nicht viel Gesellschaft haben werden. Einer begabten jungen Frau wie Ihnen stehen doch so viele Türen offen."

„Vielen Dank. Bitte geben Sie mir bald Bescheid."

Als ich die breite Treppe hinunterstieg, überlegte ich, was für ein Spiel Miß Evans spielte.

Sie hatte es zweifellos darauf angelegt, mich möglichst schnell zu vertreiben. Aber warum?

Ich sah keinen Grund.

Ob ihre Geschichte von dem gestohlenen Medaillon gelogen war? Bestimmt. Blinde sind häufig Opfer kleinerer Diebstähle. Doch daß jemand kostbare Juwelen unter Taschentüchern versteckte, schien mir äußerst unwahrscheinlich. Die Mädchen, die sich um die Wäsche kümmerten, öffneten doch Señora Castros Kommode bestimmt zwei- oder dreimal in der Woche. Außerdem mußte die angebliche Diebin eine ausgezeichnete Ausbildung und einen integren Charakter haben, sonst hätte keine Blindenanstalt sie hierhergeschickt. Miß Evans' Bericht war eine böswillige Verleumdung, daran bestand für mich kein Zweifel.

Goldgelb schien draußen die Sonne, und ein Falke schwebte am wolkenlosen Himmel. Ich ging die Veranda entlang und gelangte zu meinen Räumen und zu Luis' Zimmer, das um die Ecke lag. Als ich um eine weitere Ecke bog, stand ich vor einigen Stufen, die in einen Innenhof hinunterführten. Unter schattigen Linden war ein Springbrunnen angelegt worden. Umgeben war der Hof von Steinmauern, vor denen Bougainvilleen blühten. Mir gegenüber lag ein reizendes, schlichtes, einstöckiges Gebäude aus rötlichem Ziegelstein mit einer weiten, überdachten Veranda. Waren dort vielleicht die Bediensteten untergebracht? Dann allerdings verfügten die Angestellten über ein weit geschmackvolleres Heim als ihre Herrschaft. Ein Ausruf erklang neben mir, und zwei schmächtige Arme umschlangen meine Taille. „*Tía* Alison!" rief Luis.

Ich hätte ihn so gern in meine Arme genommen und ihm versprochen, nicht fortzugehen. Doch ich konnte ihm nichts versprechen. Ich mußte so rasch wie möglich eine Entscheidung treffen. Auf keinen Fall durfte dieses Kind eine tiefe Zuneigung zu mir fassen. Die Enttäuschung würde zu groß sein, sollte ich abreisen müssen. Doch in diesem Augenblick war mir klargeworden, daß ich bleiben *wollte*. Ein Grund war Luis, der eine tiefe Betroffenheit in mir ausgelöst hatte. Der zweite Grund aber war das überwältigend schöne Bergtal. Man konnte Kraft aus seinem Anblick schöpfen.

„Wer wohnt denn dort?" fragte ich und zeigte auf das flache Gebäude.

„Onkel Jaime, aber er ist gerade nicht da. Komm mit, *Tía!* Ich zeige dir seine Pistole mit dem Elfenbeingriff."

„Wir können doch nicht einfach dort hineingehen, Luis!"

„Warum denn nicht? Das Haus gehört mir doch auch."

Er bemerkte mein Zögern. „Mir gehört das ganze Bergtal. Onkel Jaime hilft mir beim Verwalten, bis ich alt genug dafür bin. Aber Großvater hat gesagt, daß alles mir gehört."

„Trotzdem geht man nicht in Wohnungen, ohne vorher zu fragen."

Ich begriff nicht, was er gemeint hatte – das Bergtal *gehörte* ihm? –, doch ich kam nicht mehr dazu weiterzufragen, denn Luis trat einen Schritt zurück und sagte mit großer Mühe auf englisch einen Kinderreim auf: „Mary hatte ein kleines Lamm, sein Vlies war weiß wie Schnee."

„Sehr gut! Wer hat dir das beigebracht?" fragte ich auf englisch. Er antwortete auf spanisch: „Meine Großmutter, sie spricht englisch mit mir. Ich kann's schon ein bißchen, aber es ist schwer."

„Ich möchte deine Großmutter gerne kennenlernen, Luis", sagte ich.

„Ja? Wenn du willst, bring ich dich jetzt zu ihr."

Als wir die Eingangshalle durchquerten und die Treppe hinaufstiegen, konnte ich mir Miß Evans' Wut vorstellen. Wäre es nach ihr gegangen, dann hätte sie dieses Treffen endlos hinausgezögert, aber Leonora Romanos Enkel konnte sie nicht aussperren.

Wir durchquerten eine Säulenhalle, folgten einem Gang und stiegen eine weitere Treppe hinauf. Dies mußte der Weg zum Turm sein! Seltsam, daß eine blinde Frau im höchstgelegenen, unzugänglichsten Teil des Hauses wohnen wollte. Wir hatten die Eingangstüre erreicht, und bevor ich klopfen konnte, war Luis ins Zimmer gestürzt. *„Abuela! Abuela!"* rief er.

„Sag ‚Großmutter', Luis." Die Stimme, die diese Worte ganz mechanisch sprach, klang müde.

Das Turmzimmer war weitaus größer, als ich angenommen hatte, und Sonnenlicht flutete durch die spitzbogigen, gotischen Fenster. In einem großen Polstersessel saß zusammengesunken Leonora Romano; auffallend war ihr kurzgeschnittenes, dichtes schlohweißes Haar. Hinter ihr stand Miß Evans, Kamm und Bürste in der Hand, und starrte mich überrascht an. Señora Romano beugte sich vor und hielt Luis ihre Wange hin.

„Großmutter, ich mitbringe –"

„Bringe mit, Luis."

„Bringe eine Männer mit – nein, eine Fräu, die –" Verwirrt fiel er wieder ins Spanische zurück.

Die Señora hörte ihm einen Augenblick zu, dann unterbrach sie ihn scharf. „Miß Mallory?" Sie hob ihren Kopf, und die müde, zusammengesunkene Frau im Lehnstuhl verwandelte sich in Leonora Romano, die Königinmutter des Bergtals: mit geradem Oberkörper, hocherhobenem Kinn war sie nun eine Gestalt, von der Kraft und Macht ausgingen. Eine schwarze Klappe bedeckte ihr linkes Auge. Der leere Blick aus ihrem rechten Auge schien wie suchend durch den Raum zu gleiten. Es war vom gleichen kalten Blau wie die Augen ihres Sohnes Jaime.

„Guten Morgen, ich bin Alison Mallory." Ich trat auf sie zu. „Ich hoffe, ich störe nicht."

„Die Haushälterin hat mir berichtet, daß Sie gestern am frühen Abend angekommen sind. Ich habe mich schon gefragt, warum Sie sich nicht vorgestellt haben. Ich bin lange aufgeblieben." Ein vorwurfsvoller Ton hatte sich in ihre herrische Stimme geschlichen, als beklagte sie sich, daß man sie vernachlässigte, ein Symptom, das ich bei meinen Schülern oft beobachtet hatte.

Nun fühlte ich mich als Blindenlehrerin und hatte wieder festen Boden unter den Füßen. Mein Selbstvertrauen wuchs. „Es ist fast unmöglich, zu Ihnen vorzudringen, Señora Romano. Seit sieben Uhr gestern abend versuche ich, Sie kennenzulernen."

„Nennen Sie mich nicht Señora", entgegnete sie ungeduldig. „Wir sprechen hier Englisch. Ich bin Mrs. Romano. Großartige Titel stehen meiner Schwiegermutter besser. Ich brauche sie nicht."

Es war ganz offensichtlich, woher Jaime Romanos Grobheit stammte.

Doch mir gefiel es, daß diese Frau ohne Umschweife zur Sache kam. Vielleicht war sie nicht sehr charmant. Aber direkt und ehrlich war sie zweifellos.

Miß Evans erging sich in weitschweifigen Entschuldigungen, warum man mich nicht früher vorgestellt hatte, bis Leonora Romano sie unterbrach. „Manchmal glaube ich, bei Ihren Reden ein aufgezogenes Uhrwerk vor mir zu haben, das man nicht mehr abstellen kann", sagte sie seufzend.

„Darf ich mich wohl setzen?" fragte ich. „Es ist unangenehm, hier so herumzustehen."

„Woher soll ich denn wissen, daß Sie noch stehen, Miß Mallory?"

„Oh, das wissen Sie genau. Sie haben ein gutes Wahrnehmungsvermögen. Wenn Sie zu Luis sprechen, senken Sie den Kopf. Wenn Sie zu mir sprechen, heben Sie ihn."

„Mir scheint, hier gibt es zwei Personen mit einem guten Wahrnehmungsvermögen", gab sie fast widerwillig zu. „Nehmen Sie Platz, Miß Mallory. Und ihr, Ethel und Luis, geht hinaus. Ich möchte allein mit Miß Mallory sprechen."

Luis drückte abermals einen Kuß auf ihre Wange und schlüpfte hinaus.

Ethel Evans ging, ohne mich eines Blickes zu würdigen.

Als Leonora sich zuerst meiner Gegenwart bewußt geworden war, hatte sie sich majestätisch gegeben. Im Verlauf des Gesprächs änderte sich nichts an dieser Haltung. Etwas allerdings fiel mir auf – sie gab sich noch immer als Herrscherin, doch nun wirkte sie eher wie die Königin eines zähen Nomadenstammes. Ihr Gesicht und ihre Hände zeigten, daß sie kein leichtes Leben gehabt hatte.

„Carlos hat mir nicht viel über Sie erzählt", sagte sie. „In letzter Zeit erzählt mir niemand etwas. Wer sind Sie?"

Ich umriß kurz die wichtigsten Stationen meines Lebens und ging besonders auf meine fachlichen Qualifikationen ein. Als ich fertig war, lächelte sie schwach. „Sie haben ein paar Dinge ausgelassen. Zum Beispiel haben Sie blondes Haar, und Ihre Augen sind groß und blaugrau. Sie sind auf eine ungewöhnliche Weise sehr anziehend."

„Da hat Miß Evans mir aber zu sehr geschmeichelt", erwiderte ich verblüfft.

„Nicht Ethel. Candelaria, die seit zwanzig Jahren meine Haushälterin ist. Und außerdem sehen Sie Veronika Romano ähnlich. Ist das der Grund, warum Carlos Sie engagiert hat? Wie gut kennen Sie sich?"

Mein Gesicht glühte vor Zorn, doch ich antwortete ruhig: „Ich habe ihn ein einziges Mal getroffen, bei einem sachlichen Gespräch, und ich bin sicher, irgendeine Ähnlichkeit mit Luis' Mutter ist ihm nicht aufgefallen. Doch dieser Zufall hat mich schon in unangenehme Situationen gebracht. Wenn Sie irgendwelche Zweifel meinetwegen haben, dann bitten Sie doch den Fahrer, mich so bald wie möglich nach Puerto Vallarta zurückzubringen."

„Schaffen wir doch das törichte Mißverständnis aus der Welt, Miß Mallory. Señora Castro – Sie haben sicher von ihr gehört – wird unter geheimnisvollen Umständen nach Mexiko City zurückbeordert. Wir hatten zwar kein besonders gutes Verhältnis, aber ich bin doch erstaunt, daß sie ohne ein Wort, und ohne sich von mir zu verabschieden, abgereist ist. Und dann, gestern morgen, erzählt mir Carlos, daß er wie durch ein Wunder eine qualifizierte Lehrkraft gefunden habe, die Señora Castros Platz einnehmen könne. Als ob Leute mit einer solchen Ausbildung so leicht zu finden sind! Sie kommen an, und es ist augenscheinlich, daß Sie der Typ sind, von dem Carlos sich angezogen fühlt. Ich kenne ihn aus den beiden glücklosen Ehen. Was soll ich davon halten, Miß Mallory?" Ein dünnes, bitteres Lächeln spielte um ihre Lippen. „Ich habe zwar mein Augenlicht verloren, nicht aber meinen Verstand."

„Ich glaube, ich fange am besten am Anfang an", sagte ich langsam. Ich berichtete ihr in allen Einzelheiten von meinem Gespräch mit Don Carlos, von Primitivos Überraschung in den Bergen und von dem feindseligen Empfang durch Jaime Romano. Das alles erzählte ich ganz sachlich, nur Ethel Evans' Geschichte über den Diebstahl verschwieg ich. Leonora Romano war klug genug, das zu gegebener Zeit selbst in Erfahrung zu bringen. „Don Carlos hat nicht wie durch ein Wunder einen Ersatz für Señora Castro gefunden. Ich muß der Grund dafür gewesen sein, daß sie" – ich zögerte – „fortgeschickt wurde. Er engagierte mich, als sie noch hier war. Aber davon habe ich zu diesem Zeitpunkt natürlich nichts gewußt."

Sie nickte nachdenklich und lächelte. „Wie angenehm, zur Abwechslung einmal die Wahrheit zu hören! Im Augenblick verstehen wir beide nicht, was hier vorgefallen ist, aber eines Tages werden wir es verstehen. Ich möchte, daß Sie bleiben, aber unter einer Bedingung. *Ich* werde Sie anstellen, nicht Carlos oder Jaime. Sie sind nur mir verantwortlich, Sie brauchen niemandem über meine Fortschritte Rechenschaft abzulegen. Ist das akzeptabel?"

„Mehr als akzeptabel. Eigentlich ist es sogar die einzige Voraussetzung, unter der ich bleiben kann."

Wir nahmen das *desayuno,* das späte Frühstück, zusammen ein, und dann erzählte mir Leonora einiges von sich.

VERONIKAS VERMÄCHTNIS 415

Sie war vor siebenunddreißig Jahren ins Bergtal gekommen, als Frau eines amerikanischen Bergbauingenieurs. In diesem Jahr hatten die Pocken im Tal gewütet, und an die hundert Menschen starben, unter ihnen die Frau des Conde Viktor und auch Leonoras Mann. Der kleine Sohn des Conde, Carlos, wurde ebenfalls schwer krank und kam nur knapp mit dem Leben davon. Leonora hatte ihn gepflegt. „Ein Jahr später heiratete mich Viktor – trotz der Einwände seiner Mutter. Sie hätte nicht vor einem Mord zurückgeschreckt, um die Heirat zu verhindern, vielleicht hat sie es sogar versucht. Aber ich war damals sehr schön, und ich wußte den Verstand, den Gott mir gegeben hat, zu gebrauchen. Die Romanos waren stolz, verfügten aber nur über unrentablen Grundbesitz. Die Silberminen waren ausgebeutet. Ich las die Fachbücher meines ersten Mannes und kam darauf, daß bei Silbervorkommen manchmal auch Quecksilber zu finden ist. Ich öffnete die Minen abermals und machte das Bergtal wieder reich."

Die Romanos, dachte ich, waren nicht die einzigen stolzen Bewohner des Tales.

Mit erhobenem Kopf hielt Leonora Rückschau und erinnerte sich an ihren Triumph von damals. „Ich habe Viktor ein Vermögen eingebracht, und mit Jaime, dem Sohn aus meiner ersten Ehe, habe ich ihm einen zweiten kräftigen Jungen geschenkt. Söhne sind in diesem Land wichtig, Miß Mallory. So wichtig, daß Carlos sich mit Billigung meines Mannes von seiner ersten Frau scheiden ließ, als sich herausstellte, daß sie keine Kinder bekommen konnte. Das ist auch der Grund, warum Viktor glaubte, die Erde drehe sich um Carlos' zweite Frau, Veronika. Sie schenkte ihm, was er sich am meisten gewünscht hatte – einen Enkel. Luis."

Sie schwieg plötzlich, als habe sie ein gefährliches Thema angeschnitten, und wandte den Kopf leicht zur Seite. „Sind Sie mit Ihren Zimmern im Oktogon zufrieden?" fragte sie.

„Ja. Ich überlege nur, was Don Carlos sagen wird."

Sie lachte kurz auf. „Ganz gleich, was er denkt, sagen wird er nichts. Ich glaube, Jaime hat Sie dort untergebracht, weil er sich mit Carlos einen schlechten Scherz erlauben wollte. Aber wenn Sie sich dort wohl fühlen, können Sie ruhig im Oktogon bleiben."

„Vielleicht könnte es wieder mit elektrischem Strom versorgt werden."

„Strom? Oh, ja. Jaime hat irgend etwas über den Generator gesagt.

Ich werde dafür sorgen, daß sich jemand darum kümmert, Miß Mallory. Es ist weiß Gott ein Problem, dieses absurde Haus instand zu halten."

„Absurd?"

„Natürlich. Werfen Sie nur einen Blick zur Wand hinter dem Schreibtisch."

Ich sah das Bild eines Hauses, das diesem ähnelte, nur war es viel kleiner.

„Das ist das Haus, in dem ich als Kind in Pennsylvania gelebt habe", erklärte sie. „Ich wollte, es wäre nie fotografiert worden. Dieses teure Museum ist nur wegen dieses Fotos gebaut worden. Wir verbrachten ein Jahr in Europa, und bevor wir abreisten, gab Viktor heimlich einem Architekten dieses Bild und beauftragte ihn, das gleiche Haus zu bauen, nur fünfmal so groß. Es sollte eine Überraschung für mich sein! Als wir zurückkehrten, tat ich so, als freute ich mich. Im Lauf der Jahre habe ich mich schließlich an das Haus gewöhnt." Sie lächelte traurig, als sie an diese gutgemeinte, aber mißglückte Überraschung des Conde Viktor für seine zweite Frau dachte, die ihm sein Vermögen zurückgewonnen hatte.

„Sehr großzügig", sagte ich, „die Kopie des Elternhauses zu verschenken."

Wieder lachte sie kurz auf. „Das Haus in Pennsylvania war nie ein Heim, in dem man sich wohl fühlen konnte. Mein Vater war ein Künstler, und er starb jung und arm. Meine Mutter blieb als Haushälterin in ihrem eigenen Haus, um den Lebensunterhalt für sich und mich zu verdienen. La Condesa de Romano, die Tochter einer Haushälterin! Vieh, Minen, Land und ein Haus, das fünfmal so groß war wie jenes, in dem meine Mutter für Ethel Evans' Familie arbeitete! Das Leben geht seltsame Wege, nicht wahr?"

Ethel Evans' Familie. Das war nicht seltsam, das war grausam. Ich empfand weder Zuneigung noch Vertrauen zu Miß Evans, doch nun tat sie mir leid. Ein solcher Wandel der Geschicke konnte sie doch nur verbittern. Ständig sagte sie: „Arme Leonora." Nun wußte ich, daß es auch eine „arme Ethel" gab.

Bevor ich ging, schlug ich Leonora Romano vor, am nächsten Morgen zusammen mit mir auszureiten.

Nur einen Moment lang zögerte sie. „Glauben Sie wirklich, daß ich reiten kann?" fragte sie.

"Auf dem richtigen Pferd können Sie ein Hindernisrennen gewinnen", versicherte ich ihr. Reiten – auf einem gut zugerittenen Pferd und in Begleitung – das war für Leonora der beste Weg zurück ins Leben.

MITTAGS saß ich auf der Veranda vor meinem Zimmer und schrieb einen Brief an Margaret. Ich berichtete ihr von der Schönheit des Bergtals und daß ich „auf unbestimmte Zeit" hierbleiben wollte. Obwohl ich kein Wort über die seltsame Hausgemeinschaft verlor, hielt ich doch mehrmals inne und sann über die sonderbare Welt nach, in der ich mich nun befand.

Da war die unvermittelte Nachbarschaft von Reichtum und Armut. Don Carlos besaß ein eigenes Flugzeug, aber die Teppiche in seinem Haus waren fadenscheinig und schäbig. Ein Dutzend Dienstboten, aber ein Teil des Hauses war wegen eines kaputten Generators ohne Strom. Vollblutpferde – und kein Auto außer dem uralten Jeep, den Primitivo fuhr.

Und es war ein Haus, in dem Zwietracht herrschte – der unverhüllte Groll in Jaime Romanos Stimme, wenn er von Don Carlos sprach, Leonoras Bitterkeit, wenn sie an ihre Schwiegermutter dachte. Und dann die versteckte Bosheit von Ethel Evans. War dieser Haß der Grund gewesen, weshalb Veronika fortgegangen war?

Ich hörte Schritte auf der Veranda.

Jaime Romano tauchte auf, ihm folgte ein Arbeiter, der eine Kabelrolle und einen Werkzeugkasten trug. Sein braungebranntes Gesicht zeigte unverändert Feindseligkeit.

„Guten Morgen", sagte ich, entschlossen, höflich zu sein.

Er ignorierte meinen Gruß. „Meine Mutter sagte mir, Sie werden eine Zeitlang bleiben. Sie möchte, daß das Oktogon mit Strom versorgt wird. Ich lasse es provisorisch ans Stromnetz anschließen."

Er legte genügend Nachdruck auf das Wort „provisorisch", um mir klarzumachen, daß mein Aufenthalt in diesem Haus von kurzer Dauer sein würde.

„*Tía* Alison!" hörte ich eine Stimme. „Schau mal her!" Etwa fünfzig Meter entfernt saß Luis stolz auf dem Rotschimmel, den sein Onkel am Abend zuvor geritten hatte. Das Kind wirkte so klein in dem großen Sattel, daß ich in die Hände klatschte und rief: „Bravo, Luis!"

In diesem Augenblick kam Don Carlos' Flugzeug im Tiefflug heran. Das Pferd bäumte sich auf, und ich wurde plötzlich ans Geländer gestoßen, als Jaime Romano an mir vorbeirannte, darüber sprang und schrie: „Yaqui! *Alto!*"

Zu spät! Der erschrockene Rotschimmel raste bereits davon, Luis schrie und klammerte sich verzweifelt an seinem Hals fest. Hinter der Mauer des Patios erschien ein zweites Pferd mit Reiter, der dem Ausreißer den Weg abzuschneiden versuchte, bevor er die ersten Bäume am Rand der Wiese erreicht hatte. Die Zweige! dachte ich entsetzt, an ihnen würde Luis abprallen, er würde vom Pferd stürzen und gegen die Baumstämme geschleudert werden.

Der Rotschimmel wechselte die Richtung und schlug einen Bogen, er galoppierte wieder zum Haus zurück; Sekunden später war der zweite Reiter neben ihm und packte die schleifenden Zügel. Der Rotschimmel fiel in Trab und ließ sich schließlich zum Haus zurückführen.

Der zitternde Luis wurde von seinem Onkel heruntergehoben. „Gute Arbeit, Marcos", sagte Jaime Romano. „Bring Yaqui in den Stall und trockne ihn gut ab."

Jaime trug seinen Neffen zur Veranda und setzte ihn dort grob auf einen Stuhl. „Warum hast du so etwas Dummes getan?" fragte er zornig. „Antworte!"

„Du hast gesagt, ich könnte Yaqui reiten", stieß Luis atemlos hervor.

„Im Korral. Nur im Korral!"

„Das Tor war offen", schluchzte der Junge, „und ich wollte es *Tía* Alison zeigen."

Er sprang auf, rannte zu mir und vergrub sein Gesicht in meinem Rock, um seine Schluchzer zu ersticken.

„Jetzt ist sie also schon ‚Tante Alison'!" Jaime Romano ballte die Fäuste. „Sie verlieren keine Zeit, Señorita."

Ich kniete neben Luis und preßte ihn an mich. Jaime stand regungslos neben uns. Er sagte nichts, bis Luis sich beruhigt hatte, doch dann befahl er: „Luis, ich verbiete dir, jemals wieder Yaqui zu besteigen. Geh jetzt in den Stall, Marcos soll dir ein Pferd satteln. Nicht dein Pony. Nimm den Schecken, reite zur Rollbahn und hole deinen Vater ab."

Ich wollte protestieren, aber der Junge hatte sich schon auf den Weg gemacht. Langsam stand ich auf und sah Jaime Romano an. „Ist das

nötig? Müssen Sie das Kind nach diesem Schrecken noch bestrafen?"
„Dies ist das Land der Reiter. Luis muß sofort nochmals reiten, damit er keine Zeit hat, Angst zu haben oder sich an seinen Schrecken zu erinnern."

„Ich hoffe nur, daß dieses Pferd nicht so nervös ist wie der Rotschimmel!"

„Yaqui ist nicht nervös. Aber Flugzeuglärm erschreckt ihn. Sogar ich habe die größte Mühe, ihn zu bändigen, wenn mein Bruder uns in den Genuß seiner Kunstflüge bringt. Beschuldigen Sie nicht mich, beschweren Sie sich lieber bei Luis' Vater wegen seiner Tiefflüge."

Ich war nach wie vor der Meinung, daß er zu grob mit Luis umsprang, doch ich hätte mich beherrscht, wenn er nicht hinzugefügt hätte: „Im übrigen, Miß Mallory, geht Sie das alles nichts an."

Da flammte mein Zorn wieder auf. „Ein verschüchtertes, vernachlässigtes Kind geht jeden etwas an! Luis ist sensibel, aber das begreifen Sie wahrscheinlich nicht. Niemand schenkt ihm auch nur einen Funken Liebe oder Aufmerksamkeit!"

„Sie meinen wohl, ihm fehlt eine freundliche Stiefmutter."

„Er braucht eher einen Onkel, vor dem er sich nicht fürchtet!" gab ich bissig zurück.

Ein zweifelnder Ausdruck erschien auf seinem Gesicht, und die blauen Augen musterten mich scharf, so als könnten sie in meine Seele schauen und einen Verdacht bestätigt oder widerlegt finden. „Wollten Sie mir noch etwas sagen, Señorita?"

Diese Frage, die er überraschend sanft stellte, brachte mich aus der Fassung. „Nein ..." Ich wandte mich ab, doch um noch etwas von meiner Würde zu retten, fügte ich hinzu: „Ich brauche einen Schlüssel für meine Tür."

Ich wappnete mich innerlich, war auf die höhnische Frage gefaßt, wen ich denn ein- oder ausschließen wolle. Doch er nickte nur. Er trat auf mich zu und schaute mir ins Gesicht. „Wenn Sie tatsächlich so gut und ehrlich sind, wie Sie es eben zu sein schienen, das anständige Mädchen, für das meine Mutter Sie hält, dann rate ich Ihnen, das Haus zu verlassen. Es ist zu Ihrem Besten." Er schwieg, dann klang seine Stimme noch kälter. „Sollten Sie allerdings das sein, wofür ich Sie möglicherweise halte, dann bleiben Sie nur. Dann verdienen Sie, was Ihnen zustoßen wird. *Adiós,* Señorita."

Rasch und selbstbewußt schritt er auf den Innenhof zu.

DON CARLOS sah ich an diesem Tag nicht mehr. Ramona berichtete mir, daß er sofort zu Ihrer Exzellenz, seiner Großmutter, geeilt war. Am Nachmittag erhielt ich eine Einladung oder eher einen königlichen Befehl, mich morgen zusammen mit Luis in der Villa Plata zum Mittagessen einzufinden.

Ich veranstaltete gerade mit Luis ein Picknick unter den Eukalyptusbäumen vor dem Haus. Schwarz-goldene Schmetterlinge umflatterten uns, und irgendwo klimperte jemand auf einer Gitarre und sang mit hoher, jugendlicher Stimme dazu.

„Das ist Marcos", sagte Luis. „Der Mann, der mir heute geholfen hat, als Yaqui sich so danebenbenahm."

„Wovon singt er?" fragte ich, da ich die Worte nicht verstand.

„Von der Liebe. Ich verrate dir ein Geheimnis, *Tía.*" Er dämpfte seine Stimme. „Marcos ist in Ramona verliebt. Da wird er manchmal ganz albern. Ich werde mich nie verlieben – außer in meine Großmutter und in dich und Señorita Gomez. Sie war mein Kindermädchen, als ich mir den Knöchel brach."

„Du hast dir den Knöchel gebrochen?"

„Ja. Ich hatte doch diese große Schaukel. Da ist eines Tages das Seil gerissen. Ich hatte Glück, daß ich gerade nicht sehr hoch schaukelte. Großmutter sagte, ich hätte mir den Hals brechen können."

Sein kurzes Leben schien eine Kette von Unfällen gewesen zu sein. Eine gerissene Schaukel, das Feuer und heute das scheuende Pferd. Fast könnte man glauben, daß er das Unheil anzog.

Aber kein Unglücksfall, das Feuer ausgenommen, hatte ernsthafte Folgen gehabt ...

Luis stand auf. „Tut mir leid, *Tía,* aber ich muß jetzt zu Padre Olivera ins Dorf gehen. Er gibt mir Unterricht."

„Padre Olivera? Gehst du zum Religionsunterricht?"

„Nein, er unterrichtet Mathematik und Geschichte und so was. Religionsunterricht gibt mir meine Urgroßmutter."

DIE Glocken hatten das Abendlied vor einer Stunde gespielt, und nun lag das Bergtal friedlich im Mondlicht.

Zwei Lampen strahlten hell im Oktogon, eine Verlängerungsschnur führte durch die Wand in Luis' Zimmer hinüber. Ein modernes Schnappschloß funkelte an der Tür, und der Schlüssel lag auf meinem Nachttisch.

VERONIKAS VERMÄCHTNIS 421

Als ich zum Schreibtisch ging, um meinen Merkzettel zu vervollständigen – englische Kinderbücher für Luis; hatte Leonora einen Spazierstock? –, fiel mein Blick auf meinen Paß, mein Visum und ein paar andere Papiere. Ich überlegte, ob ich sie in meinem Koffer einschließen sollte; dann sah ich, daß im Schloß des kleinen Mahagonischränkchens, das in der Ecke stand, ein Schlüssel steckte. Das Schränkchen enthielt drei Fächer – das unterste war leer, in den beiden anderen lagen Fotoalben und Notizbücher.

Ich trug ein Album zur Lampe und öffnete es. Auf der ersten Seite war ein großes Farbfoto. Es zeigte eine hübsche, junge Frau, die ein Kind auf dem Arm trug.

Das mußte Veronika sein. Und das etwa zweijährige Kind war Luis.

Warum fanden alle, daß ich ihr ähnelte? Ja, ihr Haar war fast so hell wie meins, und auch sie trug es zurückgekämmt und offen, auch unsere Augenfarbe war ähnlich. Aber Veronikas Gesicht war viel zarter, und sie hatte etwas Ätherisches an sich, eine Mischung aus Lieblichkeit und Zerbrechlichkeit.

Wieso betonten alle nur unsere Gemeinsamkeiten, warum wies niemand auf die Unterschiede hin? Die Antwort auf diese Frage kam mir erst nach einer Weile. Veronika war seit fast drei Jahren fort, lebte aber weiter in den Gedanken der Bergtalbewohner. Und obwohl wir beide in Wirklichkeit recht verschieden waren, hatte mein Erscheinen Erinnerungen geweckt.

Auf dem Foto lächelte Veronika auf Luis herab, mit einem Blick voll Liebe und Zärtlichkeit, der im nachhinein so schön und auch so schmerzlich war, daß ich die Seite rasch umblätterte.

Dutzende von Bildern des Bergtals und seiner Bewohner. Leonora, Jaime, Carlos, der verstorbene Conde Viktor. Ich kannte die Gesichter, nicht aber den Gesichtsausdruck, den sie hatten, denn das Album verströmte Glück und Liebe. Wie hatten sich diese Menschen, wie hatte sich dieses Haus verändert ... Rasch legte ich das Album wieder zurück; mich beschlich das Gefühl, mich zu sehr in das Leben anderer Menschen einzumischen.

Ich verstaute meine Papiere sorgsam im untersten Fach, schloß den Schrank ab und steckte den Schlüssel in die Tasche meines Morgenrockes.

Ich war müde, doch da ich noch nicht schlafen konnte, durchsuchte ich die Bücherregale nach leichter Lektüre. Die meisten Bücher waren

in englischer Sprache, nur wenige in spanischer. Ich knipste die Wohn-
zimmerlampe aus und stellte die andere Lampe auf meinen Nachttisch;
dabei bemerkte ich wieder Veronikas Sammlung allmählich verblas-
sender Blüten. Ob sie zusammen mit Luis Blumen auf den Wiesen gesammelt hatte?
Eine Stunde später lagen die „Gesammelten Gedichte von Robert
Browning" aufgeschlagen vor mir. Ich holte tief Atem und las:

> Die schöne Evelyn Hope, sie ist nicht mehr!
> Setz eine Weile dich zu ihr und schau umher:
> Sieh dort ihr Bett, die Bücher, die sie las,
> Mit eigner Hand schnitt sie die Rose dort,
> Die auch schon welkt und stirbt in ihrem Glas ...

Das Buch fiel mir aus der Hand. Zitternd setzte ich mich kerzengerade im Bett – Veronikas Bett – auf, bei ihren Büchern, neben ihren
verblassenden Blumen. In diesem friedlichen Zimmer sprach ich die
Wahrheit aus: „Veronika, du bist tot."
Luis hatte es mir in der vergangenen Nacht gesagt, aber ich hatte
ihm nicht geglaubt, weil er keinen Grund genannt hatte. Doch nun
war mir der Grund plötzlich klar. Er wußte, daß seine Mutter nicht
„fortgegangen war", weil er wußte, daß sie ihn liebte. Er war erst
sechs Jahre alt, als sie verschwand, und doch war er sich dessen sicher –
ebenso sicher, wie ich mir war, daß die Frau im Album, deren sanftes
Gesicht Mutterliebe ausstrahlte, niemals ihr Kind allein zurückgelassen hätte. Hatte Leonora das nie bemerkt? Und Don Carlos und Jaime?
Aber natürlich! Trotzdem gaben sie vor, von ihrem Tod nichts zu wissen. Und als ich zu diesem Schluß gekommen war, mahnte mich ein
Gefühl, mich auch unwissend zu stellen.

5. Kapitel

Der frühlingsfrische Morgen tauchte die Wiesen und Felsen des Bergtals in strahlendes Sonnenlicht, und als ich erwachte, schien das Oktogon, von dem alle Schatten gewichen waren, unverändert. Doch für
mich war eine Veränderung eingetreten. Ich fühlte mich der Frau, die
vor mir hier gelebt hatte, tief verbunden. Es war, als hätten Veronika
und ich einen geheimen Pakt geschlossen. Wir sind Freunde, dachte

VERONIKAS VERMÄCHTNIS

ich, vereint durch etwas, was ich noch nicht verstand. Und ich wußte, daß ich noch mehr erfahren würde.

Nachdem Ramona mein Frühstückstablett geholt hatte, klopfte jemand leise an die Tür. Nacho, Don Carlos' großgewachsener, massiger, pockennarbiger Diener, schlüpfte herein und gab mir einen Zettel mit einer kurzen Notiz von seinem Herrn. Ob ich Don Carlos das „unschätzbare Vergnügen" machen würde, um elf Uhr zu einer Unterredung in seine Räume zu kommen?

„Ich werde Sie abholen und hinbringen, Señorita", sagte Nacho mit einer Verbeugung. Er verließ das Zimmer so lautlos, wie er gekommen war.

Wenn ich Don Carlos um elf traf, blieb mir noch genügend Zeit, Leonoras ersten Reitversuch zu beaufsichtigen. Ich war auf dem Weg zum Stall, um ein geeignetes Pferd auszusuchen, da traf ich Ethel Evans.

„Ich habe eine schlechte Nachricht, Miß Mallory", sagte sie selbstgefällig. „Die arme Leonora hat Migräne. Sie hat mich gebeten, Ihnen zu sagen, daß sie frühestens morgen zum Reiten kommen kann."

Ich war nicht weiter überrascht. Es ist nicht ungewöhnlich, daß Blinde während ihrer ersten Versuche, sich wieder in der Welt zurechtzufinden, „erkranken".

„Es tut mir sehr leid", sagte ich. „Ich wünsche ihr gute Besserung. Ich werde heute im Lauf des Tages zu ihr kommen, wenn sie sich wieder besser fühlt."

Miß Evans konnte ihren Ärger kaum zügeln, als sie sah, daß ich mich über die Verzögerung nicht aufregte. Ich ging zum Stall und traf alle Vorkehrungen für den nächsten Tag.

In dem großen, weißgekalkten Gebäude sah ich verwirrt auf die vielen Pferde.

Der Stalljunge schaute mich verständnislos an, als ich in meinem besten Schulspanisch sagte: „Ich brauche morgen früh ein sehr ruhiges Pferd für die Señora Romano."

Er sprudelte eine unverständliche Antwort hervor. Ich wiederholte meine Bitte; er schnatterte weiter. Ich versuchte es mit der Zeichensprache. Ohne Erfolg.

„Guten Morgen, Señorita Mallory", sagte eine Stimme hinter mir. „Nehmen Sie Unterricht in der Tarasco-Sprache?"

Ich hatte Jaime Romano nicht eintreten gehört. Er stand an einen

Türpfosten gelehnt; vermutlich amüsierte er sich schon seit einiger Zeit über meine Verständigungsschwierigkeiten.

„Nein. Ich suche einen Dolmetscher", antwortete ich kühl. „Ich glaube, Sie wären da sehr geeignet."

„Machen Sie sich keine Sorgen, Señorita. Ich habe schon ein Pferd für meine Mutter ausgesucht und eins für Sie."

„Woher wissen Sie von meinen Plänen?"

„Ich habe es mir zur Aufgabe gemacht, immer auf dem laufenden zu sein, bei alldem, was Sie tun, Señorita." Er lächelte, aber in seiner Stimme schwang ein warnender Unterton. „Im übrigen werden Sie sich in Sichtweite des Hauses aufhalten. Wenn Sie weiter wegreiten wollen, sagen Sie es mir einen Tag vorher. Dann werde ich Sie begleiten oder Marcos. Wenn wir beide keine Zeit haben, werden Sie Ihren Ausflug verschieben müssen. Habe ich mich klar genug ausgedrückt?"

„Aber sicher."

„Wenn Sie allein ausreiten, können Sie reiten, wohin Sie wollen. Das ist mir gleich." Damit war das Thema für ihn erledigt. Er ging zu einer der Boxen. „Das ist Estrella", sagte er und ließ ein prachtvolles schwarzes Fohlen an seiner Hand schnuppern. „Die sollen Sie für meine Mutter nehmen. Gut zugeritten, aber sie hat Charakter."

Ich blickte zweifelnd auf Estrella. Sie war viel größer und jünger als das Pferd, das ich zu finden gehofft hatte. Und ihren „Charakter" fand ich nicht ermutigend. „Das werde ich nicht", erwiderte ich. „Gibt es keine ältere Stute? Ein ruhigeres Pferd?"

„Ich habe dieses ausgesucht."

Wir starrten einander an. Aus seinen blauen Augen sprach Unnachgiebigkeit, und aus Furcht, ich könnte nachgeben, sprach ich rasch weiter. „Für diesen Ausritt trage ich die Verantwortung. Wenn ein Unfall passiert, würde ich . . ."

„Die Möglichkeit eines Unfalls habe ich in Betracht gezogen." Seine herrische Stimme brachte mich zum Schweigen. „Als ich gestern abend von dieser Idee hörte, hielt ich sie für verrückt, *loco*. Ich hatte vor, das zu verbieten. Doch dann wurde mir klar, daß ich unrecht habe. Und nun, Señorita, werden Sie zugeben, daß Sie im Unrecht sind."

Er trat einen Schritt näher. „Ich möchte, daß der Ausritt gelingt, weil meine Mutter dadurch wieder Selbstvertrauen bekommen wird.

VERONIKAS VERMÄCHTNIS 425

Langsam glaube ich, daß Sie in der besten Absicht handeln. Aber Sie kennen meine Mutter nicht! Sie war eine hervorragende Reiterin, Señorita. Was würde sie sagen, wenn wir ihr ein Tier gäben, wie Sie es vorschlagen? Sie würde es einen Ackergaul nennen. Sie würde spüren, daß wir Angst um sie haben, und glauben, daß wir ihr nicht mehr viel zutrauen. Mir ist es lieber, sie fällt vom Pferd, als daß ihr Stolz verletzt wird, Señorita."

Ich konnte seinen Blick nicht ertragen und schaute fort. Mir fiel Dr. Thatcher, der betagte Lehrer am Bradford-Center, ein, der mir einmal gesagt hatte: „Es gibt keine Sonderfälle unter den Blinden, denn *jeder* Fall ist ein Sonderfall." Jaime Romano hatte mich diese Lektion gerade aufs neue gelehrt.

Endlich brachte ich es fertig, ihm ins Gesicht zu sehen. „Ich hatte wirklich unrecht. Es tut mir leid, daß ich Ihre Entscheidung angezweifelt habe."

Ein Ausdruck des Erstaunens erschien auf seinem Gesicht. „Wie seltsam, daß Sie und ich einmal der gleichen Meinung sind."

Er ging auf Estrellas Box zu und fragte: „Und wann wollen Sie ausreiten?"

„Nicht heute", antwortete ich, „wenn alles gutgeht, morgen früh um neun Uhr." Ich berichtete ihm von Leonoras Migräneanfall und meinte beruhigend, daß es keinen Grund zur Sorge gäbe. „Ich gehe später zu ihr. Nachdem Luis und ich bei Ihrer Großmutter zu Mittag gegessen haben."

„Die Königinmutter legt Wert auf Ihre erlauchte Gegenwart?" Seine Stimme triefte vor Hohn, wie damals, als er von seinem Stiefbruder, Don Carlos, sprach. „Seien Sie auf der Hut, Señorita. Großmutter verspeist junge Damen wie Sie mit Haut und Haaren! Guten Appetit!"

Er wandte sich ab, und wenig später hörte ich das Klappern von Yaquis Hufen auf den Pflastersteinen der Auffahrt.

PUNKT elf Uhr führte Nacho mich in die Suite, die Carlos Romano im ersten Stock des Ostflügels bewohnte. Von allen Bediensteten war Nacho der einzige, der mir unsympathisch war. Seine Höflichkeit war zu glatt, und der Blick aus seinen tiefliegenden Augen war verschlagen.

„Don Carlos wird gleich hiersein", sagte er und zog sich zurück.

Ich befand mich in einem hochherrschaftlichen Zimmer – oder eigentlich einem Museum: Eingerahmte Stierkampfplakate hingen neben vergrößerten Fotos, einige von Carlos Romano, andere von lateinamerikanischen Stierkämpfern und Berühmtheiten, die bewundernde Widmungen für ,,Carlos'' und ,,El Conde'' darauf gekritzelt hatten. Ich betrachtete zwei Paar an der Wand befestigte Stierhörner, spitz wie Dolche, sicherlich Erinnerungen an blutige Siege.

Die Tür führte auf einen Balkon, und bestürzend nahe sah ich eine rauchgeschwärzte, dachlose Ruine. Das mußte die abgebrannte Scheune sein.

,,Ja, Miß Mallory'', sagte Don Carlos, der geräuschlos das Zimmer betreten hatte, ,,dort drüben hat sich die Tragödie abgespielt.''

,,So nah beim Haus – ich wundere mich, daß das Feuer nicht übergegriffen hat.''

,,Die Steinmauern haben es zurückgehalten. Das Gebäude sollte einmal eine Kapelle werden, es wurde nie vollendet. Mein Stiefbruder brachte ein Dach an und benutzte es als Lagerhaus – eine unglückselige Entscheidung. Aber nehmen Sie doch Platz, Miß Mallory.''

Ich ging auf einen Stuhl neben einem großen Schreibtisch zu und streifte die drohenden Stierhörner mit einem Blick. Don Carlos entging es nicht. Er sagte: ,,Das war ein rauher Bursche. Ihm verdanke ich dieses Andenken.'' Mit einem Finger fuhr er über die Narbe auf seiner Wange.

Wie immer war Don Carlos tadellos gekleidet. Die Samtjacke war perfekt auf seine breiten Schultern und schmalen Hüften zugeschnitten, und das seidene Halstuch paßte genau zu einem Mann, der einen müßigen Morgen zu genießen weiß.

Wie verschieden waren doch die beiden Brüder! Jaime war halber Amerikaner und wirkte doch ganz lateinamerikanisch; nichts verriet seine nordische Abkunft außer dem überraschenden Blau seiner Augen. Und Carlos, der Vollblutspanier, hatte braunes Haar und haselnußbraune Augen. Beide waren im Bergtal geboren und aufgewachsen, aber sie kamen aus verschiedenen Welten. Der Höflichkeit stand die Grobheit gegenüber, der Glätte die Rauheit.

,,Ich habe gestern abend mit meiner Mutter über Sie gesprochen'', sagte Carlos, und ein Lächeln huschte über seine Lippen. ,,Sie haben einen vorzüglichen Eindruck auf sie gemacht.''

,,Ich glaube, wir werden gut miteinander auskommen.''

VERONIKAS VERMÄCHTNIS 427

„Dann muß ich mir selbst zu meiner Wahl gratulieren." Doch dieses Kompliment, das er durch ein Nicken und Lächeln unterstrich, wurde sachlich und distanziert vorgebracht. „Wenn ich richtig unterrichtet bin, hat Jaime Sie im Oktogon untergebracht. Würden Sie gern umziehen? Wir haben genügend leerstehende Räume." „Nein, vielen Dank. Ich fühle mich dort sehr wohl." „Verstehe", murmelte er nachdenklich. „Nun gut. Inzwischen wissen Sie ja, daß Luis' Mutter dort gewohnt hat. Es ist noch vollgestellt mit persönlichen Gegenständen. Nacho wird sie sofort entfernen." Da erschien wieder dieses aufblitzende Lächeln, das ich aus Puerto Vallarta kannte. „Ich bin ein miserabler Arbeitgeber, Señorita Mallory. Ich weiß im Grunde nichts über Sie, außer daß Sie Lehrerin sind. Sie haben doch sicher eine Familie. Erzählen Sie mir von ihr."

Zwanzig Minuten später, als ich Don Carlos endlich entronnen war, fühlte ich mich, als hätte mich ein gerissener Staatsanwalt ins Kreuzverhör genommen. Er hatte alles über mein Leben in Erfahrung gebracht, während ich kaum mehr über ihn wußte als zuvor. Mir war aufgefallen, wie sorgfältig er seine Worte gewählt hatte. Veronika wurde weder namentlich genannt, noch sprach er von „meiner Frau", oder „meiner früheren Frau". Sie war nur „die Mutter von Luis".

Ich eilte zum Oktogon, verschloß die Tür hinter mir, zog die Vorhänge vor und machte mich rasch an eine Durchsuchung des Zimmers, entschlossen, so viel wie möglich über Veronika in Erfahrung zu bringen, bevor ihre Sachen entfernt wurden.

Ich fühlte mich nun nicht mehr als Spitzel oder Eindringling. Alles, was ich fand, konnte von Wichtigkeit sein, wenn nicht für mich, so doch für Luis und Leonora.

Aus den Fotoalben erfuhr ich nichts Neues. Ich hatte gehofft, die Notizbücher und losen Blätter, die daneben lagen, könnten Tagebücher sein, doch die erste Seite, eng beschrieben mit Veronikas schöngeschwungener Schrift, begann: „Ser o no ser? Está es la pregunta!" Hamlets berühmtes „Sein oder Nichtsein" als Übung ins Spanische übersetzt. Ich fand weitere Shakespeare-Übersetzungen. Auf keinem der Papiere stand etwas Besonderes, sie verrieten nur, daß Veronika hart gearbeitet hatte, um die spanische Sprache zu erlernen, und daß sie eine sensible junge Frau war, die Literatur liebte.

Ein Aktenordner brachte auch nichts Neues zutage. Mit niemandem, außer mit einigen Geschäftsleuten in Mexiko City und Puerto Vallarta, hatte Veronika korrespondiert. Jedenfalls hatte sie keine persönlichen Briefe aufbewahrt. Da waren einige quittierte Rechnungen, nichts Ungewöhnliches. Eine stammte von einem Laden für Silberwaren, und ich schaute sie mir genauer an. „Eine Männergürtelschnalle mit Monogramm J. R." Zweifellos Jaime Romano. Ein Geschenk, das sie ihrem Schwager gegeben hatte, bevor sie „fortging". Nicht mehr. Als Nacho an meine Tür klopfte, übergab ich ihm die Alben und Papiere. Dennoch ließ mich weiterhin der Gedanke nicht los, daß sie eine Botschaft für mich enthielten. Eines Tages würde ich sie erkennen, sagte ich mir.

Eines Tages würde ich alles verstehen.

EINE Stunde später machte ich mich auf die Suche nach Luis. Die formelle Einladung zum Essen hatte die Anweisung eingeschlossen, daß Luis in der Villa Plata nicht als „abgerissener Raufbold" – wie in der vergangenen Woche – vor seiner Urgroßmutter zu erscheinen hatte. Der Junge stand, in einen Anzug gekleidet, dem er längst entwachsen war, unglücklich in seinem Zimmer. Zusammen machten wir uns auf den Weg.

Der von Mohnblumen und schulterhohen Sonnenblumen gesäumte Pfad, den wir entlanggingen, war eine Abkürzung. Wir begegneten niemandem, als wir den Schutzwall aus Blumen verließen, über eine alte Steinbrücke schritten und durch ein großes schmiedeeisernes Tor in einen gepflasterten Hof gelangten. Dort saß die Excelentísima Ana Luisa steif und aufrecht in einem Rollstuhl und starrte hinauf in die Baumwipfel. Sie bemerkte uns nicht. Plötzlich streckte sie einen Arm aus, der in einem ledernen Falknerhandschuh steckte, und pfiff schrill. Mit rauschendem Flügelschlag schwebte ein großer Wanderfalke von den Jacarandabäumen heran und setzte sich auf das Handgelenk der alten Dame.

„*Buenas tardes*", sagte Luis schüchtern.

Die Frau und der Falke wandten langsam den Kopf, und ich fühlte mich von stechenden Augen durchbohrt. Als ich die Excelentísima auf spanisch begrüßte, sah sie mich mißbilligend an und unterbrach mich. „Wir wollen lieber englisch sprechen. Eine barbarische Sprache, aber doch weniger mißtönend als schlecht gesprochenes Kastilisch." Die schmalen, scharlachrot geschminkten Lippen verzogen sich zu einem Lächeln, um anzudeuten, daß diese Kränkung nur ein Scherz war.

Doch ihre Augen glitzerten kalt. „Willkommen in der Villa Plata, Miß Mallory."

Ich wußte, daß die Excelentísima weit über achtzig Jahre sein mußte, sonst wäre es unmöglich gewesen, ihr Alter genau zu bestimmen. Nichts an ihr war echt: Sie schmückte sich mit einer schrecklichen orangefarbenen Perücke, hatte aufgemalte Augenbrauen und übermäßig lange, gebogene Wimpern, die schief angeklebt waren. Die scharfen Zähne schimmerten weiß und waren offensichtlich so falsch wie das schwere, billige Perlenhalsband. Das schwarze Seidenkleid war der Alptraum einer jeden Schneiderin mit seinen Biesen, Rüschen und Falten. Es war mit Jettperlen übersät und knöchellang. Trotzdem war sie keineswegs eine komische Figur. Sie war so dünn und gefährlich wie ein Rapier und hielt den eindrucksvollen Kopf hoch erhoben. Waren die farbenprächtigsten Schlangen nicht auch die giftigsten?

Der Falke auf ihrem Arm bewegte sich.

„Was für ein mächtiger Vogel", sagte ich. „Es ist ein Wanderfalke, nicht wahr?"

„*Sie* ist ein Wanderfalke. Die Männchen sind kleiner und taugen nur für Wachteln und Enten. Dieses Goldstück kann einen Reiher vom Himmel holen!" Ihre rechte Hand hatte das Aussehen einer Klaue angenommen, die langen, falschen Fingernägel, die blutrot lackiert waren, gewannen eine unheimliche Ähnlichkeit mit den Krallen des Falken, die sich in den Lederhandschuh bohrten.

„Hat sie einen Namen?"

„Aber ja. Ich nenne sie Leonora. Sie sollten sie sehen, wenn sie ihre Krallen in eine Drossel schlägt."

Schweigen. Darauf gab es nichts zu sagen. Luis schaute unglücklich drein, und die alte Dame machte keine Anstalten, die ungemütliche Situation zu beenden.

Sanft setzte sie den Falken auf eine Holzstange und sagte: „Luis, geh ins Haus und lern den Katechismus. Und sag dem Jungen, er soll Coca-Cola für die Señorita und mich bringen. Paß auf, daß der Idiot Strohhalme in die Flaschen steckt. Saubere Strohhalme!" Sie wandte sich zu mir und fügte ohne Bedauern hinzu: „Verzeihen Sie, daß meine Gastfreundschaft so begrenzt ist. Heutzutage werden mir nur zwei Dienstboten zugestanden. Diese Pfennigfuchserin Leonora macht mich zu einer Almosenempfängerin. Ob blind oder nicht – *La Gringa* ist ein Blutsauger. Natürlich tun sie so, als wäre es mein Enkel Jaime,

VERONIKAS VERMÄCHTNIS 431

der mich zwingt, wie eine Leibeigene zu leben. Rechtlich ist nichts dagegen einzuwenden, daß er über die Ausgaben bestimmt. Aber Jaime
ist nur *La Gringas* Handlanger. Mir kann man nichts vormachen!"
,,Jaime?" rief ich überrascht aus. ,,Wie kann er denn über alle Ausgaben bestimmen? Das Bergtal gehört doch Don Carlos, nicht wahr?"
,,Nein", sagte sie. ,,Mein Enkel Don Carlos war zu ungestüm. Er
hatte zum Beispiel eine Schwäche für ausländische Frauen. Blonde
Frauen wie Sie, Señorita."
Erst wollte ich mich gegen diese Bosheit zur Wehr setzen, doch
dann war ich so klug, den Mund zu halten. Hier mußte ich zuhören,
nicht widersprechen.
,,Carlos genoß seine Erziehung im Ausland. Wie viele Schulen ihn
hinauswarfen, wissen nur die Götter. Ich hielt Novenen und flehte die
Heiligen an, er möge jung heiraten, bevor ein wütender Ehemann einen *pistolero* engagierte, der ihn erschoß. Nun ja, er hat jung geheiratet."
,,Er heiratete Veronika?"
,,Nein, nein! Das war viele Jahre, bevor er diese unglückselige Frau
traf. Er heiratete ein Mädchen aus Mexiko City aus einer guten spanischen Familie. Aber sie war langweilig, und schon bald führte Carlos
sich rücksichtsloser denn je auf. Kein Wunder! Drei Jahre vergingen,
und sie schenkte ihm keine Kinder. Als Carlos sich entschloß, sich von
ihr scheiden zu lassen, hat mein Mann, der Conde Luis, ihm bereitwil-
lig alles bezahlt."
,,Und dann traf er Veronika?" Ich war entschlossen, die Unterhaltung auf Luis' Mutter zu lenken.
,,Das war Jahre später. Als er im Exil war."
,,Im Exil?"
Sie gestikulierte mit ihrer juwelengeschmückten Hand. ,,Exil, Ver-
bannung – nennen Sie es, wie Sie wollen. Carlos war immer wild gewesen. Er konnte kaum laufen, da liebte er die Stiere und die *corrida*
schon mehr als alles andere auf der Welt. Wir bewunderten seinen
Mut, aber dann –" Sie machte eine Pause und schien zu frösteln. ,,Er
begann, in öffentlichen Arenen zu kämpfen!"
Offenbar war es lobenswert, als meisterhafter Amateur die Arena zu
betreten, doch wenn der Nachkomme von uraltem spanischem Adel
den Stierkampf zu seinem Beruf machte, war er der Schandfleck seiner
Familie.

„Für meinen Mann", fuhr Ana Luisa fort, „den Conde Luis, war Carlos gestorben. Sie verkehrten nicht mehr miteinander. In dieser Zeit traf Carlos Veronika."

„Woher kam sie?" fragte ich.

„Von nirgendwoher. Sie war niemand. Nur eine weitere *gringa,* mehr nicht. Eines Tages erhielt ich einen Brief von Carlos. Er schrieb, er sei seit einiger Zeit verheiratet und habe einen kleinen Sohn, den er nach dem Conde Luis genannt habe. Er wollte gern zurückkehren und das Leben leben, für das er erzogen war. Conde Luis war kein Mensch, der vergeben konnte. Doch Carlos hatte ein Foto von Veronika, die den kleinen Luis auf dem Arm trug, beigelegt. Das gab den Ausschlag. Seinen eigenen Urenkel, sein eigenes Blut konnte der Conde nicht verleugnen."

Die Excelentísima lehnte sich zurück, und ihre Wangen, bereits von Rouge gerötet, brannten nun in einem noch tieferen Rot. „Doch es erwies sich, daß der Conde Luis seinem Enkel in Wirklichkeit nicht vergeben hatte. Als er starb, vermachte er das Bergtal und alles, was dazugehörte, Luis!" Sie sprach den Namen mit bitterer Verachtung aus. „Don Jaime verwaltet alles, bis Luis volljährig ist. Ist das nicht unrecht? Immer hat der älteste Sohn das Bergtal geerbt. Seit Jahrhunderten!"

Ihr Haß auf Luis war erschreckend. Der Junge war in ihren Augen ein Usurpator, ein Sprößling mit – wie sie es nannte – Mischblut, der seinem Vater das Erstgeburtsrecht gestohlen hatte.

„Und Veronika ist einfach fortgegangen?" fragte ich in der Hoffnung, mehr über sie zu erfahren.

„Nicht allein, dessen bin ich sicher", zischte die Excelentísima. „Sie hatte sich fortgeschlichen, um einen Mann zu treffen. Eins der Mädchen hat es mir berichtet. Ich wußte von Anfang an, daß . . ."

Doch ich sollte nie erfahren, was sie gewußt hatte. Der Junge erschien, in jeder Hand eine Flasche Coca-Cola. Als sie ihn sah, wandte sie sich ruckartig in ihrem Rollstuhl um. „Du hast ja den ganzen Tag dafür gebraucht, du Idiot!" Sie übergoß den zitternden Jungen mit spanischen Flüchen und Verwünschungen.

Schließlich war sie erschöpft und schaute zur Sonne, um die Uhrzeit zu schätzen. „Mittag", sagte sie zu mir. „Schieben Sie mich doch bitte zur *entrada.*"

Ich schob den quietschenden Rollstuhl über das Pflaster. An einem

Haken im Torbogen am Hauseingang hingen zwei Krücken. Die Excelentísima nahm sie ab und erhob sich langsam. Obwohl sie unter
Gicht litt, machte ihr das Gehen keine große Mühe. Mit hocherhobenem Kopf und geradem Rücken bezwang sie sogar die breiten Stufen,
die zum Speisezimmer führten.

Mir wurde klar, daß das Fahren im Rollstuhl reinste Verstellung
war. Ana Luisa konnte gehen, wenn sie nur wollte. Oben blieb sie auf
einem Treppenabsatz stehen, und ich trat in das Sonnenlicht, das durch
ein vergittertes Fenster fiel. Ich erblickte einen weiteren Innenhof. In
der Mitte stand ein Pfahl, auf dem oben ein Querbalken angebracht
war.

„Der Schandpfahl", sagte die Excelentísima hinter mir. „Ausge-
peitscht wurde an Samstagen, damit die Übeltäter sich erholen und am
Montag wieder zur Arbeit gehen konnten. Mein Mann pflegte an die-
sem Fenster zu stehen und die Peitschenhiebe zu zählen. Sehen Sie die
Feuerstelle da drüben? Dort wurde das Eisen erhitzt, mit dem man
Diebe brandmarkte. Mein Mann hatte hier die Macht über Leben und
Tod – und er gebrauchte sie!" Ihre Augen weiteten sich, und ihr Atem
ging rasch.

Grauen faßte mich, und ich schauderte. „Gott sei Dank haben sich
die Zeiten geändert", sagte ich.

Erbarmungslos hielt mich ihr Blick gefangen. „Die Zeiten ändern
sich vielleicht, doch die Männer der Romano-Familie sind, was sie
immer waren. Falken, die Drosseln vom Himmel holen. Das liegt ihnen im Blut ... Wollen wir ins Speisezimmer gehen, Miß Mallory?
Das Essen steht bereit."

Der Alptraum der nächsten anderthalb Stunden schien kein Ende zu
nehmen. Während das Essen aufgetragen wurde, sagte die Excelentísima: „Carlos hat mir gestern nachmittag nach seiner Ankunft seine
Aufwartung gemacht. Er sagte mir, daß er eine neue Lehrerin für diese
Leonora eingestellt habe."

„Ich halte Señora Romano für eine intelligente und tüchtige Frau",
antwortete ich. „In ihr sind all die Qualitäten vereint, die man auf spanisch *honorable* nennt. Warum hassen Sie sie?"

„Warum sollte ich sie nicht hassen? *La Gringa* kam hier als ein
Nichts und Niemand an und brachte meinen Sohn Viktor durch irgendwelche Machenschaften dazu, sie zu heiraten. Sie untergrub die

Beziehung zwischen dem Conde und Carlos in der Hoffnung, ihren Sohn Jaime zum Erben des Bergtals zu machen."

Wir hatten englisch gesprochen, allerdings so schnell, daß Luis dem Gespräch nicht hatte folgen können. Aber einen Namen hatte er verstanden, denn er sagte: „Leonora Romano ist doch Großmutters Name."

Es schien, als ob sich die Excelentísima auf den Jungen stürzen und ihn schütteln wollte. „Deine richtige Großmutter, Viktors erste Frau, ist vor Jahren gestorben, als die Pest das Bergtal heimgesucht hat! Wie oft soll ich dir das noch sagen! Mit *La Gringa* bist du nicht verwandt."

Was sie sagte, war nicht gelogen. Doch auch wenn Luis und Leonora nicht blutsverwandt waren, so bestand doch eine Bindung anderer, ja stärkerer Art zwischen ihnen. Ich würde es Luis erklären, um sicherzugehen, daß Ana Luisa nicht noch mehr Schaden an der Kinderseele anrichtete. Doch dann erkannte ich, daß jede Erklärung überflüssig war. Stolz hatte Luis den Kopf erhoben. Die trotzig vorgeschobene Unterlippe, seine gerade Haltung sagten mehr als alle Worte: Meine Großmutter ist meine Großmutter.

Luis und ich waren dankbar, als das Essen vorüber war. Wir gingen zur *casa grande* zurück, und ich betrachtete Luis mit anderen Augen. Als er damals gesagt hatte: „Alles gehört mir", hatte er die Wahrheit gesprochen. Und im Bergtal herrschte zur Zeit nicht Don Carlos, sondern Jaime Romano. Aber in den Jahren vor Luis' Geburt, damals, als der alte Conde Luis seinen älteren Enkel Carlos enterbt hatte, mußte Jaime geglaubt haben, er werde nach seines Stiefvaters Tod Herr über das Bergtal sein. Welch bitteres Erwachen hatte es nach Luis' Geburt für seinen Onkel gegeben! Der Traum von der Macht zerstob.

Konnte sich ein unerfüllt gebliebener Traum in Haß verwandeln? Haß auf Veronika und sogar auf ihren Sohn?

„Schau doch, *Tía* Alison!" rief Luis. „Ein Falke!"

Über uns kreiste ein Falke, als hätte die Excelentísima ein Wesen ausgesandt, das uns folgen sollte.

„Hör doch", flüsterte Luis.

Schwach hörte ich das sanfte Gurren einer Taube. Ich sah, wie der Falke in einem weiten Kreis höher hinaufflog. Dann stieß er vom Himmel herab auf sein Opfer.

Ich sah nicht, wie er die Taube packte, doch irgendwie spürte ich, wie er die Klauen in sie schlug und sie festhielt. Ich sah das haßerfüllte Lächeln der Excelentísima vor mir und hörte ihre Worte: „Die Männer der Romano-Familie sind, was sie immer waren. Falken, die Drosseln vom Himmel holen! Das liegt ihnen im Blut."

6. Kapitel

Das „Wunder" trug sich am nächsten Morgen zu. Zumindest gaben die Dienstboten dem Ereignis diesen Namen.

Es begann damit, daß Leonora Romano nach unten in die Halle geführt wurde – ihr Gang war unsicher und zögernd; sie bemühte sich, ihre Angst vor einem Mißerfolg zu verbergen. Mit Miß Evans' Hilfe hatte sie ihre schönen Lederreitstiefel – wahre Meisterstücke – angezogen und einen rostbraunen, geschlitzten Reitrock, der mit Stickereien verziert war.

„Ich kann ebensogut in vollem Staat herunterfallen", murmelte sie, als wir draußen die Treppe hinuntergingen.

„Sie sehen fabelhaft aus", meinte ich.

Sie lachte unsicher. „Meine Hände sind kalt", sagte sie. „Ich dachte immer, daß man bei solchen Gelegenheiten kalte Füße bekommt. Aber bei mir sind es die Hände."

„Ach, Sie werden doch keine Angst haben."

„Sie haben gut reden!"

Marcos wartete vor dem Haus mit zwei Pferden und dem Pony von Luis. Jaime, der mir die lammfromme alte Mähre zuwies, die ich anfangs Leonora zugedacht hatte, saß schon auf Yaqui und sah aufmerksam zu uns herüber. Leonora streichelte Estrella und sagte dann: „Bringen wir's hinter uns."

Mit Marcos' Hilfe schwang sie sich in den Sattel. Einen Augenblick lang schien die blinde Frau zu erstarren, dann lockerte sich ihr Griff um die Zügel, und sie, Luis und ich ritten den Weg hinunter.

„Wir reiten nach Westen", sagte Leonora. „Ich fühle die Sonne auf meinem Rücken." Ihr Gesicht hellte sich auf, und ihr Lächeln schien zu sagen: Schaut nur, ich bin wieder draußen. Ich reite. Ich habe keine Angst.

Wir ritten in den Korral und dort im Kreis herum, und binnen kurzem waren wir von schweigenden, lächelnden Menschen umgeben –

Dienstboten aus dem Haus, Arbeitern aus dem Stall und den Obstplantagen.

Niemand machte ein Geräusch, das die Pferde hätte erschrecken können, aber aus ihren strahlenden Gesichtern sprach stummer Beifall, und mir wurde klar, daß die Menschen des Bergtals Leonora liebten.

Nach dem Rundritt im Korral ging es zurück zur *casa grande*. Und war der Ausflug noch so bescheiden gewesen, so war er doch für einen ersten Versuch eine großartige Leistung.

Auf dem Rückweg gab es einen jener Momente, von denen ein Lehrer oft träumt. Leonora zügelte Estrella plötzlich und atmete tief ein. „Die *copa de oro* blüht", sagte sie. „Wir müssen ganz nahe bei der Veranda vor dem Oktogon sein. Ich habe diesen Wein selbst gepflanzt und diesen Duft immer geliebt."

„Der Wein hat sich schon bis zum Dach hinaufgerankt."

„So hoch? Dann müssen wir Drähte anbringen, sonst wird er die Dachrinne verstopfen. Ich werde es den Gärtnern sagen."

Leonora Romano war der Abgeschlossenheit ihres Turmes entflohen, und ich wußte, daß sie in dieses freiwillig errichtete Gefängnis nun nicht mehr zurückkehren würde.

In den folgenden zwei Wochen setzte sie alle Hausbewohner in Erstaunen. Nachdem sie ein Problem bewältigt hatte, war sie überzeugt, daß es nichts gab, womit sie nicht fertigwerden konnte. Bald war das Klackklack ihres Stockes überall im Haus zu hören, und oft war ihre Kühnheit erschreckend.

Obwohl gerade die Dienstboten Leonora sehr zugetan waren, brachten sie sie in Gefahr. Sie ließen Schrubber, Eimer und Besen auf Treppen und in Gängen stehen. Trotz meiner Bitten wurden die Möbel in Leonoras Zimmer nicht jedesmal wieder an genau dieselbe Stelle gerückt. Vermutlich stolperte sie mindestens zweimal am Tag über irgend etwas, doch sie ließ sich nie entmutigen. Manchmal hatte ich alptraumartige Visionen, wie Leonora in ihrem übergroßen Selbstvertrauen kopfüber eine Treppe hinunterstürzte. Aber Leonora ließ sich durch nichts zurückhalten. Sie und Luis nahmen meine ganze Zeit und Kraft in Anspruch; trotzdem wich das Gefühl von Veronikas Gegenwart nie für längere Zeit von mir. Wenn ich Luis anschaute, sah ich wieder das Foto vor mir, und dann erschütterte es mich jedesmal, wie sehr er in seinem Lächeln, seinen kleinen Händen und den großen, klaren Augen seiner Mutter glich. Und manchmal wachte ich nachts plötzlich auf, wenn ein Vogel im Geäst seinen Ruf ausstieß, der für mich immer wie Veronikas Name klang.

Mindestens dreimal in der Woche ritten Leonora, Luis und ich morgens aus. Jedesmal wagten wir uns etwas weiter vom Haus fort. An den meisten Tagen leistete ich Leonora bei dem zweiten Frühstück Gesellschaft und half ihr, den Umgang mit Messer, Gabel und Löffel wieder zu erlernen. Es folgte eine weitere Unterrichtsstunde am Vormittag und dann zwei Stunden am Spätnachmittag: Dazwischen gab ich Luis Englischunterricht.

Miß Evans trug Sorge, daß die von Leonora gewünschten Neuerungen im Hause ausgeführt wurden. Zimmer, die ein Jahr lang niemand betreten hatte, wurden gelüftet und saubergemacht. Eine große, eindrucksvolle Statue des heiligen Miguel, die auf dem Treppenabsatz vor Leonoras Zimmer stand, wurde von der dicken Staubschicht befreit.

Jaime und Carlos Romano nahmen nur am Rande an unserem Leben teil. Sie hielten sich an die Regeln eines unausgesprochenen Waffenstillstandes. Ich sah sie nie allein zusammen in einem Zimmer, hörte sie nie mehr zueinander sagen als einen förmlichen Gruß, wenn sie sich zufällig im Patio oder im Stall begegneten. Carlos war viel unterwegs, er nahm das Flugzeug, um an seinen geliebten Reitveranstaltungen teilzunehmen, und häufig fuhr er in die Hauptstadt, wo er eine Wohnung besaß. Besuchte er dann die schöne Frau namens Karen? Ich nahm es an. Wenn er von diesen Ausflügen zurückkam, war sein Schritt stets beschwingt, und er trug die Miene eines Eroberers zur Schau. Seine Begrüßungen und kurzen Bemerkungen mir gegenüber waren gleichmäßig freundlich und beiläufig, doch ich fühlte mich nie besonders wohl in seiner Gegenwart.

EINES Tages ging ich zu Leonora, um außer der Reihe mit ihr zu arbeiten; ich fand sie nervös und aufgeregt vor. „Miß Alison, ich habe gerade die Nachricht erhalten, daß Enrique Vargas aus Puerto Vallarta mit seiner Frau und einigen Freunden heute nachmittag hier eintrifft und über Nacht bleiben will. Sein Vater war der Rechtsberater meines Mannes, und jetzt berät Enrique Carlos in juristischen Angelegenheiten. Warum konnten sie nicht später kommen? Dann wäre ich soweit gewesen, mit ihnen zu Abend zu essen und ihnen meine neuerlernten Tischmanieren vorzuführen!"

„Sie können ihnen doch bei Tisch Gesellschaft leisten und sagen, Sie wären auf Diät gesetzt", erwiderte ich. „Trinken Sie nur Fruchtsaft. Mit Gläsern können Sie schon sehr gut hantieren."

Sie lachte. „Sie meinen, ich werfe nicht mehr gar zu oft eines um. Wir könnten Padre Olivera einladen, er war ein Freund von Enriques Vater. Und Musiker aus dem Dorf engagieren. Wir sollten auch jemanden zur Baustelle schicken und Eric einladen."

„Eric?"

„Eric Vanderlyn. Er arbeitet am Staudamm, der im Bergtal gebaut wird."

Eine Abendgesellschaft! dachte ich erfreut, und mein Herz schlug höher.

Am Spätnachmittag kamen unsere Gäste an, und es war meine Aufgabe, sie zu begrüßen.

Ein großer, schwarzer Wagen bog in die Auffahrt ein, und ich sah einen Fahrer und fünf Fahrgäste. Der Chauffeur, der als erster ausstieg, war untersetzt und kräftig; in seinem breiten Gürtel steckte eine automatische Pistole.

Als nächster stieg Enrique Vargas aus, der junge Rechtsanwalt, ein großer, vornübergebeugter Mann mit eng beieinanderliegenden Augen. Er gehörte nicht zu den Menschen, die besonders vertrauenerweckend wirken. Sein schwarzes Haar war so ölig, daß es ihm am Schädel klebte. Ich beobachtete ihn genau. Er mußte Veronika oft getroffen haben.

Würde er stutzen, mich nochmals anblicken, vielleicht eine Frage stellen?

„Guten Tag", sagte er, und sein Blick verriet keine Überraschung. „Darf ich Ihnen meine Frau Raquel vorstellen?" Ein hübsches, rundgesichtiges Mädchen, ein Teenager, lächelte mich schüchtern an. „Und meine Mutter, Doña Antonia."

Doña Antonias dralle, muntere Erscheinung paßte keineswegs zu ihrem schwarzen Trauerkleid und der Mantilla. „Erfreu', Sie kennen'lern'!" rief sie aus. „Ich lern sprechen Inglisch von meine Sohn und Phonograph-*discos. Qué bueno!*"

Nun entstieg ein hochgewachsenes Paar mittleren Alters dem Auto. „Dr. George Hardy und seine Schwester, Miß Alice Hardy", sagte Señor Vargas.

„Freut mich, hier eine Amerikanerin anzutreffen", knurrte der Doktor.

Er war eine imposante Gestalt mit einem enormen Doppelkinn. Graue Backenbartbüschel sprossen vor rötlichen Ohren, und seine buschigen Augenbrauen verliehen ihm einen feindseligen Ausdruck. Seine Schwester Alice ähnelte ihm, von ihrer ungewöhnlichen Körpergröße abgesehen, in keiner Hinsicht. Sie war dünn und knochig, hatte einen schmalen langen Hals und besaß die Eigenschaft, den Betrachter zu fesseln und seine Aufmerksamkeit zu erregen.

Die Geschwister verbrachten ihren Urlaub in Mexiko, und Enrique Vargas erzählte mir, er habe ein Jahr lang bei den Hardys gewohnt, als er als Austauschstudent in den Vereinigten Staaten gewesen sei.

In der Halle erklärte ich ihnen, das Dienstpersonal werde ihnen ihre Zimmer zeigen und wir würden uns um sieben Uhr zu Cocktails im Patio treffen.

Um halb sieben verließ ich das Oktogon, um unten nach dem Rechten zu sehen. Das Personal hatte sich um alles gekümmert. Große Vasen mit duftenden Lilien und Rosen standen in den Zimmern. Im Patio inspizierte Nacho, der eine kastanienbraune, goldbestickte Uniformjacke trug, die Fackeln und Lampions.

Ich schlenderte wieder zum Haus zurück, als ich ein ungewohntes Geräusch hörte, wohltuendes Klavierspiel. Es war die ergreifende Melodie einer Nocturne von Chopin. Ich folgte den Klängen und betrat einen kleinen Salon in der Nähe des Wohnzimmers. Ein älterer Mann mit weißem Haarkranz, der die braune Kutte und den weißen, geknoteten Gürtel der Franziskaner trug, saß an einem Klavier.

„Guten Abend", sagte er lächelnd. „Sie sind bestimmt Miß Mallory."

„Ja. Und Sie sind sicher Padre Olivera", antwortete ich. „Luis hat mir viel von Ihnen erzählt."

„Von Ihnen spricht er auch oft." Die dunklen Augen in seinem gebräunten, fast faltenlosen Gesicht betrachteten mich ernst. Dann lächelte er wieder. „Ich wollte Sie schon früher einmal aufsuchen, um Sie im Tal willkommen zu heißen. Aber mir kam immer etwas dazwischen." Padre Oliveras Gesichtszüge strahlten Güte aus, aber ich merkte doch, daß er mich sorgfältig musterte. Hinter seinem Cherubsgesicht verbarg sich große Klugheit.

„Ich möchte Ihnen gerne eine Frage stellen, die mich seit einiger Zeit

beschäftigt", sagte er. „Luis nennt Sie *Tía* Alison, aber soweit ich
weiß, sind Sie nicht Doña Veronikas Schwester."

„Luis nennt mich ‚Tante‘, weil er ein einsames Kind ist", sagte ich.
„Er hat den Verlust seiner Mutter nicht überwunden."

„Ich verstehe."

Seine Hände lagen gefaltet auf seinem staubigen Gewand. Es waren
die schwieligen Hände eines Arbeiters, nicht die eines sensiblen Piani-
sten. Der Saum seiner Kutte war ausgefranst, und der Staub verriet,
daß er den Weg vom Dorf bis zum Haus nicht gescheut hatte. Das war
ein Mensch, der das Gelübde der Armut mit Hingebung hielt und dem
man völlig vertrauen konnte.

„Vielleicht können Sie mir weiterhelfen, Padre", sagte ich und
setzte mich. „Ich möchte etwas über Luis' Mutter erfahren."

„Über Doña Veronika?" Er schwieg nachdenklich. „Ich habe sie eigentlich nicht sehr gut gekannt. Sie war nicht katholisch, aber in den
letzten Wochen, bevor sie von hier fortging, hat sie mich mehrmals
aufgesucht. Sie hatte keine Familie, und ihre Kindheit verlebte sie in
Waisenhäusern und Heimen. Ich glaube, daß sie im Bergtal zum erstenmal eine nie gekannte Sicherheit fand, eine Sicherheit, die sich allerdings am Ende als brüchig herausstellte." Er senkte den Kopf,
seufzte und fuhr dann fort: „Zuletzt habe ich sie am Nachmittag vor
der Fiesta zu Ehren von San Miguel gesehen. An diesem Tag fuhr sie
mit dem kleinen Wagen, den der Conde Luis ihr geschenkt hatte, ins
Dorf. Ich werde es nie vergessen. Der Wagen war weiß, sie trug ein
weißes Kleid und brachte einen großen Strauß roter Rosen für die Kirche mit. Kurz bevor sie ging, stellte sie mir eine überraschende Frage."

„Was fragte sie, Padre?" Ich beugte mich gespannt vor.

„Sie fragte: ‚Padre, ist es denn möglich, jemanden bewußt auf eine
furchtbare Art zu täuschen, nur indem man schweigt?‘ Ich wußte natürlich nicht, was sie meinte, aber ich erklärte ihr, daß einige der ver-
hängnisvollsten Lügen der Geschichte ganz ohne Worte ausgekom-
men seien. Und sie antwortete, das habe sie schon immer gewußt,
eigentlich hätte sie nicht zu fragen brauchen. Dann fuhr sie zur *casa
grande* zurück."

Padre Olivera hob den Kopf und schaute mich an. In seinem Blick
lag tiefe Trauer. „Ich hätte mir mehr Zeit für sie nehmen sollen, aber
ich hatte an diesem Tag so viel zu tun. Die Fiesta von San Miguel ist
das größte Ereignis des Jahres. Alle Einwohner des Tales halten sich

während der Nacht in der Kirche oder auf dem Marktplatz auf. Es ist einer der wenigen Zeitpunkte, daß jemand das Tal verlassen kann, ohne bemerkt zu werden."

Erstaunt richtete ich mich in meinem Stuhl auf. „Wollen Sie damit sagen, daß niemand Veronika fortgehen sah?"

„Niemand."

„Aber Padre, dann ist es doch möglich, daß sie gar nicht fortgegangen ist!" rief ich. „Sie kann einen Unfall gehabt haben!"

Er schüttelte den Kopf. „Nein, mit ihr waren das Auto und Kleidungsstücke verschwunden – nicht viele, aber sie hinterließ eine Nachricht für Don Carlos: Sie wolle nur das mitnehmen, was ihr zustände. Ein paar Tage später schickte sie ihrem Schwiegervater, Conde Viktor, einen Brief, den sie in Mexiko City aufgegeben hatte."

„Hat man denn nicht nach ihr geforscht? Oder die Polizei verständigt?"

„Der Anwalt des Conde hat für eine inoffizielle Untersuchung gesorgt. Ich glaube, sein Sohn Enrique hat sie durchgeführt. Eine Ehefrau, die fortläuft, ist kaum ein Fall für die Polizei."

„Ich glaube es einfach nicht", sagte ich, stand auf und ging im Zimmer umher. „Wie konnte sie denn ein Kind verlassen, das sie liebte? Und wenn es doch einen Grund gab, hätte sie Luis bestimmt ein Weihnachtsgeschenk geschickt oder zumindest an seinen Geburtstag gedacht."

„Es ist schwer zu verstehen. Die Heilige Schrift sagt uns, daß das menschliche Herz voll Falschheit ist und daß uns Bosheit nicht in Erstaunen setzen sollte. Und doch überrascht sie mich immer wieder."

Ethel Evans kam ins Zimmer gestürzt und rief: „Also hier sind Sie! Leonora fragt nach Ihnen, Miß Mallory. Guten Abend, Padre Olivera."

Wir kamen als letzte.

Unsere Gäste unterhielten sich angeregt mit Don Carlos, und Luis stand stolz neben dem Stuhl seiner Großmutter; nicht oft durfte er an einer Fiesta für Erwachsene teilnehmen.

„Guten Abend, Padre, Señorita Mallory", begrüßte uns Jaime Romano. In seiner Reitkleidung war er der einzige, der sich nicht für die Party umgezogen hatte. „Señorita", sagte er zu mir, „darf ich Ihnen meinen Freund Eric Vanderlyn vorstellen?"

Ein flachshaariger Holländer Mitte Zwanzig drückte mir die Hand.

„Guten Abend, sind Sie die junge Dame, die an Señora Romano Wunder vollbringt?"

Bei diesem Lob errötete ich. „Nein, Leonora vollbringt die Wunder selbst. Ich versuche nur, sie davor zu bewahren, daß sie sich dabei alle Knochen bricht."

„Da hat man mir aber etwas anderes erzählt."

Jaime Romano sagte: „Ich muß noch mit Padre Olivera etwas besprechen. Unterhalten Sie sich inzwischen mit Eric, Señorita. Sie haben viel gemeinsam."

„Was denn?"

„Er ist der eigensinnigste Mensch, den ich kenne."

Eric Vanderlyn und ich standen schweigend da, während Nacho, der gewandt zwischen den Gästen umhereilte, mir einen großen Drink servierte, der nach Zitronellen schmeckte.

„Leben Sie schon lange im Bergtal?" fragte ich.

„Den größten Teil meiner sechsundzwanzig Jahre. Ich bin hier geboren. Mein Vater war Ingenieur und Mineraloge. Er war auch das, was man einen verrückten Erfinder nennen könnte. Sein besonderes Interesse galt optischen Geräten. Er hat sogar Sonnenwärme gespeichert. Er bastelte ein Gerät aus Spiegeln und Linsen, in dem sich die Sonnenstrahlen konzentrierten. Es sah wie ein Teleskop aus. Eines Tages ließ er es in der Sonne am offenen Fenster stehen, und es brannte ein Loch in den Teppich. Doña Leonora war wütend, aber mein Vater war begeistert. Er rief immer wieder: ‚Es funktioniert! Es funktioniert!' und tanzte im Zimmer herum."

„Und was passierte mit seiner Erfindung?" fragte ich.

„Ich glaube, Don Carlos hat sie jetzt", erwiderte Eric. „Er war eine Zeitlang an Astronomie interessiert. Na, jedenfalls, mein Vater hatte in der Mineralogie mehr Erfolg als mit seinen optischen Geräten. Er und Doña Leonora entdeckten den ‚Verborgenen Schatz'."

„Den verborgenen Schatz?"

Er lachte. „Nicht Montezumas vergrabenes Gold. Der Verborgene Schatz ist der Name einer Mine. Ich hätte eigentlich sagen müssen, sie entdeckten sie wieder, denn diese Mine ist schon sehr alt. Jahrhundertelang ist dort Silber abgebaut worden, bis das Vorkommen erschöpft war und sie stillgelegt wurde. Doña Leonora glaubte, daß es dort vielleicht Quecksilbervorkommen gäbe. Mein Vater erbrachte den Beweis, daß sie recht hatte. Nun aber ist die Mine restlos ausgebeutet, und Jaime weiß, daß die Zukunft des Bergtals in Viehzucht und Akkerbau liegt – und in einer ausreichenden Bewässerung. Das ist sein Traum. Und wenn Jaime sich etwas vorgenommen hat, dann findet er Mittel und Wege, seine Träume zu verwirklichen."

Ich schaute zu Jaime Romano hinüber. Er hörte aufmerksam Padre Olivera zu, der ihm von der Reparatur des Kirchendaches berichtete. Ich sah sein energisches Kinn, die verwirrenden blauen Augen und sagte mir: Ja, er wird vor nichts haltmachen.

„*Tía* Alison! Señor Vanderlyn!" Luis rief uns. „Kommen Sie und schauen Sie, was meine Großmutter macht!"

Wir gingen zu Leonora hinüber, in deren Schoß eine Handvoll kleiner Steine lag. „Guten Abend, Alison. Ist Eric bei Ihnen?"

„Ja, Señora."

„Großmutter weiß die Namen von all den Steinen, die ich gesammelt habe", rief Luis. „Nicht wahr?"

„Nun ja, von einigen. Sagen Sie mir, ob ich recht habe, Eric." Sie nahm einen Stein auf und betastete ihn. „Obsidian?"

„Richtig."

„Und dies muß Felsgestein sein. Ich merke es an der Glätte. Es ist grün, nicht wahr?"

Eric schaute verdutzt drein. „Woher wissen Sie das?"

Sie lachte. „Ich hab's geraten. Der Felsen im Tal ist meistens grün, obwohl es auch rötlichen und grauen gibt. Einfach eine Frage der größeren Wahrscheinlichkeit. Es ist so, wie Alison gesagt hat: Man kann auch lernen, mit den Fingern zu sehen."

„Ich werde die Namen auch alle lernen", sagte Luis. „Auf englisch!"

„Ich werde dir etwas schenken, was dir dabei hilft", sagte Eric und strich ihm über das Haar. „Ein kleines Vergrößerungsglas, mit dem du die feinen Adern in den Steinen sehen kannst."

„Oh, vielen Dank, Don Eric!"

Mit liebenswürdigem Lächeln gesellte sich Carlos Romano zu uns. „Ich höre gerade, daß Sie von Steinen sprechen. Wie können Sie nur! Heute abend wollen wir feiern!" Er rief zu den Musikanten hinüber: „*El jarabe!* Kommen Sie, Señorita Alison, ich werde Ihnen einen unserer Tänze beibringen."

Er legte den Arm um meine Taille und zog mich zur Veranda. Laut und rhythmisch erklang die Musik, und ich wurde von einer Ecke zur anderen gewirbelt; Carlos bewegte sich mit der Anmut und der Kraft eines Tigers, er stampfte mit den Füßen den Takt, den die Trommel schlug, und schnippte mit den Fingern wie mit Kastagnetten.

Als die Musik mit einem Tusch endete, klatschten die Gäste, und Carlos sagte: „Noch einen!" Aber Doña Antonia, deren volantbesetztes, schwarzes Kleid die Plumpheit ihrer Figur noch betonte, bahnte sich einen Weg zu uns. „Nächstes Tanz mein!" rief sie.

Ich trat zur Seite, da stand Jaime Romano plötzlich neben mir. „Wir tanzen jetzt zusammen", sagte er.

Es war keine Einladung, noch nicht einmal eine Bitte. Es war schlicht und einfach ein Befehl.

Bevor ich antworten konnte, tanzten wir bereits. Er blickte mir tief in die Augen; kein Lächeln lag auf seinem dunklen Gesicht. Panik überkam mich, und mein Herz klopfte.

Ich merkte kaum, wie linkisch meine Bewegungen waren, ich wußte nur, daß ich gegen etwas ankämpfte, das einer Hypnose ähnelte, die alles auszulöschen drohte.

Die Musik war langsamer geworden, als Jaime mich an sich zog. Mein Kopf lehnte an seinem rauhen Baumwollhemd, und plötzlich fühlte ich mich in seinen Armen sicher und behütet.

Da merkte ich voll Verwirrung, daß wir stillstanden. Jaime ließ mich los und wandte sich ab. Wortlos und ohne einen Blick zurückzuwerfen, schritt er zur Veranda. Dann hatte die Dunkelheit ihn verschlungen.

Es verging noch fast eine Stunde, bevor wir zum Essen gerufen wurden, und erst dann tauchte Jaime Romano mit ausdruckslosem Gesicht wieder auf. Im Speisezimmer flackerten Hunderte von Kerzen in den Kristallüstern. Don Carlos saß am Kopfende des langen Eßtisches. Zu meiner Linken fand ich Eric Vanderlyn, zu meiner Rechten Alice Hardy.

Eric erwies sich als angenehmer Gesprächspartner. Alice Hardy dagegen war eine schwierige Tischnachbarin, beinahe so stumm wie Jaime Romano, der das Essen fast unberührt ließ und kein Wort sprach. Mit leicht gebeugtem Kopf starrte er auf das Tischtuch; sein Gesicht war eine Maske, doch einen inneren Aufruhr konnte er trotzdem nicht ganz verbergen. Etwas quälte ihn, das spürte ich. Was war mit ihm geschehen, als wir getanzt hatten? Plötzlich wußte ich, daß er nicht unhöflich hatte sein wollen, daß er mich nicht hatte verletzen wollen. Aber warum schwieg er?

Genug der Träumereien, wies ich mich selbst zurecht und versuchte, mich auf Eric Vanderlyns Geplauder zu konzentrieren.

„Sehen Sie, im Spätherbst werde ich mich wieder an der Technischen Hochschule immatrikulieren und . . ."

Alice Hardy unterbrach ihn. „Mir ist soeben klargeworden, was mich die ganze Zeit gestört hat. Wir sind dreizehn bei Tisch!"

„Wir könnten Luis als halbe Portion mitzählen", sagte Eric vergnügt.

Enrique Vargas, der uns gegenübersaß, sagte: „Miß Hardy hat sich sehr eingehend mit Okkultismus befaßt."

„Okkultismus? Aberglauben?" fragte Señor Vargas.

„Keineswegs", antwortete Miß Hardy scharf. „Ich beschäftige mich eben mit Dingen, die jenseits aller Schulweisheiten liegen. Dieses Haus zum Beispiel ist voll seltsamer Strömungen."

Luis wandte sich an Leonora. „Wovon redet die Dame, Großmutter?" Ihr Englisch war zu schwierig für ihn.

Leonora, die wußte, daß die Hardys nur Englisch sprachen, antwortete auf spanisch: „Sie redet eine Menge Unsinn. Sie wird wahrscheinlich gleich noch von Gespenstern anfangen."

„Gespenster!" rief Luis begeistert aus. „Wir haben Gespenster", erklärte er Miß Hardy auf englisch. „Im Verborgenen Schatz."

„Luis spricht von einer stillgelegten Mine, von der die Dorfbewohner behaupten, daß es dort spukt", erklärte ihr Eric. „Sie war einst berüchtigt wegen der zahllosen Einstürze. Viele Männer sind dort umgekommen, und daher hat sich eine Legende über die Gespenster der verschütteten Bergleute gebildet."

„Das ist natürlich lächerlich", fügte Don Carlos hinzu. „Aber wir unterstützen den Aberglauben, daß es dort spukt, denn die Mine ist gefährlich. Und die Legende hält die Leute davon ab, sie zu betreten."

„Es wäre sicher besser, sie zuzumauern", brummte Dr. Hardy.

„Die Indianer würden die Ziegel im Handumdrehen fortschleppen", antwortete Eric. „Das machen sie auch mit Zäunen und Toren. Ich habe mir schon überlegt, ob das nicht die Ursache des letzten Einsturzes im Verborgenen Schatz war – daß die Indianer die Stützbalken als Feuerholz mitgenommen haben."

„Hat es denn kürzlich einen Einsturz gegeben?" fragte Dr. Hardy.

„Kürzlich nicht", erwiderte Leonora. „Es ist über zwei Jahre her."
„Damals hielten wir es für ein Erdbeben", sagte Enrique Vargas.
„Ich erinnere mich, wie der Boden unter meinen Füßen schwankte."
„Sie waren hier, als es passierte, Señor Vargas?" fragte ich.
„Ja, Señorita. Ich war hergekommen, um die Fiesta von San Miguel mitzufeiern."
„Der Abend der Fiesta?" rief ich wie vor den Kopf geschlagen aus. „Das war doch die Nacht, in der ..." Ich kam gerade noch zur Besinnung, bevor ich sagen konnte: „in der Veronika verschwand".
Glücklicherweise beendete Eric Vanderlyn den Satz für mich. „Genau! Das war eine Nacht, in der niemand besonders auf das Beben achtete. Für die Indianer eine ideale Nacht zum Plündern. Aus diesem Grund habe ich ja auch überlegt, ob vielleicht ein paar von ihnen in der Mine eingeschlossen wurden."
„Sehr unwahrscheinlich", bemerkte Leonora. „Ihre Verwandten hätten uns sicherlich verständigt. Wie ist es, sollen wir Kaffee und Kognak in der *sala* nehmen?"
Über dem Essen war es spät geworden. Luis, der zu müde war, um zu protestieren, wurde zu Bett geschickt, und die betagte Doña Antonia entschuldigte sich ebenfalls. Don Carlos schickte alle Dienstboten außer Nacho zu Bett und servierte den Kognak und den Kaffee selbst mit charmanten Bemerkungen. Ich saß auf einem kleinen Sofa, und Enrique Vargas setzte sich – viel zu dicht – neben mich. Von seiner stark parfümierten Pomade stieg ein Duft nach Rosenöl aufdringlich in meine Nase. „Ich unterhalte mich gern mit nordamerikanischen Frauen", gestand er. „Sie haben so viel Sinn für Abenteuer, nicht wahr?"
„Sicher gibt es solche Frauen", erwiderte ich kühl und drückte mich in die Sofaecke. „Ist das der Grund, warum Ihr Chauffeur bewaffnet ist? Um Sie vor den Amerikanerinnen zu schützen?"
„Ein Mann mit meinem Beruf hat immer Feinde. Und ein Menschenleben ist nicht teuer in diesem Land."
„Ich fürchte, das ist wahr", sagte Padre Olivera, der sich zu uns gesellt hatte. „Was kostet heutzutage ein *pistolero,* Enrique?"
Der Anwalt kicherte. „Haben Sie vor, einen Killer zu engagieren, Padre? Ich kann Ihnen billig einen aus Mexiko City besorgen. Fünftausend Pesos für einen Amateur, zehntausend für einen Professionellen, wie meinen Fahrer."

„Höre ich recht?" fragte Dr. Hardy und verfrachtete seinen massigen Körper auf einen antiken Stuhl, der eine unbeachtete Warnung ächzte. „Wollen Sie behaupten, daß Sie für vierhundert Dollar einen Menschen erschießen lassen können?"

„O ja. Meine Provision kommt natürlich noch hinzu."

„Das ist ein ziemlich geschmackloser Scherz", sagte ich und erhob mich rasch.

Am anderen Ende des Raumes zitierte Dr. Hardy nachdenklich: „‚Wenn ihr durchschauen könnt die Saat der Zeit, und sagen: dies Korn sproß und jenes nicht – so sprecht zu mir ...‘"

Lächelnd nahm ich das Sprichwort auf: „‚Heil dir, Macbeth, Heil dir, Than von Glamis!‘"

„Die junge Dame kennt ihren Shakespeare", rief Dr. Hardy und stand mühsam auf. „Sicher sind Sie Schauspielerin gewesen."

„Nein", erwiderte ich lachend. „Nur Souffleuse. Meine Mutter hat gespielt. Zum Beispiel die Nora in ‚Nora oder ein Puppenheim‘ bei einem Ibsen-Festival. Aber jetzt entschuldigen Sie mich bitte."

Ich trat ans Fenster und dachte über die Unterhaltung während des Essens nach.

Warum hatte es in der Mine einen Einsturz gegeben – in derselben Nacht, als Veronika verschwand und sich Enrique Vargas zufällig im Bergtal aufhielt? Der Padre hatte gesagt, Vargas sei derjenige gewesen, der nach Veronika gesucht habe. Seine Suche war nicht sehr gründlich gewesen, dachte ich.

Die Gespräche waren verstummt. „Ich bin erschöpft", sagte Leonora abrupt und stand auf. „Alison, würden Sie mich zu meinem Zimmer begleiten?"

„Ich muß nun auch gehen", sagte Padre Olivera. Der alte Priester verabschiedete sich hastig. Als er zu mir kam, ergriff er meine Hand und hielt sie lange fest.

Ich führte Leonora die düstere Treppe hinauf. Ihre Hand lag leicht auf meinem Arm. Beim letzten Treppenabsatz sagte ich: „Vorsichtig. Stolpern Sie nicht über den heiligen Miguel." Das große Standbild bewachte die letzten Stufen, die zu Leonoras Zimmer führten. Die Schärfe des Schwertes, das der Heilige schwang, war mir immer unheimlich gewesen.

Als wir im Zimmer angelangt waren, sagte Leonora: „Ich bin erschöpft, aber noch nicht müde."

„Ich bin auch nicht müde." Ich war tatsächlich viel zu aufgedreht, um schon an Schlaf denken zu können.

„Es kommt ein Wind auf", sagte Leonora. „Hören Sie nur, Alison, wie er ums Haus pfeift. Würden Sie bitte die Fensterläden schließen?"

„Aber natürlich." Doch als ich das nach Osten gelegene Fenster öffnete, schritt Leonora darauf zu und sagte leise: „Was für eine wundervolle Frische! Lassen Sie den Wind ruhig herein, und sagen Sie mir, wie es draußen aussieht."

„Die Wolken ziehen westwärts. Und jetzt kommt der Mond zum Vorschein. Es ist eine verlassene Welt mit silbrigen Straßen und Wegen."

„Ich habe den Blick aus diesem Fenster immer geliebt", sagte sie.

Wir unterhielten uns noch fast eine Stunde. Leonora erzählte mir von der Vergangenheit des Bergtals, die von Gewalttätigkeiten und Blutvergießen gezeichnet war.

Als ich Leonora eine gute Nacht gewünscht hatte, blieb ich noch einen Augenblick zögernd vor der geschlossenen Tür stehen, denn ich stieg nur ungern die düstere Treppe hinab.

Vorsichtig betrat ich die erste Stufe, dankbar für die kleine Glühbirne, die auf dem Treppenabsatz einen schwachen Lichtschein verbreitete. Und gerade als ich das gedacht hatte, verlöschte das Licht, und die Treppe lag im Dunkeln.

Ich war nicht übermäßig erschrocken. Vorübergehende Kurzschlüsse waren hier nichts Ungewöhnliches, und da ich täglich Leonora in ihrem Zimmer unterrichtete, kannte ich die Treppe sehr genau: neun weitere Stufen bis zum nächsten Absatz, dann kam der längste Teil, weitere sechzehn Stufen.

Der Wind pfiff um die Giebel, und plötzlich fuhr eine eiskalte Bö durchs Treppenhaus, als habe jemand eine Tür oder ein Fenster geöffnet. Ich tastete mich vorsichtig bis zum Treppenabsatz vor und kam an der offenstehenden Tür zur dunklen Wäschekammer vorbei. Daneben ragte die lebensgroße Statue des heiligen Miguel auf einem Sockel empor. Mit dem schweren, zum Streich erhobenen Schwert wirkte er in der Dunkelheit erschreckend lebendig. Ich stieg eine weitere Stufe hinab, meine Hand lag leicht auf dem Geländer.

Was danach geschah, wurde mir nie klar. Ich weiß nur noch, daß ich das laute Zuschlagen der Tür hinter mir hörte, und als ich mich umdrehte, merkte ich, daß sich das Standbild bewegte, sich vorneigte.

VERONIKAS VERMÄCHTNIS 449

Mit einem Schrei floh ich vor dem herabsausenden Schwert und stürzte kopfüber die Stufen hinunter. Ich hörte das Krachen von Metall und Mörtel, mein Kopf schlug auf etwas Hartem auf, und dann umfing mich Dunkelheit.

7. Kapitel

„Ein verstauchter Knöchel, ein paar Schürfwunden und eine häßliche Beule, von der Sie Ihr Kopfweh haben", sagte Dr. Hardy am nächsten Nachmittag. „Keine Gehirnerschütterung. Wenn man bedenkt, wie steil die Treppe ist, muß ich sagen, Sie haben wirklich Glück gehabt!"

„Ich habe Glück gehabt, daß Sie hier waren, als es passierte", erwiderte ich.

Dr. Hardy, der mir am Abend zuvor so brummig und barsch erschienen war, hatte sich als erstaunlich sanftmütig und freundlich entpuppt. „Wir brechen in ein paar Minuten nach Puerto Vallarta auf", sagte er. „Alles was Sie jetzt brauchen, ist Ruhe. Noch eins", fügte er lächelnd hinzu. „Hören Sie auf, in der Dunkelheit herumzutappen und Standbilder ins Wanken zu bringen, die größer sind als Sie. Das ist Ihrer Gesundheit abträglich."

„Ich werde Ihren Rat beherzigen", erwiderte ich. So wurde es also dargestellt: Irgendwie sollte ich, als ich herumtastete, den heiligen Miguel umgekippt haben und dann hingefallen sein. „Vielen Dank für alles, Herr Doktor", sagte ich.

Als er gegangen war, legte ich mich in die Kissen zurück und wünschte, das dumpfe Klopfen in meinem Kopf und meinem Knöchel würde wie durch Zauberspruch verschwinden. Ich wußte, daß ich die Statue nicht berührt hatte und mindestens einen Meter von ihr entfernt gewesen war.

Leonora, so erzählte mir Dr. Hardy, war die Heldin des Dramas gewesen. Sie hatte den Lärm und meinen Schrei gehört und versucht, nach den Dienstboten zu läuten, und als niemand erschien, war ihr schließlich klargeworden, daß der Strom ausgefallen war. Sie war dann mit ihrem Stock die Treppe hinuntergestiegen, über die zerborstene Statue hinweg, und hatte mich bewußtlos auf dem Treppenabsatz gefunden. Es gelang ihr, die Halle zu erreichen und durch ihr Rufen die Dienstboten zu alarmieren.

Das Beruhigungsmittel, das der Arzt mir gegeben hatte, war wohl ziemlich stark, denn ich fiel nun in einen tiefen Schlaf und erwachte erst spät am nächsten Vormittag mit einer ansehnlichen Beule am Kopf. Der klopfende Schmerz war jedoch verschwunden. Der Arzt hatte meinen Knöchel fest bandagiert, und so konnte ich wenigstens im Zimmer herumhinken.

Mittags kam Luis zu mir ins Oktogon und zog ein kleines Vergrößerungsglas hervor, das Eric ihm geschenkt hatte.

„Schau, *Tía,* das macht alles so groß! Ich kann kleine Linien und Flecken auf den Steinen erkennen, die ich vorher gar nicht gesehen habe. Reiten wir morgen aus?" Da ich nicht im Bett lag, glaubte er wohl, ich wäre wieder ganz gesund.

„Morgen nicht. Aber bald wieder."

Drei Tage später konnten wir unseren morgendlichen Ausritt wiederaufnehmen. Aber es gelang mir nicht, diese Nacht aus meinem Gedächtnis zu verbannen. Den schrecklichen Moment, als die Statue sich wie von selbst bewegte, würde ich nie vergessen.

Nachdem ich Leonora in ihr Zimmer gebracht hatte, schaute ich mir die Stufen an, die ich hinuntergefallen war. Der untere Treppenabsatz, der meinen Fall gebremst hatte, war nur eine schmale, dreieckige Fläche; dort machte die Treppe einen Bogen. Wie leicht hätte ich die nächsten Stufen hinunterstürzen können!

Die Trümmer des heiligen Miguel hatte man entfernt, nicht aber den glatten Sockel. Als ich ihn betrachtete, überlief es mich eiskalt. Nur eine Kette unwahrscheinlicher Zufälle hätte den Sturz der Statue zu einem bestimmten Zeitpunkt auslösen können! Zehn Sekunden früher oder später wäre ich weit genug entfernt gewesen, um zwar erschreckt und überrascht, nicht aber in Mitleidenschaft gezogen zu werden.

Die Erklärung, die offenbar alle akzeptierten, lautete, daß ein Dienstbote aus unerfindlichen Gründen den heiligen Miguel beim Saubermachen an den äußersten Rand seines Sockels geschoben hatte. So hatte er dort auf der Kippe gestanden, bis ein Stoß von mir oder die Erschütterung der zuschlagenden Wäschekammertür ihn endgültig umstürzen ließ.

Das war theoretisch möglich, doch als ich Leonora nur eine Stunde vor meinem Unfall gewarnt hatte, nicht dagegen zu stoßen, war mir nichts Ungewöhnliches aufgefallen.

Meine Hand zitterte, als ich die Tür zur Wäschekammer öffnete, die groß genug war, daß ein Dienstbote darin übernachten konnte. Fensterläden verdunkelten den Raum. In der Nacht aber mußte das Fenster offengestanden haben, um den Durchzug und das Zuschlagen der schweren Tür zu verursachen.

Doch ich hatte kein Mondlicht bemerkt! Die Wäschekammer war damals in undurchdringliches Dunkel gehüllt. Wäre das Fenster offen gewesen, dann hätte der Mond das Zimmer – wenn auch nur schwach – erleuchtet.

Ich ging die Treppe hinunter. Dafür mußte es doch eine Erklärung geben! Und warum war gerade ein Kurzschluß eingetreten, als ich Leonora verließ? Ich war nicht fähig, mir auszumalen, wie sich jemand in der Wäschekammer verbarg, der die Statue bis zum äußersten Rand des Sockels vorgeschoben hatte und nun den rechten Moment abwartete, um die Tür mit ganzer Kraft zuzuschlagen.

Wer wäre eines solchen teuflischen Plans fähig?

DIE Tage vergingen, und alles schien meine Furcht und meinen Argwohn Lügen zu strafen. Die Nachmittage waren nun wärmer, Felder und Wälder warteten auf den großen Regen. Leonora gewann stetig an Selbstvertrauen und trieb sich nicht mehr mit solch verbissenem Eifer an.

Die beiden Romano-Brüder waren stets sehr beschäftigt. Jaime wollte den neuen Staudamm unbedingt vor der Regenzeit fertigstellen, und Carlos organisierte eine Verkaufsausstellung von Pferden, die im Sommer stattfinden sollte.

An einem ruhigen Nachmittag saß ich während der Siesta im Patio und schrieb einen Brief an Margaret, um ihr mitzuteilen, daß ich bald ein Wochenende bei ihr in Puerto Vallarta verbringen würde. Die Wärme, das Summen der Bienen und das Plätschern des Springbrunnens machten mich schläfrig. Meine Lider wurden schwer, die Augen fielen mir zu, und ich schlief ein.

,,Hände hoch!" hörte ich jemanden mit einer hohen, hellen Stimme rufen.

Ich riß die Augen auf und sah mich einem zwergenhaften Banditen gegenüber – Luis, der sich mit einem Halstuch maskiert hatte und eine Pistole auf mich richtete.

,,Nicht schießen!" rief ich und hob die Hände. Dann sah ich, daß es eine echte Pistole war. „Luis, ziel nicht auf mich", sagte ich scharf. „Woher hast du die Pistole?" „Es ist eine von Onkel Jaimes Pistolen." Er schaute verlegen drein. „Mit so einem Ding darfst du niemals spielen! Gib sie mir!" Er gab mir die Pistole. „Und jetzt werden wir sie deinem Onkel zurückbringen." „Müssen wir das? Er ist beim Damm. Können wir sie nicht einfach in den Schrank zurücklegen?" Seinem bittenden Ton konnte ich nicht widerstehen. „Na gut. Wir werden sie zurücklegen, unter einer Bedingung: Du mußt mir versprechen, daß du nie wieder eine Pistole ohne Erlaubnis wegnimmst." „Das verspreche ich."

Ich wußte, sein Wort bedeutete Luis etwas, und er würde es halten. Die Tür zu Jaime Romanos Suite stand offen, um die nachmittägliche Brise hereinzulassen. Als ich den großen weißgestrichenen Raum betrat, fühlte ich mich als Eindringling, sagte mir aber, ich käme aus einem triftigen Grund.

Dieser Raum hatte keine Ähnlichkeit mit Don Carlos' überladenem Zimmer – keine Erinnerungsstücke, keine persönlichen Gegenstände, außer einer alten Fotografie von Leonora, die sie jung und glücklich auf einem großen Rotschimmel zeigte.

Neben dem Bett lag ein indianischer Teppich, und dann gab es noch einen antiken Sekretär mit einem einfachen Stuhl, einen altmodischen Wandschrank und den vergitterten Gewehrschrank. Ich legte die Pistole wieder zurück, da sagte Luis: „Dieser Sekretär ist genau wie der in der Bibliothek. Ich möchte wissen, ob er auch ein Geheimfach hat." Gerade als er eine verborgene Schublade in der oberen Täfelung herauszog, drehte ich mich um. Glücklicherweise mußte er weit hinauffassen, um sie herausziehen zu können, und ich nahm ihm die Schublade weg, bevor er den Inhalt untersuchen konnte.

„Luis, man wühlt nicht in den Sachen anderer Leute herum, ohne zu fragen."

„Ich wollte ja nur sehen, ob er wie der andere Sekretär ist", protestierte er, und ich ließ es dabei bewenden. Ein Geheimfach war wirklich eine zu große Versuchung für einen kleinen Jungen.

„Luis! Luis!" ertönte draußen Ethel Evans' Stimme. Dann hörte ich, wie sie einen Bediensteten fragte: „Hast du Luis gesehen? Er soll zu seiner Großmutter kommen." Panik überfiel mich bei der Vorstel-

VERONIKAS VERMÄCHTNIS 453

lung, Miß Evans könnte uns hier ertappen. Nichts wäre ihr gelegener gekommen, als uns dabei zu erwischen, wie wir offenkundig Jaime Romanos Sekretär durchstöberten. Ich versuchte, die Schublade wieder hineinzuschieben, aber sie war allzu genau eingepaßt – es mußte ein besonderer Trick dabei sein.

„Luis!" rief Ethel Evans abermals.

„Geh schon vor, Luis", sagte ich zu ihm, weil ich hoffte, damit etwas Zeit zu gewinnen. Er schlüpfte hinaus und rief, er käme schon.

Ich stellte die Schublade auf den Sekretär und untersuchte die Öffnung in der Täfelung, und schon bald entdeckte ich den Schnäpper, den man drücken mußte, wenn man die Lade hineinschieben oder herausziehen wollte. Als ich die Schublade in die Hand nahm, hielt ich inne und traute meinen Augen nicht. Ich starrte auf ein Foto von Veronika, die am Springbrunnen im Patio saß und, in eine weiße Mantilla gehüllt, träumerisch vor sich hin lächelte. Auf keinem anderen Foto hatte sie so schön ausgesehen.

Ein solches Bild würde ein Liebender aufheben.

Noch zwei andere Gegenstände lagen in der Schublade. Ich sah eine silberne Schnalle mit dem Monogramm J. R., und mir fiel die Quittung in Veronikas Briefordner wieder ein. Daneben lag ein Blatt Papier mit Veronikas unverkennbarer Handschrift. Zuerst merkte ich nicht, daß es ein bekanntes Gedicht war, weil sie es ins Spanische übersetzt hatte. Dann fiel der Groschen.

Wie ich dich liebe? Laß mich zählen wie ...

Weiter las ich nicht. Ich kannte dieses Sonett auswendig. Mit zitternden Händen schob ich die Schublade wieder an ihren Platz, dann lief ich in den Patio. Beim Springbrunnen, wo Veronika einst lächelnd gesessen hatte, blieb ich stehen. Hatte Jaime das Foto von ihr gemacht? War das der Grund für ihr liebevolles Lächeln gewesen? Das Sonnenlicht schien jede Wärme verloren zu haben, als ich mir die letzten Zeilen des Sonetts, das sie für ihn so einfühlsam übersetzt hatte, ins Gedächtnis zurückrief: *Und wenn Gott es gibt, will ich dich besser lieben nach dem Tod.*

ETWAS später an diesem Nachmittag holte ich die Stute Rosanante aus dem Stall und ritt einen Pfad entlang, der zu den nördlichen Bergen quer durch das Tal führte. Ich wollte eine Weile dem Haus entkommen, ich brauchte Zeit, um meine Gedanken und Gefühle zu ordnen.

Zudem bedrückte mich ein Schuldgefühl. Ich war ohne jede Berechtigung in Jaime Romanos Räume eingedrungen und hatte seine – und in einem gewissen Sinne auch Veronikas – Intimsphäre verletzt. Ich konnte nur eine Entschuldigung finden: Ein tödliches Spiel wurde im Bergtal gespielt, das alltägliche Anstandsregeln außer Kraft setzte.

Obstgärten und Felder lagen nun hinter mir. Rosanante trottete einen Trampelpfad entlang, der langsam anstieg und sich an großen Felsblöcken, Kakteen und struppigem Gehölz vorbeischlängelte. Ich schlug einen Bogen um die Öffnung eines Minenschachts, den ein behelfsmäßiger Zaun aus Dornbüschen und Mesquitesträuchern verbarrikadierte. Dann machte der Pfad eine scharfe Kurve, und kurz darauf befand ich mich in einem traumhaft schönen kleinen Tal, wo Weidenzweige vom weißschäumenden Wasser eines Baches umspült wurden. Hier ging der Pfad in einen zerfurchten Weg über, den ich ein paar hundert Meter bis zu einem Platz entlangritt, an dem das Tal in einer engen Sackgasse endete. Dort trat der Bach aus einer Mine und schoß über Felsen, bis er weiter unten sein Bett gefunden hatte. Vor dem Schacht schwankten zwei Schilder im Wind. Auf dem einen stand: DER VERBORGENE SCHATZ und auf dem anderen: BETRETEN VERBOTEN!

Dies war also der Ort, an dem die Geister der Bergleute spukten, die vor einer Generation lebendig begraben worden waren. Dies war die Stelle, an der in der Nacht, als Veronika „fortgegangen war", ein Bergsturz die Erde hatte erbeben lassen.

Sollten Gespenster je aus dem dunklen Tunnel auftauchen, dann fanden sie sich am schönsten Fleck im Bergtal wieder. Hier sprossen Farne und nickende Glockenblumen, die ich nie zuvor gesehen hatte, und Orchideen leuchteten durch eine Eiche.

. Ich stieg ab, ließ Rosanante am Bach trinken und auf der üppigen Weide grasen. „Ein vollkommener Ort", sagte ich laut. Ob manchmal wohl junge Liebespaare aus dem Dorf diese Idylle aufsuchten? Marcos und Ramona?

Und Veronika?

Veronika und Jaime. Ich konnte mich nicht an die Vorstellung gewöhnen, daß sie ein Liebespaar gewesen waren. Mir fielen die boshaften Worte der Excelentísima ein: „Sie hatte sich fortgeschlichen, um einen Mann zu treffen." Ich hatte es als Klatsch einer haßerfüllten, alten Frau abgetan, doch nun wußte ich, daß es wahr war. Es hatte so kommen müssen, Veronikas Ehe war gescheitert, und während des letzten Jahres hatte sie von ihrem Mann getrennt im Oktogon gelebt. Don Carlos verbrachte nur wenig Zeit im Bergtal, aber Jaime war immer da, und er war, wie Veronika, einsam. Und nun war er wieder alleine. Quälte ihn Kummer? Oder Reue?

Vielleicht hatte Veronika beschlossen, Schluß zu machen. Niemand konnte wissen, was Jaime Romano aus verletztem Stolz zu tun imstande war.

Die Dämmerung brach herein. Ich schwang mich auf Rosanante und ritt zurück.

Ob Carlos Romano von dem Verhältnis zwischen Veronika und seinem Stiefbruder gewußt hatte? Nein, ich glaubte es nicht. Der alte Conde hatte damals noch gelebt, und Carlos hätte einen Skandal entfesselt und seine unerwünschte Frau und den unerwünschten Jaime für immer aus dem Tal vertrieben. Nein, gewußt hatte er es nicht, aber vielleicht hatte er Verdacht geschöpft.

Ich brachte Rosanante in den Stall und ging zum Oktogon. Dort lag eine Nachricht für mich, und als ich sie gelesen hatte, erfaßte mich Furcht. Sie lautete: ,,Ich möchte mit Ihnen sprechen, Señorita Alison. Jaime R.‟

Meine Schnüffelei war also bereits entdeckt worden. Mir blieb nichts anderes übrig, als wahrheitsgemäß zu berichten, was geschehen war.

Jaimes Arbeitszimmer auf der anderen Seite des Patios war dunkel, doch das Schlafzimmer war erleuchtet, und durch das offene Fenster sah ich ihn, wie er an dem Sekretär saß und in ein großes Hauptbuch schrieb. ,,Kommen Sie herein, Señorita‟, sagte er, ohne aufzusehen, ,,einen Augenblick, bitte. Ich bin gleich fertig.‟

Noch nie waren mir zwei oder drei Minuten so endlos vorgekommen. Ich trat von einem Bein aufs andere und hoffte, daß ich nicht wie das schuldbewußte Schulmädchen aussah, als das ich mich fühlte.

Jaime klappte das Hauptbuch zu und erhob sich. ,,Bitte nehmen Sie doch Platz.‟ Er schob mir den Stuhl hin und lehnte sich gegen den Sekretär. ,,Señorita, haben Sie augenblicklich viel zu tun?‟ fragte er.

,,Ich überarbeite mich nicht‟, antwortete ich vorsichtig. ,,Ihre Mutter beansprucht mich jetzt nicht mehr so wie am Anfang, und Luis muß sich außer mit Englisch auch noch mit anderen Fächern befassen.‟

„Das ist gut. Ich wollte Sie um einen Gefallen bitten. Einen Gefallen, für den Sie natürlich gesondert bezahlt werden."

Fast hörbar fiel mir ein Stein vom Herzen. Also war ich doch nicht ertappt worden! „Ich tue natürlich gern alles, was in meiner Macht steht."

„Carlos und ich bereiten jetzt den Pferdeverkauf vor, der im Sommer stattfindet. Ich verschicke Briefe und Einladungen. Viele müssen in Englisch abgefaßt werden. Würden Sie sie, wenn ich sie geschrieben habe, korrigieren?"

„Korrigieren?" Ich war überrascht. „Ihr Englisch ist ausgezeichnet. Das von Don Carlos auch. Ich helfe Ihnen gern, aber ich glaube gar nicht, daß Sie mich brauchen."

„Ich spreche recht gut englisch, und mein Akzent ist auch leidlich. Aber die englische Orthographie ist fürchterlich. Und diese Briefe müssen absolut korrekt sein. Ich hoffe auch, daß Sie uns bei den Vorbereitungen für den Pferdemarkt helfen. Bisher hat meine Mutter diese Dinge immer in die Hand genommen, und sie glaubt, daß sie es dieses Jahr wieder tun kann. Sie wird viel Hilfe brauchen."

„Das gehört zu meiner Arbeit."

„Gut. Vielleicht finden Sie den Verkauf sogar interessant. Wir haben Reit- und Lassowerfvorführungen. Alles ist recht malerisch."

Unsere Unterhaltung schien am Ende angelangt zu sein, doch als ich mich erhob, fragte er: „Wo sind Sie heute hingeritten? Ich habe gesehen, daß Rosanante nicht im Stall war."

„Zur Mine Der Verborgene Schatz. Betreten habe ich sie natürlich nicht."

„Dann haben Sie das kleine Tal also gesehen?"

„Ja. Und ich glaube, im Paradies muß es ungefähr so ähnlich aussehen."

„Ich bin seit langem nicht mehr dort gewesen", sagte er nachdenklich. „Das ganze Bergtal ist schön, aber dieses kleine Tal ist – wie heißt Ihr Wort für *precioso?"*

„Wertvoll."

„Ja, genau. Als ich ein Junge war, war es wegen des Quecksilbers und des Silbers wertvoll. Jetzt ist es mir wegen anderer Dinge wertvoll." Seine wie aus Granit gehauenen Züge entspannten sich. „Das Gras am Bach ist üppig und fett. Das ganze Bergtal könnte so aussehen, wenn es genügend Wasser gäbe. Manchmal schaue ich auf die

dürren Felder hinter der Villa Plata, und vor mir taucht ein Garten auf –
grün, so weit das Auge reicht. Eines Tages werde ich aus diesem
Traumbild Wirklichkeit machen."

Er sprach mehr zu sich selbst als zu mir, und obwohl er von einem
Traum sprach, spürte ich die stählerne Kraft in seinen Worten. Er
liebte dieses Land mit ganzer Seele, und doch gehörte es ihm nicht,
würde ihm nie gehören. Das Bergtal gehörte Luis allein. Bestimmt
wußte Jaime Romano, daß er nur ein Verwalter auf Zeit war. War er
deshalb so verbittert?

Er schwieg unvermittelt, als habe er bereits zuviel gesagt. „Ich halte
Sie schon zu lange auf. Vielen Dank für Ihr Entgegenkommen."

„Gern geschehen."

Ich hatte bereits die Türe erreicht, da rief er mich noch einmal zurück. „Señorita, einen Augenblick. Ich erinnere mich, daß wir in der
Nacht, in der Sie verunglückten, miteinander tanzten."

„Nur kurz", erwiderte ich.

„Ist es Ihnen recht, wenn wir uns darauf einigten, daß ich an diesem
Abend plötzlich erkrankte? An dem, was Ärzte das Aufbrechen einer
alten Wunde nennen?" In seinen Worten und seinem Ton schwang bittere Ironie, und noch am Morgen hätte ich in dieser seltsamen Entschuldigung einen sarkastischen Scherz gesehen. Nun wußte ich es
besser. Krampfhaft bemühte ich mich, nicht in die Richtung des Ge-
heimfachs zu blicken.

„Wir wollen uns darauf einigen", sagte ich.

„Ich verspreche auch, daß meine Gesundheit das nächstemal weniger angegriffen ist. Gute Nacht, Alison." Meinen Namen auszusprechen schien ihm schwerzufallen, als müsse er eine selbsterrichtete
Sperre überwinden. Er wirkte wie ein Mann, der dem kleinsten Riß in
der Mauer zuvorkommen wollte, mit der er sich umgeben hatte.

Ich ging zum Oktogon zurück und adressierte und versiegelte meinen Brief an Margaret. In zwei Wochen würde ich sie treffen, und bei
diesem Gedanken merkte ich, wie sehr ich mich auf ihre Wärme, ihre
Aufrichtigkeit und Offenheit freute.

Ich stand auf, durchschritt die beiden Zimmer, ging wieder zurück,
rastlos, bekümmert. Veronika und Jaime. Diese beiden Namen, die
nun plötzlich zusammengehörten, wollten mir nicht aus dem Kopf.
Meine Gedanken wanderten zu der Schnalle und dann zu der Quittung
in Veronikas Briefordner.

Plötzlich blieb ich stehen und rief laut aus: „Sie hat Dinge *aufgehoben!*"

Veronika hatte Fotos vom Bergtal und seinen Einwohnern gehortet. Sie hatte sogar die Notizen aufgehoben, die sie bei ihren Spanischübungen gemacht hatte. Doch kein einziger persönlicher Brief, kein einziger Hinweis auf Kontakte mit Freunden außerhalb des Tales, kein einziges Andenken an die Zeit, bevor sie hierhergekommen war, existierte. Da stimmte etwas nicht. Selbst wenn ihr früheres Leben unglücklich war, hätte sie Erinnerungen aufgehoben. Mir fielen die Worte der Excelentísima ein, die nun eine neue Bedeutung erhielten: „Sie war niemand. Sie kam von nirgendwoher."

8. Kapitel

Zwei Wochen später, als Margaret und ich zur alten Plaza von Puerto Vallarta schlenderten, schienen die unbeantworteten Fragen des Bergtals himmelweit entfernt. Drei wunderbare Tage lagen hinter mir – ich war im klaren, warmen Meer geschwommen und hatte mich am schneeweißen Sandstrand, der vor der Stadt lag, gesonnt.

Wir waren auf dem Weg zu Margarets Mietshaus, denn die Familie aus Mexiko City reiste ab, und Margaret wollte die hinterlegte Kaution zurückzahlen.

„Als ich die Einrichtung durchsah, war noch nicht einmal ein Glas zerbrochen", sagte Margaret. „Entweder sind die beiden Buben ausgesprochene Engel, oder Epifania beaufsichtigt sie Tag und Nacht."

„Epifania?"

„Epifania Heiden, ihre Mutter. Ich glaube, ihr Spitzname ist Fani."

Wir gingen über die Plaza, und Margaret blieb vor dem wunderlichen Musikpavillon stehen. „Komm, wir wollen uns einen Augenblick auf die Bank setzen, ich möchte etwas herausfinden." Kurz darauf lächelte sie mich an. „Oh – oh! Du hast einen Verehrer, Alison."

„Einen Verehrer?"

„Schau nicht hin! Ein Mann folgt uns schon eine ganze Weile. Im Augenblick sitzt er auf einer Bank und tut so, als läse er die Zeitung."

Wie beiläufig warf ich einen Blick über meine Schulter. Nicht weit von uns entfernt war ein großer Mexikaner mittleren Alters in eine Ausgabe des *Excélsior* vertieft. Er trug das blütenweiße Sporthemd und die hellen Hosen, die sozusagen die Puerto-Vallarta-Tracht darstellten. Seinen schwarzen Sombrero mit rotem Band und Messingschnalle hatte er so tief in die Stirn gezogen, daß er fast an den Rahmen der spiegelnden Sonnenbrille stieß.

„Normalerweise würde ich diese Annäherungsversuche gar nicht beachten", sagte Margaret. „Aber er ist bemerkenswert hartnäckig. Mir ist er schon gestern am Strand aufgefallen." Sie schaute mich an und runzelte die Stirn. „Du meine Güte, Alison! Schau doch nicht so entsetzt drein."

„Tu ich doch gar nicht. Ich finde nur, daß er mit dieser Sonnenbrille und dem schwarzen Sombrero Ähnlichkeit mit einem Kinogangster hat."

Wir erreichten unser Ziel, und Margaret klingelte. Der Señor mit dem schwarzen Sombrero stand nun im Schatten gegen eine Mauer gelehnt. Das Mädchen führte uns ins Wohnzimmer, wo Epifania Heiden in einem Durcheinander von Koffern und Schachteln stand. Die beiden sommersprossigen, strohblonden Buben mühten sich ab, ihre Angel- und Tauchausrüstung zu verstauen.

„Vielen Dank, Mrs. Webber", sagte sie, als sie Margarets Scheck in Empfang nahm. „Sie waren die ideale Vermieterin." Ihr ausgezeichnetes Englisch hatte einen charmanten Akzent. Eine ungewöhnlich anziehende Frau, dachte ich. Mit ihrer zartgliedrigen, schlanken Figur wirkte sie noch immer wie ein junges Mädchen.

Wir wünschten ihr eine gute Reise nach Mexiko City und verließen das Haus. Draußen war der schwarze Sombrero nirgends zu sehen, doch schon eine Straße weiter hatte er unsere Fährte wiederaufgenommen und ließ uns nicht aus den Augen.

„Das nenne ich Verehrung", sagte Margaret.

Ich war nicht ihrer Ansicht. Was für einen Sinn hatte es, mir zu folgen, wenn es meine Aufmerksamkeit *nicht* erregen sollte? Als wir ein Taxi zu Margarets Haus nahmen, verloren wir den schwarzen Sombrero wieder, doch vergessen konnte ich ihn nicht, und in mir stieg ein Mißtrauen auf, das mir meinen letzten Abend bei Margaret ein wenig verdarb.

Als Primitivo mich am nächsten Morgen abholte, war vom Mann mit dem schwarzen Sombrero nichts zu sehen. Ich redete mir ein, er sei nur ein Müßiggänger gewesen, der sich auf eine harmlose, wenn auch für mich ärgerliche Art die Zeit vertrieben habe.

ALS ich wieder im Oktogon war und meine Tasche auspackte, wich Luis mir nicht von der Seite. „Schau, was ich für dich gepflückt habe!" rief er stolz. Die Vase war voller Strohblumen von den Feldern.

„Was für ein wunderschöner Strauß, Luis."

„Heute abend essen wir alle zusammen im Speisezimmer", sagte er. „Großmutter meinte, wir müßten wenigstens einmal gemeinsam zu Abend essen wie eine zivilisierte Familie."

Ramona kam herein, um mich zu begrüßen und Luis daran zu erinnern, daß er noch Hausaufgaben zu machen hatte. Als er in sein Zimmer ging, schimpfte er leise über die Mathematik vor sich hin.

„Wie lieb von ihm, Blumen für mich zu pflücken", sagte ich und strich über die hübsche Vase. „Wann haben Sie eigentlich die Vase umgetauscht, Ramona?"

„Ich habe nichts vertauscht, Señorita. Die Vase war immer schon hier."

„Nein, die andere war aus Silber. Diese sieht sehr ähnlich aus, die gleiche Größe und Form, aber sie ist aus ..." Ich kannte das spanische Wort für „Zinn" nicht und sagte: „Aus einem anderen Metall. Hat ein anderes Mädchen hier saubergemacht?"

„Nein, Señorita. Und die Vase ist nie weggenommen worden." Lächelnd hielt sie inne. „Ach, wie dumm von mir! Die Señorita Evans hat alle Silbersachen geputzt. Das hatte ich ganz vergessen, es ist schon Wochen her."

Ich erinnerte mich undeutlich, daß Miß Evans sich über die Art, wie die Dienstboten das Silber polierten, beklagt hatte. Ja, sie hatte gesagt, sie werde alles selbst putzen. Ich war sicher, daß die Vase, die früher in diesem Zimmer gestanden hatte, Miß Evans' Sammlung einverleibt worden war. Das machte mir nichts aus; die beiden Vasen waren zwar von unterschiedlichem Wert, aber beide von gleicher Schönheit. Doch ich erinnerte mich nur zu gut daran, daß Señora Castro, meine Vorgängerin, des Diebstahls beschuldigt worden war, und deshalb entschloß ich mich, diesen Punkt so bald wie möglich klarzustellen. Ich sah schon Jaime Romano vor mir, eine Inventurliste in der Hand: „Wo ist die silberne Vase geblieben, Señorita Mallory?"

Am Abend versammelten wir uns im Speizezimmer zu Leonoras „zivilisiertem" Essen. Es wurde kein großer Erfolg. Bei den Gesprächen traten lange Pausen ein, und die Romano-Brüder erinnerten mich an zwei sprungbereite Löwen. Beim Kaffee sorgte Leonora dafür, daß das Gespräch auf die Geschäfte beschränkt blieb. Während die anderen über Pferde, Vieh und Preise diskutierten, saßen Miß Evans und ich ein wenig abseits.

„Übrigens, Miß Evans", sagte ich leise, „nach dem Silberputzen müssen Sie die Vase im Oktogon vertauscht haben."

Sie wurde blaß, verbarg ihre Bestürzung aber gut. „Vertauscht? Unmöglich!"

„Die erste war aus Silber, und die, die ich jetzt habe, ist poliertes Zinn."

„Ich widerspreche Ihnen nur ungern, Miß Mallory", antwortete sie förmlich. „Aber die Vase im Oktogon war immer aus Zinn. Ich erinnere mich genau, wie bemerkenswert ich es fand, daß die Vase keinen Kratzer hatte, Zinn ist sehr weich, und die Dienstboten behandeln sie mit Scheuerpulver. Wirklich, Miß Mallory, ich bin da ganz sicher!"

Leonora unterbrach uns. „Was ist? Was für eine Vase?"

„Wir sprachen über eine Zinnvase, die ich irrtümlicherweise für eine Silbervase hielt", sagte ich.

„Eine kleine Vase mit einem Blattmuster?" fragte sie.

„Ja."

„Es gibt zwei solche Vasen. Ich liebte die eine aus Zinn so, daß mein Mann eine Kopie aus Silber anfertigen ließ. Ist damit das Rätsel gelöst?"

„Ich denke, ja." Ich vermied es, Ethel Evans anzusehen. Sie hatte genau das getan, was ich befürchtet hatte: Sie hatte die Vasen vertauscht und die kostbarere in ihr überladenes Zimmer gestellt.

„Es ist Zeit für Luis und mich, ins Bett zu gehen", verkündete Leonora.

„Ich bringe Großmutter auf ihr Zimmer", rief Luis.

Ich ging zum Oktogon. Noch immer gab es kein elektrisches Licht in den Korridoren, die dorthin führten, aber einen langen Umweg durch beleuchtete Teile des Hauses ersparte ich mir, indem ich nun stets eine kleine Taschenlampe bei mir trug, die an meinem Schlüsselring hing. Mein Sturz auf der Treppe hatte mich gelehrt, ständig auf einen Kurzschluß gefaßt zu sein.

Nachdem ich mich für die Nacht zurechtgemacht und einen warmen Morgenrock und Pantoffeln angezogen hatte, trat ich auf die Veranda, an der Luis' Zimmer lag. Ich wollte ihm noch eine Gutenachtgeschichte vorlesen.

Ich zog mir einen Stuhl an Luis' Bett und schlug ein Buch auf, da sagte er beiläufig: „Die Señorita Evans ist sehr wütend. Als ich an ihrer Tür vorbeiging, hörte ich ihre Stimme. Sie redete ganz schnell auf englisch. *Tía,* was bedeutet das Wort ‚loswen'?"

Nachdem er es noch ein paarmal wiederholt hatte, wurde mir klar, daß er „loswerden" meinte.

„Es bedeutet, daß man jemanden oder etwas entfernen möchte."

Er nickte. „Das hab ich mir schon fast gedacht. Vielleicht hat Señorita Evans über einen Dienstboten geredet, den sie nicht mag. Sie sagte: ‚Du mußt sie loswen.'" Luis runzelte die Stirn, als versuche er, ein Rätsel zu lösen. „Bedeutet das Wort Löffel nicht *cuchara?*"

„Ja."

„Und ich weiß, daß ein Tausch auf spanisch *cambio* ist. Warum sollte ein Dienstbote Löffel tauschen?"

„Löffel und Tausch?" fragte ich. „Zu wem redete sie denn?"

Luis zuckte mit den Schultern. „Das weiß ich nicht. Aber bitte, *Tía,* lies mir vor, sonst wird es zu spät."

Ich las eine Geschichte vor, war aber nicht bei der Sache. Ich dachte an die silberne Vase und daran, wie blaß Miß Evans geworden war, als ich sie erwähnte. Und ich wußte, daß sie nicht zu einem Dienstboten gesprochen hatte, als sie voller Zorn zu einem mir unbekannten Zuhörer sagte: „Du mußt sie loswerden. Sie schnüffelt und lauscht!"

MEHR erfuhr ich nicht über Miß Evans und die unbekannte Person, zu der sie gesprochen hatte. Ethel Evans machte auch keinen offensichtlichen Versuch, mich aus dem Bergtal zu vertreiben. Doch mir war klar, daß ich meine Sachen schon vor langer Zeit hätte packen müssen, wäre es nach ihr gegangen. Je besser Leonora sich alleine zurechtfand, um so entbehrlicher wurde Ethel Evans, und so oft sie mich ansah, las ich Haß in ihrem Blick.

Sonst hatte ich kaum Veranlassung, über sie nachzudenken – bis zu jenem Morgen, als Leonora und ich die Brailleschrift übten. Leonora interessierte sich nur wenig dafür und ergriff jede Gelegenheit, diesen Unterrichtsstunden aus dem Weg zu gehen.

An diesem Morgen brachte sie als Ablenkungsmanöver das Gespräch auf ihren Schmuck.

„Sie haben meine Halskette noch gar nicht richtig angeschaut." Sie hakte die Kette auf und hielt sie mir zur Begutachtung hin. „Smaragde, ein maßlos extravagantes Geschenk. Dabei mache ich mir nicht viel aus Schmuck. Ich habe dieses Stück seit einer Ewigkeit nicht mehr aus dem Schmuckkästchen genommen."

Die Halskette bestand aus kunstvoll gearbeiteten silbernen Gliedern mit sieben großen Steinen. „Großartig", sagte ich.

„Großartig?" Leonora lächelte. „Das ist ein taktvoller Ausdruck für ‚prunkvoll'. Der Stein in der Mitte ist aber tatsächlich wunderbar", fügte sie hinzu. „Halten Sie ihn mal ans Licht. Er hat echtes Feuer."

„Ja, ich sehe es." Aber ich sah es nicht. Der Stein war hübsch, doch er funkelte nicht. Glas, dachte ich plötzlich. Oder eine Imitation. Doch ich wollte vorläufig nichts sagen, denn ich war meiner Sache nicht sicher.

„Ich habe schon oft daran gedacht, das Halsband zu verkaufen", sagte Leonora. „Von dem Geld könnte man viele nützliche Dinge kaufen."

„Nun, wenn Sie die Halskette nicht besonders mögen und sie auch nie tragen…" Das war die einzige Möglichkeit, es festzustellen, dachte ich. Ein Fachmann konnte mir Aufschluß über die Echtheit geben. Ich schaute auf meine Uhr. „Die Stunde ist um. Sie haben sich heute sehr geschickt um den Unterricht gedrückt. Aber glauben Sie nicht, daß ich aufgebe. Eines Tages werden Sie diese Schrift beherrschen!"

Als ich sie verließ, war ich verwirrt und beunruhigt. Diese Smaragde hatten alles verändert. Das Vertauschen der Vasen war nun nicht mehr nur eine harmlose Freude an schönen Gegenständen, die Ethel Evans dazu gebracht hatte, ihr Zimmer wie ein Museum auszustaffieren. Was sollte aus all den Dingen werden, die sie sammelte? Das Haus war riesig; die Dienstboten konnten über die unzähligen Gegenstände, die hier herumstanden, keinen Überblick behalten. Und sie wußten auch sicher nicht, was besonders wertvoll war. Don Carlos und Jaime interessierten sich nicht dafür. Da war nur Leonora – und sie war blind.

Was konnte ich tun? Ich konnte nur die Augen offenhalten und vorläufig über meinen Verdacht schweigen.

MITTAGS ging ich zu Fuß ins Dorf. Padre Olivera hatte mich zum Essen eingeladen.

Als ich wieder zurückkehrte, kam Luis mir entgegengerannt. Er

464 VERONIKAS VERMÄCHTNIS

trug wieder diesen albernen, altmodischen Anzug, in dem ihn die Excelentísima sehen wollte.

„Du sollst heute zur Villa Plata kommen", sagte ich. „Du wirst dich verspäten."

„Das macht nichts, Tía. Schlechter Laune ist sie sowieso." Das schien Luis nicht im mindesten zu beunruhigen. Er deutete auf den Glockenturm, der sich majestätisch und schlank vor uns erhob. „Ganz oben im Glockenturm haben die Schwalben ihre Nester. Bist du schon mal im Turm gewesen, Tía?"

„Nein."

„Dann zeig ich ihn dir."

„Wir können aber nur einen Blick hineinwerfen, sonst kommen wir beide zu spät!"

Die Tür, durch die wir eintraten, war so niedrig, daß ich mich bükken mußte. Der runde Raum hatte Steinmauern und einen gepflasterten Fußboden. Staubteilchen tanzten in den Sonnenstrahlen, die durch schießschartenartige, vergitterte Schlitze fielen. Über uns stieg der hohe Schacht des Turmes auf. Ihn unterteilte nichts außer dicken Balken, an denen Glocken aller Formen und Größen hingen. Eine Treppe führte hinauf auf eine schmale Plattform. In einer Ecke baumelte ein Dutzend dicker Seile.

„Wenn man daran zieht, schlagen Eisenhämmer auf die Glocken. Man kann sogar eine Melodie spielen, wenn man die Seile in der richtigen Reihenfolge zieht", erklärte mir Luis.

Er begann, die Wendeltreppe hinaufzusteigen. Sie war sehr steil und hatte kein Geländer.

Ich folgte ihm langsam. Einmal schaute ich hinunter und bereute es sofort. Der Blick in die Tiefe machte mich schwindlig, und ich bekam Angst vor dem Rückweg.

Wir hatten fast die Plattform erreicht, wo die größte Glocke des Turmes hing. „Sie heißt San Miguel und stammt aus Spanien", rief Luis mir zu. „Sie ist vierhundert Jahre alt, sagt Großmama."

Die Treppe machte eine Kurve, und ich blieb betroffen stehen. Die Steinstufen endeten im Nichts; an dieser Stelle mußte ehemals eine Plattform gewesen sein, die wohl schon vor langer Zeit zerfallen und hinabgestürzt war. Eine schmale, verwitterte Planke überbrückte nun die Kluft zu dem Absatz, auf dem Luis stand. Eine zweite Glocke, die zwar nicht so riesig wie die San-Miguel-Glocke war, ihr aber in

Größe und Schwere nicht viel nachstand, hing über dem Abgrund, so daß man sie von beiden Seiten läuten konnte. "Diese Glocke wird nur bei Gefahr geläutet. Also wenn ein Waldbrand ausgebrochen oder sonstwas Schreckliches passiert ist. Dann kommen alle angerannt."

"Luis, bist du über diese Planke gegangen?" Meine Stimme zitterte ein wenig.

"Ja, *Tía*. Es gibt keinen anderen Weg zu den Nestern. Aber sie ist sehr dick. Schau!"

Bevor ich ihn aufhalten konnte, betrat er die Planke abermals und kam auf mich zu. Das Brett war fast drei Meter lang, und als er in der Mitte angelangt war, wo es schwach ächzend unter seinem Gewicht nachgab, hielt ich den Atem an. Doch schon stand er neben mir. "Es ist ganz sicher. Ich bin schon oft darübergegangen."

Das war das letztemal, dachte ich grimmig. "Luis, das Holz ist schon sehr alt. Und du wirst immer größer und schwerer. Bevor wir das Brett nicht ausgewechselt haben, darfst du nicht mehr darübergehen!"

Unser Abstieg kam mir endlos vor, und bei jeder Stufe stellte ich mir vor, wie Luis mit der zerbrochenen Planke auf den Steinfußboden hätte hinabstürzen können. Bevor wir uns trennten, nahm ich ihm das Versprechen ab, nicht mehr zu den Glocken hinaufzusteigen, solange der Weg nicht abgesichert war. Konnte er überhaupt abgesichert werden?

Auf dem Weg zum Dorf wurde mir klar, daß das ein Ding der Unmöglichkeit war. Ohne Geländer, durch die steilen, ungleichmäßigen Stufen der Wendeltreppe wurde dies genau der richtige Ort für einen Unfall ...

Zu viele Unfälle. Ein Feuer, eine gerissene Schaukel, ein durchgehendes Pferd, mein nächtlicher Sturz!

Doch die Landschaft schien meine Ängste zu widerlegen. Das Tal erstrahlte in friedlicher Schönheit. Iris und Schlüsselblumen säumten den Weg, und in den Bäumen trillerten die Vögel. Nichts, so schien es, konnte diese Schönheit zerstören.

Dann merkte ich, daß die Vögel plötzlich schwiegen. Ein winziger Schatten fiel auf mich, und als ich aufschaute, sah ich, daß ein Falke am Himmel kreiste. Der Räuber mit den stählernen Klauen, stets in der Nähe, stets wartend und wachend ...

MIT dem Sommer kamen die klaren, sonnigen Morgen und die bewölkten Nachmittage, an denen der Regen das Land wässerte und nährte. Das Bergtal verwandelte sich: Wie durch Zauberei ergrünten plötzlich die Hänge. Kakteen, Veilchen, Glockenblumen und Fuchsien erstrahlten in voller Blütenpracht.

Jetzt begriff ich, weshalb sich Jaime Romano so sehr für eine künstliche Bewässerung im Tal einsetzte.

Noch einmal versuchte Leonora, die Familie bei einem Abendessen zusammenzubringen, und diesmal lud sie auch Padre Olivera ein, von dessen Gegenwart sie sich eine beruhigende Wirkung versprach.

An diesem Abend begegnete ich ihm an der Türe, als er gerade eintreten wollte, schwer beladen mit Tonschüsseln, die er im Dorf gekauft hatte. „Für Señorita Evans", sagte er mir. „Der Töpfer hat sie ihr für heute versprochen, aber er ist krank geworden. Deshalb bin ich sein Botenjunge."

„Für Miß Evans?"

„Ja, soweit ich weiß, kauft sie Töpferwaren, um sie als Geschenke an Freunde zu verschicken."

Einfach unglaublich, dachte ich. Sie hatte sich bislang nie lobend über mexikanisches Handwerk geäußert. Ganz im Gegenteil! Sie hatte nur Verachtung für die irdenen Krüge übrig gehabt, die ich so liebte.

Luis nahm an diesem Essen, das sich bis in die späten Abendstunden hinzog, nicht teil; er wurde ins Bett geschickt, um sich von einer Erkältung zu erholen. Die Unterhaltung plätscherte dahin, bis Leonora plötzlich sagte: „Erinnert ihr euch an meine Smaragde? Ich habe beschlossen, sie zu verkaufen. Das Geld soll für einen guten Zweck verwendet werden."

Sie richtete ihre Worte an Jaime und Carlos, aber es war Miß Evans, die sofort protestierte. „Sie können sich doch von etwas so Schönem nicht trennen!"

„Aber von dem Geld könnte der Staudamm fertiggestellt werden", warf Jaime ein, „und dann bliebe sogar noch etwas übrig."

Miß Evans schnatterte etwas von „tiefen Empfindungen", da richtete Carlos mit kalter Stimme das Wort an Leonora: „Die Halskette hat dir mein Vater zum Geschenk gemacht."

„Das ist ja auch der Grund, warum mir diese Entscheidung so schwerfällt", erwiderte Leonora.

„Die Halskette gehört der ganzen Familie", sagte Carlos und

schaute vorwurfsvoll zu Jaime hinüber. „Eines Tages wird Luis' Frau sie tragen und später die Frau seines Sohnes."

„Wenn wir den Staudamm fertigbauen und Kanäle anlegen", sagte Jaime, „kann Luis eines Tages seiner Braut, falls er so töricht sein will, ein halbes Dutzend solcher Smaragdgehänge kaufen."

Carlos' Augen funkelten, Röte stieg in seine Wangen. „Du willst also das Geschenk meines Vaters dazu verwenden, einen Bauern aus meinem Sohn zu machen?"

Es sah aus, als ob sich die beiden Brüder an die Kehle springen wollten. Padre Olivera griff ein. „Darf ich ein besseres Geschenk für Luis' zukünftige Frau vorschlagen? Schenken Sie ihr einen gebildeten Ehemann." Er wandte sich an Don Carlos. „Ich kann Luis nicht länger unterrichten. Und es würde das Andenken Ihres Vaters nicht verletzen, wenn Sie dieses Geld für Luis' Ausbildung beiseite legten. Im Herbst sollte er eine gute Schule besuchen, hier in der Nähe. Später sollte er ins Ausland gehen, so wie Sie einst, Carlos."

„Hoffentlich mit besserem Erfolg", warf Leonora ein.

Zu meinem Erstaunen lachte Carlos. „Luis soll meinen Anordnungen folgen, nicht meinem Beispiel."

Jaime lehnte sich zurück. Auf seinem Gesicht tauchte kurz ein zweifelnder Ausdruck auf, doch dann konnte er ein Lächeln nicht unterdrücken. Als Verwalter des Familienvermögens hatte er Luis' Ausbildung zweifellos bei der Berechnung seiner Ausgaben miteingeplant. Nun konnte dieses Geld dem Bergtal zugute kommen. Er hatte unverhofft einen Sieg errungen.

„Nun gut, Padre", sagte Carlos. „Das wird ein Geschenk an Luis von seinem Großvater sein. Morgen fahre ich nach Mexiko City, und auf der Rückfahrt bringe ich drei Gäste mit, die sich am Wochenende die Pferde ansehen wollen. Ich werde dann auch den Verkauf der Halskette in die Wege leiten."

„Darum könnte sich doch Señor Ramos in Puerto Vallarta kümmern", sagte Jaime.

Wieder funkelten Carlos' Augen. „Damit ein Kleinstadtjuwelier über unsere Angelegenheit klatscht!"

Jaime zuckte die Achseln. Für Klatsch hatte er offensichtlich nur Verachtung übrig.

Ich beobachtete Ethel Evans' Gesicht.

Wenn die Smaragde vertauscht worden waren, wie ich vermutete, so würde der Betrug morgen ans Licht kommen. Doch es lag keine Furcht in ihrer Miene. Seltsamerweise war es eher Triumph.

AM FREITAGABEND herrschte im Haus eine festliche, erwartungsvolle Atmosphäre. Der morgige Tag bildete den Höhepunkt arbeitsreicher Wochen. Ein Bus war gemietet worden, um die potentiellen Käufer vom Flughafen in Puerto Vallarta abzuholen, und weitere sollten, so erzählte mir Leonora, mit dem Auto, Lastwagen oder Jeep ankommen.

Carlos und seine drei Gäste trafen gegen acht Uhr mit dem Flugzeug ein. Das Trio entpuppte sich als eine Gruppe zugeknöpfter und zweifellos sehr reicher Geschäftsleute, die sich trotz ihres selbstbewußten Auftretens im Heim spanischer Aristokraten unbehaglich fühlten. Sie zogen sich schon bald auf ihre Zimmer zurück, um Poker und Domino zu spielen.

Sowie sie das Wohnzimmer verlassen hatten, machte ich mich auf eine heftige Auseinandersetzung wegen der Smaragdkette gefaßt. Doch nichts geschah. Carlos sagte lächelnd etwas zu Leonora, und sie nickte und rief erfreut: ,,Gut! Da hast du einen noch besseren Preis erzielt, als ich erhofft hatte. Und das Geld in Aktien anzulegen war sehr klug.''

Also hatte ich mich geirrt. Dennoch fühlte ich mich nicht erleichtert. Ethel Evans hatte zweifellos Unheil im Sinn, und mein Verdacht war keineswegs zerstreut.

Wenige Minuten später trafen Jaime Romano und Eric Vanderlyn ein, die sich um die letzten Einzelheiten der Pferdeschau bei der Villa Plata gekümmert hatten.

Plötzlich ertönte Lärm von Pferdehufen und Motoren, und Carlos trat ans Fenster. ,,*Dios!* Die Armee! Mindestens hundert Mann.''

,,Was zum Teufel soll das!'' rief Jaime und eilte durch die Halle zur Haustür. Kurz darauf kam er in Begleitung eines hochgewachsenen mexikanischen Offiziers in staubbedeckter Uniform zurück.

Lächelnd reichte ihm Carlos die Hand. ,,Hauptmann Montez, wenn ich nicht irre? Wir haben uns vor Monaten in Puerto Vallarta getroffen.''

,,Ja, natürlich. Guten Abend.''

,,Mir scheint, Sie haben eine ziemlich große Eskorte mitgebracht.''

Der Hauptmann sah sich im Zimmer um, auf seinem energischen

Gesicht spiegelte sich Verwunderung. „Hat denn noch niemand die Neuigkeit gehört?"

„Was für eine Neuigkeit?" fragte Jaime.

„Don Ramón Santos ist entführt worden."

Erregtes Stimmengewirr erhob sich.

„Wer ist entführt worden?" fragte ich Eric.

„Ramón Santos. Einer der prominentesten Männer dieses Staates." Der Hauptmann gab uns einen kurzen Bericht. Das Auto des Millionärs war von zwei Männern in Polizeiuniform angehalten worden. Die beiden Männer hatten Santos mit vorgehaltener Pistole zum Mitkommen gezwungen, während sie den Chauffeur geknebelt und gefesselt zurückließen.

„Der Überfall unterscheidet sich nicht von früheren Verbrechen, die von Terroristen begangen wurden", sagte der Hauptmann. „Doch dieses Mal gibt es einen Zeugen – den Chauffeur. Er konnte die drei Kidnapper beschreiben – die beiden als Polizisten verkleideten Gangster und einen dritten in einem rotkarierten Hemd, der ihnen mit einem Kombiwagen gefolgt war. Alle drei waren maskiert."

Leonora hatte aufmerksam zugehört. „Diese schreckliche Angelegenheit trifft uns alle tief, Herr Hauptmann", sagte sie. „Aber ich verstehe nicht ganz, warum Sie hierher gekommen sind. Doch sicher nicht, um uns diese Neuigkeit mitzuteilen!"

„Wir sind auf der Suche nach den Entführern, Señora. Ich habe gehört, daß es stillgelegte Minen in dieser Gegend gibt", erwiderte er. „Das sind doch ideale Verstecke, nicht wahr?"

„Ganz und gar nicht", sagte Jaime. „Eine Mine muß man betreten und wieder verlassen. Dabei wird man gesehen. Außerdem bergen die meisten Schächte Gefahren. Es gibt Bergrutsche, und jetzt, in der Regenzeit, Überschwemmungen. Solche Narren sind diese Verbrecher nicht, Hauptmann Montez."

Der Offizier erhob sich. „Ich habe meine Befehle. Wir schlagen heute nacht in der Nähe des Dorfes unser Lager auf. Bei Tagesanbruch werden wir dann die Gegend durchkämmen."

„Leider können wir nicht alle Ihre Leute unterbringen, aber Ihnen und Ihren Offizieren steht unser Haus zur Verfügung", meinte Leonora.

„Sie sind sehr zuvorkommend, Señora. Aber ich muß bei meinen Leuten bleiben."

Als er gegangen war, herrschte Schweigen; alle waren über diese Neuigkeit bestürzt. Schließlich sagte Leonora: ,,Entführer, die sich im Bergtal verstecken? Blödsinn!" Sie wandte sich an Ramona: ,,Bitte bringen Sie zwei Tassen Schokolade in mein Zimmer. Würden Sie mit mir nach oben kommen und ein paar Minuten mit mir plaudern, Alison? Ich habe eine Überraschung für Sie."

In ihrem Zimmer ging Leonora zu einer mit Schnitzereien verzierten Kommode, zog die oberste Schublade auf und holte ein großes, in buntes Geschenkpapier eingewickeltes Paket heraus. ,,Für Sie, meine Liebe!"

,,Leonora!" rief ich, als ich es geöffnet hatte. ,,Wie schön!"

,,Es ist ein indianisches *Poblana*-Kostüm, das ich aus Mexiko City habe kommen lassen. Das traditionelle Gewand der Reiterinnen", sagte sie.

Der blaugrüne Rock mit seiner leuchtendroten Passe war aus feinem Baumwollflanell und fiel lang und fließend herab. Zarte Stickerei schmückte die weiße Bluse, an deren Ärmel silberne Manschettenknöpfe glitzerten.

,,Stiefel und Sombrero sind im Schrank", sagte sie. ,,Und damit Ihr Aufzug wirklich der Tradition entspricht, müssen Sie rote Bänder im Haar tragen. Sagen Sie bitte nicht, ich hätte es nicht kaufen sollen. Es ist ein Geschenk, und der Anlaß ist ein Jahrestag, den ich ganz vergessen habe."

,,Was für ein Jahrestag?"

,,Der Tag, an dem ich mein Augenlicht verlor", antwortete sie ruhig. ,,Ich habe mich am Anfang oft gefragt, wie ich dieses erste Jahr überstehen soll. Jaime bestand darauf, eine Lehrerin für mich zu engagieren, aber alles schien mir so sinnlos."

,,Jaime bestand auf einer Lehrerin?" fragte ich.

,,O ja. Er engagierte Señora Castro und brachte sie her. Sie hat sich viel Mühe gegeben. Ich glaube, ich war einfach zu mutlos, um mich anzustrengen. Ich wollte sie wieder wegschicken, aber Jaime meinte nur, wenn ich die eine entließe, würde er einfach eine andere engagieren. Er sagte, ich würde eher aufgeben als er!"

Davon hatte mir Don Carlos in Puerto Vallarta nichts gesagt. Er hatte es so dargestellt, als sei er der Urheber des Plans, eine Blindenlehrerin einzustellen.

,,Ich glaubte, wenn ich nur dieses erste Jahr überstände, hätte ich das

Schlimmste hinter mir. Wie freute ich mich auf den Jahrestag! Und dann kam dieses wichtige Ereignis, doch ich war so beschäftigt, daß es mir erst später wieder einfiel. Das ist Ihr Verdienst, Alison."

Es klopfte leise, und Ramona trat mit unserer Schokolade ein. Sie setzte sie ab und fragte: „Ist das alles, Señora?"

„Ja, danke, Ramona", erwiderte Leonora. Sie hob den Kopf und lauschte. „Irgend etwas stimmt nicht. Ich höre es an Ihrer Stimme."

„Nur eine belanglose Sache in der Küche", sagte sie und schluckte. „Nacho hat ein paar grobe Worte gesagt." Ihre Augen waren gerötet. Sie hatte bestimmt geweint.

Seufzend murmelte Leonora: „Wieder einmal Nacho!"

„Es ist nicht wichtig, Señora", sagte Ramona rasch. „Nacho wird oft wütend, denn er ist sehr unglücklich. Wie kann ein Mann auch zufrieden sein, wenn er keine Kinder, keine Söhne hat? Wir verstehen seinen Kummer und sind geduldig, aber heute abend sind wir alle nervös wegen der Leute, die morgen kommen."

„Sie sind ein nettes Mädchen, Ramona", sagte Leonora. „Wenn es noch mehr Ärger gibt, werde ich mit ihm reden. Und jetzt gute Nacht." Als Ramona die Tür hinter sich geschlossen hatte, bemerkte Leonora: „Unglück entschuldigt nicht alles."

„Ich fühle mich immer unbehaglich, wenn Nacho in der Nähe ist", sagte ich. „Ich weiß gar nicht, warum."

„Er ist aalglatt", sagte Leonora bissig. Dann fuhr sie gemäßigter fort: „Er wurde in dem Jahr geboren, als die Pest das Tal heimsuchte. Wir glaubten, er sei verschont geblieben, aber viel später, als er erwachsen und verheiratet war, bat er meinen Mann, ihn nach Mexiko City zum Arzt zu schicken. Wissen Sie, seine Ehe war kinderlos geblieben. Hier ist das etwas Beschämendes, das einen Mann entehrt. Die Ärzte machten Tests, und das Ergebnis muß für Nacho ein furchtbarer Schlag gewesen sein: Er würde nie Kinder haben. Die meisten Leute im Tal bemitleiden ihn; andere reißen häßliche Witze darüber. Wahrscheinlich hat das Nacho zu dem verbitterten und einsamen Menschen gemacht. Er liebt niemanden außer Carlos. Nacho ist mit Carlos aufgewachsen. Das erklärt vielleicht seine blinde Verehrung. Als Jungen waren sie unzertrennlich, aber schon immer waren sie Herr und Knecht."

Es war spät geworden, und wir tranken unsere Schokolade rasch aus. Als ich die Treppe hinunterstieg, vergewisserte ich mich, daß die kleine Taschenlampe an meinem Schlüsselring funktionierte, und wie immer ging ich besonders vorsichtig an der Wäschekammer vorbei. In der großen Halle brannte Licht, und die Haustür stand offen. Ich wollte sie gerade schließen, da sagte eine Stimme: „Alison?"

„Ja?" Ich trat auf die Veranda hinaus. Jaime Romano saß allein auf den Stufen, gegen einen Holzpfeiler gelehnt.

„Sie sind noch spät auf", sagte er.

„Sie auch."

„Eine solche Nacht sollte man nicht verschlafen. Setzen Sie sich doch, Alison."

Die warme Nachtluft war schwer von Jasmingeruch. Grillen und Zikaden zirpten in den Weinreben, und beim Dorf, wo Hauptmann Montez und seine Leute ihre Zelte aufgeschlagen hatten, brannten Feuer. „Die Soldaten schlafen auch nicht", sagte er. „Hören Sie?"

Ganz schwach vernahm ich Gitarrenklänge und leises Singen. „Die Melodie ist schön und eindrucksvoll", sagte ich, „aber die Worte kann ich nicht verstehen."

Jaime flüsterte: „Oh, Liebste, wenn ich im Schaum des Meeres sterbe, kommt eine weiße Taube an einem schönen Abend . . ." Er lächelte. „Heute nacht werden keine Tauben kommen. Nur die Eule hat im Obstgarten gerufen. Ich glaube, sie ist einsam. Waren Sie je einsam, Alison?"

Ich wandte mich ab. „Einsam? Ich habe so viel zu tun. Keine Zeit für Einsamkeit."

„Das ist keine Frage der Zeit, Alison."

„Ja, Sie haben recht." Ich dachte an mein Leben und an das seine, und dabei wurde mir zum erstenmal klar, daß es zwischen uns ein Band gab, die Einsamkeit.

Er schaute hinauf zu den unglaublich großen, strahlenden Sternen. „Das Schweigen des Weltalls ängstigt mich . . . von Unendlichkeit verschlungen, fürchte ich mich . . ."

„Ist das auch der Text eines Liedes?"

„Nein. Das stammt aus einem Buch des französischen Religionsphilosophen Pascal."

Ich betrachtete sein Gesicht, sah die dunkle Stirnlocke, die Augen, die selbst in der Nacht tiefblau waren. „Ich kann mir nicht vorstellen, daß Sie sich je fürchten", sagte ich. „Nicht einmal vor dem All oder dem Schweigen."

VERONIKAS VERMÄCHTNIS 473

Er lächelte. „Nein? Dann kennen Sie mich doch nicht so gut, wie ich glaubte. Sagen wir, daß ich mich manchmal vor mir selbst fürchte." Rasch erhob er sich. „Manchmal fürchte ich mich auch vor Ihnen." „Vor mir?" rief ich. „Warum denn?"

„Warum nicht?" Er lächelte spöttisch. „Sie können mir gefährlich werden. Gute Nacht, Alison."

9. Kapitel

ICH erwachte früh, doch andere im Haus waren schon lange vor mir aufgestanden. Gerade hatte ich mein neues Reitkostüm angezogen, da kam Luis, glühend vor Begeisterung, hereingestürmt. Er trug ein neues, besticktes Hemd und Hosen mit silbernen Knöpfen – eine Miniaturausgabe des Reitkostüms seines Vaters. „Das hat mir meine Großmutter geschenkt. Und schau! Ein Geschenk von Onkel Jaime!"

Stolz deutete er auf die silberne Schnalle, die viel zu groß für ihn war. „Mit meinen Anfangsbuchstaben: L. R." Sie war ein Duplikat der Schnalle, die ich in dem Geheimfach gesehen hatte.

„Wie schön, Luis!" Ich bückte mich, um sie genau zu betrachten. Nein, das war kein Duplikat, es war dieselbe Schnalle. Der Silberschmied, der das J in ein L geändert hatte, hatte gute Arbeit geleistet, doch die Gravierung war so tief gewesen, daß man noch erkennen konnte, wo etwas weggeschliffen und poliert worden war.

„Onkel Jaime sagt, das ist die wertvollste Schnalle, die ich je besitzen werde, und ich darf sie nicht verlieren."

„Er hat recht, Luis." Ich richtete mich auf und legte die Hände auf seine schmalen Schultern. Wie hatte Jaime Romano sich nur von diesem Geschenk trennen können, nachdem er es so lange aufgehoben hatte? Es war eine wunderbare Tat; eigentlich war es ein Geschenk an Luis von seiner Mutter, obwohl er das nie erfahren würde. „Paß gut auf sie auf. Sei stolz darauf."

„Oh, das bin ich!"

Nach dem Frühstück fuhren die ersten Autos vor. Die Gäste wurden in der *casa grande* begrüßt, wo eine Kapelle lebhafte Volksweisen spielte und die Dienstboten den Damen Orchideen überreichten.

Es war eine fröhliche, gutgelaunte Gästeschar, die dem heutigen Tag in freudiger Erwartung entgegenblickte.

Doch manchmal verstummte das muntere Geplauder, wenn jemand die Entführung erwähnte. Einige Gäste waren mit dem Opfer befreundet, und sie verbreiteten Gerüchte und vage Berichte.

Leonora blieb gleichmäßig freundlich und geduldig, vor allem Bekannten gegenüber, die sie – wie es manchmal bei wohlwollenden, aber taktlosen Leuten der Fall ist – mit Mitleidsbezeugungen überhäuften. Der Mietbus brachte eine palavernde Menschenmenge vom Flughafen, deren Kleidung von der glitzernden Reitertracht, der *charro,* über den sportlichen bis zum dunklen Anzug reichte. Einige Frauen trugen Kostüme wie ich.

Als die Gäste zu den Pferdeboxen aufbrachen, zupfte Luis mich am Arm und bat mich, mit ihm dorthin zu reiten.

Die Stierkampfarena hinter der Villa Plata war eine Miniaturausgabe des Kolosseums in Rom. Es war ein extravagantes Spielzeug, das die Romanos vor vielen Jahren für sich und ihre Freunde gebaut hatten. Luis saß neben mir auf der Tribüne, und er verblüffte mich durch seine Kenntnisse. Das Fest begann mit einer herrlichen Pferdeparade, die von Marcos und anderen Jungen aus dem Tal geritten wurde. Nach ihnen sprengten zwei hübsche Mädchen mit blitzenden Augen in die Arena, und die Menge klatschte begeistert Beifall. Dann liefen Männer vor die Tribüne; sie trugen zwei hohe Pfosten, die oben durch einen Querbalken verbunden waren. „Der Bandwettstreit!" rief Luis und klatschte in die Hände. „*Tía*, gleich beginnt das Ringreiten!"

In diesem Augenblick tippte mir jemand auf die Schulter, und als ich mich umdrehte, sah ich einen alten Mann, einen Zureiter von der Ranch, der mich anlächelte.

„Señorita, würden Sie uns ein Band für den Wettkampf geben?"

„Du mußt, *Tía!*" rief Luis. „Dann wirst du eine Königin der Fiesta. Eine ihrer Schirmherrinnen!"

Ich löste das lange rote Band und ließ mein Haar lose fallen. „Da ist es."

Jede der beiden Reiterinnen gab dem Mann ebenfalls ein Band. Unten auf der Reitbahn wurde beim Querbalken zwischen den beiden Stangen ein Draht gezogen.

„Was haben sie denn vor?" fragte ich.

„Ringreiten! Die Bänder werden über den Draht gehängt, und an jedem wird ein kleiner Ring befestigt. Du wirst es gleich sehen. Die Reiter probieren dann etwas ganz Schwieriges!"

VERONIKAS VERMÄCHTNIS 475

Als der erste Versuch unternommen wurde, verstand ich, was „Ringreiten" bedeutete. Ein junger Reiter, eine Machete in der Hand, ritt in vollem Galopp auf die drei baumelnden Ringe zu. Sein Ziel war, einen der Ringe mit der Machete aufzuspießen und mit dem dran befestigten Band davonzutragen. Es war ein schwieriges Unterfangen, und ganz besonders an diesem Tag, da eine Brise die Bänder hin und her wehte.

Den ersten drei Reitern gelang es nicht. Der vierte hatte Erfolg, bekam aber nur wenig Applaus, weil er nicht schnell genug galoppiert war. Trotzdem zeigte er das Band stolz herum, und als er zu dem alten Mann hinritt, der offenbar als Schiedsrichter fungierte, spielte die Kapelle einen Tusch. Sie wechselten ein paar Worte, dann ritt der Sieger zu den beiden hübschen Mädchen. Mit einer großartigen Gebärde nahm er seinen Sombrero ab und kniete vor dem Mädchen nieder. Er gab ihr das Band, und sie reichte es ihm als Geschenk zurück. Die Leute schrien laut hurra; das Mädchen errötete und senkte den Kopf.

Nach vier weiteren erfolglosen Versuchen wurde der zweite Ring erobert und die gleiche Übergabe zelebriert.

„Tía", sagte Luis, „jetzt ist nur noch dein Band übrig! Wer wird es sich holen?"

Aus der Menge kamen Beifallsrufe. Am Rande der Arena sah ich Carlos Romano. Er saß auf einem wunderbaren grauen Hengst. Pferd und Reiter schossen vorwärts, sie schienen zu einer Einheit verschmolzen zu sein. Ich sah, wie Don Carlos die Machete langsam hob und zustach. Doch im letzten Augenblick wehte der Wind das Band beiseite, und Don Carlos verfehlte den Ring um Haaresbreite.

Den Preis hatte er zwar nicht gewonnen, aber die Menge war von der wilden Schönheit seines Rittes begeistert. Bravorufe erschallten auf der Tribüne. Der Lärm um mich übertönte das Dröhnen von Hufen, und ich merkte erst, was geschah, als Luis rief: „Schau! Mein Onkel!"

Jaime Romanos Rotschimmel raste an der Tribüne vorüber, der Reiter saß tief geduckt auf dem Pferd. Es war totenstill geworden. Als das galoppierende Pferd sich den Pfosten näherte, hob sich Jaime Romano im Sattel und stand in den Steigbügeln. Er schwenkte keine Machete, sondern einen einfachen Stock.

„Er hat ihn! Er hat ihn!" Der Ruf pflanzte sich fort, und die Kapelle spielte einen Tusch.

Als Jaime langsam zurückritt, hielt er den Stock hoch erhoben und ließ das Band fröhlich im Wind flattern. „Er hat gar keine Sporen", flüsterte Luis ehrfürchtig. „Er hatte überhaupt nicht vor, heute zu reiten!"

Jaime machte sich nicht die Mühe, den Schiedsrichter zu fragen, wessen Band er gewonnen hatte. Er ritt auf Luis und mich zu und nahm den Sombrero ab. „Ich bringe Ihnen Ihr Band zurück, Señorita", sagte er und sank auf ein Knie. Jede Fröhlichkeit war aus seinem Gesicht gewichen, ernst blickte er mich an.

„Es gehört Ihnen, Señor", sagte ich und gab es ihm linkisch und unsicher zurück.

„*Mil gracias.*" Er erhob sich, schwenkte das Band und zeigte es, merkwürdig feierlich, der Menge. Noch als er wegritt, schallten ihm Beifallsrufe nach.

NACH einem ausgiebigen Picknick begaben sich die meisten Leute wieder zur Stierkampfarena, um die Männer mit der „tapferen Herde", wie Luis es nannte, kämpfen zu sehen.

„Werden sie einen Stier töten?" fragte ich und zögerte mitzugehen.

„Aber nein. In dem Stierkampf sollen sich die Tiere nur von ihrer besten Seite zeigen. Und es sind auch keine Stiere. Man nimmt dafür Kühe."

„Ein Kuhkampf?" Das kam mir lächerlich vor.

„Ein Stier darf nie zweimal kämpfen", erklärte Luis. „Er wird sonst zu erfahren und ist gefährlich. Heute werden die Kühe zeigen, wie tapfer die Herde ist."

Die schwarzen Tiere, die wir bald zu Gesicht bekamen, hatten wahrhaftig keinerlei Ähnlichkeit mit den Kühen von Neuengland. Schnaubend scharrten sie mit den Hufen und liefen unruhig hin und her.

Don Carlos zeigte seine Geschicklichkeit nur für ein paar Minuten, aber mehr Zeit war auch nicht nötig, um sein Können und seine starken Nerven unter Beweis zu stellen. Die anderen Männer hatten sich kaum bewegt. Carlos schwenkte und drehte den Umhang, ließ ihn tanzen – es war ein Vergnügen, seine Gewandtheit zu beobachten. Er kannte jede Bewegung seines Gegners im voraus, spielte mit ihm und bewegte sich so nah vor den Hörnern, daß mir der Atem stockte. Unglaublich kühn – oder unglaublich tollkühn. Als er nah genug war, daß

VERONIKAS VERMÄCHTNIS   477

ich sein Gesicht sehen konnte, schien die Kampflust es verwandelt zu
haben: seine Augen waren riesig, und die Narbe auf seiner Wange
zuckte. Er hielt es allerdings nicht für nötig, lange in der Arena zu bleiben. Als er sie verließ, erkannte man deutlich an seinem schlendernden
Gang und dem geneigten Kopf, daß er weit über einen solch zweitklas-
sigen Wettstreit erhaben war. Den Applaus nahm er kaum zur Kenntnis. Eine schrille Stimme schrie immer wieder: ,,Olé! Olé!" Und als
ich mich umsah, sagte Luis: ,,Meine Urgroßmutter ist da, *Tía.*"

Die Excelentísima trug wieder die ungeheure Perücke und das
schwarze Kleid, doch heute hatte sie noch eine wogende rote Mantilla
mit aufgenähten Münzen umgelegt.

,,Sie möchte, daß ich zu ihr komme", sagte Luis verdrießlich, als er
sah, daß sie ihm zuwinkte. ,,Ich bin gleich wieder da."

Ich war froh, daß ich ihn nicht begleiten mußte, denn nach einem
weiteren Treffen mit der Excelentísima stand mir nicht der Sinn.

Jemand verkündete über den Lautsprecher: ,,Wir zeigen Ihnen nun
einige großartige, tapfere Stiere, typische Exemplare dieser Herde!"
Ein Krachen im Mikrofon übertönte den Rest. Dann öffnete sich das
Tor auf der anderen Seite der Arena, und ein riesiger schwarzer Stier
donnerte mit gesenktem Kopf in die Runde und schnaubte wütend mit
geblähten Nüstern. Er war allein in der Arena, er sollte nicht kämpfen,
sondern sich nur zur Schau stellen.

Ich sah zu Luis hinüber, der aufmerksam Ana Luisa zuhörte, und
bemerkte Ramona, die hinter ihm stand. Lächelnd winkte ich ihr zu,
aber sie schüttelte den Kopf und gestikulierte aufgeregt.

Ich erhob mich, zwängte mich durch die Menge und stand kurz darauf neben ihr. ,,Die Excelentísima", flüsterte sie, ,,hören Sie, was sie
sagt, Señorita!"

Ich ließ mich unauffällig hinter den beiden nieder, so daß weder Luis
noch die alte Dame mich bemerkten. Da hörte ich sie mit schneidender
Stimme auf Luis einreden: ,,... und manchmal springen Jungen, sogar
kleine Jungen, über das Geländer, um mit den Stieren zu kämpfen.
Tapfer, nicht wahr? Dein Vater hat das auch getan, und da war er sogar
noch jünger als du, Luis."

Das Kind schien fasziniert. ,,Hatte er einen Umhang? Einen De-
gen?"

,,Nein, nichts! Nur die Mantilla einer Dame, eine rote, wie ich sie
trage."

Langsam nahm sie die Mantilla von ihren Schultern und drückte sie ihm in die Hand.

Unten in der Arena trabte der Stier immer noch mit gesenkten Hörnern wütend hin und her, auf der Suche nach einem Gegner. Sein schwarzer Schwanz peitschte die Luft. „Schau, Luis! Der Stier ist jetzt am anderen Ende der Arena. Das Geländer ist nicht sehr hoch. Luis ... Luis ..." Die Augen der Excelentísima glühten gespenstisch, und ihr geschminktes Gesicht war verzerrt.

Als das Kind das niedrige Geländer umklammerte, packte ich es an der Schulter. „Luis! Gib die Mantilla zurück. Wir müssen sofort nach Hause gehen!"

Sekundenlang war er noch wie gebannt, dann schien er aus dem Alptraum aufzuwachen. „Ja", murmelte er, „ich möchte gehen."

„Luis bleibt bei mir! Verlassen Sie auf der Stelle diesen Platz, Señorita Mallory!" Ana Luisa war außer sich vor Wut.

„Luis und ich gehen jetzt", sagte ich. Der Zorn, der in mir aufflammte, war ebenso heftig wie ihrer. „Ich habe alles gehört, und ich weiß genau, worauf Sie es angelegt haben. Und glauben Sie nur nicht, daß ich es damit auf sich beruhen lasse!"

Sie stand auf und ballte die Fäuste. „Ich werde dafür sorgen, daß Sie noch vor Sonnenuntergang das Bergtal verlassen haben!" zischte sie.

Ich zuckte nicht mit der Wimper. „Komm, Luis", sagte ich und faßte ihn fest am Arm. „Deine Urgroßmutter ist krank. Wir wollen nicht auf ihr Benehmen achten."

Rasch führte ich ihn fort, an den murmelnden Leuten vorbei, die diesen Auftritt mitangehört hatten. Hinter uns schrie Ana Luisa Flüche und Verwünschungen, aber ich tat, als hörte ich sie nicht. Luis zitterte. „*Tía,* ich wußte nicht, was ich tun sollte. Ich hatte Angst vor dem Stier."

„Vor dem muß man sich auch fürchten, Luis. Ich bin stolz, daß du dich so klug verhalten hast."

Vor der Arena stand Primitivo gegen den Jeep gelehnt und wartete auf Fahrgäste. „Sorgen Sie dafür, daß unsere Pferde in den Stall zurückgebracht werden", sagte ich ihm. „Wir werden mit Ihnen fahren."

Regentropfen klatschten auf den Wagen, als er vor der *casa grande* hielt. Ich brachte Luis sofort in sein Zimmer. Über den Vorfall verloren wir kein Wort. Er wußte, daß seine Urgroßmutter versucht hatte, ihn zu einer gefährlichen Handlung anzustacheln. Es spielte keine Rolle, daß er den Grund nicht verstehen konnte. Zu seiner Urgroßmutter empfand er keine Zuneigung. Sie war ihm so fremd, daß sie nicht einmal seine Gefühle verletzen konnte.

Wir unterhielten uns noch lange über Pferde, über die großartigen Ritte seines Vaters und seines Onkels, und schließlich wurde Luis schläfrig, und die Augen fielen ihm zu.

ETWAS später, als ich mich in meinem Zimmer ausruhte, hörte ich Schritte auf der Veranda.

Jaime Romano klopfte und trat ein, ohne meine Erlaubnis abzuwarten. Er warf sich auf einen Stuhl und sagte: „Ramona hat mir gerade erzählt, was meine gottesfürchtige Großmutter heute versucht hat. Ich bin so froh, daß Sie dort waren."

„Es war schrecklich! Ich kann noch kaum fassen, was sie gesagt hat. Aber es ist tatsächlich geschehen."

„Ich weiß. Es wird von Jahr zu Jahr schlimmer mit ihr. Was kann ich denn tun?"

„Halten Sie vor allem Luis von ihr fern!"

„Luis ist nicht mein Sohn. Wie sehr kann ich mich einmischen? Trotzdem, ich muß alles Menschenmögliche für den Jungen tun." Er lächelte traurig. „Wir werden jeden Augenblick königliche Order erhalten, daß wir Sie verbannen sollen."

„Und was werden Sie tun?"

„Ich glaube, meine Mutter wird alle derartigen Forderungen beantworten. Und ich bin sicher, daß sie sich sehr deutlich ausdrücken wird."

Nachdenklich starrte er zu Boden. „Ich muß Ihnen etwas sagen, was mir nicht leichtfällt. Wären Sie vor ein paar Monaten mit Luis dort gewesen und wäre er damals in die Arena gesprungen, so hätte ich gedacht, daß Sie ihn dazu verleitet haben."

Ich zuckte zusammen. „Sie haben wirklich geglaubt, ich könnte ein Kind in Gefahr bringen? Warum nur?"

„Ich wußte nicht, was ich denken sollte, als Sie damals herkamen." Er stand auf, ging zum Fenster und schaute in die Nacht hinaus. „Ich konnte nicht verstehen, warum Señora Castro während meiner Abwesenheit fortgeschickt worden war und warum Carlos ausgerechnet Sie als Ersatz vorgeschlagen hatte. Ich hielt Sie für eine seiner

Freundinnen und glaubte, Carlos hätte Sie hierhergebracht, um mich mit der Erinnerung an Veronika zu quälen."

„An Veronika?" fragte ich.

Er wandte sich mir zu, jeder Muskel angespannt. „Ich habe noch nie zuvor darüber gesprochen. Ich glaubte, ich würde nie darüber sprechen. Veronika und ich, wir liebten uns. Wir wollten es nicht, aber sie war sehr einsam, und ich – auch ich war einsam. Es geschah eben. Wir konnten nichts dafür. Aber wir fühlten uns schuldig. Das ist der Grund, warum sie das Bergtal verließ. Meinetwegen."

„Sie ging – Ihretwegen?"

„Ja. Eines Abends sagte ich zu ihr, ich könnte es nicht länger ertragen. Das Bergtal ist meine Heimat, aber nun war es mir unerträglich geworden. Ich erinnere mich, wie sie mich damals ansah. Sie sagte, sie hätte mir furchtbares Unrecht angetan und könnte sich selbst nicht verzeihen. Aber das war nicht wahr! Sie hat nie aus Berechnung versucht, Liebe in mir zu erwecken. Ich sagte ihr das, aber sie hörte nicht auf mich. Sie meinte, es müßten ein paar Tage vergehen, bevor sie fortginge. Die Fiesta von San Miguel kam, und dann war alles zu spät." Er ließ sich auf den Stuhl fallen und schien plötzlich hilflos und schwach. Nach einer Weile fuhr er mit erstickter Stimme fort: „Ich blieb hier und hoffte auf ihre Rückkehr. Dann starb mein Vater, und die Falle schnappte zu: Ich war für das Tal verantwortlich."

„Sie hatten das nicht erwartet?" fragte ich leise.

Er schüttelte den Kopf. „Nein. Das Bergtal erbt immer der älteste Sohn. Aber mein Vater hat Carlos nicht verziehen. Außerdem wußte er, daß ich für das Tal sorgen werde, weil ich es von ganzem Herzen liebe. Wie sehr muß Carlos ihn dafür hassen!"

Jaime starrte mich durchdringend an. In dem tiefen Schweigen tickte die Uhr auf dem Nachttisch unnatürlich laut. „Ja, Carlos haßt mich", sagte er schließlich. „So wie ich ihn dafür haßte, daß er Sie als Ersatz für Veronika herbrachte – das glaubte ich jedenfalls. Und ich haßte Sie dafür, daß Sie mich an Dinge erinnerten, die ich vergessen wollte. Ich habe Sie beobachtet, die Art, wie Sie plötzlich den Kopf hoben, wie der Wind mit Ihrem Haar spielte . . . Eine Zeitlang glaubte ich, Veronika wäre zurückgekehrt. Doch nach und nach wurde mir klar, daß es nicht so war. Ich beobachtete Sie, Alison.

An dem Abend, als wir zusammen tanzten, empfand ich plötzlich, daß ich Veronika verletzte, wenn ich ihr Andenken vernachlässigte.

Und ich fühlte, daß mir Gefahr drohte. Es war besser, einsam zu sein, als neues Leid zu riskieren. Und ich konnte mich auch nicht in einen schönen Traum verlieben, wie einst Veronika. Als sie Carlos traf, war sie verzweifelt und einsam. Sie heiratete eine Illusion – das Versprechen von Liebe und Sicherheit – etwas, was sie nie gekannt hatte."

Ich zögerte, sagte dann aber, was ich sagen mußte, und erwartete voll Furcht die Antwort. „Sie lieben Veronika noch immer, nicht wahr?"

„Nein. Ich erinnere mich voller Zuneigung an sie. Und das verdient sie auch. Aber es ist vorbei, zu Ende."

Er stand vor mir, so nahe, daß ich glaubte, er müsse meinen Herzschlag hören. Ich schaute ihn an, wünschte mir so sehr, glauben zu können, was er nun sagen würde, und war doch voll Angst. Er legte die Hände auf meine Schultern. „Ich glaube, ich liebe Sie, Alison", sagte er leise. „Ich habe es so oft gedacht, daß ich mir nun sicher bin."

„Lieben ... mich?" Mir war, als müsse ich ersticken. Ich wußte so wenig über ihn, und doch wünschte ich, er möge mich in seine Arme nehmen und mich beschützen. Verwirrt und ängstlich wich ich zurück.

Er ließ mich los. „Sie fürchten sich. Sie vertrauen mir nicht."

„Nein, das ist es nicht. Ich – ich bin dafür noch nicht bereit", stammelte ich. „Ich wußte ja nicht, was Sie für mich empfinden." Doch auch wenn ich es mir nicht gestand – tief im Innern hatte ich gehofft, daß ich ihm nicht gleichgültig war.

Er schüttelte den Kopf. „Wir müssen warten, bis Sie keine Angst mehr haben. Bis Sie sich meiner und Ihrer selbst sicher sind." Aus seiner Tasche holte er das rote Band, das ich ihm am Nachmittag gegeben hatte. „Señorita Alison", sagte er, und seine Lippen lächelten, nicht aber seine Augen, „ich gebe Ihnen dies zurück. Eines Tages wird es wieder mir gehören. Sie werden es mir schenken, wenn Sie bereit sind."

Wie betäubt nahm ich das lange, leuchtendrote Seidenband entgegen. „Ich habe lange gewartet", sagte er, „ich kann noch länger warten." Dann beugte er sich zu mir herunter und flüsterte: „Und nun gute Nacht. Schlafen Sie gut, *querida!*"

Er ging. Seine Worte klangen in mir nach. Ich konnte mich vor Jaime Romano nicht verstecken. Ihm zu sagen, daß ich ihn liebte, bedeutete, mein Leben Jaime und dem Bergtal zu widmen. An der Art, wie er von Veronika sprach, hatte ich erkannt, daß er ein Mann war, der, wenn er liebte, jedes Opfer bringen würde, aber auch alles wieder zurückverlangt – mich selbst, mein ganzes Leben.

Tonlos formten meine Lippen die Worte: Ich liebe dich. Doch ich war noch immer nicht bereit – und hatte meine Angst noch nicht verloren.

10. Kapitel

DREI Tage später zogen die Soldaten aus dem Tal ab. Sie hatten die Suche abgebrochen, denn es traf die Nachricht ein, der entführte Millionär sei gegen Lösegeld freigelassen worden. Der Polizei und den Journalisten erzählte er, man habe ihm die Augen verbunden und ihn im Gebirge gefangengehalten.

,,Warum nicht in diesen Bergen?" fragte Don Carlos düster. ,,Vielleicht in unserem eigenen Tal."

,,Unsinn", sagte Leonora, doch es klang nicht mehr so überzeugt.

Diese Sorgen waren in der Atmosphäre der Sicherheit, die das Tal nun genoß, rasch vergessen. Der Verkauf der Pferde war sehr erfolgreich verlaufen, und nun rollten mit Zement und Stahl beladene Lastwagen zu dem Bauplatz, an dem der Staudamm errichtet wurde.

Jaime Romano sah ich nach unserem Gespräch im Oktogon nur selten. Nie waren wir alleine, wenn wir uns trafen, und jedesmal schenkte er mir ein Lächeln, das zu fragen schien: Hast du mir etwas zu sagen, Alison?

Was er mir von sich selbst und Veronika erzählt hatte, zweifelte ich nicht an. Doch manchmal fragte ich mich, ob die Beziehung wirklich so geendet hatte, wie er behauptete. Konnte eine so leidenschaftliche Liebe nicht in verzehrenden Haß umgeschlagen sein? Ich wehrte mich verzweifelt, das zu glauben. Ich war sicher, daß Jaime ein guter Mensch war. Mit seiner Grobheit panzerte er sich gegen eine Welt, von der er solch großes Leid empfangen hatte. Es war unvorstellbar, daß er Veronika Schaden hätte zufügen können. Doch manchmal, wenn ich ihn entschlossen und stolz zu den Obstgärten reiten sah, quälten mich wider Willen Zweifel. Konnte irgend etwas ihn so weit gebracht haben, daß er die Kontrolle über sich selbst verlor? Nein, sagte ich mir. Nicht Jaime!

VERONIKAS VERMÄCHTNIS 483

Eines Abends rief Leonora den Familienrat zusammen, der über Luis' Ausbildung beschließen sollte; auch ich wurde gebeten, meine Meinung darzulegen.

„Margaret Webber hat eine kleine Schule in Puerto Vallarta erwähnt", sagte ich. „Luis könnte dann jedes Wochenende nach Hause kommen."

„Gut", sagte Carlos. „Aber er soll erst ein paar Tage später eingeschult werden, nach der Fiesta. Ich erinnere mich, daß ich jedes Jahr genau vor dem San-Miguel-Tag abfahren mußte. Und die Fiesta verpaßt zu haben gehört zu meinen traurigsten Jugenderinnerungen."

„Ich erinnere mich an eine Fiesta, die du nicht verpaßt hast", sagte Leonora grimmig. Sie wandte sich zu mir. „In einem Jahr ist er einmal aus der Schule in Mexiko City weggelaufen und zum San-Miguel-Tag hierhergekommen. Er hat sich im Glockenturm versteckt."

„Das war herrlich!" sagte Carlos. „Ich schaute mir das Feuerwerk von ganz hoch oben im Turm an. Fabelhaft!"

„Das kann ich mir denken", rief ich, als ich mir das Tal, von grünen, roten und gelben Funkenregen beleuchtet, vorstellte. „Das würde ich auch gern sehen."

„Weißt du, Carlos", bemerkte Leonora, „ich habe nie gedacht, daß die Fiestas dir wichtig waren."

„Mir waren viele Dinge wichtig, über die niemand einen Gedanken verlor", erwiderte er aufbrausend. Nie zuvor hatten mich seine aristokratischen Gesichtszüge so an einen Falken erinnert. Ja, ein Falke. Als ob sich ein Geist, den die Excelentísima beschworen hatte, hereingeschlichen und von ihrem Enkel Besitz ergriffen hätte.

Um Luis von den Sorgen, die er sich wegen seines zukünftigen Schulbesuchs machte, abzulenken, schlug ich ein Picknick vor. „Es soll etwas Besonderes werden", sagte ich ihm. „Du, deine Großmutter und ich, wir werden zum schönsten Platz im Tal reiten, zum Ufer des Baches in der Nähe des Verborgenen Schatzes."

„O ja, Tía! Da finde ich bestimmt Steine für meine Sammlung."

Als ich Leonora von meinem Plan erzählte, war sie begeistert. „Das wird ein richtiger Ausflug! An welchem Tag soll er stattfinden?"

„Ich dachte an den nächsten Samstag." Zögernd fügte ich hinzu: „Besucht Luis an diesem Tag die Excelentísima?"

„Luis geht jetzt nur noch zur Villa Plata, wenn ihn sein Vater be-

gleitet", sagte sie. „Und Carlos hat augenblicklich sehr viel zu tun."
Weitere Erklärungen waren nicht nötig. Ihr entschiedener Tonfall
sagte alles. Sie wußte, was sich auf der Tribüne zugetragen hatte, und
ging kein Risiko ein. Ich war sicher, daß Leonora auf alle Anklagen, die
Ana Luisa womöglich gegen mich erhoben hatte, eine Erwiderung
gehabt hatte.

Jaime mußte durch Luis, dem die Aufregung vom Gesicht abzulesen
war und der die Neuigkeit im ganzen Haus herumerzählte, von unserem Picknickplan erfahren haben. Am Freitagmorgen, als Leonora
und ich die Brailleschrift übten, kam er zu uns ins Turmzimmer. „Ich
bin gekommen, um mich zu einem Picknick einzuladen", sagte er.

„Du willst uns begleiten?" fragte Leonora erstaunt.

„Warum nicht? Ich freue mich darauf, zwei hübsche Damen zu
einem hübschen Platz zu geleiten."

Leonora lachte. „Wunderbar, Jaime! Wie in den alten Zeiten!"

Er lächelte ungewöhnlich sanft und antwortete: „Nein, *Madre mía.*
Viel besser als damals. *Hasta mañana,* Alison."

Als er fort war, sagte Leonora: „Kaum zu glauben!" Sie spitzte
nachdenklich die Lippen, und ihre blinden Augen schienen mich zu
studieren.

Dann nickte sie schweigend.

FRÖHLICH summte ich am Nachmittag vor mich hin. Ein schöner
Tag lag vor mir – dieser Tag, den ich für Luis und Leonora geplant hatte, gehörte plötzlich mir. Ich würde mit Jaime zusammen sein an einem freien, sonnigen Platz, fern von den Schatten der *casa grande.* Es
war wie ein neuer Anfang.

Don Carlos hatte gesagt, er fliege abends nach Puerto Vallarta, daher schrieb ich Margaret einen kurzen Brief und teilte ihr mit, daß ich
in einer Woche kommen würde, da ich Luis an seinem ersten Schultag
begleiten wollte. Post nach auswärts wurde immer auf einem Tisch in
der großen Halle gesammelt, und ich hatte meinen Brief gerade dorthin gelegt, da hörte ich Ethel Evans oben am Treppenabsatz zornig
ausrufen: „Vorsicht mit den Paketen! Nicht an der Schnur tragen, die
reißt sonst!"

Erschrocken blickte ich auf und sah Primitivo mitten auf der Treppe, in jeder Hand ein großes, in Papier gewickeltes Paket. Miß Evans,
die etwas weiter oben stand, wiederholte schrill: „Nicht an der

Schnur!" Dann stürzte sie so rasch vorwärts, daß Primitivo wohl glaubte, sie falle, denn er streckte die Hand aus, um ihr zu helfen, und ließ dabei eins der Pakete fallen. Ich hörte das Geräusch zerbrechenden Steinguts, rannte hin und erwischte das Paket, das mehrere Stufen hinuntergerollt war.

„Halt, ich hebe es selbst auf!" rief Miß Evans.

Aber sie kam zu spät. Die Schnur hatte sich gelöst, und das Papier klaffte auseinander. Als ich das Paket aufheben wollte, fielen die zerbrochenen Teile eines Bauernkruges zu Boden, außerdem mehrere kleine, aus Elfenbein und Ebenholz geschnitzte Figuren – in dem Krug waren antike Schachfiguren verborgen gewesen!

Wie versteinert blieb Ethel Evans ein paar Stufen über mir stehen. Eine Ewigkeit schien zu vergehen, bevor sie ein Wort herausbrachte. „Ich wollte Steingut und eine Imitation kleiner Elfenbeinschachfiguren, die ich gekauft habe, verschicken."

„Das glaubt Ihnen keiner, Miß Evans", sagte ich ruhig. Ich kniete nieder und sammelte die Schachfiguren ein. „Geben Sie mir das andere Paket", sagte ich auf spanisch zu Primitivo. „Dann brauchen wir Sie nicht mehr."

Schweigend gingen wir in Miß Evans' Zimmer, und als ich das zweite Paket auspackte, waren ihre Lippen nur noch ein dünner Strich. Eine billige Tonschüssel, nur ein paar Pesos wert. In ihr fand ich, verpackt in Zeitungspapier, ein kleines, ledergebundenes Buch, eine handkolorierte Ausgabe der Gedichte von Sor Juana Inéz de la Cruz.

„Beweisen Sie es!" sagte sie und schob ihr Kinn trotzig vor. „Sie haben diese Sachen eingepackt! Sie oder dieser schmierige Dienstbote. Glauben Sie nur ja nicht, daß Sie mit diesem ekelhaften Trick etwas erreichen!"

„Hören Sie auf mit dem Unsinn, Miß Evans", sagte ich scharf. „An Beweisen fehlt es nicht. Ich mache mir nur Gedanken wegen Leonora. Ich möchte ihr so viel Kummer wie möglich ersparen. Don Jaime ist der Verwalter des Besitzes, den Sie beraubt haben. Ich werde es ihm erzählen."

„Ja, erzählen Sie es ihm nur", sagte sie höhnisch. „Und wenn Leonora erfährt, was ich über Sie herausgefunden habe, wie Sie sich mit Jaime und mit Carlos eingelassen haben . . ."

„Mit solchen unverschämten Lügen kommen Sie nicht durch, Miß Evans. Machen Sie sich gar nicht erst die Mühe." Wütend ging ich hinaus und nahm die Tonvase mit dem Buch und den Schachfiguren mit.

Doch Jaime, so erfuhr ich, wurde erst sehr spät abends in der *casa grande* zurückerwartet.

Mir blieb nichts übrig, als morgen nach unserem Picknick unter vier Augen mit ihm zu sprechen. Miß Evans würde nicht verschwinden, und ich sah keinen Grund, unseren Ausflug deswegen ins Wasser fallen zu lassen. Nachher war immer noch genug Zeit. Ich übergab Ramona die Schachfiguren und den Gedichtband und bat sie, alles an einem sicheren Ort zu verwahren.

Als ich ein paar Minuten später, auf dem Weg zum Oktogon, über den Patio ging, hörte ich das Dröhnen von Carlos Romanos Flugzeug. Ich blieb stehen und schaute ihm nach, wie es nicht Kurs auf die Küste und Puerto Vallarta nahm, sondern landeinwärts nach Mexiko City abdrehte.

Am nächsten Morgen kam Ramona früher als sonst in mein Zimmer. „Ich habe schlechte Nachrichten, Señorita“, sagte sie. „Am Damm hat es einen Unfall gegeben. Irgendein Tor – Schleusentor, glaube ich, heißt es – hat sich in der Nacht geöffnet. Niemand ist verletzt worden, aber Don Jaime mußte schon vor Tagesanbruch dorthin zurück. Er sagte, es täte ihm leid, aber Sie müßten Ihr Picknick verschieben.“

„Niemand ist verletzt worden“, wiederholte ich. „Das ist die Hauptsache.“

Aber für Luis und Leonora war das nicht die Hauptsache.

„Warum können wir nicht zwei Picknicks machen?“ fragte Luis. „Heute unser eigenes und ein zweites dann mit Onkel Jaime?“

„Ich wußte, daß ihn irgend etwas hindern würde mitzukommen“, sagte Leonora. „Wir werden ohne ihn losreiten.“

„Er hat aber gesagt, wir sollten es an einem andern Tag machen“, sagte ich unentschlossen.

Sie hob den Kopf. „Ich bin durchaus in der Lage zu entscheiden, was ich gern tun möchte. Luis, sag dem Jungen, er soll unsere Pferde satteln.“

Eine halbe Stunde später ritten wir drei mit einem wohlgefüllten Korb langsam in Richtung Verborgener Schatz. Ich versuchte, meine Enttäuschung darüber, daß Jaime nicht bei uns war, und die Erinnerung an meinen Auftritt mit Ethel Evans zu verdrängen. Nun mußte ich also dieses belastende Wissen noch länger allein tragen.

Wir waren schon über einen Kilometer von der *casa grande* entfernt, da hörte ich jemand rufen, und als ich zurückschaute, sah ich Ramona, die auf einem Esel saß und verzweifelt versuchte, uns einzuholen.

„Was ist passiert?" fragte ich ängstlich, als sie näher herangekommen war. „Neuigkeiten vom Damm?"

„Nein, Señorita." Von ihrem Ritt und dem Kampf mit ihrem langen, weiten Rock, der sich um ihre Beine bauschte, war Ramona ganz außer Atem. „Ich wollte Ihnen nur bei dem Picknick helfen. Schauen Sie, ich habe selbstgebackene Tortillas mitgebracht."

Die Unsicherheit, mit der sie das sagte, verriet sie. Ich kam zu dem Schluß, daß sie uns nachgeritten war, um auf uns aufzupassen, da es sonst niemanden gab, der das hätte tun können. Das war lieb von ihr, aber unnötig. An einem so herrlichen Morgen konnte man sich kein Leid und keine Gefahr vorstellen. Der kobaltblaue Himmel war wolkenlos, die Felder und Obstbäume, die der nächtliche Regen blankgewaschen hatte, leuchteten in der Sonne, die langen Blätter der Peruanischen Pfefferbäume glänzten.

Luis begann zu singen, bald fiel Leonora ein und dann auch Ramona.

„Ich gab meinem Liebsten zwei Äpfel,
Ich gab ihm zwei Ähren Korn,
Ein rotes Band gab ich dem Liebsten,
Schmückt nun seinen Sattel vorn."

Lachend berührte ich das Band, das mein Haar zusammenhielt – kein rotes, diesmal war es schwarz, weil es zu meinem Sombrero und meiner getupften Bluse passen sollte. Ein hübsches Band, doch an einem Sattelknopf wäre es die Farbe der Trauer gewesen.

„LUIS, wo bist du?" rief Leonora besorgt.

„Hier, ich schaue mir gerade den Felsen mit meinem Vergrößerungsglas an."

„Schön – du warst so still, daß ich schon dachte, du wärst in der Mine verschwunden."

Es war nun schon Nachmittag. Wir saßen nur ein paar Meter vom dunklen Eingang der Mine entfernt auf dem Boden. Der Bach, den ich erst vor wenigen Monaten entdeckt hatte, hatte sich durch die Regenfälle in einen reißenden Strom verwandelt.

„Ich liebe das Geräusch von fließendem Wasser", sagte Leonora. „Dieser Bach war einmal monatelang ganz verschwunden. Er wurde von dem Bergrutsch, der den nördlichen Teil der Mine in Mitleidenschaft zog, verschüttet. Es war die Nacht, in der Veronika ..." Sie schwieg, als ihr Luis' Gegenwart bewußt wurde.

Ich schaute den Weg hinunter, den wir gekommen waren, und versuchte, mir diese Nacht vorzustellen. Alle waren bei der Fiesta im Dorf, Stimmen, Glocken und Feuerwerk. Ich sah Veronikas kleinen weißen Wagen vor mir, der mit ausgeschalteten Scheinwerfern leise durch die Dunkelheit fuhr. Doch nicht sie hatte am Steuer gesessen. Veronika war, lebendig oder tot, nur ein hilfloser Fahrgast gewesen, der an ein bestimmtes Ziel gebracht wurde. Dessen war ich mir jetzt ganz sicher. Der Wagen mußte hier, wo wir jetzt saßen, vorbei- und in die Mine hineingefahren sein. Der Regen hatte später die Reifenspuren verwischt. Stand der Wagen auch jetzt noch in der Mine? Für immer unter Tonnen von Gestein begraben?

Jaime hatte mir erzählt, Veronika habe das Bergtal seinetwegen verlassen. Vielleicht war das ihre Absicht gewesen, doch selbst wenn es so war, blieben viele Fragen unbeantwortet. Warum hatte sie Luis nicht mitgenommen? Sie hatte ein paar Zeilen an Carlos geschrieben und auch einige an ihren Schwiegervater. Doch kein Wort an Jaime.

„Ein Bergrutsch ist etwas Merkwürdiges", sagte Leonora nachdenklich. „Die Bergleute sagen, man kann einen Berg durch einen Pfeifton ins Rutschen bringen. Und das stimmt beinah. Ein Schrei, vielleicht nur ein kleiner Stein, der herabfällt – und schon löst sich eine Gesteinslawine."

„Sie sagten, der Bach verschwand und tauchte dann wieder auf. Wie? Haben die Leute vom Dorf in der Mine gegraben?"

„Nein! Niemand war so töricht, das zu versuchen. Beim ersten Schlag mit einer Hacke wären noch weitere Teile der Mine eingestürzt. Der Bach hat sich selbst herausgearbeitet."

Luis schob sein Vergrößerungsglas in das Lederetui, steckte es in seine Tasche und kam zu uns herüber. „Da ist eine Regenwolke", sagte er und deutete in nordöstliche Richtung.

„Ich glaube, wir sollten uns wieder auf den Heimweg begeben", sagte ich. „Wo ist Ramona?"

„Sie sammelt Minze."

Ich glaubte, zwischen den Weiden, die etwas über hundert Meter entfernt standen und an denen unsere Pferde und Ramonas Esel angebunden waren, jemanden gesehen zu haben. Luís' scharfe Augen hatten die Gestalt ebenfalls wahrgenommen, und er sagte leise: „Das ist nicht Ramona."

„Dann ist es jemand aus dem Dorf." Ich begann, die Überreste unseres Picknicks in den Korb zu packen, beobachtete dabei aber unauffällig die Stelle, wo sich etwas bewegt hatte. Plötzlich wieherte Estrella und sprang zur Seite. Einen Augenblick lang war ein Mann mit einem schwarzen Sombrero zu sehen, der aber sofort hinter einem Baumstamm verschwand. Ich hatte nur den schwarzen Hut, ein kariertes Hemd und einen Gegenstand in seinen Händen wahrgenommen. Ein Stock? Ein Gewehr!

Luis, der ebenfalls tat, als wäre ihm nichts aufgefallen, hatte etwas anderes bemerkt. „Er hat ein Halstuch vor sein Gesicht gebunden, *Tía*", flüsterte er. „Wie ein Bandit."

„Was ist los?" fragte Leonora.

„Bei den Pferden hält sich ein Mann versteckt", sagte ich ruhig. „Ich glaube, er hat ein Gewehr; Luis sagt, er ist maskiert."

„Bist du sicher, Luis?" Sie war beunruhigt, aber nicht erschrocken. „Bei all dem Gerede über Entführer sieht man schnell Gespenster."

Plötzlich ertönte ein leiser Pfiff, den ich für einen Vogelruf, den Ruf eines Kardinalvogels hielt, doch Luis sagte: „Ramona!"

Ich entdeckte sie auf dem Felsen über uns, wo sie hinter einem Vorsprung kniete. Sie war offenbar auf der anderen Seite den Hang hinaufgeklettert und im Bogen zurückgekommen. Sie hob eine Hand und hielt drei Finger hoch, dann deutete sie auf die Weiden. Als sie die Geste wiederholte, verstand ich sie: Nicht ein Mann lauerte dort, sondern drei. Sie beschrieb mit den Händen ein Gewehr, dann ein zweites Gewehr, dann faßte sie an ihr Gesicht und deutete Masken an. Plötzlich war sie verschwunden. Sie wollte sicher Hilfe holen.

Ich berichtete Leonora von Ramonas Gesten und gab mir Mühe, in meiner Stimme keine Furcht durchklingen zu lassen.

„Wenn sie etwas im Schilde führen, werden sie nicht warten, bis Ramona mit Verstärkung zurückkommt", sagte Leonora entschlossen. „Können Sie und Luis den Felsen hinaufklettern? Sie könnten vielleicht so tun, als spielten Sie Verstecken."

„Das geht nicht. Der einzige Weg aus dem Tal führt an den Männern vorbei."

„Die Mine." Luis war blaß und versuchte, seine Angst zu unterdrücken. „Wir könnten uns in der Mine verstecken."

Leonora stand auf und reckte sich, nachlässig und ganz natürlich, eine Geste, die den drei Männern nichts von unserem Wissen oder unserer Beunruhigung verriet.

Der Wind war aufgefrischt, und eine Bö fuhr durch die Weiden. Drei Männer standen dort, und als ich die Uniformen sah, die zwei von ihnen trugen, setzte mein Herzschlag aus. Zwei Polizeiuniformen, ein kariertes Hemd! Genauso hatte Hauptmann Montez die Entführer von Ramón Santos beschrieben.

Sie wußten, daß ich sie gesehen hatte, ich konnte ihnen nichts mehr vormachen. Als sie aus dem Schutz der Bäume traten, sah ich, wie sich die Sonnenstrahlen in einer Schnalle fingen, die an einem schwarzen Hut befestigt war. Da ging mir auf, daß ich diesen Mann nicht zum erstenmal sah. Er war mir in Puerto Vallarta gefolgt, und mir war vor allem der schwarze Sombrero aufgefallen. Ich hörte, wie ein Gewehr entsichert wurde, hörte das Pfeifen einer Kugel, die nur wenige Zentimeter von Luis entfernt in den Fels einschlug, abprallte und sich vor meinen Füßen in den Boden bohrte.

„Großmutter!" schrie Luis. „Lauf!"

Er faßte Leonoras Hand, und sie stolperte hinter ihm in den dunklen Mineneingang. Als ich ihnen nachrannte, schlug eine zweite Kugel in den hölzernen Pfosten am Eingang, und ich spürte Splitter an meiner Wange. Undeutlich erkannte ich Luis und Leonora vor mir, und nach wenigen Schritten hatte ich sie eingeholt. Bevor wir in die tiefschwarze Dunkelheit eintauchten, schaute ich zurück und sah drei Gestalten, die sich deutlich vor dem gleißenden Tageslicht abhoben.

„Langsam", flüsterte Leonora. Sie war nun unsere Führerin, und während wir uns vorwärts tasteten, lasen ihre Finger die Wände wie die Brailleschrift.

Eine kehlige Stimme rief auf spanisch: „Halt, oder wir schießen!" Und Hunderte Echos stimmten ein: „Schießen ... schießen ..."

„Hier in der Nähe ist eine niedrige, schmale Tür." Leonoras Stimme war kaum hörbar. „Irgendwo ... ja."

Gebückt krochen wir durch einen Bogen aus, wie mir meine tastenden Finger verrieten, Steinblöcken. Als wir im nächsten Stollen wa-

ren, sagte Leonora: „Jetzt wollen wir warten." Und beten, dachte ich.

Eine weitere Drohung scholl durch die Dunkelheit – näher, so kam es mir vor –, und das Echo antwortete. Dann Gewehrschüsse, die sich hundertmal, tausendmal vervielfältigten, als sie aus dem ausgehöhlten Berg zurückgeworfen wurden. „Diese Idioten!" flüsterte Leonora. „Es wird ihnen noch gelingen, einen Bergrutsch auszulösen!"

Einen Bergrutsch? Ich merkte, daß Luis fröstelte, und drückte ihn fest an mich.

Nun hallten schwere, selbstsichere Schritte in einem nahe gelegenen Stollen. Eine Taschenlampe, dachte ich verzweifelt. Sie besaßen Taschenlampen! Es war nur eine Frage der Zeit, bis sie uns fanden. Noch wenige Minuten. Und was dann? Wir hatten es nicht mit gewöhnlichen Entführern zu tun. Ihre Schüsse, erst auf Luis, dann auf mich, waren nicht als Einschüchterung gedacht gewesen. Sie hatten tödlich sein sollen.

„Halt!" schrie ein Mann. „Ich sehe euch!"

Er schoß offenbar auf einen Schatten, denn ein Echo erklang in der Ferne. Doch bevor es erstarb, ertönte ein anderes Geräusch, ein tiefes, knirschendes Grollen, wie weit entfernter Donner. Es wurde lauter, verwandelte sich in ein ohrenbetäubendes Dröhnen. Unsere Verfolger schrien auf, dann wurden die Schreie von herabprasselndem Felsgestein erstickt. Die Felswand hinter meinem Rücken erzitterte, Staub wirbelte auf, und ich rang nach Luft. Luis warf sich in meine Arme. Der Boden bebte, und jenseits der schmalen Tür, durch die wir Zuflucht genommen hatten, knirschten die eisernen Tragebalken, als sie langsam zusammensackten.

Dann verebbte das Krachen. „Nicht bewegen", flüsterte Leonora. „Nicht sprechen!"

Eine Ewigkeit schien zu vergehen, während wir, stumm und bewegungslos, warteten, voll Furcht, das kleinste Geräusch könne das Gestein über uns zum Einsturz bringen. Schließlich sagte sie: „Ich glaube, jetzt ist es einigermaßen sicher. Wir wollen versuchen zurückzugehen."

„Aber die Männer!" sagte Luis. „Die Männer mit den Gewehren!"

„Ich glaube nicht, daß die uns noch etwas tun können, mein Liebling", sagte sie sanft.

Ich tastete nach meinem Schlüsselring mit der winzigen Taschenlampe. Als ich sie anknipste, stockte mir der Atem, denn ganz in unserer Nähe stand die Gestalt einer Frau in Weiß, mit ausgestreckten Armen.

„Die Heilige Jungfrau", murmelte Luis. Leonora hatte uns in eine kleine Kapelle geführt, die vor langer Zeit für die Männer erbaut worden war, die in diesen Schächten gearbeitet hatten und in ihnen umgekommen waren. Das gewölbte Dach war mit Mörtel verputzt und wurde von handgehauenen Steinpfeilern gestützt.

„Ich gehe vor", sagte ich. „Ich kann mit der Taschenlampe noch am ehesten den Weg finden. Haltet euch aneinander fest und folgt mir."

Der Stollen vor der niedrigen Tür war voller Gesteinsbrocken. Wir tasteten uns vorsichtig vorwärts, und als wir den Stollen beim Haupteingang erreichten, sah ich mit Entsetzen, daß riesige Felsblöcke den Eingang versperrten.

„Wir sind also eingeschlossen?" fragte Leonora erschöpft. Sie hatte es erwartet. „Ist überhaupt keine Öffnung da?"

„Keine." Ich zwang mich, nicht verzweifelt zu klingen.

„Ramona wird Hilfe holen", sagte Luis und tat ganz selbstverständlich. „Sie wird dafür sorgen, daß uns nichts geschieht."

„Natürlich wird sie das", stimmte Leonora zu. „Aber es ist besser, nicht auf Ramona zu warten. Hört ihr das Wasser? Wir müssen einen sicheren Platz finden."

Aus weiter Ferne vernahm ich das Gurgeln eines Wasserlaufs. Leonora sprach auf englisch zu mir, so schnell, daß Luis nichts verstehen konnte. „Dieser Stollen ist offensichtlich bis zum Eingang blockiert. Der Bach staut sich. Er wird in wenigen Minuten alles überfluten. Wir müssen fort!"

„Sprich spanisch, *abuela!*" schrie Luis verzweifelt. „Bitte sprich spanisch!"

Gleichsam als Antwort rief eine weit entfernte Stimme: „José? Juan? *Dónde estan, por Dios?*"

Ich knipste die Taschenlampe aus, wir warteten und hielten den Atem an. Weiter unten im Hauptstollen leuchtete ein weißer Strahl auf, der sich langsam bewegte. Um den Strahl herum konnte ich nichts erkennen, bis der Mann die Taschenlampe senkte und einen Augenblick später ein Streichholz entflammte, mit dem er sich eine Zigarette anzündete.

„Der Mann mit dem schwarzen Sombrero", flüsterte ich Leonora ins Ohr. Ich sagte ihr nicht, daß er noch immer ein Gewehr in der

Hand hielt. Er mußte auf der Suche nach uns so tief ins Innere der Mine eingedrungen sein, daß er dem herabstürzenden Gestein entgangen war.

Plötzlich rauschte Wasser, als ob in der Nähe ein verborgener See überfloß. Wir nutzten das Geräusch, das unser Stolpern übertönte, und gingen immer tiefer in den Berg, durch ein endloses Stollenlabyrinth. Es war naßkalt in den Schächten, und Wasser lief die Wände herunter. Ich versuchte, den Strahl der winzigen Taschenlampe abzuschirmen. Wir waren gezwungen, sie zu benutzen, obgleich ihr Licht uns verraten konnte.

„Sind diese Gänge miteinander verbunden?" fragte ich Leonora leise.

„Ja."

„Dann können wir auf ihn stoßen", flüsterte Luis. „Vielleicht ist er sogar vor uns."

Vor uns – hinter uns –, mit seiner großen Taschenlampe schritt er rasch durch einen parallel verlaufenden Stollen. Dagegen hatten wir nur den kleinen Vorteil zu setzen, daß Leonora die Mine einst gut gekannt hatte. Sie schien eine Karte des Verborgenen Schatzes im Kopf zu haben. Wir traten durch eine enge Öffnung und gelangten in einen weitläufigen Gang voller Höhlen, auf deren zerklüftetem Boden Felsbrocken und Geröll lagen. Über uns flatterte und huschte es, und als ich die Taschenlampe nach oben richtete, unterdrückte Luis einen Schrei. Fledermäuse bevölkerten die Decke. Vom Geräusch unserer Schritte aufgestört, schwirrten sie in Schwärmen herum, Hunderte und aber Hunderte sausten und flatterten durch den Lichtstrahl.

„Gehen Sie weiter, Alison", sagte Leonora ruhig. „Beeilen Sie sich. Geradeaus. Das sind Nacktrückenfledermäuse, Luis. Hab keine Angst."

Ich schauderte und ging rasch weiter. Plötzlich ließ Luis meine Hand los, schrie auf und schlug mit den Armen um sich; er versuchte, die kleinen Geschöpfe, die ihn in der Dunkelheit umflatterten, abzuwehren.

„Gib mir die Hand!" sagte ich scharf. „Luis!"

Einen Augenblick später hörten wir wilde Rufe und Gewehrschüsse. Wir hatten ihn also nicht abgeschüttelt. Er war uns bis zum Fledermausstollen gefolgt. Aber wie? Wir hatten ein Dutzend Querstollen passiert, und doch kannte er unseren Weg. Dann fiel mir ein, daß

ihm unsere Fußstapfen im Schlamm den Weg wiesen. „Leonora",
sagte ich. „Wir hinterlassen Spuren. Fußstapfen."

„O Gott", flüsterte sie. „Daran habe ich überhaupt nicht gedacht."
Sie besann sich nur kurz. „Wir müssen einen Umweg machen. Sagen
Sie mir, wenn ein abfallender Stollen nach links abzweigt."

Bald darauf entdeckte ich die Abzweigung, und als wir den Hang
hinabgingen, schäumte das kalte, braune Wasser eines unterirdischen
Flusses um unsere Knöchel. Fröstelnd folgten wir den Windungen des
Flußlaufs, und ich dankte Gott, daß Leonora bei uns war, die immer
wieder flüsterte: „Nur noch ein bißchen weiter, nur noch ein kurzes
Stück . . ."

ETWA eine Stunde später legten wir eine Pause ein. Mir war ein
schwerwiegendes Mißgeschick zugestoßen, als ich an einer glitschigen
Stelle ausgerutscht und in eine eiskalte Wasserlache gefallen war: Ich
war naß bis auf die Haut, meine Zähne klapperten, und ich zitterte vor
Kälte.

Der Stollen, in dem wir uns jetzt befanden, war breit und trocken.
Luis lag zusammengekauert auf dem Boden; Leonora und ich setzten
uns neben ihn. Ich löschte die Taschenlampe, deren Strahl immer
schwächer geworden war.

Sobald Luis' gleichmäßige Atemzüge verrieten, daß er eingeschlafen war, fragte ich: „Wohin gehen wir?"

„Zu einem alten Entlüftungsschacht, der hoffentlich noch existiert.
Alison, ich werde Ihnen jetzt den Weg dorthin beschreiben, so gut ich
mich erinnern kann. Ich möchte, daß Sie alles genau behalten."

„Warum? Sie kennen den Weg doch."

„Ich hoffe, wir haben unseren Verfolger abgeschüttelt; aber verlassen können wir uns nicht darauf. Wenn er uns aufspürt, müssen wir
uns trennen. Sie nehmen Luis und folgen dem Weg zum Entlüftungsschacht. Ich werde einen anderen Weg einschlagen und genug Lärm
machen, um ihn wenigstens eine Weile abzulenken."

„Ich soll Sie alleine lassen?" rief ich. „Das kann ich nicht. Sie wissen,
daß ich das nicht kann!"

„Ich will es so, Alison! Ich bin jetzt unwichtig. Luis muß am Leben
bleiben, nicht nur um seiner selbst willen, sondern wegen des Tals.
Dreihundert Familien leben im Dorf. Ihre Zukunft hängt von der
Ranch ab. Ich möchte diese Zukunft nicht Carlos anvertrauen."

„Carlos? Das verstehe ich nicht."

„Wenn Luis etwas zustößt, erbt sein Vater das Bergtal. Andere Erben gibt es nicht. Ich kenne Carlos nur zu gut. Nach einem Jahr wäre die Ranch bankrott. Stück für Stück würde er alles verkaufen, um in Mexiko City oder Madrid leben zu können. Was geschähe dann mit all den Menschen, deren Heimat das Tal ist?"

Eine ungeheuerliche Vorstellung durchfuhr mich. Carlos fiel alles zu, falls Luis tödlich verunglückte. Aber konnte jemand so grausam und unmenschlich sein, seinen eigenen Sohn umzubringen? Die Excelentísima hielt ich allerdings durchaus eines kaltblütigen Mordes für fähig. Aber das war eine arme Irre!

„Beschreiben Sie mir die Männer genau, die sich zwischen den Weiden verborgen hielten", sagte Leonora. „Wie waren sie gekleidet?"

„Zwei trugen Uniformen, genau wie die Entführer, nach denen Hauptmann Montez gefahndet hat."

„Seltsam, nicht wahr?" murmelte sie nachdenklich. „Hier im Tal erregen Uniformen doch nur Aufmerksamkeit."

„Leonora, ich habe den dritten Mann, der nicht in Uniform war, schon vorher gesehen. Er ist mir einmal in Puerto Vallarta gefolgt."

„Sind Sie sicher?"

„Ja." Mit eisiger Gewißheit hatte sich ein Gedanke in mir festgesetzt. Die gutgezielten Schüsse vor der Mine hatten mir verraten, daß dies keine gewöhnlichen Straßenräuber waren. Und dazu kam noch, daß diese Männer anscheinend wollten, daß man sie an ihrer Kleidung wiedererkannte. Sie wollten mit der Entführung des Millionärs in Verbindung gebracht werden. Sie waren überhaupt keine Entführer, sondern gedungene Scharfschützen, wie Padre Olivera sie geschildert hatte, bezahlte Killer von der Art, deren Bekanntschaft sich Carlos' Anwalt gerühmt hatte.

Mit leiser Stimme erklärte Leonora mir genau den Weg zum Entlüftungsschacht. Dann sagte sie abschließend: „Alison, wecken Sie Luis. Wir müssen weiter."

Finstere Gänge zogen sich in endlosen Windungen dahin. Mein Taschenlämpchen begann zu flimmern und verlöschte. Zweimal befanden wir uns plötzlich in einer Sackgasse und mußten mühsam den Weg zurück suchen, immer gespannt lauschend und ein Geräusch des Mannes erwartend, der hinter uns her schlich.

Plötzlich sagte Leonora überrascht: „Luft! Ich rieche frische Luft! Ich fühle sie!"

Fast im gleichen Augenblick flüsterte Luis: „Ein Licht! Ich sehe ein Licht."

Vor uns in der Dunkelheit erblickten wir ein schwaches, gespenstisches Schimmern – fahles Mondlicht, das durch eine Öffnung im Fels über uns fiel.

Zu erleichtert, um daran zu denken, daß wir leise sein mußten, stolperten wir über Geröllhaufen auf die Öffnung zu. Als ich in das blasse Mondlicht trat, hämmerte mein Herz, und mir schwindelte vor Erleichterung.

Doch als ich nach oben schaute, packte mich Verzweiflung. Ich stand am Fuß eines über vier Meter breiten Schachts, und selbst im Mondlicht erkannte ich, daß die Seitenwände glatt und schlüpfrig wie nasser Marmor waren. Die zerbrochenen und verwitterten Überreste einer alten Leiter lagen vor mir.

„Wo sind wir?" fragte ich Leonora.

„Ganz oben im Tal an einer besonders einsamen Stelle. Aber jemand im Dorf erinnert sich bestimmt an diese Öffnung. Sie werden kommen und nach uns suchen."

Leonora und ich hielten Wache; Luis war schon bald wieder eingeschlafen. „Er muß alles heil und sicher überstehen", sagte Leonora. „Ihm ist schon zuviel Böses widerfahren. Das Schicksal hat es nicht gut mit Luis gemeint."

„Ich weiß. Leonora, wie konnte seine Mutter ihn nur im Stich lassen?"

„Ich habe nächtelang wachgelegen und darüber nachgegrübelt. Ich glaube, ihr ist etwas zugestoßen, kurz nachdem sie von hier fortgegangen war. Vielleicht ein tödlicher Unfall, und niemand konnte sie identifizieren. Oder" – Leonora zögerte –, „sie kann sich das Leben genommen haben. Der Brief, den sie meinem Mann schickte, legt das sogar nahe. In ihm stand, es sei besser, wenn er sie vergessen und mit einem Lächeln an sie denken könnte, als wenn er sich voller Traurigkeit an sie erinnerte."

„Hat sie Carlos auch so einen Brief geschrieben?"

„Nein. Der Brief an Carlos war unversöhnlich, und auch in ihm waren Wörter und sogar ganze Sätze durchgestrichen. Ich glaube, sie schrieb ihn unter einem furchtbaren seelischen Druck. Sie machte mehr Fehler auf spanisch als gewöhnlich. Sie schrieb: *‚Tengo que estar absolutament sóla, si voy a me entender ...‘"*

Leonora zitierte den Text des spanischen Briefes, und ich übersetzte ihn in Gedanken. Veronika hatte Carlos geschrieben, sie müsse ganz allein sein, um mit sich ins reine zu kommen. Sie schrieb, sie könne nicht mehr bei ihm bleiben und sie würde sofort gehen. Und sie würde nichts von ihm annehmen, weder jetzt noch später.

„Carlos hat mit seinen Ehefrauen nicht viel Glück gehabt, und wahrscheinlich ist es seine eigene Schuld", sagte Leonora. „Veronika. Und davor Fani."

„Fani? War das der Name der ersten Frau?"

„Ja. Es ist ein Spitzname für Epifania. Sie tat mir leid. Kinderlosen Ehen ist hier für gewöhnlich kein Glück beschieden. Der gesellschaftliche Druck ist zu stark."

„Epifania ...", wiederholte ich. „Was wurde später aus ihr?" Bevor Leonora mir antwortete, wußte ich die Antwort schon.

„Ich habe gehört, daß sie wieder geheiratet hat. Einen Deutschen aus Mexiko City. Aber ich bin mir nicht ganz sicher." Einen Augenblick später waren ihr vor Erschöpfung die Augen zugefallen.

Ich schaute nach oben durch den langen Schacht zu den umwölkten Sternen, und in meinem Kopf jagten sich die Gedanken, als ich mich an den Tag erinnerte, an dem ich Carlos Romano zum erstenmal getroffen hatte. Ich dachte an die Party bei Margarets Freunden, wie Carlos oben an der Treppe stehengeblieben war, sich dann umgedreht hatte, weil er offensichtlich eine Begegnung mit jemandem hatte vermeiden wollen: mit Epifania Heiden, der Frau eines deutschen Geschäftsmannes aus Mexiko City. Die vor langer Zeit Carlos’ Frau gewesen war. Er hatte nicht gewollt, daß man sie mit ihm in Zusammenhang brachte. Aber warum? Und plötzlich wußte ich die Antwort.

11. Kapitel

„WIEVIEL Uhr ist es?" Flüsternd stellte Leonora diese Frage.

„Kurz nach elf." Mein Hals und mein Kopf schmerzten, ich brachte kaum noch einen Laut heraus. Das kam von meinem Bad in der eisigen Wasserlache. Im Laufe der Nacht hatte ich abwechselnd geglüht und gefröstelt. Seit Stunden, seit der Morgen angebrochen war, starrten wir auf das Stückchen Himmel über uns, ein wolkenloses, leuchtendes Symbol unerreichbarer Freiheit. Und jede Stunde gab dem Verfolger mit dem schwarzen Sombrero mehr Zeit, sich in dem Gewirr der Gänge zurechtzufinden.

„Ich habe geträumt, daß die Alarmglocke im Turm läutete", sagte Luis mit schwacher Stimme. „Und ich habe geträumt, daß sich alle aufgemacht haben, um uns zu suchen."

„Wenn wir Streichhölzer hätten, könnten wir ein Feuer anzünden", sagte Leonora. „Vielleicht sähe jemand den Rauch."

Streichhölzer, dachte ich benommen. Ein Feuer. Ich schaute nach oben, wo die Sonne am Rand des Schachtes aufgetaucht war, und wandte mich an Luis. „Hast du dein Vergrößerungsglas noch?" Selbst Flüstern schmerzte.

„Ja, *Tía.*" Er zog es aus der Tasche.

„Wir wollen Holz sammeln und ein Feuer anzünden."

Rasch hatten wir die trockensten Holzstücke, die wir finden konnten, zu einem Häufchen aufgeschichtet. Irgendwie schaffte ich es, Luis zu erklären, wie er das Glas halten mußte, um die Sonnenstrahlen einzufangen und sie zu einem scharfen, heißen Strahl zu bündeln. Es blieb uns nicht viel Zeit. Die Sonnenstrahlen fielen nur ein paar Minuten lang steil in den Schacht.

„Schau!" rief Luis. „Ein bißchen Rauch. Es brennt schon."

Ich war zu keiner Äußerung mehr fähig und schaute nur noch stumpfsinnig zu. Das Atmen fiel mir schwer. Ich legte mich zurück, schloß die Augen und versank in einen fiebrigen Traum. Ich saß auf dem Souffleurschemel in der Seitenkulisse des Old-Bridge-Theaters. Helene, die ein Kleid aus kastanienbraunem Samt trug, stand nur wenige Schritte von mir entfernt auf der Bühne und sonnte sich im Scheinwerferlicht. Sie sprach, aber ich konnte nichts hören. Ihre schlanke Figur glitzerte, dann verflossen die Umrisse, wandelten sich, und an Helenes Stelle stand plötzlich Veronika, ihre Lippen formten dieselben Zeilen, doch kein Laut kam aus ihrem Mund.

„*Tía! Tía!* Wach auf!" Luis schüttelte mich. Als ich mich zwang, die Augen zu öffnen, sah ich, daß er lächelte.

„Ist Jaime gekommen?" fragte ich und brachte diese Worte nur unter Schmerzen heraus.

„Nicht Onkel Jaime. Ein alter Mann, der den Rauch gesehen hat. Er ist wieder fort, um Hilfe zu holen."

Ich dämmerte wieder vor mich hin. Jedes Zeitgefühl war mir abhanden gekommen.

Irgendwann hörte ich Stimmen, fühlte starke Hände, die mich aufhoben. Ich öffnete die Augen und starrte in Jaimes Gesicht. Er hielt mich so sanft wie ein Kind in seinen Armen. Als ich zu sprechen versuchte, sagte er: „Pst, *querida!* Du bist in Sicherheit."

Ich wußte, es gab irgend etwas furchtbar Wichtiges, was ich tun mußte, und Tränen liefen mir übers Gesicht. „Jaime", flüsterte ich, als es mir schließlich einfiel. „Ich möchte ... ich ..."

„Was möchtest du, Kleines?"

„Dir etwas geben ..." Mit schwachen Händen mühte ich mich, das Band zu lösen, das mein Haar hielt, und er drückte mich noch fester an sich.

Es WURDE Tag, es wurde Nacht. Ich merkte, daß ich in meinem Bett im Oktogon lag. Der Alptraum von Veronika, die Helenes Kostüm trug, kam immer wieder. Einmal, als ich aus meinem Dämmerschlaf aufschreckte, sah ich Jaime still an meinem Bett sitzen; manchmal war auch ein fremder Mann da, das mußte wohl ein Arzt sein.

Und dann erwachte ich plötzlich wirklich.

Explosionen und Gewehrfeuer drangen in mein Zimmer; ich fuhr aus dem Schlaf hoch und rief: „Was ist los? Was ist passiert?"

„Sind Sie wach, Señorita?" fragte eine freundliche Stimme. „Haben Sie gerufen?" Marcos war eingetreten und stand an meinem Bett.

„Ich habe Explosionen gehört. Da – da sind sie wieder."

„Das ist das Feuerwerk im Dorf, Señorita. Heute ist die Nacht von San Miguel."

„San Miguel? Dann habe ich geschlafen seit ..."

„Seit zwei Tagen und zwei Nächten. Sie waren sehr krank. Don Jaime hat einen Arzt aus Puerto Vallarta geholt. Er hat gesagt, sobald das Fieber sinkt, wird es Ihnen bessergehen. Und es ist gesunken, nicht wahr?"

„Ich glaube, ja." Ich war heiser, ich fühlte mich schwach und müde, aber mein Hals schmerzte nicht mehr, und zum erstenmal waren meine Sinne nicht mehr verwirrt.

„Wo ist Don Jaime?" fragte ich. „Ich möchte ihn sprechen."

„Alle sind im Dorf bei der Fiesta. Er wollte bei Ihnen bleiben, aber er mußte zur Kirche gehen. Der *patrón* muß bei der Feier und der Messe anwesend sein. Alle Leute von der *casa grande* sind dort, außer Doña Leonora, die in ihrem Zimmer ist und schläft. Soll ich sie wecken?"

„Nein. Was ich zu sagen habe, ist nur für Don Jaime bestimmt." Eine Erinnerung kam mir in den Sinn, und ich fröstelte. „Marcos, was ist mit dem Mann, der uns in der Mine verfolgt hat?"

„Vergessen Sie ihn, Señorita. Der Schacht ist bewacht worden, bis ihn gestern nacht ein neuer Bergrutsch verschüttet hat. Niemand in der Mine kann ihn überlebt haben." Er wies auf eine Schale mit vier roten Pillen. „Das hat der Doktor dagelassen – falls Sie nicht schlafen können. Eine genügt. Wir passen auf Sie auf, bis Don Jaime zurückkommt. Ich bin direkt draußen vor der Türe."

Er ging, wandte sich aber mit schelmischem Lächeln nochmals um. „Don Jaime hat mir aufgetragen, Ihnen zwei Dinge zu sagen, wenn Sie aufwachen."

„Ja?"

„Er hat jetzt das richtige Band, das rote, und heute abend schmückt es seinen Sattel. Und Sie sollen sich auch keine Gedanken über das machen, was aus Ihrem Puppenheim genommen wurde." Als ich verwirrt dreinschaute, sagte er: „Im Fieber haben Sie immer wieder auf englisch gesagt, etwas sei aus dem Puppenheim weggenommen worden. Don Jaime sagte, Sie hätten geträumt, daß Sie wieder ein kleines Mädchen seien. Ganz gleich, was fortgenommen worden ist, er verspricht, es zu ersetzen. Schlafen Sie gut, Señorita."

Offenbar hatte ich im Fieber meinen Traum laut erzählt. Aber wohl niemand hatte ihn verstanden. Für die Leute im Bergtal war ein Puppenheim ein Spielzeug, nicht der Titel eines Dramas von Henrik Ibsen, die Geschichte einer Frau, die ihren Mann verläßt. Ich stand auf, mir war ein wenig schwindlig. Langsam ging ich zum Schrank und holte meinen warmen Morgenrock und die Pantoffeln heraus.

Ein Buch war aus dem Bücherregal verschwunden – „Sechs Dramen von Henrik Ibsen". Ich erinnerte mich, daß ich es noch vor einer Woche dort gesehen hatte. Doch ich brauchte nicht noch einmal in „Nora oder ein Puppenheim" nachzuschlagen. Den Text von Nora, der Ehefrau, hatte ich nicht vergessen. Ich hörte Helene, wie sie in dem kastanienbraunen Samtkostüm über die Bühne schwebte: „‚Ich muß ganz allein sein, wenn ich mich mit mir selbst und mit der Welt zurechtfinden soll. Deshalb kann ich nicht länger bei dir bleiben. Und ich gehe sofort…'"

Das war ein Zitat aus einem der Dramen, die Veronika sich abgemüht hatte, ins Spanische zu übersetzen. Sie hatte nie einen Abschiedsbrief an Don Carlos geschrieben. Der Brief, der verhüllte, was ihr wirklich zugestoßen war, war nur einer ihrer Übersetzungsversuche gewesen. Leonora hatte gesagt, Wörter und Sätze seien darin durchgestrichen worden. Natürlich – die Teile aus Noras Auseinandersetzung mit ihrem Mann, die nicht in einen Abschiedsbrief paßten.

Ich dachte an den Brief, den Conde Viktor aus Mexiko City erhalten hatte. Die Nachricht war zweifellos ein Gedicht, das Veronika ebenfalls ins Spanische übersetzt hatte. Wie einfach es gewesen war! Es gab für fast alles passende Handschreiben von Veronika, und die Chance, daß jemand das Original kannte, war gering. Veronika war weder eine besonders genaue noch eine begabte Übersetzerin, und niemand in diesem Haus, nicht einmal Leonora, war in der skandinavischen Literatur bewandert. Im Spanischen wäre es etwas anderes gewesen. Eine Passage aus „Don Quijote" oder „Hundert Jahre Einsamkeit" hätten Jaime und vermutlich auch sein Vater sofort erkannt.

Und dann das Feuer! Ich dachte an Eric Vanderlyns Vater, den Erfinder des riesigen teleskopartigen Geräts, in dem sich Sonnenstrahlen konzentrierten! Luis' winziges Vergrößerungsglas hatte im Schacht in wenigen Minuten Holz in Brand gesetzt. Ich stellte mir das Gerät vor, das Erics Vater gebaut hatte, mit seinen Linsen und mächtigen Reflektoren, das auf dem Balkon vor Don Carlos' Suite stand. Sein Strahl konnte nicht nur Holz entzünden, sondern auch trockenes Stroh in der nahe gelegenen Scheune entflammen.

Es war mir unerträglich, noch länger darüber nachzudenken. Ich brauchte Ruhe und Schlaf, bis Jaime nach der Mitternachtsmesse zurückkehrte.

Dann würde ich ihm alles erzählen, was ich wußte, und die drückende Last von mir abschütteln.

Ich legte mich wieder aufs Bett. Als ich die Lampe ausknipsen wollte, stieß ich an das Schälchen mit den Schlaftabletten, und zwei rollten über den Tisch und fielen zu Boden. Ich war zu müde, um sie aufzuheben. Bevor ich einschlief, hörte ich Marcos leise mit jemandem sprechen. Er hatte gesagt: „Wir werden auf Sie aufpassen." Ich nahm an, er meinte sich selbst und Ramona. Ich war dankbar und fühlte mich sicher in ihrer Nähe.

Das von weit her tönende Glockengeläut der Dorfkirche weckte mich wieder. Ich fühlte mich erfrischt und gestärkt. Jemand hatte das Licht im Wohnzimmer eingeschaltet. Unter den Kolonnaden hörte ich das Geräusch von Schritten und wollte schon „Ramona" rufen, als eine Gestalt durch den Bogengang eilte. Es war nicht Ramona – es war Ethel Evans. Ich hielt den Atem an. Wieso hatten sie mich mit ihr allein gelassen? Sie mußten doch wissen ...

Nein, sie wußten es nicht. Ich hatte keine Gelegenheit gehabt, mit Jaime über Ethel Evans zu sprechen, und bei Leonora hatte ich absichtlich nicht das Gespräch auf ihre alte Bekannte gebracht. Wenn sich Miß Evans also bereit erklärte, auf die Fiesta zu verzichten, um mit Marcos Wache zu halten, mußte das wie ein Akt freundlicher Selbstlosigkeit aussehen. Ich setzte mich auf und zog die Pantoffeln an.

Nun erklangen auf der Veranda schwere Schritte; ein Mann ging an meinen zugezogenen Vorhängen vorbei und betrat das Wohnzimmer.

„Da sind Sie ja endlich!" flüsterte Miß Evans hörbar erleichtert.

„Ich wurde aufgehalten. Aber das spielt jetzt keine Rolle."

Mein Herzschlag setzte aus. Carlos Romano war zurückgekehrt!

„Schläft sie immer noch?" fragte er.

„Ja. Nicht einmal die Glocken haben sie geweckt. Ich habe die Kapseln gezählt. Sie hat zwei genommen."

„Um so besser. Wenn sie schlaftrunken ist, kann man sie leichter ..."

„Ich will nichts wissen!" Ethel Evans' Stimme war schrill und hysterisch.

„Natürlich", sagte er beruhigend. „Sie waren so freundlich, Miß Mallory zuliebe auf die Fiesta zu verzichten. Nun haben Sie Angst, daß Sie einschlafen, und gehen in die Küche, um sich eine Tasse Tee zu machen. Wenn Sie zurückkommen, setzen Sie sich auf diesen Stuhl und lesen eine Zeitschrift. Sie haben keine Veranlassung, nach Miß Mallory zu sehen. Sie wissen, daß sie friedlich schläft." Der sanfte, überredende Ton änderte sich und wurde drohend. „Haben Sie verstanden, Miß Evans? Sie werden keine Fehler machen!"

„Ich habe verstanden", antwortete sie mit schwacher Stimme.

„Ich hoffe, Ihnen ist klar, daß ein mexikanisches Gefängnis ein äußerst ungemütlicher Ort für eine Dame wie Sie ist."

„Sie haben es gerade nötig, so zu reden!" Ihr Versuch aufzutrumpfen schlug fehl, ihre Stimme zitterte. „Ich habe nie etwas wirklich

Wertvolles angerührt. Ich habe den Mund gehalten, als ich merkte, daß Sie die Steine in der Halskette ausgetauscht hatten. Ich finde, wir sind quitt."

Die Smaragde waren also ausgetauscht worden, und später, als Carlos in Gefahr war, entlarvt zu werden, hatte er die Imitation nach Mexiko City gebracht. Nicht, um sie zu verkaufen – denn seine Pläne sahen keineswegs vor, daß Luis lange genug lebte, um eine Ausbildung zu brauchen.

„Gehen Sie jetzt in die Küche", sagte er. „Heißer Tee wird Sie aufmuntern."

Ich hörte, wie sich die Verandatür öffnete und wieder schloß. Einen Augenblick lang saß ich wie gelähmt auf der Bettkante, unfähig, mich zu bewegen. Bestimmt wußte Carlos nicht, daß Marcos draußen war. An Körperkraft konnte es der Junge mit Don Carlos zwar nicht aufnehmen, aber Marcos konnte ihm als Zeuge gefährlich werden. In seiner Gegenwart würde es Don Carlos bestimmt nicht wagen, mir etwas anzutun. Ich mußte mich näher bei der Tür zur Halle befinden, wenn ich Don Carlos entgegentrat, näher bei Marcos und der Sicherheit. Ich rieb meine Augen, als sei ich gerade erst aufgewacht, ging zum Bogengang und rief verschlafen: „Hallo? Ist da jemand?"

Wir stießen fast zusammen. „Don Carlos! Mir war so, als hätte ich jemanden gehört."

„Sie sind also wach, Alison. Gut!" Er trat zur Seite, um mich vorbeizulassen. „Ich hoffe, Sie fühlen sich besser?"

„Viel besser." Ich zwang mich, ihm in die Augen zu sehen, und brachte sogar ein Lächeln zustande. Mit seiner dunklen Lederkleidung, den schwarzen Handschuhen, der Pistole an der Seite sah er aus, als sei er gerade einem drittklassigen Western entstiegen.

„Ich soll Ihnen etwas von Doña Leonora ausrichten", sagte er. „Sie bittet Sie, nach der Messe zu einer besonderen Familienfeier zu kommen."

„Wie freundlich von ihr", murmelte ich. „Ich dachte, sie schläft noch."

„Sie hat sich so gut gefühlt, daß sie ins Dorf gegangen ist." Er hatte so oft mit Erfolg gelogen, daß er nun meinte, alles, was er sagte, ganz gleich, wie absurd es klang, würde anstandslos geglaubt.

„Möchte Sie, daß ich ins Dorf komme?"

„Nein. Wir treffen uns jedes Jahr am Glockenturm. Die Glocken werden von Padre Olivera gesegnet. Das ist eine sehr eindrucksvolle Zeremonie."

Der Glockenturm. Ich dachte an die steile Wendeltreppe, die sich mehrere Stockwerke hoch emporschwang. Der Glockenturm bei Nacht – verlassen, einsam ...

„Sie zittern", sagte er. „Schüttelfrost?"

„Ja. Ich glaube nicht, daß ich ausgehen kann. Bitte richten Sie das Leonora aus." Ich näherte mich der Tür.

Er trat auf mich zu, und sein Gesicht verdüsterte sich. „Wir können sie nicht so enttäuschen."

„Nun gut. Aber ich muß Marcos Bescheid sagen." Ich drehte mich rasch um und stieß die Tür auf. Das Blut stockte in meinen Adern – Marcos lag schlafend auf einer Strohmatte, neben ihm eine halbleere Flasche Tequila.

Als ich niederkniete, um ihn wachzurütteln, packte mich Carlos fest an der Schulter. „Nein, Señorita. Er wird erst in ein paar Stunden aufwachen. Er hat sich vorhin von Nacho zu einem kleinen Schluck einladen lassen. Warum auch nicht? Schließlich ist es die Nacht der Fiesta."

Schlafmittel, dachte ich. Niemand würde morgen Marcos' Protest glauben. Die Flasche, der Geruch des Tequila, der über die Matte verschüttet war, würden gegen ihn sprechen.

Carlos zog mich hoch. „Wir verschwenden nur Zeit, Alison."

Zeit ... wenn ich nur Zeit gewinnen könnte. Wie lange dauert die Messe? Eine Stunde? „Ich möchte mir etwas Wärmeres anziehen", sagte ich.

„Nicht nötig. Ihr Morgenrock ist warm genug. Und machen Sie sich keine Gedanken, weil er so wenig förmlich ist. Wir sind nur ein ganz kleiner Kreis." Er spielte nun mit mir, machte sich über mich lustig. Er nahm mich beim Arm und dirigierte mich zur Veranda. „Es ist ein Weg von wenigen Minuten", sagte er. „Und das Mondlicht ist wunderbar. Ideal für einen Spaziergang. Es wird Ihnen gefallen."

Wie hatte er herausgefunden, daß ich alles wußte? Dann fielen mir die Worte ein, die ich im Fieber immer wieder gesagt hatte. „... aus dem Puppenheim genommen ..." Selbst Marcos hatte davon gehört, doch Carlos war der einzige, der die Bedeutung verstanden hatte. Er war wahnsinnig! Der Wahnsinn, der bei der Excelentísima offen zutage trat, schlummerte bei ihrem Enkel unter der Oberfläche. Ein

Fluchtversuch war sinnlos. Ich wußte, wie leicht er mich einholen konnte. Denk nach, sagte ich mir. Es mußte einen Ausweg geben – irgendeine Rettung.

Ich blieb plötzlich stehen und schaute zu ihm auf. „Sie haben immer noch eine Chance", sagte ich so ruhig wie möglich. „Alle sind bei der Fiesta. Mit Ihrem Flugzeug können Sie in Südamerika sein, bevor irgend jemand Ihnen etwas nachweisen kann." Ich brachte die Worte zu hastig vor, und verzweifelt improvisierend sprach ich weiter: „Es wird Wochen dauern, bis Margaret Webber von den Anwälten, die Luis' Geburtsdokumente überprüfen, eine Antwort bekommt."

„Was wollen Sie damit sagen, Alison?" Er packte mich so fest am Arm, daß es schmerzte.

„Für Margaret und mich war alles klar, nachdem wir mit Mrs. Heiden gesprochen hatten. Ihr Vater, der Conde Viktor, glaubte, Sie hätten sich von ihr scheiden lassen, weil sie keine Kinder bekommen konnte. Heute hat sie zwei gesunde Söhne. Es lag also an Ihnen, nicht an ihr! Schuld war wahrscheinlich die Pest, die das Tal heimsuchte, als Sie geboren wurden. Ein schreckliches, tragisches Ereignis für Sie und für Nacho."

„Weiter, Alison", sagte er, und seine Augen wurden schmal.

Ich wußte, ich hatte ins Schwarze getroffen, doch ich hatte damit ein so gefährliches Thema berührt, daß ich nicht weiterzusprechen wagte. Etwas anderes, dachte ich verzweifelt, eine andere Taktik! „Ich habe mit Eric Vanderlyn über das Feuer gesprochen", sagte ich rasch. „Wir sind ziemlich sicher, wie es ausgebrochen ist. Aber wir konnten die Wahrheit nicht glauben, weil wir immer noch dachten, Luis sei Ihr Sohn. Aber er ist es natürlich nicht. Veronikas Kind, ja. Aber nicht Ihres. Bald werden es alle wissen."

„Wie sollte man es denn erfahren, Alison?" Er legte mir die Hand auf die Schulter, gefährlich nahe bei meiner Kehle.

„Margarets Anwalt wird es herausfinden." Im stillen betete ich um die Kraft, nicht in Panik zu geraten. „Als Sie schrieben, Sie hätten eine Frau und einen kleinen Sohn, wurde das hier von allen geglaubt. Sie *mußten* einen Sohn haben. Nur unter dieser Voraussetzung waren Sie Ihrem Vater wieder willkommen. Veronika stellte sich nicht gegen diese Lüge. Sie muß Sie sehr geliebt haben – vielleicht hat Jaime auch recht, und sie suchte verzweifelt nach Sicherheit für sich und ihr Baby."

Er runzelte die Stirn und schien zum erstenmal unsicher zu werden. „Sie haben also auch mit Jaime gesprochen."

„Natürlich. Und auch mit Padre Olivera. Er glaubt, daß Veronika sich schuldig fühlte, weil sie Jaime um seine Erbschaft betrogen hatte. Sie wollte alles bekennen, und das konnten Sie natürlich nicht zulassen. Deshalb mußten Sie sie loswerden."

„Sie haben zuviel Phantasie, Alison", sagte er. „Ich habe Sie am Anfang falsch eingeschätzt. Ich hielt Sie für ein ziemlich dummes Mädchen – schüchtern, leicht lenkbar. Eine wesentliche Verbesserung nach Señora Castro. Aus diesem Grund habe ich Sie engagiert. Ich glaubte, ich selbst könnte am besten eine Auswahl treffen." Er lachte freudlos auf. „Das war ein schlimmer Fehler."

Vor uns tauchte der düstere Glockenturm auf; meine Kehle war vor Furcht wie zugeschnürt. „Sie sind klug genug zu wissen, wann das Spiel aus ist", brachte ich mühsam heraus. „Noch kann Ihnen niemand ein schweres Verbrechen nachweisen. Betrug – ja. Miß Evans wird bestimmt über den Diebstahl der Smaragde reden. Aber niemand kann beweisen, daß Sie" – ich preßte die Worte mit Mühe hervor –, „daß Sie Veronika getötet haben." Sein Griff um meinen Arm wurde fester. „Warum machen Sie sich jetzt nicht aus dem Staub?"

„*Sie* wissen nicht, wann das Spiel aus ist", erwiderte er scharf. „Señora Webber hat sich mit keinem Anwalt in Verbindung gesetzt. Ich habe sie beobachten lassen."

„Ja, das hat sie gemerkt. Der Mann in dem schwarzen Sombrero. Einer von den drei Leuten, die Sie engagierten, um uns bei dem Picknick in einen Hinterhalt zu locken. Haben Sie den Unfall am Staudamm inszeniert, um sicherzugehen, daß Jaime uns nicht begleitete?"

Ich fragte, ohne nachzudenken, obwohl ich wußte, daß ich keine Fragen stellen durfte, daß ich so tun mußte, als wüßte ich alles und hätte anderen davon berichtet. Wir näherten uns nun dem Turm. Mir blieben noch zwei, drei Minuten. Was hatte er sich für mich ausgedacht? Noch einen Unfall? Daß ich im Fieberwahn hinausgegangen, die Treppe im Glockenturm hinaufgeklettert und dann hinuntergefallen sei? Ich biß mir auf die Lippen, als mir einfiel, wie wir darüber gesprochen hatten, daß man das Feuerwerk vom Glockenturm aus anschauen könnte. „Wie schön!" hatte ich gesagt, „das würde ich gern sehen." Carlos hatte es gehört, und Jaime und Leonora auch. Ohne es zu ahnen, hatte ich für eine passende Szenerie gesorgt, die mein Mörder nutzen konnte, ohne einen Verdacht auf sich zu lenken! Ich glaubte zwar nicht, daß die anderen an einen weiteren Unfall glauben würden – aber spielte das eine Rolle? Carlos, in seinen Wahnvorstellungen befangen, war überzeugt, daß mein Tod im Glockenturm genauso hingenommen würde wie Veronikas Verschwinden.

,,Schneller!'' Er stieß mich vorwärts. ,,Señora Webber weiß gar nichts. Ich habe sämtliche Briefe, die Sie wechselten, geöffnet und gelesen. Sinnlose Lügen, Alison. Sie haben an dem Abend, als Dr. Hardy und seine Schwester zu uns kamen, selbst das Urteil über sich gesprochen.'' Seine Lippen verzerrten sich. ,,Als ich hörte, was Sie Dr. Hardy beim Abendessen erzählten, wurde mir klar, daß ich Sie, auf die eine oder andere Weise, beseitigen mußte.''

,,Was soll ich erzählt haben?''

,,Die Tochter einer Schauspielerin, die ihrer Mutter bei Ibsen-Stükken soufflierte! Irgendwann würde Ihnen jemand Veronikas Brief zeigen, und Sie würden den Text erkennen. Ich mußte handeln. Ihr Sturz auf der Treppe ließ sich leicht inszenieren. Ich werde alles vernichten, was zwischen mir und dem steht, was mir von Rechts wegen gehört!''

Ich zwang mich, in seine irr aufgerissenen Augen zu schauen, in diese von Wahnsinn verzerrten Gesichtszüge. ,,Luis ist ein Kind! Ein hilfloses Kind!'' Ich brachte die Worte nur mühsam heraus.

,,Was ist dieses Kind denn für mich? Die Brut eines Toreros, der in Buenos Aires auf den Hörnern eines Stieres gestorben ist. Sein Sohn – nicht meiner! Und das Kind einer leidenschaftslosen Frau, die nur Verachtung in mir weckte. Ich benutzte sie, und die dumme Gans glaubte, ich liebe sie. Und dann versuchte sie, sich gegen mich aufzulehnen. Aber das Tal gehört mir! Mir! Und ich werde es zurückgewinnen wie einst meine Vorfahren, mit Blut.'' Seine Augen leuchteten, und seine stählernen Finger krallten sich schmerzhaft in meinen Arm. Ich unterdrückte einen Schmerzensschrei. Eine Weile atmete er schwer, dann hatte er sich wieder in der Gewalt. ,,Los, kommen Sie!''

Ich versuchte mich zu wehren, doch er hielt mich mühelos mit einer Hand fest, mit der anderen zog er die Pistole aus der Halfter. ,,Sie werden jetzt ganz ruhig vorgehen.''

Wir waren nun auf dem Pfad, der zum Turmeingang führte. Er machte sich nicht mehr die Mühe, mich festzuhalten, und ich stolperte wenige Schritte vor ihm her, die Pistole im Rücken. Doch als ich über die Schwelle trat, wußte ich plötzlich, daß Carlos nicht schießen würde. Mein Tod mußte wie ein Unfall aussehen! Ich rannte los, schlug die Tür hinter mir zu und suchte verzweifelt nach einem Riegel. Da ich keinen fand, warf ich mich selbst gegen die Tür und drückte sie zu, obwohl ich wußte, daß es sinnlos war, denn er stieß von außen mit unbarmherziger Kraft dagegen.

Mondlicht fiel durch die schmalen Fenster. Ich sah die Treppe deutlich. Von Furcht getrieben, ließ ich von der Tür ab und stürzte, nach Atem ringend, auf die Treppe zu und rannte hinauf. Ich hörte, wie er mir folgte, langsam, unerbittlich. Er hatte keine Eile, und für mich gab es nur einen Weg zurück – den Sprung in die Tiefe.

Vor mir lag die Planke, über die Luis damals gegangen war. Ohne nachzudenken, ob sie mein Gewicht tragen würde, rannte ich darüber und spürte, wie sie unter meinen Füßen wippte. Dann war ich auf der anderen Seite – und am Ende meines Fluchtweges. Don Carlos befand sich noch weiter unten und folgte mir ohne Hast.

Ich kniete nieder und zerrte an der Planke. Vielleicht konnte ich sie losreißen und hinunterwerfen ... Splitter bohrten sich in meine Finger, aber die starken Nägel hielten. Da richtete ich mich auf und stieß die riesige Alarmglocke an. Sie schwankte nur wenig; ich nahm alle Kraft zusammen und versuchte es nochmals. Ein dröhnender Glokkenton erklang im Turm, über den Feldern und Obstgärten. Es folgte ein zweiter ohrenbetäubender Ton, eine tiefe warnende Stimme in der Nacht. Fluchend rannte Don Carlos die Treppe hinauf, bis zu den letzten Stufen, da warf ich mich nochmals mit meinem ganzen Gewicht gegen die Glocke, und sie antwortete und rief dem Dorf, der *casa grande,* dem ganzen weiten Tal zu, daß Gefahr bestand – und daß jemand im Turm war.

Aus der Dunkelheit tauchte Don Carlos auf. Er mußte die Glocke zum Schweigen bringen! Wahrscheinlich hatte er wie Luis die Planke in seiner Kindheit unzählige Male überquert, denn er betrat sie, ohne zu zögern, nur einen Gedanken im Sinn: mich zu packen.

Doch plötzlich krachte das Brett, scharf und laut wie ein Schuß, dann erscholl ein langgezogener Schrei, der in der Dunkelheit verklang, als Carlos durch den Turm stürzte und unten am Fuß der Treppe aufschlug.

Schluchzend fiel ich auf die Knie, vergrub mein Gesicht in den Händen und weinte – um mich, um Veronika – und um den wahnsinnigen Mann, der tot dort unten lag. Als ich endlich aufstehen konnte, stolperte ich zu einer Schießscharte, klammerte mich an die Eisenstäbe und wartete.

Bald hörte ich Pferde im Galopp, sah eine Staubwolke in der Ferne, und kurz darauf zügelten Jaime und zwei andere Reiter ihre Pferde vor dem Turm. „Wer ist da? Was ist los?" rief er.

„Jaime!" schrie ich, „Jaime! Ich bin hier!"

„Alison?" Er schwang sich vom Pferd, rannte auf die Turmtür zu und verschwand aus meinem Blickfeld. Ich hielt die Gitterstäbe umklammert, schaute nicht hinab in die Finsternis, als ich ihn rufen hörte: „Carlos! *Madre de Dios!*" Dann war er auf der Treppe. „Alison! Bist du verletzt?"

„Ich bin – ganz in Ordnung."

Ich konnte mich noch immer nicht von der schmalen Öffnung abwenden. Ich stand da und blickte über das Bergtal und hinunter auf den Turmhof, wo Yaqui auf seinen Herrn wartete. Ein langes, rotes Band flatterte am Sattelknopf.

Jaime schrie zu den Männern hinunter: „*Una reata!* Oder schneidet ein Glockenseil ab. Ich muß hinüber!"

Weder die Antwort noch die Geräusche unter mir drangen in mein Bewußtsein. Nichts drang in mein Bewußtsein, bis ich spürte, wie Jaime mich sanft in die Arme nahm. „*Querida!*" flüsterte er. „Gott sei gedankt. Oh, Gott sei gedankt!"

Ich klammerte mich an ihn, und Kraft und Liebe überströmten mich, und ich wußte, daß ich nicht mehr weglaufen würde. Und zu Hause war dort, wo Jaime war. „Er ist fort, Jaime. Es gibt keine Angst mehr, keine Schatten." Ich blickte ihn an. „Ich liebe dich."

„Wir lieben uns. Wir werden weggehen, wir werden all dies vergessen. Aber einmal kehren wir nach Hause ins Bergtal zurück."

Jessica North

Preisverleihungen sind im Leben der amerikanischen Autorin Jessica North keine Seltenheit. Ein Großteil ihrer Romane, Kurzgeschichten und Essays, die weltweit in vielen Sprachen erschienen, wurde ausgezeichnet und in Besprechungen gewürdigt. Doch immer müssen Jury und Journalisten auf eine feierliche Preisverleihung in festlichem Rahmen verzichten. Denn Jessica North ... gibt es nicht!

Natürlich existiert eine Verfasserin der spannenden Romane, doch ihren wahren Namen kennt niemand. Sogar ihre Familie weiß nicht, daß sie es täglich mit einer weltberühmten Autorin zu tun hat.

Auch die Redakteure der Auswahlbücher hatten Probleme, als sie versuchten, der geheimnisvollen Dame auf die Spur zu kommen. Schließlich gelang es ihnen, ein Gespräch mit ihr zu führen, aber „Jessica North" brachte nichts dazu, ihren wahren Namen preiszugeben. Als „Trost" berichtete sie Interessantes aus ihrem Leben.

Sie wuchs in den Vereinigten Staaten auf, doch zu ihrer Heimat machte sie die ganze Welt. „Ich bin die geborene Zigeunerin", erzählte sie, „mein Leben ist eine einzige Suche nach Abenteuern." Zu Hause fühlte sie sich immer sowohl in der Großstadt als auch in winzigen Urwalddörfern. Und es war im tiefen Dschungel, wo Jessica North ihre – wie sie selbst sagt – bislang dankbarste Aufgabe übernahm: Sie lehrte die Eingeborenen Lesen und Schreiben.

Was jeden ihrer Romane auszeichnet, ist die exakte Hintergrundschilderung. Die Autorin bereist ferne Länder, befragt die Bewohner und besucht Bibliotheken, um sich ein genaues Bild zu machen. So kann jeder Leser sicher sein, daß in Jessica North' Büchern alles stimmt.

Um Fakten für *Veronikas Vermächtnis* zu sammeln, fuhr die Autorin nach Mexiko und beschäftigte sich intensiv mit der Vergangenheit und Gegenwart des Landes. Sie war von der Schönheit Mittelamerikas so fasziniert, daß sie spontan ihr „Zigeunerleben" aufgab und Mexiko zu ihrer Heimat machte.

FLUG INS UNGEWISSE
Deutsche Buchausgabe:
,,Flug ins Ungewisse" (Talk Down)
Marion von Schröder Verlag, Düsseldorf, 1979
© 1978 by Brian Lecomber

DER JUNGE UND DAS MEER
Deutsche Buchausgabe:
,,Der Junge und das Meer"
(Pegij pjoss begustschij krajem morja)
© 1978 by C. Bertelsmann Verlag GmbH, München
für Bundesrepublik Deutschland, Österreich und die Schweiz
Nutzung der Übersetzung von Charlotte Kossuth:
© 1978 Verlag Volk und Welt, Berlin/DDR

LIEBE DEINEN NÄCHSTEN
Verlag Kiepenheuer & Witsch, Köln, o.J.
© 1941 by Erich Maria Remarque

VERONIKAS VERMÄCHTNIS
Originalausgabe: ,,High Valley"
erschienen bei Random House, Inc., New York,
und William Heinemann Ltd., London
© 1973 by Jessica North

Die ungekürzten Ausgaben von
,,Flug ins Ungewisse",
,,Der Junge und das Meer" und
,,Liebe Deinen Nächsten"
sind im Buchhandel erhältlich.